SI TU VOIS MON PAYS

DU MÊME AUTEUR

Le déclin du fédéralisme canadien, essai, Montréal, VLB éditeur, 2001.

Volonté politique et pouvoir médical. La naissance de l'assurance-maladie au Québec et aux États-Unis, essai, Montréal, Boréal, 2006.

Qui a raison ? Lettres sur l'avenir du Québec, en collaboration avec André Pratte, essai, Montréal, Boréal, 2008.

Comprendre et influencer les gouvernements, essai, Montréal, Transcontinental, 2010.

Quelque chose comme un grand peuple. Essai sur la condition québécoise, essai, Montréal, Boréal, 2010.

Une année en Espagne, essai, Montréal, VLB éditeur, 2011.

Introduction socio-historique au Québec économique, politique et culturel, essai, Montréal, JFD, 2013.

Si tu vois mon pays, tome 1. *La tempête*, roman, Montréal, Hurtubise, 2023.

Joseph Facal

SI TU VOIS MON PAYS
tome 2
Le châtiment

Roman historique

Hurtubise

Catalogage avant publication de Bibliothèque et Archives nationales du Québec et Bibliothèque et Archives Canada

Titre: Si tu vois mon pays / Joseph Facal.
Noms: Facal, Joseph, 1961- auteur. | Facal, Joseph, 1961- Châtiment.
Description: Mention de collection: Romans historiques | Sommaire: tome 2. Le châtiment.
Identifiants: Canadiana 20230064434 | ISBN 9782898510700 (vol. 2)
Classification: LCC PS8611.A235 S58 2023 | CDD C843/.6—dc23

Les Éditions Hurtubise bénéficient du soutien financier du gouvernement du Québec par l'entremise du programme de crédit d'impôt pour l'édition de livres et de la Société de développement des entreprises culturelles du Québec (SODEC). L'éditeur remercie également le Conseil des arts du Canada de l'aide accordée à son programme de publication.

Financé par le gouvernement du Canada | Canadä

Graphisme de la couverture: Sabrina Soto
Illustration de la couverture: *Dans les Mille-Îles*, 1858, par Cornelius Krieghoff, Art Gallery of Ontario. Domaine public.
Maquette intérieure et mise en pages: Folio infographie

Copyright © 2024, Éditions Hurtubise inc.

ISBN 978-2-89851-070-0 (version imprimée)
ISBN 978-2-89851-071-7 (version numérique PDF)
ISBN 978-2-89851-072-4 (version numérique ePub)

Dépôt légal: 1er trimestre 2024
Bibliothèque et Archives nationales du Québec
Bibliothèque et Archives Canada

Diffusion-distribution au Canada:
Distribution HMH
1815, avenue De Lorimier
Montréal (Québec) H2K 3W6
www.distributionhmh.com

Diffusion-distribution en Europe:
Librairie du Québec/DNM
30, rue Gay-Lussac
75005 Paris
www.librairieduquebec.fr

Imprimé au Canada
www.editionshurtubise.com

Mot de l'auteur

Dans les pages qui suivent, le lecteur retrouvera les mêmes six principaux personnages que dans le premier tome :

Clément, Julie : fille du banquier Édouard Clément, rencontrée par Baptiste à un bal.
Lefrançois, Alexis : né en 1815, journaliste et dramaturge.
Lefrançois, Baptiste : né en 1814, médecin, frère aîné d'Alexis.
Raymond, Antoine : né en 1813, avocat, meilleur ami de Baptiste.
Raymond, Jeanne : née en 1815, femme d'affaires, sœur cadette d'Antoine.
Sauvageau, Thomas : né en 1814, il fut jadis un ami d'enfance de Baptiste.

Dans ce second volume, j'évoque, comme dans le premier, des événements réellement survenus : le procès de Marie Lafarge, qui se déroula du 3 au 19 septembre 1840 ; la grève des ouvriers du canal de Beauharnois et, en particulier, la tragédie du 12 juin 1843 ; la pendaison d'Edward Coleman, dont j'ai changé la date ; l'incendie de l'hôtel du Parlement, à Montréal, le 25 avril 1849. Je me suis appuyé, dans toute la mesure du possible, sur les sources disponibles. Cependant, celles-ci ne concordent pas toutes et bien des aspects restent inconnus ou mal connus.

Comme dans le tome précédent, mes personnages principaux se trouvent en présence de figures ayant réellement existé : Louis-Hippolyte La Fontaine, Marie Lafarge, Mathieu Orfila, Horace Greeley, Edward Coleman, Isaiah Rynders, Edgar Allan Poe, plusieurs des acteurs importants du conflit au canal de Beauharnois, et plusieurs protagonistes aussi du procès Lafarge. Quand j'ai inventé, j'ai essayé d'être aussi plausible que possible, compte tenu de l'information disponible.

Dans un mot inséré à la fin du premier tome, je me suis longuement expliqué sur la question complexe des rapports entre vérité historique et fiction. Je n'y reviens pas, si ce n'est pour souligner que tout roman historique s'appuie forcément sur des travaux antérieurs, souvent des travaux d'historiens. Je dois beaucoup aux auteurs suivants : Tyler Anbinder, Georges Aubin, Éric Bédard, François Deschamps, Sharon Doyle Driedger, Gérard Filteau, Allan Greer, F. Murray Greenwood, Eric Homberger, Dan Horner, Stéphane Kelly, Jacques Lacoursière, Pierre Lambert, Yvan Lamonde, Gilles Laporte, Sherwin B. Nuland, Maurice Séguin, Elinor Kyte Senior, Anne-Marie Sicotte, Donald Tremblay, Gerald Tulchinsky, Denis Vaugeois, Roland Viau, Brian Young. Je suis cependant seul responsable de ce que j'ai écrit.

Ce second tome, bien qu'il soit volumineux et contienne plusieurs intrigues parallèles, est de construction simple et relativement linéaire. Je ne juge donc pas nécessaire de fournir une longue liste des personnages secondaires. Certains ne font qu'une brève apparition, tandis que d'autres étaient déjà présents dans le premier tome.

Je remercie chaleureusement ceux de mes proches – ils se reconnaîtront – qui m'ont encouragé à persévérer, de même que toute l'équipe de la maison d'édition Hurtubise, en particulier M. André Gagnon, pour sa patience, ses conseils et sa bonne humeur.

Doute que les étoiles soient de feu
Doute que le Soleil se meuve
Doute que la vérité mente elle-même
Mais ne doute pas que je t'aime

Hamlet, Shakespeare

L'enfer est vide, tous les démons sont ici.

La Tempête, Shakespeare

À mon père

PREMIÈRE PARTIE

Automne 1840 – printemps 1841

Chapitre 1
Le procès

Une des roues de la diligence s'enfonça dans une crevasse et le soubresaut réveilla Alexis. Ses compagnons étaient au milieu d'une conversation animée.

— Elle est mignonne, ta petite Marie, dit Lebrac, et si elle est innocente tant mieux, mais...

— Mais quoi ? demanda Maillard.

— Ben, c'est une voleuse et...

— Et quoi ?

— Et une menteuse à répétition.

— Oui, mais elle n'est pas jugée pour vol ou pour mensonge, mais pour meurtre... et le mari aussi a menti... Et on doit juger les faits, pas le caractère.

— Tout de même... et puis le caractère aide à comprendre les faits, leur donne du sens.

Alexis garda les yeux fermés, car il ne voulait pas être entraîné dans leur échange. Ils ne dormaient donc jamais, ces deux-là ? Il avait pu somnoler quelque peu. Comme il enviait ces gens qui pouvaient dormir dans les positions les plus inconfortables !

Le clop-clop des sabots fut remplacé par un roulement de tambour assourdissant. Il sursauta de nouveau. La diligence venait d'emprunter un pont de bois. Il écarquilla ses yeux, les frotta, les referma, les ouvrit de nouveau.

— Tiens, l'artiste se réveille.

C'était la voix nasillarde de Lebrac, assis en face de lui. Alexis raidit ses deux bras et les avança, heurtant les genoux de Lebrac. Il aurait voulu s'étirer, marcher, bouger les jambes. Ils en étaient au début de leur troisième journée de voyage. Ces périples étaient un supplice malgré les arrêts dans les auberges. Engourdi, il demanda à quiconque voudrait répondre :

— On est où ? Il reste combien de temps ?

Il avait bâillé tout en parlant. Maillard répondit :

— Si le cocher dit vrai, on sera à Tulle en fin de matinée. Deux ou trois heures encore.

Et Maillard d'ajouter :

— Après trois jours, ce ne sera pas trop tôt. Je crève de faim, moi !

Il avait tout le temps faim, Maillard. Alexis regarda par la fenêtre. Il avait dû pleuvoir la veille ou la nuit dans la région, car il y avait des flaques ici et là.

Alexis ne connaissait pas le Limousin, où leur voiture venait de pénétrer, loin au sud de Paris, à l'ouest du Massif central, à peine plus haut que Bordeaux. C'était un paysage contrasté, très vert, agréable à l'œil, où les bois étaient entrecoupés de plaines. Des vaches levaient leurs yeux mornes vers la diligence quand elle passait. Le fouet du cocher claqua et un héron s'envola.

Quand on lui avait dit que le voyage depuis Paris prendrait trois jours sauf imprévus, en raccourcissant les arrêts, Alexis s'était fait une raison. Il y a des occasions qu'on ne laisse pas passer. Le procès de Marie Lafarge, accusée de la mort par empoisonnement de son mari, devait commencer à Tulle le lendemain de leur arrivée. L'affaire captivait l'opinion publique. Un grand journal parisien, *Le Constitutionnel*, avait accepté la proposition d'Alexis. Il rédigerait une série d'articles relatant le procès. Il en tirerait peut-être un petit livre. Mais il cherchait encore l'angle de traitement. Il s'interdirait d'être banal et de simplement rapporter les faits. Il devrait aussi tenir compte des allégeances libérales et anticléricales du journal. Il y avait dans cette affaire un mystère et des tas de questions sans réponses satisfaisantes pour lui.

Pendant qu'il s'extirpait du sommeil, Lebrac et Maillard repartaient chacun à l'assaut des positions de l'autre, parlant fort pour être entendus par-dessus le vacarme de la diligence. Lebrac pointa son index vers Maillard :

— La petite dame commande des quantités folles de mort-aux-rats et toi tu...

— Eh pardi, je t'y verrais! coupa Maillard. La bicoque était infestée de rats, en plus de tomber en ruine ! Et Don Juan lui avait fait croire, en l'épousant, qu'il possédait un château ! C'est un filou qui ne voulait que son argent ! Elle a menti, mais lui aussi. Les deux mentent...

— Ah, pour ça...

Alexis regarda ses compagnons et s'estima chanceux. D'agréable compagnie, ils rendaient le voyage moins pénible. Les trois avaient, par pur hasard, des chambres réservées dans la même auberge de Tulle. Avant de monter à bord de la diligence, il ne connaissait pas Maillard, un grand garçon efflanqué aux yeux tristes, du même âge que lui, et il l'avait immédiatement trouvé sympathique. Au bout de cinq minutes, ils se tutoyaient.

Élève distrait, fils d'un négociant en vins, Alexandre Maillard avait voulu voyager et était devenu marin. Ayant détesté l'expérience, il était entré comme gratte-papier au ministère de la Justice. Dépourvu de convictions politiques, et même de convictions tout court, dénué de tout esprit d'initiative, il se demandait encore comment il avait attiré l'attention du ministre de la Justice Vivien, qui lui avait demandé d'aller suivre sur place ce procès dont toute la France parlait et de lui faire rapport. Loin de ces arrivistes aux dents longues qui peuplent les cabinets politiques, c'était un garçon indolent, au cœur généreux, prompt à donner le bénéfice du doute et soucieux de bien faire pour la première fois de sa vie. Les certitudes de Lebrac sur la culpabilité de l'accusée réveillaient en lui le souci d'un procès juste.

Julien Lebrac, au début de la quarantaine, était une de ces plumes à tout faire qui abondent dans le monde des lettres et du journalisme. Il était arrivé jeune à Paris, se croyant poète, ses petits vers sous le bras, avant de crever de faim et de bifurquer vers le journalisme et l'écriture de nouvelles et de romans-feuilletons. C'était un petit homme sec, au visage de fouine, un idéaliste déçu par le genre humain, au caractère aigri, toujours en train de râler. Il dénonçait le commerce, mais se vendait au plus offrant, et riait de la facilité avec laquelle il pouvait truffer ses articles de témoins qu'il n'avait jamais rencontrés et de citations inventées de toutes pièces. Il suivrait le procès avec l'intention d'en tirer une version romancée, qui serait publiée sous forme de feuilleton payé à la ligne dans *La Presse*.

Alexis et lui s'étaient croisés à plusieurs reprises dans les derniers mois. Malgré la différence d'âge, ils étaient liés par cette camaraderie ricaneuse propre à la confrérie journalistique. Les patrons de presse faisaient grand cas des intérêts supérieurs et des valeurs morales que leurs journaux disaient incarner. Mais ceux qui fournissaient les articles n'y voyaient qu'un milieu professionnel comme un autre, celui-là fait de l'odeur de l'encre, des rumeurs entendues et relayées, de l'excitation d'être le premier sur une nouvelle ou de l'espoir qu'une histoire bien troussée ferait rire tout Paris.

Alexis n'avait pas caché à Lebrac son souhait de se rapprocher de *La Presse*, et Lebrac s'était engagé à parler de lui à la direction. *La Presse* avait le plus important tirage de tous les journaux parisiens, parce que son fondateur avait eu la géniale idée de réduire de moitié le prix de la copie et de compenser en ouvrant ses pages aux annonceurs. Le roman-feuilleton servait à fidéliser les lecteurs. On les laissait sur une énigme qui nécessitait d'acheter le numéro suivant.

Il y avait un quatrième passager dans la diligence, répondant au nom de monsieur Lebigre. C'était un commerçant basé à Tulle, monté à Paris pour affaires et qui rentrait chez lui. Ils tenaient l'information du cocher, car ce Lebigre, petit et rond, qui regardait par-dessus des lunettes perchées sur le bout du nez, n'avait pas dit trois mots en trois jours. Les autres avaient fini par oublier sa présence et parlaient comme s'il n'existait pas.

Au départ de Paris, Alexis avait vu dans l'attitude de Lebrac et de Maillard à son endroit une confirmation de la considération nouvelle dont il jouissait. Sa pièce de théâtre avait tenu l'affiche deux mois. Le théâtre lui avait ouvert les portes des salles de rédaction, mais il avait eu l'intelligence de ne pas se cantonner à la rubrique théâtrale. Il travaillait surtout pour *Le Constitutionnel* et la *Gazette de France*, mais les deux acceptaient qu'il vende des articles à d'autres journaux. Sa situation s'était suffisamment solidifiée pour qu'il quitte Havas. Il avait écrit à toute vitesse une deuxième pièce, *La Délicieuse Escapade*, guère plus profonde, pour tirer profit du succès de la première, qui prendrait l'affiche quelques jours plus tard au théâtre Lacazette.

Les affaires d'Alexis allaient rondement. Le tout-Paris avait beaucoup ri de sa série d'articles sur le coup d'État raté de Louis-Napoléon Bonaparte. Ce fils d'un des frères de l'empereur avait accosté près de Boulogne-sur-Mer, en provenance de Londres, une nuit du début août avec une poignée de têtes brûlées. Il espérait rallier à sa cause le régiment local et, de là, déclencher un soulèvement qui le porterait au pouvoir. L'échec fut plus que total, il fut risible.

Les articles d'Alexis étaient légers, polissons, irrévérencieux comme son théâtre. Il avait un ton à lui qui faisait mouche. Son théâtre aidait son journalisme et son journalisme aidait son théâtre. Si les choses tournaient comme il l'espérait, il proposerait même à Lacazette de devenir un copropriétaire minoritaire de son théâtre. Il aurait un endroit assuré pour y faire jouer ses œuvres, comme Hugo et Dumas avec leur théâtre de la Renaissance – en beaucoup plus modeste.

Le cocher lança un ordre à ses chevaux. La diligence s'immobilisa. Lebrac dit qu'il fallait en profiter pour s'étirer un peu et s'aérer les poumons. Ils descendirent. De l'autre côté de la route, une diligence venant en sens inverse était arrêtée. Une roue brisée la faisait pencher du côté du fossé. Son cocher et un autre homme étaient déjà au travail pour la remplacer. Ils ne semblaient pas avoir besoin d'aide, mais dans le monde des cochers, on offrait toujours de l'assistance. Deux passagers, qui formaient un couple, s'étaient éloignés. L'homme tirait sur sa pipe. La femme surveillait leurs deux enfants qui tournaient autour d'une vache.

Quand le cocher revint vers leur voiture, il en fit le tour, grimpa sur le toit par l'arrière et vérifia que les malles et les cages des pigeons étaient bien retenues. C'était la nouvelle grande affaire chez les journalistes et dans les milieux financiers : les pigeons voyageurs, une idée empruntée aux armées. On enroulait autour de leurs pattes des feuilles de papier minuscules. On ne pouvait y faire tenir un long texte journalistique, mais ils permettaient de communiquer une nouvelle importante ou les cours de la Bourse à l'ouverture. Un pigeon faisait Londres-Paris en six heures.

C'était simple, peu coûteux et étonnamment fiable. Alexis projetait de s'en servir lors du procès pour faire état, dans les journaux du lendemain, d'un témoignage capital ou d'une révélation sensationnelle. Cela faisait rigoler Lebrac et Maillard. Lebrac s'était trouvé drôle en disant que si des cigognes avaient pu faire pareil, on aurait pu enrouler autour de leurs longues pattes des articles complets, et ainsi, chaque jour, les lecteurs auraient trouvé dans leur journal favori un compte rendu détaillé de ce qui serait survenu la veille durant le procès.

Ils repartirent, soulagés de ne pas prendre de retard.

— Tu le connais, toi, le juge Barny ?

C'était Lebrac qui interrogeait Maillard.

— Non, pourquoi ?

— Pour savoir s'il est expéditif ou tatillon, reprit Lebrac. Je veux bien faire une petite virée dans l'arrière-pays, mais pas y rester jusqu'à l'hiver. Trois jours loin de Paris et je me sens devenir paysan.

Il avait dit cela sans se soucier le moins du monde de heurter l'homme du pays assis à côté de lui.

— Non, je ne le connais pas, le juge Barny, dit Maillard. Mais la petite est défendue par Paillet. C'est le bâtonnier du barreau de Paris, un costaud. Il n'est pas seul. Elle a toute une équipe, il paraît.

— Ah, c'est sûr qu'avec le fric de la famille, elle peut se la payer, l'équipe, s'exclama Lebrac.

— Faux ! répliqua Maillard, agacé. Tu dis n'importe quoi. Elle avait dégringolé l'échelle sociale. Elle devait se marier avec un riche qui a changé d'idée au dernier moment. Et tu voudrais être défendu par des crétins, toi ? Et ça n'a rien à voir dans l'affaire.

Pendant que Maillard et Lebrac s'envoyaient des piques, Alexis réfléchissait à la durée possible du procès. La première de *La Délicieuse Escapade* aurait lieu dans huit jours à Paris. Il espérait y être, mais c'était peu probable. Il aurait été le premier à reconnaître que ce n'était pas un chef-d'œuvre. Il était fier de la vitesse à laquelle il l'avait écrite, mais pas très fier de son niveau. C'était une autre de ces histoires d'amoureux qui veulent se marier, dont les parents disent non, et qu'il faut amener à dire oui à coups d'astuces.

Le jour de son rendez-vous chez Balzac, rue Raynouard, le mois précédent, il avait pris avec lui une version préliminaire. Quand le maître, qui se faisait appeler monsieur Breugnol pour déjouer tous ceux à qui il devait de l'argent, lui avait demandé sur quoi il travaillait, il n'avait pas osé lui montrer ou la raconter. Pourtant, Balzac l'avait accueilli avec gentillesse, en faisant semblant de ne pas voir son regard admirateur. Le demi-dieu était en tous points fidèle à ce qu'on disait de lui : petit, trapu, ventru, avec un cou de taureau, des yeux incandescents et dominateurs, vêtu d'un étrange habit de moine en flanelle blanche. Devant lui comme devant un public, Balzac s'était mis à déclamer :

— L'écriture doit être un miroir du réel, jeune homme ! Il faut attraper le réel par le cou et bien le secouer, en extraire tous les détails, toutes les nuances, toute la complexité, dans les pensées des personnages, dans leur âme, dans leurs aspects physiques, les vêtements, les objets, tout quoi, tout embrasser ! On ne vise jamais assez haut ! Et les femmes surtout, ne négligez pas les personnages féminins, ils sont infiniment plus intéressants, plus mystérieux !

C'est après cette tirade qu'Alexis avait pris la décision de garder *La Délicieuse Escapade* dans sa sacoche de cuir. Puis Balzac lui avait dit amicalement :

— Vous tâtez du journalisme, non ? Vous êtes un "rienologue" vous aussi, c'est ça ? Non, non, je le dis à la blague, ne le prenez pas mal. Mais méfiez-vous, ça peut vous détourner d'une œuvre. Et puis c'est un métier, le journalisme, dans lequel vous voudrez ne pas vous faire d'ennemis. Alors ils publient ce qu'on leur dit de publier, les journalistes, ce qui est intéressant, pas ce qui est important. Ne le prenez pas mal, je le redis, mais c'est ainsi, non ? L'artiste, lui, doit pouvoir tirer sur tout ce qui bouge, ne pas faire de prisonniers si ça lui chante ! Vous m'entendez ?

Alexis était sorti de la rencontre excité d'avoir reçu les encouragements de son idole, mais honteux de la légèreté de son théâtre jusque-là. Quant au journalisme, qui lui permettait de gagner fort bien sa vie, il en admettait les travers et ne pouvait que donner raison au maître. Pressés, sans recul, le nez collé sur l'événement, les journalistes vérifiaient peu ou pas, adhéraient aux idées à la mode parce qu'elles étaient à la mode, trouvaient ardu tout ce qui était profond, entretenaient une controverse jusqu'à la suivante si elle avait plus de jus à donner.

Le milieu journalistique lui faisait penser à une serre chaude de gens qui se fréquentent, se soutiennent, se détestent, se louangent, se citent, couchent ensemble, et s'imaginent que leur fourmilière est le seul monde digne d'intérêt. Et il suffisait de s'éloigner de Paris pour réaliser à quel point la presse de la capitale se prenait pour un soleil autour duquel devait graviter tout le reste du pays.

La diligence se cabrait plus que jamais et lui donnait des haut-le-cœur. Des aboiements interrompirent sa réflexion et il vit, en bordure du chemin, un chasseur, avec deux chiens qui sautillaient autour de lui, en train d'examiner des traces au sol. On devait approcher de midi et quand la diligence passait dans un sous-bois, le soleil perçait le feuillage des châtaigniers et ses rayons dansaient sur les hautes herbes. Lebrac dormait la bouche ouverte. Maillard lisait. L'autre passager regardait par la fenêtre. Alexis sortit son calepin de sa poche et parcourut ses notes sur cette affaire que les trois venaient suivre.

Il savait peu de choses en vérité. Fille d'un baron, Marie Lafarge, Capelle de son nom d'origine, avait 24 ans. Ses deux parents étaient morts. On disait qu'une de ses deux arrière-grands-mères était issue d'une liaison entre une comtesse et le duc Louis-Philippe d'Orléans. Or le roi actuel, Louis-Philippe, était le fils légitime de ce même duc d'Orléans. Elle était donc la petite-nièce naturelle de l'actuel occupant du trône de France. Cette très lointaine filiation avec un roi détesté semblait indisposer bien des gens.

Elle avait grandi dans le château familial, mais au décès de ses parents, elle avait été adoptée par sa tante maternelle et son époux. Or ce père adoptif avait légué presque tout à son fils. Elle devait trouver un mari riche si elle ne voulait pas dégringoler de l'échelle sociale. Elle avait donc épousé à toute vitesse ce Charles Lafarge, un homme de la région où ils arrivaient, maître de forges et maire de la commune de Beyssac. Il se disait fortuné, mais était criblé de dettes. Il se présentait comme entrepreneur, toutefois ses entreprises échouaient l'une après l'autre. Pendant qu'il était en voyage d'affaires à Paris, elle lui avait envoyé des pâtisseries. Comme il était mort quelques jours plus tard, on accusait la jeune femme d'avoir empoisonné son mari.

Une idée surgit dans la tête d'Alexis. L'homme en face de lui regardait toujours dehors. Il attendit qu'il tourne la tête et dit :

— Permettez, monsieur. Si je me souviens, vous êtes bien monsieur Lebigre, non ?

— C'est exact. Lebigre, Ernest de mon prénom, négociant en tissus à Tulle.

Alexis s'arma d'un sourire.

— Auriez-vous quelque objection à ce que j'ouvre une fenêtre ? Un peu d'air frais nous ferait du bien à tous, ne croyez-vous pas ? Et nous libérerons cette mouche qui nous accompagne depuis trop longtemps.

— Parfaitement d'accord avec vous, jeune homme. Faites, faites...

Alexis ouvrit la fenêtre, déboutonna son col de chemise et dit :

— Quelle chaleur pour un début de septembre ! Voilà, d'ici à l'arrivée, nous serons mieux.

L'autre esquissa un demi-sourire. Alexis laissa passer un instant, puis se lança :

— Monsieur Lebigre, pardonnez mon audace, je n'osais pas vous importuner depuis notre départ, mais me permettez-vous une question ?

— Euh, oui, bien sûr.

— Vous avez entendu mes collègues. Nous venons pour le procès.

— Oui, c'est ce que j'ai compris.

— Vous en pensez quoi, vous ?

Alexis avait dit cela à voix basse pour mettre Lebigre en confiance. Maillard leva un œil. Lebrac dormait toujours. Lebigre considéra la question en bon négociant qui prend son temps avant de se commettre.

— Écoutez, je n'ai pas suivi l'affaire d'aussi près que d'autres, mais dans le pays, tous savaient...

Lui aussi avait parlé en baissant le ton, sur le mode de la confidence.

— Savaient... quoi ? demanda Alexis, prenant un air intrigué.

— Bien, savaient que le Lafarge, sous ses allures de brave type, était un rapace, un fripon, un aigrefin, condamné pour avoir produit de faux documents avec l'aide de son comptable.

Alexis fit l'étonné, d'autant plus aisément qu'il ne le savait pas.

— Non !

— Mais oui, mais oui, poursuivit Lebigre, comme je vous dis. Il savait qu'en l'épousant il recevrait de l'argent, pas une somme folle, mais assez pour éviter de sombrer. Pourquoi pensez-vous qu'il se démenait à Paris ? Il devait trouver un emprunt, faire un mariage d'argent ou quitter la région pour toujours.

— Oh ! Et tous savaient par ici ?

— Tous savaient, comme je vous dis.

Alexis transcrivait dans son calepin.

— Vous écrivez ce que je vous dis ? demanda Lebigre, l'air méfiant.

— Ne craignez rien, je n'utiliserai pas votre nom. Mais pour une fois que je tombe sur quelqu'un qui sait de quoi il parle...

La remarque flatta Lebigre, le stimula.

— Remarquez, dit Lebigre, quand vos amis disaient plus tôt que la petite était une voleuse, qu'elle n'était pas nette elle non plus, ils avaient raison.

Alexis leva un sourcil. Il connaissait l'histoire dans ses grandes lignes, mais voulait l'entendre de la bouche d'un homme du coin.

— Oui, continua Lebigre, après la mort de Lafarge, vous comprenez, les gendarmes fouillent la maison. Ils cherchaient du poison, j'imagine, et ils tombent sur une parure de diamants cachée, je ne me souviens plus où, dans un mur ou dans un petit meuble de sa chambre. Et ces diamants, ils appartenaient à la comtesse de Léautaud, une amie, imaginez-vous. Interrogée, la petite Lafarge a raconté des histoires farfelues. On l'a jugée pour vol et elle en a pris pour deux ans. C'était il y a, quoi, deux mois à peine, même pas...

Alexis fit celui qui vient d'avoir une idée.

— Donc, elle va être jugée de nouveau, dans une autre affaire, alors qu'elle vient juste d'être condamnée.

— Exact. Et c'est sûr que, pour beaucoup, de voleuse à empoisonneuse, il n'y a qu'un pas. Dans le pays, pour des tas de gens, l'affaire est entendue. Ils ne font pas dans la dentelle, si vous permettez ce jeu de mots à un marchand de tissu.

Alexis sourit tout en écrivant aussi vite qu'il pouvait. Des cavaliers dépassèrent au galop leur diligence. Alexis tourna les pages de son calepin, relut des notes déjà griffonnées. Dès le lendemain du décès, la gendarmerie avait fouillé la maison. On avait trouvé de l'arsenic partout, mais l'autopsie du corps n'avait rien révélé. On avait quand même mis l'épouse en état d'arrestation. La famille du défunt l'avait d'emblée soupçonnée. Il n'était pas encore question des diamants. Plus Alexis réfléchissait à l'affaire, plus il la trouvait passionnante. Il aviserait en temps et lieu, mais tant pis si le procès lui faisait rater la première de sa pièce.

La diligence s'arrêta de nouveau. Cette fois, c'étaient des moutons qui bloquaient la route. On devait être tout proche de Tulle. La route était de plus en plus encombrée. Lebrac était maintenant réveillé et conversait avec Maillard, mais Alexis n'y prêtait pas attention. Leur voiture avait ralenti et n'avançait plus qu'au pas. Bientôt, elle s'arrêta. Alexis ouvrit la porte et se mit debout sur le marchepied, se tenant d'une main au bord de la toiture du véhicule.

Une longue file de voitures s'étendait devant eux. Des paysans avançaient plus vite à pied de chaque côté du chemin. L'engorgement était tel que des voitures voulant entrer dans la ville s'étaient placées dans la voie réservée à celles allant dans la direction opposée. Il y en avait de tous les types : des diligences comme la leur, des chariots conçus pour les marchandises, des calèches élégantes ou modestes, des coupés, des landaus découverts. Les voitures les plus luxueuses avaient des valets en livrée en plus du cocher. La file recommença à avancer tout doucement. Le soleil faisait briller les poignées des portières et les mors des chevaux qu'on entendait souffler.

Alexis rentra dans la diligence. Il savait la réponse mais demanda quand même à Lebigre :

— C'est habituel, cet encombrement ?

— Bien sûr que non ! C'est à cause du procès. La grande affaire ! Il n'y a pas que vous que ça intéresse. On dirait que toute la France nous découvre.

Tulle était une petite ville élégante et coquette, aux jolies maisons coiffées de tuiles rouges, nichée dans une vallée et traversée par la rivière Corrèze. Ils parvinrent finalement à la place centrale juste devant la cathédrale, grouillante d'activité. Des étrangers cherchaient à s'orienter, pointant du doigt dans telle ou telle direction, se parlant entre eux, interrogeant des locaux, accompagnés de porteurs chargés de valises.

Les trois compagnons saluèrent Lebigre et furent conduits à l'auberge, partiellement protégée du soleil brûlant par l'ombre de la cathédrale. Lebrac et Maillard s'éclipsèrent pour manger. On se retrouverait plus tard ou au palais de justice le lendemain matin pour l'ouverture du procès. Alexis, qui n'avait pas faim, voulut se laver, changer de vêtements et faire des étirements. Il fut agréablement surpris par sa chambre, petite mais propre, avec un plafond haut, un lit confortable et une fenêtre donnant sur la place centrale.

Il passa le reste de l'après-midi, après s'être lavé, à explorer les rues médiévales de la ville. Il en fit le tour au complet, car elle n'était pas grande, et la trouva fort agréable pour un séjour de quelques jours. Il suffisait de s'y promener pour s'apercevoir qu'elle était remplie de gens venus spécialement pour le procès. Il rentra à l'auberge en début de soirée. La petite salle à manger était bondée et on l'installa sur un tabouret à une extrémité du comptoir. Le propriétaire de l'endroit, un bossu chauve avec un nez de vautour, était derrière le comptoir, observant les dîneurs et lavant de la vaisselle. Sa femme et ses filles servaient les repas, allant et venant entre la cuisine et la salle à manger.

Alexis profita d'une accalmie dans le bruit et, quand l'homme fut près de lui, il lui demanda ce qu'il pensait de l'affaire. L'homme eut un sourire narquois :

— J'en pense, mon cher monsieur, que c'est excellent pour les affaires. Il n'y a plus un lit vacant en ville. Chaque hôtel, chaque auberge affiche complet. Des étrangers offrent, dit-on, de jolies sommes pour loger chez l'habitant. On en prendrait tous les mois, des histoires du genre.

— Oui, mais l'accusée, enfin, l'affaire elle-même...

L'homme fixa Alexis, sembla le jauger, comme s'il se demandait jusqu'où il pouvait s'engager.

— Vous voulez savoir le fond de ma pensée ?
— Oui.

Il s'approcha tout près d'Alexis qui sentit son haleine. Son regard se durcit.

— Je vais vous dire, monsieur, ce que j'en pense. Je pense que c'est une petite bâtarde orléaniste, une Parisienne voleuse et prétentieuse, qui nous regarde de haut et dit du mal de nous depuis son arrivée.

Puis, comme s'il réalisait ce qu'il venait de dire, il demanda à Alexis :

— Vous venez de Paris ?
— Non, non, pas du tout.
— Eh bien, tant mieux, tant mieux. Mais j'en ai peut-être déjà trop dit. Pardonnez-moi, j'ai du travail.

Le patron jeta sa serviette sur son épaule et s'approcha d'un client, à l'autre bout du comptoir, qui réclamait à boire. Il y avait dans son propos, songea Alexis, des éléments qui pourraient peser lourd contre l'accusée. Aux yeux de l'aubergiste, et de combien d'autres, elle incarnait le Paris mondain et frivole qui méprise la province plus conservatrice.

Sitôt son repas terminé, il remonta dans sa chambre et s'allongea sur le lit. Il venait d'ouvrir un recueil de poésie quand on frappa à sa porte. La femme de chambre venait lui porter des serviettes. Il la pria d'entrer un instant. C'était une toute jeune fille, très timide. Il sourit pour la mettre en confiance et lui demanda ce qu'elle pensait de l'affaire. Elle hésita, fixa le sol, puis regarda autour d'elle.

— Allons, allons, vous avez bien une opinion, n'est-ce pas ? Je vous donne ma parole que je la garderai pour moi.

Elle présenta la chose sous son angle romantique. Elle ne savait pas si l'accusée était coupable ou pas, mais la demoiselle Capelle, dit-elle, utilisant le nom de l'accusée avant ses noces, voulait un mariage d'amour. Avant de rencontrer Lafarge, elle avait été bernée par un noble libertin. Meurtrie, elle s'était ensuite retrouvée appauvrie au décès de son père adoptif. Elle s'était mariée trop vite, par l'entremise d'une agence matrimoniale. Elle ne connaissait son futur mari que depuis quelques jours.

— Vous vous rendez compte ? dit la jeune fille. Il lui avait fait croire qu'il habitait un château, mais c'est un vieux monastère qui tombe en ruine… et il est hanté.

— Non !

— Si…

— Hanté ?

— Oui, mon bon monsieur.

— Vous y êtes déjà allée ?

— Dieu m'en préserve ! Je n'y mettrai jamais les pieds…

— Et ensuite ?

— Eh bien, ensuite, l'endroit tombe en ruine, les fantômes se disputent avec les rats, monsieur Lafarge n'a pas un sou, sa forge est au bord de la faillite, et dans la maison, il y a la mère de l'époux, qui prend sa belle-fille en grippe dès le départ, un autre couple et un drôle de bonhomme ramené de Paris par monsieur… Vous imaginez ?

— J'imagine...

Elle eut un sourire gêné.

— Bon, je parle, je parle, et monsieur est bien gentil de m'écouter...

— Oui, je ne veux pas retarder votre travail.

Il la remercia pour les serviettes et elle prit congé. Alexis se répéta qu'il avait bien fait de venir.

Le lendemain matin, il n'était pas encore huit heures quand Lebrac, Maillard et lui arrivèrent, munis de laissez-passer, devant le palais de justice. Les nuages de la veille s'étaient dissipés. La journée s'annonçait magnifique et on l'aurait volontiers passée dehors en d'autres circonstances. Une foule considérable attendait l'ouverture des portes. Il y avait là dix, vingt fois plus de personnes que la salle ne pourrait en contenir. En chemin, ils avaient encore vu des gens tout juste arrivés frappant aux portes pour y trouver un gîte. Aux abords du palais de justice, soldats et gendarmes surveillaient la cohue. C'était un bouillonnement de conversations animées duquel l'excitation semblait monter vers le ciel comme la vapeur au-dessus d'une marmite.

À l'ouverture des portes, ce fut la ruée. Les gendarmes réussirent de peine et de misère à donner la priorité aux notables et à ceux qui avaient des autorisations. Comme la salle d'audience était petite, on avait construit pour l'occasion des gradins en bois en forme d'amphithéâtre semi-circulaire, dont la première rangée était réservée à ceux munis des bons papiers. Alexis et ses compagnons s'y assirent un peu à la gauche de la tribune surélevée où serait la présidence du tribunal. Tous les trois étaient côte à côte, leurs coudes se touchant, Maillard à la gauche d'Alexis et Lebrac à sa droite. En quelques minutes, la salle fut bondée au-delà de toute capacité raisonnable et aux gens assis s'ajoutèrent ceux debout, les uns le long des murs, souvent sur deux rangées, les autres agglutinés en grappes humaines dans le moindre espace disponible.

L'air ambiant devint rapidement suffocant. On allait juger une femme pour meurtre, mais les conversations tout autour d'Alexis faisaient penser à celles qui précèdent le lever du rideau au théâtre. L'événement avait quelque chose de mondain. Tous les personnages importants de la ville et des environs y étaient. Dans les estrades, nombre de têtes étaient penchées sur des cahiers, écrivant à la hâte ou croquant des visages. Quand l'une des têtes se redressa, Alexis reconnut, assis dans la première rangée mais en face de lui, le grand caricaturiste Charlier, venu de Paris également, qui aimait tant se moquer des avocats, des juges et des ministres, mais représentait toujours avec tendresse les pauvres et les infortunés.

L'avocat principal de l'accusée, Me Paillet, massif et imposant, et son assistant, Me Desmoette, vêtus de leurs robes, prirent place sur le banc de la défense. Les autres avocats de la défense, en habits civils, s'assirent en retrait. Sur le banc du ministère public, Me Decoux, venu de Limoges, consultait ses notes. Il porterait l'accusation. Un murmure prolongé accueillit l'entrée du couple Léautaud, celui auquel l'accusée avait dérobé les diamants, puis le silence se fit avant d'être rompu par l'arrivée de la famille du défunt. Alexis écrivait ses impressions. Près de lui, à la droite de Lebrac, Bonneau, spécialiste de la blague grossière, un dessinateur qui travaillait surtout pour *Le Charivari*, esquissait au crayon, à grande vitesse, les physionomies des principaux acteurs. À 9 heures, le président du tribunal, monsieur Barny, son vice-président, monsieur de Gaujal, et les deux juges-assesseurs, messieurs de Lamirande et de Grèze, tous dans leurs robes rouges bordées d'hermine, firent leur entrée. Leur arrivée imposa un silence solennel sans qu'ils le demandent.

Le président demanda que l'on fasse entrer l'accusée. Maître Paillet se leva pour aller chercher sa cliente et quitta la salle. Il revint quelques instants plus tard. L'accusée s'appuyait sur son bras. Tous les regards étaient maintenant sur elle. Elle était vêtue comme une veuve, toute de noir, très simplement. C'était une femme jeune, menue, délicate, d'allure modeste, aux cheveux noirs retenus par des bandeaux. Son visage était un ovale parfait et ses yeux, noirs comme sa chevelure, étaient vifs et perçants. Alexis jugea qu'elle avait plus de charme que de beauté. Une toux sèche et persistante lui faisait porter la main à la bouche. On la disait très affaiblie par les mois d'emprisonnement. Elle s'assit et regarda le public sans émotion, sereine dans les circonstances.

Le président lui demanda de se lever pour son identification.
— Votre nom ?
— Marie Capelle, femme Lafarge.
— Quel est votre âge ?
— Vingt-quatre ans.
— Votre profession ?
— Je n'ai pas de profession.
— Quel est votre domicile ?
— Au Glandier.

C'était le nom donné par tous dans la région au vieux monastère. Elle se rassit. On fit ensuite prêter serment aux jurés, puis le président ordonna au greffier de lire à haute voix l'arrêt de renvoi et l'acte d'accusation. Le greffier parla pendant près d'une heure. Les seuls bruits étaient la toux de l'accusée, les plumes qui grattaient le papier, des reniflements occasionnels venus de l'auditoire, des chaises qui grinçaient, un soulier qui heurtait le pied d'une table ou d'un fauteuil.

Par définition, un acte d'accusation noircit le portrait du prévenu, mais Alexis trouva qu'on y allait fort. La voix monocorde, traînante du greffier évoqua la famille « honorable » de l'accusée, son éducation « distinguée », et l'amour dans lequel avaient baigné son enfance et sa jeunesse. Mais il souligna que sa propre mère avait noté dans son caractère « une disposition à l'intrigue et une profonde dissimulation ».

Alexis retranscrivait à toute vitesse, ne voulant rien perdre des mots exacts utilisés. L'acte d'accusation rappelait aussi longuement, avec moult détails, la disparition des diamants, leur découverte chez l'accusée, ses explications abracadabrantes et sa condamnation pour vol. À peine arrivée dans la demeure de son mari, elle lui avait écrit une lettre étrange, se disant femme adultère, lui demandant de la laisser partir, menaçant de se suicider, avant de revenir à de meilleurs sentiments après l'intervention d'un ami de la famille.

Le défunt, lui, était présenté comme un homme « bon », « généreux », « entreprenant », profondément épris de sa femme, monté à Paris pour y faire breveter une invention prometteuse et obtenir le capital requis. Que du positif de son côté. Il avait même refait son testament pour tout léguer à sa chère épouse qui, dès ce jour, devint très attentionnée pour lui. Elle envoyait à Paris des lettres enflammées disant son désarroi de le savoir si loin d'elle. Pendant ce temps, elle se procurait de l'arsenic, prétextant la nécessité de lutter contre les rats qui infestaient la maison. Puis, jugeant que le moment était venu, elle lui fit envoyer un gâteau. Elle poussa la perfidie jusqu'à lui faire promettre de manger le gâteau au même moment qu'elle en mangerait un identique chez elle. Il tomba immédiatement malade, écourta son séjour, rentra chez lui. Elle fit semblant de le soigner tendrement. Les premiers médecins crurent à une angine et ne virent rien de suspect.

L'acte d'accusation insistait lourdement sur les témoignages les plus accablants déjà recueillis. L'épouse tenait à préparer elle-même ce que le malade ingurgitait. Elle commandait encore de l'arsenic, mais à divers pharmaciens. Une demoiselle Brun, qui vivait avec la famille dans cette grande demeure, disait avoir vu l'accusée mettre une poudre blanche dans une tasse de lait de poule et remuer le tout avec le doigt. La mère du défunt, rappela l'acte d'accusation, avait fait un témoignage presque identique. L'homme que Marie Lafarge avait envoyé chez le pharmacien pour recueillir l'arsenic témoigna que sa patronne lui avait dit de n'en parler à personne. Bref, tout, absolument tout, pointait vers elle. Pendant cette longue lecture, l'accusée avait parfois levé les yeux au ciel, mais elle ne s'était jamais dépourvue de son calme.

Quand la lecture de l'acte d'accusation fut terminée, chacun se pencha vers son voisin pour commenter à voix basse, mais l'effet combiné des voix fut comme un grondement sourd venu des profondeurs du sol. Le président dut exiger le silence. Il passa la parole à l'avocat général, et Me Decoux, très solennel et froid, au nom du ministère public, reprit la trame générale de l'acte d'accusation. D'entrée de jeu, il donna le ton :

— En effet, il n'a pas suffi à cette femme de précipiter dans la tombe, par des moyens affreux, l'homme auquel elle venait d'enchaîner sa destinée, cet homme qui, vous l'apprendrez dans le cours de ces longs débats, n'avait eu pour elle que de l'amour et des sympathies qui dominaient sa pensée, qui remplissaient, qui débordaient son âme. Eh bien ! Non, ce crime ne lui a pas suffi, il a fallu qu'elle le commette avec une persévérance, avec une audace qui sont sans exemple, j'ose le dire, dans nos annales criminelles !

Un instant plus tard, Alexis tourna la tête vers Maillard, assis à sa gauche, qui le regardait d'un air ahuri, la bouche ouverte, ses yeux allant du cahier d'Alexis à son visage, stupéfait de voir qu'il avait pu noter tout cela sans perdre un seul mot.

— Putain...

Maître Decoux raconta ensuite sa version de la miraculeuse conversion de l'épouse, subitement transformée en modèle de femme aimante et dévouée, le voyage du mari à Paris, l'envoi du gâteau, l'affaire des diamants, les témoignages sur l'achat d'arsenic et les traces de poudre blanche, et l'agonie atroce de ce pauvre Lafarge. Il pointa l'accusée avec grandiloquence, parlant de sa nature « déplorablement mauvaise ».

— Nous sommes en présence, tonna-t-il, de l'affaire la plus grave parmi toutes celles dont seront saisis les tribunaux du royaume pendant des années et je ne doute pas – il se tourna alors vers les jurés et les pointa – que ces messieurs, qui ont juré d'accomplir leur devoir, seront à la hauteur de la tâche.

Alexis dut convenir que le récit était diablement efficace pour donner une fort mauvaise image de l'accusée, qui fixait le sol et toussotait souvent. Quand Me Decoux termina de parler, il y eut une seconde de silence collectif ébahi, puis éclata dans l'assistance un caquètement de poules énervées. Le président, très contrarié, frappa du maillet à plusieurs reprises et menaça de tout interrompre. Alexis se pencha vers Lebrac :

— Comme on dit dans mon pays, l'avocat de la Marie va ramer contre le courant.

— Ouais, un si joli cou pourtant…

Alexis regarda l'accusée. Il lui sembla qu'elle était plus pâle et toussait davantage qu'au début, mais il n'en fut pas sûr. Il l'écrirait quand même. L'effet dramatique serait accentué. Le président ajourna à midi et demi pour une heure.

Au retour, l'accusée semblait avoir meilleure mine. Ce fut le tour de la défense. Maître Paillet entreprit d'expliquer que l'affaire des diamants, pour laquelle l'accusée avait déjà été condamnée, venait injustement influencer les esprits. Non seulement elle avait été longuement évoquée par le ministère public le matin même, mais celui-ci entendait faire défiler des témoins qui la raconteraient de nouveau. On mélangeait deux affaires. Pire, on contaminait la seconde avec une première déjà jugée. On ne devait pas permettre de témoins qui la ressasseraient. Les juges se retirèrent pour statuer. Rapidement, ils revinrent et annoncèrent qu'on garderait telle quelle la liste des témoins.

Le président mena ensuite lui-même l'interrogatoire de l'accusée. Il voulut revisiter divers aspects des déclarations faites par elle aux enquêteurs. Elle répondit avec un calme impressionnant. Était-il vrai qu'elle avait dit à son mari qu'elle possédait un pistolet ? Oui. Pourquoi ? Pour l'impressionner suffisamment et qu'il la laisse partir. Qui fut le premier des deux époux à rédiger un testament en faveur de l'autre ? Elle ne s'en souvenait pas. Pouvait-elle s'expliquer sur la suggestion faite à son mari qu'ils mangent chacun leur gâteau en même temps malgré la distance qui les séparait ? Elle convint que c'était assez ridicule. Que répondait-elle au témoignage selon lequel elle avait essuyé des traces blanches sur une cuillère ? Que c'était faux. Avait-elle dit à l'homme chargé de lui rapporter l'arsenic de chez le pharmacien de n'en parler à personne ? Non. Pourquoi avait-elle demandé de l'arsenic à quatre reprises, à deux pharmaciens différents, dans deux villes différentes ? Elle répondit qu'il n'y avait eu aucun calcul de sa part.

On entendit des ricanements cyniques quand le président lut une note envoyée à un pharmacien dans laquelle l'accusée disait que sa demande d'arsenic supplémentaire ne signifiait pas qu'elle voulait « exterminer le Limousin en masse ». Coups de maillet répétés du président pour rétablir l'ordre pendant lesquels Maillard, cette fois à la droite d'Alexis, tel un élève copiant sur son voisin, s'était penché sur son cahier et l'avait légèrement tourné par un coin pour retranscrire les mots exacts.

Quand l'interrogatoire fut terminé, le visage de l'accusée était trempé de sueur. Elle était au bord de l'effondrement, mais avait répondu avec un mélange de fragilité physique et d'aplomb psychologique. Le président leva l'audience à 6 heures et, dès que son maillet percuta le socle, les voix dans l'assistance furent comme une nuée d'oiseaux qui s'envolent en piaillant, rapidement accompagnées du bruit des chaises déplacées.

— De Dieu de Dieu de Dieu, murmurait Lebrac, ne s'adressant à personne en particulier, fixant le vide devant lui, subjugué par ce qu'il venait de voir, inattentif au brouhaha autour d'eux.

Puis il dit à Alexis :

— Elle a du cran, la petite, faut reconnaître... Assez de cran pour empoisonner un régiment après s'être lavée de tous ses péchés auprès du curé.

Alexis avait la tête ailleurs. Il enverrait dès que possible un pigeon pour dire au journal que ce serait le procès le plus sensationnel depuis celui de Lacenaire, le poète-assassin, décapité quatre ans auparavant. Il demanderait aussi que quelqu'un du journal prévienne le théâtre Lacazette et son ami de Valmy de ne pas compter sur sa présence le soir de la première de *La Délicieuse Escapade*.

— Hé les copains, venez voir. J'ai une surprise pour vous...

C'était Bonneau, le dessinateur du *Charivari*, dont les épaules sautillaient pendant qu'il rigolait. Alexis, Lebrac et Maillard se rassemblèrent autour de lui, demeuré assis. Il leva la tête vers eux.

— Avouez qu'elle est mignonne la petite Marie, non ?

Il avait l'air d'un gros chat. Personne ne dit rien. Ils attendaient.

— Quoi, vous avez perdu votre langue ? demanda Bonneau, promenant son regard de l'un à l'autre. C'est votre premier procès pour meurtre ?

Bonneau, comme s'il avait été au comptoir d'un bistrot, baissa la voix et prit un air malin :

— Vous pensez que c'est une polissonne ? Elle devait le gâter, le Charlot, non ? Pour le tenir en laisse, ça me semble clair, non ?

— Qu'est-ce que tu peux être con, des fois, Bonneau ! dit Lebrac, sans toutefois pouvoir réprimer un sourire.

— Joue pas au curé, Lebrac ! Moi je suis sûr que c'est une petite polissonne. Regardez-moi ça un peu...

Il ouvrit son cartable avec des mimiques de conspirateur. Il entreprit de tourner les pages. Chacune contenait des esquisses au fusain de l'accusée, du président, des avocats, des familles dans l'assistance. Puis, avant de tourner une page, il dit :

— Mon chef-d'œuvre du jour. Juste pour vous, les gars. Prêts ?

Alexis, qui ne trouvait pas drôle du tout la circonstance, tourna le dos et s'éloigna. Il entendit les ricanements des autres. Lebrac laissa tomber :

— C'est ce que je disais... ce que tu peux être con, Bonneau, con comme la lune !

— C'est pas gentil pour la lune ! lâcha Sainsaulieu, une connaissance de Lebrac, arrivé après eux.

— Il se paye du bon temps, le président ! Énergique, la petite ! dit une voix, riant d'un rire gras.

Alexis marchait déjà pour quitter la salle et ne se retourna pas. L'auberge serait le meilleur endroit pour mettre de l'ordre dans ses notes.

L'audience du lendemain débuta avec une heure de retard. Le premier témoin à se présenter à la barre fut un partenaire d'affaires qui avait visité le défunt quand il était déjà gravement malade. Il n'avait rien noté de suspect, mais il insista lourdement sur la probité et la droiture du mort. Quant au Glandier, dit-il, ce n'était certes pas la vie de château à laquelle sa jeune épouse avait été habituée, mais on aurait tort d'exagérer son délabrement. Il fut suivi du docteur Bardou, qui avait tenté de soigner le défunt et avait participé aussi à l'autopsie du corps. Plusieurs organes étaient plus rouges que la normale et montraient des lésions. Mais ce n'est qu'après avoir trouvé des traces d'arsenic dans le lait de poule, quelques jours plus tard, qu'il se dit que ces lésions organiques s'expliquaient par un possible empoisonnement.

Ce fut le témoin suivant qui captiva l'auditoire. Le docteur Quentin-Lespinasse, appelé lui aussi au chevet du malade, raconta que, dès son arrivée au Glandier, la mère Lafarge lui avait demandé s'il croyait à un empoisonnement. La demoiselle Brun lui avait montré des traces de poudre dans le fond d'un tiroir. Tout cela l'avait beaucoup inquiété et il avait dit au malade de se méfier de ce qu'on lui faisait boire. Quand il fut rappelé à son chevet le lendemain, le malade lui fit un geste discret de la tête pour désigner sa femme. Il fut écouté dans un silence de plomb.

Le greffier fit ensuite, sur ordre du président, lecture du rapport des médecins-chimistes. Cinq jours après le décès, ils avaient examiné divers liquides et substances prélevés dans l'estomac du défunt. Ils en concluaient, sans l'ombre d'un doute, que Lafarge était mort d'un empoisonnement occasionné par l'absorption d'acide arsénieux. L'autorité de la science pesait lourd et il fallut des coups de maillet répétés du président pour faire cesser les piaillements. L'avocat de la défense, Me Paillet, travailla fort pour donner corps à l'idée que les conditions d'entreposage des substances examinées, de même que l'écoulement du temps, avaient pu en altérer la teneur.

C'est à ce moment qu'un homme monta à la tribune et chuchota dans l'oreille du président. Le magistrat indiqua qu'un individu non annoncé souhaitait témoigner de toute urgence. Il userait donc de son pouvoir discrétionnaire pour faire comparaître immédiatement et sans serment monsieur Aimé Sirey, avocat parisien. S'avança alors un mince jeune homme à lunettes. Il expliqua qu'il avait entendu une remarque jugée par lui sans importance sur le coup, mais qui s'éclairait maintenant d'une nouvelle lumière et l'obligeait à décharger sa conscience.

En visite dans la région, il avait dit à un fermier du coin que monsieur Lafarge ferait bientôt, d'après ce qu'il avait entendu, un coup d'argent. Le fermier lui avait répondu qu'il n'aurait guère le temps d'en profiter, car il serait empoisonné par sa femme. La salle fut frappée de stupeur et Alexis vit l'accusée baisser les yeux.

D'autres témoins de moindre intérêt comparurent ensuite sans qu'Alexis comprenne quel principe organisateur dictait leur ordre d'apparition. La journée avait été très mauvaise pour l'accusée. Il avait songé découvrir la ville en soirée, mais il était fatigué. Il lut quelques pages et se coucha tôt.

Le lendemain matin, à l'ouverture des travaux, régnait dans la salle le bourdonnement distrait que font ces classes d'élèves qui n'écoutent que d'une oreille. Mais quand le président annonça qu'on entendrait maintenant la mère du défunt, il n'eut pas besoin d'ajouter un mot pour obtenir un silence absolu. Elle s'avança à la barre avec difficulté. Dans le visage de ceux qui semblaient la connaître, Alexis lut qu'on lui trouvait mauvaise mine bien au-delà de ses 63 ans.

Elle expliqua d'une voix faible la joie avec laquelle toute la maisonnée avait accueilli la jeune épouse de son fils. Elle raconta qu'après avoir pris connaissance de la lettre de Marie demandant la séparation, elle avait dit sans détours à l'accusée que c'était hors de question. Sitôt qu'elle vit l'accusée revenir à de meilleurs sentiments envers son fils, elle fut certaine que c'était de la comédie. La mère confirma qu'elle avait personnellement fait les gâteaux envoyés à Paris. Elle les avait remis à une domestique pour qu'ils soient mis au four, mais quand elle alla voir comment allait la cuisson, la domestique lui répondit que l'épouse avait déjà emporté les gâteaux. Elle fut bouleversée quand elle vit revenir son fils si malade. Elle fut encore plus troublée quand elle entendit sa belle-fille dire qu'il était inutile de faire venir un médecin. « Il aime qu'on le plaigne », disait-elle.

Lebrac se pencha vers Alexis :

— Elle est aussi cuite que ses gâteaux, la petite...

On ramena ensuite l'accusée à la barre et le ministère public lui demanda s'il était vrai qu'elle avait dit que son mari était douillet. Elle nia. Elle ajouta qu'elle avait même suggéré d'appeler un autre médecin. Était-il vrai qu'elle avait enjoint à son mari, quand il était à Paris, de manger son gâteau à une heure précise ? Elle répondit : « Comment aurais-je pu l'y obliger et comment aurais-je pu être sûre qu'il serait seul à en manger ? » Était-il vrai qu'elle avait demandé, après le décès, pendant combien de temps les habitants s'attendaient à ce qu'elle s'habille en veuve ? C'était faux. Comment expliquer son sang-froid, noté par la mère, lorsque le docteur Quentin-Lespinasse avait dit qu'il administrerait un contrepoison ? « Ce prétendu sang-froid est une impression erronée. » Elle était si troublée qu'elle suggéra de faire venir le curé. Alexis fut frappé par son calme et son énergie retrouvée. Elle ne toussait plus.

Après la pause, quand l'audience du soir reprit, vinrent témoigner les pharmaciens Dubois père et fils et Dupuytren. C'est Dubois père qui parla en leur nom. Il leva bien haut, pour que tous le voient, le bocal contenant l'estomac de Lafarge et des carafes avec les liquides prélevés dans son estomac. Il raconta longuement tous les procédés utilisés pour leur examen. Ses collègues et lui n'avaient trouvé aucune trace d'arsenic. Sitôt qu'il prononça ces mots, des applaudissements se firent entendre, vite réprimés par d'énergiques coups de maillet du président. Alexis vit l'accusée lever les yeux au ciel et joindre les mains. Il se tourna vers la section d'où venaient les applaudissements, mais il ne connaissait aucun de ces visages.

Dubois se dit d'avis qu'il faudrait soumettre tout cela à de nouveaux examens. Pendant qu'il parlait, Alexis regardait l'expression très contrariée du docteur Quentin-Lespinasse qui avait déjà témoigné et dit sa certitude que le défunt était mort empoisonné. À la reprise, un échange poliment tendu opposa Dubois et Quentin-Lespinasse sur leurs procédés respectifs et sur les vertus du sous-carbonate de potasse et de l'acide nitrique. Comme ils devaient par-dessus tout montrer au bon peuple que la science était souveraine, on convint entre gentilshommes que le mieux serait de déterrer le cadavre et de reprendre les examens. On ajourna au lendemain. Alexis sortit sa montre. Il était 8 heures du soir. Lebrac, Maillard et lui eurent du mal à fendre la foule. Alexis captait des bribes de conversation ici et là. Le désaccord entre les experts était connu des gens qui n'avaient pu entrer dans la salle.

— Vous allez voir, dit Maillard pendant qu'ils marchaient, élevant la voix pour être entendu des deux autres, ça va se jouer là-dessus.

— Là-dessus... quoi ? demanda Lebrac.

— Ben, les experts, leurs témoignages... Qui sera le plus convaincant, précisa Maillard.

Alexis était aussi de cet avis. Une question lui vint :

— Et ton patron, le ministre, il va penser quoi de tout ça ?

— Oh, le verdict, il s'en fout un peu, je crois, répondit Maillard. L'important pour lui, c'est qu'il y ait un sentiment général que ce fut juste, tu vois ? C'est l'image de la justice qui lui importe.

Puis Maillard pointa du doigt un restaurant.

— Bon, allez, tous leurs bocaux avec des restes d'estomac, ça me donne faim, moi. On va bouffer ?

Le lendemain et les jours suivants, le temps se couvrit. Une petite pluie froide traversait la laine des manteaux. Les gens se hâtaient dans les rues, glissaient sur les pavés mouillés et enjambaient les flaques. Puis le vent chassait les nuages et un soleil timide se montrait trop brièvement.

Les témoignages furent d'un intérêt inégal. L'un des plus importants fut celui de Denis Barbier, le domestique qui avait reçu l'ordre d'aller chercher l'arsenic chez le pharmacien et de ne pas en parler. Il raconta avoir dit à sa femme : « J'ai bien peur que cet arsenic ne serve à faire mourir monsieur Lafarge. » Il ajouta avoir entendu l'accusée dire, devant un monsieur Magneaux, que si elle le voulait, son mari serait mort dans les vingt-quatre heures. Dans le tumulte que la déclaration provoqua, Alexis dut hausser la voix pour dire à Lebrac :

— C'est absurde ! Si elle veut le tuer, elle ne serait pas idiote au point de s'en vanter !

Lebrac fit la grimace :

— Tu sais, ce qui se passe dans une tête...

Le lendemain, le greffier fit lecture du procès-verbal de l'exhumation. On ricana quand il lut que les fossoyeurs disaient avoir trouvé le cadavre dans la même position que lorsqu'ils l'avaient enfoui. On ricana encore quand l'un des experts, le pharmacien Dubois, expliqua que le nouvel examen des organes ne pourrait se faire dans la salle d'audience tant l'odeur dégagée par les matières en décomposition rendrait l'air irrespirable.

Les autres témoignages pendant les jours suivants furent ceux de gens venus au Glandier pendant l'agonie de Lafarge, qui n'ajoutaient rien à ce que l'on savait déjà, ou alors ils visaient à éclaircir un détail contenu dans le récit d'un autre témoin.

Quand l'audience languissait, la pensée d'Alexis butinait. Il pensait à Emmanuel, qui ne pourrait passer toute sa vie à s'amuser, à sa conversation avec Balzac, qui l'avait encouragé à viser haut, au pays natal qu'il avait laissé derrière lui, qu'il se représentait toujours froid et enneigé. Les soirs, il explorait seul la ville ou mangeait avec ses compagnons. Lebrac avait imposé aux deux plus jeunes une de ses vieilles habitudes de journaliste. Quand il levait discrètement le doigt, c'était qu'une conversation à une table voisine méritait d'être captée. Ils arrêtaient de parler et tendaient l'oreille. Dans toutes les salles à manger de la ville, on ne parlait que du procès. Chacun semblait avoir une opinion : on était pour l'accusée ou contre, chacun insistant sur les éléments qui étayaient son point de vue.

Un soir, Alexis confia à ses camarades que l'opinion majoritaire semblait défavorable à l'accusée et aucun des deux ne le contredit. Les origines parisiennes et nobles de l'accusée indisposaient ces provinciaux susceptibles. Ils étaient parvenus au dessert, qui n'intéressait que Maillard, quand Lebrac regarda Alexis et lâcha, comme s'il venait de s'en souvenir :

— Dis donc, le Canadien, c'est pas ta pièce qui commence demain à Paris ?

— Oui, oui, demain.

— Tu voulais pas y être ? demanda Maillard.

— Au début, oui, mais maintenant non. L'affaire ici m'intéresse, elle passionne toute la France, et si mon affaire à moi est un four, mieux vaut être loin, non ?

— Ouais, vu comme ça… et c'est quoi ta pièce ? T'as rien dit jusqu'ici. Une petite primeur pour tes copains ? Allons… l'encouragea Lebrac.

— Oh, rien de très… un truc léger… pour faire rire.

Maillard, la bouche pleine, de la crème fouettée sur la joue, intervint :

— C'est cocasse quand on y pense. Un truc pour faire rire là-bas, dis-tu, dès demain, pendant que tu es ici à regarder une petite dame qui va peut-être se faire guillotiner dans quelques semaines.

Le lendemain, Alexis arriva fébrile au palais de justice. Sa pièce serait jouée le soir même à 500 kilomètres d'où il était. Il regardait distraitement les gens prendre place pendant qu'il s'imaginait, comme lors de sa première pièce, un comédien oubliant ses répliques, un rideau qui ne veut pas se lever, des projectiles lancés sur scène, tout ce qui pourrait survenir de négatif.

Les travaux de la cour débutèrent. D'une voix forte, le président ordonna à mademoiselle Anna Brun de s'avancer à la barre des témoins. C'était elle qui, la première, avait dit aux enquêteurs avoir vu l'accusée verser une poudre suspecte dans les boissons préparées pour le défunt. C'était une jeune femme forte et rougeaude. Elle se présenta comme peintre, mais gagnait sa vie en étant femme de chambre au Glandier. Elle reprit son récit de poudre blanche et expliqua que l'accusée, lorsqu'elle lui avait demandé ce qu'elle venait de verser dans une tasse, avait répondu que c'était de la farine.

Le reste de l'audience fut de peu d'intérêt et Alexis, rendu fort nerveux par sa pièce, voulut être seul. Il quitta la salle et marcha dans la campagne pour se fatiguer, jusqu'à ce que la nuit tombe. Il en oublia de manger. Dans trois jours, il recevrait les journaux de Paris, en même temps qu'arriveraient les sommités scientifiques venues de la capitale pour reprendre les expertises chimiques contradictoires.

Il dormit mal, se tournant de tous les côtés, ne trouvant pas une position confortable, se levant pour ouvrir la fenêtre parce qu'il avait chaud, la refermant parce qu'il avait froid. Dès les premières lueurs du jour, il se réveilla détrempé, anxieux, se demandant comment s'était passée la première de la veille, se demandant pourquoi Emmanuel ne lui avait pas écrit depuis son arrivée à Tulle. Et quand il voulut se lever et mettre son poids sur ses jambes, il vacilla et sa tête recommença à lui faire mal. Il retomba lourdement sur son lit. Nom de Dieu, ça recommence, se dit-il. Il n'avait pas eu mal à la tête depuis des mois et pensait avoir mis cela derrière lui pour toujours. La déception l'accablait autant que la douleur.

Il demanda à la femme de chambre de prévenir ses amis au palais de justice qu'il resterait dans sa chambre, mais qu'ils ne devaient pas s'inquiéter. La femme de chambre, qui le trouvait sympathique, dit qu'elle lui apporterait régulièrement à boire et à manger et irait chercher un médecin s'il le jugeait nécessaire. Il passa deux jours entre le lit et la fenêtre, ne sortant pas de sa chambre, lisant un peu, dormant beaucoup, mangeant à peine. « Buvez beaucoup d'eau », lui avait dit la femme de chambre.

Le matin du 13 septembre, un rayon de soleil réveilla Alexis. Il alla à sa fenêtre. Il n'avait pas dormi aussi bien depuis longtemps. La journée s'annonçait superbe. La place grouillait déjà d'activité. Il se sentait mieux, plus solide sur ses jambes, et sa tête n'était plus prise dans un étau. Si tout se passait comme prévu, il recevrait aujourd'hui les journaux de Paris.

On frappa. La femme de chambre entra sans attendre son autorisation. Son visage s'éclaira quand elle vit sa mine. Elle lui dit que ses amis s'étaient inquiétés, mais qu'elle les avait rassurés. Ils confirmaient que les experts chimistes de Paris étaient arrivés et que leur comparution, prévue pour le lendemain, était fort attendue. Elle demanda s'il voulait qu'elle aille chercher les journaux. Il lui donna de l'argent et elle s'en alla.

Il consulta sa montre. Il était passé 9 heures. Les travaux avaient débuté au palais de justice, mais sa fébrilité était plus forte. Il parcourrait les journaux avant. Il se livra à une toilette de chat, s'habilla et, de sa fenêtre, il vit la jeune femme qui revenait en trottinant, une pile de journaux sous un bras, le saluant de l'autre. Elle entra en coup de vent, sans frapper, et lui remit le paquet. Elle essuya sur son tablier ses mains tachées d'encre.

— Ben, je vous laisse. Des bonnes nouvelles, j'espère… S'il y a quoi que ce soit…

Il sourit et elle se retira. Il remarqua alors qu'une lettre accompagnait la pile de journaux. Intrigué, il la décacheta. Comme il ne reconnaissait pas l'écriture, il regarda la signature. C'était Bourget, un des copains de la bande parisienne. Trois phrases écrites à la hâte.

Salut l'artiste,

Juste un mot rapide pour te dire que j'ai bien rigolé hier soir et je n'étais pas le seul. Bravo! Du mouvement, des rebondissements, de l'esprit! Le vieux Lacazette, qui semblait très soulagé en fin de soirée, m'a prévenu que tu n'y serais pas, mais je m'attendais à y voir Emmanuel que je n'ai plus vu depuis quelques jours. Je te salue et au plaisir.

Bourget

Alexis redressa la tête. Emmanuel n'y était pas ? Une inquiétude le gagna, mais il s'efforça de n'y voir rien de plus qu'un changement d'humeur de son compagnon. C'était son genre et quelle importance qu'il soit ou non à la première ? Puis il relut le mot de Bourget qui disait ne pas l'avoir vu « depuis quelques jours ». Il chercha *Le Siècle* et tourna rapidement les pages. Si Silvestre daignait écrire sur lui, ce serait dans les dernières pages. Son cœur battait fort. Il vit en gros caractères, au bas d'une colonne, le nom de Georges Silvestre et, comme par magie, ses yeux se posèrent sur le paragraphe qui résumait tout :

Il n'est pas en dessous des âmes bien nées de rire de bon cœur, et on ne niera pas qu'on passe un moment plaisant à suivre les péripéties de cette Délicieuse Escapade. *Mais on ne taira pas pour autant les facilités, les invraisemblances et les relâchements. L'auteur a repris le canevas de sa* Fortune tombée du ciel *et n'a changé que les décors, les prénoms et trois détails. Pour le reste, mêmes amoureux aux yeux humides, mêmes parents stupides et bornés, mêmes domestiques cabotins. On a déjà vu et la lassitude gagnera vite le public exigeant. Mais concédons qu'il y en a suffisamment qui exigent peu pour qu'un auteur n'ait pas à forcer son talent outre mesure. Mais est-ce encore du théâtre si, comme chez le boulanger, toutes les baguettes goûtent pareil ? Disons-le sans détours : cette fois, nous attendions plus de monsieur Lefrançois. Dans ce registre, Paris a déjà monsieur Scribe. Nous jugeons qu'un suffit.*

Un nœud dans le ventre, Alexis repoussa *Le Siècle* et feuilleta *Le Gaulois*. Rien. Rien non plus dans *La Presse*. Dans *Le National*, sous la plume d'un dénommé Vidal dont il n'avait jamais entendu parler, il lut :

Scribe n'a rien à craindre. Et Molière, s'il était vivant, tapoterait amicalement l'épaule du jeune auteur en lui disant de ne pas se décourager.

Le journal avec lequel Alexis était sous contrat pour le procès, *Le Constitutionnel*, n'avait rien écrit. Dans *Le Charivari*, Rochefort concluait :

C'est parfait pour les esprits légers, mais si la légèreté laissait une trace durable, on le saurait. Aussitôt vu, aussitôt oublié. Dans le vestibule, sitôt mon chapeau et mon manteau retrouvés, j'avais déjà oublié toute l'affaire.

Alexis laissa tomber le journal et, assis sur le bord du lit, eut le sentiment que sa tête se vidait et que ses épaules s'étaient alourdies. Quelle déception ! Il était honteux, mortifié, humilié. Et en même temps, il dut s'avouer qu'il n'était pas complètement surpris. Il avait écrit vite pour tirer profit des circonstances. Le vieux Lacazette savait qu'un certain public n'est pas détourné d'une salle par une mauvaise critique si on lui dit qu'il rira quand même. Mais il aspirait à mieux, à plus. Et il songea à Balzac, qui saurait tout de cette réception acidulée le soir même, et qui lui avait dit de viser haut. Il se sentit rougir. Et il lui faudrait tout à l'heure faire face à ses compagnons au palais de justice, qui auraient lu les journaux eux aussi.

Il se secoua. Il se frappa la cuisse du poing. « Bon, allez, du nerf, au travail ! Au palais ! » Puis il se rappela Balzac, encore lui, qui qualifiait les journalistes de « rienologues », et il décida sur-le-champ qu'il ne travaillerait pas aujourd'hui. C'était demain, en après-midi, que les chimistes de Paris témoigneraient et il ne se sentait pas la force d'affronter les regards de ses camarades aujourd'hui. Il sortirait de la ville et irait dans les champs, là où il ne croiserait que des paysans illettrés et des animaux. Le grand air, la solitude, l'odeur du fumier lui feraient du bien. Il rentrerait quand la nuit serait tombée.

Juste avant de se mettre en route, il monta sur le toit de l'auberge, enroula autour de la patte d'un pigeon un message qu'il expédierait chez Havas, demandant de trouver Emmanuel de Valmy et le priant de donner signe de vie.

Alexis dormit tard. Au réveil, la déception l'habitait encore, mais il n'y pouvait rien. La pièce était ce qu'elle était et les critiques avaient raison. On lui reprochait d'avoir choisi la facilité. Son talent n'était pas mis en doute. Il s'en remettrait. Balzac aussi avait connu des déboires artistiques. Il se jura cependant d'en tirer des leçons et il les voyait déjà : plus d'ambition, polir l'ouvrage, travailler dans la durée. Il paressa dans son lit, la fenêtre ouverte, lut beaucoup, se lava lentement, debout. Entendant des rires, il alla à la fenêtre et vit deux jeunes femmes qui lui envoyaient la main. Il réalisa qu'il était nu et qu'on lui voyait le haut du corps depuis la rue. Il leur retourna leur salut, s'habilla, puis alla prendre un long déjeuner. Il était seul dans la salle à manger. Les gens venus pour le procès étaient au palais de justice depuis le matin. Les voyageurs de commerce avaient pris la route tôt le matin.

Il devait être une heure de l'après-midi quand il arriva au palais de justice. L'odeur était épouvantable. Il fut certain qu'elle imprégnerait ses vêtements. Dans le chemin de ronde qui ceinturait le bâtiment principal, de petits fourneaux achevaient de brûler. Les chimistes arrivés de Paris y avaient fait chauffer leurs substances pour mener leurs expériences dans la pièce attenante à la salle d'audience, transformée pour l'occasion en laboratoire. Il montra son laissez-passer au garde et alla rejoindre Lebrac et Maillard. Ils l'accueillirent avec un sourire de soulagement. Alexis réalisa qu'ils étaient devenus de vrais amis, malgré leurs différences d'âge et de sensibilité. Autour de lui, d'autres habitués du procès hochèrent la tête pour souligner son retour.

— Tu nous as fait peur. Ça va ? demanda Maillard en couvrant sa bouche de sa main.

— Oui, oui, trop de tension et un coup de fatigue.

— Tu arrives au bon moment, reprit Maillard. Du menu fretin pendant une partie de l'après-midi et, vers la fin, ces messieurs de Paris venus apporter les lumières de la civilisation dans l'arrière-pays livreront leurs conclusions. Ils ont travaillé toute la nuit.

— J'ai raté des choses importantes ? demanda Alexis.

— Non, pas à mon avis, mais tiens… Attends…

Maillard se pencha, sortit de sa sacoche le cahier dans lequel il consignait ses notes, et le lui tendit. Alexis le parcourut et transcrivit certains points dans son cahier. La veille, le grand Mathieu Orfila, le chimiste le plus réputé de France, doyen et professeur à la Faculté de médecine de Paris, commandeur de la Légion d'honneur, tout juste arrivé, s'était avancé à la barre des témoins pour dire qu'il serait en mesure de livrer ses conclusions dès le lendemain si on lui fournissait des conditions de travail propices. Alexis leva les yeux et son regard balaya la salle. Maillard comprit.

— Il est là-bas, sur ta gauche, le grand chauve, celui qui a l'air d'un évêque.

Alexis vit tout de suite de qui il s'agissait. Orfila était assis à une dizaine de mètres d'eux, vers le centre de l'hémicycle, mince, d'une taille légèrement au-dessus de la moyenne, les épaules carrées, l'air vigoureux, en train d'écrire, dégageant un air de suprême confiance en lui. C'était un homme au début de la cinquantaine, né en Espagne, naturalisé français. On le disait ambitieux, calculateur, expert en intrigues, dominateur, prompt à neutraliser quiconque le menacerait, sachant cultiver ses réseaux politiques.

Une bonne partie de l'après-midi fut consacrée à des témoignages si ennuyeux qu'ils firent presque regretter à Alexis d'être venu. Tous attendaient le grand Orfila. Défilèrent un huissier, un curé, une ancienne femme de chambre et deux banquiers qui ne firent guère avancer l'affaire. On chuchotait dans la salle et le président laissait faire. Même lui semblait attendre le plat de résistance. Entre deux témoins, Alexis entendit la voix moqueuse de Bonneau, du *Charivari*.

— Dis donc, Sainsaulieu, c'est toi cette odeur de charogne ?

On vit alors Orfila ramasser ses notes, lever le menton d'un air important et, obéissant peut-être à un signe discret du président, s'approcher de la barre des témoins. Et c'est à ce moment qu'une idée totalement inattendue fit irruption dans la tête d'Alexis avec toute la force de l'évidence. Viser haut comme lui avait dit Balzac ? Bien sûr. En finir avec le théâtre facile ? Bien sûr. Mais quoi alors ? Mais tout simplement ce qu'il avait sous les yeux, un peu ce que Lebrac projetait, mais qu'il ferait avec plus d'amplitude et d'ambition. Tout tomba en place. Ce procès était non seulement un drame complexe et fascinant, rempli de mystères, mais à travers lui, c'était toute une galerie de personnages, tout le portrait d'une France de province, de ses rapports avec Paris, d'une famille à la fois banale et unique, d'un mauvais mariage, c'était tout un contexte politique aussi, toute une époque en fait qu'il avait sous les yeux. Quel canevas ! Quelle fresque il pourrait peindre ! Quel roman cela ferait ! Il y avait là de la matière pour beaucoup plus que la petite série d'articles qu'il avait envisagée ou que le roman-feuilleton sensationnaliste de Lebrac. Il viserait le plus haut possible. Une symphonie, une cathédrale ! L'idée lui sembla si évidente qu'il se demanda comment il n'y avait pas pensé avant.

La voix de Lebrac le ramena au moment présent.

— Il a de la gueule, faut reconnaître.

Il parlait d'Orfila qui commença, d'une voix forte, habituée à s'exprimer en public et à commander, avec une minuscule touche d'accent espagnol. Il avait devant lui des notes. Ce n'était pas un texte complet, écrit d'avance, mais il était si sûr de lui que son improvisation aurait pu être publiée telle quelle. Comme tous les bons orateurs, il levait les yeux, cherchait le contact avec les magistrats et les jurés, jouait avec les pauses et les intonations pour produire un effet maximal. Il commença par expliquer qu'il avait utilisé les mêmes produits que ceux utilisés lors des expériences précédentes, sauf pour le nitrate de potasse apporté de Paris. Tous ceux qui avaient participé aux résultats antérieurs étaient autour de lui pendant son travail. La pièce avait été étroitement surveillée par les gendarmes et les fenêtres étaient restées fermées.

Il tenait son public dans le creux de sa main et il le savait. Il était la Science et n'en doutait absolument pas. Puis il livra ses conclusions pour dire ensuite comment il y était parvenu.

Oui, il avait trouvé de l'arsenic dans le corps de Lafarge. Stupeur dans la salle. Les collègues d'Alexis, pourtant des vétérans, se crispèrent. Non, cet arsenic ne provenait pas des produits utilisés par lui, ni de la terre autour du cercueil. Murmures que le président, subjugué lui aussi, laissa aller. Non, cet arsenic ne se réduisait pas à la quantité naturelle que l'on trouve dans le corps humain. Il avait dit cela plus fort pour dominer le bruit ambiant. Oui, il était possible d'expliquer logiquement les variations dans les résultats antérieurs. Il se tourna vers le président pour signifier qu'il passerait maintenant à une autre phase plus technique de son exposé.

Il but une gorgée d'eau, reprit la parole et discourut pendant près d'une heure. Il expliqua qu'il avait examiné divers organes, des vomissements, des liquides provenant de l'estomac, des morceaux de chair prélevés sur le cadavre, et le suaire dans lequel le corps était enveloppé. Ensuite il exposa les procédés utilisés, et plus il était obscur et difficile à comprendre, plus cela lui donnait de l'autorité. Les premiers experts avaient trouvé des substances floconneuses, d'un jaune pâle, assimilables à de l'acide arsénieux, mais ils en auraient trouvé plus si leur tube, lorsqu'ils le chauffèrent, ne s'était pas brisé. Ses collègues avaient été malchanceux.

Le second groupe d'experts avait examiné une si petite quantité de matière qu'il n'était que logique qu'il n'ait rien trouvé. Il ne blâmait personne. Mais lui, il était formel. Aucun doute n'était possible. Quand des taches brunes et brillantes se dissolvent instantanément dans l'acide nitrique pur, il reste une substance blanche, jaunâtre. Quand on lui applique ensuite du nitrate d'argent et que le blanc devient rouge brique, il n'y a plus de doute possible : c'est de l'arsenic, car c'est la seule substance qui réagit de cette façon. Tout au long de son exposé, les yeux d'Alexis étaient allés d'Orfila aux jurés et à l'accusée. Pas une fois elle n'avait levé la tête.

L'exposé d'Orfila était si définitif, dit d'un ton si assuré que ni la défense, ni l'accusation ne voulurent l'interroger. Le président lui demanda s'il aurait l'amabilité de mettre cela par écrit, dans un rapport officiel, et se fit répondre qu'il aurait cela le lendemain matin. On ajourna l'audience à 18 h 15. Alexis eut à peine le temps de voir le dos de l'accusée, que l'on reconduisait dans sa cellule. Sa situation venait d'empirer dramatiquement. Mais il était lui-même enfiévré, subjugué non seulement par ce qui venait de se passer, mais par ce qu'il pourrait en tirer artistiquement, par toutes les idées qui lui venaient. Ne voulant pas en perdre une goutte, il prit congé de ses compagnons et passa la soirée et une partie de la nuit à écrire dans sa chambre.

Le lendemain matin, dès qu'il fut assis, les traits tirés, au palais de justice, Maillard se pencha vers lui :

— Tu sais la nouvelle ?

— Quoi ?

— Elle ne sera pas là.

Maillard précisa :

— Il paraît qu'elle a été prise de spasmes nerveux, de convulsions, un truc du genre. Je peux comprendre. Après hier... Et ce n'est pas tout. La défense veut contrecarrer Orfila en faisant venir Raspail de Paris.

Alexis haussa un sourcil, invitant Maillard à préciser.

— Jamais entendu parler ? C'est l'ennemi juré d'Orfila chez les grosses têtes de la science. Ils se détestent.

Juste à ce moment, à 9 heures et demie, le président ordonna qu'on fasse entrer l'accusée. Son médecin personnel, le docteur Ventejoux, vint expliquer que l'état de sa patiente était « critique », ce qui suscita des « oh ! » et des « ah ! » dans la salle. On suspendit la séance pendant quelques minutes et, à la reprise, le président annonça que toutes les parties s'étaient entendues pour que trois médecins aillent examiner l'accusée et reviennent faire rapport. L'audience fut levée pour la journée. Maillard et Lebrac, qui venaient de se concerter, voulurent aller chasser le canard, mais Alexis déclina l'invitation. Lebrac lui prit un poignet.

— T'as un drôle d'air ? Ça va la santé ? Tu nous fais pas une rechute, hein ?

Maillard aussi l'examinait.

— Non, ça va, je vous assure.

Maillard prit un air finaud.

— Il prépare quelque chose, l'artiste…

Alexis sourit, mais ne répondit pas, absorbé par ce projet qui prenait forme dans sa tête, préoccupé aussi par Emmanuel qui ne donnait aucune nouvelle.

Le lendemain matin, les médecins vinrent expliquer que l'accusée n'était pas en état de se présenter et le président leva l'audience dès 11 heures. Il ne restait plus, dit-il, qu'à recevoir et à discuter le rapport écrit de monsieur Orfila, puis la défense et le ministère public livreraient leurs plaidoiries finales, ce qui ne pouvait se faire sans la présence de l'accusée. Alexis voulait poursuivre sur sa lancée : dessiner des personnages, planifier les scènes, faire la liste des thèmes sur lesquels il lui faudrait se documenter, décider ce qu'il garderait de ce qu'il voyait et ce qu'il inventerait. Il choisit de travailler dehors, au bord de la Corrèze. Quand il retourna à l'auberge prendre des vêtements, il fut étonné de tomber face à face avec Forestier, un petit moustachu du même âge, qui travaillait encore chez Havas. Alexis l'avait toujours trouvé sympathique.

— Diable, le Canadien ! Tu loges ici ?

Forestier semblait ravi de le voir.

— Ben oui, depuis le début. T'es ici pour l'affaire ?

— Et pour quoi d'autre, tu penses ? Évidemment ! Je suis arrivé cette nuit. Havas voulait quelqu'un sur place pour la fin du procès. Une chambre s'est libérée et j'ai payé cinq fois le prix normal, mais bon, c'est le patron qui ramassera la note.

Puis il baissa la voix et dit :

— Dis donc, ça augure mal pour la Capelle, non ?

— Euh, oui, plutôt, et depuis le témoignage d'Orfila encore plus.

Alexis ne laissa pas Forestier commenter et en profita, simulant une curiosité insouciante :

— Pendant qu'on y est, de Valmy, il est toujours chez vous ?

Forestier devint sérieux :

— Emmanuel ? Quoi, t'es pas au courant ? Non, il n'est plus chez nous. Depuis des jours... Personne n'a de ses nouvelles. Évanoui, volatilisé, disparu en fumée ! Bricault, dont tu te souviens peut-être, a demandé au patron s'il l'avait viré et il s'est fait répondre que cela ne le regardait pas.

Ils se saluèrent en se disant qu'ils se retrouveraient pour les plaidoiries. Pendant qu'il marchait vers la rivière, Alexis cherchait à comprendre. Toutes ses lettres étaient restées sans réponse. S'il en écrivait une autre, elle n'arriverait sans doute pas à Paris avant la fin du procès. Puis il songea qu'il n'avait pas donné signe de vie à son propre frère depuis bientôt deux ans et il eut honte.

Parvenu au bord de la rivière, cherchant un endroit où il pourrait s'installer pour écrire, il aperçut un jeune homme au torse nu qui déchargeait une péniche en sifflotant. Son corps souple, élancé, ses mouvements rythmiques le subjuguèrent. Le jeune homme vit qu'il était observé et ne s'en formalisa pas. Alexis resta longtemps à le regarder et ne travailla guère.

— Qu'est-ce que tu fous là ? demanda Lebrac.

— Ben, c'est ma place depuis quinze jours, non ?

Mais Alexis comprenait le sens de la question de Lebrac. C'était la première fois qu'il était assis à sa place avant eux. Dès l'ouverture des portes, il s'était installé, comme si sa présence pouvait accélérer les procédures. Il était déjà inquiet, mais la remarque de Forestier sur Emmanuel l'avait alarmé. Il imaginait le pire. Les rues de Paris n'étaient pas sûres la nuit et connaissant l'imprudence d'Emmanuel... Ou alors il avait ramassé un petit voyou qui lui avait enfoncé un couteau dans le ventre... Alexis voulait rentrer à Paris de toute urgence, mais il ne pouvait partir maintenant que le procès était arrivé dans sa phase finale.

— T'es sûr que ça va ? T'as pas l'air dans ton assiette, insista Lebrac.

— Je t'assure que ça va. C'est gentil de te faire du souci.

La salle était maintenant bondée. Alexis vit Forestier, qui n'avait pu se trouver une place assise, debout le long d'un des murs. L'excitation, telle une vapeur chaude, semblait avoir pris possession de l'enceinte et de tous les esprits, enveloppant et écrasant tout. Le fauteuil en cuir noir dans lequel l'accusée s'était assise jusque-là avait été remplacé par une bergère plus large et plus inclinée. Cela signifiait qu'on anticipait sa présence.

Dès qu'il fut assis, le président demanda si l'accusée était en état d'assister aux débats. Maître Paillet, son défenseur, indiqua que sa cliente était encore très affaiblie, mais qu'elle ne voulait rien retarder et que la bergère à la place du fauteuil aiderait si le président y consentait. Sitôt qu'elle apparut dans l'embrasure de la porte, sa pâleur, une pâleur de cadavre, accentuée par sa tenue toute noire, stupéfia l'auditoire. Alexis examina les visages dans la salle. Parmi ceux qui, jusque-là, prenaient l'accusée en pitié, plusieurs portaient la main à la bouche. Même les visages fermés de ceux qui ne lui voulaient pas de bien trahissaient leur émotion. Alexis chercha et trouva le dessinateur Charlier dans les gradins. Ce dernier, qui pourtant en avait tant vu, semblait également troublé.

Sur ordre du président, un des collaborateurs de Mathieu Orfila, monsieur Olivier d'Angers, fit la lecture du rapport des chimistes venus de Paris. Pendant qu'il lisait, les membres du jury se passaient et examinaient les assiettes sur lesquelles se trouvaient de petites taches révélant la présence d'arsenic. Il y avait quelque chose d'incongru, trouva Alexis, dans le spectacle de ces hommes ordinaires prenant un air sérieux pour examiner des assiettes, collant leurs yeux dessus, les reniflant, les retournant, sans aucune connaissance scientifique, obligés de s'en remettre à ce qu'on leur disait. La défense et le ministère public questionnèrent ensuite les signataires du rapport. Étaient-ils convaincus de leurs conclusions ? Absolument. Avaient-ils le moindre doute ? Pas le moindre.

On en vint aux plaidoiries finales. Tous avaient hâte d'en finir. Ce fut l'avocat général qui débuta. Il commença par dire qu'il comprenait la lassitude des jurés, mais qu'il les priait de comprendre que la justice est forcément lente si elle veut se soucier de bien travailler. Puis il relata longuement sa version des faits, appuyée par les témoignages les plus marquants et par l'autorité des scientifiques les plus réputés. Il donna un poids maximal à l'expertise d'Orfila.

— Aujourd'hui, la science a parlé, elle a dit son dernier mot, et ce mot a été un arrêt, et ce mot a été une condamnation, et ce mot, vous avez vu quelle impression lugubre et profonde il a produit dans cette enceinte ! Nier un fait acquis aujourd'hui, ce serait se révolter contre les arrêts de la science.

Tout y passa : l'honnêteté fondamentale d'une famille respectée de tous, les lettres enjôleuses de l'accusée, ses gestes perfides au chevet du mari, ses explications boiteuses et ses origines sociales aisées. La justice exigeait la peine de mort. Au fond, dit-il, ce n'était pas seulement une question de criminalité, mais aussi d'égalité de tous devant la loi. Trempé de sueur, faisant de grands gestes des deux mains, il termina par une envolée qui exhortait le jury à prendre parti pour toute la France d'en bas contre toute la France d'en haut.

Il s'assit et s'épongea le front. Le silence était total. Il avait fort bien parlé. Alexis l'aurait admis sans peine. On fit une pause d'une heure et quand Me Paillet, pour la défense, se leva, l'horloge indiquait 13 h 30. Il commença par déplorer la fièvre mensongère et calomnieuse, selon lui, qui avait saisi toute la France. Toutes sortes de légendes et de faussetés circulaient. On ne décidait pas de la vie ou de la mort de quelqu'un sur des bases aussi fragiles. On ne condamne pas quelqu'un parce qu'on aurait aimé naître dans sa position. Puis il entreprit de brosser un portrait en tous points opposé de la moralité de l'accusée, jeune femme honorable, frappée tôt par le décès de ses parents.

Il lut des extraits de lettres de gens qui la connaissaient : curés, marquis, vicomtes. Puis il lut des extraits des lettres écrites par l'accusée à des amies pour leur dire tout l'attachement qu'elle avait pour son mari. Ces lettres aussi auraient fait partie de son grand plan ? Ce n'était pas sérieux. La lettre rédigée le premier soir où elle demandait à son mari de la laisser partir était une aberration sans suite, causée par le choc du déracinement. Il parla tout l'après-midi et aussi le lendemain matin, soulevant des doutes, exposant des ambiguïtés, martelant qu'on jugeait des faits et non des origines sociales, enjoignant aux jurés de ne pas se laisser influencer par l'affaire des diamants déjà jugée et dont il déplorait que l'accusation ait usé et abusé. Alexis le trouva efficace, éloquent, mais il ne vit pas d'effet perceptible dans les visages des jurés.

Puis, le président déclara qu'il fallait – après 150 témoins entendus – conclure. Pendant trois longues heures, il revint très objectivement sur l'affaire. S'adressant ensuite aux jurés, il convint que cette affaire avait, selon ses mots, suscité de funestes élans de désordre à travers la France, mais qu'il était persuadé qu'un vieux fond de sagesse populaire perdurait dont le jury devait maintenant être l'incarnation. Qu'il prenne le temps requis pour délibérer, qu'il le fasse sereinement et qu'il se concentre sur la seule et unique question qui comptait : Marie-Fortunée Capelle, veuve du sieur Pouch-Lafarge, était-elle coupable d'avoir, en janvier et février derniers, tué son mari à l'aide de substances susceptibles de donner la mort, et qui l'avaient donnée en effet ?

Il était huit heures moins le quart du soir quand le jury se retira pour délibérer. Très affaiblie, l'accusée fut emportée par deux hommes qui soulevèrent la bergère sur laquelle elle reposait.

— Tu penses quoi ? demanda Maillard, se penchant vers Alexis.

Lebrac, qui avait entendu la question, trancha :

— Elle est cuite et la délibération ne sera pas longue. Ils vont donner à la France ce que la France veut.

Alexis convint que c'était l'issue la plus probable. Il faisait une chaleur suffocante dans la salle. Alexis voulut aller dehors, mais le nombre de gens qui voulaient sortir le découragea. Il fit signe à un préposé de s'approcher, le pria d'aller leur chercher une carafe d'eau, et se fit répondre que l'eau était réservée à la tribune présidentielle. Quand la salle se vida, il respira mieux.

Au bout d'une cinquantaine de minutes, quand le président, le vice-président et les deux juges-assesseurs reprirent leurs places, on comprit que le jury s'apprêtait à rendre son verdict. Les gens encore dehors se ruèrent dans la salle. On fit entrer les jurés, tous impassibles. Puis, quand le président demanda que l'on fasse entrer l'accusée, il se fit expliquer par un Me Paillet ruisselant de sueur que l'état de santé de Marie Capelle ne lui permettait pas d'être présente. Elle s'était évanouie en arrivant à la prison. Émoi considérable. Le président expliqua que la loi imposait la présence physique d'un accusé au moment du prononcé de sa sentence. L'absence était interprétée comme un refus, donc un délit.

Le président invita ensuite le chef du jury à s'exprimer. Le silence devint complet. D'une voix morne, un petit homme lut la feuille entre ses mains. Oui, l'accusée était coupable. Exclamations et bavardages vite réprimés à coups de maillet présidentiels. Oui, il y avait des circonstances atténuantes. Autres bavardages, autres coups de maillet. Elle était donc condamnée aux travaux forcés à perpétuité et à être exposée pendant une heure sur la place publique de Tulle*.

---

* Au moment des faits, on ne souleva pas l'hypothèse d'un empoisonnement alimentaire accidentel, provoqué par du beurre et de la crème non pasteurisés – puisque ce procédé d'élimination des germes ne sera pas connu avant la

Le président ordonna ensuite qu'on aille signifier la décision à la condamnée. Sitôt qu'il frappa du maillet pour décréter la fin des travaux, des conversations excitées éclatèrent. On voyait des gens plus satisfaits qu'heureux, d'autres qui hochaient la tête, hagards, sonnés, tristes. Alexis avait déjà prévenu ses compagnons qu'il filerait à toute vitesse. Ils s'étaient promis de se revoir rapidement. L'auberge était payée, ses affaires rangées, et la diligence l'attendait. Quand sa voiture s'élança, il vit la femme de chambre, au balcon de l'auberge, qui le saluait de la main.

Comme il avait réservé une diligence particulière, il insista auprès du cocher pour arriver à Paris le plus vite possible. Ils sauvèrent une journée et arrivèrent en fin de matinée. Dès qu'il eut fait déposer sa malle chez lui, il ordonna au cocher de ramener les pigeons à la direction du journal.

Il fallait trouver Emmanuel. C'était sa priorité. On ne disparaît pas ainsi à moins de le vouloir. Il était tout le contraire d'un reclus et d'un solitaire. Par où commencer ? Forestier, de chez Havas, lui avait dit qu'Emmanuel n'y avait pas été vu depuis des jours, mais les bureaux étaient proches. Ça valait le coup d'essayer.

Dès qu'il entra dans l'aile de l'hôtel Bullion occupée par Havas, il retrouva avec plaisir la fièvre de l'endroit, les portes qui claquaient, les rédacteurs et les messagers qui marchaient d'un pas rapide dans tous les sens. Il y avait plus de monde que dans son souvenir. Les affaires allaient bien. Il entra dans la première pièce sur sa gauche. Des têtes qu'il ne connaissait pas se levèrent.

— Pardi, le Canadien, qu'est-ce que tu fous ici ?

Il reconnut la voix de Bricault derrière lui, venant du corridor. Il se retourna.

---

deuxième moitié du XIXe siècle –, ingrédients contenus de surcroît dans une pâtisserie qui avait voyagé trois jours.

— Tu cherches du boulot ? dit l'autre à la blague.

— Non, je voulais avoir des nouvelles d'Emmanuel. Tu l'as vu ?

— Je voudrais bien l'avoir vu ! C'est le mystère, le brouillard !

Puis, Bricault baissa la voix et vérifia qu'il n'y avait pas d'oreilles indiscrètes.

— Pas net tout ça, si tu veux mon avis, pas net du tout…

Alexis aimait bien Bricault, mais ne voulut pas perdre du temps. Il se dirigea vers le bout du corridor sans le saluer.

— Tu vas où ?

— Voir le patron.

— Tu n'en tireras rien, mais vas-y, il ne peut plus te congédier.

À la gauche de la porte du bureau d'Havas, Joubert, son secrétaire particulier, son bouledogue, celui qui décidait qui entrait et qui n'entrait pas, assis derrière son pupitre, le vit arriver. Pas un trait de son visage ne bougea.

— Tiens, monsieur Lefrançois…

— Je…

— Je ne crois pas que vous ayez rendez-vous et monsieur est fort occupé.

— J'en conviens, c'est que…

— Oui, c'est à quel sujet s'il vous plaît ?

— Euh, Valmy, que vous connaissez, je…

Joubert posa sa plume et s'appuya au dossier de sa chaise. Il fixa Alexis un instant.

— Écoutez, jeune homme, le patron vous trouvait sympathique et besogneux, et moi aussi. Alors cela vous mérite une réponse. Monsieur Havas a congédié ce triste sire. Rendement insuffisant, attitude négligente, esprit insolent. Voilà, tout est dit.

— Ah, je vois.

— Ravi de voir que vous voyez. Autre chose ?

— Euh, non… ou plutôt si. A-t-il laissé une adresse ?

— Non, monsieur. On lui a payé ce qu'on lui devait pour les dernières heures de travail qu'il a fait semblant de fournir. C'est tout, c'est assez et c'est même fort généreux. Et pas d'adresse.

Alexis ne sut quoi répondre.

— Permettez, jeune homme, que je me remette au travail. N'est pas Valmy qui veut.

Il trempa sa plume dans son encrier, se pencha vers l'avant et sa main recommença à courir sur le grand cahier devant lui.

Alexis bafouilla un remerciement, tourna les talons et quitta les lieux sans parler à personne. Il héla un fiacre et se fit conduire rue de Monceau, dans le 8e arrondissement, là où la mère d'Emmanuel louait pour lui les trois pièces dans cette demeure digne d'un prince russe.

Un chariot était devant l'entrée, à moitié chargé de meubles recouverts de toiles. Alexis paya le cocher et lui demanda d'attendre. L'homme voulut d'autre argent et Alexis plongea sa main dans sa poche. L'imposante grille surmontée de deux aigles dorés était ouverte. Les deux oiseaux attiraient tous les rayons du soleil. Alexis vit deux hommes s'approcher du chariot. Ils transportaient la table de la salle à manger qu'il reconnut. On vidait l'appartement. Il leva les yeux. La fenêtre était ouverte. Il entendit du bruit. Il y avait d'autres hommes à l'intérieur. Il monta. En haut de l'escalier, un gaillard au teint sombre tenait dans chaque main un candélabre.

— Pardonnez, monsieur, je…

L'autre émit un son rauque, étouffé, fit non de la tête pour signifier qu'il était muet, puis secoua le menton en direction de l'appartement. Un autre homme était dans l'appartement. À genoux, il roulait un tapis. Il ne restait plus rien, ce qui rendait l'endroit immense. Alexis s'approcha.

— Pardonnez, monsieur, la personne qui habitait ici, est-ce que vous savez où…

Avant qu'il ait terminé, l'homme faisait déjà non de la tête.

— On est payés pour vider l'endroit. C'est tout. Quand on est arrivés, il n'y avait personne.

— Et qui a ordonné de vider l'endroit ?

L'homme se raidit.

— Comment voulez-vous que je le sache ? C'est mon patron qui signe les contrats. Je vais où on me dit et c'est tout.

— Et vous ne savez pas…

— Non, monsieur, je ne sais pas, on ne me paye pas pour savoir, mais pour transporter, alors si vous permettez…

Il s'était relevé, le tapis roulé sur une épaule, et se dirigeait vers l'escalier. Alexis comprit qu'il n'en tirerait rien. Il redescendit et sortit. Les jardins, les bassins d'eau, les statues, tout prenait un air abandonné et mélancolique, comme une fête champêtre interrompue par un orage inattendu.

Lorsqu'il revint vers le fiacre qui l'attendait, le cocher fit disparaître sa flasque et s'essuya la bouche avec le revers de son avant-bras. Alexis avait réfléchi aux autres endroits où il pourrait trouver Emmanuel. Ce soir, il irait au Coq chantant, le repaire de la bande. Il était impossible que Saint-Aubin et Bourget, toujours en ville, fouinant partout, ne sachent rien. Et il y avait aussi Fourier, Léon, Charles. Enfin, tout de même, quelqu'un devait bien savoir quelque chose. Il y avait également cette chambre rue Mouffetard, évoquée une fois par Emmanuel, mais il n'y était jamais allé et n'en connaissait pas l'adresse. Sinon, il ne resterait qu'à appeler la police et signaler une disparition. Peut-être que les parents d'Emmanuel l'avaient déjà fait. Ils l'avaient même sûrement fait et…

Mais bien sûr ! Il se figea devant le fiacre, frappé par l'évidence. Comment n'y avait-il pas songé dès qu'il avait vu les déménageurs en train de vider l'appartement ? Jamais Emmanuel n'aurait quitté un tel luxe de lui-même. Si on vidait le logement, c'était parce que le propriétaire, ou celui qui payait le loyer, le voulait ou le devait. La mère était donc la plus susceptible de savoir où son fils était passé. Et le père, qui ne connaissait rien de ce logement selon Emmanuel, que savait-il ? Et s'il allait chez eux ? Il devrait être prudent, mais qu'avait-il à perdre ? Il ordonna au cocher de le conduire à la demeure familiale.

Les Valmy habitaient un hôtel particulier donnant sur la place Vendôme, construit au siècle précédent et racheté par le père d'Emmanuel quelques années après son arrivée à Paris. Alexis était passé devant à plusieurs reprises. En plus d'être banquier, le père était impliqué dans des mines de charbon du Nord. Il avait aussi acheté, à prix fort selon son fils, un mandat de député. La banque et la politique étaient des leviers au service de ses affaires. Pendant que le fiacre avançait, Alexis cherchait les mots à utiliser. Il inventerait une histoire. Il dirait que, rentré de Tulle, il avait appris qu'Emmanuel avait quitté Havas sans laisser d'adresse. Il connaissait un journal qui embauchait des rédacteurs. Il voulait retrouver Emmanuel pour l'en informer, peut-être cela l'aiderait-il.

De la rue Monceau à la place Vendôme, il n'y avait pas trois kilomètres. Il arriva rapidement. C'était une bâtisse de quatre étages, faite pour impressionner, et dont le rez-de-chaussée était assez large pour cinq travées. Au centre, une porte cochère donnait sur une cour intérieure où un régiment entier aurait pu se tenir. Les appartements nobles étaient dans la partie arrière de la cour, aux étages supérieurs. Alexis savait que la façade arrière donnait sur des jardins privés, qu'on ne pouvait voir de la rue. Les ailes de chaque côté de la cour abritaient les écuries, les remises et les logements des domestiques. Il devait falloir deux douzaines de personnes pour entretenir tout cela.

Alexis s'approcha de la grille et chercha la cloche. Il vit un homme qui traversait la cour en tenant un cheval par la bride. L'homme tourna la tête et Alexis lui fit signe d'approcher. « Heureusement, se dit-il, je ne suis pas habillé comme un mendiant. » Il enleva son chapeau et pria l'homme d'aller chercher le majordome. L'homme dit qu'il conduirait le cheval à l'écurie et irait ensuite. Alexis attendit longtemps, les mains agrippées aux barreaux de la grille.

Un grand homme maigre, en habit de velours bleu avec des boutons dorés, traversa la cour, l'air contrarié. Quand il fut à trois mètres de lui, Alexis prit son ton le plus respectueux.

— Monsieur, veuillez me pardonner...
Le vieil homme leva la main et le coupa :
— Monsieur a-t-il rendez-vous ?
— Non, je...
L'homme prit un air important :
— Monsieur est-il un de nos fournisseurs ? Je les connais tous.
— Non, monsieur, mais si monsieur veut m'accorder une minute...
Renfrogné, l'autre ne dit rien et Alexis poursuivit :
— Je cherche à retrouver monsieur de Valmy fils. C'est important. Je n'arrive pas à le joindre. Je voudrais l'informer...
— Il n'est pas ici.
— Mais savez-vous...
— Nous ne savons pas et si nous savions, ce n'est pas à un inconnu que nous le dirions. Bonne journée, monsieur.

Le majordome tourna les talons. Une vie de soumission lui faisait savourer chaque instant d'autorité. Alexis n'avait plus de cartes dans son jeu. Sans réfléchir, il lâcha :
— Monsieur, puis-je voir madame sa mère ? J'ai des informations de la plus haute importance à lui communiquer.

Le majordome s'immobilisa. Il se tourna vers Alexis et le dévisagea. Alexis, qui n'avait plus rien à perdre, ajouta :
— Monsieur, si elle apprend plus tard ce que je pourrais lui dire maintenant, elle sera outrée de ne pas avoir été prévenue. Elle voudra des explications.

Le domestique fixa le sol. Il avait une bonne position dans cette maison. À son âge, pourquoi courir le moindre risque ? Il leva la tête.
— Sacrebleu ! Quelle sangsue vous êtes ! Ne bougez pas, je reviens, mais je ne promets rien.

Il retourna vers les appartements des maîtres, aussi lentement qu'il était venu. De longues minutes passèrent. Puis, la porte au milieu de la partie arrière s'ouvrit et le majordome reparut. Il n'avait pas fait trois pas qu'un petit homme surgit de la maison, l'air furibond, le visage tout rouge. Il dépassa son premier domestique et marcha aussi vite qu'il le pouvait vers Alexis. On aurait plutôt cru qu'il roulait tant il était petit et rond. Sa tête chauve et luisante faisait penser à une énorme boule de bilboquet. Alexis devina que c'était le père d'Emmanuel et comprit que son ami devait son apparence à sa mère. Plus il approchait, les deux poings serrés, les bras allant de l'avant vers l'arrière comme des rames de canot, et plus Alexis serrait fort la grille qui les séparait. Quand l'homme fut tout près, Alexis recula de deux pas, intimidé, et ce fut le père qui agrippa la grille de toutes ses forces. Les jointures de ses mains étaient blanchies par la pression. Les yeux exorbités, le front couvert de sueur, il faisait penser à un taureau chargeant dans l'arène. Il leva un poing vers Alexis et parla à travers ses dents serrées pour se retenir de hurler.

— Je sais qui vous êtes, petit sodomite ! J'ai tout découvert ! C'est avec vous qu'il fornique ! Vous êtes une petite ordure et, si je ne me raisonnais pas, je paierais des hommes, des vrais, pour vous faire la peau. Je devrais vous la faire moi-même. Oui, j'ai tout découvert ! Oui, le bel appartement payé par ma dinde d'épouse dans mon dos ! Pour vos petites orgies de dégénérés ! J'y ai mis fin ! Et j'ai parlé à Havas aussi ! Viré ! Déshérité ! Banni ! Il n'existe plus ! Maintenant, foutez le camp ou j'ordonne à mes hommes de vous mettre en bouillie !

Il avait dit cela avec un poing replié à la hauteur d'une épaule, comme un boxeur, et l'autre bras tendu, le doigt pointant vers la rue.

— Allez, déguerpissez ! Allez en enfer avec lui ! Immédiatement ! Si j'avais des chiens, je les lâcherais sur vous ! Vous avez sali mon nom ! Ne salissez plus ma demeure ! Allez, ouste ! Allez en enfer et restez-y pour l'éternité !

Alexis était rouge de honte. Il ne trouva rien à dire, rien à faire. Il ne songea pas à saluer. Il se retourna et s'éloigna à toute vitesse, corps et jambes raides. Il traversa la place Vendôme comme un automate, regardant devant lui sans voir, respirant avec difficulté, manquant de se faire heurter par les fiacres, n'entendant pas les jurons des cochers à son endroit.

Il marcha dans Paris pendant des heures, demandant à son corps de le fatiguer assez pour calmer son esprit. Il se savait condamné à une vie clandestine ou semi-clandestine, fondée sur la dissimulation, pratiquant des allers et des retours entre deux sociétés parallèles. Mais quelle autre option avait-il ? Aucune. Il fallait donc penser en termes pratiques. Il n'avait pas appris où était Emmanuel. Hormis cette chambre de la rue Mouffetard ou les copains du Coq chantant, il n'avait plus aucun autre endroit où chercher. Une pensée fit alors irruption dans sa tête : pourquoi continuer à chercher ? Si Emmanuel voulait disparaître, ne plus être vu, pourquoi aller à l'encontre de cette volonté ?

Cette pensée, comme le maillon d'une chaîne, conduisit à une autre, logée dans son esprit depuis longtemps et qui ressortait de sa tanière à l'occasion. Emmanuel l'avait révélé à lui-même, l'avait introduit dans le monde parisien, mais sa légèreté n'était pas une condition passagère. C'était l'essence fondamentale de son être. Pour lui, tout n'était que quête de plaisirs immédiats. Entre le début de leurs fréquentations et maintenant, il était resté le même : frivole, capricieux, vaniteux, exigeant. Des mots cruels s'imposaient : vide, stérile, enfantin. Vide comme tous ces gens – la majorité, à dire vrai – qui traversent la vie sans se poser la moindre question sur son sens. Ils s'aperçoivent qu'elle est passée très vite au moment où il est trop tard pour lui donner du sens. Et ceux-là meurent tristes. Et Alexis ne voulait pas en être. Sa vie devait laisser une trace durable. Il fallait qu'elle serve à quelque chose.

Il rentra chez lui quand la nuit tomba et que tous les réverbères au gaz furent allumés. Il avait gardé sa petite chambre de la rue Étienne-Marcel, même s'il aurait eu les moyens de se payer mieux. Il prit soin d'emprunter les rues les mieux éclairées. Il grimpa les escaliers jusqu'à sa chambre du troisième étage. Quand il leva les yeux vers sa porte, il distingua dans la pénombre la silhouette d'Emmanuel, au sol, assis contre le mur, les mains posées sur ses genoux relevés. Emmanuel tourna la tête vers lui. Alexis voyait mal son visage. Aucun des deux ne parla. Alexis ouvrit la porte, entra, suivi d'Emmanuel. Il ferma la porte derrière eux et alluma une lampe à huile. Emmanuel était resté debout au milieu de la pièce. Il avait une barbe de plusieurs jours, le teint gris, les vêtements sales. Il sentait la sueur et l'alcool. Déjà maigre, il était maintenant squelettique.

— T'es au courant, j'imagine... La fête est finie. La rigolade est terminée. La montgolfière est retombée. Plus un sou, plus de toit, plus de boulot ! Et pas un gramme de talent ! Y a de quoi être fier, hein ? Je crois que je vais me jeter dans la Seine... Une fin théâtrale. T'en penses quoi ? Un artiste comme toi, tu pourrais en tirer quelque chose de joli, non ?

Marie Lafarge, née Capelle.

Chapitre 2
La prisonnière

Comme Julie dormait seule et en plein centre, le lit lui semblait immense. Au réveil, elle s'étira, puis roula plusieurs fois sur elle-même pour s'asseoir sur le côté. Elle bâilla, passa les mains dans ses cheveux, marcha jusqu'à la porte. Elle savait qu'elle serait fermée de l'extérieur, mais elle vérifiait quand même. Elle occupait maintenant une grande chambre donnant sur la cour à l'arrière de la maison. Son mari, quand il était là, se réservait la chambre conjugale donnant sur la rue.

Elle était prisonnière chez elle, même si cette maison ne pouvait plus, d'aucune façon, être considérée comme sienne. Quand la nuit arrivait, elle pouvait se coucher à l'heure qu'elle voulait, mais la mère de son mari ou un de ses hommes fermait la porte derrière elle jusqu'au lendemain. À 6 heures précises du matin, tous les jours sans exception, la clé débloquait la serrure. Derrière la porte, une voix, celle de sa belle-mère ou de la servante, lui disait que son déjeuner l'attendait dans la salle à manger du rez-de-chaussée. Parfois, elle descendait tout de suite; d'autres fois, elle attendait longtemps. Il lui arrivait de descendre et de ne pas manger.

Julie alla à la fenêtre. Le jour se levait. On venait de franchir la mi-septembre et les journées restaient chaudes et ensoleillées. Comme elle n'entendait rien dehors, elle sut que la rue, de l'autre côté de la maison, était encore déserte. Certains matins, quand elle se levait plus tard, il lui était douloureux d'entendre les bruits de la rue, éloignés et proches à la fois, sans possibilité de la voir. Mais elle aimait ouvrir la fenêtre, se pencher au dehors, se remplir les poumons d'air, tourner la tête en direction du soleil levant. La cour intérieure sur laquelle donnait sa chambre était ceinturée, sur trois côtés, de murs très hauts. Son mari et sa bande avaient pris possession des maisons de chaque côté et de celle à l'arrière, qui avaient toutes deux étages. Chevaux et chariots entraient dans la cour par une porte cochère sans fenêtre, qu'on ne déverrouillait que pour eux.

Elle serait autorisée aujourd'hui à rendre visite à sa mère, inconsciente depuis deux jours. La fin était proche, une question d'heures. Sa belle-mère avait glissé un mot sous sa porte. Julie s'était préparée à la mort de sa mère qui avait, de toute façon, été une quasi-étrangère dans sa vie, malade et recluse depuis toujours, une présence spectrale dans une maison faussement familiale. Mettre au monde deux enfants avait été sa mission essentielle et l'avait brisée pour de bon.

Le cliquetis métallique se fit entendre. « Madame est servie », dit la servante. L'usage du mot « madame » et l'idée que cette femme était à son service lui faisaient l'effet d'une insulte. Cela réveillait chez elle, chaque fois, un bouillonnement de rage et d'humiliation aussi vif qu'aux premiers jours de sa captivité. Elle était dans une situation pire que celle d'une prostituée. Quand une prostituée ne donne pas du plaisir, elle est libre d'aller où elle veut. Pas elle. Son mari ne la touchait plus, ne lui adressait plus la parole, ce qui lui convenait parfaitement. Mais elle avait perdu sa liberté chérie.

Une année s'était écoulée depuis que, par une journée d'automne, les hommes de son mari avaient fait irruption dans l'auberge où elle était avec Baptiste. La dernière image qu'elle conservait de ce moment était celle d'un homme immense, penché sur Baptiste, qui lui martelait le visage comme un forgeron cognant sur une enclume. Ramenée chez elle, elle s'était attendue à recevoir la pire de toutes les raclées. On l'emmena plutôt dans la pièce où elle était maintenant et on l'y enferma. On lui donna à manger et à boire deux fois par jour, des quantités ridicules. Elle maigrit beaucoup. Une fois, elle s'évanouit. Le lendemain, pour la première fois en trois mois, elle fut autorisée à faire quelques pas dans la cour intérieure.

L'hiver arriva. Les choses changèrent à partir de là. Elle ne voyait pratiquement plus son mari. Elle l'entendait quand il entrait ou sortait à des heures irrégulières. C'était sa mère qui dirigeait la maison. C'était elle la geôlière.

— Vous pourrez sortir tous les jours, avait-elle dit, avec des employés de votre mari, pour votre protection, si vous ne faites pas de scènes dans la rue pour faire l'intéressante.

Elle pouvait se promener très tôt le matin, si elle se dépêchait de prendre son petit déjeuner, et après le souper, quand les rues étaient peu encombrées. On lui offrait de se promener dans une voiture tirée par des chevaux ou à pied. Quand elle croisait des passants, les gens détournaient le regard. Elle pouvait aussi se promener librement dans la maison dès que la porte de sa chambre s'ouvrait le matin. La mère n'eut pas besoin de préciser qu'à la moindre incartade, ce serait le retour à l'enfermement draconien du début.

Dehors, elle était toujours accompagnée par deux hommes. Il semblait y avoir une rotation, mais celui avec un œil de verre, Gauthier, était là plus souvent que les autres. Elle pensait fréquemment à Baptiste. Une fois, alors qu'elle était installée dans un traîneau sur patins, par une journée glaciale de janvier, elle l'avait vu de dos, marchant dans la rue. Il boitait de manière prononcée, mais elle avait reconnu sa silhouette. Elle ne l'avait pas revu depuis.

Elle avait pensé que ce régime carcéral se poursuivrait avec l'arrivée du printemps et de l'été. Mais la mère et son fils avaient anticipé que les rues de Montréal seraient plus animées avec le retour du beau temps. Thomas avait maintenant de l'argent, beaucoup d'argent. Il s'était fait concéder une terre de belle superficie par les Sulpiciens, seigneurs de toute l'île de Montréal, et y avait fait construire une maison de campagne en rondins, à Senneville, à l'extrémité ouest de l'île de Montréal. On l'avait emmenée là.

C'était un pavillon de chasse, une passion d'enfance que Thomas pouvait maintenant assouvir. L'endroit était rempli de têtes d'animaux empaillés, abattus par lui. Un jour, il avait dit à sa femme: «Je verrais bien ta jolie tête au mur, juste là.» Du doigt, il avait pointé un espace au-dessus du foyer, entre deux têtes de cerfs aux bois spectaculaires. Il s'était esclaffé. L'avantage du pavillon était que, comme personne d'autre n'habitait les environs, on la laissait se promener à l'extérieur à sa guise, dans les champs, au bord de l'eau et le long du chemin menant vers la ville. Mais elle était toujours accompagnée par un des hommes de son mari, marchant quelques pas derrière elle. L'automne venu, on l'avait ramenée à Montréal.

Elle descendit en chemise de nuit et saisit la bouillie de céréales sur la table de la cuisine. Elle mangeait souvent en se promenant dans la maison. Elle prenait plaisir à laisser traîner bol et cuillère là où elle était quand elle avait terminé. Pendant ses premiers jours de captivité, la servante lui apportait un plateau dans sa chambre. Une fois, Julie lui avait dit: «Regardez bien.» Elle avait laissé tomber une assiette, qui s'était fracassée, puis avait fait semblant de se trancher la gorge avec un débris pointu de porcelaine. Ce fut la fin des déjeuners dans sa chambre.

Julie ne prenait plus la peine de s'examiner dans le miroir avant de descendre ou de se vêtir d'autre chose que de sa chemise de nuit. Elle se négligeait autant par désintérêt que pour savourer cette parcelle de liberté. Il y avait toujours un homme de la bande dans la maison parce que Thomas ne pouvait compter sur la servante ou sur sa mère si jamais sa femme tentait quelque chose. Les hommes se relayaient, car celui dont c'était le tour passait ses journées à la maison, à boire et à fumer, sauf si la mère demandait quelque chose.

Julie n'adressait jamais la parole à l'homme de garde, mais passait près de lui, en chemise de nuit, s'arrêtait, repartait en se déhanchant, laissant les yeux de l'homme s'attarder sur elle. Devant le plus laid de tous, celui à l'œil de verre, elle plaçait sa main entre ses cuisses et se caressait par-dessus le tissu, impudente, animale, sauvageonne. C'était sa manière d'humilier son mari.

Elle pouvait commander des livres et des partitions que la servante allait chercher. On lui apportait aussi des journaux. Elle pouvait lire et jouer du piano pendant des heures. Elle s'était découvert une affection pour Liszt, qui triomphait en Europe. La mère passait le gros de son temps dans une pièce aménagée en bureau, assise derrière une table qui la faisait paraître encore plus minuscule, à aligner des chiffres dans un gros cahier. Il y avait un coffre-fort derrière elle. Julie était certaine que la mère tenait les comptes non seulement de la maison, mais aussi des affaires de son fils. Au début de sa détention, Julie ne ratait pas une occasion d'essayer de l'humilier. Elle lâchait un « dans les milieux respectables » ou un « chez les gens éduqués », mais la vieille femme restait indifférente à ses piques. Julie avait cessé et ne lui répondait qu'un oui ou un non lorsque requis.

Elle avait retourné dans sa tête des tas de possibilités. Si sa chambre avait donné sur la rue, elle aurait pu tenter d'attirer l'attention. Envoyer un message ? Il n'y avait pas moyen. Feindre une maladie et demander au médecin d'alerter les autorités ? Le médecin était choisi par son mari, et les autorités regardaient dans la direction opposée dès qu'il était question de lui. Une fois, elle s'était levée de table avec un couteau dissimulé dans un pli de sa robe. Elle l'avait caché dans sa chambre, entre les pages d'un livre. Le lendemain, quand elle était revenue de sa promenade sous escorte, il n'y était plus. La mère de Thomas n'avait même pas jugé bon d'en parler. Si elle tentait de fuir pendant ses sorties, elle ne ferait pas dix pas et serait battue de retour chez elle. Si elle hurlait à l'aide, personne ne ferait rien par crainte. Son mari la ferait passer pour folle et elle serait enfermée dans un asile d'aliénés où on la nourrirait à travers une trappe dans la porte.

Et puis sa relative docilité avait un avantage : son mari ne la frappait plus. Une fois, elle avait capté une bribe de conversation entre la mère et le fils : « Seulement si c'est absolument nécessaire… », disait la mère. Puis elle avait entendu une fin de phrase : « … qu'elle te donne un jour un fils. » Elle avait eu une furieuse envie de faire irruption et de hurler qu'elle préférait mourir que d'être touchée par lui, mais elle avait senti au ton de la mère qu'elle ne croyait plus guère à une naissance.

Après avoir déjeuné, Julie remonta dans sa chambre, s'habilla avec les premiers vêtements qu'elle trouva, arrangea ses cheveux et attendit le signal du départ. Elle avait obtenu d'aller chez ses parents à pied. Il devait être onze heures du matin quand elle sortit, escortée par Gauthier et ce Noir immense. Les rues étaient animées, comme tous les samedis matin. Les promeneurs nonchalants étaient frôlés, parfois bousculés par les travailleurs affairés. On aurait dit des fourmis dépassant des limaces ou des scarabées se gorgeant de soleil. Une ondulation collective semblait traverser la foule, comme un immense serpent. Tous les gens qu'elle croisait faisaient semblant de ne pas la reconnaître. Personne ne la saluait. Elle aurait pu être invisible. Elle marchait lentement pour faire durer le moment.

Une forte odeur de poisson flottait dans l'air. On était tout près des quais, mais celle-ci était inhabituelle. Elle demanda au géant ce qui puait ainsi.

— Une baleine, madame, elle s'est perdue. Elle n'a pu retrouver son chemin. Elle tournait depuis des jours autour des îles de Boucherville et jusque dans le port.

Le ton de l'homme encouragea Julie. Elle était une prisonnière, mais aussi la femme du patron. Il devait être respectueux. Elle demanda :

— C'est quoi votre nom ? J'ai oublié.
— Toussaint, madame.
— Elle est morte, la baleine ?

— Oui, madame. Tous ceux avec des petits bateaux avaient peur d'elle. Ils n'osaient pas sortir sur le fleuve. Alors ils se sont fait des harpons et l'ont tuée. On la découpe pour la viande et l'huile.

— Elle était grande ?

— Oui, madame, soixante pieds environ.

Elle aurait été curieuse de voir le spectacle. Elle s'imagina sur les quais au bras de Baptiste, au milieu des curieux. Cette pensée fut comme une main d'acier serrant son cœur.

Ils arrivèrent chez ses parents. Ce fut son père qui ouvrit la porte. Il vieillissait d'une année par mois, mais cette fois, il avait pris dix ans depuis sa dernière visite. Ses cheveux étaient plus blancs, plus fins, plus clairsemés. Il avait maigri. Ses yeux étaient cernés, mornes, éteints. Il venait de franchir la cinquantaine, mais en paraissait soixante-dix. Il s'était entouré les épaules d'une couverture de laine. Dès qu'elle entra dans la maison, ils montèrent sans dire un mot, se tenant par la main, dans la chambre de la mourante. Toussaint et Gauthier attendraient dans le salon du bas. Le père resta debout au pied du lit. Julie s'assit de biais sur l'un des côtés.

— Elle ne souffre pas, je crois, c'est au moins ça, dit le père d'une voix fatiguée.

Julie ne dit rien. Sa mère était toute droite, les mains croisées sur le ventre, au-dessus des draps. On ne l'entendait pas respirer. Rien ne bougeait. Elle aurait pu être déjà morte et disposée pour l'exposition. Sa peau avait la couleur de la cire. Les cicatrices de ses brûlures sur le visage étaient rugueuses comme l'écorce des arbres. Il était vrai qu'elle ne paraissait pas souffrir.

Julie plongea dans sa mémoire à la recherche d'un seul moment de tendresse maternelle. Elle remonta à la surface les mains vides. La mère avait-elle aimé sa fille à sa manière, sans l'exprimer ? En amour, se dit Julie, les mots n'ont guère d'importance. Seuls comptent les actes, et il n'y en avait pas eu. Pendant qu'elle contemplait sa mère, Julie se demanda si sa propre sécheresse de cœur était condamnable et ne vit pas pourquoi elle le serait. Sa tristesse était pour son père, dont elle réalisait, à sa surprise, la douleur. Sur la table de chevet, devenue un petit autel, elle vit une bible, des médailles de saintes, un chapelet, des bougies, une statuette de la Vierge Marie. Derrière elle, le père dut lire son regard.

— Ça l'a aidée. Elle était plus sereine. La femme du pasteur lui faisait la lecture.

— Elle est comme ça depuis quand?

— Deux jours. Elle n'a pas quitté le lit depuis longtemps, mais elle ouvrait les yeux et parlait un peu. Il y a deux jours, la servante m'a dit qu'elle avait fermé les yeux pour dormir. Mais elle ne s'est plus réveillée. Le docteur est venu et...

Il ne termina pas la phrase.

— Peut-être qu'elle ne veut plus lutter, dit Julie.

Elle entendit son père qui sanglotait dans son dos. Elle n'avait plus rien à faire dans cette chambre. Elle posa une main sur la main froide de sa mère et eut tout de suite envie de la retirer. Elle se leva et dit à son père :

— Viens, allons en bas. Laissons-la se reposer.

Quand ils furent sur le point de sortir de la chambre, Julie réalisa qu'elle ne verrait plus sa mère vivante. Elle se retourna une dernière fois vers le lit. Elle saisissait l'importance du moment, mais n'arrivait pas à être émue. Ils se dirigeaient vers l'escalier lorsque son père la retint et lui dit :

— Attends un instant. J'ai à te parler. Viens.

Il marcha vers la chambre qui avait été celle de son fils, inoccupée depuis des années. Elle le suivit sans discuter. Elle se demanda à quand remontait la dernière fois qu'elle y avait mis les pieds. Dans un coin, il y avait encore un cheval de bois. Édouard Clément s'assit sur le lit. Elle prit place à ses côtés. Il baissa la tête et commença à pleurer, les coudes posés sur ses genoux, enfouissant son visage dans ses mains. Elle entoura les épaules de son père de son bras. Il se tourna vers elle, ne se cachant plus, laissant les larmes couler sur ses joues et sa chemise.

— Je te demande pardon, dit-il. Si tu savais comme je regrette...

Elle fut étonnée. Elle pensait qu'il pleurait sa femme. Elle attendit la suite.

— Je me méfiais, je savais que je devais me méfier de lui. Tous les signes étaient là. Mais il me tenait... Alors j'ai cédé... Je t'ai donnée.

Il tourna sa tête vers elle et répéta :

— Je te demande pardon.

Julie eut une idée. Le moment n'était pas aux sentiments. Des excuses ne l'aideraient guère, mais de l'information, peut-être que oui. Elle prit les mains de son père dans les siennes, le regarda droit dans les yeux et lui dit, d'une voix douce mais en détachant chaque mot :

— Dis-moi tout. Si tu veux m'aider, parle. On ne refera pas le passé. Mais dis-moi tout.

Il hésita un instant, regarda le sol, renifla, s'essuya une joue, puis il raconta tout, longuement, avec précision. Il relata, sur un ton monocorde, sans regarder sa fille, honteux, la visite du faux prêtre, le secret qu'il détenait sur son passé, l'argent versé à des officiers pour être un fournisseur de l'armée, sa menace de tout révéler. Quand le petit maître chanteur fut parti, sa femme exigea de savoir qui était ce visiteur. Il lui raconta. Elle craignit le scandale et la ruine autant que lui. Ils paniquèrent, la peur de l'un renforçant celle de l'autre.

Il poursuivit sa confession. Thomas entra en scène, raconta-t-il. Il savait tout. La seule explication était que sa mère avait entendu la conversation entre lui et sa femme. Il arrangerait tout en échange de la permission d'approcher sa fille. Les mots fatidiques n'avaient pas été prononcés, mais ce n'était pas nécessaire. Lui, père indigne, avait brièvement joué l'offensé, mais il s'était conduit comme un lâche. Il avait donné sa fille pour sauver sa situation. Il s'était servi de l'attirance qu'elle ressentait pour Thomas pour se justifier, du moins en partie, mais ce n'était qu'hypocrisie. Il n'y avait guère de mystère derrière la disparition subite du faux prêtre. Puis étaient venues les facilités de prêt à la banque. La colère du frère aîné de Julie s'était muée en mépris.

— Une fois, dit le père en sanglotant, Thomas avait demandé à me rencontrer. Je m'étais décidé. J'avais un pistolet chargé dans le tiroir devant moi.

Il passa le revers de sa manche sur son nez.

— Mais je n'ai pas pu, je n'ai pas eu le courage... J'étais piégé. Je ne pouvais pas aller voir les autorités. Si je tombais, tout tombait, ta mère, notre nom, ton nom, notre situation. Et ton mariage était légal.

Julie l'écouta en silence. Rien de cela ne la surprenait. Elle s'avoua, comme tant de fois auparavant, qu'elle était aussi responsable de son malheur, par son obstination, par son goût de défier l'autorité et les conventions.

Son père toussa violemment. Il pressa son mouchoir contre sa bouche. La morve et les larmes s'entremêlaient. Quand il chercha un coin de mouchoir qui n'était pas souillé, elle vit les gouttelettes de sang sur la soie. Les épaules de son père étaient secouées de spasmes. Il avait du mal à retrouver son souffle. Entre deux respirations, il eut le temps de dire :

— Je t'ai fait assez de mal. Je n'ose pas te demander pardon parce que c'est impardonnable. Je veux faire quelque chose. Je trouverai. Je ne pourrai jamais me racheter, mais...

Il ne dit plus rien, le regard absent, essayant de reprendre pied. Il réfléchissait. Elle ne voulut pas interrompre ses pensées. Elle ne pouvait savoir qu'il venait de prendre une décision. Il ne parviendrait à rien seul. Et s'il voulait faire quelque chose, il devait soigner ses poumons. Il irait voir ce jeune médecin qui était venu soigner sa femme à quelques reprises. Il l'avait perdu de vue. Comment s'appelait-il déjà ? Il sentait qu'il pouvait avoir confiance en lui. Sa fille semblait l'apprécier. Et qu'avait-il à perdre ? Il leva les yeux vers sa fille et comprit qu'elle cherchait à deviner ses pensées, mais sans y parvenir. Il n'ajouta rien.

Chapitre 3

Un danger

Deux coups sourds résonnèrent. Jeanne, assise derrière son bureau, leva la tête. Un cocher l'avait prévenue. Elle serait visitée en fin de matinée par trois hommes. Ils parleraient au nom de tous les employés. Cela ne pouvait vouloir dire que des problèmes. Elle prit un miroir dans le tiroir et s'examina rapidement.

— Entrez.

Un homme de grande taille entra, suivi de deux autres. Comme la pièce était petite, ils occupaient tout l'espace entre le bureau de Jeanne et la porte. Elle se sentait prise au piège. Le plus grand, qui se nommait Maheu, le plus sûr de lui, se planta devant elle, sa casquette de toile dans une main. Les deux autres étaient de chaque côté de lui. Jeanne resta assise.

Les trois étaient dans la trentaine. Maheu, le meneur, était un gaillard aux yeux noirs, avec une barbe de la même couleur, de larges épaules, des mains immenses et une physionomie qui tenait du bœuf. Il regardait toujours Jeanne avec un air impertinent et moqueur. Cette fois, il y avait une lueur de défi dans ses yeux brillants. Cet homme a bu, se dit Jeanne. Entre lui et sa patronne, l'antipathie avait été immédiate. C'était un cocher habile et expérimenté, mais dur avec les chevaux et sec avec les clients. Jeanne avait songé à le congédier, mais Maheu, qui parlait fort, était influent parmi les cochers. Elle avait craint ce moment, et maintenant on y était. Maheu dominait ses deux compagnons, beaucoup plus petits, dont les regards fuyants allaient de lui à Jeanne et au plancher.

Dès qu'elle avait appris qu'ils viendraient, elle avait deviné pourquoi, mais c'était à eux d'ouvrir leur jeu. Elle ne parlerait pas la première. Elle leva un sourcil pour faire savoir qu'elle attendait une explication. Maheu se racla la gorge.

— Ben voilà, madame, pas besoin de longs discours. Vous serez pas étonnée. Les gars, on a parlé entre nous, et on pense que quatre shillings par jour, c'est pas assez. On pense que notre travail vaut cinq shillings.

Jeanne laissa passer un moment. Dès qu'une somme était mentionnée, sans même qu'elle y songe, les shillings se convertissaient en dollars dans sa tête ou l'inverse, et se transformaient en pourcentage d'un montant plus élevé. Elle voyait les chiffres défiler et tomber comme des billes dans une boîte avec des centaines de petits tiroirs, chacune à sa place.

Les trois hommes la dévisageaient. Elle devait ne rien montrer, ne rien dévoiler, ne pas afficher la moindre faiblesse. Il fallait tester la solidité de ce front en apparence uni devant elle. Elle regarda Maheu longuement. Il ne bronchait pas. Elle fixa ensuite l'homme à sa droite, un petit rouquin que tous appelaient Sylvain. Elle attendit que Sylvain dirige ses yeux vers le sol, puis dit :

— Cinq shillings... Vous, monsieur Sylvain, vous trouvez ça raisonnable ?

Sylvain leva la tête.

— Oui, madame.

Elle fit semblant de considérer la chose.

— C'est tout de même 25 % d'augmentation... d'un coup.

Elle attendit un instant, puis ajouta :

— Je suis peut-être mal informée, monsieur Sylvain. Vous connaissez d'autres travailleurs augmentés de 25 % d'un coup ?

UN DANGER

Elle s'était donné comme règle de toujours vouvoyer ses employés. Endicott avait été désarçonné au début par cette façon de s'adresser à eux. Mais ce n'était pas pour jouer à la grande dame. Cette distance, ce refus de la familiarité rendaient plus facile l'exercice de l'autorité pour une femme. Sylvain hésita :

— Euh, je...

Puis il jeta un bref coup d'œil vers Maheu. Cela suffit à Jeanne. Elle savait ce qu'elle voulait savoir. Maheu était plus résolu que les autres. Mais elle voulait être sûre. Le troisième homme, un blond maigre et pâle, s'appelait Lévesque.

— Vous, monsieur Lévesque, vous êtes avec monsieur Endicott depuis longtemps, non ?

— Oh oui, madame.

— Depuis combien d'années ?

— Je dirais, attendez... six ans.

— Et avant mon arrivée, vous étiez payé combien ?

Lévesque se gratta la tête.

— Euh, si je me souviens bien, on était à trois shillings et vingt sous, quelque chose comme ça.

— Trois et vingt, répéta Jeanne, faisant semblant de réfléchir. Et avant de passer à trois et vingt, vous étiez à combien ?

Lévesque tirait sur une des manches de sa veste.

— Oh, ça fait longtemps. Euh...

Il se pinça le nez. Réfléchir était laborieux.

— Pas si longtemps tout de même, reprit Jeanne. Faites un effort. Avant d'être à trois et vingt, vous étiez à combien ? Je pourrais demander aux autres, mais vous me sauveriez du temps.

Maheu, qui venait de comprendre où elle s'en allait, se raidissait à vue d'œil. Son regard s'assombrissait, sa mâchoire s'avançait. Lévesque hésita, puis dit :

— Ben, avant d'être à trois et vingt, on était à trois tout juste. Oui, oui, c'est ça. On était à trois par jour.

Il était soulagé de s'être souvenu. Jeanne attendit un instant et demanda :

— Et vous êtes restés longtemps à trois shillings ?

Et là, Lévesque, fier de lui, s'empressa de dire :

— Oh, ça, si je m'en souviens ! On est restés à trois shillings au moins trois ans, peut-être plus !

Maheu l'aurait giflé s'il avait pu. Jeanne s'examina le bout des doigts, faisant semblant de considérer ce qu'elle venait d'entendre. Elle fixa Lévesque comme si Maheu n'existait pas.

— Attendez, je veux être sûre de comprendre... Pendant des années, vous étiez à trois shillings. Finalement, vous passez à trois et vingt. Maintenant, vous êtes à quatre shillings depuis... combien de temps ? Un an ? Et là, vous voudriez passer à cinq ?

Lévesque fixait les taches sur le plancher. Jeanne revint vers Sylvain, ignorant Maheu.

— De quatre à cinq, c'est bien une hausse de 25 %, non ?

— Ben oui, madame, vous l'avez dit vous-même.

— Oui, oui... Et dites-moi, monsieur Sylvain, vous avez déjà eu une hausse de 25 % d'un coup, vous, dans votre vie, avant maintenant ?

Sylvain avait perdu sa langue. Maheu voulut reprendre le contrôle.

— On peut pas comparer. Faut payer selon ses moyens, c'est vrai, mais justement, ça va bien depuis la fusion avec monsieur Endicott. Et si ça va bien, c'est aussi à cause de nous. On s'occupe des chevaux, on roule longtemps, on fait attention aux clients. Ça mérite d'être reconnu.

— Et tous les cochers pensent comme vous, Maheu ? demanda Jeanne.

Elle savait la réponse, mais elle voulait qu'il se commette.

— Oui, madame, tous. Comme un seul homme.

Jeanne aurait pu répondre à chacun de ces points. Au total, l'affaire n'allait pas mal du tout, mais les marges de profit restaient minces, fondées sur un contrôle serré des salaires, très dépendantes aussi du prix du fourrage pour les bêtes. Et les salaires, modestes, n'étaient pas injustes si on regardait, par exemple, ceux des ouvriers des chantiers navals ou des fonderies. Les cochers étaient faciles à remplacer, mais longs à former s'ils n'avaient pas d'expérience. L'affaire roulait bien parce qu'elle était la seule du genre. Ça ne durerait pas. Jeanne se revit au moment où ses couturières avaient demandé plus, bien que sa situation actuelle ne fût en rien comparable.

Dans l'immédiat, il fallait gagner du temps pour réfléchir. Ce n'était pas le moment de discuter. De toute façon, elle ne pouvait pas prendre une décision sans en parler à son partenaire majoritaire. Elle leur expliqua cela en prenant soin de ne pas montrer d'impatience. Quand elle eut terminé, elle sentit que Maheu voulait ajouter quelque chose, pour avoir le dernier mot, mais il se retint. Avant de sortir, Lévesque et Sylvain inclinèrent la tête pour la saluer, pas Maheu, qui la regarda avec un air de défi.

Il ne faudrait pas laisser traîner cela. Un refus de répondre vite serait vu comme un refus sur le fond, doublé d'un manque de respect. Endicott dirait non d'emblée. Elle doutait de la sagesse d'une fermeture complète. Mais avant de lui parler, elle devait en savoir plus sur l'état d'esprit des cochers. Et si on augmentait le salaire des cochers, alors les hommes qui soignaient les chevaux, ceux chargés de l'entretien et des réparations des voitures, le maréchal-ferrant, le vétérinaire, tous demanderaient des augmentations.

Elle décida de laisser passer une heure. Si elle sortait maintenant et faisait le tour des écuries, les hommes y verraient de l'inquiétude de sa part. Ne jamais laisser un employé savoir ce que l'on pense tant qu'on n'est pas prêt à l'annoncer soi-même. Elle n'aurait pu dire d'où lui venait cette règle de conduite, mais elle était convaincue qu'en étudiant les autres tout en dissimulant ses pensées, elle serait en meilleure position. Elle sortirait du bureau à l'heure habituelle où elle faisait son inspection quotidienne des installations, un peu avant midi.

Samuel Endicott avait exigé que leur entreprise commune garde son nom. Elle n'avait aucune objection à ce que l'affaire se nomme la Endicott Transport Company. Après tout, il possédait 60 % de la valeur totale des actifs et il était plus connu qu'elle. Elle avait obtenu qu'il la laisse diriger les opérations du service urbain, dans les rues de Montréal et entre le port et les hôtels. Lui, il se concentrait sur les diligences reliant Montréal aux autres villes. Au début, elle avait souhaité ce partage pour diminuer les chances de friction entre eux, mais avec le temps, ils avaient appris à composer avec leurs différences.

Derrière le vieil Écossais grognon se dissimulait un homme qu'on pouvait raisonner si on savait s'y prendre. Sitôt fusionnées leurs lignes qui rivalisaient sur le trajet entre Montréal et Québec, Endicott avait proposé qu'ils profitent de ce monopole qui ne durerait pas pour augmenter les prix. « De toute façon, avait-il dit, maintenant que nous sommes seuls, les gens s'y attendront. »

Elle l'avait convaincu qu'un tel geste, même s'il ne surprendrait pas, mécontenterait les habitués et ouvrirait la porte à un concurrent. Il fallait au contraire fidéliser la clientèle en faisant ce qu'elle n'attendait pas : garder les prix abordables et raccourcir la durée du trajet, en changeant plus fréquemment les chevaux et en réduisant les temps de repos aux relais. On offrait maintenant aux passagers des diligences une sélection de journaux. On avait aussi lancé une ligne vers les Cantons-de-l'Est et une autre jusqu'à la frontière américaine.

Pour les trois circuits d'omnibus en ville, sa grande innovation, elle avait convaincu Endicott de miser sur des percherons, des chevaux plus solides et plus résistants. Ils étaient lents, mais le service en ville faisait des arrêts fréquents et on ne pouvait aller vite dans les rues animées. Un attelage ne devait pas travailler plus de cinq heures par jour si on ne voulait pas épuiser prématurément des chevaux très coûteux. En cinq heures, avec les arrêts pour permettre aux gens de monter et descendre, un attelage parcourait environ une douzaine de milles. Chaque cocher utilisait toujours les mêmes chevaux sur les mêmes trajets. Comme les trajets en ville étaient courts, on pouvait utiliser des voitures plus rudimentaires, moins confortables, moins chères, avec un maximum d'espace consacré aux passagers plutôt qu'aux bagages. On était loin des élégants omnibus avec toit de Paris, mais leurs moyens financiers étaient limités.

Bien des gens avaient ricané au début. Quand on est pressé, mieux vaut aller à pied, disaient certains. Mais dans l'esprit de Jeanne, la ville grossirait, les gens habiteraient plus loin de leur travail et utiliseraient de plus en plus les équipages de sa compagnie. Elle s'était chargée personnellement des pourparlers avec les autorités britanniques qui, voyant là un service avantageux, n'avaient pas imposé trop de tracasseries administratives. Elles exigeaient une taxe annuelle fixe par véhicule et interdisaient de laisser une voiture arrêtée dans une position qui bloquait la circulation des chariots de marchandises. Elles voulaient aussi que chaque voiture ait un numéro et une identification bien visibles, et se gardaient le droit de limiter, le cas échéant, le nombre total des voitures en circulation.

Il y avait encore dans les rues des transporteurs privés, avec leur propre voiture et leur unique cheval. On les reconnaissait à l'absence d'un numéro, à la vieillesse de l'animal, à leur voiture sale et écaillée. Leur nombre diminuait rapidement. Jeanne en avait embauché quelques-uns pour éliminer cette concurrence et parce qu'ils connaissaient déjà le métier. Pour elle, l'objectif restait de pouvoir un jour prendre pied dans le transport fluvial, dans les chemins de fer aussi, mais ces domaines étaient une chasse gardée des Anglais et exigeaient des capitaux qu'elle n'avait pas.

Elle jugea que le moment était venu d'en savoir plus sur l'état d'esprit des employés. Elle examina de nouveau son visage avec son miroir et regarda si sa robe n'était pas tachée ou froissée. Elle vérifia si la porte du poêle en fonte était bien fermée et quitta la pièce.

Endicott et elle possédaient plus de 150 chevaux et une trentaine de voitures de divers types. Il avait fallu déménager dans de nouveaux locaux. Elle avait vendu, sans le moindre état d'âme, les vieilles écuries du père Erlander, rue Saint-Gabriel, là où son aventure avait débuté. Les installations d'Endicott jusque-là n'avaient pas suffi non plus.

Ils louaient maintenant un immense emplacement rue des Commissaires, à l'est de la rue Saint-Hubert. C'était une grande cour à ciel ouvert, en terre battue, ceinturée, sur trois des quatre côtés, par des bâtiments de deux étages. D'un côté, l'étage du bas comprenait les écuries, avec des cloisons mobiles pour les chevaux trop vifs ou de mauvaise humeur. À l'étage du haut se trouvaient les greniers. Une série d'ouvertures servait à laisser s'échapper le foin et l'avoine qui nourrissaient les bêtes. Comme le prix du fourrage était élevé et instable, cette opération était étroitement supervisée. De l'autre côté se trouvaient les remises pour les voitures, les ateliers pour les réparer, la sellerie et la forge du maréchal-ferrant. Chaque voiture avait son emplacement prédéterminé.

Dans le bâtiment du fond, il y avait le minuscule bureau occupé par Jeanne, plus rarement par Endicott, les quartiers du vétérinaire, et un hangar où l'on nettoyait les voitures après leurs heures de service. Jeanne dormait dans une petite chambre au-dessus du bureau. Les chevaux étaient lavés, brossés, soignés dans la cour centrale, là où on trouvait aussi un grand abreuvoir semi-circulaire, avant d'être reconduits dans leurs boxes respectifs. Chaque cheval était marqué d'un signe distinctif. Tout ce qui était important sur chaque bête était consigné par écrit: son nom, son âge, ses blessures passées, ses traits de caractère, son prix à l'achat, l'identité du vendeur. On laissait chiens et chats se promener librement pour qu'ils chassent les rats. Des poules picoraient les grains d'avoine au sol.

Il y avait, dans cette cour, un va-et-vient continuel de voitures qui arrivaient et repartaient, de chevaux à l'arrêt ou reconduits, une bruyante cacophonie de hennissements, de sabots, de roues, de claquements de fouets, de coups de marteaux, de cris et de chants d'hommes au travail.

Pour les circuits dans les rues de Montréal, Jeanne avait mis au point une procédure, approuvée par Endicott, qui devait être scrupuleusement respectée par tous. Chaque cocher devait compter le nombre de passagers transportés. Rentré au dépôt, il remettait la feuille et l'argent ramassé à un commis aux écritures qui lui donnait immédiatement son salaire du jour. Pour les trajets entre Montréal et d'autres villes, l'essentiel était d'essayer qu'une voiture parte remplie au maximum.

Après le travail, dès qu'ils avaient été lavés et soignés, les animaux étaient nourris, pourvus d'une litière abondante et mis au repos. D'autres hommes se chargeaient d'asperger d'eau les voitures couvertes de boue, de poussière et de crottin, et de les laver soigneusement. Jeanne était intraitable sur ce point : des voitures sales éloigneraient les clients, affecteraient la réputation de la compagnie, donneraient des idées à de possibles rivaux. Comme pour les chevaux, chaque voiture était remisée toujours dans le même espace numéroté. Quand le cocher revenait le lendemain matin, il devait trouver son attelage impeccable et prêt à partir. Les sabots des chevaux avaient été examinés, de même que les roues, les freins, les essieux, les banquettes et l'aspect général des véhicules. Il n'avait qu'à se munir de la feuille qu'il aurait à remplir et à se mettre en route.

Jeanne longea les enclos des chevaux. Plusieurs bêtes étaient au repos après le travail de la veille. D'autres seraient attelées bientôt. On gardait aussi des chevaux en réserve en cas d'imprévus. Des hommes s'activaient autour d'eux. Jeanne surveillait de près les soins apportés aux animaux. Ils coûtaient cher à l'achat, tiraient de lourdes charges, mangeaient à des heures irrégulières, et affrontaient des étés torrides et des hivers glaciaux.

Plus loin, elle examina, sans qu'il s'en aperçoive, un homme qui réparait le cerceau de fer qui protégeait une roue de bois. Pendant un instant, elle s'imagina à la tête d'une entreprise qui construirait ses propres véhicules. On achèterait le cuir, le bois, le fer. Il faudrait des ateliers de carrosserie, de couture, des forges alimentées au charbon, des scies actionnées par la vapeur, des ouvriers spécialisés, des tailleurs, des rembourreurs de coussins, toute une nuée de travailleurs organisés comme une armée en vue d'un but unique. On produirait des voitures moins chères, plus durables, adaptées à chaque usage. C'était irréaliste et elle le savait, mais la vision excitait son esprit toujours en éveil.

Ici et là, elle s'arrêtait, posait à un homme une question sur sa famille, sur la santé de ses enfants, lui demandait son avis sur un point, faisait une remarque sur une réparation ou sur l'aspect d'un cheval. Tous ou presque lui disaient : « Oui, madame », « Non, madame » ou « Comme vous voudrez, madame ». Ils enlevaient leur casquette dès qu'elle leur adressait la parole. Quand ils parlaient entre eux, ils s'interrompaient dès qu'ils la voyaient. Ceux qu'elle connaissait joyeux l'étaient comme à l'habitude. Les taciturnes l'étaient aussi. Rien ne lui semblait différent. Deux hommes en train de frotter des selles avec de l'huile en riant se figèrent dès qu'ils la virent. Il lui était arrivé de capter des remarques lubriques la concernant, mais c'était un milieu d'hommes peu raffinés et elle comprenait ce que sa position pouvait avoir d'inusité à leurs yeux. Elle se garda bien de poser des questions trop directes sur leurs salaires. Toute question inhabituelle aurait pu éveiller de la méfiance ou être mal interprétée. Il fallait observer et écouter.

Ces hommes n'étaient pas subtils. Il y avait assurément des insatisfactions. Il y en avait toujours. Mais si une grande frustration les habitait, il y aurait eu des signes et elle n'en voyait guère. Certes, vu l'heure, presque tous les cochers étaient sur leurs routes respectives ou à leurs domiciles. Elle ne pouvait donc les interroger. Se pouvait-il que le ressentiment ne soit que chez ceux-là, ou même surtout chez ce Maheu qu'elle n'avait jamais aimé ?

Elle avait noté que les cochers formaient un groupe distinct parmi ses employés, peut-être justement parce qu'ils ne faisaient que passer au dépôt. Depuis toujours, ils avaient, au sein de la population, la réputation d'être braillards, grossiers, impolis, toujours en train de rouspéter. Jeanne avait beaucoup insisté auprès d'Endicott sur l'importance, dans l'intérêt à long terme de la compagnie, que l'attitude de leurs cochers n'alimente pas cette perception. Comme leur gagne-pain dépendait de la rue, ils semblaient croire que la rue leur appartenait, engueulant souvent les passants et les conducteurs des autres véhicules. Maheu, d'une certaine façon, était le cocher typique, mais en plus accentué.

Au bout d'une heure, elle en vint à la conclusion qu'elle n'apprendrait rien de plus. Mais il faudrait répondre aux cochers et aux trois hommes qui se disaient leurs représentants. Pendant qu'elle observait, un plan prit forme dans sa tête. Il y avait certes des détails à peaufiner. Mais il fallait d'abord en discuter avec Endicott et le convaincre. Elle n'avait aucune raison d'attendre.

Samuel Endicott préférait travailler à partir du local de la place d'Armes qu'il occupait avant la fusion et qu'il avait conservé. Elle retourna au bureau, mit ses affaires en ordre et prit quelques papiers qu'elle voulait montrer à son associé. Puis elle passa un châle autour de ses épaules et ressortit. Elle fermait la porte à clé quand elle entendit une voix dans son dos :

— Mademoiselle Raymond, j'ose vous déranger.

Elle se retourna. Thomas était devant elle. Toujours cette douceur dans la voix et ces yeux froids. Il ne fallait pas que son trouble paraisse.

— Permettez cette visite non annoncée, mademoiselle.

C'était la première fois qu'elle se retrouvait en contact direct avec lui. Elle regarda autour d'elle. Des hommes allaient et venaient dans la cour. « Ne sois pas idiote, se dit-elle, il ne fera rien ici. » À ce moment, elle remarqua que plusieurs employés s'étaient immobilisés et regardaient dans leur direction. « Ne flanche pas, du nerf, sois forte, ne laisse rien paraître. » Elle songea à une formule de politesse convenue, mais elle préféra se taire. Il valait mieux le laisser aller. Il semblait gêné. « Une simulation », pensa-t-elle.

— Oui, euh, eh bien voici, mademoiselle...

Il tenait dans ses mains un élégant haut-de-forme gris. Ses vêtements étaient immaculés. Il avait encore perdu des cheveux.

— Vous me trouverez fort audacieux, impertinent peut-être... On m'informe que vos cochers pourraient vous causer des soucis.

Elle ne broncha pas, mais sentit une chaleur lui monter au visage. Il reprit d'une voix si faible qu'elle devait se concentrer pour tout capter.

— Oui, je sais ce que c'est. Nous savons ce que c'est, n'est-ce pas ? Nous payons nos gens selon ce que nous pouvons, au prix du marché si je puis dire. Mais il leur arrive de manquer de réalisme, de penser que nous faisons de la charité, ou d'avoir une appréciation gonflée de leur importance.

Jeanne se souvint d'une remarque d'Antoine. Thomas parlait comme un homme éduqué, avec des mots précis. Un œil averti aurait décelé ses origines modestes à des détails, une articulation un tantinet forcée de certains mots, des ongles qui auraient pu être mieux entretenus, mais l'effet global était impressionnant. Il aurait pu passer pour le fils d'un noble ou d'un grand bourgeois se lançant dans les affaires avec l'argent de la famille. Jeanne se dit qu'il serait mal avisé de nier. Elle espéra que sa voix ne la trahirait pas :

— C'est exact. Vous êtes bien informé.

Il sourit. Elle ajouta :

— Comment l'avez-vous su ?

Le sourire de Thomas s'élargit. Il fit un geste de la main.

— Ah, ça ! Disons qu'en affaires, être bien informé, c'est déjà la moitié de la chose, non ?

Il s'empressa d'ajouter :

— J'ai vu, mademoiselle, que vous alliez quelque part, peut-être voir monsieur Endicott, et je ne voudrais pas vous retarder. Je viens vous offrir mon aide.

Il attendit un instant, puis ajouta :

— Je suis ce qu'on pourrait appeler un solutionneur de problèmes.

Elle eut une moue interrogative et s'en voulut aussitôt. Il vit l'ouverture.

— Ils veulent plus d'argent et, si vous dites oui aux cochers, les autres voudront aussi plus. Vous avez deux options : vous pouvez leur dire non ou leur dire partiellement oui en augmentant les salaires. Dans le premier cas, il y a risque qu'ils refusent de travailler. Dans le second cas, il faudra de l'argent et cela pèsera lourd dans vos comptes. Dans les deux éventualités, dont nous pourrions discuter, je peux aider.

On y était. Antoine lui en avait souvent parlé pour la mettre en garde. Thomas Sauvageau était toujours à la recherche d'occasions d'investir dans des entreprises légitimes. Il possédait des intérêts, disait Antoine, dans des commerces au-dessus de tout soupçon. On serait étonné si on fouillait. Évidemment, ajoutait son frère avec dépit, on ne fouillerait pas : il rendait trop de services aux autorités, à commencer par assurer une relative tranquillité dans les rues quand la nuit tombait.

Jeanne n'avait pas eu besoin de son frère pour comprendre que ce serait folie que de s'associer à lui. Elle n'était pas étonnée non plus qu'il ait entendu parler du mécontentement des cochers. Peut-être l'avait-il stimulé, ce mécontentement, encouragé. Une de ses méthodes était de créer les problèmes et de proposer son aide. Elle fit semblant de considérer la chose et répondit tout en se mettant en marche.

— Oui, monsieur Sauvageau, j'allais voir monsieur Endicott. Je lui rapporterai votre proposition.

Il s'écarta pour la laisser passer.

— J'attendrai votre réponse avec impatience, mademoiselle.

Jeanne fut soulagée qu'il ne marche pas à ses côtés. Pendant qu'elle s'éloignait, elle imaginait des suites possibles. Hausser les salaires maintenant fragiliserait l'entreprise. Mais les cochers, s'ils étaient aussi mécontents que le prétendaient Maheu et Thomas, pouvaient refuser de travailler, endommager les véhicules, causer des accidents ou blesser les chevaux. Un malencontreux incendie pouvait tout raser. Des tas d'incendies suspects rasaient des commerces. Sauvageau pouvait aussi faire pression sur Endicott pour qu'il lui vende sa part ou une fraction de celle-ci. Il était convenu entre elle et son associé qu'elle aurait la priorité pour tenter d'égaler toute offre qu'il recevrait quand leur entente viendrait à échéance, mais elle n'aurait pas ces moyens avant de longues années.

Au fil des mois, elle avait gagné la confiance d'Endicott comme jadis celle de Duchesne. Mais autant Duchesne était doux et placide, autant Endicott pouvait être bourru. Il fallait lui parler au bon moment et choisir les bons mots. Leurs rapports n'étaient pas filiaux, comme ils avaient fini par l'être entre elle et Duchesne. L'essentiel était qu'elle avait son respect et son écoute. Il lui laissait même les coudées franches pour organiser les transports en ville et la gestion de leurs installations. Au début, elle suggérait. Maintenant, elle agissait et l'informait. Il venait régulièrement, faisait le tour des lieux pendant qu'elle expliquait les changements s'il y en avait eu, et il approuvait d'un signe de tête.

Cette fois, elle avait craint de devoir longuement plaider avant de le convaincre de son plan, mais cet Écossais buté n'allait pas se laisser intimider, ni par Thomas Sauvageau ni par une grogne présumée des cochers. Elle dut même le tempérer. Le vieux Duchesne, dans la même situation, malgré ses autres qualités, aurait tergiversé, repoussé les décisions jusqu'à ce que l'étau se referme sur lui.

Le lendemain matin de la visite de Thomas, elle ordonna que tous les hommes, sauf les exceptions autorisées personnellement par elle, se rassemblent dans la cour centrale à dix heures du soir. Les absents et les retardataires s'exposaient à des mesures disciplinaires. C'était loin d'être le moment idéal. Les hommes, et elle aussi, seraient fatigués à cette heure. Mais il fallait attendre que tous les véhicules soient rentrés, sauf les diligences parties pour plusieurs jours, que tous les chevaux soient lavés, que tout soit prêt pour le lendemain. Elle avait ordonné que l'on monte une petite tribune en bois sur laquelle avaient été placées une table et deux chaises. Deux torchères de chaque côté entretenaient des feux donnant juste assez de lumière pour éclairer la tribune. Des tonneaux de différentes tailles, des caisses, quelques bancs permettraient à plusieurs hommes d'être assis. Il y avait aussi, posés sur la terre battue, trois foyers en fonte allumés. Des hommes s'y réchauffaient, debout ou assis par terre, soufflant dans leurs mains, les tendant vers le feu.

Jeanne et Endicott attendaient, dans le bureau de direction, que tous les hommes soient arrivés. La pièce était faiblement éclairée par une lampe unique. Tous les volets avaient été rabattus. Ils avaient laissé une fente pour voir au dehors sans être vus. Comme les hommes faisaient face à la tribune, Endicott et elle les voyaient de dos. Quelques-uns parlaient en petits groupes. Certains tiraient sur leur pipe, éclairant leur visage d'une lueur orangée. On les entendait murmurer, rire, cracher. Occasionnellement, des hommes se tournaient et jetaient un coup d'œil vers le bureau de la patronne, se demandant quand elle se montrerait. Pour dominer sa nervosité, Jeanne recommençait le décompte des hommes présents. Si elle excluait les absences motivées,

ils devaient être soixante-cinq. Quand le compte y fut, elle se tourna vers Endicott et fit un signe de tête. Il dit :
— *Well, then, time to settle this. Let's get it over with.*
Elle ouvrit la porte et Endicott prit soin de marcher derrière elle. Les hommes s'écartaient pour les laisser passer. Leur apparition imposa un silence respectueux. Les hommes assis au sol se levèrent. Un vent léger faisait danser les flammes des torchères. Les soirées étaient devenues fraîches et le froid engourdissait Jeanne. Des odeurs écœurantes de tabac et d'alcool l'enveloppaient. Elle regardait droit devant elle, craignant que sa nervosité ne paraisse si elle fixait un visage. Quand elle parlerait, elle devrait pourtant regarder ces hommes dans les yeux pour les dominer. Ils montèrent à la tribune. Quand Endicott se pencha pour s'asseoir derrière la table, elle vit qu'il avait glissé un pistolet dans sa ceinture, dissimulé par son manteau.

Elle resta debout devant la table, se répétant de lever le menton, de redresser son dos, d'écarter les épaules pour montrer qu'elle n'était pas intimidée. Elle se plaça à un pas du bord de la tribune. Elle leva la main pour signaler qu'elle se préparait à parler, puis fit signe aux hommes de s'approcher au plus près. Elle regarda à tour de rôle les plus proches, ceux dont elle distinguait le mieux le visage. C'étaient des hommes de tous les âges et de toutes les tailles. Un palefrenier à la jambe cassée par un cheval s'était déplacé en béquilles. On lui avait trouvé une chaise. Dans ces visages, il y avait de la bienveillance, de la curiosité, du respect, mais aussi, chez certains, des airs butés ou de défi. Le regard noir de Maheu, au premier rang, voulait la transpercer. Mais ces hommes ne formaient pas un bloc, et c'était là-dessus qu'elle misait. Ils devaient quand même, ces hommes dont les femmes les attendaient à la maison, trouver incongru d'être là, à ses ordres, obligés de l'écouter à une telle heure. Elle commença d'une voix trop haute, flûtée :

— Messieurs...

Elle toussota, le poing devant sa bouche, et recommença :
— Messieurs...

« Ne les lâche pas, regarde-les à tour de rôle, longuement, fais pénétrer les mots, se disait-elle. Ne passe pas à une autre idée tant que la première n'est pas enfoncée jusqu'à la garde. Domine-les. Va droit au but, cependant. Il est tard, ils sont fatigués et ils ne sont là que parce que tu les forces. »

Elle gardait ses mains jointes, devant elle, sur le bas de son ventre.

« Pas d'effets ridicules. Tu n'es ni comédienne ni homme politique. Parle posément, sur un ton normal, ça les forcera à rester attentifs. N'élève pas la voix, ne te fâche pas, ils se diraient : quelle folle ! Raisonne-les, c'est tout ce que tu as. »

Le visage de Maheu était devenu moqueur.

Elle avait un plan longuement mûri avec Endicott. Elle savait ce qu'elle devait dire. Elle avait réfléchi à des phrases et les avait répétées dans sa tête. Elle devait les rallier à ses vues ou, sinon, semer le doute dans leurs têtes et exposer leurs divisions. Jusqu'où aller dépendrait de leurs réactions.

Elle commença par s'excuser de les retenir si tard et dit que ce ne serait pas long s'il n'en tenait qu'à elle. Son associé, monsieur Endicott – elle se tourna à demi vers lui –, et elle jugeaient l'affaire importante, et il n'était pas dans leurs habitudes de laisser traîner les questions importantes. Ils avaient longuement réfléchi et discuté. Ils prenaient très au sérieux la demande d'augmentation de salaire. Leur travail était dur et ils avaient des bouches à nourrir. « Vous travaillez, disait-elle, sous la neige, sous la pluie, quand il fait très chaud ou très froid, et les clients sont souvent désagréables. »

Elle ne croyait pas un mot de ce qu'elle venait de dire. Le travail de cocher était infiniment moins dur que celui d'un paysan ou d'un journalier qui creusait un canal avec un pic et une pelle. Il exigeait moins d'habiletés que le travail d'un menuisier ou d'un ébéniste.

Elle poursuivit en admettant que la nouvelle compagnie issue de la fusion connaissait des débuts prometteurs. Le service en ville semblait répondre à un besoin. Mais tout cela était fragile. Il suffirait d'un concurrent agressif ou d'un changement d'attitude des autorités pour tout compromettre. Les profits restaient modestes et étaient tous réinvestis dans l'amélioration des installations et du service.

— Nous sommes prêts, dit-elle, à vous montrer nos livres de comptes. Nos livres sont ouverts comme notre porte l'a toujours été. Augmenter les salaires des cochers forcerait à augmenter ceux de tous les autres employés, simple question de justice. Le faire maintenant nous mettrait tous à risque. Ce serait comme manger à l'automne nos réserves pour l'hiver. Il faut solidifier nos bases auparavant.

Ils écoutaient avec attention, mais leurs visages restaient impénétrables. « Ne regarde pas au-dessus d'eux, ne parle pas aux étoiles, se disait-elle. Fixe chaque homme à tour de rôle, du moins ceux que tu distingues dans la pénombre. » Elle évitait cependant de croiser le regard de Maheu de crainte d'avoir du mal à poursuivre. Elle devait maintenant ouvrir son jeu.

— J'ai cependant, nous avons, se reprit-elle, une proposition à vous faire.

Elle pointa Lévesque, un des trois hommes venus à son bureau. Heureusement, il était parmi les plus proches de la tribune.

— Vous, monsieur Lévesque, la dernière fois que vous vous êtes absenté, c'est que votre femme était malade, non ?

— Oui.

— Elle était au lit, et il fallait s'occuper des enfants, c'est ça ?

— Oui, madame.

— Et je vous ai puni pour votre absence ?

— Non, madame.

— Et j'ai retenu votre salaire de cette journée-là ?

— Non, madame. Je vous avais expliqué et vous avez dit oui.

— Et vous avez appelé un médecin pour votre femme ?

— Oh, je n'ai pas ces moyens, madame. Les médecins, maintenant, ils disent combien ça va coûter avant de se déplacer. C'est le médecin ou la nourriture, pas les deux.

Elle capta des regards perplexes. Où allait-elle ? Il fallait jouer finement. Elle se tourna vers l'homme en béquilles, le seul qui avait une chaise, un maigre qui avançait en âge et se nommait Berthier. Il parlait peu, mais elle avait toujours senti chez lui un jugement sûr. Elle avait choisi de parier sur lui.

— Et vous, monsieur Berthier, pour votre jambe, vous avez fait venir un médecin ?

— Ben oui, un os replacé, une attelle, euh, c'est moins évident qu'on pense… pour moi en tout cas.

— Et vous…

Berthier devina où elle voulait en venir.

— Je le paye, oui, en deux versements. C'est pas très cher, mais comme j'étais un peu serré…

Jeanne gonfla ses poumons et plongea.

— Nous avons une proposition à vous faire. En deux points.

Elle vit dans leurs yeux qu'ils étaient attentifs.

— Comme je vous l'ai dit, hausser les salaires serait trop risqué. Mais nous trouvons injuste que si un travailleur a un accident ou tombe malade, ce qui n'est pas sa faute, il soit financièrement pénalisé. Si c'est un accident au travail, monsieur Endicott et moi nous paierons le médecin. Si c'est une maladie attestée par un billet signé par un médecin, nous paierons sa visite et vos salaires pour les trois premiers jours d'absence.

Elle entendit des murmures. Les hommes échangeaient des regards, cherchaient à comprendre. Des yeux ronds indiquaient la perplexité. Chez d'autres, elle perçut de la méfiance. Ils n'avaient jamais rien entendu de tel dans la bouche d'un patron. Cherchait-elle à les piéger ? « Vite, se dit-elle, ne laisse pas la méfiance s'installer. » Elle reprit :

— Pensez-y. Le médecin coûte cher, mais si vous êtes bien soignés, vous revenez au travail plus vite. Pour monsieur Endicott et moi, il est moins difficile de financer ces soins que d'augmenter tous les salaires d'un coup sans contrepartie et...

Maheu lui coupa la parole brutalement :

— C'est l'argent qu'on veut. Pour la maladie, on n'a pas besoin de vous ! On est assez grands !

Il se tourna vers les hommes à ses côtés et derrière lui :

— Elle essaye de nous endormir ! On ne se laissera pas faire !

Elle éleva la voix en espérant qu'elle ne devienne pas aiguë.

— Monsieur Maheu vient de parler d'argent. Le médecin, il n'est pas gratuit. Nous offrons de le payer, c'est de l'argent ça aussi. La preuve, c'est que vous vous en passez trop souvent parce qu'il coûte cher. Et si vous manquez trop de jours de travail, c'est aussi de l'argent que vous perdez. C'est une proposition à la fois généreuse et de bonne foi. Elle nous coûterait cher, mais c'est faisable...

Les hommes se regardaient, se consultaient du regard, cherchaient les avis des autres. Elle ne devait pas attendre.

— Une augmentation pour tous, tout d'un coup, c'est trop lourd. Mais un médecin quand il le faut, c'est un coût plus facile à supporter pour nous et qui réduirait votre manque à gagner quand....

— Non ! Ils en ont de l'argent ! Ça roule à plein leur affaire ! cria Maheu.

Il y eut un moment de silence, rompu par Berthier, l'homme en béquilles.

— Arrête d'interrompre, Maheu, laisse-la parler.

Il avait dit cela posément, sans lever le ton. Mais comme sa voix était confiante, tous avaient entendu.

— T'as dit quoi ? bafouilla Maheu.

— J'ai dit de te calmer et de la laisser parler. Tu dis des niaiseries, elle dort en haut de son bureau. T'as vu le château ?

La phrase, prononcée sans la moindre peur, avec un soupçon de moquerie, provoqua des remous. Maheu, qui était à dix pas de Berthier, se figea. Jeanne vit ses yeux stupéfaits et ses poings serrés. Puis Maheu se tourna vers Berthier et écarta un homme, comme s'il voulait s'ouvrir un chemin vers lui. Il hésitait, frémissant, soufflant à travers ses narines dilatées, noires comme des morceaux de charbon, tel un taureau qui prépare sa charge.

Jeanne, craignant toujours que sa voix s'étrangle, haussa le ton.

— Allons, allons, messieurs ! Je n'avais pas fini.

Sa voix tenait. Elle gagnait même en confiance. En Berthier, elle avait trouvé son allié. Elle fixa Sylvain, un des deux qui accompagnait Maheu quand ils étaient venus réclamer des hausses.

— Vous, monsieur Sylvain, vous avez quatre enfants, non ?

Sylvain, perplexe, fit oui de la tête.

— Et vous voudriez qu'ils sachent lire et écrire, non ?

— Ouais, pas comme nous autres ! cria une voix, ce qui en fit rire certains.

— Bien justement, monsieur Endicott et moi, on serait aussi prêts à payer une institutrice qui viendrait ici faire la classe. Ce serait pour les enfants de 6 à 12 ans. Pour leur donner plus de chances. Pour que leur vie soit moins dure que la vôtre. Un jour, ils vous remercieront. Vos femmes aussi, je suis sûre, verraient ça d'un bon œil. C'est vous qui décideriez, bien sûr, mais nous l'offrons de bon cœur. C'est une autre dépense, mais celle-là, nous aurions les moyens…

Elle sentit alors, dans les yeux de ces hommes, qu'elle touchait à quelque chose de profond. Ils n'étaient pas dupes et voyaient leur condition. Elle décida de pousser son avantage. Elle pointa un doigt vers Maheu qui ne décolérait pas.

— Monsieur Maheu, vous avez des enfants ?

Elle savait que la réponse était non, mais il fallait qu'il le dise lui-même, pour que se creuse la distance entre lui et les autres. Il faisait un énorme effort pour se contenir. Elle redemanda :

— Vous avez des enfants ?

Il secoua la tête pour dire non.

Une voix dit :

— Il en a, c'est sûr, mais il sait pas où...

Des rires fusèrent. Une autre voix lâcha :

— Ni avec qui il les a faits !

D'autres rires. La parole se libérait. Maheu voulut reprendre pied.

— Écoutez, madame, tout ça c'est bien, je ne dis pas le contraire, mais... mais...

— Mais quoi, monsieur Maheu ?

— C'est que c'est vous qui décidez pour nous, comme si on n'était pas assez grands pour décider quoi faire avec notre argent.

En d'autres circonstances, Jeanne aurait admis qu'il y avait là une objection valable, mais pas maintenant. La brèche était créée. Elle allait l'exploiter.

— Moi, je propose des soins et de l'instruction pour vos familles. Vous, monsieur Maheu, vous feriez quoi avec plus d'argent dans vos poches ?

— Il boirait plus, laissa tomber une voix forte venue d'en arrière, suscitant cette fois des rires moqueurs.

Maheu, qui était de haute taille, se tourna, cherchant à voir qui venait de parler. Il se retenait pour ne pas rugir. Il fallait l'isoler encore plus. Une houle semblait traverser les hommes rassemblés. Pendant qu'ils discutaient ferme, Jeanne jeta un coup d'œil rapide et capta l'assentiment d'Endicott. Il fallait amener vers eux les modérés, achever d'exposer les divisions, isoler les hostiles.

— Messieurs, messieurs, dit-elle, levant les bras pour obtenir le silence. Je sens des désaccords parmi vous. J'ai besoin de comprendre. Nous voulons bien être ouverts et conciliants, mais nous devons savoir où vous logez, ce que vous voulez. C'est seulement comme ça que nous pourrons trouver un terrain d'entente.

Elle fit une pause, espérant que personne ne prenne la parole, regarda tour à tour les visages les plus proches, puis demanda :

— Vous avez discuté entre vous, j'imagine. Vous vous êtes réunis, non ?

Elle posait une question dont elle connaissait la réponse. Les hommes ne s'étaient pas réunis. Maheu avait semé l'idée de demander plus d'argent dans les têtes des hommes dans son cercle immédiat, ceux qu'il dominait, et misé sur le fait que les autres suivraient, appâtés. Personne ne répondit à sa question. Elle la reposa, simulant l'étonnement :

— Enfin, tout de même, vous vous êtes réunis, non ? Il y a bien eu une assemblée. Vous avez dû discuter, voter...

Pas un son hormis le crépitement du bois qui brûlait et du vent qui faisait danser les flammes.

Elle mima la surprise. Toujours pas un mot. Mais ce silence parlait. Il disait ce qu'elle voulait. Elle allait resserrer le collet autour de Maheu. Elle regarda Lévesque :

— Dites-moi, monsieur Lévesque, il y a bien eu une réunion de tous les employés, n'est-ce pas ? Je vous reconnais parfaitement ce droit. Mais j'ai aussi le droit de savoir.

Lévesque baissa la tête. Elle poursuivit avec une inflexion de fausse incrédulité :

— Enfin, vous vous êtes réunis ou pas ? Vous avez délibéré, vous avez décidé en groupe, non ?

Puis, elle regarda Berthier, toujours assis avec sa jambe étendue devant lui. Elle l'interrogea du regard. Berthier comprit :

— Bien non, madame, il n'y a eu aucune réunion. Maheu trouve depuis longtemps, c'est son droit, que nous ne sommes pas assez payés, il en a parlé à plusieurs, surtout ceux qui font les rues comme lui, mais c'est tout. On n'a jamais rien voté.

Jeanne demanda alors à Maheu :
— C'est bien vrai ça, monsieur Maheu ?
Maheu se raidit :
— J'ai parlé aux hommes. Ils me font confiance...
— Parle pour toi ! lança Berthier.
— Viens me le dire en face ! Comme un homme ! lui cria Maheu.
— Crois-moi, ça me ferait plaisir, mais tu vois, je suis un peu limité.

Berthier gardait son calme et mettait dans sa voix une ironie qui enrageait Maheu. Chacun d'eux était entouré d'une poignée d'hommes qui s'énervaient et s'invectivaient. Du haut de la tribune, Jeanne saisissait des mots, des bribes de phrases. Mais la majorité d'entre eux semblaient hésiter, regardant de chaque côté, comme s'ils attendaient l'issue de la joute.

— Du calme, du calme, lança Jeanne, mais elle n'arrivait plus à se faire entendre dans le tumulte croissant.

Elle se tourna vers Endicott qui se leva et s'approcha du bord de la tribune, une jambe avancée, une main sur une hanche, l'autre dans la ceinture de son pantalon, laissant voir le pistolet à sa taille. Il faisait penser à un amiral surveillant la mer du pont de son navire, indifférent au bruit et au désordre qui montaient.

Il attendit un instant, sortit son pistolet, le plaça à la hauteur de sa tête, le canon vers le haut. Un homme dans la foule le vit, puis un autre. La clameur baissa d'un cran. Avec toute la force dont il était capable, sans changer de pose, Endicott hurla :

— *Enough! Enough, I said! Shut up and listen or I'll see to it!*

Il arma le chien du pistolet et tendit le bras vers le ciel. L'effet calmant fut immédiat. Certains recevaient ses ordres depuis des années. Il put dire d'une voix presque lasse :

— *Now that's better, gentlemen. What an uncivilized and unruly mob you can be... Let us now settle this affair in an orderly fashion if you please.*

Il attendit un instant et ajouta :

— *Let us now calmly listen to what my associate was saying before being so rudely interrupted.*

Il baissa son arme et s'écarta. Pendant que Jeanne, restée debout derrière lui, s'avançait de nouveau, il désarma le chien du pistolet et recula sans lâcher des yeux les hommes devant lui.

Jeanne prit un air conciliant et commença par un mensonge :

— Messieurs, je ne voulais pas semer le trouble parmi vous. Mais vous comprenez ma surprise. Monsieur Maheu et deux employés viennent me voir et demandent plus d'argent, en me donnant à penser que tout cela avait été discuté entre vous, que vous lui aviez donné le mandat de vous représenter. Et je…

— Il n'a été élu par personne ! cria une voix.

— Toi, t'as de l'argent pour manger ! répondit un homme près de Maheu.

— *Enough !* hurla Endicott, *or I might do something foolish !*

Il s'était levé de sa chaise et avait placé sa main sur la crosse de son pistolet, l'air furibond. Jeanne se hâta de reprendre :

— Nous sommes entre gens raisonnables. Laissez-moi continuer, s'il vous plaît.

Elle attendit que le calme revienne. Elle répéta sa surprise de voir que Maheu, qu'elle respectait malgré leurs divergences, n'avait pas été mandaté par tous pour parler en leur nom. Mais elle préférait regarder vers l'avenir, dit-elle. Elle expliqua de nouveau son idée de financer les soins en cas d'accident de travail et l'instruction des enfants. Puis elle rappela qu'elle avait dit, au tout début de la réunion, que sa proposition comportait deux volets. Un instant, elle songea à dire aux hommes que Maheu était le cocher dont les clients se plaignaient le plus, ce qui en faisait un drôle de chef, mais elle se ravisa.

— Vous voulez entendre ce deuxième volet ?

Plusieurs hochèrent la tête, d'autres ne bougeaient pas, mais semblaient disposés à écouter.

Elle reprit :

— Nous comprenons que des hommes puissent parfois être mécontents, qu'ils puissent souhaiter des changements. Mais si nous faisons des changements, ils s'appliquent à tous. Si je reçois une demande, je dois savoir si elle ne concerne que cette personne ou si d'autres pensent pareil.

Elle sentit qu'elle manquait de clarté. Elle devait être plus tranchante. Ce n'était plus le temps de finasser.

— Prenez tout à l'heure. Monsieur Maheu et deux autres hommes viennent me voir. Ils font croire qu'ils vous représentent, mais j'apprends que vous n'avez pas été consultés ou à peine.

Elle attendit, puis abattit sa carte :

— Ma proposition est que vous votiez, entre vous, pour vous choisir un représentant. Pas maintenant, mais dans quelques jours, quand vous serez prêts. Ce représentant recueillera vos opinions et parlera pour vous. Monsieur Endicott et moi, nous le rencontrerons une fois par mois pour passer tout en revue. Il pourra voir les livres, il pourra poser des questions, demander des explications, faire des propositions. Il acheminera vos demandes, mais il recevra aussi les nôtres. Ce serait plus simple, plus ordonné. Moins de cachotteries, moins d'incompréhension, moins de rumeurs. On s'assoirait face à face. On se parlerait avec franchise. Je dirais ce qui est possible et ce qui n'est pas possible.

Elle évitait de croiser le regard de Maheu, mais elle sentait sa masse noire, rageuse, débordante de colère. Dans les regards des autres hommes, elle sentait de l'hésitation, de la perplexité, de l'approbation chez certains, mais elle ne percevait de haine chez aucun. Habitués à obéir sans questionner, ne se souciant que d'eux et du moment présent, on leur demandait de se projeter dans le futur, de se voir comme une partie d'un tout, d'envisager pour leurs enfants un avenir différent du leur. Et tout cela leur était lancé par une petite bonne femme si différente de leurs épouses, mais qui ne se donnait pas des airs supérieurs.

— Je veux que vous compreniez bien. Nous payons le médecin en cas d'accident, un maximum de trois jours de salaire pour maladie certifiée par le médecin, et l'institutrice. Nous nous assoyons avec votre représentant une fois par mois. En échange, vous acceptez que les salaires restent ce qu'ils sont pour les trois prochaines années.

Elle laissa la dernière phrase pénétrer dans la tête des hommes. Puis elle ajouta :

— Les salaires n'augmenteraient pas, mais ils ne baisseraient pas comme ça se voit ailleurs. Ce ne serait pas la grande richesse, mais ce serait la stabilité. Nous mettrions tout ça par écrit. Vous signez, et monsieur Endicott et moi, on signe aussi. Ce serait notre contrat. Vous donnez votre parole, nous donnons la nôtre.

Elle se tut. Le silence était lourd. Elle avait une dernière carte à jouer, demander un vote sur sa proposition, mais elle hésitait. Puis, pendant qu'elle regardait sur sa gauche, elle entendit, de l'autre côté, la voix posée de Berthier qui dit :

— Moi, ça me semble raisonnable.

Il y avait chez cet homme, qu'on aurait pu trouver un peu pitoyable avec sa jambe cassée, quelque chose d'apaisant, de réfléchi, comme chez ces vieux marins sur qui les capitaines comptent pour rassurer les plus jeunes quand la mer se fâche. Elle l'avait déjà remarqué, mais ne s'était pas imaginé qu'il se démarquerait à ce point, ni qu'il braverait Maheu.

Les derniers mots de Jeanne, la prise de position de Berthier délièrent les langues. Ce fut un mélange confus, incompréhensible, de discussions dont Jeanne ne captait que des bribes. Des hommes faisaient de grands gestes, d'autres formaient des petits cercles de quatre ou cinq. Certains se tenaient par les épaules. La fumée des pipes montait vers le ciel, grisonnant l'air au-dessus des hommes. Jeanne ne put s'empêcher de regarder Maheu. Il lui faisait dos, seul, sa tête agitée regardant de chaque côté. Il cherchait à comprendre, se demandant s'il y avait encore moyen de changer le cours des choses, ne sachant pas où aller, quoi dire. Elle le devina au bord de l'éruption. Elle ne voyait plus Berthier, entouré d'un groupe d'hommes. Devait-elle reprendre la parole ? Les laisser discuter ? Elle se tourna vers Endicott et vit dans ses yeux qu'il suggérait de ne rien ajouter.

C'est alors que, parmi les hommes qui faisaient cercle autour de Berthier, un jeune, le plus proche de Jeanne, se tourna vers la tribune et dit d'une voix résolue :

— On vote !

C'était comme s'il portait le message du groupe qu'il venait de quitter. D'autres voix fusèrent :

— Oui, le vote ! On tranche ! C'est oui ou non !

Jeanne, qui connaissait les noms de tous les employés, avait par nervosité oublié le nom de celui-là, doté d'un air intelligent, franc, volontaire. Il s'approcha de la tribune et dit à Jeanne, assez fort pour que tous entendent :

— On veut voter, madame. Vous avez fait une proposition, on va voir.

— Non, non, idiots, ne vous laissez pas faire ! Elle vous endort !

C'était Maheu qui criait cela, empoignant un homme par la manche, faisant des grands signes en direction des autres.

— Lâche-moi, lui jeta l'homme, se dégageant d'un geste brusque.

— Vous allez le regretter, je vous le dis ! cracha Maheu que l'impuissance rendait fou.

Jeanne sentit qu'il fallait laisser la suite entre les mains du groupe. Elle fit signe à celui qui s'était approché de la tribune et recula. Il se hissa d'un bond sur l'estrade, fit deux grandes enjambées pour se placer bien au centre. Il leva les bras pour réclamer un silence qu'il avait déjà.

— Tu vas nous faire un discours, Villeneuve ?

La remarque déclencha des rires.

« Villeneuve, comment j'ai pu oublier ? », se dit Jeanne.

Le Villeneuve en question sourit. Des hommes se mirent à crier :

— Villeneuve à la mairie ! Villeneuve à la Chambre d'assemblée ! Villeneuve avec Papineau !

Cette fois, Villeneuve dut lever les mains pour rétablir le silence :

— Non, sérieusement, les gars, il est tard. Réglons ça. Vous avez entendu la proposition. C'est clair et net. Le médecin pour un accident, trois jours de salaire en cas de maladie, l'école des enfants, et on se choisit un représentant qui rencontre la patronne une fois par mois. Les salaires sont garantis pour trois ans. C'est bien ça ?

Lui aussi avait une autorité naturelle. Les hommes firent oui de la tête. Une voix venue de l'arrière lança :

— Grouille, fait froid ! Je veux aller coller ma vieille !

— Levez la main ceux qui sont pour ! lança Villeneuve.

Une première main se leva, puis une autre, puis des tas. Villeneuve ajouta :

— Levez bien haut pour que ça soit clair, que je voie comme il faut.

Jeanne chercha dans la foule qui ne levait pas la main. Elle ne vit que Maheu, cramoisi de rage et de honte. Même Lévesque et Sylvain, les deux accompagnateurs de Maheu, s'étaient éloignés de lui et avaient le bras levé. Jeanne se dit que s'il avait eu une arme, il aurait tiré sur elle.

— Maintenant, ceux qui sont contre, levez la main !

Maheu ne leva pas la sienne. Il baissa la tête, ramassé sur lui-même, puis se lança à toute vitesse vers la tribune en grognant. Il voulut y grimper, mais glissa. Un genou au sol, il tenta de se relever. Derrière lui, deux hommes essayaient de le retenir. Un tirait sur sa veste, l'autre l'agrippait par la taille. D'un coup de coude, il renversa le premier. Une clameur de protestation, dirigée contre lui, monta des hommes rassemblés. D'autres vinrent pour essayer de le retenir. Il était enragé, déchaîné, furibond, hors de contrôle, devenu une bête sauvage. Ils étaient quatre à essayer de le maîtriser, mais il se débattait comme un forcené. Ses bras faisaient des moulinets, puis, l'instant d'après, il abattait ses poings sur les hommes accrochés à lui. Villeneuve avait reculé d'un pas, mais restait calme. Maheu essayait toujours de se hisser sur la tribune, fou furieux, un homme agrippé à une cuisse, l'autre jambe repliée, comme un naufragé qui veut monter dans un canot.

Au moment où Jeanne, apeurée, se tournait vers Endicott, elle le vit s'approcher du bord de la tribune, son pistolet à la main. Il empoigna son arme par le canon, se pencha, et abattit la crosse en bois sur le crâne de Maheu, qui s'effondra comme un sac de farine. Endicott se redressa et lança :

— *He's out, out! He'll never set foot here again! Put him in a cart, take him home and whenever he wakes up, tell him he's fired! Fired! To hell he goes!*

Jeanne, abasourdie, immobile, ne dit rien. De toute façon, pas un son ne serait sorti de sa bouche. Ses jambes risquaient de céder et elle alla s'asseoir sur la chaise laissée libre par son associé.

La matinée du lendemain fut froide. Le soleil n'arrivait pas à percer le ciel bas. Un givre effronté lui résistait. Les rues étaient jonchées de feuilles mortes. Les pieds glissaient sur les pavés ou s'enfonçaient dans la terre boueuse. On ne croisait que des gens sortis par nécessité, qui pressaient le pas, déjà vêtus de leurs fourrures hivernales. Mais le froid sec, au moins, diminuait la puanteur des ordures qu'on contournait.

Jeanne marchait vite. Elle leva les yeux vers le ciel. Pas d'oies blanches en route vers les contrées chaudes. Elle allait chez Baptiste. Elle avait déjà obtenu son accord pour qu'il soit le médecin qui prendrait soin de ses employés. Il n'avait pas caché que des revenus supplémentaires tomberaient à point. Il s'agissait de s'entendre sur une façon de fonctionner. Elle l'avait trouvé émacié, pâle, mélancolique, et aucune explication n'était nécessaire. Le travail, toujours, était ce qu'il y avait de mieux pour chasser les idées noires, mais elle avait gardé la réflexion pour elle. Il faudrait ensuite qu'elle trouve une institutrice. Elle n'en connaissait pas.

Jeanne regardait où elle mettait les pieds. Elle entendit un juron, leva la tête, vit un gros homme qui relevait un bas de pantalon déjà détrempé et, juste à ce moment, une forme humaine sur sa droite dit :

— Ah, mademoiselle Raymond, le hasard me sourit aujourd'hui ! Je m'en allais vous voir.

C'était Thomas Sauvageau, surgissant d'une ruelle à peine assez large pour deux paires d'épaules. Il était seul. En trois pas, il fut devant elle, la forçant à s'arrêter. Il prit un air gêné. Sa main fit un signe qui se voulait une demande d'indulgence.

— Vous êtes fort occupée, mademoiselle, je le sais fort bien. Ce ne sera pas long, je vous assure. Comme j'ai dit, je m'en allais vous voir, mais puisque ce plaisir est devancé…

Elle attendit la suite, s'efforçant de ne rien montrer. Elle n'avait pas peur. Ils étaient sur une voie publique en plein jour. Mais la simple vue de cet homme lui nouait le ventre.

— On m'informe, dit Thomas, que vous avez réglé votre petit problème et j'en suis fort heureux pour vous. Je vous savais remplie de qualités, mais je devrais y ajouter l'éloquence, il paraît.

— Je vous remercie, dit Jeanne. Écoutez, je…

— Oui, oui, vous êtes pressée. Ce ne sera pas long. Un homme, Maheu, s'est comporté de manière inadmissible et j'aurais fait comme vous. C'est une tête chaude, je le connais. Mais ce n'est pas un mauvais diable. Il s'est oublié. Sans emploi, il se retrouve mal pris et…

Il s'arrêta, pensant que cela suffirait.

— Il est allé vous voir ? demanda Jeanne.

— Oui, mademoiselle. Il m'a raconté. Je l'ai sermonné. Je lui ai dit qu'il s'était mal comporté depuis le début, et que je pouvais comprendre votre décision. Mais je sais aussi que vous avez bon cœur. Le pardon existe. Je me permets, en son nom, de vous demander de lui pardonner. Je cherche, c'est vrai, pour mes propres affaires, des hommes d'un certain type, mais là...

— Eh bien, gardez-le.

C'était sorti spontanément. Une part d'elle regretta le ton, mais pas le fond. Il était hors de question de le reprendre. Il ne méritait aucun pardon et elle n'avait nul besoin de consulter Endicott.

Le sourire de Thomas fit place à un bref éclat de rire. Puis il devint sérieux. Ses yeux se concentrèrent, sa bouche se pinça, comme s'il analysait ce qu'il venait d'entendre. Puis, espaçant chaque mot, regardant au-dessus d'elle, il dit :

— T'as entendu, Maheu ?

Elle se retourna. Maheu était devant elle, plus haut de trois têtes, avec un bandage autour du front, écumant de haine. Ses yeux allaient d'elle à Thomas. Elle entendit Thomas dans son dos :

— Pas de deuxième chance, Maheu. La patronne a parlé.

Jeanne ne lâchait pas Maheu des yeux. « Sans l'autre, il se jette sur moi », se dit-elle. Maheu faisait penser à un chien dont la laisse vient de se casser, qui ne sait quoi faire. Pour Jeanne, la voie de sortie se trouvait du côté de son nouveau maître. Elle se retourna vers Thomas.

— Écoutez, monsieur Sauvageau, ce n'est pas d'hier, et j'aurais dû agir avant. Les clients se plaignent. Maheu sème la division. Il me crée des problèmes et j'en ai déjà bien assez. Et vous devinez que monsieur Endicott est aussi convaincu que moi. Vous ferez un meilleur usage de lui que moi.

Pendant qu'elle parlait, elle sentait dans son dos – ou était-ce son imagination ? – un souffle brûlant. Thomas dit :

— Maheu, tu vas finir cracheur de feu dans un cirque si je ne m'occupe pas de toi.

Il la regarda, puis fixa Maheu, faussement songeur cette fois.

— Hum, mais je vais m'occuper de toi, moi. Tu as épuisé la patience de cette bonne dame. Je dois dire que je la comprends. Mais tu vas t'amender, tu seras obéissant, discipliné – et là ses yeux revinrent vers Jeanne –, et tu prouveras à mademoiselle que tu peux rendre des services si on sait t'utiliser.

Il revint vers Jeanne :

— Sur ce, mademoiselle, nous vous avons assez importunée. Allez, Maheu, assez jasé. Mademoiselle a du travail et nous aussi. Tu viens avec moi.

Il s'inclina en guise de salut. Elle ne bougea pas. Elle fut soulagée de voir qu'ils n'allaient pas dans la même direction. Elle n'osa pas se retourner pour les regarder s'éloigner.

Chapitre 4

Le visiteur

Assis sur la table d'examen, les pieds pendants, Antoine terminait de reboutonner sa chemise.

— Alors, docteur, je crève quand ? Je me rends jusqu'au printemps ?

Baptiste soupira.

— Tu crèveras pas si tu m'écoutes. Tes poumons, je les entends. Rien d'anormal.

— Je suis toujours essoufflé.

Baptiste, pendant qu'il rangeait son stéthoscope, le regarda comme un enfant qui mérite d'être grondé.

— Ah ça, regarde-toi. T'as combien de livres en trop ? Tu te fatigues vite parce que tu demandes à ton corps de traîner une valise de graisse.

— Hé ho, dit Antoine, main levée.

— Non, non, je suis sérieux, reprit Baptiste, t'es encore jeune, mais ça va finir par te rattraper. Tu manges trop, tu manges mal, tu bois trop, tu ne fais pas d'exercice, tu…

— Bon, bon, ça va, j'ai compris.

Antoine sortit de sa poche un carré de tissu et se moucha bruyamment.

— T'as des mouchoirs avec tes initiales maintenant ? demanda Baptiste.

— L'apparence, mon cher, l'apparence. Je te l'ai souvent dit, avoir l'air de ce que tu veux devenir, c'est déjà la moitié du chemin. Et de l'exercice, je vais en faire. Je pars pour

Terrebonne après-demain. C'est pour ça que je voulais te voir aujourd'hui.

Baptiste, debout devant l'étagère sur laquelle il rangeait sa trousse, se tourna vers lui.

— Laisse-moi deviner... Tes histoires d'élections encore?

Antoine hocha la tête.

— Oui, monsieur La Fontaine va se présenter là-bas.

— Quand?

— Quand le gouverneur en dira plus. Au printemps sans doute.

— Et tu vas aller faire quoi à Terrebonne?

— Ben, réveiller nos gens. Faire le tour des villages, expliquer aux nôtres pourquoi c'est important, pourquoi il faudra aller voter. Préparer le terrain, si on veut...

Baptiste, qui avait remonté ses manches jusqu'au coude, attachait maintenant les boutons aux poignets de sa chemise.

— Tu vas faire ça comment?

— Ben, à cheval. Je ferai le tour. On est quelques-uns, des hommes de confiance, on se répartit le territoire.

Il vit la mine de Baptiste.

— Ouais, bon, d'accord, moi à cheval, tu peux te moquer, c'est sûr. J'aurai l'air de Sancho Panza. Mais il le faut, c'est important... Quoi, Baptiste, rassure-moi, tu sais au moins qu'il y aura des élections, non? Et tu sais qu'elles sont cruciales, non?

Baptiste fit oui de la tête pendant qu'il se dirigeait vers son bureau. Antoine sauta en bas de la table. Il s'animait déjà.

— Écoute, les Anglais ont eu ce qu'ils désiraient. Depuis le temps qu'ils voulaient nous l'enfoncer dans la gorge, cette union... Pour nous mettre en minorité et nous refiler leurs dettes et...

— ... et pas le droit de parler notre langue dans ce futur parlement, je sais. Et toi, tu veux jouer là-dedans?

Antoine s'était assis sur l'unique chaise face au bureau. Les accotoirs lui compliquaient la tâche. Il était si rond que la chaise l'aurait suivi s'il s'était levé.

— Écoute, le gouverneur Sydenham veut faire élire un groupe de députés dociles qui accepteront ça. Cette maudite union, on ne peut plus l'empêcher, elle est faite. Chialer ne la fera pas disparaître. Mais si on élit des députés habiles, déterminés, astucieux…

— Comme ton La Fontaine.

— Oui, parfaitement, comme monsieur La Fontaine. C'est une mauvaise situation, bien sûr, mais à partir du parlement, avec un contingent d'élus disciplinés, on peut faire des gains, un à la fois, préserver ce qui peut l'être, élargir nos libertés, une étape à la fois et…

Antoine capta la moue de Baptiste.

— Non, non, je t'assure, Baptiste, je vois les difficultés, monsieur La Fontaine aussi. Ni aveugles ni naïfs, rassure-toi. Dans Terrebonne, et ailleurs aussi, ça va jouer dur. Il y aura des gros bras, des bâtons, de l'alcool et de l'argent pour acheter des votes. Mais si on se couche d'avance… Il faut jouer au mieux les cartes qui nous restent. Et dans le Haut-Canada, il s'en trouve qui pensent comme nous. On peut travailler avec eux, tu vois, pour pousser dans la bonne direction. Si, en Grande-Bretagne, le roi ne peut pas choisir ses ministres, pourquoi le gouverneur ici le pourrait? C'est ça qu'il faut viser. Que les lois, que les impôts nécessitent le consentement du peuple. Et pour ça, ben, il faut faire élire un maximum de gens qui pensent de cette façon, en commençant par notre chef.

— Maintenant lui, et un jour, toi.

— Eh oui, parfaitement, un jour moi. Et pourquoi pas?

— Oui, oui, pourquoi pas, bien sûr…

— Alors tu veux m'aider? Tu veux nous aider? Je sais que toi, l'action politique, euh, c'est pas…

— J'aide à ma manière. Mais t'as raison, moi, les discours… tandis que toi…

— Moi quoi? Allez, dis-le.

Baptiste prit un instant pour choisir ses mots.

— Ben, il en faut des gens qui plongent comme toi. Très bien. Je ne dis pas le contraire. Mais pour toi, il y a aussi les discours devant les foules, les poignées de main, les tapes dans le dos, les applaudissements, ton nom dans le journal, les petites combines, les rivalités, moi c'est ce côté qui... Enfin, tu vois.

— Je vois parfaitement. Et je ne nie pas qu'il y a cette excitation. Il n'y a rien d'équivalent, crois-moi. Je veux vivre à fond, pas juste traverser l'existence. C'est juste qu'avec ton éducation, ton intelligence, ton allure, tu pourrais...

— Arrête, veux-tu...

— Non, sérieusement, tu serais écouté, mais bon, je comprends, et c'est vrai qu'il faut suivre sa nature profonde.

Antoine regarda autour de lui et lâcha :

— Brrr... Il fait un froid de canard chez toi. Tu ne chauffes pas ?

— Oui, le soir surtout.

Antoine commença à s'extirper de sa chaise.

— Bon, écoute, vieux, maintenant que tu m'as dit que je crèverais pas...

— Si tu te prends en main.

— Oui, oui, manger moins, manger mieux, boire moins, bouger plus, oui, mon général. Allez hop, je dois te laisser. J'ai promis à ma femme qu'on souperait ensemble.

— Ah, tiens, s'amusa Baptiste. Depuis quand tu te soucies d'être le bon petit mari rentré pour le souper ?

Antoine eut une mimique résignée pendant qu'il remettait son manteau.

— Depuis que son mauvais caractère a franchi les limites du supportable. Je dois l'amadouer pour retrouver du large plus tard.

Baptiste accompagna Antoine jusqu'à la porte. Il le serra dans ses bras. La tête d'Antoine lui arrivait au milieu de la poitrine. Quand il ferma la porte, il prit conscience du froid dans la pièce, alluma le poêle et s'enroula une couverture autour des épaules. Une fois revenu à son bureau, il trempa sa plume et entreprit de résumer, dans son cahier de décembre, tous les cas des deux derniers jours.

Baptiste écrivit jusqu'à l'heure du souper. Quand il eut terminé, il se frotta la nuque, les épaules, étira ses bras au-dessus de sa tête. Puis il monta à l'étage, enfila une robe de chambre, alla à la fenêtre et enleva le chiffon inséré entre le mur et le cadre. Un courant d'air lui glaça la gorge et la poitrine. Il se dépêcha de le remettre en place. Le bois de la fenêtre commençait à pourrir. Il faudrait en parler à madame Erlander. Il voulut regarder dehors. Le givre du côté extérieur ne lui laissait qu'un cercle au milieu du carreau. Une lueur orangée éclairait la fenêtre à sa hauteur de l'autre côté de la rue. Une ombre allait et venait dans ce logis. Il ne connaissait ses voisins que de vue. Le vent sifflait, faisant craquer la maison comme un vieux galion. Il quitta la fenêtre, redescendit, ouvrit la porte du poêle, y plaça un morceau de bois. Il regarda sa réserve. Il devrait se réapprovisionner le lendemain.

Dans une semaine, ce serait Noël, et la semaine d'après, le jour de l'An 1840. L'hiver était arrivé d'un coup, en conquérant qui ne tolère pas la protestation. Si décembre avait été rude, janvier et février s'annonçaient terribles. Sa jambe droite, son coude le faisaient souffrir, surtout quand le temps était froid ou humide. « La jambe, oui, allez, au travail la jambe. » Il ferait ses exercices. Après, il mangerait.

Il s'assit sur la chaise qu'avait occupée Antoine, posa un sac de farine sur son pied et commença à soulever sa jambe, la laissant suspendue pendant qu'il comptait jusqu'à trois. Il la baissait, puis recommençait. Avec ses mains, il compara le tour de ses cuisses. La masse musculaire de sa jambe droite, celle qu'on lui avait cassée, était devenue supérieure à l'autre, mais après un an, il boitait encore et s'était fait à l'idée qu'une raideur l'accompagnerait pour toujours. Le genou pliait normalement, mais la jambe lui faisait l'effet d'une branche de bois sec. Il s'était promis de retourner voir ce docteur Wilkes qui l'avait soigné pour le remercier, mais il ne l'avait pas fait et il s'en voulait. Il était resté chez lui trois bons mois. Ils avaient passé des heures sur le porche de sa maison, parlant peu, buvant du whisky, enveloppés dans des couvertures, regardant les chevreuils pendant que l'automne s'effaçait. Wilkes aurait voulu qu'il reste avec lui à Noël. « Ne me faites pas croire, avait-il dit, que vous avez mieux comme endroit. » Jamais Wilkes n'avait cherché à savoir qui étaient les hommes qui l'avaient battu ni pourquoi ils l'avaient fait.

Les affaires de Baptiste n'allaient pas trop mal. Plusieurs de ses patients s'étaient tournés vers d'autres médecins pendant son absence, mais la plupart lui étaient restés fidèles. La proposition de Jeanne de s'occuper de tous ses employés et de leurs familles lui assurait un revenu régulier. Rien d'exorbitant, mais il n'était pas dépensier. Un vrai moine, disait Antoine. Il n'avait pas touché à un sou de l'argent hérité de sa mère. Ses recherches pour soulager la douleur pendant les opérations étaient restées au point mort. Elles auraient nécessité une tranquillité d'esprit et du temps qu'il n'avait pas.

Il n'avait pas revu Julie Sauvageau. Son père était cependant venu le voir à deux reprises. Ces rencontres avaient été fort étranges. Il ne venait pas, disait-il, pour une consultation médicale. « Je cracherai mes poumons jusqu'à ma mort, qui ne tardera pas, et nous le savons tous les deux », avait-il laissé tomber. Il disait venir prendre des nouvelles de lui, vouloir mieux le connaître. Il l'informa de la mort de sa femme et le remercia pour ses visites. Il ne fit pas le moindre reproche à Baptiste et ne parla pas de sa fille. Pour les deux hommes, elle était absente et omniprésente. Baptiste avait songé à lui demander pourquoi il venait au juste, puis s'était ravisé.

On frappa à la porte. Ce ne pouvait être que madame Erlander ou une demande pour une visite à domicile. L'idée de sortir par un froid pareil ne lui souriait guère. Il se dirigea vers la porte avec une lampe à la main et sa couverture autour des épaules. Il venait à peine de l'entrouvrir que la grosse femme, d'ordinaire aussi bavarde qu'incompréhensible, avança une main gantée, lui remit une lettre et fila sans un mot. Ouvrir la bouche aurait rendu le froid plus cruel. Il ferma la porte.

Pendant qu'il examinait l'enveloppe en marchant vers son bureau, un pressentiment surgit. Il s'arrêta et la couverture lui glissa des épaules. N'y tenant plus, il déposa sa lampe sur le plancher, décacheta l'enveloppe et reconnut immédiatement l'écriture. Il se laissa choir au sol au milieu de la pièce. Il écarta les jambes, plaça la lampe entre elles et mit le papier le plus près possible de la lumière. Puis il se pencha.

20 août 1840,

Très cher Baptiste,

J'espère que cette lettre te parviendra avant Noël. C'est la première que je t'envoie. Mon silence est inexcusable et tu en comprends la cause. Je me suis comporté comme un lâche sur le champ de bataille. Je faisais de grands discours, mais je sais aujourd'hui que je ne suis bon qu'à ça. Tu as failli te faire tuer par ma faute. Pire, je me suis enfoncé dans la lâcheté en m'enfuyant à l'étranger. Je ne pouvais supporter la pensée des regards que j'aurais subis, que j'imaginais, surtout le tien et ceux de nos proches. Plus le temps passait, plus la honte me paralysait. En plus de ne pas savoir faire face à l'ennemi, je n'osais pas faire face à mon frère et lui demander pardon. En écrivant ces lignes, je ne demande rien d'autre que d'être lu et je ne t'en voudrais pas si tu les jetais aux flammes.

J'ai reçu plusieurs de tes lettres, toutes peut-être. Je sais pour maman. Au moins, sa mort lui aura épargné la honte d'avoir un tel fils. Pour le reste, pour ce que ce reste vaut, sache que je vais bien, autant qu'il est possible pour un lâche de bien aller. Je vis de ma plume, plutôt bien même, étant donné que c'est tout ce que je sais faire. Mais on ne raconte pas ses exploits à un frère qu'on

n'ose pas regarder dans les yeux, n'est-ce pas ? Paris tient toutes ses promesses et je me demande souvent pourquoi tu es rentré au pays. Moi, en tout cas, je ne reviendrai jamais. Je te laisse décider si cette correspondance a quelque avenir.
   Ton frère qui t'aime,

Alexis

Baptiste leva la tête. Les larmes lui chauffaient le visage. Il n'y avait aucun débat dans sa tête. Tout était effacé, balayé, pardonné, d'autant qu'il n'avait jamais été fâché. Ni même déçu. Qui était-il pour juger ? Comment ceux qui n'étaient pas là pouvaient-ils se permettre de juger ? Bien à l'abri, ils jugent ceux qui se font tirer dessus, qui reçoivent du vrai plomb ? Ils parlent de courage et d'honneur pour briller dans les salons ou les journaux, mais ils n'ont jamais affronté un seul vrai danger de leur vie, et ils se permettraient de juger ? Bien sûr que tout était pardonné car, au fond, il n'y avait rien à pardonner. Et il le dirait à son frère avec toute l'éloquence et l'amour dont il serait capable.

Il esquissait déjà dans sa tête sa lettre de réponse, qu'il commencerait dès le lendemain matin, quand il entendit le bruit des souris, plus clair et plus proche que jamais, et ces souris, devenues des amies, lui arrachèrent un sourire. Et il se trouva idiot de sourire, assis par terre, les yeux pleins de larmes, par une glaciale soirée d'hiver, en pensant à des souris qui se préparaient à souper et à se donner un peu de chaleur pour la nuit.

Il se réveilla avec le lever du jour. Il ne se souvenait pas de la dernière fois qu'il avait si bien dormi. Sa jambe droite, qu'il devait masser avant de mettre du poids dessus, ne lui faisait pas mal. Pendant qu'il s'habillait, toutes ses idées se mettaient en place. Il savait ce qu'il écrirait à son frère. Il dirait qu'il ne lui en voulait pas et ne le jugeait pas. Il dirait qu'il rêvait de le revoir, mais comprenait ses réticences à revenir. Il donnerait des nouvelles de ceux qui comptaient dans la vie d'Alexis, Antoine et Jeanne essentiellement. Ils seraient ravis et soulagés de savoir qu'il allait bien. Eux non plus ne le jugeraient pas. La joie prendrait toute la place. Il dirait aussi qu'il était amoureux, mais que la situation était compliquée, pas davantage.

On frappa à la porte. Madame Erlander de nouveau ? Si tôt le matin ? Il termina de rentrer sa chemise dans son pantalon, continuant à écrire dans sa tête pendant qu'il descendait l'escalier. Il ouvrit la porte.

C'était Thomas. Il se tenait le ventre et grimaçait.

— J'ai mal, docteur, soignez-moi.

Il redevint sérieux.

— Je suis venu voir comment tu allais. J'aurais dû prendre rendez-vous, mais tu n'aurais pas voulu me recevoir.

Il se tourna vers la droite et dit à quelqu'un que Baptiste ne vit pas :

— Tu m'attends là.

Il entra sans attendre d'être invité, en soufflant dans ses mains.

— Froid ce matin !

Baptiste, sans réfléchir, s'était écarté pour le laisser passer. « Tu restes calme, calme », se dit-il. Thomas s'avança dans la pièce, en fit le tour des yeux pendant qu'il enlevait sa pelisse et son manteau. Il les déposa sur la table d'examen. Il s'approcha du bureau, regarda distraitement les papiers, passa l'index sur la poussière, essuya ce doigt avec le pouce. Il se tourna vers Baptiste resté immobile.

— Remets-toi, Baptiste, tu vas éclater, mauvais pour le cœur, tu sais ça mieux que moi.

Thomas, debout à côté du bureau, regarda de nouveau autour de lui et vers l'escalier menant à la chambre du haut, comme s'il cherchait à se faire une opinion.

— C'est sobre, comme toi. Et elle te fait un bon prix, j'imagine.

Baptiste desserra les dents.
— T'es venu pour quoi au juste ?
Thomas sourit.
— Je te l'ai dit. Pour voir comment tu allais.
Ses yeux s'arrêtèrent sur la petite bibliothèque vitrée. Il marcha vers elle, l'ouvrit, prit une bouteille de whisky, la souleva pour l'examiner.
— Tu gardes des bouteilles vides ? Tu dois être souvent seul.
Il vit une autre bouteille et remplit à moitié deux verres. Il alla en porter un à Baptiste, resté devant la porte, puis s'assit sur la chaise derrière le bureau. Il prit une gorgée et fit tourner le liquide dans sa bouche. Du menton, il désigna la chaise droite devant le bureau.
— Assieds-toi, on va parler.
— De quoi ? demanda Baptiste.
— De toi, de moi, de nous, de ce que tu veux.
Baptiste prit place. Ils se regardèrent longtemps. Il n'y avait pas de moquerie dans les yeux de Thomas. Ni moquerie, ni curiosité, ni aucun sentiment identifiable. « Je ne baisserai pas les yeux », se répétait Baptiste.
— Ça faisait longtemps que je voulais te voir, dit Thomas.
Il attendit, puis reprit :
— Tu m'as pas trop laissé le choix. Je devais faire quoi ? Et puis les gars ont fait attention de ne pas te tuer. J'avais été très clair.
Baptiste ne broncha pas. Thomas l'examinait.
— T'as l'air de te rétablir.
— T'es venu pour me dire ça ?
Thomas ne répondit pas. Très à l'aise, il demanda :
— Ça te dérange pas si je fume ?
Il n'attendit pas la réponse. Il sortit de sa veste une pipe et une blague à tabac en cuir. Pendant qu'il bourrait sa pipe, il lança :
— Tu crois que ça m'a fait plaisir ?
Baptiste ne répondit pas. Il réalisa qu'il n'avait pas peur.

— Je devais faire quoi ? répéta Thomas. Te laisser partir avec ma femme ? À la limite, ce serait à toi de t'excuser, non ?

— Elle n'est pas heureuse avec toi.

Thomas prit un air contrarié.

— Et donc t'en as profité, c'est ça ? Tu penses que ça te justifie ? Il y a des tas de mariages qui ont des problèmes.

— T'as besoin de la frapper ?

Thomas ne répondit pas, mais ne détourna pas le regard. On ne pouvait rien lire dans ses yeux. Très lentement, il alluma sa pipe, aspira et regarda la fumée monter.

— Tu sais, Baptiste, quand t'es revenu de Paris, je savais déjà qu'on habitait des mondes différents. Je veux dire, on habite le même monde, mais on n'habite pas le même monde. Tu vois ?

— Pourquoi tu me dis ça ?

— Pourquoi je te dis ça ? Bonne question, parce que je n'ai pas besoin de ton approbation, ni même de ta compréhension.

Thomas tenait sa pipe d'une main et son verre de l'autre. Il le vida d'un trait et vit que Baptiste n'avait pas touché au sien.

— Pendant que t'apprenais la médecine, j'étais en prison. Tu le savais ?

Baptiste ne répondit pas. Thomas se servit un nouveau verre.

— Ç'a été mon école. J'ai appris un tas de choses utiles. Je suis entré loutre, j'en suis sorti loup. Depuis, je me dis que chaque jour est un cadeau. J'ai perdu toutes mes illusions. Remarque, j'en avais jamais eu beaucoup, mais bon…

Après avoir trempé ses lèvres dans le whisky, il déposa son verre. Il recula sa chaise, croisa les jambes, puis il aspira de la fumée et la relâcha.

— Je suis sorti de là en n'ayant peur que d'une chose : de ne pas en avoir assez profité pendant que ça durait. Parce qu'il n'y a rien après.

Il fixait sans les voir les papiers sur le bureau.

— Tu penses, toi, Baptiste, qu'il y a quelque chose après ?
— Je ne sais pas. Probablement pas.
— Certainement pas. Il y aurait des signes. Non, regarde, on fait tous semblant. Chacun joue pour soi, alors moi, je joue pour moi. Comme on m'a rien donné, je dois prendre.
— Ça, c'est pas vrai.
— Quoi ?
— Que tous jouent seulement pour eux.

Thomas le regarda longtemps, évaluant ce qu'il venait d'entendre.

— Oui, t'as raison, il y a des exceptions. Prends ma mère… ou toi, quand tu t'intéresses pas aux femmes des autres.

Baptiste laissa passer la remarque.

— Ma mère, je te dis, sans elle… dit Thomas.

Baptiste s'impatienta.

— Tu cherches quoi ? À te justifier ? T'as dit il y a un instant que chacun joue pour soi. Et puis t'as eu des occasions. T'es entré au collège.

— Oui, c'est vrai, grâce à ton père. J'étais trop jeune pour lui dire merci moi-même.

— Donc, t'aurais…

Thomas lui coupa la parole.

— Je ne crois pas avoir déjà raconté ça à quelqu'un…

Baptiste attendit. Thomas leva les yeux au plafond. Il demanda :

— Tu te souviens du curé Marsolais ? Le gros toujours en sueur ?

— Vaguement, répondit Baptiste.

— Ben moi, c'est pas vague du tout. Il me mettait la main dans les culottes à répétition, et pire encore. Je te donne pas les détails. J'ai eu la brillante idée d'aller me plaindre au supérieur.

— Painchaud ?

— Lui-même. Trois jours après, on retrouve des pièces de monnaie dans mon coffre, ce qui était interdit comme tu le sais. J'ai dit la vérité, que j'étais innocent. On m'a expulsé.

Baptiste ne dit rien. Il ne comprenait pas le but de cette visite, de cette conversation, de ces confidences. Il ne croyait pas un instant que Thomas venait pour se renseigner sur son état de santé, encore moins pour s'expliquer ou s'excuser. Fallait-il tenter de couper court à la conversation ? Il n'aurait pas pu même s'il l'avait voulu. On ne disait pas à l'homme en face de lui quoi faire et un de ses sbires était derrière la porte. Mais son cœur battait à un rythme normal et son esprit était alerte. Il examina les yeux de Thomas, ces yeux gris qui ne clignaient jamais. Il comprenait pourquoi, combinés à ce qu'on racontait sur lui, ils impressionnaient tant. Thomas ne disait rien maintenant, attendant que Baptiste parle.

— Pourquoi tu m'as sorti de l'eau ? demanda Baptiste.

La question sembla étonner Thomas.

— On a grandi ensemble, on était amis. C'était la chose à faire. Tu me croiras pas, mais je le referais... Oui, je sais, tu vas me dire qu'on ne donne pas une raclée à quelqu'un qu'on sauverait, mais tu te trompes. Ce n'est pas contradictoire. J'avais donné des ordres précis aux gars. Je leur avais dit de ne pas trop s'énerver, de s'arrêter à temps.

Baptiste l'écoutait en silence. Il était inutile de discuter. Thomas changea de terrain.

— Bon, d'accord, mon mariage n'a pas pris la tournure que j'espérais. C'est une forte tête, comme tu le sais. Mais elle m'a ouvert sur un monde, donné des possibilités... Mais pourquoi elle doit toujours me provoquer, me rabaisser ? Je ne peux pas me permettre de faire rire de moi. Je devrais accepter ça ?

Thomas resta songeur un moment, puis reprit :

— Elles apprennent ça où ?

— Ça... quoi ?

— Provoquer en faisant semblant de rien... Comme si elles pensaient à autre chose ou à rien.

Il répondit à sa propre question :

— Elles sont comme ça, elles naissent comme ça...

Baptiste se répéta que l'unique moyen d'abréger cette rencontre était de ne rien dire. Thomas amena le verre à sa bouche, s'arrêta, pointa l'un des doigts qui l'enserraient vers Baptiste.

— J'ai accepté depuis longtemps…

Il trempa le bout de ses lèvres dans le whisky.

— J'ai accepté depuis longtemps, comme je te disais, qu'on n'habite pas le même monde. Toi, tu penses qu'au fond de chaque humain, il y a plus de bon que de mauvais, ou qu'il y a au moins un peu de bon chez chacun. Moi, je pense que nous sommes des animaux à peine dressés. On fait semblant. Il y a des bons Samaritains, comme ton père, mais…

Ses yeux avaient changé. Ils regardaient Baptiste sans le voir.

— Prends mon père, mon admirable père…

Il ferma les yeux et leva la tête.

— Il n'y avait pas une journée sans coups. Ma mère lui disait: "Frappe-moi si tu dois frapper quelqu'un." Mon frère aidait mon père. Ils s'y mettaient à deux. Une journée sans coups, quand ils étaient partis, va savoir où, c'était mon plus beau cadeau. Alors quand je vois ces idiots qui prient pour un monde meilleur…

Il avait besoin de parler. Cela étonnait Baptiste. Il ne se souciait pas que Baptiste l'écoute ou pas, qu'il soit d'accord ou pas, qu'il réponde ou pas. Il ne parlait pas pour convaincre. Il aurait pu être seul.

— Pourquoi les hasards de la naissance font qu'un tel est respecté, reçoit des terres, des hommages, on lui fait des courbettes, et moi, je ramasse du crottin de cheval et des coups? Quel mérite, quel talent ils ont, ces héritiers? Un roi imbécile, avec une armée, veut des terres, alors il tue des gens par milliers et les prend. Et on admire ça, on respecte ça, on écrit des livres là-dessus. Et moi, on me dit d'accepter d'être un valet? Non, et c'est tout. Non. Je n'attends pas, parce que ça ne viendra pas si j'attends. Jamais. On ne me donne pas? Alors je prends. Je n'attends pas, je n'espère pas, j'agis.

En d'autres circonstances, Baptiste aurait admis qu'il y avait du vrai dans ce propos. Mais le silence restait sa meilleure option. Thomas rouvrit les yeux, parla froidement.

— Et après ce que la société respectable m'a fait endurer, je ne donne à personne le droit de me juger. À personne, tu comprends ? Maintenant que je connais leurs petits secrets, que je les vois de près, je ne les laisserai pas me faire la morale.

— Où veux-tu en venir ?

Thomas fit comme si Baptiste n'avait rien dit.

— J'ai fait des choses dont t'as pas idée. L'enfer existe, crois-moi, ici, autour de nous, pas besoin de chercher loin. Des choses horribles… que j'ai faites, que j'ai vues… Tu sais, je les ai retrouvés, les deux porcs déguisés en curés, Marsolais et Painchaud… des années plus tard. Je leur ai demandé s'ils me reconnaissaient. Pendant qu'ils secouaient la tête, ils ont réalisé… J'ai pris mon temps avec eux, j'ai savouré chaque seconde, un pur bonheur. Après, je me sentais propre, léger, purifié…

Brusquement, il laissa ses souvenirs derrière lui.

— Bon, c'est vrai, j'ai volé, tué, menacé, tout ce que tu veux, mais je ne suis pas pire que ceux qui se réfugient derrière leurs titres pour faire pareil. Et puis ces horreurs, elles ont fini par devenir familières, comme des compagnes. Je m'en suis presque fait des amies. On s'habitue à tout, Baptiste, crois-moi, à tout. Tout est plus simple qu'on ne le croit. Tout se ramène aux questions de base. Ces gens qui décident du bien et du mal, qui sont-ils et de quel droit décident-ils ? Je leur ai dit non, et à partir de là, j'ai fait ce que j'avais à faire. J'assume tout. Tout, tu comprends ? Ça me fait bien rire, toutes ces histoires de remords et de mauvaise conscience. Quand on gagne, on n'a jamais honte. La culpabilité, c'est une invention de la société pour nous contrôler.

Baptiste jugea qu'il devait dire quelque chose. Il ne trouva pas mieux que :

— Est-ce que tu souhaitais autre chose ? Et si tu pouvais recommencer ?

Thomas considéra la chose.

— La question n'a pas de sens. On ne peut pas recommencer, et même si j'avais souhaité autre chose, ça ne serait pas arrivé. Au mieux, j'aurais été un paysan ou un petit ouvrier de ville.

Il eut un sourire grimaçant et dit :

— Alors tu vois, je me suis fait mon royaume à moi, le royaume de l'ombre. Je règne sur la nuit.

— Tu ne voulais pas une vie normale ?

— Une vie normale ? Je ne sais pas trop ce que c'est. Oui, sans doute, à un moment... Mais ce n'est pas pour moi. J'ai essayé, je me suis marié, mais bon, t'as vu... Et puis, je fais la seule chose que je sais faire.

Baptiste s'efforça de rester impassible.

— Je vais te dire une chose, Baptiste. Au fond, c'est pas tellement une question d'avoir le choix ou pas. Oui, j'avais le choix. J'aurais pu rester couché. C'est que j'aime ce que je fais, et je suis bon dans ce que je fais.

— Ça pourrait mal finir.

— Oui, ça pourrait. Je l'accepte. Quoi ? Tu me regardes comme si j'étais fou...

— Non.

— L'important, c'est de ne pas avoir trop de regrets, parce que ça passe vite.

Soudainement, Thomas plissa les yeux, l'air concentré, comme s'il tendait l'oreille, puis regarda de chaque côté, cherchant à comprendre.

— Y a des souris chez toi ?

— Oui, je crois.

— Hum, tu devrais y voir. Bon, allez, t'as autre chose à faire et moi aussi.

Il se leva, regarda Baptiste, mais ne lui tendit pas la main. Il se dirigea vers la porte, ramassant ses vêtements au passage. Il les enfila près de la porte, puis enfonça sa pipe dans une poche sans la vider. Avant de sortir, il eut un sourire triste.

— Des nouvelles de ton frère ?
— Non, répondit Baptiste.
— Dommage, un bon gars à sa manière…

Quand Thomas fut sorti, Baptiste fixa la porte sans bouger. Puis, ses yeux regardèrent la chaise que Thomas venait de libérer, la bouteille, le verre vide, le sien qu'il n'avait pas touché, les brins de tabac, ses papiers en désordre. Il aperçut alors le coin d'une enveloppe sous son cahier resté ouvert. Il fut certain qu'elle n'y était pas auparavant. Il la prit, s'étonna de son épaisseur, l'ouvrit. Elle était bourrée de billets de banque en livres sterling. Il les sortit de l'enveloppe. Il n'avait jamais tenu une telle somme dans ses mains. Il ne comprit pas immédiatement, puis tout devint d'une clarté absolue. Thomas voulait acheter son départ. Il n'était pas nécessaire de compter pour savoir qu'il y avait là assez d'argent pour recommencer une vie confortable n'importe où dans le monde. Thomas aurait pu le tuer, mais il lui demandait plutôt de partir pour toujours.

Baptiste passa le reste de la journée à faire les visites à domicile prévues. Vers la fin de l'après-midi, quand il eut terminé, en retournant chez lui, il fit un détour et entra à l'Empire Club. L'endroit était déjà animé et personne ne prêta attention à lui. Il marcha d'un pas décidé vers l'homme derrière le comptoir, un grizzly roux avec une serviette sur l'épaule. Quand le colosse termina de servir un client et vint vers lui, Baptiste posa l'enveloppe remplie d'argent sur le bois verni et taché de cercles.

— Tu redonneras ça à ton patron.

Il se tourna avant de voir la réaction du géant. Sur le chemin du retour, il se demanda s'il était fou, courageux ou téméraire, et ne fut sûr de rien.

Chapitre 5

La chute

Monsieur Lacazette signait les documents sans prendre le temps de les lire. Debout derrière lui, attendant son moment, Alexis l'observait. Il n'avait jamais remarqué la petitesse des mains de Lacazette, des mains d'enfant. Il était nerveux, voulant que tout se termine au plus vite, craignant que le gros homme change d'avis. Rien pourtant ne trahissait la moindre hésitation chez lui. De l'autre côté de la table, le notaire, un petit homme au visage de rongeur, surveillait l'opération. On n'entendait que la pointe de la plume blessant le papier. Puis Lacazette se leva, Alexis s'assit, trouva désagréable la chaleur du siège. Il se dépêcha de signer tous les papiers, retenant presque sa respiration.

— Voilà, terminé, je vous félicite, messieurs, dit le notaire, d'un ton enjoué, pendant qu'il ramassait la pile de papiers.

Voilà en effet. Alexis venait d'acheter 40 % du théâtre Lacazette. Tout heureux, il se tourna vers Emmanuel, resté en retrait, qui fixait le plancher, ailleurs dans sa tête.

— Une bonne chose de faite, dit Lacazette, tapotant l'épaule d'Alexis. C'est la bonne décision, mon cher. C'est même plus que ça, c'est le début d'un âge d'or.

Alexis avait longtemps imaginé ce moment, s'était d'abord dit que c'était une folie, puis la folie était devenue projet. Maintenant, il s'effrayait de son audace, même si une joie profonde l'habitait. Il voulait un théâtre où ses pièces auraient la priorité, qui serait à lui, et Lacazette ne cessait de dire qu'un apport de capital permettrait des rénovations devenues nécessaires et attirerait un public plus nombreux.

— Quoi, qu'est-ce qu'il y a ? Vous n'avez pas l'air heureux, dit Lacazette.

— Oui, oui, seulement, c'est si rapide, répondit Alexis. On signe et ça y est.

— Ah ça, pour sûr, mon cher, vous y êtes, vous avez la gloire d'être le maître des lieux, en partie bien sûr, et, si je puis dire, les soucis qui viendront avec.

— Oui, dit Alexis, et maintenant, il nous reste à occuper tous les fauteuils soir après soir.

Lacazette se planta devant Alexis, un énorme sourire aux lèvres.

— Vrai, mais on y parviendra, vous en faites pas. J'y parviens depuis quarante ans.

Puis, du même souffle, il ajouta :

— Bon, j'imagine, mon cher, que vous allez fêter ça. Il y a de quoi !

— Vous ne viendrez pas avec nous ? s'étonna Alexis.

— Oh que non, trop de travail, mon cher, trop de travail ! On a dix jours pour les rénovations, souvenez-vous.

— Euh, oui, oui. Avant la première.

— Je dois parler aux ouvriers. Et il y a les assurances aussi.

— Je comprends.

Alexis prenait la mesure de son audace. La nervosité se mêlait à la fierté. Lacazette était plus enthousiaste que lui.

— Ça va se savoir dans le milieu, pardi ! J'en connais qui vont vous envier. Quelle ascension ! Vous êtes lancé, parole de Lacazette.

Alexis fit signe à Emmanuel de venir les rejoindre.

— Allez, allez, reprit Lacazette, vous avez ce que vous vouliez, alors cessez de vous faire du mauvais sang. Amusez-vous, vous vous remettrez au travail demain.

Il tourna le dos à son nouvel associé et se dirigea vers le notaire qui achevait de classer les papiers.

Alexis voulut souligner l'événement au Café Lutèce, rue Royale, tout près de chez lui. Il proposa d'y aller à pied. Emmanuel ne dit rien. Alexis louait maintenant un trois pièces rue d'Astorg. Ce n'était pas d'un luxe tapageur, mais c'était élégant et parfait pour un mondain qui commençait à goûter à la réussite. Tantôt Emmanuel partageait son lit, tantôt il dormait sur un canapé dans l'autre pièce.

La soirée débutait. Le printemps arrivait tôt cette année. Des bourgeons apparaissaient aux arbres. Alexis avait lu quelque part que l'année 1841 serait douce et il se demandait comment on pouvait le savoir. Il riait quand les Parisiens se plaignaient du froid. En marchant, il pensa à l'hiver canadien et aux récentes lettres de son frère. Il aurait voulu le voir, le serrer dans ses bras, mais il savait qu'acheter une part d'un théâtre parisien serait une manière de justifier de ne plus rentrer au pays. Emmanuel et lui marchaient en silence, surveillant où ils mettaient les pieds, regardant de chaque côté de la rue avant de traverser.

La salle à manger du Lutèce était étroite et longue. On les installa à une table pour deux, le long d'un mur, vers le fond, près de la cuisine dont les odeurs leur parvenaient. Emmanuel voulut s'asseoir dos à la majorité des gens. Déjà très animé à cette heure, le Café Lutèce accueillait une clientèle aisée. La soie et le velours régnaient. La lumière était éblouissante. Les garçons serpentaient entre les tables, avec des plateaux au bout de leurs bras. Deux chariots chargés de pâtisseries circulaient. Les conversations, les ustensiles, la porcelaine, les ordres criés depuis la cuisine forçaient les dîneurs à élever la voix ou à se pencher vers l'avant. Alexis reconnut un député, deux journalistes, une cocotte parmi les plus coûteuses et un financier véreux.

Il regarda son ami pendant que celui-ci examinait le menu. Emmanuel était devenu triste et renfermé. Il ne répondait que d'un mot ou pas du tout. Il s'impatientait, voulait moins sortir, buvait trop. Son père avait hurlé que s'il persistait à fréquenter cet « écrivaillon dégénéré », il ruinerait aussi « cet artiste du cul ». Ils commandèrent des huîtres.

— Heureux ? demanda Emmanuel.

Alexis caressa la nappe.

— Je crois, oui, nerveux aussi.

— Je m'en doute. T'as tout misé, hein ?

— Tout, pas droit à l'échec.

Emmanuel hésita, puis dit :

— C'est étrange que ça vienne de moi, je sais, mais...

— Mais quoi ?

— Ben, tout mettre ?

— Oui, je sais, mais Lacazette voulait que je prenne 40 % ou rien. En bas de ce pourcentage, il disait que ce serait trop compliqué pour un apport insuffisant.

Alexis s'essuya les lèvres avec sa serviette. Du bout d'une fourchette minuscule, Emmanuel jouait avec la chair moite et luisante d'une huître. Il laissa tomber :

— Et au bout du compte, pourquoi ?

— Quoi... pourquoi ? demanda Alexis, perplexe.

— Pourquoi cet achat ?

— Je te l'ai dit mille fois. Pour avoir quelque chose vraiment à moi. Enfin, en partie à moi.

— T'as quelque chose à te prouver ?

— Non... oui, je ne sais pas, je ne crois pas.

— Moi, je crois que oui.

— Prouver quoi ? Tu vas recommencer ?

Alexis prit un air contrarié. Emmanuel goba une huître. Alexis insista.

— Dis-le. Je veux prouver quoi ? Dis-le. Que le petit paysan s'est fait une place à Paris ?

— C'est toi qui le dis.

Alexis supportait mal la frustration et la rancœur d'Emmanuel, mais il comprenait. Quand ils s'étaient connus,

Emmanuel payait tout. Maintenant, c'était l'inverse. Il n'avait plus un sou et Alexis le faisait vivre. Avant, il présentait ce Canadien inconnu à ses relations. Maintenant, c'était Alexis que des gens, de plus en plus fréquemment, reconnaissaient en premier et saluaient. Alexis avait longuement discuté avec Lacazette pour qu'il embauche Emmanuel. Peine perdue.

— Nous avons déjà quelqu'un qui lève et baisse le rideau, avait dit Lacazette, et qui fait les petits boulots. On n'est pas à la Comédie-Française, cher ami. Veuillez comprendre. Nous restons une affaire modeste. Et vous paierez les salaires autant que moi.

Cette question d'un emploi au théâtre était venue alourdir les rapports entre Alexis et son ami. Emmanuel y avait vu une charité insultante. «Au moins tu feras quelque chose de tes journées», avait plaidé Alexis. La discussion s'était mal terminée. Alexis se demandait tous les jours si cette relation avait un avenir, et si elle ne perdurait pas parce qu'il n'osait pas y mettre fin. D'un autre côté, il était reconnaissant et l'admettait sans peine. Emmanuel l'avait introduit dans son monde, avait été généreux, même si c'était avec l'argent de sa mère, et surtout, il l'avait révélé à lui-même.

Alexis buvait prudemment, mais Emmanuel buvait vite et les effets étaient rapides. À jeun, il était maussade et mélancolique. Enivré, il devenait querelleur.

— Quoi? Qu'est-ce qu'il y a? demanda-t-il soudain.

Il avait vu le changement dans l'expression d'Alexis. Il répéta:

— Qu'est-ce qu'il y a?

— Ils sont ici, murmura Alexis. Ils nous ont vus.

— Qui?

Derrière Emmanuel, une voix haut perchée lança:

— Bon Dieu de bon Dieu! Qui je vois là?!

— Oh, putain, non… dit Emmanuel, qui avait reconnu la voix de Saint-Aubin, un copain de la bande du Coq chantant.

Il avait cessé de les fréquenter, honteux de son déclassement social et sans plus aucun goût pour la fête.

— C'est rien, c'est rien, fais un effort, dit Alexis en essayant de ne pas bouger les lèvres.

Saint-Aubin était accompagné de Fourier. Ils marchèrent droit vers leur table. Tous les deux faisaient une drôle de paire. Fourier avait une tête de plus que Saint-Aubin et les traits de celui qui n'a pas dormi depuis deux jours, mais c'était son aspect habituel. Saint-Aubin, petit, les joues colorées, toujours nerveux et en mouvement, faisait penser à un artiste de cirque s'apprêtant à faire son entrée. Quand ils parvinrent à leur hauteur, Saint-Aubin fit un signe de la main pour qu'Alexis et Emmanuel restent assis. Il lança :

— Vous aviez disparu, ou quoi ? Vous nous boudez ? On ne vous voit plus.

C'était dit amicalement, sans colère, avec une pointe de regret. Emmanuel baissa les yeux. Alexis sentit l'haleine de Saint-Aubin. Lui aussi avait bu. Alexis s'empressa de répondre :

— Occupé, très occupé. Le boulot, tu sais ce que c'est.

Saint-Aubin fit comme s'il n'avait pas entendu et, souriant, s'adressa à Emmanuel :

— Qu'est-ce que tu deviens ?

Alexis sut à ce moment que tout allait mal tourner. Une image lui traversa la tête. Avec une infinie lenteur, un cheval effrayé se cabrait et son cavalier s'envolait, pieds en l'air et tête en bas. Emmanuel ne leva pas les yeux. Il agrippait une fourchette. Il grommela :

— T'es pas au courant ou tu fais semblant ?

— Hé ho, fit Saint-Aubin, pendant que Fourier le prenait par le bras, je voulais seulement être poli, gentil, faut pas...

— Arrête, dit Fourier, insiste pas.

Mais Saint-Aubin ne lâcha pas le morceau, penché sur Emmanuel.

— Manu, on t'aimait quand tout allait bien, on t'aime pas moins maintenant.

Emmanuel leva la tête. Ses yeux étaient humides. Il se contenait. Alexis n'était sûr de rien. Son ami aurait pu lancer son assiette au visage de Saint-Aubin, l'attaquer avec le tranchant d'une coquille d'huître ou se lever pour l'embrasser. Fourier, voulant faire diversion, demanda à Alexis :
— Toi, ça va ?
— Ben...
— Oh, lui, interrompit Emmanuel, d'une voix étranglée et rageuse, ça va, vous n'avez pas idée comme ça va.
— Ça, dit Saint-Aubin, on le sait, mais c'est toi qu'on voudrait aider, et si tu nous tournes le dos, si tu nous fuis...
— M'aider ? Pas besoin de ton aide ! gueula Emmanuel, frappant violemment du poing la table, renversant un verre d'eau.
Le silence se fit dans la salle. Les gens des tables voisines les fixaient. Fourier tira sur la manche de Saint-Aubin et lui dit :
— Allez, viens, on lui fout la paix.
— Tout va bien, messieurs ?
C'était le maître d'hôtel, un petit homme dont un des sourcils levés disait l'inquiétude.
Emmanuel le regarda sans gêne.
— Tout va parfaitement bien. Et tout ira encore mieux si ces deux messieurs acceptent de me foutre la paix.
Pendant qu'il disait cela, Saint-Aubin et Fourier s'éloignaient et Alexis comprit qu'ils quittaient l'endroit plutôt que d'y chercher une table. Un garçon vint placer une serviette sur la partie détrempée de la nappe et replaça les couverts. Un autre apporta la suite du repas. Le calme revint. Le suprême de volaille était parfait, tendre et juteux, mais Alexis mangea sans appétit et Emmanuel n'y toucha pas. Ils n'échangèrent pas trente mots jusqu'à la fin de la soirée.

Une semaine passa. La rénovation du théâtre était presque terminée. Alexis travaillait comme un forçat enchaîné à sa rame, quinze, parfois dix-huit heures par jour. Dans six jours, ce serait la première de la pièce qu'il terminait. Dès qu'une scène était achevée, elle était livrée aux comédiens déjà en répétition. Tous les matins, il se répétait un mot du maître Balzac : un écrivain, un vrai, se durcit le cul surtout. Emmanuel partait le matin sans dire où il allait et rentrait tard le soir. Ils se croisaient sans se parler. Alexis levait à peine la tête de ses feuilles.

Il n'avait interrompu sa pièce que pour écrire à Baptiste. Il se jurait de lui écrire plus longuement dès que possible. Il avait choisi de ne pas donner de détails sur sa vie privée. De toute façon, il y avait tant à raconter sur la vie parisienne et française. En octobre, le roi Louis-Philippe avait échappé à un autre attentat. On ne les comptait plus. Un anarchiste, Darmès, avait tiré sur la voiture royale pendant un déplacement, mais l'arme avait explosé dans ses mains. Deux mois plus tard, en décembre, on avait rapatrié la dépouille de Napoléon de l'île de Sainte-Hélène, perdue au milieu de l'Atlantique, pour l'inhumer sous le dôme des Invalides. Une fièvre patriotique avait déferlé sur la France. La foule amassée pour voir passer le cortège funèbre avait été immense malgré un froid terrible. *Il devait y avoir 100 000 personnes sur les Champs-Élysées*, avait écrit Alexis.

Mais sa pièce occupait toutes ses pensées, accaparait toute son énergie. Il lui restait le dernier acte à écrire. Il s'était donné deux jours, en tenant compte qu'il faudrait aux comédiens deux autres journées pour mémoriser cette fin et la répéter. *Gennarino* serait sa pièce la plus ambitieuse jusqu'ici. Dans une Italie réinventée, à la fois féodale et romantique, Gennaro est un jeune homme cynique, mal dans sa peau, qui se cherche un grand destin à accomplir. Un mariage forcé est organisé entre une princesse locale et un prince étranger, plus âgé qu'elle et veuf depuis des années. Gennaro réussit à pénétrer dans la cour royale et convainc la princesse d'écouter son cœur et non les calculs politiques de ses proches. Gennaro finit en prison, mais fait avorter le mariage.

Alexis avait eu cette idée en se renseignant sur le mariage, neuf années auparavant, de la fille du roi, Louise-Marie d'Orléans, avec Léopold Ier, roi des Belges, pour qui elle n'éprouvait qu'une indifférence non dissimulée. Elle avait 20 ans, il en avait 42. Pour la première fois, Alexis s'inspirait de la scène politique. Il savait que plusieurs y verraient, avec raison, une critique voilée de la monarchie. Le vieux Lacazette avait exprimé des craintes quand il avait lu les premières pages, mais la publicité était lancée, le soir de la première fixé, et il était trop tard pour reculer. Et puis il fallait de toute urgence de l'argent pour payer la rénovation à crédit du théâtre.

Les cloches de l'église sonnèrent. Alexis compta les coups. Minuit. Il était seul. Il n'avait aucune idée d'où se trouvait Emmanuel, mais s'en souciait moins qu'avant. Il venait d'écrire le dernier mot du dernier acte. Il avait terminé avec une journée d'avance sur son plan. L'urgence faisait des miracles pour l'inspiration. Aux premières lueurs du jour, un coursier viendrait chercher les dernières pages et se précipiterait au théâtre. Alexis ramassa toutes les feuilles, les mit en ordre, recula sur sa chaise et contempla la pile devant lui, épuisé. Sa tête était vide. Son dos lui faisait mal. Il se frotta les yeux et les tempes. Cette nuit, il dormirait enfin.

Il se leva, s'étira, se massa les reins. Il avait froid aux pieds. Il enlevait ses souliers pour écrire. Il les remit et alla ajouter du bois dans la cheminée. Le crépitement du bois était le seul bruit. Hormis la fatigue, il ne ressentait que du soulagement. La fierté ne viendrait que si la pièce était bien accueillie. Il était impératif que *Gennarino* soit un succès et reste longtemps à l'affiche. Un échec le mettrait dans de sérieuses difficultés financières. Il avait engagé tout son avoir dans l'achat de sa part du théâtre et dans les travaux de rénovation. Ceux-ci s'étaient révélés plus compliqués et plus coûteux que prévu. Il avait fallu emprunter à la banque et négocier des délais pour payer les entrepreneurs.

Il était trop fatigué pour se laver avant de se mettre au lit. Il se déshabilla et tomba comme une masse dans son lit froid. Il fit un rêve bizarre. Il courait de toutes ses forces vers l'entrée d'un château avec remparts, tourelles et meurtrières. Il se dépêchait avant que le pont-levis se lève. Il se lèverait d'un moment à l'autre. Il doutait d'y arriver à temps. Plus il faisait d'efforts, plus le château semblait s'éloigner. Tout devint soudainement clair, lumineux, ensoleillé. Il était dans l'enceinte centrale du château. Comment y était-il arrivé ? Il releva la tête et vit des gens immobiles, masqués, installés sur des gradins en bois, comme pour assister à un spectacle. Des mains puissantes le saisirent aux aisselles et le soulevèrent. On l'amenait vers un énorme Chinois, torse nu, vêtu d'un chapeau étrange et de pantalons bouffants. Il examinait le tranchant de sa hache avec un air blasé. Tout près de lui, au sol, un bloc de bois où l'on poserait la tête du condamné. La sienne. On allait lui trancher la tête. Il se mit à hurler. « Mais je n'ai rien fait ! Pourquoi moi ? »

Il se redressa en sursaut, trempé de sueur. On frappait à coups redoublés sur sa porte. Il lui fallut quelques instants pour réaliser où il était. On frappait sans arrêt. Une voix paniquée, une voix d'homme, hurlait :

— Monsieur Lefrançois, monsieur Lefrançois, vous êtes là ? Ouvrez vite ! Vite !

Alexis était à présent complètement réveillé. Il sauta en bas du lit, trébucha sur une couverture, s'étendit de tout son long, se fit mal au coude. Il se redressa et, se frottant là où il souffrait, alla ouvrir la porte. C'était Valère, un homme à tout faire du théâtre, les yeux hagards, en larmes, tout époumoné.

— Un incendie ! Le théâtre ! Tout flambe !
— Quoi ?

Alexis avait dit cela machinalement, mais il imaginait maintenant la scène. Il était paralysé d'effroi. Son cœur ne battait plus. Il se sentit défaillir. Il appuya sa main sur le cadre de la porte pour se soutenir. C'était impossible. Non, c'était tout à fait possible. Valère était bien devant lui. Sa tête tournoyait. Tout autour de lui bougeait. Le plancher tanguait. Il avait le vertige. Non, non, qu'on lui dise que non, que ce n'était que la suite de ce cauchemar idiot.

— Venez, venez, vite !

La voix de l'autre le secoua. Oui, vite, y aller. Y aller ? Y aller pourquoi ? Qu'est-ce qui resterait ? Depuis combien de temps cela brûlait ? Tout se bousculait dans sa tête. Il se rua vers sa chambre et s'habilla avec ce qui lui tombait sous la main. Un petit cabriolet à deux places, tiré par un unique cheval, attendait en bas. Valère s'installa aux commandes, Alexis collé à lui, et fit claquer son fouet. Ils s'élancèrent en trombe. L'odeur de fumée leur parvint rapidement. On entendait des cris.

Dès qu'ils tournèrent dans la rue Monsigny, il vit le brasier hors de contrôle. Des colonnes de fumée noire montaient vers le ciel. Une foule hypnotisée regardait le spectacle. Il n'y avait plus rien à faire. L'incendie était trop avancé. Le vent lui donnait une violence sauvage. Les sapeurs-pompiers faisaient en sorte que l'incendie ne se propage pas aux immeubles voisins.

Alexis se fraya un chemin jusqu'au premier rang. Il y trouva le vieux Lacazette, engoncé dans une fourrure qui ne parvenait pas à dissimuler sa chemise de nuit. On voyait ses mollets gros comme des jambons, nus et ridicules. Alexis le rejoignit. Lacazette contemplait l'incendie la bouche ouverte, sans expression, son visage rougi par le reflet des flammes. Des larmes coulaient sur ses joues. Un filet de salive tombait sur sa poitrine qui se soulevait avec effort. Il sentit la présence d'Alexis à sa droite, tourna à peine la tête, puis regarda de nouveau le feu. Son univers achevait de se consumer. Il aurait pu tomber raide mort.

— Qu'est-ce qui s'est passé ? demanda Alexis.

Lacazette ne répondit pas.

— Il y avait des gens à l'intérieur ? reprit Alexis.
Un inconnu tout proche répondit :
— Je ne crois pas. C'est moi qui ai donné l'alerte. J'ai senti une odeur.

Alexis fit un immense effort pour se ressaisir. Il demanda à Lacazette qui sanglotait :
— C'est un accident, un crime ? Qu'est-ce qu'on sait ?

Lacazette resta muet. Comment aurait-on pu le savoir, à ce stade ? Alexis se voulut positif :
— C'est un coup dur, mais personne n'est mort si je comprends. On reconstruira. Les assurances paieront.

La phrase tira Lacazette de sa torpeur. Il tourna vers Alexis le visage le plus triste qui soit, le regarda longuement et dit :
— Nous n'étions pas assurés, mon ami. Il fallait d'abord payer pour les travaux. J'avais prévu de régler l'assureur avec nos premières recettes. On ne pouvait pas faire les deux en même temps. Juste quelques jours... J'ai cru... Je...

Les sanglots l'étouffèrent. Alexis se figea, se répéta les mots qu'il venait d'entendre. Il comprenait leur sens, mais en refusait les implications. Il avait mis tout son argent dans l'achat et les travaux, Lacazette aussi, il en était persuadé. Le vieux était probablement ruiné. Lui l'était assurément. C'était la seule pensée que sa tête contenait. Il venait de tout perdre d'un coup et, à cause des emprunts, croulait maintenant sous les dettes. Lacazette restait planté là où il était. Il toussait. Son souffle était plus court. Il respirait difficilement. Il était secoué de spasmes. Ses yeux étaient fermés. Le vieil homme se mourait de chagrin.

Alexis regarda de nouveau les flammes qui sortaient des fenêtres. Les murs de pierre du théâtre noircissaient déjà. Tout l'intérieur flambait : la charpente qui soutenait le toit, les coulisses, les loges, les fauteuils, tout ce qui était en bois, tous les tissus aussi, les rideaux, les costumes, tout. Une fumée noire, épaisse, montait vers le ciel, comme une demande de pardon à un dieu courroucé. On entendait le bois qui se fendait. Le toit s'effondrerait bientôt. Tous regardaient, subjugués, silencieux.

Quand il s'était couché pour la nuit, quelques heures auparavant, Alexis était un jeune prince du Paris théâtral. Il aurait maintenant à ses trousses la banque et ceux qui avaient effectué les travaux. Il pensa un instant que tout cela était un châtiment pour son succès trop rapide. Ses jambes prirent alors le contrôle de tout son être. Comme un automate, il tourna lentement les talons et, sans rien voir autour de lui, sans se soucier des gens qu'il bousculait, il fendit la foule et s'enfonça dans la nuit.

Le char funèbre de Napoléon se dirige vers les Invalides.

Chapitre 6
Le plan

Édouard Clément estima qu'il devait être autour de 10 heures. La chaleur matinale de mai le réconfortait. Il avait le souffle de plus en plus court, mais sa poitrine le faisait moins souffrir que pendant les mois d'hiver. Si un passant l'avait remarqué, il se serait demandé ce qu'il pouvait bien faire, immobile, un samedi matin, au coin de la rue Notre-Dame et du boulevard Saint-Laurent. Mais personne ne prêtait attention à lui. On est moins remarqué quand on ne cherche pas à se dissimuler. Ils étaient tous tombés d'accord sur ce point. Autour de lui, les travailleurs s'affairaient, les promeneurs savouraient la journée, acheteurs et curieux allaient et venaient dans les commerces. Si nécessaire, il dirait qu'il attendait quelqu'un.

Ils iraient de l'avant si Julie arrivait à pied et chaperonnée uniquement par sa belle-mère et un des hommes de son mari, pourvu que ce ne soit pas un des deux géants. On ne ferait rien si l'un des monstres était là, ou s'ils étaient deux hommes à la surveiller. Tout tomberait à l'eau aussi, cela allait de soi, s'ils passaient en voiture. Mais c'était peu probable au printemps. Il était convenu que Julie exprimerait le désir de marcher, et on consentirait sans doute. Logiquement, ce serait comme les deux derniers samedis et à peu près à la même heure.

Édouard Clément regarda le fiacre immobilisé de l'autre côté de la rue, à une trentaine de pas. Il ne distinguait pas bien le visage du cocher, coiffé d'un chapeau à large rebord. L'homme, à la physionomie jeune et énergique, gardait la tête baissée comme s'il cherchait quelque chose à ses pieds. « Ne le fixez pas, avait dit Baptiste à Clément, n'allez pas le voir, ne donnez pas l'impression que vous le connaissez, croyez-moi, il est fiable. »

On savait que Thomas avait quitté Montréal pour quelques jours. Julie l'avait aperçu dans son bureau à la maison, penché sur des cartes, parlant à deux de ses proches. Il était rare qu'il traite ses affaires chez lui. Puis on avait apporté de grandes malles. Avec un air indifférent, elle avait demandé : « Tu pars ? » Il avait répondu : « Oui, demain, pour plusieurs jours. » Elle n'espérait pas en apprendre autant. Inutile de demander où il allait. Le lendemain, il y avait de cela trois jours, il était parti très tôt le matin.

Édouard Clément ne lâchait plus des yeux le trottoir de la rue Notre-Dame par lequel arriveraient normalement sa fille et son entourage. Il était convenu qu'elle emprunterait le même trajet que la dernière fois. Il n'y avait pas de raison que sa belle-mère s'y oppose. Il parvenait à dominer sa peur. Il imaginait la fébrilité de sa fille, la voyait se préparant, s'examinant une dernière fois dans le miroir du vestibule d'entrée, à côté de cet absurde ours empaillé, gueule ouverte et griffes sorties, que son mari avait installé. Elle aussi avait été prévenue d'agir comme d'habitude, de ne pas regarder autour d'elle.

Et le jeune docteur, qui donnait les directives, flancherait-il ? se demandait Clément. Son calme, sa froide détermination l'avaient impressionné. La dernière fois, il était venu accompagné d'une jeune femme en qui il semblait avoir toute confiance. Elle fournirait les véhicules. Clément avait entendu parler d'elle, comme tous dans son milieu, mais il la rencontrait pour la première fois. Le docteur avait insisté : le plan le plus simple était celui qui avait le plus de chances de réussir, et le rôle qu'il devait jouer, celui du père heureux et surpris, n'avait rien de compliqué si ses nerfs ne le lâchaient pas.

Il avait décidé de faire confiance à ce docteur qui liait son sort à celui de sa fille. Lors de cette dernière rencontre, il avait remis au jeune homme une petite pochette de cuir, de la taille d'une grosse pomme de terre, remplie de pièces d'or de 10 dollars américains, et un coffret contenant un pistolet. Le jeune homme les avait pris sans les examiner. Angoissé, Clément l'aurait été encore plus s'il avait su que Baptiste ne s'était jamais servi d'une telle arme. Maintenant, il se répétait, pour se calmer, qu'ils avaient prévu tout ce qu'il était possible de prévoir.

Il vit arriver de loin sa fille. À sa gauche, comme chaque fois, sa belle-mère, minuscule, toujours vêtue de gris, le regard dur et fermé. Quelques pas derrière eux, Gauthier, le défiguré. C'était le plus petit de la bande, mais le plus cruel, disait-on. Ils n'étaient que trois. Clément chercha son homme à lui. Il était bien là, suivant le trio à une vingtaine de pas, discret mais allongeant sa foulée, sans courir cependant, pour se porter à leur hauteur. Sa tête était dissimulée par un capuchon, ce que le temps resplendissant aurait rendu étrange si quelqu'un y avait prêté attention. Il avait une ceinture de laine rouge nouée autour de la taille. C'était le signal attendu. On allait de l'avant. Clément entreprit de traverser le carrefour en diagonale, regarda de chaque côté, laissa passer une voiture, puis marcha vers sa fille. On avait choisi l'endroit justement parce qu'il était achalandé, tout en offrant des possibilités de fuite.

Clément était tout près quand la mère Sauvageau le vit. Il sourit à sa fille. Julie regarda son père, feignit la bonne fortune du hasard, et s'immobilisa, forçant la mère de Thomas à faire de même. Clément se planta devant eux comme pour engager la conversation. La mère eut un moment de méfiance. Gauthier s'approcha. C'est alors que l'homme à la ceinture rouge surgit par-derrière, armé d'un manche de hache, pendant que son capuchon retombait sur sa nuque. Baptiste agrippa le manche à deux mains, par une extrémité, et l'abattit de toutes ses forces sur le crâne de Gauthier.

Comme Baptiste était plus grand, le coup tomba d'un angle qui lui donnait une puissance maximale. La tête de Gauthier fit le bruit d'une douzaine d'œufs cassés. Foudroyé, il s'effondra comme une masse. Son visage s'écrasa le premier contre les pavés, provoquant un autre craquement sinistre. La mère regarda le corps à ses pieds sans la moindre émotion. La tête de Gauthier baignait déjà dans une mare de sang. Baptiste prit Julie par la main. Ils s'élancèrent vers le fiacre de l'autre côté de la rue. Julie avait des bottillons sans talons pour mieux courir. La mère jeta un regard furibond à Clément, puis voulut se ruer vers les fuyards. Mais elle vit le pistolet de Clément pointé sur son ventre. Elle hésita un instant, ses yeux allant de l'arme à l'homme qui la tenait. Elle cracha :

— Vous n'oserez pas !

Elle se rua vers la voiture, comme si le pistolet n'existait pas, mais il s'interposa. Elle le bouscula. L'arme tomba au sol. Clément s'accrocha à sa taille. Elle se débattit. Ils glissèrent au sol, lui cherchant à enrouler ses bras autour des jambes de la femme. Mais sa folle rage la survoltait. Elle se libéra rapidement, se releva, courut vers le fiacre. Clément resta au sol, la poitrine traversée par une douleur foudroyante. Autour d'eux, des passants s'immobilisaient, interloqués, cherchant à comprendre. La porte du fiacre avait été laissée ouverte. Baptiste avait déjà sauté dans la cabine, Julie fit pareil. Le cocher avait ôté son chapeau et recouvert sa tête de la cagoule dissimulée à l'intérieur. C'était Villeneuve, un des employés de Jeanne. On avait choisi une voiture légère mais couverte, pour mieux se dissimuler des regards, et des chevaux jeunes et rapides.

Villeneuve hurla à pleins poumons pour encourager les chevaux. Debout, les genoux pliés, il fit claquer son fouet à répétition, fouettant les bêtes sans pitié. Mais la chance était avec eux. La rue n'était pas obstruée. Les chevaux se ruèrent en avant. Le fiacre tourna sur sa gauche, faillit se renverser quand deux roues quittèrent le sol, et remonta la rue Notre-Dame dans la direction d'où était arrivée Julie. Mais la belle-mère, telle une possédée, s'était accrochée à la porte du fiacre. Julie, entrée dans l'habitacle après Baptiste, luttant avec la vieille, ne parvenait pas à fermer la porte. Les chevaux galopaient déjà. Les jambes de la vieille s'agitèrent follement, cherchant le contact avec les pavés qui se dérobaient, puis elle les laissa traîner, mais elle s'agrippait toujours à la porte. Elle parvint à prendre appui sur le marchepied et à se hisser à moitié. Un de ses bras s'appuyait sur le cadre de la fenêtre restée ouverte, pénétrait dans l'habitacle. Elle refusait de lâcher prise, progressait même. Son énergie était hallucinante, stupéfiante, surnaturelle.

On entendait les cris des passants apeurés et ceux, plus rauques, du cocher qui fouettait ses bêtes sans retenue. La foule prenait possession du centre de la rue, pour voir plus longtemps la voiture qui s'éloignait, bloquant la vue de Clément, agenouillé, complètement essoufflé, au bord de la crise. Il tourna la tête vers le corps près de lui. Une des mains de l'homme qui gisait fut secouée d'un spasme prolongé. Puis plus rien, sauf un glougloutement. Le sang, un marécage de sang, se mêlait au soleil pour faire reluire les pavés.

Clément se remit debout. Il chancelait, mais ne sentait plus sa douleur à la poitrine. Des gens s'étaient approchés. Ils examinaient le corps. On ne s'intéressait pas à lui. On entendit alors un grondement sourd, puis un fracas terrible, suivi de cris, de hennissements prolongés, d'éclats de voix confus. Il ne comprit pas la cause du nouveau tumulte. Il ne voyait que les dos des gens. Il s'aperçut que certains, surtout les plus jeunes, commençaient à presser le pas, à trotter, puis à courir. Ils allaient dans la direction prise par le fiacre. L'angoisse le submergea. « Oh, mon Dieu ! Oh, non, non, Dieu du ciel, non ! » La douleur à la poitrine revint instantanément. Il se pencha en avant, ses mains sur ses genoux, comme pour se donner un élan, et entreprit de marcher vers l'agitation, en cherchant à contrôler sa respiration. Puis il pressa le pas et tant pis si son cœur éclatait.

Quelque chose était arrivé plus loin. Le fiacre s'était-il renversé? Sa fille, sa fille! Et le docteur! La panique lui enlevait toute fatigue. Il parcourut 300 pieds, peut-être plus. Il parvint à un attroupement. Il devait y avoir vingt, peut-être trente personnes, d'autres arrivaient pour voir. Des chevaux reniflaient. Une voix forte essayait de les calmer. Il traversa la petite foule, bousculant des gens sans ménagement. Il voyait des visages dégoûtés, perplexes, stupéfaits, mais tous avec cette excitation fiévreuse, morbide, avec ces yeux brillants que provoquent les accidents, le sang et la mort qui s'invite.

Le fiacre dans lequel sa fille et le docteur avaient pris place n'était nulle part. Il vit un chariot en travers de la rue, rempli de tonneaux de bière, d'autres qui gisaient au sol, éventrés, se vidant de leur liquide. Un homme essayait de calmer les deux chevaux de tête, qui énervaient les deux derrière. Clément fit le tour du chariot. Un homme âgé, pauvrement vêtu, debout, pleurait juste à côté. Comme il essayait de parler en même temps, Clément ne comprenait rien de ce qu'il disait. L'homme tremblait, hébété et désemparé. Clément comprit que c'était le conducteur du chariot immobilisé. Un autre homme le tenait par les épaules, cherchant à le calmer et à comprendre.

Clément nota que les curieux avaient tous la tête tournée dans la même direction, fixant un point derrière l'infortuné cocher. Il s'étira le cou, fit quelques pas. Deux hommes et une femme étaient accroupis autour d'un corps. Des pieds minuscules, des pieds de femme, dont un était déchaussé, dépassaient. Ce n'étaient pas ceux de sa fille. Il s'approcha encore. Le visage de la mère Sauvageau était en bouillie. Ses yeux étaient fermés. Elle ne gémissait pas, elle ne bougeait pas. Il n'arrivait pas à voir si elle respirait. Ses vêtements étaient sales et déchirés. La femme agenouillée épongeait de son mieux son visage ensanglanté et défiguré. Un homme avait roulé sa veste en boule sous sa tête. Des rigoles de bière parvenaient jusqu'à eux. Des gens demandaient:

« C'est qui ? Qu'est-ce qui est arrivé ? Elle est morte ? » On murmurait, on faisait des signes de croix. Une mère cachait de ses mains les yeux de son enfant.

Une voix puissante lança :

— *Are the soldiers on their way ? Did anyone send for the troops ?*

Personne ne répondit. Un lourd silence s'abattit sur les gens rassemblés. Clément devina. Les gens venaient d'apprendre l'identité de la victime. Chacun prenait conscience des implications. La colère du fils, ce fléau de Dieu, s'abattrait, sauvage, absolue, sans pitié, sur tous ceux qu'il jugerait responsables. Clément réalisa qu'on finirait par le reconnaître. Il y avait peut-être aussi des témoins de l'assaut de Gauthier par le docteur. On ferait le lien. Il devait s'éloigner avant l'arrivée de la troupe et sans attirer l'attention. Il rentra le cou dans ses épaules et baissa la tête. Il fit quelques pas et frôla un homme très grand qui parlait avec agitation, gesticulant beaucoup.

— Le chariot était au milieu ou presque. Il allait lentement. L'autre a voulu passer. Un vrai fou, je vous dis, un dément ! Il l'a coupé ! Un fou !

Clément, les yeux au sol et l'oreille tendue, s'arrêta.

— Il était debout, s'excitait le raconteur, il fouettait ses chevaux comme un enragé ! Il est passé sous le nez de Louis. La dame a lâché prise à ce moment, juste devant les chevaux. Ils ont eu peur ! Ils se sont cabrés ! Elle s'est retrouvée sous eux, dans leurs pattes ! Ça a duré longtemps ! Les chevaux d'en avant voulaient s'en débarrasser, alors elle a été traînée vers l'arrière et les deux autres aussi sont passés sur elle. Ça a duré... j'sais pas, longtemps, longtemps ! Elle était coincée ! Mais elle ne criait pas... Les chevaux étaient effrayés, ils ruaient, ils donnaient des coups. Il n'y avait rien à faire. C'est la faute de l'autre. Un fou, un fou !

— C'était qui ? Tu l'as vu ? demanda quelqu'un.

— Non, c'est fou ça aussi ! Le gars se cachait. Il avait un sac de jute sur la tête. Il avait préparé son coup ! Un voleur, je dirais... Un fou, en tout cas ! Un démon ! Jamais vu ça !

Clément s'éloigna, troublé par un bout de phrase : la vieille n'avait pas crié.

Ils furent rapidement hors de la ville, filant vers l'est. Ils étaient silencieux, blottis l'un contre l'autre, atterrés, incrédules, grisés par leur audace, chacun pensant à la folie qu'ils fuyaient, à la folie vers laquelle ils couraient. Ils avaient enfilé les vêtements de rechange laissés d'avance dans la voiture. Les pièces d'or avaient été glissées dans la doublure de la ceinture de Baptiste. Le coffret contenant le pistolet était sous le siège de Villeneuve. La voiture avait ralenti, mais filait encore à vive allure. Aucun signe de poursuivants jusque-là.

Dans la tête de Baptiste résonnaient encore les claquements sauvages du fouet, les hurlements de Villeneuve, le vacarme des sabots, les cris des promeneurs effrayés, les insultes lancées par les autres cochers. Il avait craint autant qu'un essieu ou une roue se brise que de heurter un innocent. Maintenant, il revoyait la vieille accrochée à la porte, ses yeux dilatés par la furie, empêchant Julie de la refermer, puis Julie, dos à lui, mordant une des mains de cette hyène pour qu'elle lâche prise. Il ne s'était pas retourné ou penché au dehors pour voir la femme après sa chute, comme si rester droit et tendu, dans un absurde garde-à-vous, les faisait avancer plus vite. Il aurait voulu que les chevaux aient des ailes, comme ceux des légendes anciennes.

Il repensa à la femme. Il réalisa qu'il ne connaissait pas son prénom, alors qu'elle gravitait dans son univers depuis son enfance. Il s'en étonna, mais c'était un détail sans importance. L'important était qu'il construirait une nouvelle vie avec la femme à ses côtés. Ce serait le vrai commencement de son existence. Voilà tout ce qui comptait. Thomas se résignerait-il ? Il n'y avait qu'une réponse, et lui autant que Julie la connaissaient.

Ils parvinrent à une petite clairière fraîchement dégagée, en bordure du chemin, en vue d'une construction future. Un vieux chariot les attendait, sur lequel était assis Berthier, un autre homme de chez Jeanne, plus vieux que Villeneuve. L'automne précédent, Baptiste avait dû lui recasser le tibia pour le remettre en bonne position. Berthier se leva à leur arrivée. Dans la caisse de son chariot, il y avait six cercueils de pin blanc, ceux pour les plus pauvres.

La suite du plan était audacieuse. Personne ne savait quand Thomas Sauvageau reviendrait, ni où il était, mais ils devaient tenir pour acquis que ses hommes les pourchasseraient immédiatement et qu'ils seraient plus rapides qu'eux. Il fallait ruser. Après avoir filé en direction est, Baptiste et Julie s'enfermeraient dans des cercueils et Berthier les ramènerait vers Montréal. Ils passeraient sous le nez de tous, très tranquillement, et iraient en direction ouest, chez le docteur Wilkes, qui avait hébergé et soigné Baptiste. Ils s'y cacheraient un temps.

Thomas ferait l'hypothèse qu'ils chercheraient à se mettre en sécurité aux États-Unis le plus vite possible. Ils traverseraient en effet la frontière, mais plus tard, quand leurs poursuivants seraient moins sur les dents.

Dans l'immédiat, Villeneuve continuerait vers l'est avec le fiacre dans lequel ils étaient arrivés. Il connaissait un endroit, un peu plus loin, où le terrain devenait escarpé et se terminait par une petite falaise. Il libérerait les chevaux et pousserait la voiture dans le fleuve. Il croyait les eaux assez profondes à cet endroit pour qu'elles l'engloutissent complètement. Il rentrerait à pied en longeant les berges et par les bois. Ils avaient pris soin d'utiliser un fiacre et des chevaux sans signes distinctifs, achetés à gros prix pour l'occasion. Les bêtes feraient la fortune de qui les trouverait, car personne ne les réclamerait. Dans sa chambre, Julie avait dissimulé un article de journal qui vantait le train reliant Laprairie à Saint-Jean et donnait les horaires. C'était grossier, mais ça ne pouvait pas nuire.

De retour chez lui, son aplomb retrouvé, Édouard Clément entreprit d'ordonner ses idées. Baptiste lui avait dit : « Il ne nous laissera pas en paix, n'y comptez pas, il se mettra à nos trousses et ne lâchera pas. » Avec ce qui venait d'arriver à la mère de son gendre, c'était certain. Il reconstituerait ce qui s'était passé et viendrait le voir. Il avait décidé de ne pas fuir. De toute façon, où irait-il à son âge, avec ses poumons qui partaient en lambeaux ? Avait-il peur ? Le mot était trop simple pour décrire ses sentiments. Il avait peur, oui, mais il jugeait avoir assez vécu, et ses journées s'écoulaient maintenant tristement, toutes semblables à la précédente, toutes occupées par le travail, mais structurées autour du mensonge et du remords. Il venait de faire son premier geste courageux depuis longtemps. Sa vraie peur, sa grande peur avait été que leur plan échoue.

Parce qu'il ne pourrait résister à un interrogatoire, Clément avait insisté, dès les premières conversations avec Baptiste, pour qu'il ne lui dise pas où lui et sa fille s'enfuiraient. Il avait été très ferme là-dessus. Il se doutait qu'ils iraient aux États-Unis, et c'était pour cela qu'il leur avait remis des dollars américains. Mais il ne voulait pas connaître l'endroit exact, à supposer qu'eux-mêmes le sachent. « On ne pourra pas m'arracher un secret que je ne connais pas », avait-il dit. Le désespoir, la honte, son amour pour sa fille lui avaient donné du courage et de la lucidité.

Quand Thomas Sauvageau l'interrogerait, il dirait qu'il avait tout révélé de leurs combines bancaires à sa fille et dans des aveux écrits cachés en lieu sûr. S'il lui arrivait quelque chose, sa fille parlerait et la lettre contenant ses aveux serait ouverte. Il ajouterait qu'il se savait mourant et qu'il était veuf. Mourir maintenant ou plus tard ne faisait plus la moindre différence. Le cas échéant, s'il était forcé de dire où était cette lettre, Thomas ne saurait pas qu'il y en avait une deuxième dans un endroit différent.

Baptiste était terrorisé à l'idée de se coucher dans un cercueil dont le couvercle se refermerait sur lui et serait cloué. Il avait tenté de dompter sa peur en s'imaginant que Julie la partagerait. Il réalisa immédiatement son erreur. Comme une voleuse professionnelle, elle enleva sa jupe avec des gestes précis et calmes, ne gardant qu'un jupon de crin et une chemise de coton très ajustée, puis elle se glissa dans la boîte. Baptiste vit le respect troublé dans les yeux de Berthier et de Villeneuve pendant qu'elle s'exécutait. Il avait exigé qu'on fasse un trou discret dans le bois pour l'air et un brin de lumière. Berthier se dépêcha de poser le couvercle sur elle et de le fixer légèrement avec quatre petits clous qu'il enfonça à coups de marteau. Cela suffirait pour tenir le couvercle en place, tout en permettant, si on en venait là, de le faire sauter de l'intérieur avec des coups répétés. Pendant la fuite en diligence, Baptiste, qui connaissait l'expérience de l'enfermement, avait insisté auprès de Julie sur les inévitables secousses quand les cercueils seraient manipulés. Un mort qui lâche un cri serait du plus mauvais effet.

Villeneuve se préparait déjà à repartir avec le fiacre pour le faire disparaître. Personne ne disait un mot. Chacun savait ce qu'il avait à faire. La gravité des circonstances tranchait avec le soleil radieux, le chant des oiseaux insouciants, la douceur chaude du vent. Baptiste avait la tête pleine d'images de reptiles terrifiants, les voyait au fond du sarcophage, en train de l'attendre. Il aurait eu du mal à avaler sa salive, mais il se façonna un air résolu devant Berthier et enleva sa chemise. Berthier se chargerait de faire disparaître les vêtements enlevés.

Il se glissa dans le cercueil voisin de celui de Julie. La sueur lui coulait dans le dos et dans les yeux. Il plaça le coffret contenant le pistolet sous ses genoux. Les quatre autres cercueils, déjà scellés, avaient été bourrés avec des poids équivalents à ceux d'un corps. Baptiste serra les coudes contre son tronc et croisa les mains sur son ventre, tel un cadavre. Il fixa le soleil plus longtemps que de coutume, plissant les yeux, comme pour s'en nourrir, comme s'il le voyait pour la dernière fois. Berthier comprit, attendit un instant, puis posa le couvercle.

Tout devint noir et le contraste instantané effraya Baptiste. Il sursauta au premier coup de marteau et encore au second. Il ferma les yeux, se disant qu'il valait mieux une obscurité issue de sa volonté qu'imposée par l'enfermement. Puis il réalisa l'absurdité du raisonnement, puis le fait qu'il était encore capable de raisonner. « Respire normalement, se dit-il, respire normalement. Compte tranquillement : un, deux, trois. Écoute les battements de ton cœur. Ramène-les à un rythme normal. Tout va bien pour le moment et tu ne peux rien faire de plus. Respire normalement. Oui, voilà. Il n'y a pas de serpents. Tu les imagines. Tu n'es plus un enfant. » Mais il garda les yeux fermés.

Le chariot se mit en route dans la direction d'où ils étaient venus. Tant qu'à rester couché et immobile, Baptiste eut l'idée d'essayer de dormir pour que le temps passe plus vite. « Ce que tu peux être bête, se dit-il. Comme si tu pouvais dormir. » Il était trop nerveux. Il se concentra sur les bruits, essayant de les identifier, de forger dans son esprit les images de ce qui les provoquait. Bientôt, les voix et les soubresauts causés par les pavés lui indiqueraient leur retour en ville. Tous les hommes de Thomas, tous ses informateurs, toutes ses ressources devaient sans doute déjà être sur un pied d'alerte. Ils essaieraient de leur passer sous le nez, tout doucement, comme on amène de pieux chrétiens à leur dernier repos.

Ils continuaient à avancer. Pour mieux dominer sa peur, Baptiste s'occupait l'esprit en retournant toutes les dimensions de la situation. Comme il n'y avait pas de retour en arrière possible, ils étaient condamnés à réussir. S'ils échouaient, ce serait la mort, pas le moindre doute à avoir, et elle serait lente et raffinée dans son cas. Cent fois, mille fois, il avait imaginé tout ce qui pourrait survenir jusqu'à ce qu'ils parviennent chez Wilkes : une roue brisée, un vaurien plus méfiant et futé que les autres, un barrage militaire, une fouille, des questions. Mais il revenait toujours à la même conclusion. Un imprévu était toujours possible, mais ils avaient prévu tout ce qui pouvait l'être. Et Berthier, vieux, calme, sans intérêt personnel dans cette affaire, hormis d'avoir été royalement payé par Jeanne, était parfait dans le rôle de l'homme sans souci qui amène des trépassés au fossoyeur.

Puis, à mesure qu'il s'habituait aux secousses du chariot, maintenant que la peur d'échouer avait supplanté la terreur enfantine de l'enfermement, il revenait à la question qui le tiraillait, qu'il cherchait à enfouir mais qui ressurgissait sans trêve : au fond, que savait-il de cette femme qui l'ensorcelait, à laquelle il avait lié son sort, pour laquelle il était prêt à tout ? Pour elle, il avait fait des gestes dont il ne se serait jamais cru capable jusque-là. Il avait peut-être tué un homme. En fait, il avait sans doute tué un homme.

Il se répétait ces mots : il avait sans doute tué un homme. Il aurait bien pu vouloir chasser ces mots, ces images, mais ils restaient comme suspendus devant lui, et cette réalité, cette vérité seraient siennes pour le reste de ses jours. Et puis le son du gourdin sur le crâne de cette brute, ce bruit de bois qui craque, ce bruit... Il repensa aussi à la terrible chute de la vieille. Mais non, justement, pour Gauthier, il le fallait, c'était le plan, et il n'y avait pas d'autre choix. Pour la mère, c'était elle qui avait voulu les retenir. Mais enfin, son geste, ses actions planifiées, toute cette aventure, toute cette folie dont Julie était la source, mais qui n'était pas non plus une folie, pas une folie du tout, mais bien ce qu'il avait voulu, tout cela lui faisait réaliser que cette partie de son être avait toujours été là, disposée à surgir, n'attendant qu'un déclencheur, capable de commettre des choses qu'une autre part de son être aurait jugé impensables, condamnables, abominables. Il n'était pas celui qu'il avait cru, et cela l'excitait et le décontenançait. Et cette troublante découverte, il la devait à une femme dont il ne connaissait presque rien : quelques conversations charmantes, un esprit pétillant, un visage pour lequel il mourrait, un corps somptueux, jamais touché.

Tous ceux dont les têtes avaient été mises à prix en 1837 et 1838 s'étaient empressés de traverser la frontière américaine. Selon Baptiste, Thomas supposerait que Julie et lui feraient pareil. Il enverrait quelques hommes sur les principaux chemins, mais il compterait surtout sur des gens qui les auraient vus. On pouvait toujours tenter d'entrer aux États-Unis en passant par les bois, mais il fallait un guide et il serait dangereux de faire confiance à un inconnu. Et puis la bande de Thomas faisait des affaires avec des associés dans diverses villes américaines près des frontières. Fuir en Europe, en France, à Paris ? Baptiste y avait longuement pensé, mais le port grouillait d'hommes à la solde de Thomas. Pas un billot de bois, pas un tonneau n'étaient chargés ou déchargés sans qu'il le sache. Les départs transatlantiques étaient rares et rien n'était plus facile à surveiller qu'un quai.

Les États-Unis restaient en définitive la meilleure option, mais pas dans l'immédiat. Thomas les croirait paniqués, donc pressés. Il fallait raisonner à contre-courant. Édouard Clément avait été fort généreux. Avec son argent, celui de sa mère, ses petites économies, Baptiste estimait qu'il avait assez d'argent pour ne pas devoir travailler pendant un an, peut-être plus. Julie et lui devraient changer de nom, s'inventer une histoire de vie, peut-être changer d'apparence.

La colère biblique de Thomas, qu'il avait lui-même vue, dont il avait tant entendu parler, qui s'abattrait forcément sur eux, lui revint en tête. Tout simplement impossible de la chasser. Il lui semblait cependant que leur calcul tenait la route si Thomas raisonnait froidement, comme il le faisait toujours, malgré ses dons pour la violence. Il repensa au père de Julie. Thomas n'en tirerait rien puisque le vieux n'avait pas voulu savoir. S'il le tuait, Julie et lui diraient tout ce qu'ils savaient sur Thomas. Clément leur avait tout dévoilé. Leurs vies protégeaient le vieux. Si eux étaient tués, c'est le vieux qui parlerait. Sa vie les protégeait. Si Thomas les laissait tous tranquilles, il pouvait continuer ses affaires. Sauf que le père Clément se mourait. Quand il ne serait plus là, ils perdraient cette protection, mais ils n'auraient plus de raison de se taire.

Baptiste entendit les douze coups qui annonçaient midi. Ils étaient encore dans la ville, mais il n'aurait su dire où. Il ne pouvait étirer ses jambes à cause du coffret sous ses genoux. Le manque d'air et les soubresauts lui fendaient le crâne. Il se tordit le cou pour essayer de rapprocher sa bouche du petit trou à la tête du cercueil. Peine perdue. Il se sentait au bord de l'évanouissement, mais parvenait à respirer. La douleur à la jambe était revenue. Il avait terriblement soif. Bientôt, il n'entendit plus de voix dehors, que les sons rassurants du chariot et des chevaux. On avait dû terminer la traversée de la ville.

Le chariot s'arrêta. Baptiste était au bord de la suffocation. Il entendit Berthier qui libérait Julie. Puis ce fut son tour. La lumière du soleil fut une sublime agression. Il voulut s'extirper de la boîte, mais manqua de forces. Berthier empoigna un des côtés du cercueil et le fit basculer sur le côté. Baptiste roula à l'extérieur. À quatre pattes, tête baissée, le cerveau vide, complètement étourdi, il voulut gonfler ses poumons d'un maximum d'air, inspirant de toutes ses forces, comme un homme qui lutte contre la noyade, s'étouffant et toussant. Après un instant, il tourna la tête et vit Julie agenouillée, de dos, penchée vers l'avant, sa chemise plaquée sur la peau. Ses épaules se soulevaient à toute vitesse. Une main puissante lui saisit le poignet. Berthier, sans rien dire, le pressait.

Ils descendirent du chariot. Baptiste tenait à peine sur ses jambes. Il luttait pour retrouver des repères. Berthier lui tendit le coffret contenant son arme. Il l'avait oublié. Il pesait une tonne. Il voyait flou, mais il distingua Wilkes, qui les attendait devant la porte de sa demeure, un fusil à la main, l'air grave. Sa compagne les observait à la fenêtre de la cuisine. Wilkes s'avança. Il posa la crosse du fusil au sol, écarta son bras droit, enlaça Baptiste.

— *Glad to see you, my friend, glad to see you.*

Quand Wilkes relâcha son étreinte, Baptiste le ramena vers lui et le serra longuement dans ses bras. Julie, derrière lui, toute menue, en sous-vêtements, s'était enveloppée dans une couverture fournie par Berthier. Wilkes inclina la tête pour la saluer, puis l'examina du regard. Il évaluait sa solidité.

— *We'll be all right*, dit Baptiste. *I can assure you.*

Wilkes leur fit signe de se diriger vers la maison et dit en marchant :

— *We'll talk later. No time to waste now. It's not a palace fit for a king but you'll be safe. Everything's ready, everything we could think of.*

Dans la cuisine, au centre de la pièce, une trappe menant à la cave était ouverte. Elle serait dissimulée par un tapis et par la table. Ce devait être une des rares maisons des environs à disposer d'une cave. Julie, qui tenait bon, descendit la première les marches. Juste au moment où Baptiste se tourna pour descendre, Wilkes posa une main sur son épaule.

— *Don't knock, don't do anything foolish. No noise. I'll open in due time. You've got the basics down there. Just be patient.*

Baptiste hocha la tête et se dépêcha de descendre. La trappe se referma. Debout, il frôlait le plafond de ses cheveux. Il entendit Wilkes et la femme qui remettaient la table à sa position habituelle. Il se retourna pour examiner l'endroit. Il avait craint l'obscurité, mais Wilkes avait disposé des lampes à huile un peu partout. Du pied de l'échelle, là où il était, on distinguait le mur du fond. L'endroit avait les dimensions de la cuisine au-dessus, peut-être un peu plus. Des poutres de soutènement au travers du plafond et deux poteaux verticaux solidifiaient l'endroit. Des planches équarries avaient été placées sur la terre. Deux soupiraux discrets permettaient une circulation d'air et l'entrée d'un brin de lumière naturelle. Ce n'était pas trop humide. Personne n'aurait confondu l'endroit avec un hôtel de luxe, mais c'était nettement mieux qu'un cercueil.

Julie fouillait déjà dans une pile de vêtements qui les attendait. Sans un mot, elle lança une chemise à Baptiste et enfila une jupe paysanne grise et une blouse en drap de coton. Ils virent, le long de deux des quatre parois, de quoi subsister plusieurs jours. Baptiste n'avait ni faim ni soif, mais nota des cruches d'eau alignées et des denrées sèches sur des étagères de bois. Il aperçut une bouteille de whisky, mais ce n'était pas le moment. À la gauche de l'échelle, une paillasse recouverte de draps et de couvertures était posée à même le sol, avec une pile de livres d'un côté. Il avait connu pire pendant ses années parisiennes. Plus loin, il vit un pot de chambre et son couvercle. Julie dressait un inventaire méthodique des contenus, accroupie, avançant en se dandinant le long d'une des étagères basses. Il regarda son dos, sa taille fine, incroyablement plus étroite que ses épaules, l'ondulation de son bassin quand elle bougeait.

— Y a de tout ici, dit-elle sans se tourner. Il s'est donné la peine, ton ami.

C'était la première fois qu'elle parlait depuis le début de leur fuite. Elle avait dit cela d'un ton presque nonchalant, comme si elle faisait du rangement dans sa propre maison. Il ne répondit pas, mais quand il eut cette confirmation qu'elle demeurait calme, forte, résolue, sa tension baissa. Il vit une chaise, mais préféra s'étendre sur le lit. Il ferma les yeux, refit dans sa tête le tour de cette cave qui serait leur demeure pour un temps et, sans crier gare, son esprit se transporta loin, très loin, jusqu'à cette caverne de son enfance, en compagnie de Thomas et de Charles de Bellefeuille, qui mourrait moins d'une heure après leur arrivée. Un frisson le traversa. Il rouvrit les yeux.

Dans l'immédiat, leur sort était entre les mains de leurs amis hors de cette cave. Il avait été convenu que Wilkes irait en ville, dans quelques jours, pour se faire une idée. Il ne fallait rien brusquer. Rester en contrôle, éviter le moindre faux pas, ne rien faire d'inhabituel, mais raisonner à l'encontre de ce qui serait attendu.

Plus tard, ils partiraient en direction ouest. Au-delà, Wilkes n'en savait pas davantage qu'Édouard Clément, et pour les mêmes raisons. Parvenus à Cornwall, ils iraient au sud, arriveraient d'abord à Akwesasne, en territoire mohawk, puis, par voie terrestre, jusqu'à New York, où ils s'établiraient. Ce serait plus long, mais moins risqué que d'y aller en bateau par le Richelieu et le Hudson. Baptiste considérait qu'ils seraient moins remarqués dans une grande ville et qu'il aurait plus de possibilités d'exercer son métier. Et puis il n'imaginait pas Julie restant trop longtemps dans une bourgade perdue. S'ils étaient économes, l'argent ne serait pas un souci à court terme. À plus long terme, reprendre un métier normal serait le meilleur moyen de ne pas attirer l'attention.

Elle posa sa main sur son sexe qui se raidit instantanément. Il ne l'avait pas entendue s'approcher. Il resta couché sur le dos, mais releva la tête. Elle était complètement nue.

— Vous avez mieux à faire, docteur ?

Il ne bougea pas, retint son souffle. L'unique lampe restée allumée et le filet de lumière venu de dehors donnaient à cette cave des allures de grotte aux reflets ocre et argileux, avec des jeux changeants d'ombre et de lumière.

— C'est moi le docteur, alors vous restez tranquille.

Elle lui enleva ses bottes. Elle défit sa ceinture et tira sur son pantalon pendant qu'il se tortillait. Il se redressa à demi pour enlever sa chemise et se laissa retomber sur le dos. Elle prit son sexe dans sa bouche. Sa langue, ses lèvres, ses mains travaillaient avec confiance. Il se laissa faire. Cela dura longtemps. Elle s'assit sur lui. Il la saisit par les hanches. Elle avait des fesses dures, hautes, presque des fesses de garçon. Elle jouait avec lui, prenant son temps. Son sexe alternait les contractions lentes et fortes, douces et rapides. Il luttait pour se retenir, ses mains sur ses côtes saillantes, sur ses seins petits et durs. Elle gardait les yeux ouverts, rivés sur lui, dominateurs. Dans son regard, dans son sourire, il y avait du plaisir, du pouvoir, de l'amusement, du défi. C'était un jeu et un duel. Lui cambrait les reins, poussant le plus haut, le plus loin, le plus creux qu'il pouvait, se répétant de se calmer, de contrôler sa respiration, de ne pas se dépêcher, de ne surtout pas se dépêcher, de prendre soin d'elle, de la goûter pleinement. Elle leva les yeux vers le plafond, la bouche arrondie.

Sa respiration devint plus courte, plus haletante. Il dévorait des yeux ses cils incroyablement longs, la courbe parfaite qui reliait son cou et ses épaules, ses cheveux épais, cuivrés, sa peau très blanche, son corps musclé et maigre, son ventre plat et dur. Elle s'immobilisa un instant, se raidit, se balança de nouveau, rythmiquement, puis plus vite, puis de plus en plus vite, puis à toute vitesse, puis elle se raidit de nouveau, puis sa bouche se tordit et, les yeux fermés, elle lâcha un long, très long râle de plaisir, agrippée à lui. Il se sentit autorisé à se laisser aller. Elle se laissa tomber sur lui. Ils ne dirent pas un mot pendant un long moment.

Elle se redressa, s'assit devant lui les jambes croisées, ne cherchant pas à se couvrir, sans la moindre gêne. Elle le fixa longuement, comme si elle cherchait à se faire une idée.

— Je suis la première ?
— Non.
— Ah... Qui ?

Il ne répondit pas. Elle prit un air futé.

— Ah, je devine. Une petite gourgandine parisienne, de celles qui enseignent la vie aux petits messieurs timides.

Il chercha une réponse. Elle pointa l'index vers lui.

— Allons, allons, docteur, ne dites pas non, on ne me cache rien à moi.
— Je n'ai pas dit non.
— Donc, c'est oui.
— Oui.

Elle se pencha vers l'arrière, les jambes toujours croisées, les cuisses ouvertes, reposant tout son poids sur ses deux bras tendus, de chaque côté de son dos. Elle secoua la tête pour enlever ses cheveux de ses yeux. Elle examina le corps de Baptiste du haut jusqu'en bas, puis de nouveau vers le haut, très lentement, un regard d'inspection, d'évaluation.

— Eh bien, il faudrait la féliciter, lui dire qu'elle a bien travaillé. Faut dire qu'elle avait du matériel...

Il eut un moment de gêne, puis se trouva idiot d'être gêné par un compliment. Il tendit son bras, la saisit par un poignet, l'attira vers lui. Ils recommencèrent. Il était plus confiant maintenant. Il l'explora, il savoura tout d'elle. Elle le laissait faire. Plus tard, quand elle fut à ses côtés, couchée sur le ventre, appuyée sur ses coudes, les mains sous le menton, pendant qu'il examinait les effets contrastés de la lumière sur ses cheveux dorés et sur l'obscurité derrière elle, il demanda, après un long moment :

— Des regrets ?
— Aucun. Et toi ?
— Aucun... Mais ça ne sera pas facile.
— Et tu penses que ça l'était jusqu'ici ?

Il y avait de la dureté dans sa voix. Il ne trouva rien à ajouter. Ils se regardèrent longuement. Elle s'approcha de lui, elle chercha sa bouche, ils s'enlacèrent de nouveau, se perdirent l'un dans l'autre, oubliant tout.

Quand elle finit par s'endormir, il voulut éteindre la lumière, fourbu, mais se ravisa. Il voulait la regarder encore. Sa respiration était régulière, calme, comme si elle n'avait aucune peur. Cela l'aida à dominer la sienne. Elle grelotta. Il recouvrit ses pieds nus et remonta la couverture jusqu'à ses épaules. Après un long moment, il tendit le bras vers la lampe et plongea les lieux dans le noir. Il resta longtemps sur le dos, les yeux ouverts, les bras croisés derrière sa nuque, pensant à l'irréversible, au terrifiant, au sublime basculement de sa vie, de leurs vies.

Chapitre 7
Le cri

— Toussaint !
Le silence.
— Toussaint !
Des pas pesants.
— Toussaint ! T'es où ?
Le géant détecta le changement. Il se pressa vers le salon. Thomas lui faisait dos, à l'autre extrémité de l'immense pièce, avachi dans un fauteuil extravagant comme un trône, face au feu qui crépitait, les hanches avancées, les jambes allongées, écartées. Il penchait du côté droit et son bras ballant touchait presque au sol. Deux doigts caressaient la carafe vide sur le tapis. La carafe hésita, puis tomba, laissant échapper ses dernières gouttelettes de whisky.
— Viens ici !
— Oui, patron ?
— Apporte-moi à boire.
— Tout de suite, patron.
Toussaint ramassa la carafe. Les autres bouteilles étaient posées sur une commode près de l'entrée. Il y avait aussi des verres. Ils seraient inutiles. Toussaint déboucha une bouteille, la vida dans la carafe, revint. Thomas tendit la main, mais ne leva pas les yeux vers lui. Il regardait le feu, la chemise ouverte, souillée, le menton sur le point de toucher sa poitrine. Il avait dit à la servante de ne pas le déranger. Elle serait appelée si on avait besoin d'elle. Toussaint plaça

une nouvelle bûche dans le foyer. Thomas ne broncha pas. Les flammes lui rougissaient le visage. Ses sourcils à la diagonale, ses yeux globuleux, injectés, presque sortis de leurs orbites, lui donnaient l'air d'un pantin macabre, démoniaque.

— Reste, murmura Thomas, je veux de la compagnie.

Toussaint s'assit à l'extrémité de la bordure de pierre du foyer. Mais Thomas ne disait rien. Il pensait, il calculait. L'alcool n'embrouillait pas son esprit, pas encore. Il revenait toujours à la même conclusion. Perdre sa femme était enrageant, mais c'était toute sa situation, tout ce qu'il avait mis des années à construire, qui était à risque.

Le vieux Clément avait dû tout dire à sa fille de ses combines bancaires avec lui. Baptiste saurait aussi. Et le vieux n'en avait plus pour longtemps, quelques années au mieux. Tant qu'il vivait, la fille ne dirait rien pour protéger son père du scandale. Quand il ne serait plus là, elle parlerait, ou en tout cas, le risque qu'elle le fasse, ou que Baptiste le fasse, serait toujours là. S'il faisait taire les tourtereaux, c'était le père, qui n'avait plus rien à perdre et semblait très serein, qui viderait son sac. La solution s'imposait d'elle-même. Les tuer tous. Les cadavres ne parlent pas. La mort règle tout. Mais il fallait pour cela retrouver les fuyards. Il y mettrait toutes ses ressources. Il offrirait 1 000 livres, plus même, à quiconque les retrouverait.

Il entendit des pas à l'étage supérieur. C'était le médecin dans la chambre de sa mère. Il écarquilla les yeux, les frotta, se secoua, se redressa dans son fauteuil. Il respira profondément et se leva. Quand il fut debout, il tangua un moment et dit à Toussaint :

— Viens avec moi.

Tenant la carafe par le goulot, les pieds traînants, il se dirigea vers la chambre de sa mère. Toussaint lui emboîta le pas. Quand il fut au pied de l'escalier, il vit le médecin qui descendait. Il s'arrêta et attendit que le docteur Hardy, efflanqué comme un vieux bouleau, arrive à sa hauteur.

— Elle dort maintenant. Sa respiration est faible mais régulière.

Le médecin, un homme dans la cinquantaine, se sentit obligé d'ajouter :

— Elle ne souffre pas.

Thomas fit un oui reconnaissant de la tête.

— Bon, reprit Hardy, je reviendrai demain si vous le souhaitez.

— Non, docteur, vous allez rester ici cette nuit.

— Je…

— Toussaint, ici, va vous installer dans la chambre à côté de ma mère. Vous y serez très bien. S'il y a quoi que ce soit, n'hésitez pas.

Le médecin ne dit rien, mais il avait l'air contrarié.

— Il y a un problème ?

— Non… non… aucun.

Thomas mit sa main sur l'avant-bras du médecin.

— Vous avez toute ma confiance, docteur. Je veux ce qu'il y a de mieux pour elle, et le mieux c'est vous.

Il se tourna vers Toussaint.

— Montre la chambre au docteur. Dis à Justine de lui apporter tout ce qu'il demande. Assure-toi qu'il ne manque de rien. Après, tu reviens me voir.

— Bien, patron.

Toussaint monta le premier suivi du docteur. Thomas les regarda s'éloigner, but une longue rasade de whisky au goulot et retourna devant le foyer. Il se laissa tomber dans son fauteuil, écouta la démarche pesante de Toussaint au-dessus de lui. Le géant revint vite et reprit sa place au coin du feu.

— Tu l'as installé ?

— Comme à l'hôtel, patron.

— Bien.

Ils ne dirent rien pendant un long moment. Thomas fixait les flammes sans les voir. Les retrouver et frapper sans pitié. Sa femme et son amant, où qu'ils soient, et le père ici. Une action coordonnée. Ils devaient avoir eu de l'aide, pour les chevaux, pour se cacher. Qui ? Le gros Antoine, cet avocaillon prétentieux ? Il avait des amis influents, ce tas de graisse, il fallait faire attention. Il revoyait Antoine Raymond sur son cheval, la pauvre bête au bord de s'effondrer, lui les jambes écartées, les cuisses ouvertes, essoufflé, humilié, rouge de colère, derrière son La Fontaine tout piteux.

C'était l'hiver dernier, dans Terrebonne, quand La Fontaine avait retiré sa candidature pour éviter des violences. Thomas et ses hommes s'étaient rudement moqués quand il avait plié bagages. Le gouverneur avait bien travaillé, il fallait le reconnaître. Dans Terrebonne, il n'avait ouvert qu'un bureau de vote, à New Glasgow, un village où il n'y avait que des Écossais et des Irlandais loyaux, à l'extrémité nord de la circonscription. Au mois de mars, les chemins étaient impraticables et avaient découragé les partisans de La Fontaine. Ceux qui s'étaient déplacés avaient été accueillis par les matamores de Thomas et leurs manches de hache. Le souvenir le faisait sourire chaque fois. Il le ferait surveiller de près, le gros Raymond, et sa sœur aussi.

L'horloge sonna une heure du matin. On n'entendait que le crépitement du feu. Le docteur avait dû se mettre au lit. Le pauvre homme, pensa Thomas, passerait une mauvaise nuit. Aucune importance. La ville était silencieuse comme la mort. Toussaint, assis les jambes croisées, regardait les motifs orientaux du tapis. Des hommes avec des turbans, installés dans une nacelle sur le dos d'un éléphant, faisaient feu sur un tigre.

— Toussaint...

Le géant leva les yeux.

— Toussaint, tu viens d'où ?

Le colosse sembla surpris et soupesa sa réponse.

— Ben, Krueger m'avait embauché, euh, il voulait un homme fort... pour collecter ses dettes et assurer l'ordre, dans la taverne. Je suis arrivé, euh, je dirais, cinq ou six mois avant vous.

— Ça, je le sais, mais avant, t'étais où ?

Toussaint n'eut pas d'expression pendant un moment.

— D'où je viens ?

— Oui, et comment t'as abouti par ici ?

Thomas le savait moins bête que ce que sa masse donnait à penser. Le mastodonte décroisa les jambes, les étira, s'adossa contre le muret à côté du foyer. Il ferma son poing, l'ouvrit, posa une main sur chacune de ses énormes cuisses.

— D'une plantation, près de la Nouvelle-Orléans.

Le souvenir s'accompagna d'un sourire amer. Il leva les yeux vers Thomas, en attente, et comprit qu'il devait en dire davantage.

— Vous auriez dû voir ça, patron, la maison. Des grandes colonnes blanches, comme une espèce de, je ne sais pas, de temple, et des champs à perte de vue. Vous marchiez du matin au soir et vous n'arriviez pas au bout. On faisait pousser du riz, du tabac, de la canne à sucre, du coton.

— T'es né là ?

— Oui, ma mère était la femme de chambre de notre maître, plutôt de sa femme.

— Il s'appelait comment le maître ?

— Bingham, on disait "Mister Bingham".

— Et ton père ?

— Pas connu.

— T'avais des frères, des sœurs ?

— Ben, notre propriétaire, Mister Bingham, faisait des enfants à ma mère.

— Donc t'as des frères, des demi-frères moins foncés.

— Ouais, moins foncés, on peut dire ça comme ça.

— Et t'as quel âge ?

Toussaint hésita.

— J'sais pas trop… Je dirais 30, mais ça peut être 31 ou 29, j'sais pas.

Il comprenait que Thomas avait besoin de parler.

— On m'a mis aux travaux dans les champs parce que j'étais costaud. Des fois, quand on labourait, je tirais la charrue. Quand le cheval se reposait, je le remplaçais. Un jour, il y a eu une bagarre et c'est là que ça a changé.

— Qu'est-ce qui a changé ?

— Ben, ils étaient trois contre moi. Je ne me rappelle même plus pourquoi. Je les ai assommés tous les trois. Mister Bingham ne m'a pas puni. Dans une autre plantation, il y avait aussi un homme fort. Alors nos deux maîtres ont voulu qu'on se batte. Chacun avait parié une grosse somme.

— Combien ?

— J'sais pas. L'autre maître est arrivé la veille du combat avec son homme. Mister Bingham m'avait dit : "Si tu gagnes, si tu me fais gagner, je te donne ta liberté, sinon tu restes." Le soir, au souper, les deux maîtres avaient trop bu, ils parlaient fort, ma mère les a entendus rire, ils trouvaient drôle de nous faire croire que le gagnant serait libre. Je me suis sauvé cette nuit-là. La plantation était près du fleuve…

— Le Mississippi ?

— Oui, je suis parti en canot. Remonter le courant, c'est dur, mais j'évitais les chiens et j'avais quelques heures d'avance. Après, j'allais par le fleuve ou par les forêts, selon ce qui était le plus prudent, des fois la nuit, des fois le jour. C'était payant de nous dénoncer. Et puis il y avait les chasseurs de primes. Si on vous attrapait et qu'on vous ramenait, le propriétaire vous coupait un bras ou une main. Et la faim, surtout la faim. J'ai tout fait pour manger. Tout. On se découvre. On apprend de quoi on est capable. On fait ce qu'il faut. C'est vous ou c'est l'autre. Ça m'a pris six mois pour arriver à la frontière.

— Et t'as appris le français comment ?

— Ben, par mon maître.

— Ton Mister Bingham, il parlait français ?

— Non, sa femme, une Française, une femme bizarre, mais pas méchante. Elle s'ennuyait. Elle détestait l'endroit, surtout les odeurs, qu'elle disait. Sa fantaisie, pendant que son mari culbutait toutes les femmes, de toutes les couleurs, c'était d'apprendre le français à quelques-uns de ses objets. Elle nous donnait des noms français : Toussaint, Jean-Jacques, Beaumarchais…

Thomas se mit à rire, Toussaint aussi, d'un rire grave et profond.

— À un moment, elle a commencé à donner des noms de villes à tous les bébés qui naissaient dans la plantation. Il y avait Toulouse, Perpignan, Marseille…

— Une folle !

— Oui, mais douce et gentille avec nous. Un jour, il y a eu un bébé qu'elle trouvait tellement beau, elle l'a appelé Versailles. Pour apprendre le français, elle disait que j'étais bon, alors elle mettait du temps sur moi. Alors j'ai appris.

— Mais Toussaint, c'est un nom ou un prénom ?

— Euh, un prénom…

— Alors c'est quoi ton nom ?

— Beauséjour.

— Ça vient de ton père ou de ta mère ?

— Non, patron, c'est moi qui me suis donné ce nom. Il m'en fallait un.

— Et ton vrai nom ?

— Aucun, j'sais pas, mais maintenant c'est Beauséjour.

— Mais ton père, il avait un nom, il venait d'où ?

— Ben, de la plantation, né là, comme moi, comme son père avant lui.

— Et ça remonte à quand ?

— Oh, longtemps, longtemps avant la Révolution, du temps des Britanniques. On vient d'Afrique, mais j'sais pas d'où, ni pour le nom de famille, je ne sais pas si les familles en avaient en Afrique. Il y en avait qui se retrouvaient avec des noms comme Turner ou Smith ou… Mais ça, c'est les maîtres qui décidaient.

— Et qu'est-ce que tu sais de lui ?

— De mon père ? Rien. Ma mère m'a dit qu'un jour, il avait répondu à un Blanc en levant la voix. On lui a coupé une oreille et on a cloué l'oreille à un poteau pour la montrer.

Thomas n'eut pas de réaction. Il passa une main sur son crâne, examina sa paume, secoua sa main pour laisser tomber les cheveux perdus.

— Toussaint, Toussaint… Il y a des moments où on se découvre, t'as dit. C'est bien vrai. Je vais te raconter, moi, mon moment de… découverte.

Les yeux de Thomas retournèrent au feu.

— J'étais en prison, à York, juste avant que ça devienne Toronto. J'étais un des plus jeunes. J'étais là pour vol. On était quatre par cellule. Les trois autres me cherchaient, me provoquaient. Tu sais comment c'est. Des remarques, des rires, ils mangeaient ma ration. Dans une cellule au bout du corridor, il y avait un gars qui hurlait continuellement. Il n'arrêtait pas. Il aurait dû être dans un asile d'aliénés. Il avait été averti de se taire. Rien à faire. Personne ne pouvait dormir. Un jour, un des trois gars dans ma cellule me colle au mur. Il me donne un couteau. Il me dit : "Va le faire taire, on veut dormir, sinon c'est toi." Les deux autres riaient derrière.

Toussaint le regardait attentivement.

— Et là, continua Thomas, un autre a dit : "Et tu vas nous ramener un morceau." Là, ils rigolaient vraiment.

Toussaint attendit la suite. Thomas ne lâchait plus le feu des yeux, enfiévré par son souvenir. Les coins de ses lèvres remontèrent et un sourire apparut.

— Devine quel morceau j'ai ramené.

Le géant avala.

— Oui, celui-là. Je l'ai fait. J'ai vomi dans un coin après. Je l'ai ramené. Je leur ai montré. Je l'ai laissé tomber devant eux. T'aurais dû leur voir la tête. Les gardes ont laissé faire. Il a crié comme il n'avait jamais crié, mais pour la dernière fois. Il est mort au bout de son sang. Et les autres ne m'ont plus jamais cherché. Après, ils me respectaient. Ils m'ont trouvé des vêtements propres. Ce jour-là, quelque chose a changé.

Il laissa passer un moment, puis ajouta, pensivement :

— Comme tu dis, on fait ce qu'il faut.
— Patron...
— Quoi ?
— On va faire quoi avec eux ? Ils ont tué Gauthier et ils...
Il s'arrêta.
— Et ils... ? voulut comprendre Thomas.
Toussaint ne dit rien. Thomas poursuivit à sa place.
— Tu sais très bien ce qu'on va faire. On va faire la seule chose à faire. Faut juste les trouver. Va dormir maintenant. Prends une des chambres du haut. Laisse-moi.

Il avait la voix pâteuse à présent. Il luttait pour relever la tête, qui retombait toute seule. L'alcool avait pris le dessus.

— Bien, patron, dit le géant en se levant.

Il fit quelques pas, se retourna, revint vers Thomas, vit que son menton reposait sur sa poitrine, s'éloigna.

Thomas fit des rêves étranges. Ce n'étaient pas tant des histoires, mais plutôt des images isolées, comme une succession de tableaux. Il se vit avec sa mère, enfant, déjeunant sur l'herbe, au milieu d'une plaine ensoleillée. Le plus curieux était qu'il se savait en train de dormir et qu'une partie de son cerveau soupesait les chances que cela soit réellement arrivé un jour.

Il se réveilla. Sa tête lui faisait mal. On était encore en pleine nuit. Il n'entendait que le tic-tac de l'horloge. Le feu devant lui se mourait. Quelques braises rougeoyaient encore. Il se leva avec difficulté. Il tituba. Il se sentait lourd. Il avait la nausée. Il fit un pas, puis un autre. Il prit une lampe et se traîna jusqu'à la grande horloge dans le corridor. Il serait bientôt trois heures du matin. Il déambula dans toutes les pièces du rez-de-chaussée. Il entra dans son bureau plongé dans la noirceur. Il s'arrêta devant un grand miroir ovale sur pied. Lampe à la main, il pouvait s'y voir de la tête aux pieds. C'est là qu'il s'examinait chaque fois qu'il devait sortir. Il se déshabilla et frissonna.

Il recommença à se promener, complètement nu, dans sa maison. Il imaginait la servante tombant sur lui. Il s'en fichait. Il retourna dans le salon. Dans un coin, placé de biais, il y avait un piano importé d'Autriche. Il l'avait offert à Julie peu de temps après leur mariage. Elle s'en était désintéressée au bout de quelques mois, pour le narguer, pour lui montrer qu'il n'achèterait pas sa soumission. Il s'assit sur le petit banc, plaça ses mains au-dessus du clavier et fit semblant de jouer. Ses doigts effleuraient les touches. Il dodelinait de la tête comme si la musique le berçait. Il s'arrêta, posa ses mains sur ses cuisses, baissa les yeux. Son sexe était dur. Il se soulagea assis devant l'instrument. Il avait envie de faire mal à quelqu'un, n'importe qui, la bonne si elle surgissait, mais dans sa tête, cet être humain avait le visage de Baptiste.

Il se leva, retourna dans son bureau, remit le pantalon et la chemise laissés au pied du miroir, mais il resta pieds nus. Puis il alla s'étendre sur le canapé du salon et s'endormit de nouveau. Il fit un autre rêve étrange. Il volait très haut. Tout le ciel lui appartenait. Il regarda ses bras, qui n'étaient plus des bras. Il était devenu un oiseau de proie. Il avait des ailes immenses, mais aux deux extrémités, plutôt que des plumes, il avait des lames très aiguisées, comme des faux de paysan. Il planait, mais donnait occasionnellement un coup d'aile pour entendre les lames fendre le vent. Au loin, il aperçut un promontoire rocheux. Sa vision était d'une acuité extraordinaire. Il reconnut Baptiste, enchaîné au rocher, terrorisé parce qu'il le voyait approcher. Il commença à faire des cercles de plus en plus rapprochés autour de lui, faisant durer son plaisir. Il était certain d'avoir vu une scène similaire, mais il ne se souvenait pas où.

On le secoua. Il ouvrit les yeux. Une ombre était penchée sur lui. Il reconnut le docteur Hardy. Il comprit, se redressa d'un coup, bouscula le médecin, aperçut Toussaint et la bonne derrière lui. Il grimpa les marches trois par trois. Il franchit la porte de la chambre de sa mère, se figea, la regarda, puis s'avança vers le lit très lentement. Il s'arrêta au pied du lit. Il entendit des pas derrière lui. Il s'assit sur le côté du lit. Il mit sa main sur celle de sa mère. Le docteur Hardy dit à voix basse :

— Elle n'a pas souffert, je vous le jure.

Il la contempla un long moment. Puis il se leva, lui tourna le dos et fit trois pas vers les autres, restés à l'entrée de la chambre. Parvenu au centre de la pièce, leur faisant face, il tomba à genoux. Yeux et poings fermés, levant la tête au ciel, il poussa un hurlement interminable, animal, guttural, qui résonna dans toute la maison. Des jets de salive se mêlaient aux larmes sur son visage tordu par la douleur. Il ne reprenait son souffle que pour hurler de nouveau. Il se donnait des coups de poing terribles sur les cuisses, sur la poitrine. Puis ses mains devinrent des griffes et il voulut s'arracher les vêtements, sans cesser de hurler.

Il donna ensuite des coups de poing contre le plancher, martyrisant ses jointures. Il releva la tête vers le ciel et hurla encore, une meute de loups à lui seul. Dans son hurlement, il n'y avait aucun apitoiement, que de la rage, que de la douleur, que de l'amour. Ce n'était pas un humain submergé par la furie, mais une furie déguisée en humain, une furie pure et absolue, comme une torche enflammée.

Toussaint vit que Justine et le docteur étaient pétrifiés. Il s'approcha de Thomas lentement, mesurant ses pas, comme s'il devait prendre dans ses mains un serpent venimeux. Quand Thomas ouvrit les yeux et le regarda, Toussaint stoppa net. D'une main dans son dos, il fit signe aux autres de quitter la chambre. Il les suivit et ferma la porte, laissant Thomas seul avec la dépouille. Pendant qu'ils descendaient, les hurlements enveloppèrent toute la maison, comme s'ils venaient de partout, et Toussaint fut certain qu'il s'en souviendrait sur son propre lit de mort.

Chapitre 8

Et si nulle part le bonheur ne m'attendait ?

Le ciel gris de la Normandie, laiteux par endroits, avec des boursouflures ivoirées, empêchait le soleil de percer. Alexis aurait voulu offrir son visage aux premiers rayons chauds du printemps. À ses pieds, les eaux de la Veules, si claires qu'on en voyait le fond rocheux, coulaient langoureusement jusqu'à la Manche toute proche. Un papillon jaune et noir vint se poser sur la pierre plate à côté de lui. Alexis approcha son doigt et la créature, comme si elle comprenait ce qui était attendu, grimpa dessus.

Pendant qu'il l'examinait, il revoyait Lacazette, le visage inondé de larmes devant son théâtre en flammes, sorti momentanément de sa torpeur, lui dire qu'ils disposaient d'une journée, peut-être deux, guère plus, avant que s'ébruite le fait qu'ils n'étaient pas assurés.

— Passez à la banque, mon ami, retirez tout ce que vous avez et filez, avait-il dit. Vous êtes jeune, vous rebondirez, l'important est d'éviter la prison pour dettes impayées. Puissiez-vous un jour me pardonner, avait-il ajouté, lui parlant comme un père indigne.

— Et vous ? lui avait demandé Alexis.

— Pour ma part, il est hors de question de me sauver, répondit Lacazette.

Il n'avait plus l'âge des déracinements. En donnant tout à ses créanciers, il espérait échapper à la prison ou n'y aller que peu de temps. Au fil des années, il avait rendu bien des services à bien des gens dans le petit monde du théâtre parisien. On allait voir ce qu'il en retirerait maintenant que c'était son tour. Il trouverait sans doute, quelque part, un petit emploi d'homme à tout faire. Sinon, il pouvait toujours plonger tout habillé dans la Seine.

Alexis fut certain qu'il avait dit cela sérieusement. Puis, pendant qu'il cherchait quoi dire pour le réconforter, Lacazette s'était levé sur la pointe des pieds pour lui répéter, nez contre nez, lui tenant le col avec fermeté, de partir vite, très vite, tout de suite.

— Filez vers le nord, allez en Normandie. Je connais un village au bord de la mer. Veules, ça s'appelle. C'est tranquille, reposant. Il y a une rivière du même nom qui le baigne. Vous y serez bien, on ne vous remarquera pas, et les gens se mêlent de leurs affaires. C'est même assez mignon. C'est à côté de Dieppe, d'où vous pourrez passer en Angleterre, avait expliqué le vieux.

Alexis avait suivi son conseil. Il était à Veules depuis trois jours, et aurait en effet trouvé assez charmante la bourgade, au bout d'un plateau surplombant des falaises, s'il avait été dans des dispositions différentes. Au bas des falaises, la plage était de sable fin. Le vent garantissait que la chaleur n'était jamais étouffante. Les belles maisons à colombages, les chaumières bien tenues disaient la prospérité de nombreux habitants. Un esprit moins tourmenté se serait laissé bercer par la musique de l'eau qui faisait tourner les roues des moulins.

Sitôt arrivé, il avait croisé le curé du village et lui avait demandé où il pourrait trouver une chambre. Le curé, un tout jeune homme dont ce devait être la première affectation, lui offrit spontanément la chambre au-dessus de la sienne. Alexis s'inventa une faiblesse des poumons. Son médecin lui avait dit de quitter la fumée, le charbon, le mauvais air de Paris s'il voulait dépasser les 30 ans.

Un chant d'oiseau s'éleva et couvrit le clapotis de l'eau. Le papillon s'envola. À Paris, Alexis n'avait pas économisé beaucoup. En faisant très attention, il pouvait tenir sans revenus pendant un ou deux mois. Veules ferait l'affaire pour quelques jours, le temps de reprendre son souffle, mais il n'y avait rien pour lui dans ce village. La suggestion de Lacazette de monter vers le nord était logique si on visait l'Angleterre. Mais le voulait-il ? Il n'y avait pas pensé sur le coup. Il était resté muet devant le vieux. L'Angleterre était l'option la plus logique et la moins compliquée dans l'immédiat. Il parlait et écrivait l'anglais à la perfection, et les journaux y étaient innombrables. Il trouverait facilement du travail.

Une partie de lui rechignait à se vendre contre de l'argent impérial. Et si, après avoir été un lâche sur le champ de bataille, il avait au moins des principes dans la vie civile ? Mais il savait que cette posture était fausse, ridiculement grandiloquente, et le honteux souvenir remonta. Il s'était aussi imaginé en Belgique ou en Suisse, où l'on parlait français. Mais il y ferait quoi ? Écrire du théâtre ? S'il avait le moindre succès, cela se saurait à Paris et ses créanciers se pointeraient. Du journalisme ? Oui, sans doute, mais il serait encore bien près de la France. Précepteur ? Il se revit devant des gamins distraits, ânonnant leurs leçons, et en fut accablé. Et s'il retournait aux États-Unis ? Il connaissait un peu le pays, on pouvait s'y refaire une vie. Mais l'idée d'un long voyage le rebutait. Il ne se sentait pas assez fort en ce moment. Ce serait Londres.

Il eut faim. Il devait être autour de midi. Le curé, s'il était chez lui, lui offrirait de partager son repas, comme il le faisait tous les jours depuis son arrivée. Alexis n'avait aucune envie d'inventer d'autres mensonges, de devoir soutenir une conversation en étant sur ses gardes. Il aurait pu manger dans une auberge, mais il devait faire durer son argent. Il se prendrait un pain et un morceau de saucisson, et mangerait dans sa chambre. Il quitta le bord de la rivière.

Sur le chemin du retour, à la vue des maisons à colombages, aux toits de chaume, il aurait volontiers admis, si on lui avait demandé son avis, que Veules était un très joli village. Mais il le regardait avec détachement, comme un tableau dont on reconnaît la qualité tout en restant insensible au style.

Il était à mi-chemin de l'escalier menant à sa chambre, tentant de faire le moins de bruit possible, quand la porte du logis du bas grinça. La tête enfantine et souriante du curé apparut :

— Je casse la croûte, dit-il, affable. Vous joindrez-vous à moi, cher monsieur ? Pas un festin, mais c'est de bon cœur.

Le prêtre s'ennuyait et sa gentillesse devenait pesante. Alexis prit un air désolé, puis se décida sur-le-champ.

— C'est très aimable à vous, dit-il, mais je n'ai pas très faim et du repos me fera du bien. Au fait, monsieur le curé, je partirai demain pour l'Angleterre. J'y ai quelques connaissances. J'ai bon espoir de trouver quelque chose d'intéressant. Nos comptes sont à jour, je crois, non ?

Le curé ne put dissimuler sa déception.

— Euh, oui, oui, parfaitement à jour. Vous partirez au matin ?

— Oui, demain matin, vers Dieppe.

— Fort bien, fort bien, je me lève tôt, alors je vous ferai mes adieux demain. Que Dieu vous bénisse.

Alexis rejoignit sa chambre et s'y enferma. Il irait vers Le Havre plutôt que Dieppe, et partirait cette nuit. Il ne craignait pas grand-chose. Il n'y avait pas assez de gendarmes pour coffrer tous les insolvables sur les chemins de France, mais on n'était jamais trop prudent.

Il passa le reste de la journée, dépourvu du moindre but concret, à marcher dans la campagne environnante. Il retourna ensuite dans la chambre louée. Il lut, tenta d'écrire, mais aucune bonne idée ne lui vint. Il songea à écrire à Emmanuel, mais à quoi bon ? Il n'avait ni son adresse, ni beaucoup à lui dire en vérité. Leurs rapports n'avaient pas survécu à la glissade d'Emmanuel et à son incapacité à sortir de la frivolité. Il écrirait à Baptiste quand il aurait une adresse de retour à fournir. Il lui fallut moins d'une minute pour mettre ses vêtements et quelques objets personnels dans un sac de marin.

Il se coucha tôt pour faire provision de sommeil. Quand la cloche de l'église sonna une heure du matin, il attendit pour être sûr qu'aucun bruit ne venait du bas. Puis il compta jusqu'à dix et se leva. Il regarda la clé laissée sur la table de chevet, jeta son sac sur son épaule, prit ses bottes dans l'autre main et descendit l'escalier sur la pointe des pieds. Il put sortir sans réveiller le curé.

Il marcha longtemps sur un chemin de cailloux, coupant parfois à travers des terres qui attendaient d'être ensemencées. Il portait son sac en bandoulière pour pouvoir mettre les mains dans ses poches. C'était une nuit sans étoiles. Il allait lentement, car il ne voyait pas le sol accidenté et savait que personne n'était à ses trousses. Il n'avait aucune idée de la fréquence des bateaux partant du Havre vers Portsmouth.

Une goutte d'eau tomba sur son crâne, puis une autre. Quand il leva la tête, une troisième s'écrasa sur son front. L'eau glissa entre ses yeux et jusqu'au bout de son nez. Il se dit que ce n'était pas le moment de tomber malade. Il se pressa vers une forêt de chênes toute proche. Il y parvint au moment où la pluie gagnait en intensité. Il choisit l'arbre au plus gros tronc et se laissa glisser au sol. Il pleuvait maintenant avec force. Il espéra que l'averse passerait vite. Il posa le sac sur son ventre pour se réchauffer, les jambes pliées, ses genoux près de son visage, les mains jointes comme s'il priait.

S'était-il déjà senti plus seul au monde ? Quelques jours plus tôt, il mordait dans Paris comme dans un fruit juteux, sucré, inépuisable, comme si cela lui revenait de droit. Maintenant, il était assis dans la nuit noire, au milieu d'une forêt, aux marges de la société, comme un vagabond, attendant que la pluie cesse. Comme la chute avait été rapide ! Comme le succès avait été éphémère ! Et de nouveau l'errance ! Était-ce son destin, sa fatalité ? Une sorte de malédiction ? Cette pensée l'accablait, lui pesait plus que tous les sacs du monde qu'il aurait pu charger sur ses épaules. Il frotta ses jambes pour qu'elles ne s'engourdissent pas. Le coin dur du petit volume de poésie dans son sac de toile, dernier objet inséré, fit pression sur sa poitrine. Un poème qu'il venait d'y lire lui revint.

> *Souvent sur la montagne, à l'ombre du vieux chêne,*
> *Au coucher du soleil, tristement je m'assieds*
> *Je promène au hasard mes regards sur la plaine*
> *Dont le tableau changeant se déroule à mes pieds*

> *Ici gronde le fleuve aux vagues écumantes*
> *Il serpente, et s'enfonce en un lointain obscur*
> *Là le lac immobile étend ses eaux dormantes*
> *Où l'étoile du soir se lève dans l'azur*

Il détecta un nouveau silence et arrêta de déclamer intérieurement. La pluie avait cessé. Il n'entendait que le vent dans les arbres et le ploc-ploc des gouttes tombant des branches. Il se leva, essuya son fond de culotte, plia les jambes à répétition. Puis il ramassa son sac, souffla dans ses mains et reprit sa marche, empruntant l'étroit sentier qui coupait la plaine, essayant d'utiliser la clarté de la lune pour éviter les flaques. Et pour se meubler l'esprit, il se récita d'autres vers de Lamartine.

> *Mais à ces doux tableaux mon âme indifférente*
> *N'éprouve devant eux ni charme ni transports*
> *Je contemple la terre ainsi qu'une ombre errante*
> *Le soleil des vivants n'échauffe plus les morts*

> *De colline en colline en vain portant ma vue,*
> *Du sud à l'aquilon, de l'aurore au couchant,*
> *Je parcours tous les points de l'immense étendue,*
> *Et je dis : « Nulle part le bonheur ne m'attend. »*

DEUXIÈME PARTIE

Printemps 1843 – hiver 1843-1844

Chapitre 9

Une vie

— Vous regardez quoi, monsieur ? demanda Julie.
— Vous, madame, répondit Baptiste.
Julie bondit sur le lit et s'agenouilla, nue, l'air soudainement malin.
— Et moi, je vous regarde et qu'est-ce que je vois, monsieur ?
— Je sens que vous allez me le dire.
— Je vois votre premier cheveu blanc.
À genoux à côté de lui, très concentrée, la langue entre les dents, elle prit le cheveu entre le pouce et l'index et tira d'un coup. Elle approcha le cheveu de ses yeux et l'examina.
— Déjà ? dit Baptiste. J'aurai...
Il hésita. Elle répondit pour lui.
— T'auras 29 ans dans un mois. Vous, les hommes, vous êtes nuls pour les dates importantes. Un p'tit vieux... Bientôt, ce sera le journal dans un fauteuil après le souper et un ventre comme le mien.
Il ne se lasserait jamais de ce sourire. Il fit un calcul mental rapide. Il était né en juin 1814, on était en mai 1843. Oui, 29 ans dans un mois. Ils avaient quitté le Canada deux ans auparavant et s'étaient établis à New York.
Il renversa Julie sur le dos et colla son oreille contre la boule ronde dans son ventre. Elle donnerait naissance d'un jour à l'autre, aujourd'hui peut-être. Elle ne montrait aucun signe de nervosité. Elle alla chercher un verre d'eau. Son

pas était vif, léger, résolu. De dos, on n'aurait jamais deviné qu'elle était enceinte. Il avait lu que les femmes qui portent un enfant ont parfois des comportements étranges, des envies bizarres, des sautes d'humeur. Il n'avait rien vu de tel. Elle vivait cela comme une aventure, avec une joie sereine et déterminée qui le bouleversait. Elle avait évoqué une fois sa fausse couche de jadis et n'était plus revenue sur le sujet. Elle était restée élégante, simple, joueuse, gaie. Elle serait une mère magnifique. Il était fier, comblé, habité par une force nouvelle qui lui faisait penser qu'il pouvait triompher de n'importe qui et de n'importe quoi. Il enfouissait dans les replis de son esprit l'idée qu'un tel bonheur ne pouvait durer. Et pourquoi ne pourrait-il pas durer ? Au même moment, elle le regardait et songeait : « Comment ai-je pu épouser l'autre avant ? »

Une voix d'homme, basse et profonde, venue du logement voisin, résonna. La voix donnait un ordre.

— Tiens, l'ours russe est réveillé, dit Julie.

C'était une blague entre eux. Il y avait une incroyable diversité de langues dans cette ville peuplée de gens venus du monde entier. La première fois qu'ils avaient entendu cette voix, Baptiste avait tendu l'oreille et tranché :

— C'est du russe.

Et elle avait répondu :

— Et pourquoi pas du polonais ou de l'ukrainien ? Et qu'est-ce que vous connaissez au russe, docteur ? Dites-moi deux mots en russe.

Il avait répondu qu'il ne connaissait rien du russe, mais se fiait à la sonorité, aux intonations, au timbre, qui avaient, disait-il, un je-ne-sais-quoi de russe. Il n'en démordrait pas et, sitôt prononcé ce verbe, elle s'était mise à le mordre avec passion.

Ils louaient un logement tout à fait convenable, sur deux étages, en vraie brique, rue Mulberry, entre les rues Houston et Canal, au sud de Manhattan. Leurs voisins étaient majoritairement des Irlandais, des commerçants, des petits patrons, des travailleurs avec de vrais métiers, plus prospères que les journaliers des taudis du quartier des Five Points, plus au sud.

Au rez-de-chaussée se trouvaient le cabinet de consultation de Baptiste, attenant à un salon modeste, ainsi que la cuisine. En haut, l'escalier débouchait sur un espace semi-circulaire qui séparait leur chambre à coucher et une autre chambre, qu'ils utilisaient comme pièce de rangement. La chaleur était suffocante pendant l'été, mais le logement était bien isolé et ils n'avaient pas froid en hiver. Les pièces n'étaient pas très grandes, mais les plafonds étaient hauts et la lumière du jour abondante. Dans la cour, à l'arrière, ils avaient leur propre lieu d'aisance, qu'ils ne partageaient pas, marque d'un statut social enviable.

Il leur restait plus de la moitié de l'argent reçu du père Clément. Ils avaient déposé la somme dans une banque, à un taux d'intérêt satisfaisant, et y touchaient le moins possible. Comme ils n'avaient pas de goûts de luxe, ils pouvaient se payer une femme de ménage tous les quinze jours et une blanchisseuse, une jeune femme arrivée de Trois-Rivières qui parlait français. Une fois la semaine, elle emportait leurs vêtements et les ramenait lavés et pliés. Baptiste buvait moins et ses douleurs à la jambe étaient rares.

Ils étaient devenus monsieur et madame François Hébert, un nom choisi pour expliquer le léger accent de Baptiste, mais aussi parce qu'il était facile à prononcer pour des Américains, qui disaient «Hibbert» avec un «i» et en prononçant le «t» à la fin. C'était le nom de jeune fille de la mère de Baptiste.

Julie était devenue Lucie. Elle devait à sa mère de parler anglais sans accent. Quand on les interrogeait sur leurs origines, ils disaient venir de Québec. Ils avaient craint de devoir souvent détourner les questions des curieux, mais on ne s'intéressait guère au passé des gens aux États-Unis. On ne leur avait jamais demandé, par exemple, de montrer un certificat de mariage qu'ils auraient été bien incapables de fournir. Pour reprendre sa pratique médicale, Baptiste avait montré des documents à son vrai nom en espérant que personne n'ait l'idée de fouiller dans les archives ou de questionner les autorités britanniques du Canada. Mais tout était beaucoup moins réglementé que dans une colonie britannique. C'était un trait de base de leur nouveau pays.

Ils craignaient toujours d'être reconnus et que Thomas retrouve leur trace, mais ils en parlaient le moins possible. Comme ils devaient rester prudents, ils n'avaient pas à proprement parler d'amis. Ils prenaient soin d'avoir des rapports limités et courtois avec tous, pour réduire les chances que des gens méfiants ou qu'ils auraient indisposés entreprennent des recherches sur leur passé. Leurs compagnons les plus proches étaient un couple d'Irlandais plus vieux qu'eux, les Doyle, souriants et réservés, qui vivaient tout près.

« Fais attention à l'alcool, disait Albert Doyle à Baptiste, j'ai failli tout perdre à cause de lui. » Durs à l'ouvrage, les Doyle tenaient une épicerie dans les Five Points, rue Anthony, un carrousel d'arômes et de couleurs, une caverne fantastique dans laquelle s'entassaient des amoncellements d'œufs, de navets, d'aubergines, de pommes de terre, de choux, de carottes, de bois de chauffage, de charbon, d'huiles de toutes sortes, pendant que, derrière les comptoirs, étaient rangés tous les alcools et spiritueux imaginables, toutes les épices, toutes les céréales moulues, et que, du plafond, pendaient jambons, poulets, tresses d'ail, chaudrons et poêles.

Baptiste et Julie avaient su d'emblée qu'ils adoreraient cette ville grouillante, effervescente, volcanique, bigarrée, jamais au repos, dix fois plus peuplée que Montréal. Dans cette Babylone moderne, les gens nés en Amérique coexistaient, souvent difficilement, avec des gens arrivés des îles Britanniques, avec des Européens parlant italien, allemand, russe, polonais, espagnol et d'autres langues inconnues, avec des Africains de toutes les sortes, et même des Orientaux dont on se demandait comment ils avaient abouti là.

Cela donnait un mélange de couleurs, de langues, de musiques, de physionomies, infiniment plus prononcé que celui de Montréal, qu'ils trouvaient excitant, mystérieux, drôle, étrange et parfois inquiétant. Il y avait une logique organisatrice au cœur de cette ruche : l'homme le plus vigoureux ou le plus éduqué d'une famille arrivait par bateau, ramassait le plus d'argent possible et, comme si chacun était le maillon d'une chaîne, faisait venir successivement les autres membres du clan par ordre d'importance.

Toute la ville, tous ses habitants étaient obsédés par le commerce. L'activité autour des quais était infiniment plus intense qu'à Montréal. On se pressait de paver les rues pour faciliter la circulation. Les rues étaient rectilignes et se croisaient en angles droits, à l'image de l'esprit pratique de ces gens affairés. Pourtant, sitôt une rue pavée, on l'éventrait pour l'élargir et la repaver. Une frénésie de démolition et de construction embrasait, consumait cette humanité. Bruits, poussière, cris de commandement, d'encouragement, de souffrance, cris entrecoupés de rires et de voix qui luttaient pour se faire entendre dans le tumulte. Tout n'était que changement, amélioration, modernisation, tous ces chantiers portés par une volonté obstinée, obsessive, de faire plus gros, plus haut, plus beau, mieux que l'autre.

Il fallait impressionner. À une courte distance de taudis misérables, on voyait donc s'élever des édifices qui copiaient des temples grecs aux colonnes de marbre, des châteaux de style français, des palais italianisants. Le plus beau compliment que l'on pouvait faire à une nouvelle demeure était de dire qu'elle n'avait rien à envier à ce qu'il y avait de plus somptueux, de plus grandiose dans l'Ancien Monde.

Quand Baptiste et Julie étaient arrivés, un tramway était déjà en service depuis des années, traversant la ville depuis l'intersection de la 4e Avenue et de la 23e Rue jusqu'à la 125e Rue, dans Harlem. La chose aurait été inimaginable à Montréal, bourgade tranquille par comparaison.

Les Américains étaient différents des Canadiens ou des Britanniques, mais d'une façon difficile à expliquer. On aurait dit – tant pour ceux nés au pays que pour ceux venus d'ailleurs – qu'ils étaient plus soucieux de se démarquer, moins préoccupés de ce que les autres pouvaient penser d'eux. Il y avait davantage, pensaient Julie et Baptiste, d'originaux, de libres penseurs, de gens bizarres qu'au Canada.

Tout récemment, rue Bowery, pendant qu'ils marchaient, ils avaient été dépassés par un grand jeune homme juché sur un étrange véhicule, une sorte de cheval en bois. Ses deux jambes, qui touchaient au sol, étaient de part et d'autre d'un cadre équipé de deux roues, l'une en avant et l'autre en arrière. Ses mains étaient posées sur une pièce qui lui permettait d'orienter la roue avant, et il filait à vive allure en poussant avec ses jambes. Ils s'étaient regardés, interloqués, et avaient éclaté de rire quand Julie avait dit : « Tu m'imagines là-dessus avec mon ventre ? »

Tout était si changeant, le mouvement si perpétuel, que la ville et ses gens semblaient baigner dans un chaudron agité par une réaction chimique permanente. Comme chaque journée réservait ses surprises, la ville aiguisait aussi leurs facultés d'observation.

Tout cela ne faisait pas l'unanimité. Des vieux se disaient nostalgiques d'une ère plus tranquille, où on ne rasait pas systématiquement les bois pour construire, ils y voyaient une perte irremplaçable et se demandaient avec inquiétude où mèneraient ces folies. Mais leurs craintes ne faisaient pas le poids devant l'énergie et l'enthousiasme qui couraient dans les veines de cette jeune nation à aucune autre pareille.

Les écarts de richesse étaient hallucinants, beaucoup plus prononcés et visibles qu'à Montréal, mais personne ne semblait s'en offusquer. Dans ce pays, chacun pensait qu'il pouvait devenir ce qu'il voulait. Les palaces autour d'Union Square, les banques sur Wall Street, les luxueux magasins de Broadway et de la 5e Avenue auraient impressionné n'importe quelle tête couronnée d'Europe, malgré un manque de retenue qu'on aurait pu trouver vulgaire.

Mais tout près de là, à quelques minutes de marche, dans les rues Cherry, Water, Delancey, Rivington, Stanton, les miséreux s'entassaient dans des cabanes bringuebalantes, au milieu des porcs en liberté, d'étangs d'eau stagnante et d'odeurs pestilentielles. Le jour, Broadway vibrait au rythme des ouvriers des deux sexes et des petits messieurs conscients de leur importance. La nuit, l'avenue appartenait aux assassins, aux voleurs et aux femmes en location.

Baptiste irait voir un patient en fin de matinée, sa seule visite, et, au cas où Julie accoucherait, recevrait à son cabinet le reste de la journée si des gens venaient. Elle tira sur un des poils de son bras.

— Hé, tu m'écoutes ou t'es dans ton monde ?

Ils étaient encore au lit, lui adossé contre la tête, elle sur le côté, la position la moins inconfortable, appuyée sur son avant-bras.

— Oui, je t'écoute.

— Je disais quoi ?

— Tu disais qu'il faudrait vider l'autre chambre de son bric-à-brac.

— Et t'en penses quoi ?

— Je suis d'accord.

— T'es toujours d'accord parce que ces sujets t'ennuient, des sujets de femme.

— Jamais dit ça.

— Non, mais je le sais, vous êtes comme ça, les hommes.

Elle voulut se redresser pour s'asseoir et l'effort lui arracha une grimace.

— Ça va ?

Elle fit oui de la tête. Il pensait moins à l'usage de chaque pièce qu'au fait que leur logis semblait lui convenir. Elle n'exigeait pas davantage, bien qu'elle ait été habituée à plus de confort dans la demeure de ses parents. Il ne se souvenait pas d'une seule véritable dispute en deux ans. Quand ils n'étaient pas d'accord, c'était sur des questions sans importance et il cédait. Il s'étonnait, il s'émerveillait que leurs caractères si différents s'harmonisent pour produire ce bonheur tranquille. Est-ce que l'arrivée d'un enfant changerait cela ?

La question le ramena à l'accouchement. Ils en avaient longuement discuté. Jusqu'ici, il n'y avait pas eu de difficulté apparente. Les femmes pauvres étaient accouchées par des vieilles qui prétendaient, chacune, avoir leurs procédés. Les femmes plus aisées l'étaient par des sages-femmes, ou un médecin, ou les deux. À Paris, il avait assisté Leroux-Laville deux fois pour des naissances, mais il avait tout de même proposé à Julie d'aller rencontrer la femme du quartier la plus fréquemment appelée. La vieille édentée avait expliqué les vertus de sa potion à base de peau de serpent. Un jaune d'œuf posé au sommet du ventre gonflé, dégoulinant de chaque côté, pouvait aider. Elle insistait sur l'importance pour la future mère de bien s'agiter avant, par exemple en montant et en descendant les escaliers, pour aider à décoller l'enfant.

Julie s'était retenue pour ne pas éclater de rire. Elle avait placé sa main sur la cuisse de Baptiste pour qu'il ne laisse pas échapper un juron devant cette pitoyable sorcellerie. De ce fatras d'absurdités, il avait cependant retenu, comme digne d'intérêt, l'importance des massages, de graisser ses mains et la vulve, et que la meilleure position était celle que la femme trouvait la plus confortable. Au sortir de là, ils discutèrent pour savoir s'ils poursuivraient leurs démarches pour trouver une autre accoucheuse, s'ils se débrouilleraient seuls, ou s'ils chercheraient un médecin expérimenté auquel Baptiste prêterait assistance, si nécessaire. Ils choisirent la troisième option. Il s'agirait de ne pas tomber sur un bavard qui poserait des tas de questions.

Chaque mouvement au lit de Julie s'accompagnait maintenant d'une moue d'inconfort. Elle vit le front plissé de Baptiste et anticipa :

— Ne pense même pas à annuler ta visite. Rien n'est commencé, je t'assure. Tu y vas et tu reviens, c'est tout.

Il la contempla de nouveau, allongée à côté de lui, l'air de ne pas avoir le moindre souci, ses longs cheveux dorés et bouclés en complet désordre, occupée à arracher, avec l'ongle du pouce, un minuscule lambeau de peau sur le côté d'un autre doigt. Son corps nu continuait à le fasciner, à l'émouvoir jusqu'au plus creux de son âme. Il avait du mal à détourner le regard de ce corps que beaucoup auraient trouvé trop maigre. Quand ils s'étreignaient, ses taches de rousseur devenaient plus marquées, des plaques roses apparaissaient sur sa peau. Il y avait dans sa nudité une suprême aisance, une absence de gêne qui tenaient de l'animal, du fauve, non pas dans un sens bestial ou vulgaire, mais par l'absence de la moindre contrainte issue d'une convention sociale ou religieuse.

Jamais elle ne l'avait repoussé. Souvent, elle prenait les devants et, bien qu'il revienne fourbu du travail, elle faisait disparaître sa fatigue avec des pratiques qu'il ne connaissait que par des livres vendus sous cape. Où avait-elle appris cela ? Il n'avait jamais osé lui demander. Il était pourtant sûr qu'elle n'avait pas connu d'autres hommes que lui et son mari.

— C'est quoi, cet air de bouledogue, tout à coup ? demanda-t-elle.

Il sourit :

— Rien, je t'assure.

Il venait de se rappeler que Thomas lui avait jadis posé la même question, sans doute pour piquer sa jalousie : où est-ce qu'elles apprennent cela ? Il sourit et feignit de vouloir lui pincer le nez, tout en se demandant ce qu'un enfant changerait à leur intimité. Il avait entendu parler de femmes qui, sitôt venus les enfants, utilisaient l'offre sexuelle comme instrument de pouvoir pour imposer un nouveau rythme, strictement le leur, fait de rapports charnels de plus en plus espacés.

Il se souvint d'Antoine. Après son mariage, disait-il, avant même les enfants, quelques semaines avaient suffi pour qu'il se fasse servir par sa femme qu'elle avait mal ici, mal là, ceci à faire demain, cela déjà fait aujourd'hui, un ceci et un cela toujours épuisants. Il revoyait Antoine mimant sa femme, se courbant sous la douleur, se tâtant partout, souffrant de partout où la main de son mari aurait pu se poser, où son *gladius* aurait pu s'aventurer.

— Ton quoi ? lui avait-il demandé.

— Mon glaive, mon épée, avait répondu Antoine en riant, avant d'ajouter : Ma femme, pieuse martyre canadienne, n'est tout de même pas entre les mains des Iroquois !

Le souvenir d'Antoine souleva une onde de tristesse dans le cœur de Baptiste. Depuis leur fuite, ils n'avaient pas eu de nouvelles du Canada. Ce problème restait entier. Ils ne recevaient pas de lettres et n'en écrivaient pas. Il avait été convenu qu'ils ne donneraient pas d'adresse à leurs proches pour qu'ils ne puissent la révéler s'ils étaient menacés. Expédier une lettre au Canada, même sans indiquer d'adresse de retour, à des gens qui seraient assurément surveillés par Thomas avait aussi été jugé trop dangereux, du moins à court terme.

Que devenaient Antoine, Jeanne, le père de Julie ? L'homme qu'il avait frappé par-derrière était-il mort ? Oui, sans doute, mais il n'en avait jamais eu la confirmation. Et qu'était-il advenu de la mère de Thomas ? Il faudrait bien un jour trouver un moyen de communiquer. Alexis n'avait pas non plus répondu à sa dernière lettre envoyée à Paris. Aussitôt, il se fit la réflexion qu'il voyait encore son frère comme un enfant qu'il lui revenait de protéger, même si Alexis n'avait qu'un an de moins.

Il prit la main de Julie. Il avait craint qu'elle ait le mal du pays, puisqu'elle n'était jamais sortie du Canada pour une longue période. Allait-elle s'ennuyer, seule, sans enfant, sans amies, pendant que lui serait au travail ? Elle avait tranché la question : elle ne serait pas une « femelle inutile », comme elle disait. Elle s'était mise à donner des cours privés de français, et les familles cossues de la 5e Avenue semblaient apprécier autant sa bonne humeur et sa conversation que ses dons pour l'enseignement. Si elle avait un piano, disait-elle, elle s'y remettrait aussi et retrouverait vite le niveau de base pour l'enseigner. Son adaptation avait sans doute été facilitée par le fait que Montréal était chargée de mauvais souvenirs pour elle.

Elle lui caressait maintenant la jambe avec son pied. Il eut envie d'elle, mais il regarda son ventre, qui donnerait la vie dans si peu de temps, et se ravisa.

— Ça va bien aller, tu verras, dit-il, pour se rassurer lui-même.

— Je sais.

Il se leva après avoir déposé un baiser sur son front, tandis qu'elle resta au lit et s'empara d'un roman. Une fois habillé, il déjeuna rapidement. Plus vite il partirait, plus vite il serait rentré.

Sitôt dehors, il leva les yeux vers un ciel d'un bleu insolent, sans le moindre nuage. Le soleil régnerait sans partage. Il n'y aurait pas un souffle de vent. Il songea à retourner chercher un chapeau, à enlever le gilet sous sa veste, mais il ne voulut pas perdre plus de temps. Il regarda la carte d'affaires : *Samuel Homer Wells, Esq., 280 Lafayette Street*. Il nota de nouveau le carton de la plus haute qualité, passa un doigt sur les lettres bombées, et le remit dans sa poche intérieure. Le 280 Lafayette Street était une adresse qui imposait le respect, une de celles avec du personnel qui balayait le trottoir devant la porte. Depuis l'incendie de 1835, les riches s'établissaient de plus en plus au nord de Manhattan.

Il avait demandé à l'épicier Doyle s'il connaissait ce Homer Wells. Pas personnellement, avait-il répondu, avant d'ajouter que c'était le fils du fondateur de Wells & Halladay, un des plus prestigieux cabinets juridiques en ville. Il travaillait auprès de son père. On le disait excentrique, bouillant de caractère, très impliqué dans son église.

Doyle n'en savait pas davantage.

Les gens des cercles huppés se faisaient soigner par des médecins bien établis. Il s'étonnait encore que cet homme ait fait appel à un parfait inconnu comme lui. Le hasard y était pour beaucoup. La blanchisseuse à laquelle Baptiste confiait ses vêtements avait deux sœurs. Les trois travaillaient ensemble. L'une d'elles s'occupait des Wells. Leur vieux médecin de famille ne donnait pas satisfaction au fils. Elle s'était souvenue que sa sœur connaissait un médecin canadien. « *Can't be worse than this Fleming fool! Bring him to me!* », avait tonné Wells fils.

Quand Baptiste avait voulu en savoir plus sur le mal, leur blanchisseuse avait refermé ses doigts, comme s'ils tenaient une pomme de terre, sur son nez, mais elle ajouta qu'elle ne l'avait jamais vu elle-même. Elle avait grimacé de dégoût. « Énorme » était le seul mot qu'elle avait prononcé. Baptiste avait donc apporté tous ses instruments de chirurgie.

Les rues étaient bondées. Il avait toujours cette impression que les gens autour de lui étaient en permanence plus pressés et plus brusques qu'à Montréal. Ce qui n'était pas une impression, c'était la plus grande variété de physionomies, de couleurs de peau, de langues. Le monde entier se retrouvait dans cette ville, et Baptiste ne pouvait s'empêcher de se demander combien parmi ces gens, comme lui et Julie, cachaient une partie de leurs vies. De sa main, il tenta vainement d'écarter la poussière soulevée par les chevaux.

Il n'avait pas travaillé pendant leurs trois premiers mois à New York. Il repensait souvent à leur arrivée. Julie et lui s'étaient offert ce qu'ils appelaient en riant leur lune de miel. Ils avaient dévoré les comédies du Bowery Theater, les aimant même quand elles étaient absurdes, les parodies burlesques de l'Olympic Theater et les opéras italiens du Park. Il riait encore de leur première sortie au Park. « Tu vas voir, avait-il dit, c'est le plus luxueux. » Mais Julie n'en démordait pas : elle avait vu des rats longer le rideau de velours et disparaître quand les applaudissements avaient accueilli le chef d'orchestre.

Ils s'étaient permis quelques excentricités. Ils voulaient faire durer l'argent disponible et n'avaient pas énormément de vêtements, mais ils pouvaient quand même s'habiller plus ou moins richement selon la circonstance. Plus d'une fois, ils s'étaient donné des allures d'ouvriers et avaient fait la tournée des salles de danse, de billard et de quelques tavernes où Baptiste avait été fort nerveux tant Julie attirait des regards appuyés. Plusieurs de ces endroits exhibaient des singes ou des ours enchaînés qu'on narguait pour qu'ils rugissent.

À tous les coins de rue ou presque, il y avait des magiciens, des saltimbanques, des musiciens, des hommes qui appâtaient les naïfs en leur offrant de deviner contre de l'argent ce qu'il y avait sous tel ou tel chapeau. Julie avait adoré le musée de cire et ses reproductions, très réussies selon elle, de la reine Victoria et des présidents Jackson et Tyler. « Ah, parce que tu sais à quoi ils ressemblent en personne ? », avait dit Baptiste. Cette taquinerie lui avait valu une morsure au cou et un éclat de rire.

Ils avaient même décidé de s'encanailler pour vrai pendant une semaine. Ils s'étaient aventurés tard le soir dans les ruelles en terre battue, lugubres et sales, qui partaient dans toutes les directions, sans logique apparente, plusieurs finissant en cul-de-sac, près des rues Anthony, Cross et Orange. C'était le quartier le plus mal famé de la ville, un Sodome et Gomorrhe du vice et de la débauche. Une odeur d'urine, d'excréments, de pourriture était omniprésente, suspendue, enveloppant tout. Partout, des chiens galeux et des chats aux aguets. C'était un incroyable capharnaüm d'hommes traînant leurs fillettes pour les louer, de jeunes voyous portant les couleurs de leur bande, qui vous mettaient au défi de soutenir leur regard, prêts à vous trouver tout ce qui se payait, de vieillards crasseux et puants qui demandaient l'aumône, de femmes de tous les âges levant leurs jupes ou montrant, à la dérobade, des seins de toutes les consistances. L'une d'entre elles, plutôt jolie, les joues trop peintes, avait demandé à Julie si elle lui prêterait son petit ami. Quand elle lui avait répondu «*Never!*» en riant, l'autre, riant elle aussi, avait lancé qu'elle se satisferait d'un partage. «À trois, tu t'imagines?», avait lancé Julie, amusée.

Parmi cette faune d'offreurs déambulait une foule bigarrée de soldats ivres, de marins tatoués, d'étudiants en groupe qui ricanaient pour se rassurer, d'ouvriers qui rentreraient les poches vides, de messieurs avec des airs de banquiers. Toutes les classes sociales s'y retrouvaient. Il y avait même des couples aux allures respectables. Quand il en avait fait la remarque à Julie, elle s'était collée contre lui en disant: «Ben, comme nous!» Et elle avait eu un rire de conspiratrice ravie de son audace.

Trois fois, ils avaient pénétré, en payant leur entrée à des hommes toujours inquiétants, dans de vieilles cabanes en bois, semblables à des étables, dont la taille surprenait vue de l'intérieur. Sous une lumière violente, on y organisait des combats de coqs, des combats de chiens, des combats entre humains. Les spectateurs criaient, crachaient au sol, tenaient leurs billets sales entre leurs mains sales, cherchant à attirer l'attention de celui qui prenait les paris. Ces endroits empestaient la sueur, le tabac, le sang, l'alcool et le mauvais parfum.

Une fois, Baptiste avait été surpris par l'attitude de Julie. Au milieu d'une petite arène circulaire, ceinturée par une palissade en bois très basse, deux coqs se déchiquetaient dans un tourbillon de plumes, de lambeaux de peau arrachés, de sang qui giclait. Julie semblait frappée par la frénésie rageuse, les yeux exorbités de beaucoup de spectateurs. Après quelques minutes, elle avait dit, avec un air de dégoût, ne voir aucun intérêt dans ce spectacle. Mais elle l'avait dit assez fort pour être entendue, délibérément il en était certain. Quand il avait proposé qu'ils partent, elle avait répondu : « Pas tout de suite, je veux pouvoir dire que je sais ce que c'est. » En sortant, elle avait reniflé ses vêtements et était restée silencieuse.

Pendant les mois d'hiver, il leur était arrivé de louer un traîneau et d'aller patiner sur un étang gelé plus au nord. Ils avaient eu droit à des applaudissements. Une autre fois, pendant leur premier automne, partis à la campagne pour un repas champêtre, ils avaient vu un curieux spectacle. Un homme lançait une balle, un autre la frappait avec un bâton et courait. Les autres pourchassaient la balle. Ils n'avaient rien compris, mais cela semblait très amusant.

Tous deux partageaient un autre constat. À Montréal, sans doute aussi dans le reste du Canada, les gens restaient davantage dans leur classe sociale, même si elle comportait des clans rivaux. On s'amusait entre riches ou entre pauvres, on faisait des affaires au sein de son groupe, on ne se mariait pour ainsi dire jamais hors de sa caste. Aux États-Unis, du moins à New York, il y avait certes des classes sociales, des cercles plus ou moins exclusifs, mais les démarcations étaient moins nettes, plus fluides, on se mélangeait davantage, sauf peut-être pour les mariages. En même temps, chaque personne n'oubliait jamais d'où elle venait ou ce qu'elle visait. Aux États-Unis, ceux d'en bas craignaient moins de se moquer de ceux d'en haut ou de les rabrouer. On savait qui avait du pouvoir et qui n'en avait pas, mais on se prosternait moins devant les puissants qu'au Canada. Celui d'en bas était moins soumis, plus rebelle et plus frondeur. Il exigeait le respect pour lui aussi.

Pendant ces trois mois de félicité, ils n'avaient guère parlé du danger. Quelqu'un pourrait découvrir qu'ils avaient de faux noms, ou ils pourraient être reconnus, car il y avait beaucoup de commerce entre Montréal et New York. Les chances étaient minces mais pas inexistantes. Ce silence partagé était issu d'une entente qui n'avait même pas eu besoin d'être formulée. C'était comme si les deux avaient voulu que rien ne vienne troubler un bonheur si parfait. Maintenant, tandis qu'il marchait d'un bon pas vers la demeure de Wells, la veste sur l'épaule, s'essuyant le front avec le revers de la main, Baptiste se demandait quelle tournure prendraient leurs rapports. Que deviendraient ces sorties en ville après la venue d'un enfant? Ce serait une autre sorte de bonheur, assurément, mais il se sentait prêt, préparé, disponible.

Bien que Baptiste chérirait pour toujours cette période, il avait été heureux de reprendre sa pratique. Des détails, qui au fond n'en étaient pas, l'avaient fait hésiter. Il ne pouvait pas afficher son permis de pratique dans son cabinet puisqu'il était à son vrai nom. Devait-il mettre une plaque avec son faux nom à l'extérieur? Finalement, il avait opté pour une plaque plutôt sobre, sans nom propre, sur laquelle il avait fait inscrire *Medical Practitioner*, et fait paraître une petite annonce dans deux journaux, pendant quelques semaines, pour offrir les services du docteur François Hébert. Pour se rassurer, il n'avait cessé de se répéter que la ville était beaucoup plus grande et grouillante que Montréal, que chacun se mêlait de ses affaires, et que les autorités étaient plus laxistes.

La joie de reprendre sa pratique s'était accompagnée d'un soulagement. Le loyer de leur logement n'était pas exorbitant, mais beaucoup plus lourd que tout ce qu'il avait connu à Montréal. Il y avait aussi les frais de blanchisserie et de ménage. Tout était plus cher à New York, et ni lui ni Julie ne voulaient entamer davantage l'argent donné par son père. Sa compagne n'avait pas des goûts luxueux ou frivoles, mais elle avait été habituée à un niveau de confort qu'il se sentait responsable de lui fournir.

Les patients avaient été rares les premiers jours, puis plus nombreux. Il y avait dans le quartier assez de travailleurs avec des métiers qui leur permettaient de payer pour un médecin qui n'exagérait pas. Il s'était endurci et disait maintenant à l'avance le prix de ses services. Une fois, comme cela lui était arrivé souvent à Montréal, pendant qu'il traversait les Five Points sa trousse à la main, on l'avait sollicité pour une visite improvisée à domicile, une fracture à replacer, un procédé qu'il maîtrisait bien. Il n'avait pas discuté argent auparavant et était reparti les mains vides. Le soir, quand il avait raconté l'incident à Julie, elle ne lui avait fait aucun reproche, mais son regard disait: «Tu gagnes ta vie ou tu fais la charité?»

Sa dextérité chirurgicale était restée entière, mais il n'avait pas fait d'opération aussi majeure que celle sur l'imprimeur Taché à Montréal, ni testé de nouveau l'éther. Pour le reste, l'huile de foie de morue, les comprimés de fer, la codéine et le nitrate d'argent faisaient l'affaire. Il était cependant convaincu qu'on abordait une ère où la chimie élargirait radicalement la panoplie des drogues disponibles. Une écoute attentive, des phrases rassurantes aidaient aussi. Il avait réalisé depuis longtemps que beaucoup de gens veulent surtout être écoutés et se sentir compris. La mauvaise alimentation, les logements trop chauds ou trop froids, la mauvaise qualité de l'air, tout cela n'aidait pas non plus, mais pourquoi le dire à des gens qui ne pouvaient se payer autre chose?

Quand il lisait maintenant les traités de médecine achetés d'occasion, car les siens étaient restés au pays, il secouait la tête devant les énoncés assénés comme des vérités absolues, mais sans la moindre base scientifique démontrée. Intérieurement, il admettait sans peine le fossé entre le respect qu'il voyait dans les yeux des malades et son savoir réel. Julie disait sans détour que les meilleurs malades étaient les riches d'une intelligence limitée et de tempérament bovin, prêts à se prosterner devant sa science et son charmant accent français.

Le 280 Lafayette Street, devant lequel Baptiste se trouvait maintenant, était au milieu d'une série de maisons en rangée faites de pierre et de brique. C'était une construction sobre, solide, bourgeoise, à trois étages, qui avait dû coûter cher. Impressionnante, mais sans extravagances. Il sonna et attendit longtemps. Un majordome efflanqué l'examina de la tête aux pieds et, sans dire un mot, lui fit signe de le suivre. Ils empruntèrent un long couloir, au parquet couvert d'un tapis épais, aux murs tendus de velours sombre, jusqu'à une porte tout au fond. L'homme l'ouvrit et s'écarta pour laisser passer Baptiste, qui se retrouva dans un salon vivement éclairé.

Samuel Homer Wells était assis sur une chaise si haute et si richement ouvragée que le mot « trône » aurait été plus approprié. Elle rendait modeste l'imposante table en chêne derrière laquelle il était. Il semblait de taille un peu en-dessous de la moyenne, d'une rondeur un peu au-dessus, et sa tête se dégarnissait à une vitesse très au-dessus. De la main, il fit signe à Baptiste de s'approcher et de s'asseoir en face de lui.

Un nez doit être spectaculaire pour qu'il soit difficile de regarder autre chose. Baptista lutta pour détacher ses yeux de la monstruosité agrippée à l'appendice nasal. Sur le bord de la narine gauche, l'homme avait une boule blanchâtre, d'aspect granuleux, qui ressemblait à un chou-fleur. La masse avait la taille d'une mandarine. Elle avait pour effet de relever la narine gauche très au-dessus de la droite. Wells devait avoir autour de 30 ans. Il dégageait une impression d'homme qui s'attend à être obéi.

— *Sit down, doctor, make yourself comfortable.*

Son infortune le forçait à parler en exagérant le mouvement du côté droit de la bouche. Ses mains étaient posées sur les accotoirs de part et d'autre. Très calme, il fixait Baptiste, habitué à soutenir les regards ébahis ou troublés. Il était vêtu d'une simple chemise blanche au col ouvert, froissée, mais de la meilleure qualité.

— Palé-vous fouanssé ? demanda-t-il, l'air affable.
— Oui. *Yes sir.*
Wells se renfrogna et alla droit au but.
— *I used to know a few dozen words. Now I know only five or six and you've just heard three. I guess there's no need for a long explanation. It is there for the amusement of the whole world, isn't it ? Can anything be done ? Could you do something ?*
Il avait appuyé sur le « *you* » et pointé un doigt vers Baptiste.
— *I would have to…*
— *Ah*, moussieu, *please*, si vous plé, *talk to me in* fouanssé. *I find it charming.*
— Je devrais… vous examiner.
— *In that case, what are we waiting for ?*
L'homme se leva d'un bond, s'empara d'une petite chaise droite, la retourna et vint s'asseoir à côté de Baptiste, mais à califourchon, appuyant sa poitrine et ses bras sur le dossier. Il y avait chez lui une énergie, une force, un esprit résolu qui impressionnaient. Il refusait la pitié et n'aimait pas les paroles inutiles. Il n'y avait aucune raison pour Baptiste de ne pas se mettre immédiatement au travail.

Il retroussa les manches de sa chemise jusqu'en dessous des coudes, se pencha au-dessus de Wells, et se mit à palper la masse. Elle était en effet granuleuse, comme il s'y attendait, dure au toucher, attachée autant au bord du nez qu'à l'espace au-dessus de la lèvre supérieure. Il n'avait jamais rien vu de tel, mais se souvenait que des livres faisaient mention d'excroissances du genre à divers endroits du corps. La cause était inconnue. Avec une narine presque complètement obstruée, l'homme ne pouvait respirer que par l'autre.

— C'est comme ça depuis longtemps ?
— *It appeared, I would say, five or six years ago and it has grown steadily.*

Comme Baptiste palpait encore la chose, Wells parlait avec le cou tendu et les yeux au plafond. Il ne semblait pas éprouver de douleur. Il précisa :

— *I'm a lawyer, sir, and a damn fine one. But in the courtroom, it is hard to be listened to or taken seriously by the judge with this beast staring at him.*

Baptiste n'avait aucun mal à imaginer. L'essentiel était que la masse ne contenait rien d'osseux ou de cartilagineux. Ce n'était qu'une masse de chair accrochée à la paroi extérieure du nez et au-dessus de la lèvre. Elle n'était ni encastrée dans le nez, ni proche d'un organe vital. Mieux encore, la base qui la reliait au visage était plus étroite que le reste de la masse. Une ablation semblait tout à fait possible. Une série d'incisions courtes suffirait sans doute. Il n'y aurait pas de large plaie exposée. Des points de suture refermeraient le tout. À moins d'imprévus, bien que la masse fût spectaculaire, l'intervention s'annonçait d'une relative simplicité. Pourquoi est-ce que rien n'avait été tenté avant ? Il garda la question pour lui. Il expliqua son point de vue à Wells, qui répondit immédiatement :

— *What are we waiting for then*, moussieu ? *Get a hold of your butcher knife and give me back some measure of dignity!*

L'homme était prêt, sûr de lui, et pas disposé à discuter davantage. Baptiste se pencha et sortit de sa trousse un flacon d'éther. Il n'eut pas le temps d'ouvrir la bouche pour expliquer. En guise de ricanement, Wells plissa le côté droit de sa bouche et secoua la tête.

— *Oh no, none of that! I've heard! Not for me! I'll face enemy fire and pain like a true patriot. None of that frolicking for me. You just go right ahead and chop that thing. I won't move and I won't yell! And you'll be handsomely paid, I give you my word.*

C'était dit sur un ton qui n'admettait pas de riposte. Baptiste jugea bon de faire une exception à sa règle d'évoquer ses honoraires avant. On demanda au majordome d'apporter des serviettes et de l'eau chaude. Pendant qu'ils attendaient, Baptiste expliqua ce qu'il projetait de faire. Il ne pouvait garantir qu'il n'y aurait pas de complications ou qu'une nouvelle masse ne surgirait pas un jour. Il appliquerait du miel sur la plaie. Si tout se passait bien, il reviendrait dans quelques jours pour examiner la situation. Le majordome fut de retour si vite que Baptiste comprit que tout avait été organisé d'avance. Cela confirmait la détermination de Wells. Après avoir mis les serviettes à l'endroit indiqué par Baptiste, le domestique déposa sur le bureau de son patron une enveloppe. Baptiste supposa qu'elle contenait son argent. Cette hâte faisait parfaitement son affaire.

L'affaire fut expédiée en à peine plus d'une heure. Il fallut autant de temps pour refermer la plaie et recoudre que pour enlever la masse. Le saignement fut moins abondant que l'avait anticipé Baptiste. Pour que Wells puisse mieux supporter la douleur en agrippant quelque chose, Baptiste lui avait demandé de s'asseoir sur l'immense chaise dotée d'accotoirs, qu'il avait installée au milieu de la pièce. Le majordome resta sur place au cas où il aurait fallu retenir le patient, mais Wells n'était pas que brave en paroles. Les jointures blanchies par l'effort, les ongles enfoncés dans le tissu, il ne laissa pas échapper le moindre cri, à peine une ou deux plaintes étouffées. Il aurait été un candidat idéal, songea Baptiste, pour un autre usage expérimental de l'éther. À la fin, il ruisselait de sueur, mais le majordome était plus pâle que lui et avait dû s'asseoir.

Quand tout fut terminé, Wells avait sur le nez un pansement de la taille d'un citron.

— *Good Lord, Jesus, Mary and all the Saints, I can think of some bastards I'd like to try that on!*

Il resta prostré sur sa chaise, éprouvé, mais conscient et calme. Il trouva la force d'esquisser un sourire et de faire un clin d'œil. Pendant qu'il récupérait, Baptiste le surveillait tout en rinçant ses instruments sanguinolents dans l'eau. D'un regard, Wells ordonna au majordome de remettre l'enveloppe à Baptiste, qui devina qu'il n'avait jamais jusque-là été autant payé. Il la glissa dans sa trousse sans regarder le contenu. Il reviendrait, dit-il, dans dix jours, mais il ne fallait pas hésiter à l'appeler d'ici là en cas de besoin.

Il attendit de parvenir au coin de la rue pour ouvrir l'enveloppe sans trop attirer l'attention. Il aurait exigé 20 dollars, elle en contenait cent. S'il n'y avait pas de complications, Wells parlerait de lui en bien, et Baptiste se mit à espérer de pouvoir se hisser auprès d'une clientèle plus fortunée.

Il retourna rapidement chez lui. Lorsqu'il ouvrit la porte et entra dans son cabinet, il tomba sur Helen Doyle qui s'affairait. La femme de l'épicier s'arrêta dès qu'elle le vit. Il comprit.

— C'est commencé ? lança Baptiste, oubliant que la femme ne savait pas un mot de français.

Il se précipita à l'étage. Elle le suivit. Le calme de la femme aidait à le rassurer. Le docteur Simpson, qui leur avait été recommandé par elle, était déjà là, assis sur le coin du lit. C'était un petit homme sec et raide, avec une barbichette bien taillée et un maintien militaire, qui devait être dans la soixantaine. Il regarda Baptiste tout en se redressant.

— *Plug is gone. Water has broken. Very little bleeding. Everything as it should be.*

Simpson savait ce que le mari, un confrère, voudrait savoir. Baptiste, au pied du lit, avait déjà noté son économie de mots, sa fixation sur l'essentiel, ses gestes précis. L'épouse de Doyle restait debout en retrait. Julie était assise, adossée contre la tête du lit. Elle regarda Baptiste avec un air qui voulait dire : te voilà enfin. Simpson se leva et Baptiste prit sa place. Il prit la main de Julie. La sueur collait déjà une mèche de cheveux sur son front. Elle expira avec force et des cheveux tressaillirent. Ses joues étaient plus colorées que d'habitude. Il demanda :

— Comment tu te sens ?

— Comment tu penses ? dit-elle, sévère et concentrée.

— C'est commencé depuis longtemps ?
— Tout de suite après ton départ.
Il calcula. Cela devait faire trois heures, plus ou moins. Il lança :
— Pourquoi tu...
Il s'arrêta avant de dire une bêtise. Il appuya deux doigts sur le poignet de Julie. Le pouls était plus élevé que d'habitude, mais pas du tout alarmant. Il posa ses lèvres sur la main qu'il tenait déjà.
— Qu'est-ce que t'attends ? demanda Julie.
Il fut décontenancé. Il la regarda avec un air perplexe.
— Quoi ?
— Ben, l'œuf, me casser un œuf sur le ventre, comme on nous l'a appris.
Le sourire de Julie se mua en rictus de douleur. Voyant l'air sérieux de Baptiste, elle ajouta :
— Calmez-vous, docteur, les femmes donnent la vie depuis... C'est la nature.
Ce renversement des rôles le désarçonna. C'est lui qui aurait dû la calmer. Elle ne montrait pas de signes extérieurs de peur. L'air résolu, elle travaillait à concentrer toutes ses énergies pour l'épreuve.
— *We're useless at this stage, my friend*, dit Simpson, près de la fenêtre. *Let us leave the lady with Mrs. Doyle. We'll be called upon in due time.*
— Il a raison, ajouta Julie. Tu ne sers à rien. C'est ça qui est ça. Tu t'énerveras inutilement ici. Helen ira vous chercher.
Il se raisonna. C'était en effet un cycle naturel qu'il fallait respecter. S'il n'y avait pas de complication apparente, et rien ne l'indiquait pour le moment, il s'agissait d'attendre et c'était tout. Mais il restait cloué sur place. Elle mima la sévérité.
— Je vous ordonne de vous retirer. Je vous chasse. Vous reviendrez quand vous serez convoqué.
— *She's right*, ajouta madame Doyle. *It'll take hours. I'll stay.*

Elle s'était approchée et avait posé sa main sur l'épaule de Baptiste pour le rassurer. Il avait la gorge serrée par la nervosité. Il tenta un sourire maladroit, se leva et quitta la chambre à coucher en regardant le plancher.

Son collègue était déjà à l'extérieur, assis sur le petit canapé vert entre les deux chambres, plongé dans un livre, détaché comme s'il attendait sa diligence. Il ne leva pas les yeux vers Baptiste, qui se trouva de trop dans cet espace exigu et voulut être seul. Il descendit dans son cabinet et s'assit derrière son bureau. Le cycle complet de la mise au monde pouvait durer entre trois et quarante heures, avec une moyenne de dix à quatorze heures, mais il n'y en avait pas deux pareils. Les douleurs deviendraient de plus en plus fortes et arriveraient par vagues plus rapprochées. En théorie, le médecin ne venait, sauf s'il y avait des complications, que pour l'expulsion de l'enfant. Mais il se sentait en ce moment infiniment plus mari que médecin, bien que le mot « mari », quand il s'imposa à son esprit, lui fit l'effet d'une petite brûlure.

Il devait s'occuper. Il se leva et prit le gros *Treatise on the Theory and Practice of Midwifery* de l'Écossais Smellie, publié en 1752, qu'il avait payé fort cher. Il l'ouvrit au hasard et vit les lettres danser sous ses yeux. Dans sa tête, il passait en revue toutes les complications possibles : déchirure, hémorragie, enfant arrivant par le siège, enroulement du cordon autour du cou, et quoi d'autre. Dans sa propre trousse, il n'avait pas de forceps, et Leroux-Laville ne lui avait pas montré comment s'en servir. Il se souvenait de l'avoir entendu évoquer 5 % de décès lors des accouchements.

Il referma violemment le livre et un petit nuage de poussière s'éleva. Il le replaça sur son rayon habituel et aligna les dos de tous les livres pour qu'ils forment une ligne parfaite sur sa petite bibliothèque. Il fit le tour de son cabinet, sans but. Il retourna à son bureau et ordonna des piles de papier déjà parfaitement ordonnées. Il repensa à Simpson en haut, plongé dans un roman, songea à faire pareil, y renonça sur-le-champ. Il ne réussirait pas à s'évader par la pensée.

Il avait en lui une énergie qu'il n'arrivait pas à canaliser. Il faisait terriblement chaud. Il tenta de lire de vieux journaux, qu'il gardait pour démarrer les feux dans sa cheminée, puis ses cahiers contenant ses histoires de cas. En vain. Il essaya de dormir, couché sur sa table d'examen, mais ne fit que changer d'une position inconfortable à une autre. Boire un verre pour se calmer les nerfs ? Non, car il en boirait un deuxième. Il se représenta la bouteille rangée dans l'armoire toute proche. Il s'imagina buvant au goulot une longue rasade qui lui réchaufferait les entrailles. Mais il avait juré à Julie qu'il ferait plus attention. Il s'autoriserait un verre quand tout serait terminé. Il alla à la fenêtre. Sortir prendre l'air ? Une autre idée ridicule. Il aurait quasiment souhaité qu'un patient frappe à sa porte.

Une heure passa, puis une autre, puis encore une autre, chacune plus interminable que la précédente. Il se répétait de cesser de regarder l'horloge, mais n'y parvenait pas. Puis il allait à la fenêtre examiner la position du soleil, ce qui revenait au même. On frappa à la porte. Il se précipita. La face ronde et joviale de l'épicier Doyle lui fit l'effet d'une marmotte surgissant de sa tanière. Il tenait un plateau avec deux assiettes recouvertes d'un linge.

— *Holding your head up, mucker ? Brought some food to share if you don't mind.*

Il entra sans demander la permission. Manger sembla une excellente idée à Baptiste. Il réalisa sa faim et cela l'occuperait. Ils s'installèrent de chaque côté de son bureau. Baptiste insista pour que Doyle prenne sa chaise de travail de manière à pouvoir glisser ses jambes dessous. Ils mangèrent des œufs au plat, lentement, sans dire un mot, mastiquant avec application, trempant le pain dans le jaune coulant. Baptiste appréciait la compagnie et le fait que Doyle ne force pas la conversation. Il retrouvait une certaine sérénité quand un cri violent déchira cette quiétude. Il fixa Doyle un instant et se rua en haut.

Il trouva Simpson assis où il l'avait laissé. Il l'interrogea du regard et l'autre, imperturbable, lui répondit d'un air qui voulait dire : « Tout est normal, tout va bien. » Baptiste aurait voulu le secouer, qu'il bouge, qu'il fasse quelque chose, mais la raison lui disait aussi que ce calme était bon signe. Il n'y tint plus, entra dans la chambre, marcha vers le lit. Julie était trempée de sueur, les yeux au plafond. Elle entrait dans une phase plus difficile. Il lui prit la main.

— Ça va ?

Elle tourna la tête vers lui.

— Mieux que toi, tu devrais te voir… Cela dit, je ne te conseille pas l'expérience.

Il se trouvait inutile et stupide. Il aurait voulu faire quelque chose, donner des ordres, la réconforter, n'importe quoi mais quelque chose d'utile. Il songea à lui éponger le front. Il tendit plutôt la main pour lui caresser le visage, mais elle se déroba, furieuse. Au même moment, une douleur fulgurante lui arracha un cri et une grimace.

— Me touche pas, cracha-t-elle, va-t'en, tu me déranges, je suis occupée, tu vois pas ? Trouve-toi quelque chose à faire !

— Je…

— Dehors !

Il se retira piteusement. Il eut le temps de capter le regard de la femme de Doyle. Ses yeux disaient : « Laissez-nous entre femmes, ça ne va pas mal, vous viendrez en temps et lieu. » Simpson leva les yeux en le voyant sortir de la pièce, eut un sourire d'encouragement, se replongea dans son livre. Lorsque Baptiste redescendit, Albert Doyle avait repris les plats et quitté les lieux.

Il se remémora ce que Julie venait de lui dire : trouver quelque chose à faire. Mais rien ne lui venait. Il était incapable de se concentrer. Il s'assit derrière son bureau, s'appuya sur ses coudes, les poings sur les joues, puis il se massa les tempes avec les doigts, le plus fort qu'il pouvait. Un cri se fit entendre, le plus déchirant jusqu'à maintenant. Il se fit violence pour ne pas remonter.

Quand il entendit grincer les marches, il n'aurait su dire si une minute ou dix ou trente s'étaient écoulées. Helen Doyle, au milieu de l'escalier, lui faisait signe de monter. Il ne put rien lire sur son visage. Un hurlement accompagna sa montée.

Il eut une réaction de surprise à l'entrée de la chambre. Julie était toujours couchée sur le dos, mais elle était maintenant en position perpendiculaire, son corps allongé sur la largeur du lit, les genoux remontés et les jambes pliées. Simpson était assis à califourchon sur une chaise. C'était logique, il serait mieux placé pour travailler. Le ventre de Baptiste se noua quand il vit les lames et les ciseaux disposés sur le lit à côté de Julie.

Appuyée sur ses coudes, elle ne le vit pas entrer. Sur chaque joue, elle avait un cercle rouge, comme un maquillage exagéré, mais le reste de son teint était pâle. Ses yeux, son corps, toute son expression disait sa rage d'en finir, de ramasser tout ce qui lui restait d'énergie, de tout donner. Simpson ne se tourna pas vers lui. Ce n'était plus l'homme détaché qu'il avait vu plus tôt.

— *All fine, all fine, more than enough space*, commenta Simpson pour lui-même, fixant l'entrejambe devant lui.

Baptiste vit Simpson avancer ses mains. Il détourna le regard, ferma les yeux, les rouvrit, impuissant, ému, fasciné, bouleversé.

— *There it is, there it is. Head first, head first… easiest of all… easy does it…*

Baptiste regarda Helen Doyle, juchée à genoux sur le lit, derrière la tête de Julie, en face de Simpson. Ses lèvres bougeaient, disaient quelque chose qu'il ne comprit pas. Elle fit un signe de croix. Elle avait peut-être glissé un crucifix sous les oreillers, songea Baptiste. Il accueillerait toutes les assistances disponibles.

Il n'avait jamais trouvé sa bien-aimée si forte et si menue à la fois, prête à être cassée par l'effort, prête à soulever l'Univers. Elle respirait maintenant à fond, soufflant bruyamment, poussant de toutes ses forces. Il craignait une déchirure, mais Simpson restait imperturbable, laissant la mère et la nature faire le travail. Julie lâcha un hurlement prolongé, rauque. Il s'approcha. Ses genoux touchèrent l'extrémité du lit, du côté des pieds d'une personne qui s'y serait couchée normalement. Elle le vit, jeta à l'importun un œil furieux, et hurla de nouveau. Baptiste était écrasé par son inutilité. Il aurait voulu prendre pour lui cette douleur, souffrir aussi dans sa chair. Son impuissance était une injustice, une forme de violence. Des balles avaient jadis sifflé dans sa direction et il avait été moins troublé.

— *Here we are, here we are*, murmura Simpson.

Baptiste regarda les yeux furibonds de Julie. Dans toutes les nuances de l'iris et de la pupille, il vit rage, impatience, violence, colère, ahurissement, doute et confiance, espoir et désespoir, amour et colère, raison et déraison, une sauvagerie primitive, toute une humanité ramenée à ses instincts les plus primaires et les plus sublimes.

Il se passa alors un phénomène étrange, et Baptiste, sur-le-champ, sut qu'il ne l'oublierait jamais. C'était comme s'il regardait subitement au travers d'un tissu translucide. Les couleurs s'adoucirent. Le temps sembla s'écouler plus lentement. Tout se passait maintenant au ralenti, devenait brumeux, plus flou, comme dans un rêve. Il eut le sentiment qu'une partie de lui sortait de son corps, prenait de la hauteur, s'élevait au-dessus de la scène pour la regarder en plongée. Il avait déjà éprouvé cette sensation, mais quand ? Il vit très nettement sa compagne, puis une tête minuscule sortant d'entre ses jambes, puis Simpson tendant ses mains. Il vit aussi une forme humaine debout derrière Julie, et une autre assise sur le lit, son double, un jumeau qu'il ne se connaissait pas. Les cris avaient fait place à des sons plus étouffés, semblables aux bouillonnements d'un ruisseau. Il dut cligner des yeux, s'aperçut qu'il pleurait, que ses digues avaient cédé. Et à travers ses sanglots, une voix fraternelle et douce parvint jusqu'à lui :

— *How about you doing some work?*

Il se secoua, revint dans le réel, vit Simpson qui se levait. Alors, avec un calme qui l'étonna, sans qu'aucun autre mot ne soit nécessaire, il s'assit à la place qu'occupait Simpson et, retrouvant ses gestes précis et sûrs, il termina de sortir l'enfant tout gluant. On le lui enleva des mains. Il resta là, assommé sur sa chaise, pendant qu'on s'affairait autour de lui. Il était perdu, submergé par une émotion violente et tendre. Il s'essuya les yeux avec les deux mains. Il vit madame Doyle qui tenait l'enfant dans le creux de sa main, sur le ventre, pendant qu'elle lui frottait vigoureusement le dos. C'était un garçon. Un cri audacieux, vigoureux, suivi de pleurs, acheva de le sortir de sa torpeur. Il se redressa, reposa un genou sur le lit, s'approcha de la tête de Julie, saisit sa main. Il voulut dire quelque chose, n'importe quoi, mais les mots ne sortirent pas. Elle devait se reposer, lui-même avait besoin d'air. Il sortit en silence.

Dans sa poitrine, son cœur aurait pu éclater. Il ne croyait pas au surnaturel et, pourtant, il venait d'assister à quelque chose qui s'en approchait. Il descendit dans la cuisine et s'aspergea le visage. Il but de l'eau directement de la jarre, la laissant couler sur sa chemise. Quand il remonta dans la chambre, madame Doyle transportait une grande assiette avec le placenta. Simpson rangeait son matériel le plus tranquillement du monde. Julie était maintenant couchée à sa place habituelle, l'enfant entre son corps et son bras. Elle remarqua :

— T'as l'air éprouvé.

Il resta muet. Elle sourit et dit :

— Tu vois, ça marche, l'œuf.

— Quoi?

— Le jaune d'œuf, ça marche.

Il la contemplait, les yeux ronds.

— Regarde ta chemise.

Il baissa la tête et vit les taches jaunes laissées par son souper. Elle ferma les yeux.

Julie et son fils, leur fils, dormaient paisiblement. Baptiste les regardait, le temps n'existait plus, l'Univers s'était rapetissé, il n'y avait plus qu'eux trois, et toute la tendresse du monde les enveloppait. Pour aujourd'hui au moins, il leur laisserait la chambre. Il serait juste à côté. Il referma doucement la porte et descendit. Dans le salon, il enleva ses bottes et se laissa choir sur le divan.

Serait-il à la hauteur ? Il était sûr que oui. Il sentait le poids de sa nouvelle responsabilité, mais une énergie puissante se répandait en lui, l'irriguait, le remplissait. Son fils aurait le prénom de son frère. L'idée était venue de Julie. Il ne croyait pas un tel bonheur possible. Son unique regret était de ne pas avoir ses amis auprès de lui, pour partager sa joie, de ne même pas avoir de nouvelles d'eux.

Il voyait maintenant les choses avec une clarté accrue. Le bonheur n'était pas un don du ciel, ou un cadeau d'autrui, ou une exigence imposée aux autres de nous rendre heureux. C'était d'abord une attitude personnelle, une disposition de l'esprit. Il fallait cultiver cette attitude, l'exercer, l'entretenir comme un muscle, en prendre soin comme d'une plante. Julie le comblait totalement, mais il comprenait mieux que jamais qu'il ne fallait pas tout demander à l'autre, ou tenter de s'entendre sur tout, ou chercher continuellement son approbation.

Aimer, c'était aussi donner, et on ne peut donner que si on a. Peut-on aimer, sait-on aimer, si on n'a pas soi-même été aimé ? Comment donner si on n'a jamais reçu ? Il comprenait que l'amour reçu de ses parents, l'amour entre eux qu'il avait observé, étaient des matériaux qu'on lui avait légués et qu'il pouvait utiliser. Et que se passerait-il avec le temps ? Sa mère disait que quelque chose de différent s'installe, mais elle n'en avait pas dit davantage.

Il réalisait que, quand on se sait aimé, c'est le regard de l'autre qui nous fait exister. On se voit à travers lui. Perdre l'être aimé, c'est donc perdre l'image que nous avions de nous. Voilà pourquoi la fin de l'amour, dans tant de ces livres qu'il avait aimés, était souvent vécue comme un anéantissement absolu. C'était aussi pour cela qu'au cœur de son bonheur actuel, il y avait comme une inquiétude permanente, entretenue aussi par leur situation particulière.

Il était plus que fatigué, il était épuisé, vidé, habité cependant par une plénitude indescriptible. Il n'était pourtant que… Il n'aurait su dire l'heure. Le soleil était encore haut. Mais cette fatigue… Demain ou après-demain, il ne se souvenait plus, des hommes viendraient livrer le piano qu'il offrirait à Julie. Il s'allongea sur le divan, étira ses jambes, plaça un coussin sous sa tête et s'endormit en un instant.

Une draisienne, ancêtre de la bicyclette.

Le quartier des Five Points, à New York.

Combat de chiens

Chapitre 10

L'indiscrétion

Augustin Mercier s'épongea le front. Chaque pas demandait un effort. New York était une fournaise et il se réjouissait de retourner à Montréal dès le lendemain. Madame Mercier lui manquait. Il était d'autant plus heureux de rentrer que tout s'était passé beaucoup mieux qu'espéré. Il avait voulu réussir un dernier coup avant la retraite. Avec ce qu'il avait récolté, les prochaines années seraient douces si sa santé tenait bon. La modestie est une qualité très surestimée, pensait-il, surtout par les imbéciles. La vérité était qu'il avait remarquablement géré sa fin de carrière.

C'est donc fort satisfait qu'il arriva devant le Sweeney's House of Refreshments, rue Ann. Il boutonna son col, ajusta son nœud de cravate, examina gilet et redingote. Dans le métier d'escroc, l'apparence était capitale. Quand il franchit les portes battantes, la fraîcheur humide et ombragée de la taverne le revigora en un instant. L'endroit était tranquille les fins d'après-midi et ne s'animerait qu'en soirée. Il y était entré par calcul à son arrivée dans la ville, mais il y allait maintenant autant pour le plaisir que pour le travail. Son chapeau sous le bras, il se composa un air de distinction et marcha vers l'arrière de la salle. Les crachats de jus de tabac rendaient le plancher collant par endroits. Il retourna le salut de l'homme derrière le comptoir. Il n'y avait que quelques clients aux tables le long du mur.

Un des gardes du corps du capitaine Rynders se leva à son approche, jeta un coup d'œil nonchalant sur sa rondeur, la jugea inoffensive, et le laissa passer. Le maître des lieux, dos au mur pour tout observer, occupait la dernière table ronde, tout au fond de l'établissement. Mercier n'avait jamais vu le capitaine Rynders sans un cigare gluant dans la bouche quand il jouait au poker. Il fut le seul des quatre joueurs à lever les yeux vers Mercier, des yeux perçants sous des paupières lourdes, encadrés de cheveux gras tombant de chaque côté d'un cou épais, caché par une barbe noire. Il fit signe d'avancer à Mercier et les autres joueurs cessèrent de parler.

— *Mister Mercier, always a pleasure to see a bearer of good news.*
— *Hello, captain.*
— *Has life been treating you kindly, sir?*
— *Most certainly, captain, most certainly.*
— *Well?* dit Rynders, un sourcil relevé.

Il y avait toujours un timbre ironique et détaché dans sa voix.

— *I brought your share, captain.*

Rynders tendit la main et Mercier lui remit une enveloppe. Rynders l'entrouvrit, jaugea son contenu et la glissa dans sa poche intérieure.

— *A man of your word you are, sir, a man of your word. If they were all like you, Mister Mercier.*

Rynders leva un bras et claqua des doigts en direction du comptoir.

— *Stanley, drinks on the house for my dear associate here, whom I expect to see again.*
— *Yes, captain.*

Mercier recula d'un pas, attendit que Rynders le congédie d'un salut, deux doigts sur sa tempe, et se retira en direction d'une table à l'autre extrémité de la taverne, près de l'entrée. L'homme au comptoir lui apporta une bouteille de whisky à moitié entamée, lui remplit un verre et laissa la bouteille.

On le traitait avec respect. Il leva le verre et examina sa couleur. La chaleur qui voyagea de sa gorge à son ventre acheva de remettre tout son petit monde à sa place.

Il devait verser à Rynders une part de ses gains pour pouvoir opérer sur son territoire, mais il n'y aurait plus d'autres remises d'argent. Sa mission était terminée. Il voyait dans sa tête la sacoche bourrée de billets sous les lattes du plancher de sa chambre. Il repensa à la naïveté de tous ces gens et un sourire lui vint.

Mercier était satisfait de sa position dans la bande de Thomas Sauvageau. On avait su reconnaître et utiliser ses talents. Certes, opérer seul aurait eu des avantages, mais c'était devenu impossible à Montréal, et Sauvageau lui fournissait de la protection physique contre une part raisonnable de ses gains. Mieux, pour son projet new-yorkais, Sauvageau avait fourni un capital de départ plus qu'intéressant. Il serait ravi des résultats. Il remettrait à Sauvageau la moitié des gains et prendrait sa retraite.

Augustin Mercier n'aspirait plus qu'à la tranquillité. Il voulait une vie stable, ordonnée, confortable, sans complications ni tension nerveuse auprès de madame Mercier. Il la méritait. Il y avait certes abondance d'imbéciles, encore fallait-il de l'habileté et de la discipline pour en tirer profit sans verser de sang. Dans son domaine, Mercier considérait être un petit maître, comme on disait dans le milieu des arts.

Maintenant que tout était terminé, il regardait avec amusement le ballet autour d'Isaiah Rynders. À intervalles réguliers, un de ses lieutenants s'approchait et lui glissait un mot à l'oreille, auquel il répondait en hochant la tête ou en bougeant à peine les lèvres. Et l'homme repartait exécuter les ordres. Il jouait aux cartes tout en expédiant les affaires.

Mercier l'aurait situé au début de la quarantaine. Il savait peu de choses sur lui. On racontait que Rynders, qui n'était pas plus capitaine que Mercier évêque, avait débuté comme joueur et parieur professionnel sur le Mississippi, défendant ses intérêts avec son revolver et son poignard. À New York, il possédait divers commerces et exigeait un pourcentage des revenus d'un tas d'autres, comme Sauvageau le faisait à Montréal. Il dirigeait un gang de rue qu'on appelait les Dead Rabbits. Les autorités fermaient les yeux parce qu'il était un superbe organisateur politique pour le compte de Tammany Hall, la plus puissante organisation du Parti démocrate en ville et dans tout l'État. Il n'y avait pas mieux que lui et ses fiers-à-bras pour stimuler l'enthousiasme des électeurs irlandais, au point de les faire voter à répétition, et décourager les ardeurs des autres. Il contrôlait aussi en sous-main plusieurs des escouades de pompiers volontaires*. Selon ses ordres, ils luttaient contre les incendies ou les allumaient et contemplaient les flammes.

Mercier n'était pas de nature mélancolique et n'avait pas beaucoup de regrets, mais pendant qu'il regardait les allées et venues dans le fond de la salle, il se demanda si tout n'aurait pas été plus facile s'il était venu à New York avant plutôt qu'en fin de carrière. Ce n'était pas seulement qu'il y avait beaucoup plus de pigeons à plumer qu'à Montréal, à Québec, et dans tous les villages de la frontière. Les policiers à New York étaient peu nombreux pour une ville de cette taille et faciles à acheter. Les politiciens parlaient depuis des années de créer une force de police comme celle de Londres, mais rien de concret n'aboutissait. Les bagarres entre Américains nés au pays et immigrants étaient continuelles. Comme la loi et l'ordre étaient infiniment plus relâchés qu'au Canada, les hommes s'organisaient en milices de volontaires qui patrouillaient leurs quartiers.

Les tavernes, les saloons comme les Américains les appelaient, servaient de quartier général. Il devait y en avoir des centaines, des milliers, de toutes les tailles, de tous les styles. C'était à croire que tout homme, surtout s'il était irlandais et sans éducation, n'avait pas de plus haute aspiration que

---

* Ce n'est pas avant 1865 qu'on créa un service professionnel et public de lutte contre les incendies, ancêtre de l'actuel NYFD.

de posséder sa propre taverne. Dans cette ville monstrueuse, tentaculaire, le désordre était l'ordre habituel des choses. Et dans ce chaos permanent, Mercier voyait émerger une nouvelle élite d'hommes durs, ne devant rien à qui que ce soit, n'ayant hérité de rien et ne craignant personne. Au-dessus de tout cela, enveloppant cette frénésie comme un brouillard couvre certaines matinées, il y avait cette magnifique indifférence de la majorité à l'endroit de la façon dont un tel ou un tel s'était enrichi, tant mieux pour son habileté, et partout aussi ce rêve de devenir instantanément riche en descendant du bateau.

Pour un homme comme lui, ce contexte était pain béni. Il avait enfin pu donner sa pleine mesure, trouver un terrain à la hauteur de ses talents et de son savoir. Toute sa vie lui apparaissait maintenant comme une préparation pour les six derniers mois. Tout commençait par l'apparence. Son âge, sa rondeur, sa bonhomie, son calme, sa lenteur étudiée rassuraient. Venaient ensuite les vêtements. Il fallait projeter une image de prospérité, mais discrète, sobre, sûre d'elle. Du tape-à-l'œil, de l'excentricité pouvaient effaroucher un investisseur nerveux. Le pigeon devait sentir qu'il avait devant lui un banquier, un roc de la finance. Puis venait l'appât.

Les pauvres bougres qui crevaient de faim ne représentaient aucun intérêt pour Mercier. On ne pouvait rien leur prendre puisqu'ils n'avaient rien. Il ciblait plutôt toute cette faune de petits commerçants et d'ouvriers spécialisés, qui travaillaient fort pour des revenus modestes et enviaient ceux qui gagnaient plus avec moins d'efforts.

Mercier disait administrer un portefeuille d'investissements dans le capital d'entreprises importantes. Il proposait des investissements avec des taux de rendement assez élevés pour attirer des gens, mais pas trop spectaculaires pour qu'ils se méfient d'emblée. Avec le capital de départ fourni par Sauvageau, il avait redonné aux premiers pigeons des rendements de 20 % après un mois. Ravis, les pigeons recommençaient. Mercier leur disait d'en parler à leurs proches, surtout dans leurs familles, mais en toute discrétion, car trop de publicité entraînerait une ruée et une baisse des rendements. « Gardons la bonne affaire entre nous, laissait-il entendre, doucereux, nous ne voudrions pas trop réduire les portions de la tarte, n'est-ce pas ? »

Il n'investissait rien du tout. Les rendements suivants étaient payés avec le nouvel argent apporté par les derniers arrivés. Tous ces heureux faisaient une formidable publicité souterraine à son opération, d'autant plus séduisante que sa discrétion donnait à chacun le sentiment de faire un coup fumant. Mercier se prenait en plus une commission, car il n'était que normal, disait-il, qu'il soit récompensé pour ses efforts et ses résultats. « Vous me direz si vous trouvez mieux ailleurs » était une de ses phrases favorites.

Quand on lui demandait quelles étaient les compagnies qui généraient de tels retours, il souriait et répondait : « Mais mon cher, si je vous le disais, vous n'auriez plus besoin de moi. » Puis il ajoutait : « Mais c'est du solide, des mines, des chemins de fer, du coton. » Et il sortait discrètement des documents avec des emblèmes de compagnies et des rapports financiers, fabriqués par lui. Il riait tout seul en repensant aux airs approbateurs de ces imbéciles. Les colonnes de chiffres imposaient le respect. Ils voulaient tant y croire. Ces gens avaient été placés dans ce monde pour lui.

Mercier admira les reflets scintillants de la lumière dans le liquide doré et vida son verre. Au même moment, il entendit un grincement et deux hommes entrèrent. Deux frères, sans le moindre doute. Leurs yeux firent le tour des lieux. On voyait qu'ils y venaient pour la première fois. L'un d'eux enleva son chapeau et s'avança timidement. L'homme derrière le comptoir leur désigna une table proche de celle de Mercier.

Il se resservit un verre. Mercier se considérait comme un perfectionniste. Tout en sachant que ce coup avait été son dernier, tout en repensant aux 10 000 dollars dans sa chambre, il avait gardé cette habitude de se demander ce qu'il pourrait mieux faire la prochaine fois, car la complaisance était un des risques de son métier. Mais il ne voyait guère quel faux pas il avait commis. Quand des gens refusaient, il n'insistait pas. « C'est une forme de générosité de votre part, disait-il, de laisser cette belle occasion à d'autres. » Quand ils se méfiaient, il n'y allait pas de promesses exagérées. Il se félicitait d'avoir résisté à la tentation d'essayer d'arnaquer des riches qui auraient eu les moyens d'enquêter sur lui. La cupidité et l'avidité excessives avaient mené bien des crapules en prison. Il avait aussi songé à s'ouvrir un bureau d'affaires, mais il aurait trop attiré l'attention. Opérer dans les tavernes ou dans les halls d'entrée des hôtels était plus sûr au cas où une fuite précipitée aurait été nécessaire.

Après toutes ces années, il s'émerveillait toujours de l'incroyable crédulité des humains. Comment plaindre des gens dont la naïveté faisait d'eux les premiers responsables de leurs malheurs ? À partir de là, une fois le pigeon repéré, tout était question de finesse. Il fallait laisser l'autre se confier, l'écouter avec bienveillance, faire semblant d'être intéressé, toujours être d'accord avec lui, ne jamais avancer ses propres opinions, ne jamais être vu débraillé, remplir le verre de l'autre, pas le sien. Mais par-dessus tout, savoir s'arrêter et filer au bon moment. Il avait commis cette erreur une fois dans sa jeunesse, s'était retrouvé en prison et en avait tiré une leçon pour la vie.

Un des hommes tout juste entrés s'était dirigé vers le comptoir pour y chercher deux verres. Il revint vers son frère déjà assis.

— Renverse pas, j'ai soif, dit celui qui attendait, faisant dos à Mercier.

Il s'était exprimé en français du Canada.

« Tiens, des gens de chez nous », pensa Mercier.

Il s'adossa au mur afin de capter de l'oreille droite leur conversation.

— T'as l'air d'en avoir besoin, dit celui qui avait apporté les verres pendant qu'il s'assoyait.

— Pas juste d'un verre. Manque de femmes aussi, dit l'autre.

— Pas la place pour... peut-être plus tard.

— J'ai pas le goût d'attendre.

— Tu la voudrais comment ? Comme ta femme ?

Mercier sentait le ton amusé.

— Non, une qui aime ça pour vrai.

— Parce que tu penses que celle que tu payes aime ça ?

— Si elle est bonne pour faire semblant, ça fera aussi l'affaire.

Les deux rirent. Celui dont Mercier voyait le visage signalait à l'homme au comptoir de remplir de nouveau leurs verres. Ses yeux croisèrent ceux de Mercier qui salua de la tête. Après deux autres verres vidés à toute vitesse, ils élevèrent la voix. Pour des hommes comme Mercier, l'alcool était plus utile qu'un revolver. Il comprit que les deux hommes fabriquaient des pianos, mais comme la concurrence était rude, ils faisaient surtout de la réparation et de l'accordage. Mais qu'est-ce qu'ils faisaient à New York ? Comment avaient-ils abouti ici ?

La curiosité piqua Mercier. Il se leva, s'approcha d'eux comme s'ils étaient des hommes importants, et dit qu'il avait reconnu la chère langue du pays qui lui manquait tant. On fit les présentations. Les frères Lefebvre se différenciaient surtout par la taille. Le plus grand se prénommait Samuel et le plus petit Simon. Mercier retourna chercher sa bouteille et son verre, puis tira sa chaise jusqu'à leur table. Ses yeux dans les leurs, sa tête allant de l'un à l'autre, la bouche entrouverte, remplissant les verres lui-même, Mercier devint un passionné de tout ce qui touchait les pianos. Sa curiosité était sans limites. Il n'y avait rien à tirer de ces deux bougres, qui venaient de Québec, mais il savourait toujours son pouvoir d'amener des gens à tout lui dire sans s'en rendre compte. C'était un jeu pour lui.

L'INDISCRÉTION

Il apprit que les pianos importés d'Allemagne ou d'Angleterre résistaient mal à l'humidité des navires et aux rigueurs des hivers nord-américains. Il y avait donc plusieurs fabricants locaux. Mais les possibilités d'expansion commerciale étaient limitées dans des villes comme Québec et Montréal. Leur père, resté au pays avec un de leurs frères, avait donc suggéré qu'ils aillent à New York explorer un plus gros marché.

Ils devaient rester quelques jours, mais avaient finalement décidé de s'y établir. Ils y étaient depuis deux ans. La compétition était plus forte qu'au Canada, mais chaque famille ou presque qui pouvait se payer trois vrais repas par jour avait son piano.

— Et votre père ? demanda Mercier.

— Oh, à son âge, il n'a pas voulu bouger. Il nous a souhaité bonne chance, expliqua Simon, le plus volubile.

— Ah, la vie, on ne sait jamais, hein ? dit Mercier.

— La vie, la vie ! À qui le dites-vous ! On part à deux et j'ai failli arriver seul, révéla Simon.

Le plus grand, Samuel, prit un air excédé. Mercier fit l'interloqué, remplit les trois verres et proposa de trinquer. Ils burent.

— Quoi ? demanda Mercier, enjôleur, voulant encourager le plus bavard à parler.

— Arrête avec cette histoire ! intima Samuel à son frère, plus agacé que fâché d'entendre de nouveau une histoire dans laquelle il n'aurait pas le beau rôle.

Son frère leva les mains pour se défendre. Mercier les interrogeait du regard.

— D'accord, d'accord, raconte toi-même, dit le petit. C'était juste un accident, rien de gênant.

En disant cela, il semblait surtout contrarié de s'être engagé dans un récit que son frère voulait couper, comme s'il s'agissait d'une impolitesse à l'endroit d'un homme aussi distingué que ce monsieur Mercier. À contrecœur, le plus grand se lança.

— Une niaiserie, rien d'autre...
— Eh, une niaiserie! Écoutez-le! s'écria Simon, prenant Mercier à témoin. T'as failli mourir!

Mercier se composa un visage d'inquiétude.

— Ouais, bon, dit Samuel. C'était la veille de notre arrivée ici. Ça fait longtemps. Il nous restait une quinzaine de milles à faire. Les chevaux étaient fatigués. On arrête dans une auberge pour la nuit. On mange et là, tout à coup, j'avale de travers, je me coince quelque chose, un os, dans la gorge...

— Le poulet au complet! s'exclama le frère.

— Et là, j'étouffe, je peux plus respirer, plus d'air qui passe, mon imbécile de frère se meurt de rire, je deviens bleu, je me prends la gorge, je m'étouffe, lui rit...

Le frère trouvait en effet l'histoire irrésistible, car il recommençait à rire. Mercier jouait la compassion.

— Et là, reprend celui qui avait manqué d'air, un homme vient vers moi, un gars qui mangeait là aussi. Il me dit de me pencher en avant et il me donne des grandes claques dans le dos, comme si j'étais un cheval...

Il parlait en mimant la scène, faisant aller ses longs bras maigres comme les ailes d'un moulin à vent, ce qui amusait follement son frère.

— Et...? fit Mercier, suspendu à son récit.

— Et d'abord rien, reprit Samuel, j'étouffe toujours, je sens que je m'en vais, j'ai peur, j'ai peur. Tout s'embrouille. Alors il me relève, il se met derrière moi, il passe ses bras sous les miens, il met ses mains comme ça – et il l'illustra en fermant un poing et en le recouvrant avec son autre main –, il m'enfonce ça dans le ventre, il appuie et tire vers le haut en même temps, de toutes ses forces. Moi, je sens plus mes jambes, je tiens à peine, il recommence avec son poing dans mon ventre, il l'enfonce, il tire, il tire et...

— Et vous auriez dû voir ressortir le poulet, pauvre bête!

— Tu ris, mais...

— Il vous a sauvé la vie! s'exclama Mercier.

— Sûr que oui, sûr que oui, dit Samuel.

— Tué par un poulet, lâcha son frère, qui secouait la tête de commisération simulée.

Le miraculé reprit :

— Sauvé, vous dites ? Et comment donc ! Imaginez ! S'il avait pas été là... C'était un médecin, un gars de chez nous, il parlait français. Il s'est pas énervé et...

— Ah, la chance que vous avez eue ! l'interrompit Mercier. La chance ! La Providence de notre Seigneur, oui... Un médecin de chez nous, vous disiez ?

— Oui, il voyageait avec sa femme et...

— Et vous auriez dû la voir, sa femme, coupa Simon, très animé tout à coup, levant les yeux au ciel. Une splendeur, une divinité, jamais rien vu de tel.

— Ah ? Mignonne ? fit Mercier, en homme âgé qui envie la fougue des jeunes.

— Ah, ça, reprit celui qui avait failli mourir. Là-dessus, on est d'accord. Une madone. Quand j'ai retrouvé mon souffle, j'ai failli le reperdre en la voyant.

Tous les trois éclatèrent de rire.

— Quelle chance vous avez eue ! répéta Mercier. Et ça s'est passé où, déjà ?

— À Yonkers, pas loin, une petite ville à une quinzaine de milles au nord, précisa Samuel.

— Un médecin de chez nous et sa femme... Eh bien... Vous leur avez parlé ensuite ? Ils faisaient quoi par ici ? demanda Mercier d'un air détaché.

— On n'a pas parlé longtemps, répondit Simon. J'ai demandé à la femme s'ils allaient à New York. Elle a dit oui. Lui, il a demandé à mon frère si ça allait et ils sont remontés dans leur chambre.

— Eh bien, dit Mercier. On rit, mais vous avez été chanceux. Et vous savez où il est le docteur, maintenant ? C'est toujours utile de connaître un bon médecin.

— Non, on n'est pas tombés malades depuis, déclara Simon en riant.

Mercier fit ensuite dévier la conversation. Il attendit un peu, puis prétexta un rendez-vous pour s'en aller. Ils proposèrent de se revoir, mais il expliqua qu'il rentrait au pays dès le lendemain. Il leur souhaita bonne chance, leur serra la main avec chaleur et prit congé sans précipitation. En sortant, il salua de nouveau le serveur, occupé à vider les cendriers sur pied. Il n'y a pas de hasard, pensa Mercier, dans le fait que la chance sourit davantage aux talentueux qu'aux imbéciles.

Il retarderait son départ. Il devait exister un registre des médecins dans cette ville, ou à tout le moins un fonctionnaire qui pourrait le renseigner. Un jeu d'enfant pour lui. Si la chance était avec lui, il rapporterait l'information à Sauvageau et empocherait la prime de 1 000 livres, en plus de la permission de quitter les affaires, qu'il ne pourrait lui refuser, et de sa reconnaissance éternelle.

Au dehors, il accueillit la chaleur en amie. Il ne suffoquait plus. Il avait le pas léger. Sa retraite ne serait pas princière, elle serait royale. Il y avait aussi une providence pour les filous.

Un saloon à New York

Chapitre 11

Oui et non

Dans son bureau, Jeanne examinait les livres de comptes des trois dernières années. Le mois de mai se terminerait dans une semaine et laissait entrevoir des résultats meilleurs que ceux d'avril. Mais ce n'était que normal. Plus les chemins devenaient praticables avec le retour de l'été, plus les gens voyageaient. Le plus significatif était que mai 1843 ne s'annonçait pas meilleur que mai 1842. La croissance des affaires était faible et venait surtout de l'équarrissage et du sciage du bois et de la construction des véhicules.

Elle déposa sa plume, releva la tête et regarda l'enveloppe adossée à l'encrier. Repousser n'arrangerait rien et heurtait sa nature. Elle n'entendit pas les coups à la porte, ses yeux fixés sur la lettre. Elle devait répondre, elle savait comment, alors pourquoi hésitait-elle ? Les coups répétés la secouèrent. Villeneuve, son contremaître, apparut dans l'embrasure de la porte.

— Madame, le vétérinaire est là.
— Dites-lui d'attendre un instant.

Il fit un signe de tête et repartit. Elle sortit la lettre de son enveloppe. Elle relut de nouveau ces phrases dont la calligraphie disait à la fois les efforts de l'auteur et son manque d'habitude.

Mademoiselle Raymond,

Je n'ai pas cette belle instruction qui permet d'écrire des phrases élégantes, et si j'étais devant vous, les mots resteraient sans doute coincés dans ma tête et dans mon cœur. Je vous demande de m'épouser. Je peux comprendre que cela vous paraisse précipité. Je me doute aussi que vos sentiments pour moi ne sont pas du tout comme les miens envers vous, mais j'entretiens l'espoir qu'ils évolueront dans une direction favorable avec le temps. Je sais que votre enviable position tient à vos talents et à votre ardeur au travail, mais je suis disposé à garantir que jamais vous ne manquerez de rien si vous unissez votre destinée à la mienne. Dans l'attente de vos nouvelles, je vous prie de croire, chère mademoiselle Raymond, à mes sentiments les meilleurs.

William Couturier

La surprise était passée, mais Jeanne hésitait, effrayée par l'audace de l'idée qui avait pris forme dans sa tête. Elle ne voulait pas épouser cet homme, mais souhaitait s'en faire un allié. C'était même plus qu'un souhait. Elle devait agir finement, conjuguer doigté et franchise, sans pour autant avoir à rougir d'elle.

Aimait-elle cet homme ? Non, si on entendait par là ce sentiment qui enflamme et dévaste. Elle ne l'associait qu'à une personne et avait appris à vivre avec cette douleur. Quand elle pensait à ce monsieur Couturier, respect et appréciation étaient les mots qui lui venaient.

L'homme aurait été indiscutablement un bon parti pour bien des femmes. Veuf depuis des années, au début de la quarantaine, de bonne réputation, avec peu d'éducation formelle, mais sans cette hargne de l'ignorant envers l'instruit, qui est une honte dissimulée, sans cette supériorité moqueuse de tant d'hommes quand la femme parle de sujets qu'ils estiment relever de la chasse gardée masculine. Il était d'apparence digne, réservé dans l'expression de ses sentiments, et son regard franc était adouci par un visage serein, encadré par une barbe courte, bien taillée, plus grise que ses cheveux et déjà parsemée de touffes blanches.

Qu'il fasse une telle demande après des années de veuvage pouvait être interprété de deux manières opposées. Était-ce la preuve d'une démarche réfléchie, puisqu'il n'avait pas ressenti le besoin de se remarier vite après la mort de sa femme ? Était-ce plutôt une marque d'impétuosité et d'un profond trouble intérieur, puisqu'il avait formulé cette demande après seulement deux entretiens avec Jeanne ? Elle n'aurait su dire, mais cela ne la dispensait pas de devoir répondre, et le rejet de sa demande ne devait pas marquer la fin de leurs rapports, bien au contraire.

Jeanne alla à sa fenêtre. Les nuages cotonneux s'assombrissaient et prenaient de la vitesse. Le vent se levait, annonçant l'arrivée de la pluie. Elle baissa les yeux et aperçut Villeneuve en conversation dans la cour avec le vétérinaire, un petit homme frêle. Elle l'avait oublié. Elle frappa dans la vitre pour qu'on le fasse monter. Elle l'attendit debout, devant son bureau, pour faire sentir qu'elle ne souhaitait pas une longue conversation. Quand il entra, elle le salua d'un geste de la tête et prit les devants.

— Monsieur Villeneuve vous a expliqué ?

— Oui, oui, c'est fort étrange.

— À qui le dites-vous. Un cheval jeune, fort, qui m'a coûté cher, sans le moindre signe de faiblesse jusque-là. Hier, il allait parfaitement bien. Ce matin, on le retrouve mort.

— Quelqu'un l'a-t-il vu souffrir ? demanda le vétérinaire.

— Il semble que non. Rien vu, rien entendu, mais il faudra interroger les hommes davantage.

Le vétérinaire acquiesça de la tête.

— Je vois. Et vous pensez...

— Je pense, le coupa Jeanne, à un empoisonnement volontaire. Ils mangent tous le même foin. Alors pourquoi lui meurt et pas les autres ?

— Un examen du crottin pourrait nous instruire.

— Le maréchal-ferrant l'a déjà fait et n'a pas aimé ce qu'il a vu. Je voudrais votre avis. Et s'il faut ouvrir l'animal pour être plus sûr, faites-le.

— Certes, certes, mais à supposer qu'il y ait quelque chose de suspect, il faudrait des analyses chimiques plus poussées pour…

— On verra en temps et lieu, s'impatienta Jeanne, mais s'il a avalé quelque chose d'anormal, vous le verriez ?

— Assurément, madame, assurément, sans le moindre doute, et vous avez bien fait de m'appeler vite parce que plus le temps…

— Alors il n'y a pas une minute à perdre, n'est-ce pas ? lâcha Jeanne en le raccompagnant vers la porte pour qu'il comprenne.

Quand l'homme fut sorti, elle rangea les livres de comptes et plaça une feuille blanche devant elle. Elle n'avait jamais complètement exclu le mariage et ne manquerait pas de soupirants si elle faisait connaître sa disponibilité. Elle captait et décodait autant les regards des hommes, lourds de convoitise et de calcul, que ceux des femmes, chargés d'hostilité. Elle comprenait cette recherche d'un statut et de sécurité chez la femme, et l'angoisse croissante de celles qui, pauvres et seules, voyaient le passage du temps alourdir leur tracas. Mais dans sa situation, un mariage n'aurait que des désavantages.

La loi réglait l'essentiel de la question de son point de vue. Il y avait certes des tas de femmes à la tête de commerces, mais c'étaient presque toujours des veuves qui avaient repris les affaires de leur mari. Si elle se mariait, elle céderait tous ses droits et ses avoirs à son époux. Ils ne feraient plus qu'une seule unité, représentée par le mari sur le plan légal. Il aurait le contrôle de tous les biens apportés par elle dans cette union et de tous les revenus générés par elle après le mariage. Mariée, elle ne pourrait ni signer un contrat commercial sans son consentement, ni même ouvrir un compte de banque propre. Elle devenait, pratiquement, la propriété de l'homme.

Elle remercierait éternellement ses parents de ne pas lui avoir imposé de pression pour se marier, se demandant d'où venait cette largeur de vues qui leur donnait une réputation d'originaux. Se sentait-elle seule parfois ? Oui, mais pas au point de vouloir sacrifier sa liberté. Et l'amour ? Et le fait d'aimer ? Elle avait organisé, avec d'autres, la fuite du seul homme qu'elle avait aimé, une fuite avec une autre, un geste d'amour au fond, et n'en avait retiré qu'une peine immense et le sentiment d'avoir fait son devoir. Et puis cette idée d'aimer à en perdre la tête lui semblait trop littéraire, trop mélodramatique, et elle était assez sûre que ces flammes finissaient en feu de paille ou en incendie dévastateur. Pour le reste, son expérience avec monsieur Van der Meer, dont elle gardait un excellent souvenir, lui avait enseigné qu'on peut se contenter de prendre ce que l'on veut.

Elle ne pouvait cependant s'enlever de la tête que ce William Couturier qui la demandait en mariage était peut-être le porteur de l'occasion qu'elle attendait depuis si longtemps, qu'elle avait tant cherché. C'était par son frère Antoine que leurs routes s'étaient croisées. Dès la première fonte des neiges, son frère avait entrepris une tournée des villages le long du Richelieu, au sud de Montréal, en vue des élections de l'année suivante, même s'il songeait à être lui-même candidat dans ses terres natales du Nord. Un groupe de notables locaux, dont Couturier faisait partie, planifiait la construction d'un bateau à vapeur et la rénovation d'un autre pour faire de la navigation commerciale sur le Richelieu et exporter des marchandises aux États-Unis. Le projet était coûteux. La levée initiale de capitaux, par une vente d'actions, s'avérait insuffisante. On projetait de mettre à la vente d'autres actions. Certains investisseurs, devenus craintifs, laissaient courir le bruit qu'ils pourraient vendre leurs parts.

Sitôt qu'Antoine lui en avait parlé, Jeanne avait invité Couturier à lui exposer le projet. Elle l'avait reçu dans le bureau où elle était présentement, prenant soin de se montrer intéressée mais réservée. Il faisait la même lecture qu'elle de la situation globale. Les Anglais contrôlaient totalement le commerce fluvial en amont de Montréal, vers les Grands Lacs et l'intérieur du pays, la partie la plus lucrative. On ne pouvait rivaliser avec les Molson, les Torrance, les Tate, les McPherson, les Crane, les Holton et leurs armadas de bateaux à vapeur et de barges, avec des entrepôts d'une superficie qui vous faisaient décrocher la mâchoire et des officines dans plusieurs villes.

À vue d'œil, disait Couturier, Holton devait valoir dans les 30 000 livres, peut-être plus, et il n'était pas le plus gros. Il n'y avait aucun moyen de lutter en matière de prix, de volume transporté ou de vitesse. Il y avait plus de possibilités pour des Canadiens entre Montréal, Trois-Rivières et Québec, mais même là, la partie serait rude face à des bateaux de 400 tonneaux et plus, appartenant aux mêmes riches Anglais.

Dans ce qui restait, la possibilité la plus réaliste et la plus lucrative était le commerce sur la rivière Richelieu, surtout maintenant que le canal de Chambly, tout juste ouvert, facilitait la navigation. On pouvait desservir les villes le long de la rivière, mais plus intéressant encore, exporter du bois vers les États-Unis. Depuis des décennies, des bateaux à voile, des goélettes, des sloops sillonnaient le Richelieu. Des bateaux à vapeur modestes l'empruntaient aussi. Ces petits opérateurs locaux étaient nombreux et se nuisaient au lieu de s'entraider. Jeanne savait tout cela, mais elle avait laissé Couturier continuer. Ses associés et lui avaient donc décidé de mettre leurs ressources en commun. Les deux navires projetés transporteraient du fret et des passagers, mais remorqueraient aussi des barges chargées de bois. Les travaux de construction étaient dirigés par monsieur Cantin, qui revenait de Liverpool et de New York où il était allé étudier les dernières techniques.

Couturier exposa ensuite ce qu'Antoine avait déjà raconté à Jeanne. L'affaire s'avérait plus coûteuse que prévu.

Il fallait du capital additionnel et, parmi les 35 actionnaires de départ, certains hésitaient à poursuivre. Tous étaient des notables locaux, d'autres étaient des capitaines propriétaires de petits voiliers. Trois hommes – lui-même, monsieur Marchand et monsieur Saint-Louis – possédaient 60 des 130 actions initiales, vendues pour 25 livres chacune à l'origine. Cela donnait une idée générale des sommes en jeu, mais bien sûr, ceux qui apporteraient du capital neuf pourraient proposer des conditions modifiées.

L'entreprise s'appellerait la Compagnie de navigation du Richelieu*. Ce n'était pas une science exacte, il le reconnaissait, mais quand les navires seraient en service, il était raisonnable d'espérer un dividende de 8 livres par action, soit un rendement de 32 %. Mais il faudrait occuper rapidement une position dominante. « Si nous réussissons, dit-il, nous pourrions ensuite, dans une deuxième phase, commercer sur le grand Saint-Laurent, en aval de Montréal. »

Pendant qu'il parlait, la regardant droit dans les yeux, faisant des gestes précis avec ses mains, Jeanne jaugeait l'homme autant que le projet. Couturier exposait de son parcours, sans la moindre vantardise, ce qu'il estimait pertinent de partager. Il avait appris à piloter des bateaux auprès de son père sur le Saint-Laurent. Sur le Richelieu, il n'y avait pas un type d'embarcation qu'il n'avait pas manœuvrée, pas un village dont il ne connaissait les quais et les principaux marchands. Les eaux entre Chambly et Sorel, entre Montréal et Québec, n'avaient aucun secret pour lui. Mais le temps des affaires individuelles à faible volume tirait à sa fin. Les plus gros bateaux et les chemins de fer les condamnaient. Il fallait penser et agir autrement.

Repensant à cette première rencontre, Jeanne l'insérait dans une réflexion plus large sur sa situation personnelle. Elle aurait 28 ans dans quelques jours. Son association

---

* En réalité, la Société de navigation du Richelieu, absorbée en 1913 par la Canada Steamship Lines, fut fondée en 1845.

avec Endicott durait depuis quatre ans. C'était une relation honnête et franche, toute commerciale. Endicott lui faisait confiance et elle se sentait respectée.

Il avait accepté plusieurs de ses suggestions. Une petite scierie avait été aménagée à côté de l'atelier de construction et de réparation des voitures. Des dépenses inutiles avaient été supprimées. La chaîne des opérations avait été rendue plus efficace et plus rapide. La paresse n'était pas tolérée. Toutes leurs opérations, les nouvelles lignes de diligence, les circuits dans les rues de Montréal, la location de voitures, les navettes entre le port et les hôtels, tout cela était raisonnablement profitable. Ceux qui avaient tenté de les concurrencer se décourageaient rapidement ou elle leur proposait de travailler pour eux. Mais toute l'affaire restait limitée par la petitesse du marché local. Les terres de l'intérieur étaient peu peuplées et ne justifiaient guère plus d'une ou deux diligences par semaine. Beaucoup de gens avaient leurs propres voitures, ou choisissaient de marcher plutôt que de payer. Le nombre d'étrangers de passage dans les hôtels était réduit. Et trop hausser les prix éloignerait la clientèle.

Elle avait songé à proposer à Endicott de lancer des services pareils à Québec, mais elle s'était ravisée pour revenir à son idée de toujours : il fallait sortir du transport à cheval et entrer dans le transport par bateau ou chemin de fer. L'avenir était là. Pour la même raison, elle avait exclu d'emprunter de l'argent pour racheter les 60 % de l'entreprise contrôlés par Endicott. Il aurait de toute façon refusé de vendre. Elle estimait que ses 40 % devaient valoir autour de 2 300 livres. C'était impressionnant, mais pas spectaculaire, même si cela devait faire d'elle une des femmes les plus prospères de Montréal parmi les rares qui ne devaient pas leur argent à un mari mort ou à un patrimoine familial. Ce qu'elle avait était à elle seule et issu de son mérite.

Elle était d'autant plus fière qu'elle était au fait des remarques sur son compte, issues de la jalousie ou de l'incompréhension de tous ceux, hommes autant que femmes, déroutés, voire choqués par son refus des conventions. Si on lui en avait fait la remarque quelques années plus tôt, elle n'aurait même pas compris où était le problème. Maintenant, elle savourait discrètement le défi, presque la provocation, que représentait pour beaucoup son choix de vie.

Elle se comprenait mieux à présent. Son ambition était comme un deuxième cœur battant dans sa poitrine. Ce n'était pas une sensation dévorante qui la rongeait, et sa prudence la protégeait, mais cette ambition était constante, jamais au repos. Elle pouvait certes concevoir des vies sans ambition, il y en avait tant autour d'elle, mais ces vies lui semblaient vides et ennuyeuses. La vérité était qu'elle adorait organiser, ordonner, commander, faire que le produit de sa volonté prenne forme sous ses yeux. Elle aimait passionnément cette idée qu'une chose pouvait ne pas être là hier et aujourd'hui oui, parce qu'elle l'avait décidé, et surtout, que si elle faisait mieux que les autres, elle en serait récompensée.

Au fond, tout était une question d'équilibre entre l'audace et la prudence. La prise de risque était nécessaire, mais le risque pouvait s'évaluer et se réduire. Lors de sa deuxième rencontre avec Couturier, elle avait donc multiplié les questions sur son projet. Elle l'avait interrogé sur le contrôle des coûts d'exploitation, sur les assurances, sur les avantages du transport de marchandises ou de passagers, sur l'impact du nombre d'arrêts sur la rentabilité, sur les autres actionnaires, sur la stratégie face aux concurrents présents et futurs, sur les façons d'amener des clients à eux, sur la largeur et la profondeur des canaux.

Elle fit un commentaire sur le fonctionnement des écluses et Couturier s'étonna de la précision de ses questions et de ses connaissances. Impressionné, il demanda : « Avez-vous emprunté ces eaux, mademoiselle ? » Et quand elle répondit qu'à l'été 1839, elle avait pris le train à Laprairie, puis qu'elle était allée, à bord du vapeur *Vincennes*, de Saint-Jean jusqu'à Whitehall, dans l'État de New York, au-delà du lac Champlain, elle repensa avec netteté non seulement à Van der Meer, dont le souvenir restait vivace, mais aussi à sa certitude absolue, déjà à cette époque, que l'avenir était là et qu'elle voulait être le plus près possible de son centre.

Dans son esprit, tout était maintenant clair. Elle deviendrait une actionnaire importante dans l'aventure proposée par Couturier. Mais elle conserverait sa compagnie, y apporterait des changements, et l'associerait étroitement à ce nouveau projet. Chaque aspect devenait le maillon d'une chaîne. La scierie serait agrandie. Le bois d'œuvre qui en sortirait irait dans ses propres entrepôts. De là, il serait acheminé aux États-Unis sur un navire dont elle serait copropriétaire. On prendrait des passagers aux points rentables. Une fois le bois débarqué en sol américain, le navire ne devait pas revenir vide. On y chargerait des marchandises qu'on écoulerait au Canada. Si d'autres bateaux ou des barges supplémentaires étaient requis, elle fournirait le bois pour les construire, voire le terrain pour les travaux. Après le Richelieu, si ses partenaires et elle faisaient des affaires sur le Saint-Laurent, on pourrait viser le contrat de livraison du courrier entre Montréal et Québec. Évidemment, la seule façon d'obtenir le capital pour se lancer était de vendre tous ses actifs, sauf la scierie.

Quand elle en parla à Endicott, il réagit en homme qui n'est pas surpris. Il souleva quelques points, demanda des précisions, puis demanda :

— *Are you sure that's what you want?*

Il sembla à Jeanne qu'une pointe de tristesse transperçait son flegme. Puis il avait demandé s'il pouvait faire quelque chose pour la retenir et elle répondit cordialement qu'elle ne voyait pas quoi. Le lendemain, il expliqua à Jeanne qu'il ne voulait ni chercher un nouveau partenaire ni courir le risque d'une mésentente future avec lui. Il rachèterait donc la part de Jeanne. Il laissa tomber que Thomas Sauvageau, d'une insolence sans limite, s'était montré disposé à se porter acquéreur d'une part de l'entreprise si cela s'avérait possible.

— *I answered in no uncertain terms*, dit Endicott, *and you should have seen him boiling.*

En signe de reconnaissance, il acceptait même de céder à Jeanne une superficie de terrain qui lui permettrait d'agrandir de moitié la scierie. Il donna aussi sa parole qu'il protégerait les emplois de Berthier et de Villeneuve.

Dans l'esprit de Jeanne, il était hors de question d'entrer dans le projet de Couturier sur la pointe des pieds ou à titre d'actionnaire passif. Si elle engageait tous ses actifs, elle pouvait acquérir, à vue d'œil, autour de 6 à 8 % de la valeur combinée des deux bateaux. À ce niveau d'engagement, sans compter ses talents, elle pouvait exiger un siège au conseil de direction et un emploi salarié dans l'administration de l'affaire. Plusieurs des actionnaires étaient des hommes plus à l'aise sur l'eau que sur terre, ou des investisseurs qui avaient d'autres métiers accaparants et ne pourraient consacrer beaucoup d'heures à cette aventure. Elle aurait des références indiscutables à faire valoir. C'était ambitieux mais pas exagéré, et sa proposition aurait plusieurs avantages pour ses futurs partenaires aussi.

Sitôt expédié le vétérinaire, cinq minutes lui suffirent pour mettre sur papier les termes généraux de sa proposition. Elle enverrait ensuite un mot à Couturier pour l'inviter à venir. Quand il serait devant elle, Jeanne expliquerait qu'elle entendait s'en tenir exclusivement aux affaires. S'il pouvait surmonter cette déception, elle lui présenterait sa proposition. Le moment serait délicat. Il lui faudrait préparer des phrases. Par la fenêtre, elle vit que le vent avait emporté les nuages avant que la pluie ne tombe. Le soleil était redevenu écrasant. Elle examina la cour et les écuries, revoyant toutes les améliorations dont elle était à l'origine.

Elle allait retourner à sa table de travail quand elle capta une scène qui la fit bondir dehors en un instant. Elle marcha d'un pas décidé jusqu'au milieu de la cour. Une diligence venait d'arriver.

— Monsieur Sylvain ! lança-t-elle au cocher couvert de poussière qui venait d'en descendre.

L'homme se tourna vers elle.

— Bonne route ? demanda Jeanne. Rien à signaler ?

— Rien, madame.

— Chaud, hein ? dit-elle.

— Oui, madame, répondit Sylvain en levant des yeux plissés vers la sphère incandescente au-dessus d'eux.

— Soif aussi ?

Il ne répondit pas. Elle reprit :

— J'ai vu la flasque. Vous venez de la ranger dans votre poche, monsieur Sylvain. Pas d'eau-de-vie au travail, vous le savez pourtant.

Il baissa les yeux.

— Vous êtes averti, et il n'y aura pas d'autre avertissement. On ne boit que de l'eau au travail. Bien compris ?

— Oui, madame.

— Ne me forcez pas la main.

Elle revint vers son bureau, petite masse d'énergie saluée au passage par les hommes qu'elle croisait. Elle vit un balai gisant au sol et une porte cochère laissée ouverte sans raison. Le vétérinaire attendait à l'extérieur, devant sa porte. Elle ne souhaitait pas le faire entrer pour un entretien prolongé. Elle l'interrogea du regard. Il la sentit soucieuse et pressée.

— Votre maréchal-ferrant avait raison, madame. Il y a une matière blanchâtre, comme de la farine, dans le crottin. Pas des vers ou des larves. Pas un résidu du fourrage habituel.

— Vous avez ouvert l'animal ?

— Oui, madame, comme vous l'aviez demandé. J'ai trouvé la même substance dans les entrailles. Les organes centraux, le cœur, les poumons, n'ont pas de malformations apparentes. J'ai fait vite. Il faudrait qu'un chimiste…

Elle l'interrompit.

— Un empoisonnement ?

Il resta prudent.

— C'est chose rare, madame, c'est chose rare, il faudrait un esprit bien vilain... Évidemment, cela aiderait de connaître les dernières heures de la bête, si quelqu'un a vu son inconfort, enfin... Souhaitez-vous, madame, que le chimiste...

— Oui, prenez un échantillon et faites vite, dit Jeanne qui savait l'essentiel. Et voyez monsieur Villeneuve pour régler vos honoraires.

Elle prit congé de lui d'un signe de tête, entra dans son bureau et referma la porte derrière elle. Elle parlerait de cette affaire à Endicott sitôt le mot d'invitation envoyé à Couturier. Elle demeurait convaincue qu'il s'agissait d'un empoisonnement délibéré. Il faudrait interroger des gens et renforcer la garde de nuit. On aviserait la police moins pour espérer des résultats que pour se conformer aux procédures attendues.

Elle s'assit. Le mot pour Couturier devait être simple et direct. On frappa de nouveau à la porte. Le vétérinaire devait vouloir ajouter quelque chose. Elle s'impatienta, mais ce fut Villeneuve qui entra sans attendre la permission. Il expliqua, l'air contrarié, qu'un visiteur non annoncé souhaitait un entretien d'urgence. Il s'écarta et William Couturier fut devant elle, son chapeau à large rebord à la main. Il tombait mal. Elle préparait toutes ses rencontres importantes, cherchant les bonnes tournures de phrases, les meilleurs arguments, prévoyant les objections. Mais on ne ferme pas sa porte à quelqu'un dont on espère devenir l'associée, ni à quelqu'un qui vient de vous demander en mariage, encore moins quand on vise le premier et que l'autre espère le second. Bien droit, habillé sobrement, Couturier attendait l'invitation de Jeanne avant de s'avancer. Elle se leva, songea à aller vers lui, s'arrêta. Elle resta sur place et, d'un geste, l'invita à s'asseoir devant elle.

Elle décida de prendre l'initiative, d'amener la discussion sur son terrain. En abordant les affaires en premier, elle annonçait ses priorités, elle affichait ses couleurs. Elle dit sans préambule qu'elle était prête à engager 2 000 livres en échange d'actions, d'un rôle décisionnel et d'un salaire raisonnable d'administratrice. Puis elle tendit la feuille détaillant ses propositions. Il lut attentivement sans montrer d'émotion. Pendant qu'il lisait, elle réalisa qu'ils ne s'étaient pas serré la main. Quand il leva la tête, elle ajouta, avant qu'il n'ouvre la bouche, que la vision du futur qu'il avait exposée rejoignait la sienne et qu'elle mettrait toutes ses énergies à la faire advenir. Puis elle s'arrêta. Ce n'était pas le temps des longues palabres devant un homme venu pour autre chose.

Il se racla la gorge et tortilla sa moustache. Elle devina que c'était un signe de nervosité et qu'il n'en montrerait pas davantage.

— Chère mademoiselle, j'ai croisé votre associé, monsieur Endicott, tout à l'heure. Il m'a dit la bonne affaire que nous ferions en vous invitant à nous rejoindre, et croyez bien que mes associés et moi en sommes fort conscients. Il m'a dit que sa plus belle marque de respect à votre endroit était de ne pas essayer de vous retenir.

Il baissa les yeux un instant vers la feuille, puis reprit :

— Cela dit, pardonnez, mademoiselle, que je vous parle avec une franchise qui ne vous surprendra guère. Je prends bonne note de ceci – il souleva légèrement la feuille – et qui me semble raisonnable, mais... Enfin, je vois ma lettre sur votre bureau et... et tout ce à quoi vous aspirez, je me dis que...

Il hésita, puis lâcha d'un coup :

— Dans l'éventualité que j'évoquais dans ma lettre, je ne serais pas votre maître, je ne me vois pas ainsi.

Il fallait couper court, mais avec respect.

— Il y aurait cependant des implications légales que je ne souhaite pas m'imposer, dit-elle.

Il fit comme s'il n'avait pas entendu.

— Il est vrai que je ne suis plus jeune, mais ce n'est pas sans avantages. J'ai mûri, j'ai tiré des leçons, compris des choses. Je me suis marié jadis parce que c'était ce qu'on attendait de moi. Je n'étais jamais à la maison, toujours sur l'eau. Mais je n'étais pas malheureux jusqu'à ce que la maladie emporte ma femme trop vite. Là, j'ai regretté mon absence. J'ai laissé passer les années. Peu à peu, cette idée d'une vie partagée, que je n'avais jamais vraiment connue, s'est évanouie. Avec vous, elle est revenue.

Jeanne pesa ses mots, resta ferme.

— J'en suis très flattée, croyez-moi, et j'y ai beaucoup pensé. Mais ce n'est pas la vie que je souhaite et je répondrais la même chose à tout autre.

Elle crut voir son teint pâlir, son regard se voiler, mais elle n'en fut pas sûre. Il considéra la situation un instant.

— Et si je patientais ? Et si j'entretenais l'espoir ?

— Ce serait une erreur.

Il laissa passer un long moment.

— Je ne suis pas un homme de grands mots, mademoiselle. Je n'ai jamais autant travaillé à… à percer votre mystère, à essayer de voir le monde tel que vous le voyez. Vous ne quittez pas mes pensées. Quand le soleil se lève, je pense à vous, quand il se couche, je pense à vous.

Il la regarda droit dans les yeux. Elle ne se déroba pas.

— Je vous entends bien, monsieur, mais je redis que ce serait une erreur d'espérer autre chose que des rapports d'affaires courtois. Je vous prie de le croire.

«Mon visage, songea-t-elle, ne doit pas prêter à des interprétations erronées.» Il fallait ne montrer ni hostilité, ni agacement, mais encore moins qu'elle hésitait ou pourrait reconsidérer.

— Mon idée est faite, ajouta-t-elle. Ma tête et mon cœur sont en accord.

— C'est définitif ?

— Oui, monsieur, et veuillez croire que c'est moins un jugement sur vous que sur moi. Je finirais par m'en vouloir de ne pas avoir emprunté le chemin que je souhaite. Je risquerais de vous en rendre responsable, et ce serait fort injuste pour vous.

Il baissa la tête, absorba le coup. Ses épaules s'arrondirent. Il se redressa au bout de quelques secondes.

— Bien, mademoiselle. Alors nous en resterons aux affaires.

Sa voix, son maintien retrouvèrent leur assurance. Sa douleur était vive, mais il faisait face.

— Je vous en suis reconnaissante, dit Jeanne. Pensez-vous qu'il faudra que je présente ma proposition en personne à vos associés ?

Il n'hésita pas.

— Ce ne sera pas nécessaire pour le moment. Elle se comprend fort bien et mes associés devraient y voir leur intérêt, tant pour votre mise de fonds que pour le temps et les habiletés que vous mettriez dans l'affaire. S'il y a des résistances, nous aviserons.

Il plia la feuille rédigée par Jeanne et la glissa dans une poche intérieure de sa veste. Les mains sur les cuisses, il la regarda sans broncher, blessé, meurtri, digne. Puis il se leva. Quand elle voulut faire pareil, il fit un signe de la main pour indiquer que ce n'était pas nécessaire. Il se dirigea vers la porte, mit son chapeau et l'ajusta avec une main. Juste avant de sortir, il se tourna vers elle :

— Soyez sûre, mademoiselle, que je recommanderai l'acceptation de votre proposition.

Il ferma la porte derrière lui. Quand Jeanne le vit s'éloigner par sa fenêtre, elle réalisa qu'elle retenait son souffle. Puis elle poussa un long soupir de soulagement.

Chapitre 12

La main cachée

Le village de Saint-Timothée est situé sur la rive sud du Saint-Laurent, à environ une trentaine de milles au sud-ouest du cœur de l'île de Montréal, tout juste en face des rapides des Cèdres, où tant d'embarcations ont sombré. À l'endroit où les rapides se terminent et que le fleuve devient plus étroit, on trouve, un peu à l'écart du centre du village, une parcelle de terre de belle dimension, qui monte légèrement vers un promontoire rocheux surplombant les eaux.

C'est là qu'en 1831, Edward Ellice, seigneur de Beauharnois et maître des lieux, baron de la fourrure, fit construire une impressionnante demeure rectangulaire en pierre, de deux étages, avec des pièces immenses, des plafonds très hauts, des colonnes blanches encadrant le portique de l'entrée, et un balcon sur le palier supérieur offrant une vue superbe du fleuve.

Ellice était aussi député de Coventry au parlement de Westminster. Il vivait à Londres, où il s'occupait de ses multiples intérêts commerciaux, et n'avait visité ses terres du Canada qu'une seule fois dans toute sa vie. Il louait donc sa demeure de Saint-Timothée à un Écossais, Duncan Grant, qui avait fait de la Grant's Inn l'auberge la plus renommée des environs. Le seul chemin aménagé passait juste devant. De l'autre côté du chemin, presque en face, à quelques dizaines de verges, se trouvait une terre parsemée de broussailles, au fond de laquelle se dressait un moulin, juste au bord des rapides.

Thomas Sauvageau sortit par la porte de service à l'arrière de l'auberge. Il marcha vers une butte toute proche et y grimpa, tournant le dos au fleuve. Comme un général sur un champ de bataille, il scruta l'horizon avec sa longue-vue et serra les dents. À cette heure de la journée, le canal en voie de creusement, qui devait permettre de contourner les rapides en longeant le fleuve, aurait dû être une fourmilière grouillante. Trois mille hommes avaient été engagés. Au lieu de cela, il les voyait, de chaque côté de la tranchée centrale, assis dans l'herbe, seuls ou en petits groupes, certains couchés, se protégeant du soleil sous des toiles de fortune, tendues autour des cabanes bringuebalantes en bois, les misérables *shanties*, comme les appelaient ces Irlandais tout juste arrivés du vieux pays.

Quatre jours auparavant, ils avaient déposé leurs outils en guise de protestation et refusé de travailler. Thomas et ses associés avaient riposté en cadenassant les magasins du chantier dans lesquels ces hommes achetaient leur nourriture. Un autre entrepreneur, Crawford, avait carrément licencié ceux travaillant dans les sections du canal dont il était responsable.

Tout avait commencé au chantier de Lachine, sur l'île de Montréal, à deux heures de bateau, où l'on voulait agrandir le canal en activité depuis vingt ans. À Lachine, l'unique entrepreneur, Henry Mason, avait réduit les salaires et allongé les heures. Thomas et ses associés avaient suivi. La colère ouvrière à Lachine s'était transportée à Beauharnois.

Tous attendaient les ordres de leurs meneurs. Le soir venu, quand la chaleur serait retombée, les plus vaillants s'armeraient de gourdins et parcourraient le canal pour décourager ceux qui voudraient continuer à travailler ou les nouveaux venus qui tenteraient de se faire embaucher. La rage initiale de Thomas s'était muée en froide détermination. Ils apprendraient le prix de la désobéissance. Il espérait depuis longtemps une occasion d'affaires comme celle-là et avait beaucoup travaillé pour s'y faire une place.

La veille, vers minuit, escorté par deux de ses hommes sous une pluie froide et drue, il avait parcouru à cheval les deux sections du canal sur treize dont il était responsable en sous-traitance. Les chevaux s'enfonçaient dans la boue noire. Beaucoup de ces 3 000 ouvriers étaient venus avec femmes et enfants, si bien qu'une véritable ville-champignon s'était constituée autour du chantier. Une minorité seulement louait un espace pour dormir chez les cultivateurs du coin. La majorité logeait dans des cabanes le long du canal, ou d'autres plus en retrait, reliées au chantier par des sentiers dans la forêt, formant de petits hameaux. Les toitures coulaient. La terre battue à l'intérieur était presque aussi boueuse qu'à l'extérieur.

Comme plusieurs familles s'entassaient dans ces logis de misère, beaucoup préféraient, tant que l'heure de dormir n'était pas arrivée, rester dehors, assis autour de feux de camp, abrités de la pluie par les mêmes toiles qui, le jour, les protégeaient du soleil. Leurs vêtements de coton étaient devenus des haillons croûtés par la crasse. Plusieurs hommes étaient torse nu. Les yeux qui se levaient vers les trois hommes à cheval étaient hagards, creux, désespérés, ou remplis de haine. Des femmes tenaient sur elles des enfants pendant qu'elles faisaient bouillir de l'herbe dans des chaudrons. Le jour, ces enfants n'allaient pas à l'école. Celle du village était trop éloignée du chantier et, de toute façon, ils auraient été trop affamés pour être attentifs.

L'odeur d'urine et d'excréments était épouvantable. On n'entendait ni rires, ni cris, ni conversations, seulement les clapotis de la pluie, le crépitement des feux et un occasionnel ronflement. Assommés, hébétés, ceux qui ne dormaient pas fixaient le vide devant eux. Ils n'avaient plus la force d'éloigner les nuées de moustiques autour de leurs têtes. Les plus vigoureux commenceraient bientôt à se battre pour de la nourriture. Une femme s'approcha de

Thomas dans l'obscurité et lui tendit son enfant. Il continua sans s'arrêter ni dire un mot.

Sa frustration avait aussi une cause plus profonde que cette grève. Sa compagnie de construction n'obtenait pas autant de contrats des autorités qu'il l'avait espéré. C'était plus que de la méfiance. Elles ne voulaient pas subir les critiques si elles faisaient trop ouvertement affaire avec lui. Les contrats privés, obtenus en forçant des entrepreneurs à le prendre comme sous-traitant, étaient de faible envergure. Cette discrétion forcée heurtait sa vanité. Il était décidé à y mettre fin. S'il menait à terme ce qu'on lui avait confié sur cet énorme chantier, il entrerait dans un club qui lui fermait ses portes jusqu'à maintenant.

Les travaux de canalisation qui se multipliaient étaient sa grande opportunité. Les riches commerçants de Montréal voulaient expédier plus de marchandises vers l'intérieur du pays et les Grands Lacs, mais le Saint-Laurent en direction ouest, surtout entre les lacs Saint-François et Saint-Louis, était rempli de difficultés. C'était une succession de ruptures de pente, avec une forte dénivellation, de rapides et de torrents qui avaient causé maints naufrages et limitaient le tonnage des bateaux qui pouvaient s'y aventurer. Du côté américain, le canal Érié reliait depuis longtemps Buffalo à New York, donc les Grands Lacs et l'Atlantique, et faisait mal aux barons anglais de Montréal.

Pour aménager une voie navigable au sud-ouest de Montréal, diverses solutions avaient été évoquées depuis des années. On avait finalement opté pour un canal de 11 milles, avec 9 écluses, de nombreux tunnels, et 10 aqueducs pour évacuer les eaux pluviales et enjamber ruisseaux et rivières. Il débuterait à Saranac, à la sortie du lac Saint-François, et irait jusqu'à Teohanta, à l'entrée du lac Saint-Louis, longeant la seigneurie de Beauharnois*. Le village de

---

* Saranac est aujourd'hui Salaberry-de-Valleyfield, Saint-Timothée en fait aussi partie, et Teohanta a pris le nom de Melocheville.

Saint-Timothée, où Thomas avait installé provisoirement ses quartiers, était à mi-chemin.

Pharaoniques, les travaux avaient débuté au mois de juillet de l'année précédente. Il s'agissait de défricher la forêt et d'excaver le sol pour y construire une route d'eau totalement artificielle. Il faudrait aussi solidifier les parois de la tranchée creusée. Le canal devait être assez large et profond pour accueillir non seulement plusieurs barges et bateaux plats côte à côte, mais aussi des navires à vapeur pouvant avoir plus de cent pieds de longueur. La forêt était faite d'arbres matures et serrés. Le sol était tour à tour rocailleux, marécageux, argileux et parsemé de buttes. Et c'était dans le secteur où le terrain était le plus hostile, à la hauteur de Teohanta, qu'on y construirait six des neuf écluses de pierre prévues.

Thomas et ses associés estimaient avoir réussi un coup de maître politique. Quand Londres accepta de lancer de grands travaux, les autorités coloniales mirent sur pied un Board of Works of the Province of Canada, dont le gouverneur Bagot nommait le conseil exécutif. Ce conseil dirigeait une petite armée d'ingénieurs qui supervisaient tout et embauchaient eux-mêmes les ouvriers. Six mois après le début des travaux, les entrepreneurs réussirent à convaincre les autorités de leur confier l'exécution des travaux. « Ce sera moins cher, plus rapide, et vous pourrez libérer vos ingénieurs pour d'autres tâches », avaient-ils dit aux proches du gouverneur. Des sommes d'argent placées dans les bonnes mains avaient aidé à faire voir l'intérêt de la manœuvre.

À Beauharnois, on avait divisé le chantier en 13 segments confiés à plusieurs entrepreneurs, pour éviter un monopole comme celui de Mason, Scott & Shaw au canal de Lachine. Les contrats étaient cependant à prix fixe, sans possibilité de les réviser en cas d'imprévus. Tous les risques, toutes les complications, tous les retards étaient assumés par les entrepreneurs. Le gouvernement payait aussi selon l'avancement des travaux. La marge de manœuvre était encore plus réduite pour les constructeurs impliqués à titre de sous-traitants, comme Thomas, puisqu'ils obtenaient cette opportunité en s'engageant à effectuer les travaux pour moins cher que l'entrepreneur choisi par les autorités.

Il retourna dans sa chambre pour y laisser sa longue-vue, puis il se dirigea vers l'habitation au bout du couloir. Il frappa et un homme grand et maigre, avec un long nez osseux, au début de la cinquantaine, ouvrit. Ses traits fatigués se crispèrent lorsqu'il le vit. C'était un homme chauve, au menton rasé de près, mais dont les favoris blancs et très fournis venaient rejoindre les moustaches. Sa peau avait la couleur de la cendre. Il n'avait pas été difficile de convaincre Arthur McBain de confier en sous-main à l'Empire Building Company de Thomas les travaux sur les deux segments qu'il avait obtenus. La peur l'avait rendu très raisonnable.

L'homme était prêt et, sans qu'ils échangent un mot, ils descendirent au rez-de-chaussée. Un salon fermé, à l'arrière de la salle à manger, avait été réservé pour la réunion des entrepreneurs. Onze hommes devaient être présents. McBain et Thomas arrivèrent parmi les derniers. Il ne manquait qu'un entrepreneur et le magistrat mandaté par le gouverneur pour faire régner la loi et l'ordre sur le chantier. Certains bavardaient debout, à voix basse, près d'une fenêtre, cigare à la main, d'autres étaient déjà assis autour de la grande table rectangulaire au centre de la pièce. Tous avaient l'air préoccupé.

McBain et Thomas firent le tour des gens présents pour les saluer. Deux d'entre eux serrèrent McBain dans leurs bras. Tous se connaissaient. Ils étaient certes des rivaux, mais avaient aussi été associés dans des projets trop importants pour un seul. À Beauharnois, leur intérêt commun transcendait tout. Thomas restait un peu en retrait de McBain, comme il convenait à un sous-traitant, même si tous savaient à quoi s'en tenir sur lui. Il allait s'asseoir à l'un des coins de la table, prenant soin de laisser les places centrales aux autres, quand la porte s'ouvrit pour laisser entrer les deux derniers personnages attendus, l'imposant John Black, responsable de la section 12 à Teohanta, qui n'aurait pu avoir un nom plus évocateur de son apparence et de son humeur du moment, et le juge de paix Laviolette, craintif, se doutant qu'il allait passer un mauvais quart d'heure.

Dès qu'ils furent entrés, tous s'assirent. Black s'installa à un bout de la table pour présider la réunion. D'un geste, un autre entrepreneur, Andrew Elliott, invita Laviolette à s'asseoir à l'autre extrémité, en face de Black. Dans la place assignée à Laviolette, Thomas ne vit pas une marque de l'importance accordée au magistrat, mais plutôt celle qui l'exposerait le plus au courroux des hommes devant lui.

Thomas examina les dix hommes en sa présence. Il s'était renseigné sur chacun avant de déterminer que McBain était le maillon faible. Leurs trajectoires jusque-là avaient été bien différentes. Black, la personnalité la plus forte du groupe, faisait penser à un ours ramassé sur lui-même et prêt à charger. Ses cheveux et sa barbe, taillés courts, étaient restés étonnamment noirs, à peine traversés de quelques fils blancs malgré sa cinquantaine bien entamée. C'était aussi, et de loin, celui dont la feuille de route était la plus impressionnante. Il avait dirigé des chantiers de centaines d'hommes aux États-Unis et dans le Haut-Canada, tant pour creuser des canaux que pour construire des ponts et des chemins de fer. Thomas le savait dominateur, colérique, seulement préoccupé par les résultats, impossible à intimider. Il avait pris soin de s'asseoir à côté de lui. Il offrit à Black un cigare d'excellente qualité, lui tendit du feu et approcha un cendrier.

Black tira une bouffée de son cigare, regarda la fumée grise monter, et le déposa sur le bord du cendrier. Le silence se fit. Puis, les mains à plat sur la table, il expliqua, en anglais, qu'il était inutile de résumer une situation connue de tous et tout aussi inutile de perdre du temps à la déplorer.

La seule question à l'ordre du jour était : que faire ? Ils devaient convenir d'une position commune. Tous, dit-il, se doutaient de la sienne, mais puisque c'était monsieur Laviolette – il le pointa du doigt – qui était chargé par le gouverneur, «*our esteemed friend*», de faire régner la loi, la logique dictait que le magistrat expose ce qu'il entendait faire.

Il terminait à peine sa phrase que, déjà, assis en face de Thomas, George Crawford, chargé des segments 1 et 13, et Alexander MacDonald, responsable du segment 2, qui n'avait pas 30 ans, hochaient la tête pour approuver. Le sous-traitant de Crawford, Francis Dunn, assis à sa gauche, gardait la tête basse, ses yeux fixés sur ses mains jointes. Tous les autres se tournèrent vers Laviolette. Thomas dut s'avancer et se pencher pour le voir, car l'épaule massive de l'homme à sa droite, Andrew Elliott, lui bloquait la vue.

Logiquement, pensait Thomas, ceux qui avaient de multiples chantiers et une longue expérience seraient des tenants de la ligne dure. Ils étaient déjà détestés de leurs ouvriers. Dans ce groupe, Thomas incluait Black, Crawford et MacDonald. Les autres, Brown, Elliott et Symons, avaient été choisis pour leurs relations politiques et parce qu'ils habitaient dans la région. Ceux-là seraient plus enclins à lâcher du lest. Larocque, le seul des entrepreneurs dont la langue maternelle était le français, ancien député, choisi à la condition expresse qu'il embauche des Canadiens français, devait faire encore plus attention. McBain irait dans la direction que lui indiquerait Thomas. Lui-même et Dunn, parce qu'ils étaient sous-traitants, devaient garder profil bas.

Laviolette regarda ses notes et remonta ses lunettes avec un doigt. C'était un homme encore jeune, avec de petits yeux rapprochés et un air accablé, qui semblait porter en permanence un poids énorme sur ses épaules. Il était difficile de l'imaginer en train de donner des ordres, et tout aussi difficile de croire qu'il serait obéi. Il avait été nommé magistrat sans être juriste de métier. Il devait jouer un rôle de conciliateur entre les patrons, les ouvriers et la population locale. On lui avait alloué une escouade de police composée d'un officier de l'armée britannique et de neuf hommes assermentés. Mais il lui aurait fallu, pour s'acquitter convenablement de sa tâche, une autorité naturelle et des habiletés dont il était dépourvu. Il ne venait pas de la région et n'y connaissait personne. C'était, de surcroît, un pleurnicheur qui ne cessait de rappeler que son salaire de 200 livres, pourtant très convenable, était le même que ceux des magistrats chargés de rétablir l'ordre lors des troubles de 1837 et 1838, il y avait déjà plusieurs années. Et le prix des maisons dans le secteur, disait-il à qui voulait l'entendre, le forçait à loger à l'auberge Grant et l'empêchait de faire venir sa famille, qu'il ne verrait pas pendant les deux, voire trois années que dureraient les travaux.

Avec une voix nasillarde mais dans un excellent anglais, Laviolette commença par expliquer qu'ils héritaient d'une situation qui n'était pas née d'hier. Elle pourrissait depuis six mois. Plus triste encore, c'étaient des tensions venues d'ailleurs, du chantier de Lachine, de l'autre côté du fleuve. Sitôt les travaux de Lachine confiés à Henry Mason, celui-ci avait réduit le salaire journalier de trois shillings à deux, payés en coupons qui ne pouvaient être échangés que contre des marchandises dans son propre magasin. Il avait aussi rallongé les heures de travail de douze à quatorze, six jours par semaine. Dix jours après cette décision, dévoilée fin janvier, près de 1 000 ouvriers de Lachine avaient arrêté de travailler.

— Je ne voudrais pas blâmer monsieur Mason, dit-il, mais...

« Mais c'est ce que tu es en train de faire, pauvre imbécile, se dit Thomas, et c'est la pire voie à emprunter. » D'abord, Laviolette ressassait des faits connus des hommes autour de la table, qui voulaient de l'action. Ensuite, sitôt que Mason avait baissé les salaires à Lachine, les patrons à Beauharnois avaient fait pareil. Blâmer Mason équivalait à les blâmer, eux. « Le manque de jugement de cet homme est effarant », pensa Thomas.

Laviolette rappela ensuite qu'après avoir obtenu, en mars, le retour au travail en promettant de revenir à trois shillings par jour, Mason n'avait repris que 800 hommes, laissant 500 autres sans emploi, affamés et enragés. D'où les bagarres entre ceux qui retournaient au travail et les autres, les marches de protestation en plein cœur de Montréal, et les articles négatifs dans les journaux.

— *Are you blaming Mason and us for going along with current market conditions?*

C'était la voix grave de Crawford, assis juste en face de Thomas, qui venait de se faire entendre. On aurait dit que son visage était taillé dans le marbre tant il était dénué d'expression. Il était ironique qu'il soit le premier à se faire le porte-parole du groupe. Deux mois auparavant, pour seconder Laviolette, il avait été nommé juge de paix tout en demeurant patron du chantier. Le conflit d'intérêts était dénoncé par les ouvriers, mais ne troublait personne autour de la table. Il avait toutefois raison, jugea Thomas, de rappeler le contexte économique. Les travaux de canalisation aux États-Unis connaissaient une accalmie et des milliers de journaliers avaient traversé la frontière en quête d'emploi. D'autres arrivaient d'Irlande en bateau, fuyant la misère. Les mauvais prix de l'agriculture au Canada depuis des années avaient aussi conduit beaucoup d'hommes à abandonner leurs terres pour chercher d'autres moyens de subsistance.

Bref, c'était une armée de travailleurs disponibles, sans cesse renouvelés, qui ne pouvaient se montrer très exigeants. Pourquoi payer trois shillings par jour si des hommes faisaient la file pour accepter des emplois à deux shillings ? Il fallait au contraire reconnaître la lucidité de Mason, ajouta Crawford, et son refus de se laisser intimider. Si les ouvriers s'unissaient, les patrons devaient le faire aussi. Un murmure d'approbation s'éleva et Laviolette se retrouva sur la défensive.

Un autre des patrons, MacDonald, rappela que les tensions n'étaient pas qu'entre ouvriers et donneurs de travail, mais entre les ouvriers eux-mêmes. Plusieurs hochèrent la tête. Des affrontements violents, à coups de bâton, avaient éclaté et s'étaient poursuivis pendant des jours entre Irlandais originaires de Connaught et Irlandais du comté de Cork.

— *Who in his right mind,* demanda McDonald, *would find us responsible for these absurd, these senseless rivalries between clans? It's been going on for centuries. They don't even know how or why it started.*

Il fit une pause, soupira, comme un homme sincèrement désolé.

— *They're so primitive, they brought this hate with them across the ocean,* laissa-t-il tomber.

Thomas convenait intérieurement que le travail exigé de ces hommes était brutal, un enfer renouvelé chaque matin. En équipes de quatre, ils devaient creuser six ou sept verges cubiques de pierres et de terre dure par jour, avec pour seuls outils pelles, pics, barres de fer et marteaux. Les arbres étaient abattus à la hache. Plus on creusait, plus l'évacuation de la terre était pénible. Les hommes se fixaient des cordes à la ceinture et aux épaules et devenaient des chevaux de trait. Une fois remontée, la terre était déplacée à l'aide de brouettes. Au printemps et à l'automne, les hommes travaillaient dans la boue, avec de l'eau jusqu'aux mollets. L'hiver, ils glissaient sur la neige mouillée.

Quand la pierre était trop dure, des hommes pouvaient passer une journée entière à y forer un trou. Puis, ils y mettaient de la poudre noire et du sable, bouchaient le trou, allumaient la mèche et couraient se mettre à l'abri. On ne comptait plus les morts, pour ne rien dire des jambes et des bras perdus, des doigts réduits en bouillie, des crânes ouverts comme des melons. Les hommes toussaient en permanence. Il y avait plus d'hommes malades que d'hommes sains. Et c'était ainsi depuis le réveil du soleil jusqu'à son coucher, et même jusque dans la noirceur, à la lueur des feux de camp, six jours par semaine. Le septième jour, le dimanche, ils étaient trop épuisés pour faire autre chose que de rester étendus. Mais il fallait bien que le travail se fasse, raisonnait Thomas, c'était mieux que crever de faim, et il y avait des associations de bienfaisance pour s'occuper de la charité. Ceux qui avaient un métier spécialisé – les maçons, les tailleurs de pierre, les forgerons, les menuisiers – gagnaient plus et souffraient moins.

Thomas allait rallumer le cigare de Black quand celui-ci déclara qu'il avait lui aussi parcouru le chantier à cheval la veille. Dans les yeux des ouvriers, il n'avait vu que haine ou désespoir. Les haineux ne se laisseraient pas amadouer par des concessions. Les désespérés ne voulaient que la possibilité de retourner au travail, mais en étaient empêchés par les menaces des premiers. La solution lui semblait claire : ne rien céder, appliquer la loi à la lettre, ramener l'ordre. Se dépouiller pour aider une autre famille serait manquer à ses devoirs envers la sienne, et chacun ici pourrait raconter ses revers de fortune passés.

— *What we need is firmness and decisive action*, dit-il.

Il aurait pu parler du prix d'un cheval, d'une livraison de charbon ou d'un sac de pommes de terre qu'il n'aurait pas été plus froid. Il rappela qu'on ne payait pas plus au canal Welland, qui permettait de contourner les chutes Niagara et qu'on élargissait au même moment. Même les travailleurs ayant des métiers spécialisés gagnaient moins qu'auparavant tant la main-d'œuvre était abondante. Les salaires, ajouta Black, restaient meilleurs qu'en Irlande, d'où personne ne les avait forcés à partir, et on leur garantissait en moyenne autour de 20 jours d'ouvrage par mois entre mai et novembre, et environ 10 pendant les mois d'hiver. En quoi étaient-ils responsables de ce que ces hommes avaient choisi de faire de leurs vies ?

Il attendit pour voir si quelqu'un réagissait. Rien. Puis il posa une question et y répondit au nom de tous.

— *So, gentlemen, are we in agreement on wages? Not a penny more than what was decided and which is what this sort of work deserves under current conditions.*

Thomas regarda les autres et crut sentir la gêne de Larocque. Ce que Black ne disait pas, c'était que le problème ne tenait pas qu'à la baisse des salaires et à l'allongement des heures. Le problème tenait aussi à ce que la durée de la journée de travail et les salaires variaient d'une section du chantier à une autre. Les hommes de Black commençaient à travailler avant les autres et continuaient après que leurs camarades des autres sections avaient déposé leurs instruments. Pire, chez les hommes de Larocque lui-même, certains étaient mieux payés que d'autres pour le même travail. Tout cela créait un énorme ressentiment. Quand Black prônait de ne pas céder sur les salaires, il exigeait en fait que chaque patron puisse faire à sa guise, en excluant une hausse.

Symons, à l'autre extrémité de la table, souleva la question du moment de la paye. Les hommes étaient désormais payés une fois par mois, sauf Larocque qui payait tous les quinze jours, alors qu'ils l'étaient à la semaine auparavant. C'était une autre source de mécontentement. Il ne coûterait rien de revenir à des paiements plus rapprochés, suggéra Symons, et cela serait comme une main tendue. La crispation autour de la table fut immédiate. Crawford et MacDonald voulurent répondre en même temps et se regardèrent. Black pointa MacDonald du doigt.

— *I respectfully disagree*, commença MacDonald.

Puis il avança qu'il était dans l'intérêt de tous, y compris des ouvriers, même s'ils ne l'auraient jamais admis, de recevoir des paiements aussi espacés que possible. Sitôt que les hommes recevaient de l'argent, la consommation d'alcool augmentait, et après ils se plaignaient de ne plus rien avoir. On approuva son propos.

Symons revint à la charge et Thomas vit le regard de Black s'assombrir. Et si au moins, lança Symons, on levait l'interdiction de fumer sur les chantiers, autre source de frustration chez les hommes ? Brown répondit sèchement que ce serait le meilleur moyen de provoquer une catastrophe. Ce n'était qu'une question de temps avant qu'un imbécile laisse tomber une pipe allumée sur la poudre explosive, et là on verrait bien ce qui était le plus frustrant : attendre la fin du travail pour fumer ou mourir tous ensemble. Symons rougit et baissa la tête.

Thomas nota avec satisfaction qu'aucun des hommes n'évoquait la possibilité de reconsidérer le dispositif patronal le plus ingénieux de tous et qui lui rapportait personnellement des sommes intéressantes. Ses ouvriers, et ceux de plusieurs autres autour de la table, ne recevaient pas de l'argent à proprement parler. Comme les villages environnants étaient trop loin, des magasins avaient été ouverts à divers points du chantier pour que les ouvriers puissent s'approvisionner en nourriture et autres nécessités. On leur ouvrait des lignes de crédit pour une valeur équivalente à leur salaire. Ils présentaient leurs bons échangeables contre des marchandises. Thomas et les autres pouvaient donc écouler leurs produits à une clientèle captive. Les contrats initiaux prévoyaient également que les patrons devaient loger les ouvriers gratuitement. En réalité, on leur louait la parcelle du terrain sur laquelle ils construisaient leurs cabanes de fortune à l'aide de matériaux vendus aussi dans les magasins de leurs patrons.

Le magistrat Laviolette leva une main pour demander la parole. Il tenta de reprendre pied en soulignant le mécontentement des agriculteurs de la région. Les travaux leur enlevaient des espaces cultivables, saturaient d'eau leurs champs et encombraient ceux-ci des énormes quantités de terre enlevée. Les chevaux utilisés sur le chantier, quand ils étaient laissés sans surveillance, piétinaient les récoltes. C'était vrai et tous le savaient, mais ce fut comme s'il n'avait rien dit.

C'est à ce moment qu'un serveur poussant un petit chariot avec des alcools et de la nourriture entra. Il plaça le chariot le long d'un des murs. Thomas se leva et s'empressa d'aller préparer deux whiskys. Comme il en avait reçu l'ordre, le serveur se pencha et dit à l'oreille de Black que tout cela était offert par monsieur Sauvageau. Thomas revint vers la table et plaça un verre devant Black qui le salua d'un signe de tête.

— *Well, gentlemen*, dit Black, *since Mister Sauvageau had the courtesy to think about our stomachs, we should honor his offering.*

Il se leva pour aller se servir et ce fut le signal de la pause. Quand tous se furent servis, ils reprirent leurs places tout en mangeant.

— *And what about the priest, what's his name, could the priest be of any help?* demanda Brown, la bouche pleine et brandissant un couteau, sans s'adresser à quiconque en particulier.

La question resta en suspens durant quelques secondes.

— *Bloody priest*, grommela Black, les dents serrées.

— *Honestly*, commença Laviolette qui, à défaut d'agir, voulait au moins se rendre utile en donnant de l'information, *I wouldn't think much can be expected...*

Pendant que Laviolette cherchait ses mots pour poursuivre, Thomas revit la figure de l'aumônier Falvey, qu'il avait croisé à quelques reprises. Tout ce qu'il en savait était que ce John Falvey, dans la mi-quarantaine, né en Irlande, parlant les deux langues, avait été nommé aumônier du chantier par l'évêque de Montréal, Mgr Bourget. Le gouvernement lui versait 200 livres par année. Les ouvriers le respectaient. Il était leur confident, leur confesseur, mais agissait aussi comme conciliateur.

Laviolette expliqua que le curé Falvey avait toujours prêché la soumission, le retour au travail en dépit de la baisse des salaires, et condamné toute violence. Les ouvriers devaient, disait l'homme d'Église, présenter leurs doléances au gouverneur plutôt que de s'organiser eux-mêmes. Mais Falvey, poursuivit Laviolette, leur donnait raison sur le fond : trop d'heures, très mal payées, et des paiements trop espacés. Il était têtu et on ne le ferait pas changer d'avis. Sur le chantier, les esprits les plus échauffés le trouvaient trop conciliant, trop mou, et son emprise sur tous les autres n'était plus celle de l'année précédente. Il y avait peu à espérer de lui, opina Laviolette, si ce n'était qu'il continue à prêcher l'obéissance.

— *We don't need another rabble-rouser and certainly not one dressed in black*, laissa tomber Brown.

Il y eut un moment de silence. Black posa ses poings sur la table.

— *Any questions, anyone?*

Personne ne parla.

— *It is clear to me there is only one issue left to discuss. We want order and we want the men back to work. Can you deliver that, Mister Laviolette?*

— *For Christ's sake, John*, coupa MacDonald, *he has a force of ten men and they have no weapons.*

— *Well then, he should call additional troops and arm them*, répondit Black.

Le problème, songea Thomas, était que si un détachement de soldats pouvait ramener le calme, il ne pouvait forcer la reprise du travail. Seule la faim y parviendrait. Une présence armée aurait cependant la vertu de montrer aux ouvriers qu'il était hors de question que les patrons les laissent faire la loi sur le chantier. Black fit un mouvement de la main en direction du magistrat au bout de la table.

— *Can you bring in additional troops, Mister Laviolette? A force sufficient to show our resolve and ready to use some gunpowder if need be. We are fully entitled under the law to ask for the protection of our interests, aren't we?*

Sa voix grave, son débit lent décuplaient l'effet de ses paroles. Laviolette considéra la question. Il ne pouvait pas être surpris qu'on la lui pose. C'est alors que Larocque, un homme avec un visage allongé et des joues creuses, surprit tout le monde.

— *Won't they see it as a provocation? Isn't there a risk that it will enrage them even more?*

Personne ne répondit sur le coup, mais Dunn, immobile jusque-là, se tortilla sur sa chaise. Thomas devina qu'il pensait comme Larocque. Symons regarda Larocque et Thomas vit dans ses yeux qu'il était aussi de cet avis.

Réalisant qu'il n'était pas seul, Larocque ajouta:

— *And would it really be counterproductive to go back to three shillings? I mean... Isn't it our overall interest to get things moving again as soon as possible? The market may justify two shillings, but unrest and turmoil and delays have a cost too, and...*

Il s'arrêta, cherchant le mot juste dans une langue qui n'était pas la sienne. Dunn, qui regardait tour à tour Larocque et Black, jaugeant la réaction du second aux propos du premier, lâcha alors, tout juste assez fort pour être entendu:

— *A hard line on our part might make everything worse. That's what Mister Larocque says. And it is a point well worth considering.*

Dunn avait dit cela même si, en qualité de sous-traitant, comme Thomas, leurs marges de manœuvre étaient plus réduites que celles des entrepreneurs principaux. Thomas sentit le raidissement de Black à sa gauche. Laviolette tenta de profiter de l'ouverture. Il rappela que les ouvriers les plus déterminés voulaient uniquement le retour aux conditions de travail qui avaient cours du temps où le gouvernement gérait le chantier: trois shillings et douze heures par jour sur six jours. Mais beaucoup avaient accepté les nouvelles conditions et donné leur parole, d'où les tensions. Si les messieurs ici présents pouvaient, comme venaient de le souligner messieurs Larocque et Dunn, envisager de...

— *They can kill each other if they want to*, coupa MacDonald.

— *But while they kill each other they don't work, and if they don't work, we're not paid either*, intervint Crawford, avant d'ajouter que les violences sur le chantier s'accompagnaient de bris de matériel qui leur appartenait.

Un flottement s'installa. Laviolette avança qu'il était sensible à leur position délicate et conscient de ses propres responsabilités, mais que l'envoi de troupes n'était pas chose aisée. Rien ne lui interdisait de demander des troupes supplémentaires, mais il connaissait assez l'état-major pour savoir qu'il se ferait tirer l'oreille. On lui dirait que les effectifs étaient limités, qu'on ne voulait pas vider la garnison, qu'il y avait d'autres points stratégiques à surveiller. Le déplacement des troupes prendrait quelques jours, et il faudrait prévoir des navires pour leur faire traverser le fleuve. Il faudrait aussi assurer leur ravitaillement après leur arrivée.

Règle générale, poursuivit Laviolette, avec un calme qui étonna Thomas, l'armée n'aimait pas s'engager dans des missions dont elle ne pouvait estimer la durée, et surtout – il répéta le mot –, on lui objecterait que l'armée était là pour rétablir l'ordre, mais qu'elle ne pouvait forcer des gens à travailler. Et s'il fallait que l'armée intervienne sur chaque chantier compliqué... L'armée défendait la Couronne, rappela-t-il, elle n'était pas une milice privée. Il était certain, absolument certain qu'on lui répondrait...

— *Rubbish!* éructa Black.
— *Sir! Please!* lâcha Laviolette, le visage tout rouge.
— *No, you listen!*
— *John, please, let the man talk*, intervint Brown.

Black fit comme s'il n'avait pas entendu et, fusillant Laviolette des yeux, mais s'adressant à tous ses collègues, il demanda:

— *Could anyone explain to me this man's utility if he's supposed to uphold the law but can't or won't do it?*

Les doutes de Larocque et Dunn venaient-ils d'ouvrir les écluses? Avaient-ils fourni une échappatoire à Laviolette? Il ne fallait surtout pas. L'intervention de Dunn, du fait justement qu'il était sous-traitant, ouvrait cependant à Thomas la porte qu'il espérait. Il avait préparé une intervention au cas où la possibilité de parler sans indisposer s'offrirait à lui. C'était sa chance. Il décida de jouer d'audace. Il avait peu à perdre et énormément à gagner. Pour donner un maximum d'effet à ses paroles, il se leva. Il lut la surprise, voire la contrariété sur des visages.

— *Gentlemen, please excuse my impudence and allow me a few words...*

Il fixa longuement son auditoire, s'assurant de faire pénétrer son regard dans les yeux de chaque homme. Il attendit que la surprise soit passée. Sa réputation lui permettait ce que sa condition de sous-traitant n'aurait pas autorisé normalement. Il avait prévu de commencer de façon hésitante, comme s'il cherchait ses mots. En réalité, il savait ce qu'il allait dire et comment. Il voulait les prendre par la main et les amener où il l'avait décidé. Il se répéta de parler lentement, autant pour avoir un maximum d'impact que pour s'assurer que son accent, puisqu'il parlerait en anglais, ne lui nuise pas. Il vit l'appréhension dans le visage de Laviolette.

Il commença par dire qu'il comprenait leur étonnement de le voir prendre la parole. C'était un privilège pour lui d'être parmi eux, d'avoir été accepté par eux, et il n'en abuserait pas. Il ne serait pas là si monsieur McBain ne l'avait pas pris comme associé. Puis il dit que ce qui allait suivre devait rester entre eux et qu'ils comprendraient pourquoi dans un instant.

Il fit une pause pour laisser pénétrer dans les esprits ce qu'il venait de dire.

— Comme le notait monsieur Black plus tôt, reprit-il, nous pourrions tous évoquer nos difficultés. Nous pourrions tous raconter le pénible chemin qui nous a, chacun d'entre nous, conduits jusqu'ici. Personne ne nous a fait de cadeaux, personne ne nous a légué de quoi vivre sans travailler. Tout ce que nous avons, nous l'avons construit nous-mêmes. Nous avons travaillé, souffert, chuté, avant de nous relever. Nous ne disposions que de notre ardeur et de notre liberté, et nous les avons utilisées de notre mieux. Nous aurions pu faire d'autres choix. Cela vaut pour les ouvriers. Ils doivent rester libres d'accepter ou de refuser ce qui leur est proposé. Libres de travailler avec nous si c'est ce qu'ils veulent. Libres d'aller voir s'ils trouveraient mieux ailleurs. Quand les plus excités empêchent ceux qui veulent travailler de le faire, ils briment leur liberté. De quel droit ?

Il avait leur attention.

— Oui, poursuivit-il, prenant soin de paraître raisonnable. De quel droit ? Nous obéissons scrupuleusement aux lois en vigueur, et ces lois préservent la liberté de chacun d'accepter ou de refuser sa situation. Rien de ce que nous faisons n'est illégal. Si ces lois sont jugées injustes, c'est aux autorités de les changer. Et qui décide de ce qui est juste ou pas ? Si l'un trouve une situation injuste et que l'autre la trouve juste, pourquoi le premier aurait-il forcément raison ? C'est pour cela que nous devons laisser chacun décider pour lui-même. Nous ne payons pas en fonction de principes abstraits et discutables. Nous payons en fonction des compétences de chacun et de la valeur que le marché reconnaît à ces compétences à un moment précis. Pourquoi payer un homme plus que ce qu'un autre est prêt à accepter ? Au nom de quelle logique, de quel principe ? Les tailleurs de pierre, les maçons, les forgerons, ceux qui ont un vrai métier, gagnent plus. Pourquoi ? Parce qu'ils ont acquis une compétence recherchée. Au départ, ils étaient comme les autres. Qu'est-ce qui empêche les autres de faire pareil ? Et si nous payons un travail plus que ce qu'il vaut, quel intérêt l'ouvrier aura-t-il à essayer de s'améliorer ? Quand j'étais pauvre, je me suis dit qu'un jour, je ne le serais plus, et je n'ai demandé l'aide de personne. Et je n'ai blâmé personne. Et quand j'étais malade, j'ai travaillé. Et quand je n'avais plus un sou en poche, je n'ai ni pleuré ni quémandé. Je me suis demandé ce que je pouvais faire avec les talents et le caractère qui étaient les miens, et j'ai agi.

Thomas sentait le regard de Black vissé sur lui. MacDonald faisait oui de la tête.

— Et quand le chantier sera terminé, reprit Thomas, il permettra davantage de commerce et cela créera plus d'opportunités pour tous, y compris pour eux. Tous y gagneront. C'est cette réalité qui leur échappe. C'est cette vérité d'un commerce bénéfique pour tous qui fait qu'ils vivent mieux, malgré ce qu'ils peuvent prétendre, que leurs pères et leurs grands-pères. Le marché a ses hauts et ses bas. S'ils en profitent quand le vent est bon, ils doivent accepter que les vents soient parfois contraires. Imaginez un instant, messieurs, que nous cédions et revenions à trois shillings. Ils prendraient conscience de leur force, ils se souderaient et ils demanderaient autre chose, puis encore autre chose, et cela n'aura plus de fin. Ils finiraient par s'imaginer qu'il suffit de vous défier. Et où cela nous mènera tous ?

Dans les yeux de Black à ses côtés, il vit un encouragement à continuer.

— Monsieur Black a raison. Le travail doit recommencer, et il doit reprendre aux conditions fixées par ceux qui payent. On a évoqué plus tôt que l'armée ne pouvait forcer les hommes à travailler. C'est vrai, mais là n'est pas la question. L'armée doit venir pour montrer que les autorités sont avec nous et que nous sommes unis et résolus. Ne lui en demandons pas davantage. La majorité veut retourner au travail, et elle en est empêchée par une poignée.

Il arriva au point crucial.

— Ce que vous ne savez peut-être pas, messieurs, est que cette agitation n'est pas spontanée. Elle est organisée, elle est planifiée, elle est dirigée. Une main cachée agit. J'en ai la preuve. Mais j'ai aussi des hommes à moi, des hommes de confiance, qui ont repéré les meneurs. Je sais où ils se réunissent. Mes hommes et moi irons les voir. Je me chargerai de les calmer. Il est vrai que les choses sont allées plus loin qu'elles n'auraient dû. Comment cela a-t-il pu se produire ? À qui la faute ? Des erreurs ont-elles été commises ? Peut-être. Mais je dis que ce sont des questions inutiles à ce stade. Il faut agir. Si nous visons un but, il faut nous donner les moyens de l'atteindre.

Il se tourna vers le magistrat Laviolette à l'autre extrémité de la table, mais il s'adressait à tous. Il braqua son regard sur Laviolette jusqu'à ce qu'il baisse les yeux.

— Je suis informé, dit Thomas, que le 74e Régiment n'a pas d'ordre de mission pour les prochains jours. Les hommes sont en garnison et à l'entraînement. Même chose pour certaines brigades de cavalerie. Montréal est tranquille. Rien ne bouge. Ces hommes ne sont pas requis ailleurs. Si monsieur Laviolette, dont je conviens que la position n'est pas facile, met tout son poids et le nôtre dans sa requête, je ne doute pas un instant qu'il sera écouté. Nous saurons nous montrer reconnaissants. Pour le reste, je vous donne ma parole, messieurs, que je m'occuperai personnellement des responsables du désordre. Faites-moi confiance. Une fois ces fauteurs de trouble neutralisés, les autres reviendront vers nous.

Il resta debout un instant, puis se rassit. Quelques secondes de silence absolu s'écoulèrent. La fumée et l'odeur âcre des cigares enveloppaient tout. Ils soupesaient tous ce qui venait d'être dit. Black vida son verre, le contempla dans sa main, songeur. Mais au lieu de le déposer doucement, il le rabattit violemment sur la table. Le bruit en fit sursauter plusieurs. Il leva de nouveau son verre et le frappa encore contre la table. Puis il le refit une troisième fois. MacDonald fut le premier à comprendre. Au quatrième coup de leur chef, MacDonald cogna son verre à l'unisson. Crawford fit de même au sixième coup. Dunn, malgré ses réserves, se rallia et se mit à cogner son verre aussi. McBain vit la tournure que prenait l'affaire et fit pareil. Les autres suivirent. Thomas prit soin de s'y joindre le dernier. Seul Laviolette, prostré au bout de la table, restait immobile.

Le vacarme avait quelque chose de grisant, de martial. C'était un rite d'avant la bataille, une sorte de cérémonie, une danse guerrière. Tous ces verres frappés à l'unisson faisaient penser à une tribu sur le sentier de la guerre, se préparant à la destruction de tout ce qu'elle trouverait sur son chemin. Ces hommes scellaient un pacte d'acier et de sang.

Quand Black arrêta, tous arrêtèrent.

— *Anyone*, demanda Black, *wishes to add anything ?*

Silence.

— *Are we in agreement with what we've just heard ?*

Dans le silence, des têtes firent oui. Black planta ses yeux dans ceux du magistrat.

— *So, Mister Laviolette, can you be counted upon to ask for troops right away ?*

Laviolette resta muet un instant, mais son opinion ne comptait plus. Son hésitation s'était muée en capitulation, puis en disparition. Il n'était plus que l'instrument des hommes autour de la table. Il tenta de mettre un semblant de fermeté dans sa voix.

— *It will be done, gentlemen.*

Puis il baissa les yeux. John Black se tourna vers Thomas et l'observa longtemps, sans dire un mot.

Navigation sur canal

Chapitre 13
À la recherche de quoi ?

Alexis s'était habitué à son teint de craie et à sa maigreur. Il n'avait jamais été robuste, mais maintenant on aurait pu le croire malade. Ce n'était pourtant pas le cas, du moins il ne le pensait pas. Sa tristesse, son absence de but déteignaient tout simplement sur son enveloppe charnelle.

Deux ans avaient passé depuis son départ précipité de la France. Il revoyait son arrivée à Portsmouth. Pendant les premiers temps, l'air salin, le vent, les cris des mouettes, l'odeur du poisson et des algues lui avaient redonné de l'énergie.

Elle ne dura pas. Londres fut une agression. Il sut immédiatement qu'il devrait s'y battre tous les jours. La ville était plus grande, plus animée, plus folle, plus épuisante que Paris. C'était le cœur puissant, palpitant d'un monstre sans répit. Pendant les premiers jours, comme à Paris jadis, il marcha, marcha et marcha jusqu'à ce que ses jambes tremblent de fatigue. Mais il avait changé. Il n'était plus fasciné. Il alternait entre le détachement et le dégoût.

La suie des cheminées retombait sur tout. La crasse, l'urine, les excréments, les déchets lui donnaient envie de vomir. Les porcs étaient tués et découpés dans la rue. Des gamins aux pieds nus marchaient dans leurs entrailles, luttant contre des chiens et des chats efflanqués. Les riches faisaient semblant de ne pas voir ces hordes d'ouvriers, de mendiants et de voyous des deux sexes.

Alexis se chercha un emploi de journaliste. Il frappa à la porte des plus grands journaux : *The Times*, *The Evening Mail*, *The Standard*, *The Morning Post*. On lui dit qu'il n'y avait rien ou de revenir une autre fois. On lui offrit de vendre de la publicité et des abonnements. Il refusa. La ville était chère et son argent fondait plus vite que prévu. Il fut certain qu'il y serait toujours un étranger. Il resta à Londres un mois avant de se diriger vers Southampton, d'où il prit un bateau pour La Nouvelle-Orléans.

Une traversée de 27 jours, alité un jour sur deux, baignant dans sa sueur et vomissant tout ce qu'il ingurgitait. Se doutant de ce qui l'attendait, il s'était payé une cabine privée, véritable coup de canon dans ses économies. Son choix de ville avait été presque un coup de tête. Il ne connaissait rien de La Nouvelle-Orléans. Il avait lu que près de la moitié de la population y parlait le français. Cela semblait logique puisque la Louisiane avait été d'abord française, puis espagnole, de nouveau française, et n'était américaine que depuis moins de quarante ans. Alexis se la représentait tournée vers les Caraïbes et l'Amérique du Sud plus que vers les États du Nord-Est américain.

The Picayune était le principal journal de La Nouvelle-Orléans. On le prit à l'essai, sans le payer, pendant trois jours. On le garda. Le propriétaire était un obsédé de la colonisation de l'Ouest, de l'urgence d'annexer le Texas, et de donner une bonne leçon aux Mexicains. Alexis écrivit sur tout, le prix des céréales et du bétail, les visiteurs importants, les navires qui arrivaient ou partaient, les évasions d'esclaves, les bals, les mariages, les décès et les naissances. La ville était une macédoine d'Américains blancs, de Noirs libres et de Noirs esclaves, de Français nostalgiques de Bonaparte, d'Espagnols venus de Cuba, et de toutes sortes de gens – aventuriers, rêveurs ou vagabonds – qui, comme lui, auraient eu du mal à expliquer pourquoi ils étaient là.

L'élégance y côtoyait la sauvagerie. On sortait d'un bal et on tombait sur une tête noire plantée sur la pointe d'une lance. Des filles trop maquillées le saluaient du haut de balcons en fer forgé. La Nouvelle-Orléans était un chaudron odorant, épicé, multicolore, au beau milieu de marais infestés de moustiques et de champs de coton et de canne à sucre. Il y resta un an. Il publia quelques poèmes en anglais dans de petites revues sans avenir. Mais il se rappelait aujourd'hui très bien à quel moment il sut qu'il partirait.

Il était là depuis une dizaine de mois quand on l'assigna à la couverture d'une vente aux enchères d'esclaves. Pierce Butler Bingham avait hérité de son grand-père une plantation à l'extérieur de La Nouvelle-Orléans et plus de 150 esclaves. Mais il avait accumulé des dettes de jeu et multiplié les investissements ratés. Il mit en vente ses esclaves pour payer ses créanciers. Pendant dix jours consécutifs, sauf le dimanche, on annonça la vente dans plusieurs journaux. Le rédacteur en chef, qui regrettait seulement de ne pas avoir assez d'argent pour se mettre sur les rangs, envoya Alexis couvrir l'événement.

La vente devait s'étirer sur deux jours et aurait lieu sur une piste de course de chevaux. C'étaient des esclaves qui n'avaient jamais été vendus avant. Il avait été convenu qu'on ne diviserait pas les familles. On les avait installés dans les stalles normalement destinées aux chevaux avant de les amener par lots sur la plateforme principale. Il y avait parmi eux des cordonniers, des forgerons, des cuisinières, des menuisiers, des laboureurs, des femmes de chambre, des couturières, tout ce qu'il fallait pour faire marcher un domaine.

L'affaire causait beaucoup d'excitation. Des acheteurs potentiels étaient venus de l'Arkansas, du Mississippi, de l'Alabama. On disait qu'il était difficile de trouver une chambre d'hôtel. Pendant les trois jours qui précédèrent la vente, on permit aux intéressés d'inspecter la marchandise. Ils examinaient les dents, les muscles, les tendons, les articulations. Ils demandaient qu'on écarte les jambes. Ils cherchaient des traces de blessures. Alexis se fondit parmi les curieux. Y repensant, il entendait encore le débit saccadé de l'homme qui décrivait chaque lot et recevait les offres. Il revoyait les yeux indifférents ou excités des hommes, cigares à la bouche, devant la marchandise. Quand des intéressés s'affrontaient, les yeux des esclaves allaient frénétiquement de l'un à l'autre.

Il vit un jeune Noir vigoureux plaider auprès d'un acheteur pour qu'il prenne aussi sa bien-aimée. Un autre voulait tellement quitter son maître qu'il vantait sa force physique et les nombreux talents de sa femme. Il n'y avait pas meilleure affaire qu'eux à l'entendre. Il disait :

— *Won't find a better man than me, Mister. Am first rate rice planter. Not old, very strong. My wife too. Come here, Hany, let the gentlemen have a good look at you. Yessir, won't find better on the whole plantation. Truth be told.*

Alexis écrivit ce qui était attendu de lui, eut honte et donna sa démission. Il avait géré prudemment son argent et pouvait se le permettre. Il dépensait peu, rien en comparaison de sa période parisienne. Il songea un instant à prendre le bateau directement pour New York, mais préféra voir l'intérieur du pays. Il prit un *steamboat* et remonta le Mississippi. Il n'avait pas décidé où il se fixerait.

À contre-courant, le bateau avançait lentement. Les arrêts étaient parfois assez longs pour qu'il visite la ville. Il explora Bâton-Rouge, Natchez, Greenville. À Natchez, un alligator voulut grimper sur le quai. Il tenta d'attraper la jambe d'une femme qui débarquait. On le repoussa à coups de rames sur la tête. À Greenville, il voulut dormir ailleurs que dans sa cabine. Un couple de vieillards lui offrit l'hospitalité, mais ils entrèrent dans sa chambre pendant la nuit pour prier devant un énorme crucifix. Il eut très peur. Pendant le périple, il ne vit pas d'Indiens. Ils avaient déjà été chassés du côté ouest du fleuve.

Tout bascula quand il parvint à Memphis, dans le Tennessee. Il jonglait depuis un moment avec l'idée de partir vers l'Ouest, vers l'inconnu, vers l'aventure, avant que ces terres soient organisées et domestiquées. Dans un saloon, ses yeux ne purent quitter la tête de l'homme attablé seul à côté de lui. Il avait une mince bande de cheveux juste au-dessus du front. Le dessus de son crâne était nu et luisant, traversé de cicatrices grossières. Il capta le regard d'Alexis et entreprit de raconter son histoire d'un ton monocorde. Il était au Texas, au sol, avec une balle de fusil dans le bras, quand un Comanche s'était assis sur lui, avait sorti son couteau, saisi sa chevelure de l'autre main, entaillé la peau autour de la tête, et tiré vers le haut pour tout arracher. « Quand le couteau n'est pas trop aiguisé, dit-il, que des lambeaux de peau résistent, que l'autre insiste, c'est une expérience qu'on n'oublie pas. » Il ajouta que c'était encore douloureux après toutes ces années, surtout par temps humide. Alexis abandonna toute idée d'aller vers l'Ouest.

Quand la nuit tomba, il retourna vers le bateau pour y dormir. Il n'avait pas fait trente pas que deux bras le saisirent par-derrière. Un autre homme apparut et lui asséna un coup de poing dans le ventre. Pendant qu'il cherchait à reprendre son souffle, à genoux, il reçut un autre coup sur la nuque. Une main se glissa dans sa veste et prit la pochette contenant son argent. Il ne lui resta que les pièces dissimulées dans la doublure de sa ceinture.

Il se retrouva pauvre. Il dut interrompre son périple et chercher du travail sur place. On n'avait besoin de personne dans le seul journal de Memphis, *The Appeal*. Un imprimeur fut ému par son histoire et l'embaucha. Il apprit un nouveau métier et redressa sa situation financière en vivant frugalement. Il resta huit mois à Memphis, puis reprit un bateau. Quand il parvint à l'endroit où la rivière Ohio se jette dans le Mississippi, il changea de voie d'eau, se dirigea vers le nord-est et s'arrêta à Pittsburgh, dans l'ouest de la Pennsylvanie.

Il pouvait maintenant se dire journaliste et imprimeur. Il ne trouva rien pendant les premiers jours. Il commençait à s'inquiéter quand il tomba sur une annonce. Un certain

James C. Breckenridge, qui se disait « *honourable* », cherchait un précepteur pour ses deux enfants. Pourquoi pas ? Il l'avait déjà fait. Ce serait probablement ennuyeux, mais peu exigeant et, de toute façon, ses options étaient réduites.

Breckenridge embaucha Alexis sans lui poser plus de trois questions. La somme proposée était si généreuse qu'il n'y eut aucune discussion. Il s'avéra que c'était une famille de fous. Breckenridge avait hérité une petite fortune de son père, actif dans le charbon et le transport de marchandises. Il s'estimait dispensé de devoir travailler. Il passait des heures à collectionner des insectes qu'il épinglait sur des tableaux. Il y en avait sur tous les murs. Le reste du temps, il le passait debout, immobile, au milieu de son jardin, avec parfois un fouet noué autour de la taille. Il tirait des coups de pistolet ou de fusil au ciel, visant des cibles qu'il était seul à voir. Il rechargeait et recommençait, disparaissant peu à peu dans un nuage de poudre noire.

Alexis comprit immédiatement pourquoi les enfants, deux jumeaux de 12 ans qu'il ne sut jamais distinguer, n'allaient pas à l'école. Ils criaient, hurlaient, babillaient, se tordaient de rage au sol et ne pouvaient marcher en ligne droite. Incapables de se concentrer plus de quelques secondes, ils jetaient leurs livres par terre et trouvaient plus amusant de pourchasser le chat avec un crayon aiguisé.

La mère jetait des objets à la tête de sa femme de chambre, de sa cuisinière, du jardinier. On achetait leur soumission avec des salaires qu'ils n'auraient jamais eus ailleurs. Quand elle était calme, elle classait et reclassait une immense collection de figurines d'animaux exotiques. Elle était convaincue que les tables, les chaises, les divans finiraient par bouger d'eux-mêmes. Alexis ne comprit pas si elle pensait que chaque objet était habité par un esprit, ou que le sien serait un jour assez puissant pour leur imposer sa volonté. Il donna sa démission après moins d'un mois et se demanda quelle ville lui offrait les meilleures possibilités.

C'est ainsi que, le 6 juillet 1843, il arriva à New York.

Il tuait le temps dans la minuscule salle où l'éditeur du *New York Tribune*, Horace Greeley, faisait patienter ceux qui demandaient un entretien. Alexis était à New York depuis quatre jours. Paris n'était plus qu'un lointain souvenir, comme si la traversée de l'océan avait signifié un éloignement dans le temps autant que dans l'espace. Il revoyait un jeune dandy, auteur à succès, salué, encensé, invité dans les salons les plus élégants, entouré d'amis. Ce devait être quelqu'un d'autre, un individu qui devait son ascension rapide au fait qu'il n'avait pas conscience de ses limites.

Il avait songé à rentrer à Montréal. Un petit milieu pour un petit personnage ? Et si c'était l'ordre naturel des choses ? Mais il rejeta l'idée pour la même raison que toutes les autres fois. Avait-il le mal du pays ? Oui, mais il ne parvenait pas à se représenter le pays sans que reviennent des pensées noires, sans qu'il s'imagine des regards entendus et des chuchotements dans son dos. Était-il condamné à être un éternel déraciné ? Mais qui l'avait condamné à cet exil, hormis lui-même ?

Une porte s'ouvrit et Greeley apparut. L'éditeur du *New York Tribune* en était aussi le fondateur. L'homme venait tout juste de dépasser la trentaine. Il avait des yeux vifs derrière ses petites lunettes. Il sourit à Alexis et lui fit signe d'entrer. Il était affable mais pressé.

Alexis avait réfléchi à son affaire. L'enseignement était hors de question. Le théâtre ne le nourrirait pas. L'imprimerie était une possibilité. Les journaux semblaient, à court terme, sa meilleure option. Sitôt arrivé, après avoir loué la chambre la moins chère au terme d'une matinée de recherche, il entra dans la New York Society Library et se dirigea vers la section des journaux. Il eut le sentiment que trois d'entre eux dominaient la scène : le *Tribune* de Greeley, le *New York Herald* de James Gordon Bennett et le *New York Evening Post* de William Cullen Bryant. Il expliqua au bibliothécaire

qu'il venait d'arriver et lui demanda si son impression que ces trois étaient les plus importants était juste.
— *I guess you could say so. Of course, it depends what your tastes and views are.*
Il constitua trois piles d'exemplaires passés de chacun. Le *Herald* se vantait d'avoir le plus fort tirage. Deux numéros lui suffirent pour comprendre que le *Herald* était un de ces journaux qui veulent amuser et divertir bien plus que moraliser, mener des croisades ou dire aux gens quoi penser. Et pourquoi pas? L'*Evening Post* semblait le plus sérieux. Le bibliothécaire confirma que c'était le plus respecté. On s'y affichait contre l'esclavage, pour l'immigration, et pour le droit des ouvriers de se regrouper pour négocier collectivement. On y trouvait aussi des critiques de théâtre, et son éditeur, Bryant, était, disait-on, un poète de talent. Tout cela plut beaucoup à Alexis. Mais l'*Evening Post* était en activité depuis près d'un demi-siècle. Est-ce qu'une telle institution ferait confiance à un parfait inconnu qui évoquerait de lointains succès parisiens?
Il commencerait donc par le *Tribune*, une grande feuille rectangulaire pliée au milieu du côté le plus long, ce qui donnait quatre pages. C'était un journal qui n'avait que deux ans, en ascension, qui devait encore faire sa place. Il cherchait peut-être des collaborateurs. Le journal aspirait manifestement à devenir un quotidien national. On jouait la sobriété, la rigueur. Alexis demanda au bibliothécaire s'il connaissait ce Greeley, son directeur. Celui-ci ne le connaissait pas personnellement, mais avait entendu dire qu'il venait du New Hampshire, d'un milieu humble, et qu'il avait d'abord été imprimeur. Alexis lui expliqua qu'il cherchait un emploi de journaliste.
— *Give it a try then, and best of luck. He's a Clay man though. Don't you forget it.*
Alexis l'avait compris en lisant le journal. Le journal soutiendrait la candidature d'Henry Clay à l'élection présidentielle de l'année suivante. Il ne comprenait pas trop les différences subtiles entre les principaux aspirants, Clay, Polk, Tyler, le

président sortant, et Van Buren, ex-président qui songeait à un retour. Il serait prudent s'il obtenait un entretien et que le sujet était soulevé. Fondamentalement, il avait sous les yeux un journal qui ne flattait pas les bas instincts, qui refusait les publicités promettant la repousse des cheveux, qui proposait des extraits de livres, et dont les articles étaient clairs et sobres.

Il était maintenant devant Greeley et pouvait l'examiner. C'était un petit homme rond dont on devinait qu'il s'arrondirait encore avec le temps. Sa calvitie progressait vite, mais de longs cheveux retombaient sur ses épaules. Son allure débraillée indiquait que l'apparence était le dernier de ses soucis. Il avait enlevé sa veste. Il était tôt, mais deux demi-lunes sous les aisselles maculaient déjà sa chemise. Il avait de petites mains potelées et des ongles noirs. Des piles de papiers étaient en équilibre précaire sur son bureau. Un rayon de lumière éclairait la couche de poussière qui recouvrait toutes les surfaces qui n'étaient pas utilisées. Derrière lui, sur une petite étagère, il y avait, au-dessus d'une autre pile de documents, un haut-de-forme avec la calotte la plus absurdement élevée jamais vue par Alexis.

— *So, young man, what's your story?*

L'homme qui le traitait de «*young man*» était à peine plus vieux que lui. Mais s'il lui offrait de se présenter, c'est qu'il y avait au moins une ouverture. Alexis raconta ses pérégrinations. Il passa vite sur ses origines, mentionna en passant qu'il avait tiré quelques coups de fusil dans une cause perdue, évoqua ses années parisiennes, et détailla surtout ses expériences américaines dans le journalisme et l'imprimerie. Greeley lui demanda pourquoi il avait quitté la France. Il expliqua que le théâtre ne faisait plus ses frais et qu'il fallait voir le monde quand on est jeune.

— *Well*, dit Greeley, *if a man can tell a good story, he should be able to write one.*

Alexis jugea avoir raconté l'essentiel. Greeley le regardait amicalement, cherchant à se faire une idée. Il demanda :

— *And what do you think of our city, if I may inquire?*

Alexis répondit qu'il était impressionné par son énergie, par sa vitalité, mais que Paris et Londres l'avaient préparé, et qu'il était certain de s'y sentir à l'aise.

— *Hem, I see, I see. Familiar with the political landscape, young man?*

— *Not like you, sir, but I'd say yes. And eager to learn more.*

— *Who would be your man next year?*

Il comprit que la question portait sur l'élection présidentielle. Il se souvint du bibliothécaire.

— *Well, sir, I would never pretend, not at this stage at least, to know all the fine details, but I'd say senator Clay...*

Cela suffisait à Greeley qui lui coupa la parole.

— *Ever been to Texas, son?*

— *No, sir.*

— *Want to?*

— *Haven't thought about it, really. You'd send me there?*

— *That's not what I said. Just wondering. Would you favor Texas joining our republic?*

C'était le deuxième test, même si Alexis était maintenant persuadé que Greeley pouvait s'accommoder d'une divergence d'opinion avec un subordonné.

— *Well, sir, on the one hand, the West, including the South West, is wide open, full of possibilities, waiting to be settled. Expansion would only strengthen the country if done properly. But Texas would be a slave-holding State. It would be a thorny issue given the delicate balance...*

Il savait quoi répondre et où s'arrêter. Sur les 26 États, 13 permettaient l'esclavage et 13 l'interdisaient. Cette division ne pourrait durer éternellement. Chaque discussion pour admettre ou non un territoire de l'Ouest à titre d'État finissait par tourner autour de cette question et de son impact sur cet équilibre.

— *Exactly*, lança Greeley, brandissant un petit poing fermé. *Opposition to slavery in principle but prudence in practice. That is my view and it is the view of this paper, which is a principled and fighting paper on that issue.*

Il se calma aussitôt. Alexis se tint coi. Greeley le fixa longuement. Alexis soutint son regard.
— *I'll tell you what. Here's my proposal, young man. Ever heard of the Astor House on Broadway?*
— *Of course, sir. Who hasn't?*
The Astor House était l'hôtel le plus luxueux de tout le pays. Les New-Yorkais les plus riches, les plus connus, les plus flamboyants y dînaient, les étrangers du plus haut rang y séjournaient. On ne pouvait y être sans tomber sur des personnalités dont le commun des mortels voulait entendre parler. Alexis irait dans la salle à manger, ordonna Greeley, au comptoir, pas à une table, deux verres tout au plus, pas de repas, car le journal n'en avait pas les moyens, et il ferait un article sur ses observations. Il voulait de la couleur, de l'odeur, que le lecteur voie comme s'il y était.
— *Go for the killer detail*, dit-il. *Be the proverbial fly in the room as they say. We'll see if you can watch and write as well as I hope. If you do, consider yourself hired. If you don't, you will be told in no uncertain terms. How does that sound?*
— *Fine with me, sir.*
— *Well then, off you go, young man.*
Et il lui signala, tout en souriant, à la fois la porte et la fin de l'entretien.

Deux heures plus tard, Alexis observait la faune dorée de la salle à manger de l'Astor. Un serveur soudoyé lui indiqua qui était qui. Le soir même, l'article était écrit. Le lendemain matin, il fut remis à un homme avec une allure de souris qui contrôlait l'accès au bureau de Greeley.
— *Just wait here*, dit la souris, et elle se glissa dans la pièce derrière lui. L'homme ressortit au bout de quinze minutes, les mains vides.
— *Congratulations, sir. Consider yourself a* Tribune *man.*
Aucune somme d'argent n'avait été discutée. L'idée ne lui était même pas venue. Le lendemain, quand il vit, au bas de la page trois, son *Luminaries' Lunch at The Astor*, il fut soulagé plus que satisfait et n'éprouva pas le centième

de l'excitation ressentie la première fois qu'il avait vu sa prose imprimée.

Juillet fut chaud, humide, poisseux. Août fut moins éprouvant. Il couvrait habituellement les événements que Greeley lui ordonnait. Parfois, il proposait des sujets. Ils étaient acceptés la plupart du temps. Il estima que tant que sa situation n'était pas mieux assurée, il valait mieux faire du reportage, être sur le terrain, être concret, épouser les causes de son éditeur. Peut-être qu'un jour la littérature ou le théâtre lui feraient signe. Il laisserait venir. En attendant, il ferait le boulot pour lequel il était payé et apprivoiserait la ville.

New York n'était pas Paris. Certes, comme à Paris, il retrouvait des odeurs et des splendeurs, de la crasse et de la grâce, pauvres et riches, dentelles de soie et jambes de bois, beaux esprits, esprits malins et simples d'esprit, nés là ou venus de partout, se mêlant tout en se détestant. Mais les choses changeaient plus vite à New York qu'à Paris, l'argent y était plus visible, on s'en faisait une fierté, on l'étalait, on s'y vautrait, argent à la fois dieu et diable. On ne parlait que de cela ou, si l'on parlait d'autre chose, on finissait par discuter de sa valeur. Mais comme à Paris, le vieil argent distingué méprisait le nouvel argent vulgaire, qui le lui rendait bien. Et si la Seine était la jugulaire de Paris, les quais étaient les poumons de New York.

Alexis écrivit sur ces nouvelles demeures qui disposaient d'eau potable sur demande, sur des évasions de prison, sur des commerçants terrorisés par les gangs, sur ces gangs qui se disputaient des coins de rue, sur des soupçons de contrats attribués illégalement par le maire Morris, sur les ordures qui jonchaient les rues, sur les cochers qui manquaient de tuer des piétons, sur tout. Forcément, sa connaissance de la ville progressait à toute vitesse. Il avait le don de mettre les gens en confiance et de les faire parler. Il écrivait vite, clair, sans détour, de façon colorée, et Greeley s'étonnait que l'anglais ne soit pas sa première langue.

Une chose ne cessait de le surprendre. On croyait savoir d'avance ce que les lecteurs apprécieraient plus ou moins, mais on était fréquemment surpris. Un article sur lequel il misait beaucoup passa totalement inaperçu. Il racontait une toute récente invention venue d'Europe dont on lui avait fait une démonstration concrète. Un homme assoyait devant lui un autre homme, comme un peintre qui demanderait à un modèle de poser pour lui. Il plaçait entre eux une boîte percée d'un trou laissant entrer un minuscule rayon de lumière. L'image renversée du poseur finissait par apparaître sur une plaque de cuivre à l'intérieur de la boîte. La plaque était traitée avec des procédés chimiques compliqués. Finalement, on obtenait un portrait si exact qu'il ne nécessitait aucune retouche. Le plus grand artiste n'aurait pu être plus fidèle. L'article d'Alexis coula comme une pierre au fond d'un lac. Il en fut meurtri, car il avait craint que l'endroit où la plaque était traitée, enveloppé de vapeurs écœurantes, saute comme une bombe.

Il n'eut pas davantage de succès avec un article sur un ahurissant jeune homme à la peau foncée qui dansait en faisant claquer des pièces de métal fixées aux talons de ses chaussures. Il défiait quiconque dans l'assistance de faire mieux. Chaque fois qu'on croyait qu'il ne pouvait aller plus vite ou faire plus compliqué, il y parvenait.

On le félicita beaucoup pour une histoire sur un mystificateur qui exhibait une femme à barbe, un poisson avec une tête de singe, deux Asiatiques fusionnés ensemble, et un assortiment de géants, de nains, d'êtres difformes et de supercheries grotesques. Le comique résidait dans la naïveté des spectateurs floués. Il entendait Greeley rire dans son bureau avant d'envoyer le texte à l'impression.

Alexis traînait cependant sa mélancolie pessimiste et ce feu coupable entre les cuisses. Il crut s'en délivrer par une fièvre mystique qui dura trois jours. Il connut la chute, la honte, le remords, la révolte, les rencontres clandestines, la rage.

Au début de septembre 1843, Greeley le fit venir dans son bureau. Il le complimenta sur son travail et lui annonça qu'il voulait lui confier une mission de la plus haute importance.

Horace Greeley

Chapitre 14

Le journal d'Antoine I

4 mars 1843

Il neige depuis deux jours. Je travaille de chez moi. Personne dans les rues. Ma femme m'a annoncé ce matin que je serai de nouveau père à l'automne. Quatre ans entre les deux, ça me convient. Ce sera bon pour Julien d'avoir un frère ou une sœur. Elle m'a dit la chose comme si elle avait commenté le temps qu'il fait en regardant par la fenêtre.

9 mars 1843

C'est fou le nombre de faillites. Il y a sans doute là de bonnes occasions, mais je manque de temps.

14 mars 1843

Je me suis engueulé avec Pothier au bureau. Si Pothier, qui est instruit, pense ainsi, pas étonnant que le peuple soit perdu. Quand il parle de politique, un tel est trop ceci ou trop cela, ça irait mieux avec un tel ou un tel. Tout est ramené aux personnalités, à une bonne volonté insuffisante, à des incompréhensions, à des incidents isolés. Il ne voit pas la logique d'ensemble, la mécanique à l'œuvre. Pothier est un gentil sot.

19 mars 1843

Ai soupé chez les Hébert. Toujours agréable. J'y suis allé seul. Ils ne posent plus de questions.

22 mars 1843

Suis allé au théâtre Molson. On annonçait que ce serait drôle. C'était surtout mal joué, mais il y avait du beau monde. Sauvageau était là, faisant le paon.

26 mars 1843

Dîné avec Tessier. Comme Pothier, il ramène toujours tout à des disputes et à de petites intrigues politiques. Il ne voit pas que notre langue, nos mœurs, auxquelles il se dit si attaché, sont justement une question hautement politique, tributaire d'un rapport de force. Nous manquons terriblement d'éducation politique. Nos divisions nous affaiblissent. Elles sont inévitables, mais aussi entretenues.

28 mars 1843

On dit que le gouverneur Bagot est tellement malade qu'il n'a plus la force de rentrer en Angleterre. J'ai dit à monsieur La Fontaine qu'il est avantageux d'être sans gouverneur depuis deux mois. Il n'était pas d'accord.

30 mars 1843

De mauvais bruits nous parviennent des canaux. Bagarres quotidiennes et arrêt des travaux. *La Minerve* demande la troupe et qu'on chasse les mécontents. C'est une erreur. Si les ouvriers estiment qu'ils n'ont plus rien à perdre, c'est là qu'ils deviendront désespérés et incontrôlables.

3 avril 1843

Les journaux reviennent avec l'idée que les ouvriers sont manipulés par une poignée d'agitateurs plutôt qu'en colère pour de bonnes raisons. Pas l'ombre d'une preuve. Mais depuis quand faut-il des preuves si on veut flatter les instincts ?

4 avril 1843

L'Aurore des Canadas reprend la thèse du complot. On dirait que tous nos journaux sont écrits par les mêmes gens.

8 avril 1843

Je pensais Pothier en froid avec moi, mais il m'a parlé d'actions d'une compagnie de chemin de fer que je pourrais acheter. Une bonne affaire, qu'il dit. À examiner.

10 avril 1843

Ma femme veut changer le mobilier du salon. Il fait parfaitement l'affaire, mais ça l'occupera.

13 avril 1843

Mes problèmes de peau m'empêchent de bien dormir. Le docteur Murchison conseille des bains d'amidon. Le printemps s'annonce magnifique et va aider.

17 avril 1843

De l'argent facile avec toutes ces ventes de terrains des Sulpiciens. Je ne vais pas seulement préparer les papiers. Je vais moi aussi regarder de plus près les occasions.

24 avril 1843

Suis passé voir mon père. Il a pris un coup de vieux. Je le néglige et je m'en veux.

28 avril 1843

Ma femme s'arrondit plus vite, me semble-t-il, que du temps de Julien. Si son humeur pouvait s'arrondir aussi.

1ᵉʳ mai 1843

Bon repas à l'auberge Saint-Gabriel. Tous les collègues y étaient. Chacun sait ce que les autres pensent. On s'est chamaillés gentiment.

6 mai 1843

Ma femme suit des traitements aux sangsues. Elle était couchée quand les meubles sont arrivés. Très contrariée. Il a plu toute la journée.

10 mai 1843

Quel cadeau Fabre m'a fait! Une pile de journaux parisiens de mars! Quel bonheur! *Le Siècle, La Presse, Le Journal des Débats*! Accueil mitigé pour la dernière pièce d'Hugo, ou échec? Ça dépend qui on lit. Mais comme cette presse pétille en comparaison de la nôtre! Bugeaud chasse les Arabes de leurs terres en Algérie pour les donner aux colons. Est-ce que la France est tellement mieux que l'Angleterre?

15 mai 1843

Demain j'expliquerai à monsieur La Fontaine que je suis honoré d'être son secrétaire particulier, que je lui dois tout, mais que je l'aiderai davantage si je suis élu à la Chambre.

17 mai 1843

Monsieur La Fontaine m'a écouté avec bienveillance. Il n'était pas enchanté, mais il comprend. Il a dit: «Je ne peux vous reprocher votre ambition en même temps que j'entretiens la mienne.» Derrière sa froideur et ses calculs, c'est un homme bon. Je l'approuve sur l'essentiel. Si nous sommes des sujets anglais, il faut exiger le même traitement que les vrais Anglais, et un régime imparfait est un régime perfectible.

21 mai 1843

Bagot est mort. On attendait la nouvelle. On ne sait rien de Metcalfe qui le remplacera.

29 mai 1843

Dois partir en tournée dans mes terres d'enfance. Les Raymond y ont encore tout un nom. Je serai élu chez moi par les miens. Je veux des gens acquis à ma cause partout sur le terrain. Ma femme va hurler quand elle saura.

5 juin 1843

Pothier dit qu'il a vu des mouvements de troupes et que ce n'étaient pas des exercices. Dîné chez Riverin. Je pensais saluer Édouard Clément, qui devait y être, mais il n'y était pas.

8 juin 1843

Il est confirmé que des soldats du 74ᵉ Régiment sont arrivés à Beauharnois. Je ne vois pas comment des soldats peuvent forcer un retour au travail. J'ai dit à monsieur La Fontaine que tout ça allait mal tourner. Il n'a pas réagi. Il semblait préoccupé par autre chose. Je vais retarder ma tournée.

Chapitre 15

Lundi rouge

Le vent se leva, les nuages cachèrent le soleil de midi, tout devint gris. Le vent gagna en violence et la barge acheva de traverser le fleuve. Thomas prit par la bride son cheval effarouché, le débarqua sur la terre ferme, le calma. Il ajusta sa selle et l'enfourcha. Il regarda au loin, éperonna sans pitié l'animal, et le lança au galop en direction de l'auberge Grant.

Il cria à pleins poumons pour encourager l'animal et pour que les ouvriers dégagent l'étroit chemin de terre. Plusieurs plongèrent sur les côtés au dernier moment. On l'insulta copieusement. On brandit le poing en le maudissant. Tous ces ouvriers quittaient leurs campements et convergeaient vers l'auberge. Il en venait de partout, certains seuls, d'autres en groupe. La plupart longeaient le chemin, mais on en voyait qui coupaient à travers champs. Il entendit au loin un air de cornemuse. Quand il fut proche de l'auberge, il dut ralentir tant les protestataires encombraient la seule voie. Beaucoup d'hommes étaient armés de manches de hache, de gourdins, de fourches. Les regards haineux dont on le gratifiait durcissaient sa propre colère.

La veille, quatre ouvriers étaient entrés chez Elliott, un des entrepreneurs, et l'avaient battu. On lui avait donné vingt-quatre heures. Il verserait trois shillings par jour ou il mourrait. Deux jours avant, Brown et MacDonald avaient aussi été visités. Deux cents ouvriers les avaient encerclés. Ce serait trois shillings ou on les viderait de leur sang eux aussi. Crawford était absent quand ils arrivèrent chez lui. On saccagea sa maison et son magasin. Le plan des émeutiers était clair : on faisait pression sur chaque patron individuellement, et si un cédait et consentait aux trois shillings, les autres auraient du mal à ne pas suivre.

Plus Thomas approchait de l'auberge, plus la masse des ouvriers devenait dense. Le cheval avançait maintenant au pas. Les travailleurs, par défi, s'écartaient à peine pour laisser la bête passer. Beaucoup le faisaient sans même se tourner. Sitôt que le cheval engageait sa tête et son poitrail dans la trouée, la foule se refermait sur ses flancs et sur les jambes de Thomas pour l'intimider et gêner sa progression. Le cheval devenait nerveux. Une voix s'éleva pour crier ce que tous savaient :

— *It's him! It's bloody him!*

Une autre ajouta :

— *Yeah, it's him, how dare he ?!*

Puis une autre :

— *Leech! Bloodsucker!*

Ce fut comme un signal. On déversa sur lui une pluie d'invectives, de menaces.

— *The Devil himself!*

— *Three shillings, you bastard!*

— *Send him back to hell!*

— *Off his horse! Get him off his horse!*

Le reste se perdait dans le tumulte. Thomas s'était refusé à céder le chemin à ces misérables. Il y avait droit. Il était hors de question de leur laisser croire qu'il était intimidé. Il s'en voulait maintenant. Le cheval ne pouvait plus avancer. Ils étaient encerclés. Un homme cracha sur une des bottes de Thomas. Le cheval ne comprenait plus, se laissait gagner par la peur. Sa tête énorme se balançait de gauche à droite. Thomas le tapota, le caressa. Autour de lui, ce n'étaient que cris, railleries, moqueries, insultes. Le ton montait. Thomas regardait devant lui, restait bien droit, faisait semblant de ne rien entendre. Le cheval était de plus en plus nerveux. Ses yeux devenaient immenses. Ses oreilles s'étaient redressées. Il bavait, reniflait, secouait la tête de plus en plus violemment.

L'animal lâcha soudain un hennissement énorme, interminable, puis se redressa sur ses pattes de derrière, ce qui éloigna les hommes autour. La bête tournoyait sur elle-même, cabrée, ses pattes de devant remuant follement, comme un naufragé tentant de s'agripper à un canot. Thomas raccourcit les rênes et contracta les muscles des cuisses. Il se pencha sur le cou de la bête pour faire contrepoids et ne pas être éjecté. Dès que le cheval reposa ses pattes sur la terre, un colosse barbu s'avança et l'agrippa par la bride. La foule se referma sur eux. Thomas reçut un trognon de pomme en plein visage. Un de ces enragés finirait par lui donner un coup de fourche ou casserait une patte à l'animal à coups de bâton. Les visages des hommes étaient déformés par la colère, la rage, la soif de revanche. La clameur montait.

Thomas entendit un claquement sec. Un homme avait frappé la croupe du cheval avec sa ceinture. L'animal faisait maintenant des ruades terribles. Un autre homme poussa un cri. Thomas se tourna à moitié pour voir. L'homme avait reçu un coup de sabot dans le ventre et se tordait au sol. Bien fait pour lui. Ses compagnons le tiraient pour lui éviter d'être piétiné. Le cheval était maintenant fou furieux. Même le géant qui lui tenait la bride l'avait lâché et s'était éloigné de quelques pas. Les naseaux de l'animal étaient remplis d'écume blanche, sa robe noire luisait de sueur, ses muscles frémissaient, et Thomas luttait de toutes ses forces pour ne pas tomber.

Il n'avait pas peur, il était tendu, oui, grisé aussi, mais surtout conscient d'être en danger de mort. S'il chutait, on le massacrerait à coups de bâton. Il rentra la tête dans les épaules pour éviter ce qu'on lui lançait. Il reçut du crottin frais sur le torse. Dans les rires cyniques, il y avait le désespoir de l'enragé qui n'attend plus rien du ciel. Une pierre l'atteignit en plein front. Il tangua, étourdi, et ses yeux devinrent vitreux. Pendant un instant, il ne sut plus où il était. Le sang qui coulait de son front l'aveuglait. Il luttait de toutes ses forces pour contrôler sa monture affolée. Il avala son sang chaud. Et aux insultes, aux imprécations, se mêlaient maintenant des menaces de mort.

— *Kill the bastard!*
— *Gut him like a pig!*
— *Three shillings! Three shillings!*
— *Symons said yes to three! And Brown too!*
— *And now you bastard!*
— *Off the horse! Off the horse!*
— *Let's see how much of a man he is!*
— *Not much without your thugs, hey?!*
— *Three shillings or death!*
— *Yeah, slow and painful!*

Plusieurs hommes tournaient autour du cheval fou de peur, tenant leurs bâtons à deux mains. L'un d'eux faisait des moulinets au-dessus de sa tête. Tous les autres les encerclaient. C'était une masse compacte. Thomas chercha l'auberge, la vit à environ 200 verges. Les soldats postés là-bas ne viendraient pas à son secours. Il lui fallait toute sa force pour rester sur son cheval. À ce moment, le géant barbu qui avait pris l'animal par la bride plus tôt s'approcha. Il agrippa le bas de la veste de Thomas pour le jeter au sol. Thomas enleva son pied de l'étrier, tenta de le repousser. Il sortit son pistolet de sa ceinture, arma le chien, le leva en l'air pour que tous le voient. Mais rien n'y fit. Le barbu voulait le faire tomber. La foule furibonde se chargerait du reste. On allait le piétiner, le déchiqueter, le massacrer à coups de bâton, en jouir. La clameur était assourdissante. Thomas se raidit, pointa le canon de son pistolet sur la poitrine de l'homme agrippé à lui et tira à bout pourtant.

Le bruit terrifiant paralysa la foule. La clameur cessa. On n'entendit plus que les hennissements du cheval, ses sabots frappant le sol, l'écho du coup de feu. L'homme atteint recula de deux pas en titubant, les yeux ronds de surprise, cherchant à comprendre. Ses yeux allèrent de sa poitrine à Thomas et de nouveau à sa poitrine. Sa chemise de coton blanc, très échancrée, rougit à toute vitesse. Le rond initial devint une mare. Il fit quelques pas chancelants, comme s'il était ivre. Puis il déchira sa chemise d'un coup avec ses deux mains, se regarda longuement la poitrine, fixa Thomas, la barbe maculée de sang, les yeux livides, agrandis, le visage d'une blancheur de farine. Il tituba encore, la vie acheva de le quitter, et il tomba vers l'arrière, tout raide, lentement d'abord, puis plus vite, comme un arbre dans la forêt.

La stupeur joua en faveur de Thomas. Pendant que tous regardaient, subjugués, le chêne abattu, ne croyant pas ce qu'ils voyaient, Thomas enfonça ses éperons dans les flancs de son cheval, lui cria un ordre, et la bête se projeta en avant, heureuse de s'enfuir autant que lui. Il se colla à elle pour offrir la plus petite cible, espérant qu'aucun des hommes n'ait une arme à feu. Le cheval lancé à toute allure sur le chemin fendit la mer humaine. Il ne ralentirait pas, et tant pis. Il vit de nouveaux ouvriers courant dans la prairie pour rejoindre les autres.

L'auberge était entourée d'une clôture de cèdre avec un portail dans le milieu. Juste devant celui-ci, la foule était plus dense encore, débordait de chaque côté du chemin, comme un long serpent déformé par une proie avalée entière dans son estomac.

Quand il fut tout proche, deux soldats ouvrirent le portail pendant que deux autres pointaient leurs armes sur les ouvriers leur faisant face, qui ne virent arriver le cavalier qu'au dernier moment. Il fouetta sa monture et, sitôt qu'il eut franchi en trombe le portail, soulevant des nuages de poussière, les soldats le refermèrent derrière lui, pendant que l'un hurlait qu'il n'hésiterait pas à tirer.

Une dizaine d'autres soldats étaient alignés à mi-distance entre la clôture et la porte principale du bâtiment. Thomas descendit et s'empressa d'attacher son cheval à la roue d'un chariot de transport militaire. D'autres soldats, attendant de relever ceux qui montaient la garde, étaient debout ou assis au sol, de chaque côté de l'entrée, fusils à leurs pieds ou reposant contre le mur. Juste avant d'entrer dans l'auberge, il se retourna. Il devait y avoir plusieurs centaines d'hommes derrière la clôture donnant sur la façade. Il aperçut le joueur de cornemuse. Plusieurs se dépêchaient d'encercler l'auberge. Les plus excités étaient à califourchon sur la clôture. D'autres arrivaient. La nouvelle de l'homme abattu, quand elle se répandrait, gonflerait leur furie.

Thomas fut étonné quand il pénétra dans l'auberge. On aurait dit qu'une tornade était passée. Le plancher du hall d'entrée était rempli d'éclats de verre. Une femme ramassait les plus gros tessons avec ses mains. Une autre la suivait avec un balai. Des fauteuils avaient été éventrés, des tables renversées. Le grand chandelier du plafond gisait au sol. Des domestiques couraient dans tous les sens. Certains pleuraient, prostrés sur des chaises.

Dans un coin, il vit quatre soldats. Ils ne faisaient rien d'utile, n'exécutaient aucun ordre. Leur jeunesse frappa Thomas. L'un d'eux, dans un uniforme trop grand pour lui, n'avait pas 17 ans. Thomas fut certain qu'il n'avait jamais connu un vrai champ de bataille. La frayeur se lisait sur son visage. Où était le magistrat Laviolette ? Si la meute à l'extérieur n'était pas dispersée, elle finirait par charger. Il reconnut un garçon d'écurie, l'agrippa par le col, lui ordonna de mettre son cheval en sécurité. L'autre le regarda d'un air ahuri. Il avait oublié que son visage ruisselait de sang. Il supposa que Laviolette et les officiers devaient être dans la salle à manger. Il s'y dirigea, mais aperçut Grant, l'aubergiste, assis sur les marches de l'escalier menant aux chambres du premier étage. Sa femme mettait des compresses sur son visage. Il avait sur le front une bosse de la taille d'un œuf. Thomas mit un genou au sol devant lui.

— *What happened?*

Grant, assez calme dans les circonstances, raconta qu'un premier groupe d'ouvriers était arrivé vers 9 heures du matin. Ils étaient des dizaines. Leurs chefs franchirent le portail, s'avancèrent jusqu'aux marches, exigèrent de voir MacDonald. Ils savaient qu'il logeait à l'auberge. Ils voulaient lui arracher trois shillings par jour. MacDonald sortit, dit Grant, alla à leur rencontre, refusa de céder. Ils lui cassèrent un bras d'un coup de gourdin. Il rentra à toute vitesse et se cacha dans un tonneau. Les employés se réfugièrent au grenier. Ces excités, poursuivit Grant, étaient entrés et on en voyait maintenant le résultat. Ils le battirent lui aussi quand il tenta de les raisonner.

— *And the soldiers*, demanda Thomas, *they let it happen?*
— *Half of them weren't even here.*

Tôt le matin, rapporta Grant, Laviolette avait reçu une lettre urgente de Symons dont la maison était assiégée. Il était parti avec une trentaine d'hommes, commandés par le lieutenant De Butts.

— *And the others? And what about major Campbell? He was here?*

Grant fit oui de la tête. Il expliqua que le reste de la troupe était cantonné au moulin tout proche. Quand Thomas demanda si la troupe avait laissé faire, Grant ne répondit pas, ce qui était sa façon de dire oui. Sa femme le soignait comme si elle n'entendait rien. Grant ajouta que MacDonald avait traversé le fleuve pour se mettre en sécurité dès qu'ils étaient partis. Les assaillants avaient aussi démoli son entrepôt. Thomas le laissa sans dire un mot.

Il trouva Laviolette avec Crawford, l'entrepreneur-magistrat, et trois officiers britanniques dans la salle à manger, autour d'une table ronde, la seule remise sur ses pieds. Thomas reconnut le major Campbell, le plus haut gradé. Il devina que le grand roux debout à ses côtés devait être ce lieutenant De Butts. Un autre, que Thomas n'avait jamais vu, visiblement de rang inférieur, restait en retrait. La dévastation n'avait pas épargné la vaste pièce. Tout n'était que débris. Deux soldats s'affairaient à départager les chaises brisées de celles intactes. Pas un rideau qui n'avait été arraché. Des fleurs et de la terre noire étaient répandues partout. Il était impossible de marcher sans piétiner de la vaisselle brisée. Dehors, les hurlements gagnaient en intensité.

Tous tournèrent la tête vers Thomas quand ils le virent arriver. Leur air lui rappela que le sang coulait encore de sa coupure au front. Il marcha droit sur eux et toisa Laviolette.

— J'ai failli me faire tuer par ces enragés! Vos hommes étaient où?

— Comme vous le voyez, nous...

— Si j'avais compté sur vous, je serais mort!

Le major Campbell voulut parler:

— *As the commanding officer here...*

— *As the commanding officer*, coupa brutalement Thomas, *it is your duty to obey Mister Laviolette's orders, period.* Alors, Laviolette, vous avez fait quoi? Vous allez faire quoi? Notre position était claire.

Laviolette voulut se donner une contenance.

— Justement, sitôt reçue la demande de monsieur Symons, qui se disait menacé, je suis personnellement parti à son aide avec un détachement de 30 hommes. J'ai lu le *Riot Act* à voix haute aux insurgés et...

— Et quoi? Vous avez fait quoi ensuite? Ne me prenez pas pour un imbécile! Et il a concédé les trois shillings, Symons, n'est-ce pas?

— Écoutez, nous...

— Répondez! Oui ou non? Il a dit oui?

— Oui.

— Donc, vous les avez avertis, vous avez placé la troupe en position et quoi...? Quoi? Ils se sont dispersés?

— Non, je...

— Vous leur avez lu la loi contre les rassemblements séditieux, vous les avez avertis que vous feriez feu s'ils ne se dispersaient pas et...

— Et j'ai pensé que si nous tirions sur ces innocents, ce serait injustifié, une boucherie, un bain de sang, tout serait pire et...

— Et vous avez proposé à Symons de céder ?

Il ne répondit pas.

— Oui ou non ? hurla Thomas.

— Oui.

Derrière Laviolette, le lieutenant De Butts se donnait une raideur martiale qui ne parvenait pas à dissimuler sa gêne. Thomas était hors de lui. Il voulut savoir :

— Est-ce vrai que Brown aussi a consenti aux trois shillings ?

Crawford, assis en face de Laviolette, hocha la tête pour dire oui. Et Crawford laissa tomber :

— *They even have it in writing.*

Crawford expliqua qu'il avait été visité le matin par une foule hostile, mais il avait été prévenu et un détachement de cavaliers des Queen's Light Dragoons attendait de pied ferme. Les ouvriers avaient été dispersés et il s'était empressé de venir rejoindre le reste des troupes à l'auberge. Il ajouta que les soldats ne devaient pas se précipiter partout. Ils devaient rester regroupés, quitte à laisser des biens sans protection. Les diviser, c'était ce que les manifestants voulaient. Ils pouvaient compter sur 50 fantassins bien armés et 30 hommes à cheval.

Ses propos calmèrent Thomas. Au moins, Crawford évaluait la situation froidement. Thomas demanda où étaient Black, McBain, Elliott et les autres. Crawford fit une moue qui voulait dire qu'il n'en savait rien. Le major Campbell, assis, contenait mal sa colère devant ce civil sans mandat officiel qui interrompait leur réunion. Thomas s'en aperçut et l'affronta :

— *And you, major, may I inquire as to why you and your men, stationed a few hundred feet from here, allowed those beasts to destroy and ransack everything ? Are you indifferent to the rights of property owners ?*

La remarque piqua au vif le major. Sa moustache en frémit d'indignation. Il se leva, écarta sa chaise bruyamment et vint se planter à deux pouces du nez de Thomas, qu'il dépassait d'une demi-tête. Il lui parla sans desserrer les mâchoires.

— *You want to know? I'll tell you. Her Majesty's infantry and cavalry are not your private police. I know you and your kind. We are not hired ruffians paid to protect your private interests. You want a police force? You pay for it! You want private muscle? Go out and get it yourself! And we're certainly not here to shoot innocents or let ourselves be killed in the name of your greed and avarice!*

Il se tourna vers la table, ramassa son bicorne, le plaça soigneusement sur sa tête, et tira violemment sur une des manches de sa veste rouge.

— *I have work to do and will not stand a second more of this insolent rudeness.*

Puis il fit un signe de tête à De Butts et à Laviolette, tourna les talons, et voulut partir d'un pas précipité. Il ne s'était pas éloigné de plus de 20 pieds quand la voix puissante de Crawford, remonté par l'arrivée de Thomas, tonna. Le major s'immobilisa.

— *Sir, shall I remind you that you have sworn to uphold the law and lend all requested assistance? And we are the law here, whether it pleases you or not.*

Il parla lentement pour donner un poids maximal à ses mots. Il continua :

— *A refusal to comply with whatever lawful order is given to you will be considered an act of mutiny and insubordination. Officers are not above their own military code nor are they above being court-martialed, sir! You will do as you are told!*

Le major resta dos au groupe, bras raides le long du corps, poings fermés. Puis, l'instant d'après, il reprit sa marche vers la sortie, le claquement de ses talons parvenant à se faire entendre malgré le tumulte croissant de la foule dehors.

Thomas s'approcha du jeune lieutenant De Butts :

— *We understand, lieutenant, that this morning, when Mister Symons called upon you for help, you were ill-prepared and found yourself under difficult circumstances. It will not happen a second time. Get your troops ready for action.*

Ce benêt ne méritait que le mépris, mais Thomas le voulait de son côté. De Butts se mit au garde-à-vous, puis sortit, suivi du sous-officier. Les clameurs de la foule devenaient plus véhémentes. Un claquement sec se fit entendre. Pistolet, fusil ? Y en avait-il parmi ces misérables qui avaient des armes à feu ? Un des employés de Grant, un Canadien, entra de façon précipitée, tout époumoné.

— Y en a qui ont sauté la clôture ! Ils sont sur la propriété ! Ils veulent entrer !

Une vitre fut fracassée. Thomas vit que Crawford disait quelque chose à Laviolette, mais il n'entendit rien. Au dehors, beaucoup scandaient, en chœur :

— *Three shillings! Three shillings! Three shillings!*

Ils n'étaient plus que trois dans la grande salle dévastée. Mais Crawford, en humiliant le major Campbell, avait fait tourner le vent. Il fallait maintenant amener Laviolette dans la direction souhaitée. Il s'agissait de disperser cette meute en prenant les moyens requis. Thomas fit à Crawford un signe discret qui voulait dire : « Laissez-moi faire. » Il prit Laviolette par le coude, l'amena à l'écart, lui parla comme à un collaborateur estimé.

— Je comprends, monsieur Laviolette, l'extrême difficulté de votre situation. Vous avez des moyens insuffisants, ils sont nombreux dehors, et je sais qu'il y a eu des désertions nombreuses parmi les troupes. Mais ce rassemblement est séditieux et insurrectionnel, et vous le savez aussi bien que moi.

Laviolette l'écoutait tête baissée, en se frottant le menton. Thomas le laissa digérer ce qu'il venait de dire et continua :

— La loi est claire et elle est avec nous. Ces gens dehors sont plus que trois, le regroupement est volontaire, ils ont utilisé la violence, et de la propriété privée a été endommagée et volée. Nous avions convenu d'une ligne de conduite. Si nous laissons l'anarchie triompher, quelles seront les suites ? Et quelle sera votre situation ?

Laviolette leva la tête vers lui. Thomas dit :

— Vos intérêts et nos intérêts convergent, et quand un homme fait son devoir...

Thomas s'arrêta. Il était inutile qu'il termine sa phrase. Laviolette le fixa un moment, puis lâcha :

— Je sais ce que j'ai à faire. Défendre vos intérêts, c'est ça ?

— Appliquer la loi, je dirais.

Laviolette fit semblant de se cabrer une dernière fois.

— La loi est au service de vos intérêts.

— Exact. Et vous êtes la loi. C'est ainsi, que cela vous convienne ou pas. Vos intérêts, votre devoir en fait, et mes intérêts sont les mêmes.

Laviolette, défait, sans option de rechange, quitta la pièce. Il n'avait même pas été nécessaire de lui parler de sa femme et de ses enfants. Il savait ce qu'il avait à faire. Il restait à voir s'il en serait capable. Thomas se dirigea ensuite vers la cuisine. En chemin, il ramassa au sol un chapeau de feutre abandonné dans le tumulte. Dans la cuisine déserte, il trouva de l'eau dans une cruche et lava au mieux son visage. Il vit un linge blanc, sortit son couteau de sa poche, et se tailla une bande de tissu qu'il enroula autour de son front. Puis il enfonça le chapeau sur sa tête pour qu'il retienne son pansement improvisé. Il monta au deuxième étage pour mieux saisir la situation.

Laviolette, un papier à la main, était dans la cour, en discussion animée avec le lieutenant De Butts, qui pointait du doigt les soldats rassemblés devant l'auberge. Thomas se tint éloigné de la grande fenêtre du balcon. Ces forcenés le savaient à l'intérieur de l'édifice, mais le voir alimenterait leur rage. Toutes les chambres de l'étage avaient été abandonnées dans la cohue. Il alla dans chacune d'elles pour voir dehors par tous les côtés. Ils étaient bel et bien encerclés, même si l'immense majorité des agités était massée devant l'auberge.

Les nuages s'étaient dissipés. Le soleil, comme s'il était sorti pour le spectacle, écrasait tout maintenant. Les 50 fantassins étaient au garde-à-vous, leurs fusils sur l'épaule droite, les baïonnettes lançant des scintillements dorés, alignés sur deux rangées parallèles. Les 30 cavaliers des Queen's Light Dragoons, leurs sabres sortis des fourreaux, collés sur le côté droit de leurs poitrines, pointant vers le ciel, avaient été divisés en deux groupes de 15, de chaque côté des fantassins. Tous les effectifs disponibles étaient massés devant la façade donnant sur le chemin. La troupe était à une dizaine de verges de l'entrée principale de l'auberge et à une quinzaine de verges de la clôture. Les habits rouges lui donnaient fière allure, mais Thomas restait préoccupé par la jeunesse et la nervosité des soldats. À l'une des extrémités de la première rangée d'hommes, le major Campbell achevait de s'assurer que tous étaient disposés selon ses ordres.

Les yeux de Thomas se tournèrent vers la foule. Une figure capta son attention. Un homme de haute taille, assez corpulent, portant un chapeau de paille et vêtu d'une redingote bleue défraîchie, avait enjambé la clôture et s'était avancé de quelques pieds. Il était dos aux soldats et face aux ouvriers. Il les haranguait, bougeant à peine. Parfois, il brandissait un poing fermé à la hauteur de la poitrine, comme pour donner du courage aux autres, puis il levait la main, paume vers l'avant, pour les calmer. Tous avaient les yeux sur lui. Thomas ne parvenait pas à saisir ce qu'il disait. Le tumulte faisait que l'homme ne devait être entendu que de ceux juste devant lui. À un moment, il dut dire quelque chose de drôle, car beaucoup rirent. Thomas ne l'avait jamais vu auparavant. Ses hommes avaient pourtant identifié et battu ceux qu'on croyait être les meneurs du soulèvement.

La foule s'étirait maintenant sur des centaines de pieds le long du chemin, de chaque côté du portail. Juste devant l'auberge, la masse était si dense qu'elle occupait une bonne partie du vaste terrain qui montait vers le moulin au bord du fleuve. Dans cette mer humaine, agitée mais qui n'avançait pas, on voyait des visages graves, durs, concentrés, d'autres tordus par la colère, hurlant, excités par une soif de violence, mais d'autres aussi rieurs, bon enfant, amusés, surtout chez les plus jeunes, comme s'ils participaient à une fête foraine. Thomas s'étonna du nombre considérable de femmes. Deux jeunes avaient sauté par-dessus la clôture, fait quelques pas et narguaient les soldats. L'un faisait des grimaces. L'autre faisait comme si ses jambes flageolaient pour mimer la peur. L'homme qui semblait à leur tête leur fit signe de repasser de l'autre côté de la clôture.

Laviolette termina son conciliabule avec le major Campbell et Crawford, le second magistrat. Tous les trois marchèrent vers la foule. L'homme en bleu se tourna vers eux, mais son chapeau était si enfoncé que Thomas ne vit pas bien son visage. L'homme recula et s'adossa à la clôture, très calme. Les clameurs baissèrent d'un ton. Laviolette se planta à une dizaine de pieds de la clôture et des premiers ouvriers, avec Crawford à sa gauche et le major Campbell à sa droite. Il leva la feuille de papier à la hauteur de sa poitrine, ce qui lui acheta un instant de silence. Haussant le ton, y mettant autant d'autorité qu'il pouvait en générer, il entreprit de lire en anglais le texte officiel du *Riot Act*, qui décrétait le caractère illégal du rassemblement et ordonnait aux gens de se disperser immédiatement.

— *Her Majesty the Queen charges and commands all persons being assembled immediately to disperse and...*

Et à ce moment, dès que la foule comprit ce qui était exigé d'elle, un tonnerre de huées enterra la voix de Laviolette. Il baissa la feuille, regarda la foule, hésita, comprit que le silence ne reviendrait pas, mais reprit sa lecture dans un vacarme indescriptible. Il ne lisait pas dans l'espoir d'être entendu, mais parce qu'il était tenu de déclamer intégralement la sommation. Sitôt qu'il prononça le *God save the Queen* qui terminait la proclamation, il se tourna vers l'auberge. Les trois hommes retournèrent d'un pas décidé vers leurs troupes et se réunirent de nouveau. Puis ils se postèrent du côté droit de l'auberge, juste devant les cavaliers. Le major Campbell sortit alors son sabre, fit quelques pas et ordonna à ses deux rangées de fantassins d'avancer. Les soldats s'arrêtèrent à une vingtaine de pieds de la foule. Un mouvement de surprise et d'inquiétude traversa celle-ci, mais elle demeura sur place, comme si elle défiait la troupe. Campbell lança un ordre. Les soldats de la première rangée mirent un genou au sol et pointèrent leurs fusils Brunswick vers la foule. L'incrédulité se lut sur certains visages.

Campbell se tourna vers Laviolette qui resta immobile. Cinq ou six secondes s'écoulèrent. Campbell hurla : «*Ready!*» Tout se figea. L'homme en bleu, celui à la tête des insurgés, fit alors deux pas vers l'avant. Droit comme une colonne de temple, il enleva son chapeau, le laissa tomber à côté de lui, écarta les jambes, plia ses bras sur sa poitrine et, avec un air de défi, resta immobile. Trois ou quatre autres secondes passèrent. Campbell hurla : «*Fire!*» Les détonations simultanées de 25 fusils firent plus de bruit qu'un coup de canon et un immense nuage de fumée blanche s'éleva de la troupe. Des hommes s'écroulèrent. Des cris d'hystérie éclatèrent.

En un instant, la foule terrorisée se dispersa dans un désordre absolu. La plupart des gens fuyaient de l'autre côté du chemin en direction du moulin. Les hommes tombés furent abandonnés. On continuait de hurler. Thomas vit alors que l'homme en bleu n'avait pas bronché et, miraculeusement, ne semblait pas avoir été touché. C'était un homme complètement chauve, sans sourcils, auquel il manquait l'œil gauche. Il était resté absolument immobile, raide comme un obélisque. Les soldats qui avaient tiré gardaient un genou au sol pendant que ceux du second rang demeuraient debout et pointaient leurs armes vers la foule qui s'enfuyait. Thomas sortit sur le balcon pour mieux voir. Campbell hurla « *Fire!* » et une deuxième salve, dans le dos des infortunés qui couraient, fit un autre carnage.

Quand les yeux de Thomas lâchèrent les soldats pour revenir à la foule, l'homme en bleu avait disparu. Il n'était ni parmi les hommes au sol, ni parmi ceux qui se sauvaient. Thomas entendit Campbell qui criait « *Charge!* », et les soldats, leurs fusils à l'horizontale, à la hauteur de la taille, attaquèrent les fuyards à la baïonnette. En quelques secondes, ils traversèrent le chemin et envahirent le terrain plus accidenté qui menait au fleuve.

Les cavaliers entrèrent alors en action. Sabre au clair, un détachement sortit par le portail et entreprit de nettoyer le côté gauche du chemin, tandis que l'autre, l'instant d'après, faisait la même chose dans la direction opposée. Les cavaliers rattrapèrent les fuyards et abattirent sur eux le tranchant de leurs lames. Il vit un dragon penché sur le flanc de son cheval qui frappait comme s'il fauchait du blé. Un autre sabrait à la diagonale, de gauche à droite, puis de droite à gauche, tel un homme se taillant un chemin dans la jungle à coups de machette. Des ouvriers tombaient, les chevaux les piétinaient. Au loin, des soldats enfonçaient leurs baïonnettes dans des hommes déjà au sol. Thomas regretta de ne pas avoir sa longue-vue. Des cris de douleur se mêlaient aux cris de terreur. Près du moulin, des ouvriers avaient cessé de courir et levaient les mains pour se constituer prisonniers. Un homme blessé à une jambe, sur le point d'être rattrapé, se jeta à l'eau à la hauteur des rapides.

Le calme se fit. Thomas compta six corps au sol, là où la première salve avait frappé. On en voyait d'autres sur le chemin et parmi les broussailles du terrain opposé. L'opération n'avait pas duré cinq minutes.

Il contempla le spectacle pendant un moment, puis descendit chercher son cheval à l'écurie. Il n'avait plus rien à faire là. Il emprunta le chemin en direction de la barge qui le ramènerait à Montréal. Il passa à côté des corps étendus et sanguinolents. Certains rampaient. D'autres, sur le dos, vivaient leurs derniers instants. Plusieurs étaient assis, hébétés. Il entendait des râles et des gémissements. Le sang brunissait la terre. La cornemuse gisait au sol. Il avait dû parcourir quelques dizaines de verges quand il entendit une voix forte venue de l'auberge. Il tourna la tête. Le curé Falvey était accroupi aux côtés d'un moribond et brandissait un poing rageur en direction du balcon du premier étage. Thomas ne capta que quelques mots :

— *French magistrate!... Coward!... Murderer!*

Il n'y avait personne au balcon.

Chapitre 16

Ce qui reste de la vie

L'homme regarda de chaque côté de la ruelle plongée dans l'obscurité. Il agrippa la partie supérieure de la palissade de bois et se hissa sans difficulté. Il l'enjamba et sauta dans la petite cour, prenant soin d'amortir sa chute. L'autre homme fit de même. Ils attendirent, accroupis au pied de la clôture. Deux chats se disputaient. Une brume épaisse enveloppait la nuit. Il faisait frais pour une fin d'août.

À une dizaine de pâtés de maisons de là, Baptiste était penché sur l'enfant endormi devant lui. Sa respiration était normale. C'était la première fois qu'il utilisait l'éther depuis l'opération de Taché à Montréal. L'enfant, qui allait sur ses 12 ans, avait d'abord fait de la fièvre, puis sa douleur, dans le bas du ventre, du côté droit, était devenue insupportable.

Baptiste avait expliqué aux parents ce qu'il ferait. Il ouvrirait et irait voir. La douleur pendant l'intervention pouvait être soulagée par cette drogue qu'il avait déjà expérimentée sur un autre patient. La mère le regardait avec des yeux de supplication. Elle tremblait et n'entendait rien de ce qu'il disait. Le père, raidi comme un automate par la peur, avait fait oui de la tête. On attacherait l'enfant avec des sangles au cas où il se réveillerait et bougerait. Baptiste insista pour que seule leur femme de chambre, qui lui avait inspiré confiance au premier coup d'œil, soit auprès de lui pour l'assister. Les parents auraient consenti à n'importe quoi.

Baptiste fit une incision de quatre pouces dans l'abdomen du garçon et examina les entrailles. L'appendice, un petit tuyau en forme de doigt, là où le gros et le petit intestin se rejoignent, était boursouflé et très brun. Il le palpa et le trouva dur. Il le fendit légèrement et du pus en sortit. Il prolongea l'incision et de petites graines, probablement des pépins de fruits, apparurent. Le danger était que l'appendice éclate et répande son contenu dans l'abdomen. Comme on ne connaissait aucune utilité à cet organe, il suffisait de parvenir à l'enlever correctement. Le principal danger, hormis l'éclatement, résidait, comme toujours, dans les possibles complications après l'opération.

Trente minutes suffirent. Quand Baptiste commença à recoudre la plaie, la femme de chambre le regarda faire pendant quelques secondes et dit:

— *I can do that.*

Elle prit le fil et l'aiguille de ses mains.

— *Nothing to it*, dit-elle. *Let me. Drapes or skin, no difference.*

Il la regarda travailler pendant qu'il se lavait les mains et dut convenir qu'il n'aurait pas fait mieux. Il vérifia qu'il n'était pas taché de sang et alla rassurer les parents restés dans la pièce voisine. Tout s'était bien passé, dit-il, mais on ne pouvait jamais exclure une évolution négative. Qu'on laisse l'enfant se reposer et qu'on ne lui donne que du liquide pour un temps. Il reviendrait dans quelques jours, mais qu'on n'hésite pas à venir le chercher si l'état de l'enfant se détériorait. La mère pleurait toute sa nervosité accumulée et lui baisait les mains de gratitude. Le père retrouvait son teint et comptait devant lui les 30 dollars. Il insista pour que le mari de la femme de chambre raccompagne Baptiste, ajoutant que les rues étaient des coupe-gorges en pleine nuit. Ils prendraient son cabriolet, que Tom ramènerait. Baptiste accepta volontiers.

Les deux hommes au pied de la palissade avaient rabattu des cagoules sur leurs visages et s'étaient avancés dans la cour. Ils étaient maintenant devant la porte arrière de la maison, qui donnait sur la cuisine. Pas un bruit venant de l'intérieur. L'un d'eux sortit une clé, l'inséra dans la serrure, la tourna, attendit un instant. Il ouvrit la porte et se glissa à l'intérieur, suivi de près par son comparse.

Le cabriolet avançait à vive allure. La pluie venait de cesser. Les pavés étaient luisants. Baptiste, fatigué, sentait l'humidité traverser son pardessus. La brume, chassée par la pluie, était revenue et le timide croissant de lune perçant le ciel sans étoiles n'éclairait guère.

— *Thank you for driving me back. It's very kind of you*, dit Baptiste.

— *Think nothing of it, sir. Normal precaution. Not an honest man in the streets at this hour.*

— *Except you and me.*

— *Yeah, guess so.*

L'homme qui avait ouvert la porte de la cuisine attendit que son compagnon la referme derrière eux. Ils regardèrent la disposition des lieux. La femme couchée à l'étage dormait d'un sommeil léger. Elle ouvrit les yeux. Elle avait soif. Elle se leva, ajusta sa chemise de nuit, fit trois pas pour regarder l'enfant dans sa couchette, puis elle descendit dans la cuisine. Quand elle y entra, un bras puissant la ceintura par-derrière. Une main se pressa contre sa bouche. La prise la souleva de terre. Elle mordit la main. Un cri étouffé. Elle voulut crier aussi. La main lui écrasa de nouveau la bouche. Elle chercha à se dégager, mais la force exercée sur elle était trop puissante. C'est alors qu'un autre homme, au visage dissimulé, apparut. Une douleur atroce déchira les entrailles de la femme. L'homme remonta le couteau depuis le bas du ventre jusqu'à la cage thoracique. Quand la lame parvint au bout de sa course, il pressa de toutes ses forces pendant quelques instants. L'autre garda sa main sur la bouche de la femme, puis la fit glisser au sol. Celui qui avait enfoncé le couteau s'agenouilla, eut du mal à le retirer. Après, il se dirigea à la hâte, mais sans courir, vers l'escalier menant à la chambre à coucher. Arrivé en haut, dans l'entrebâillement de la porte, il regarda le lit principal, puis la couchette. Il s'approcha du grand lit, le trouva vide, réfléchit un instant, puis se dirigea vers l'enfant.

Baptiste et Tom avaient emprunté Broadway en direction sud. Ils quittaient le quartier cossu autour d'Union Square et se dirigeaient vers la rue Rivington, où habitait Baptiste, un secteur de professionnels qui n'avaient pas les moyens de se payer des extravagances. Dans les ruelles transversales, on distinguait des vêtements oubliés sur leur corde à linge, des formes humaines allongées ou adossées à un mur, entre des tonneaux et des monceaux d'ordures. Un chien aux plaies ouvertes tenait dans sa gueule un bout de chair sanguinolent. Un rat éventré achevait de crever tout près. Aux fenêtres, quelques rares bougies vacillaient. Des braillements d'ivrognes perçaient la nuit. Si une voix avait appelé à l'aide, un être humain sensé aurait craint un piège. Dès qu'on s'éloignait d'un réverbère d'une trentaine de pieds, on ne voyait plus rien.

Quand ils parvinrent à la rue Houston, ils tournèrent à gauche et l'empruntèrent. La rue était plus étroite et Tom dut ralentir l'attelage. Il lâcha un «wôôô» prolongé et tira sur les guides. Un corps était étendu au milieu de la chaussée. Trois secondes de plus et les chevaux le piétinaient. Baptiste devina que Tom aurait volontiers contourné le corps et poursuivi sa route.

— *Drunk, no doubt*, dit Baptiste. *Let's just drag him off the street.*

— *You sure?*

— *We'll lay him on the sidewalk. At least horses won't kill him. Won't take more than a minute.*

Il sauta en bas du véhicule et se dirigea vers le corps, suivi de Tom. L'homme, qui semblait massif, était sur le ventre. On ne distinguait qu'une masse de cheveux au-dessus du col relevé d'un manteau sombre. Baptiste posa un genou au sol, saisit une épaule, voulut retourner le corps. Tom était debout près de lui, penché pour mieux voir. Dès que

Baptiste commença son effort, l'homme se retourna et lui braqua un pistolet sur le ventre.

— *How do you do, sir?*

Une autre voix se fit entendre :

— *Well, well, well...*

Baptiste se releva. Trois hommes étaient debout derrière Tom. Un quatrième prenait déjà le cheval du cabriolet par le mors pour qu'il reste tranquille.

— *Let's make it quick and easy, gentlemen. No need to complicate things.*

Le chef de la bande était petit, mais sa voix calme disait son habitude de ces situations. Les deux autres regardaient de chaque côté pour être sûrs qu'ils étaient seuls. Baptiste songea aux 30 dollars dans sa poche. Dans son dos, l'homme étendu se relevait. Tom serra un poing. Le chef le remarqua. Il prit un air de lassitude contrariée. Il regarda son comparse, l'homme que Baptiste avait voulu secourir. Un coup s'abattit sur la tête de Baptiste.

On lui tapotait la joue. Baptiste ouvrit un œil, puis un autre. Il grimaça. Tom était au-dessus de lui.

— *You hear me? You see me?*

Baptiste fit oui. La douleur à la tête était terrible. Il était au sol, assis contre un mur, comme un ivrogne. Il se palpa. Il avait une bosse énorme sur le crâne. Il n'avait pas mal ailleurs. Tom s'était assis à côté de lui. Baptiste demanda :

— *What happened?*

— *What happened is we were attacked.*

— *You hurt?* demanda Baptiste.

— *Bumps and bruises. They knocked us out quick. Less painful than a beating.*

Baptiste fouilla dans sa veste. L'argent n'était plus là. Il demanda :

— *You got robbed?*

— *Just an old watch. They took the carriage and horse though.*

Baptiste se frotta les yeux. Il testa son cou en faisant tournoyer sa tête.

— *Where are we?*

— *Where we were supposed to leave that drunk, I'd say.*

Baptiste sentit la pointe de reproche.

— *How long you think we've been here?*

— *Dunno. Still dark*, répondit Tom.

Baptiste se mit à genoux et regarda autour de lui. Ils étaient dans une allée étroite et courte, sans issue à l'arrière, entre deux maisons de brique, derrière une charrette qui les aurait dissimulés au regard des passants s'il y en avait eu à cette heure. Baptiste se leva et vérifia la solidité de ses jambes. Hormis la douleur à la tête, tout le reste allait. Ils avaient au moins évité un coup de couteau ou une balle dans le ventre. Il regarda Tom qui se levait aussi.

— *I feel like a fool. Stupid of me. And I dragged you into this.*

— *No, doc. You didn't drag me into this. Think nothing of it. I was the one that stopped the carriage.*

— *Yeah, but I was the one with the bright idea.*

— *What's done is done. Let's walk to your place now.*

— *You don't have to.*

Tom avait réfléchi à son affaire.

— *I won't walk home alone. Not at this hour. If you don't mind, I'll go with you and then wait until sunrise.*

— *Sure, sure.*

Ils quittèrent l'impasse et marchèrent en direction de chez Baptiste. Dix minutes ne s'étaient pas écoulées qu'ils furent tout près. Baptiste gardait les yeux baissés pour voir où il mettait les pieds. Le pas lourd de Tom eut une hésitation. Baptiste leva la tête et vit un petit attroupement devant un domicile. Il reconnut la lanterne suspendue à l'extérieur. La porte était ouverte. Son ventre se noua. Il se précipita. Les badauds sur le trottoir regardaient la fenêtre de l'étage supérieur.

Il imagina le pire et fut certain que le pire et la réalité ne faisaient qu'un. Il courut de toutes ses forces. On s'écarta en le voyant arriver. Il entra comme un fou dans sa maison violemment éclairée. Des formes humaines, dont il ne distinguait que les contours, allaient et venaient dans tous les sens. Personne ne prêtait attention à lui. N'importe qui aurait pu entrer. On aurait dit la cohue d'un déménagement. Dans le couloir central, il fit quelques pas. À l'entrée de la cuisine, deux hommes accroupis achevaient d'étendre une couverture sur un corps. Il se rua, bouscula quelqu'un. Un des hommes accroupis le vit et leva une main.

— *Please, sir!*

Une main agrippa son épaule. Il se dégagea et les coutures de la manche lâchèrent. Il voulut avancer et trébucha. On voulut lui saisir une cheville et il acheva de tomber vers l'avant. Au moment où il se relevait, une masse l'écrasa. Une vertèbre craqua. L'homme au-dessus de lui tentait de lui replier les bras dans le dos. D'autres hommes arrivèrent. Ils voulurent immobiliser ses jambes. Il donna des coups de pied frénétiques, grognant, crachant des jets de salive, essayant de frapper avec ses coudes, de griffer les hommes sur lui. Une voix puissante lança :

— *Easy, boys, easy! It's the husband! Easy!*

Au sol, Baptiste hurla :

— C'est elle ? C'est elle ?

On le releva. On le maîtrisa. Possédé, il cria :

— *Is it her? It's her? Say it!*

L'homme devant lui ne répondit pas. Il regarda Baptiste droit dans les yeux. Et Baptiste vit dans les yeux de l'homme ce que l'autre venait de voir. Alors il lâcha un cri de bête, s'étouffa, voulut crier de nouveau, de toutes ses forces, mais seul un gargouillis en sortit. Une main puissante serrait sa gorge. L'homme devant lui dit :

— *Just hold him, just hold him! Pull him back! Take him to the front room. Keep him there. I'm coming.*

Baptiste eut un sursaut, tenta encore de s'approcher. Mais ils étaient trois usant de toutes leurs forces pour le maîtriser. Il cessa de se débattre et se laissa conduire vers son cabinet de consultation près de l'entrée. Ils allaient y entrer quand Baptiste vit le policier qui bloquait l'escalier menant à la chambre à coucher. Il devint fou. Il voulut se précipiter comme si le policier en face de lui n'avait pas été là. On le retenait par les épaules, mais il dégagea un bras et voulut frapper l'homme. L'autre esquiva d'un mouvement de tête. Il continua à se débattre, les trois autres parvenant à peine à le maîtriser. Mais un coup de poing au ventre le priva d'air, le plia en deux, lui coupa les jambes. On le souleva du sol et on l'emmena dans son cabinet. Il ferma les yeux. On le transportait comme un colis. Il entendit une porte se fermer derrière lui. L'envie de lutter acheva de le quitter. Il était à la fois éveillé et inconscient, dans un état second. Ses yeux ne voyaient rien, ses oreilles n'entendaient rien.

Il comprit au bout d'un moment qu'on l'avait assis sur sa chaise de travail, derrière son pupitre. Deux hommes s'étaient placés entre le pupitre et le mur, un de chaque côté, pour qu'il ne puisse quitter sa chaise. Un autre restait debout en face de lui, devant le bureau, lui tournant le dos. Un quatrième était posté devant la porte.

Il resta longtemps affalé sur sa chaise, prostré, anéanti, hors du monde, hors du temps. Il sentit une main dans ses cheveux, leva son visage vers Helen Doyle, debout à ses côtés, et enfonça sa tête dans le ventre de la femme. Il pleura, pleura, pleura comme un enfant, les bras de la femme autour de ses épaules. Il pleura tellement qu'il devint une masse inerte et fit chanceler la femme. Elle se laissa glisser au plancher, contre le mur, et il l'accompagna dans son mouvement, refusant de s'en séparer. Il se recroquevilla, posa sa tête sur les grosses cuisses de la femme, et pleura encore.

Au bout d'une éternité, Helen Doyle prit le visage de Baptiste dans ses mains et le souleva. La porte venait de s'ouvrir. Les hommes qui le surveillaient sortirent, sauf un.

Leur chef, l'homme accroupi tout à l'heure près du corps, entra. Dans la pièce, il n'y avait que Baptiste, madame Doyle, cet homme et un autre resté à la porte. Madame Doyle aida Baptiste, qui chancelait, à se relever et à s'asseoir sur sa chaise. L'homme s'assit en face de Baptiste, de l'autre côté de la table. Il posa sur le plancher son chapeau et une lourde canne. Helen Doyle voulut s'en aller. L'homme lui dit :

— *You can stay, Mrs. Doyle. It's up to you. Matter of fact, I would appreciate it if you stayed.*

L'homme observa Baptiste avec bienveillance mais attentivement, comme pour s'assurer qu'il était en état de saisir ce qu'il allait dire. C'était un homme un peu plus grand que Baptiste, beaucoup plus massif, au début de la quarantaine.

— *Doctor Hébert* – il prononça «Hibbert», comme tant d'autres –, *I'm constable Fitzpatrick and I'll be in charge. I know how painful this must be. Let me assure you this will be given top priority. You...*

Baptiste, qui n'avait rien entendu, s'était réfugié dans un examen détaillé de l'homme. Il avait des yeux gris perçants, un nez cassé à répétition, un front traversé de rides horizontales, des cheveux noirs qui arrivaient aux épaules, une barbe mal taillée qui cachait son cou, des dents avariées ou manquantes. Sa mâchoire forte, son cou épais, sa carrure tenaient du taureau, mais son calme, sa lenteur, son air bourru évoquaient l'homme ayant vu toutes les horreurs qu'il est possible de voir. Sa redingote usée montrait son dédain de tout souci d'élégance.

Le policier avait noté que Baptiste était là sans l'être complètement. Madame Doyle s'approcha, se pencha sur Baptiste, lui parla dans une oreille. Le constable s'était levé et indiquait la porte. Baptiste avait compris qu'on lui demandait d'identifier les corps. Il marcha comme un somnambule derrière Fitzpatrick. La porte de la cuisine était fermée. Des hommes continuaient d'aller et venir, l'air affairé, dans la maison.

— *Jesus Christ, you ever see anything like this?* dit une voix.

Baptiste savait que la chose était complètement absurde, mais tant qu'il n'avait pas vu le corps, une partie de lui se cramponnait, à l'encontre de toute raison, à l'idée que quelqu'un d'autre gisait sous cette couverture, que tout cela ne pouvait être vrai, qu'on le secouerait pour lui dire qu'il venait de faire un horrible cauchemar.

On ouvrit la porte de la cuisine. La couverture avait été remplacée par un drap blanc. Il ne vit pas de sang. Fitzpatrick s'accroupit. Baptiste resta debout. Madame Doyle lui tenait un bras. Fitzpatrick baissa le drap pour ne dévoiler que le visage de Julie. Baptiste tomba à genoux. Les yeux de Julie étaient fermés. Le rose avait quitté ses joues. Tout son visage était d'un blanc d'albâtre. Madame Doyle s'agenouilla à côté de Baptiste. Elle prit sa main.

— *Is it her, sir?* demanda Fitzpatrick.

Baptiste ne répondit pas. Madame Doyle passa son bras autour des épaules de Baptiste. Il se dégagea doucement, s'approcha du corps, se pencha, posa ses lèvres sur celles de Julie, resta immobile, son visage collé.

— Adieu, mon amour.

Il se redressa, demeura un instant à la contempler, puis dit à mi-voix :

— *Yes, it's her. It's my wife.*

Il recouvrit le visage de Julie. Il voulait mourir. Il était prêt à mourir. C'était la seule idée consciente qui l'habitait. On s'agitait autour de lui. Tout était confus. Il aurait plongé dans le cratère d'un volcan, aurait laissé les flots le submerger. Tout lui était indifférent. Il était maintenant dans le couloir près de l'entrée de son cabinet. Il n'avait pas remarqué qu'on l'y ramenait. Il s'immobilisa au pied de l'escalier.

— *It won't be necessary,* dit Fitzpatrick. *Mrs. Doyle has identified the child.*

Dans le cabinet, ils reprirent les places assises occupées plus tôt. Fitzpatrick expliqua qu'il ne serait pas nécessaire d'aller au quartier général pour répondre aux questions. On pourrait le faire ici. Les Doyle s'étaient offerts pour héberger Baptiste le temps nécessaire. Demain, Baptiste devrait cependant aider ses hommes à déterminer si des objets avaient été volés.

Une voix s'exprima en français :

— Les hasards, ce sont les hasards qui sont le plus important...

Fitzpatrick fronça les sourcils.

— *I'm sorry, sir, what did you say?*

Baptiste reconnut la voix. C'était la sienne. Il avait oublié où il était. Il revint à l'anglais et, regardant Fitzpatrick sans le voir, il expliqua que s'il n'était pas parti chez un patient pendant la nuit, il aurait sauvé sa femme et son fils, ou il aurait donné sa vie pour eux, ou il serait mort avec eux. Tout cela aurait été préférable. Il avait voulu faire le bien et récolté le mal. Il lui aurait suffi de ne pas répondre quand on avait frappé à sa porte pour venir le chercher. Qu'est-ce que cela dit sur l'existence ? Il vit que Fitzpatrick regardait madame Doyle.

— *Why do you look at her like that?* demanda Baptiste d'une voix posée. *I'm not insane. Makes perfect sense. Tell me it doesn't. We're told to do good. We do good and this is what we get? You tell me it makes sense.*

Fitzpatrick prit le temps de réfléchir.

— *I don't, sir. I don't pretend that it does. I just want to catch the bastard... or the bastards that did this.*

Personne ne parla pendant un long moment.

— *You see, sir,* dit Fitzpatrick, *if I tried to read meaning into all the horrors... No, just some bad, bad people out there and I...*

Il fit un geste de la main pour signifier qu'il ne finirait pas sa phrase.

— *But I do have to ask you some questions.*

Baptiste fit oui de la tête.

Fitzpatrick lui demanda s'il pouvait dire à quelle heure il avait quitté son logement, où il était allé, pourquoi et qui était venu le chercher. Baptiste répondit d'une voix basse et monocorde, utilisant le moins de mots possible, regardant Fitzpatrick pendant qu'il notait ses réponses dans un calepin. Il ne raconta pas qu'il avait été attaqué sur le chemin du retour. Il n'aurait pu expliquer pourquoi il ne le disait pas. Il réalisa alors que l'attaque l'avait retardé, que s'il était rentré plus tôt... et sut instantanément que cette pensée l'accompagnerait pour le reste de ses jours.

— *So, if I get this correctly*, reprit Fitzpatrick, *nobody knew in advance that you'd be gone part of the night, right?*
— *Right.*
— *How long had you and your wife been living here?*
— *I'd say... two years... maybe a bit longer, two and a half years almost, spring of 1841.*

Fitzpatrick hochait la tête pendant qu'il écrivait. Du mouvement attira l'attention de Baptiste et il vit, par la porte de son cabinet restée entrouverte, deux hommes qui sortaient le corps de Julie étendu sur un brancard.

— *Now is not the moment, I know, but you'll have to tell us if objects were stolen*, expliqua Fitzpatrick.

Baptiste nota qu'il avait déjà dit cela. Il demanda :
— *Burglary? You think so?*
— *Well, a burglary gone wrong. It's a possibility. That's all I'm saying. Seen that a thousand times. But it's true a burglar would tend to choose an empty house.*

Un des hommes qui avaient immobilisé Baptiste entra et posa deux tasses de café noir sur le bureau. Fitzpatrick les pointa avec son menton.
— *Help yourself, Doc.*

Fitzpatrick but une gorgée, grimaça, jeta un coup d'œil en direction de la fenêtre. Il mouilla le bout de son crayon avec sa langue.

— *Did you notice anyone or anything strange these last days? Someone you've met or seen or heard? You or your wife or anyone you've talked to? Maybe she mentioned someone.*

Baptiste réfléchit un moment, fit non de la tête.
— *You sure?*

Fitzpatrick attendit, puis ajouta :
— *At this stage, any little scrap is or might be something.*
Baptiste secoua la tête pour redire non. Fitzpatrick se tourna vers Helen Doyle.
— *And you, Mrs. Doyle, or your husband?*
— *Me, no. My husband, he didn't say anything I can recall.*
— *I see. We'll ask as many people as we can in the neighborhood.*
Fitzpatrick revint vers Baptiste.
— *Doc, I know it's not a good moment, to say the least, but I gotta ask you this. Did your wife seem nervous or frightened?*
— *No, not at all.*
— *Is anyone angry at you or might be? Like, do you owe money to anyone?*
— *No, sir, I don't owe money to anyone. No debts.*
Fitzpatrick hocha la tête.
— *I see. But money aside, is there anyone with a grudge? Someone that hates you?*
Fitzpatrick fit une moue pour signifier qu'il n'aimait pas la formulation sortie de sa bouche. Il se reprit :
— *Let me put it this way. Do you suspect anyone? I'm not asking you to accuse anyone. But is there someone you can think of that would want to hurt you?*
Baptiste savait que la question arriverait. Il n'avait pas réfléchi à la manière d'y répondre. Il laissa passer un moment. Il réalisa que l'écoulement du temps était une réponse. Et de toute façon, raisonna Baptiste, pourquoi se cacher plus longtemps ? À quelle fin maintenant ? Alors il prit la tasse, but une gorgée, s'essuya la bouche avec sa main. Fitzpatrick, immobile, avait compris. Il ne lâchait plus Baptiste des yeux.
— *Well...* commença Baptiste.
L'autre attendit.
— *Well, my wife... Actually, we weren't married.*
Rien ne changea chez Fitzpatrick. Au bout d'un instant, il souleva un sourcil pour encourager Baptiste.
— *What I mean,* reprit Baptiste, *is... she was married to someone else.*

— *You mean still legally married at the time of...?*
— *Yes.*
— *And you both, how shall I say this... You both ran away from him.*
— *Yes.*

Madame Doyle trouva une chaise pour s'asseoir.

— *And did that make the husband angry or he didn't care anymore?*
— *Angry.*
— *Very angry?*
— *Very very angry.*
— *I see.*

Fitzpatrick se pencha vers l'arrière, étira son dos. Sa corpulence tendait au maximum sa chemise. Baptiste imagina un bouton qui sauterait. Fitzpatrick passa une main dans sa barbe, déposa calepin et crayon sur le pupitre, regarda longuement le meuble. Il leva les yeux vers Baptiste et dit d'une voix douce :

— *You'll have to tell me everything about it. You understand that, don't you?*

Baptiste fit oui de la tête.

— *Well, now or later? If you want, I'm listening.*

Baptiste ne bougea pas.

— *Doc, let me assure you. I got the right priorities here. This is not about adultery. It's about murder, a brutal, gruesome murder. But...*

Baptiste en avait trop dit. Il ne pouvait plus reculer. Alors il raconta en peu de mots leur fuite, mais en omettant de dire qu'il avait frappé, peut-être tué un homme, en taisant aussi qui l'avait aidé, en ne disant rien de tout ce qui avait précédé.

— *And the husband, who's he? What kind of fellow?*
— *Like I said, the kind that gets very very angry...*
— *And this husband, normally, he lives in Montreal, right?*
— *Yes.*
— *And he's rich.*
— *Very.*

— *And he knows lots of people.*
— *Yes.*
— *And he's got a bad temper, doesn't like to be messed with.*
— *Yes.*

Fitzpatrick le fixa pendant un très long moment. Puis il mit sa main devant sa bouche pour dissimuler un bâillement. Le geste fit réaliser à Baptiste son propre épuisement.

— *Doc, listen to me. You seem an honourable man. I won't jump to conclusions right away but what you've just told me is… it has to be our principal lead. Agreed?*
— *Yes.*
— *Good. But I'm sure you'll agree we need some rest.*

Fitzpatrick cligna des yeux puis reprit :

— *You promise to cooperate? You'll tell me everything about this man? The whole story?*

Baptiste refit oui de la tête.

— *Now, you'll be staying with the Doyle household for the next few days, right?*

Le policier se tourna vers madame Doyle qui confirma d'un geste.

— *One last thing… Sir, are you armed? Do you have a pistol?*
— *Yes.*
— *Do you know how to use it?*
— *Yes.*
— *Good. Again, Doc, I understand how incredibly painful this is. But if you help us and tell us everything, our chances… well, you get the point. There are various possibilities, but burglars and enraged husbands are always a good place to start.*
— *You mean…*
— *I don't mean anything precisely at this stage. Let's not get ahead of ourselves. It might be him or someone he paid. Or something else altogether. Like a burglary gone wrong. One step at a time. Step one is you and me getting some rest.*

Il se leva, donna des ordres que Baptiste ne comprit pas. Les minutes qui suivirent furent confuses. Peu de temps

après, Baptiste se retrouva sur le pas de la porte de la maison de Doyle. Albert Doyle le serra longtemps dans ses bras, puis demanda :
— *Tired? Wanna sleep? Got a room for you.*
— *Tired, yes, but I'm not sure I can sleep.*
— *I understand.*
Ils se regardèrent un instant.
— *Follow me*, dit Doyle.
Ils montèrent sur le toit de la maison. Baptiste n'y était jamais allé. Ils s'assirent au sol, dos contre la cheminée. Le soleil se levait. New York se secouait, se mettait en mouvement, fournaise et fourmilière. Cris et bruits, proches et lointains, étranges et familiers. La fumée de milliers de cheminées montait déjà vers le ciel.
— *I like it here*, dit Doyle après un long silence. *It's peaceful. I come here from time to time.*
— *You're not working today?*
— *No.*
— *Because of me?*
— *I wouldn't put it that way.*
— *You're afraid I might do something stupid?*
— *No, just thought you might need someone. You know, just a presence. You want to talk, we talk. You want to shut up, we shut up. I'm a good listener too.*

Il sortit une bouteille de whisky. Ils la burent au goulot, sans parler, indifférents au spectacle autour d'eux, seuls au monde. Ils s'endormirent l'un à côté de l'autre, épaule contre épaule.

Chapitre 17

La corde

Alexis louait une chambre sur Canal Street. Tous les jours, il se rendait à pied aux locaux du *Tribune*, une quinzaine de pâtés de maisons plus au sud, presque à la pointe de Manhattan. Il variait les itinéraires. Son favori le faisait passer à côté de la prison municipale, dont le nom officiel était Halls of Justice, mais que tout le monde appelait The Tombs. Il n'avait jamais visité une prison. Ce serait fait aujourd'hui. Son patron Greeley lui avait confié une mission.

La matinée était froide et venteuse. Une pluie d'automne durait depuis la veille. Il était au pied des marches en pierre conduisant à l'entrée principale de la prison, ornée d'un porche monumental flanqué de quatre colonnes de marbre. Tout l'édifice ressemblait à un mausolée de style faussement égyptien, d'où le surnom The Tombs. C'était une monstruosité en granit, rectangulaire, qui occupait à elle seule un pâté de maisons délimité par les rues Elm, Centre, Franklin et Leonard, trois coins de rue à l'est de Broadway. Les fenêtres, qui partaient presque du sol et montaient jusqu'à la corniche, donnaient la fausse impression d'un édifice à un seul étage.

On y logeait les accusés des deux sexes en attente de leur procès et, occasionnellement, on y exécutait les condamnés à mort. La prison avait une sinistre réputation et Alexis tenait pour acquis qu'on l'avait délibérément construite au cœur du quartier le plus mal famé de New York, les Five Points, pour installer dans les esprits une peur dissuasive. Un hercule moustachu en long manteau brun et casque de cuir montait la garde entre deux colonnes.

Alexis ferma son parapluie, ajusta la bandoulière de son porte-documents et posa une main sur son chapeau qu'un coup de vent avait failli emporter. Il se composa un air assuré et grimpa les marches.

— *I have an appointment with the Warden, I...*

L'homme lui fit signe de passer. La porte ouvrait sur un couloir menant à une cour intérieure. Au début du corridor, immédiatement à droite, se trouvait une petite pièce sombre. Alexis y entra. Un homme avec des lunettes rondes, assis derrière une table, semblait avoir pour fonction d'enregistrer les entrées et les sorties dans un gros cahier. Alexis répéta ce qu'il venait de dire. L'homme leva les yeux vers lui et sembla fasciné par le chapeau d'Alexis, spectaculairement haut, comme celui de Greeley, qui le lui avait offert en cadeau. Il consulta le cahier devant lui et pointa l'unique chaise. Alexis secoua son parapluie. Il avait les pieds humides et s'assit en grelottant. Au travers des roulements de tambour de la pluie, il entendit des coups de marteau répétés.

Greeley avait forcé Alexis à modifier ses plans. Il avait d'abord proposé à son patron une série d'articles sur le quartier des Five Points. Tous le dépeignaient, avait-il plaidé, comme un quartier où régnaient le crime, les gangs, les bagarres entre immigrants et Américains de naissance, où tous les vices imaginables pouvaient être satisfaits. Il y avait certes beaucoup de cela, mais on y trouvait aussi des gens honnêtes qui travaillaient dur. Alexis l'avait parcouru en long et en large, aux heures les moins dangereuses, et il voulait raconter cet univers grouillant de familles laborieuses, ravagées par la phtisie, dormant dans des lits superposés, entassées dans des logements insalubres, à une seule pièce, glacés l'hiver, torrides l'été, sans aération. Des propriétaires rapaces divisaient les logements en unités toujours plus petites, rajoutaient des étages bringuebalants, et trop d'incendies mystérieux survenaient pour n'y voir que des hasards malheureux.

Le jour, les hommes étaient dockers, porteurs, creuseurs d'égouts, charretiers, paveurs de rues. Leurs femmes étaient blanchisseuses, servantes, couturières. Les enfants ciraient des chaussures, vendaient des journaux, ramassaient du charbon, du bois, n'importe quoi qui pouvait se revendre pour quelques sous. Tous faisant comme s'ils ne voyaient pas ces commerces qui affichaient des écriteaux disant : « *No Irish need apply.* »

La nuit venue, ces hommes exténués s'accoupleraient avec leurs femmes défraîchies, leurs enfants collés contre eux. Les plus chanceux, les plus vigoureux finiraient pompiers, policiers, auraient peut-être un jour leur saloon. Ils vivaient avec leurs porcs qui, après s'être nourris d'ordures pendant le jour, rentraient fidèlement chez leurs maîtres le soir. Récemment, il avait vu un porc tenant une main humaine dans sa gueule. Il y avait là, dans cette humanité courageuse et fière, une dignité, une...

— *Yes, yes, I see*, avait interrompu Greeley, *a colorful ode to the proud American working class. I see.*

Il expliqua ensuite ses réserves à Alexis. Ce n'était pas du tout une mauvaise idée. Mais si on présentait ce quartier comme moins dangereux que sa réputation, il n'était pas sûr que les lecteurs seraient captivés, malgré la qualité de la plume d'Alexis, qu'il souligna de nouveau. D'un autre côté, si on faisait un autre reportage sensationnaliste sur le crime et la misère dans les Five Points – ma foi, disait Greeley, le *Sun* et l'*Evening News* nous rabâchent cela depuis vingt ans –, il ne fermait pas la porte, mais voulait y réfléchir.

Entre-temps, il avait une mission à confier à Alexis.

— *Do you know Dickens ?*

— Charles ? dit Alexis, étonné. *Charles Dickens, the great British writer ?*

— *Himself.*
— *With all due respect, sir, who doesn't?*
— *Precisely. So have you read this?*

Il tendit à Alexis un ouvrage avec une reliure en cuir de belle qualité. Alexis lut le titre : *American Notes for General Circulation*. Il savait que le lion des lettres anglaises avait effectué une tournée triomphale des États-Unis, mais n'avait pas lu l'ouvrage en question. Greeley expliqua que le chapitre consacré à New York contenait des pages trop brèves sur la visite de la prison municipale par le grand homme.

— *It gave me an idea*, continua Greeley. *You'll follow in his footsteps. I'll get you an appointment. Go to The Tombs, visit and report.*

Il commença à s'échauffer, comme chaque fois qu'il parlait plus de quelques secondes, ses joues se mettant à rougir, son souffle raccourcissant, ses bras s'agitant comme s'il dirigeait un orchestre.

— *This paper supports prison reform. Discipline for offenders that deserve it, for sure, but humane discipline, hopeful discipline. Discipline aimed at restoring their souls, not eradicating their self-esteem. But we need a serious and factual account of what goes on beyond those dark walls of pain.*

— *I understand, sir.*
— *Can I count on you?*
— *You must certainly can, sir.*

Pourtant, Greeley semblait hésiter. Alexis ne comprenait pas. La commande était claire et sa réponse aussi. Il y avait autre chose. Greeley le regarda avec ses yeux plissés. Alexis attendit. Il avait une grande affection – et elle était réciproque – pour cet homme à l'apparence plus âgée que ses années, premier arrivé le matin, vif comme un écureuil, lisant, griffonnant, classant, bondissant d'une idée à une autre, indépendant d'esprit, à la solde de personne et toujours enthousiaste.

Greeley prit un air grave.

— *My dear friend, what date is it today?*
— *September...16th?*
— *Correct. So?*

Un embarras amusé gagna Alexis. Greeley affichait un sourire fin.

— *Ever heard, young man, of a fellow named Coleman, Edward Coleman?*
— *Of course.*

Alexis comprit et s'en voulut. Un trouble s'ajouta à son excitation. Edward Coleman était le fondateur des Forty Thieves, le plus ancien et, disait-on, le plus violent des gangs de rue des Five Points. Coleman avait battu à mort son épouse, qui ne rapportait pas assez d'argent à son goût, et avait été condamné à la pendaison.

— *Yes, young man, it is scheduled for September 19th, in three days, at The Tombs*.*
— *And you want me to...*

Il n'eut pas besoin de finir.

— *I would very much appreciate it if you went on behalf of our newspaper. Judge and jury will attend, at least some of them, but the Warden also accepts a limited number of guests. I suppose it is to show... well, whatever the reasons. Do you feel up to it?*

Alexis fit un oui hésitant de la tête.

— *Good, because I've secured you an invitation.*

Greeley nota son malaise.

— *You've never seen that kind of spectacle before?*

Il avait eu une moue de dégoût en prononçant le mot « *spectacle* ».

— *No, sir, I have not.*
— *Most people haven't. And what is your view, my dear, if any, of the death penalty?*

Alexis restait étonné de cette façon qu'avait Greeley, en l'appelant « *dear* » ou « *young man* », de s'adresser à lui

---

* Dans la réalité, Edward Coleman, fondateur des Forty Thieves, condamné pour le meurtre de sa femme, fut pendu dans cette prison le 12 janvier 1839.

comme un aîné parle à un jeune, alors qu'il devait avoir six ou sept ans de plus au maximum.

— *Honestly, sir, I must say I haven't given much thought to it. I suppose society feels the need to both punish and protect itself...*

Greeley eut un sourire triste.

— *Do not worry, my friend, I will not inflict upon you my evolving and uncertain views on the topic. But I tend more and more to view hanging as legalized vengeance. And I'm pretty certain that if the objective is to install fear into people so that they behave correctly, well* – il se gratta le nez et remonta ses lunettes –, *I'm not sure it truly dissuades. As a matter of fact, I'm pretty sure that if you really want to kill someone, the thought of hanging by the neck is one you can live with.*

— *I wouldn't know, sir. What I do know is that our readers will be interested in learning what goes on behind those walls.*

— *Interested? They will devour it*, laissa tomber Greeley, un sourire gourmand à la bouche.

Voilà donc ce qui avait conduit Alexis à cette salle d'attente. Il visiterait la prison et assisterait à l'exécution d'un des pires criminels de la ville. Le préposé à l'accueil n'avait plus levé les yeux dans sa direction depuis son arrivée. Il avait changé de cahier et additionnait maintenant des colonnes de chiffres. Une mouche se promenait sur son crâne. La pluie refusait de se raisonner. Au bout d'une dizaine de minutes, la porte s'ouvrit. Un homme entra et salua son collègue. Il se tourna vers Alexis, la main tendue :

— *You must be the gentlemen from* The Tribune, *I presume?*

— *Yes sir, I am.*

— *Welcome to* The Tombs.

De taille moyenne, bien fait, à peu près du même âge qu'Alexis, l'homme avait une tache de vin sur une moitié du visage et une mèche noire qui lui retombait sur le front. Alexis lui serra la main.

— *We were expecting you. Warden Morgan is held up in a meeting. I'm Deputy Warden Radek. I'll be the one showing you around. Is that fine with you, sir?*

Ce nom slave de Radek confirmait l'air qu'Alexis lui trouvait.

— *Yes, yes, of course.*
— *Shall we get going?*

Il n'attendit pas la réponse et quitta la pièce. Ils empruntèrent le corridor. L'adjoint au directeur ouvrait la marche d'un pas résolu. Un énorme trousseau de clés pendait à sa ceinture. C'est quand ils arrivèrent dans la cour intérieure que la configuration des lieux frappa Alexis. Un autre bâtiment s'y élevait en plein milieu. Le complexe se composait donc d'un grand édifice rectangulaire, dont chaque face extérieure donnait sur une rue, avec un autre bâtiment rectangulaire dans l'aire centrale, tous les deux de quatre étages. Vers le fond de la cour, sous un pont couvert qui reliait les deux édifices, deux hommes érigeaient une plateforme en bois à laquelle on accéderait par six marches. Ce serait la potence.

Ils marchèrent jusqu'à la porte du bâtiment au centre de la cour. La pluie ne diminuait pas d'intensité. Alexis ouvrit son parapluie. Il offrit à son guide de le rejoindre, mais l'autre déclina d'un geste de la tête. En un instant, les cheveux de Radek lui collèrent au crâne. Levant la voix pour être entendu, pointant du doigt, il expliqua que l'édifice intérieur était la prison des hommes. L'édifice extérieur abritait la prison des femmes et celle des enfants – où des religieuses assuraient les services de base –, les bureaux de l'administration, une chapelle, un poste de police et une cour de justice pour les délits mineurs qu'on pouvait expédier rapidement. Pendant que Radek parlait, Alexis avait du mal à quitter des yeux la tache de vin sur son visage.

L'édifice intérieur devait avoir 150 pieds de longueur sur 50 pieds de largeur. Radek expliqua que les détenus masculins étaient classés selon la gravité de leurs crimes. Dans les cellules du rez-de-chaussée, les plus grandes, on logeait les détenus déjà condamnés. Au premier étage se trouvaient ceux en attente de leur procès, mais accusés de crimes graves : meurtres, incendies, violences sérieuses. Au deuxième étage logeaient les prisonniers accusés de vol et de fraude. Ceux accusés de crimes plus légers occupaient les cellules du dernier étage, les plus petites.

— *Want to have a look inside?* demanda Radek.
— *Sure do.*

Ils entrèrent dans la prison des hommes. Il fallut contourner trois ouvriers. L'un d'eux était enfoncé jusqu'aux genoux au centre d'une large excavation. Radek expliqua que la prison avait été construite sur un marais asséché. La conception de l'endroit était d'une grande simplicité. Quatre rangées de cellules étaient superposées de chaque côté de l'édifice. À chaque étage, un passage en fer avec une balustrade longeait les cellules et permettait aux détenus et au personnel de circuler. Au milieu de chaque étage, une passerelle permettait de passer d'un côté à l'autre. Un gardien était posté à chacune d'elles. Il somnolait, lisait, tentait d'écouler des journées interminables. Au bout de chaque étage, un escalier en colimaçon permettait de monter ou de descendre. Les portes des cellules, semblables à celles de fournaises, étaient noires et en fer. Une petite trappe au milieu permettait de regarder à l'intérieur ou d'y glisser le repas.

Pendant qu'ils marchaient vers l'autre extrémité du corridor central du rez-de-chaussée, Radek continuait ses explications.

— *We have 150 cells, each conceived for two men.*
— *Are they all occupied?*
— *Sometimes yes, sometimes no. Some are empty right now. Shouldn't last.*

Le silence et la pénombre frappèrent Alexis. Il interrogea Radek sur le silence.

— *Talking is forbidden.*
— *All the time?*
— *All the time.*
— *I see. And why no lighting?*

— *To prevent fires.*

Au bout du corridor, ils montèrent au premier étage. Dans l'escalier, si étroit qu'ils étaient l'un derrière l'autre, Alexis demanda :

— *So no reading or writing when the sun comes down?*

Parvenu en haut de l'escalier, Radek se retourna, demi-sourire aux lèvres :

— *Sir, most of them can't read or write. But they can smoke and do whatever else they like.*

Ils longèrent le passage du premier étage, les cellules à leur gauche.

— *Why are these men here?*

— *First floor, as I said, is for serious offenders awaiting trial. Murders, stabbings, setting fires. Nasty stuff.*

Radek s'arrêta.

— *Want to take a peek inside?*

Sans attendre la réponse, il déverrouilla la petite ouverture au milieu d'une porte. Alexis regarda à l'intérieur. La cellule était minuscule, sept ou huit pieds de long sur quatre ou cinq de large. Le lit le long du mur occupait la quasi-totalité de l'espace. Il n'y avait aucun autre objet. Un vieil homme – ou peut-être un homme prématurément vieilli – était assis sur le lit, presque nu, osseux, ébouriffé, avec une barbe de plusieurs semaines. Il tourna des yeux de dément vers Alexis et lui fit un doigt d'honneur. Radek referma la trappe.

— *What's he accused of?* demanda Alexis.

— *Killed his landlady with a hammer. For two dollars.*

— *And why are his clothes all over the floor?*

— *Because the hooks were removed. Some guy hung himself from one.*

Ils recommencèrent à marcher. Le plancher métallique résonnait sous leurs pas. Alexis demanda :

— *Do they get out and walk in the courtyard?*

— *Why would they do that?*

— *For exercise. For fresh air.*

— *Not in the courtyard. They're allowed to walk for an hour a day on the gallery of their own floor.*

Alexis resta silencieux. Il s'imagina allant et venant une heure par jour le long du corridor où ils étaient. Radek compléta sa réponse.

— *Most of them are awaiting trial. They don't stay long.*

Alexis se demanda si ceux dont les avocats obtenaient des reports de procès, qui restaient donc plus longtemps, pouvaient sortir. Il ne posa pas la question. Il demanda :

— *Are they allowed visits?*

— *Of course, families can bring clothes, food, books, the basics. Many find prison food pretty bland, so…*

Ils montèrent jusqu'au quatrième étage et empruntèrent le pont extérieur menant à l'autre édifice. Sous eux, la potence était terminée. Deux poutres verticales avaient été reliées par une poutre horizontale plus courte. Il ne manquait que la corde.

— *Ever witnessed a man hanging from the neck?* demanda Radek.

— *No.*

— *Some people are disturbed. Others not at all. Funny thing.*

— *You?*

— *Haven't seen many because there aren't many. Once, no, twice. What can I say? Guy deserves it, I guess.*

— *When will…*

— *Around noon. Give or take a few minutes. That is if nothing unexpected happens.*

— *Like what?*

— *Like nothing I can see.*

— *And where is he now?*

— *Special cell. Can't show you that one. We leave them alone for the last few hours.*

Il y avait plus de mouvement du côté des femmes, même si elles n'étaient qu'une cinquantaine de détenues. L'endroit était plus lumineux aussi. Toutes les trappes au milieu des portes des cellules étaient ouvertes. Des visages tristes, curieux, las, furieux, vides s'y pressaient. Une religieuse poussait un chariot contenant un grand chaudron. Deux enfants l'aidaient, prenant les assiettes de soupe et du pain et les distribuant à chaque cellule. L'un d'eux, chétif et pâle, aux bras décharnés, qui ne dépassait pas les sept ans, chaussé de lourds sabots de bois, prenait soin, le bout de la langue entre les dents, de ne pas renverser une goutte de liquide. Sa lenteur impatientait la nonne qui remplissait les assiettes.

— *Why are they here?* demanda Alexis.

— *The usual stuff. Stealing, unpaid debts, debauchery. The boys for begging, vagrancy, theft, you know... They attend to their own mothers also. Some of them.*

Alexis n'osa pas regarder à l'intérieur d'une cellule. Le tableau était déjà assez triste.

— *Want to see the rest?*

Il ne vit pas l'intérêt d'une tournée des bureaux administratifs. Il demanda si on pouvait lui trouver un coin pour travailler en attendant l'exécution. Radek réfléchit, puis expliqua que juste au-dessus de l'entrée principale, tout près des bureaux de la direction, il y avait six cellules plus spacieuses, réservées aux accusés de la haute société. Ils étaient séparés des autres détenus. Elles n'étaient pas toutes occupées. Il y serait bien pour travailler. Il viendrait le chercher au moment requis.

— *Don't worry*, dit Radek en riant, *I won't lock you up. You'll be free to walk around.*

Alexis accepta sans sourire et le remercia. Il se retrouva dans une cellule plus confortable que bien des chambres pour lesquelles il avait payé. La porte était en bois plutôt qu'en fer. Il s'approcha de la fenêtre vitrée. Il pouvait l'ouvrir. À travers les barreaux, la vue donnait sur une rue animée. Il enfonça son poing dans un matelas qui devait avoir deux pouces d'épaisseur. Les couvertures étaient raides, mais propres. Il y avait une petite table, une chaise, une lampe à huile.

Il se mit au travail. Dans un cahier, il retranscrivit à toute vitesse, pendant que tout était frais dans sa tête, ce qu'il avait appris, vu, ressenti. Mais la lassitude le gagna. Était-ce la tristesse qui suintait des murs, qui émanait de ces cages pour humains ? Il retourna devant la fenêtre. Dans la rue, les gens étaient des ombres, comme s'ils n'avaient pas d'existence vraie. Juste sous lui, une charrette venait de s'arrêter. Un homme déchargeait des caisses de légumes défraîchis. Il se retourna et s'étendit sur le lit, les mains derrière la tête, observant le plafond.

Sa vie n'allait pas mal du tout. Il aimait cette ville, il aimait son travail. Il n'avait pas de problèmes d'argent. Sa santé était bonne. Était-il malheureux ? Non. Était-il heureux ? Non plus. Il lui manquait un but, un projet, une direction. Mais avait-il déjà ressenti cette plénitude ? Il revoyait ses années parisiennes : Emmanuel, ses copains, ses reportages, les soirs de première, son nom sur les affiches, son nom dans les journaux. Des années vécues comme une sorte de fête perpétuelle, dans un salon baigné de lumière, au milieu d'invités parmi lesquels il déambulait comme un intrus. Cet élégant jeune homme arrivé trop vite au succès lui était inconnu. Il n'avait jamais vraiment été de ce monde, mais il n'était pas davantage de celui-ci, qui le traitait pourtant bien. Il enviait ces paysans qui ne se posaient pas de questions inutiles et dont l'existence était toute contenue dans une liste de tâches connues d'avance. Il lui arrivait de se dire que si la Providence avait voulu qu'il soit heureux, elle l'aurait fait simple d'esprit.

Il entendit des pas et le tintement des clés. Deux coups sur la porte et Radek apparut. Il ne dit rien. Son air était devenu grave. Alexis ramassa ses choses nerveusement.

— *Your umbrella*, dit Radek.

— *Sorry ?*

— *You're forgetting your umbrella, sir.*

Le parapluie était au sol, près du lit. Ils sortirent dans la cour. La pluie avait cessé. Les pavés étaient glissants. Un soleil faiblard tentait de percer. Les hauts murs protégeaient du vent. Ils marchèrent vers la potence. Une corde se terminant par un nœud coulant pendait de la traverse centrale. Un tabouret était en dessous et des rampes avaient été clouées de chaque côté des marches. Un policier montait la garde. Alexis ne pouvait détourner les yeux de la corde. Quand il fut tout proche, il vit qu'une autre corde sans tension était attachée au tabouret et gisait, serpent endormi, sur la plateforme. L'endroit était plus sombre que le reste de la cour en raison du pont juste au-dessus qui reliait les deux bâtiments.

Il compta dix personnes déjà là, des hommes âgés, tous vêtus de noir. L'un d'eux griffonnait dans un calepin. Quatre parlaient à voix basse, les mains dans le dos. Deux autres fumaient la pipe en silence. Un autre tournait en rond l'air recueilli. Un peu à part, un autre semblait impatient, comme un voyageur qui attend un train en retard. Un vieil homme immobile, très maigre, plus grand d'une tête que tous les autres, se détachait par sa prestance. Alexis aurait parié que c'était le juge.

Deux hommes lui firent un signe de tête qu'il retourna. On ne lui adressa pas la parole. Il songea à se joindre au groupe qui parlait, mais se ravisa, préférant enregistrer un maximum de détails. De nouveau, le silence le frappa. Aucun bruit ne venait de l'intérieur des édifices. Juste à ce moment, comme pour le démentir, un chien aboya au loin. Une goutte lui tomba sur la tête. Il chercha Radek des yeux. Il était allé rejoindre le policier au pied des marches.

On entendit grincer les gonds d'une porte. On ne pouvait la voir d'où ils étaient. Un gardien apparut là où le mur latéral de la prison intérieure faisait un angle avec celui de l'entrée. Alexis avait vu cet homme lors de sa visite. Un autre gardien vint le rejoindre. Les deux se retournèrent un instant, puis reprirent leur marche vers la potence. On vit alors surgir le condamné, dix pieds derrière eux, suivi de deux autres gardiens, de deux hommes habillés en civil et d'un curé. Ils étaient à une centaine de pieds de la potence. Le groupe hésita un instant près du mur. Un des hommes en civil fit un geste et dit quelque chose. Alexis devina que cet homme était le directeur Morgan. La procession reprit sa marche, mais par le centre de la cour, pour donner plus de solennité à la scène. D'autres gouttes tombèrent. Un bruit attira l'attention d'Alexis. Le policier au pied des marches avait monté un escabeau sur la plateforme, tout juste derrière le tabouret.

Alexis se concentra sur le condamné, cet Edward Coleman de féroce réputation, chef de gang qui chutait non pour l'échec d'un projet criminel grandiose, mais pour avoir battu sa femme. Petit, voûté, vers la fin de la trentaine, flottant dans une chemise trop grande pour lui, les cheveux coupés ras, il n'avait plus rien de féroce. Les fers à ses chevilles, reliés par une courte chaîne, le forçaient à marcher à petits pas ridicules, en sautillant, ses deux mains attachées reposant sur le bas de son ventre. Il regardait droit devant lui. La pluie était fine mais plus soutenue. Autour d'Alexis, on rouvrit quelques parapluies.

Le condamné et son groupe s'arrêtèrent une dizaine de pieds avant les marches. Le directeur Morgan fit face au condamné et lut l'ordre d'exécution. Il demanda au condamné s'il souhaitait s'exprimer. Coleman fit non de la tête. Le curé s'approcha, prononça à voix basse des paroles qu'Alexis ne capta pas, fit un signe de croix et tendit le crucifix pour que le condamné y pose ses lèvres. Il resta impassible. Le chien aboya de nouveau, un autre lui répondit. La pluie gagnait en intensité. Quand le condamné fut au pied des marches, Alexis le vit trembler et crut entendre ses dents claquer. Ses yeux étaient arrondis par la peur, quelques larmes coulaient, mais il ne se débattait pas, faisait face, restait digne.

Les marches craquèrent quand il les monta. Un des gardiens qui l'avaient escorté l'accompagna. Un homme les attendait sur la plateforme. C'était un de ceux qui fumaient la pipe à l'arrivée d'Alexis. Le gardien détacha les fers aux pieds du condamné, le fit monter sur le tabouret, remit les fers. Il lui détacha les mains et les attacha de nouveau dans son dos. L'autre homme monta sur l'escabeau derrière le tabouret. Il recouvrit la tête de Coleman d'une cagoule blanche et lui passa la corde autour du cou. La respiration accélérée du condamné gonflait et dégonflait le tissu devant sa bouche. Pendant que le bourreau ajustait le nœud, le curé, au pied de la plateforme, haussa la voix pour couvrir une pluie devenue méchante comme celle du matin.

— *The Lord giveth, the Lord taketh away. Blessed is the name of the Lord. May the Lord have mercy on your soul.*

Le bourreau déplaça l'escabeau vers un coin de la plateforme. Il regarda le directeur, puis les deux gardiens placés derrière le condamné, à l'extérieur de la plateforme, entre celle-ci et le mur derrière elle. Ils avaient empoigné la corde reliée au tabouret. Le bourreau leur fit un signe de tête et les deux hommes tirèrent d'un coup sur la corde. Le tabouret bascula, glissa vers eux, la corde se tendit, Coleman chuta de quelques pouces et resta suspendu dans le vide. Il se tordit pendant dix minutes, quinze minutes, vingt minutes, un temps interminable. Tous les yeux étaient sur lui.

Quand le corps cessa de bouger, Alexis recula de quelques pas, posa une main contre le mur de pierre humide et vomit. Personne ne lui prêta attention. Il reprit sa place. Il réalisa qu'il était détrempé, que son manteau avait bu l'eau comme une éponge. Un médecin juché sur l'escabeau vérifiait le décès. Le vieil homme qu'Alexis pensait être le juge affichait le même air impassible qu'au début. La pluie avait cessé.

— *This your first time?*

Une voix douce et calme. C'était un des gardiens, un jeune homme de son âge.

— *Yes. You?*

— *Seen a few down south. Coloured folks mostly.*

Alexis regardait le corps qu'on décrochait.

— *What d'you think?* demanda le gardien.

— *I don't know what to think. You?*

— *Guess he deserved it. I ain't much of a thinker though. But I understand one could see things differently.*

Alexis ne répondit pas.

— *Took it like a man though*, ajouta l'autre. *Must admit. Wouldn't have thought.*

Radek fit signe à Alexis de le rejoindre.

On fit avancer une charrette pour le corps. Alexis regarda autour de lui. Deux ouvriers commençaient déjà à démonter la potence. Le directeur signait des papiers qu'on lui tendait. Un homme se séchait le visage avec un mouchoir. Les autres s'en allaient en silence. Le soleil apparut et la lumière éclaira la cour. Les chiens n'aboyaient plus.

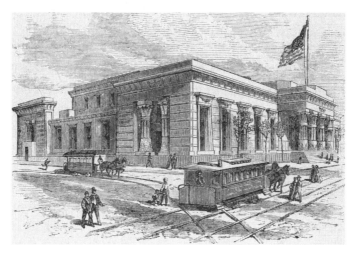

The Tombs, la prison centrale de New York.

Chapitre 18

Le journal d'Antoine II

7 octobre 1843

Nous avons enterré papa hier. Il faiblissait depuis le printemps. Je suis arrivé à Saint-Eustache trop tard. Il était parti depuis la veille. Maman a dit qu'il était serein. Je m'en veux de ne pas l'avoir plus vu ces dernières années. Je n'aurais pu espérer meilleur père. Tout ce qu'il peut y avoir de bon en moi vient de lui, tout le mauvais est de moi. L'église était pleine. Ils l'ont joliment restaurée. On voit encore les marques de la canonnade sur la façade. On était venu de partout dans les environs pour lui. On m'a salué avec respect. J'ai serré toutes les mains, parlé à tout le monde. On m'a chuchoté des choses. Ils seront là pour moi l'an prochain. Pendant le trajet de retour, j'ai pleuré. Ça ne m'était pas arrivé depuis des années. L'hiver sera terrible pour maman. Il faudrait vendre cette terre et cette maison trop grande pour elle. Si les choses n'étaient pas comme elles le sont à la maison, je la prendrais avec nous.

10 octobre 1843

Fabre n'a pas encore reçu les livres que j'ai commandés. Il fait beau mais froid. Les promenades se font plus rares.

13 octobre 1843

On me dit qu'une belle propriété sera mise en vente tout près, rue Saint-Paul. Je vais me renseigner. Ma femme devrait accoucher d'un jour à l'autre.

15 octobre 1843

Gros émoi en ville. On a repêché le corps d'Édouard Clément. Il paraît qu'il n'était pas beau à voir. Il avait dérivé jusqu'aux îles de Boucherville. Je suis même étonné qu'on l'ait retrouvé. Les bouches resteront cousues. Au bureau, Pothier a fait une mauvaise blague. Je l'ai remis à sa place.

17 octobre 1843

On a déposé hier à l'Assemblée le rapport d'enquête des commissaires sur les événements de Beauharnois. Je l'ai lu ce matin. Les commissaires expliquent que les témoins parlaient peu au début parce qu'ils craignaient d'être punis. Ils ont mieux collaboré quand on les a rassurés. Les commissaires les ont rencontrés individuellement. Tous les récits convergent sur le fait que le système du temps du Board of Works leur convenait : 12 heures journalières et trois shillings, payés tous les 15 jours. Tout s'est gâté quand les constructeurs sont devenus les employeurs directs : moins d'argent, plus d'heures et approvisionnement dans les magasins des patrons. Deux shillings par jour ne suffisent pas si on ne peut espérer plus de 20 jours de travail par mois et qu'on est trop loin de la ville pour trouver autre chose. Tout devient plus vague quand ils relatent la journée du 12 juin. Les mémoires se mettent à défaillir. On sait pourquoi. Tout de même, les commissaires avancent que Laviolette était paniqué, qu'on a tiré plus d'une volée sur ces infortunés. Contrairement à ce qui a beaucoup couru, les ouvriers n'avaient pas d'armes à feu et n'ont jamais avancé sur l'auberge. Ceux qui ont été arrêtés n'ont pas été accusés de quoi que ce soit. Laviolette ne sort pas grandi. Il est dépeint comme apathique, détaché, influençable. Jamais il n'a élevé la voix pour dire aux patrons que leur attitude attisait la colère. Les entrepreneurs s'en sortent, Sauvageau aussi. Son nom n'est même pas mentionné. Maintenant, il sera plus prudent et plus dur à coincer. Il faudrait commencer par le vouloir vraiment.

18 octobre 1843

Ma femme a accouché ce matin. Pénible affaire. Elle a perdu énormément de sang. Une petite créature est apparue, un garçon, qui respirait avec difficulté. J'ai deviné la suite dès que j'ai vu les visages de la sage-femme et du docteur. Son cœur a flanché dans la journée. J'ai expliqué à Julien. Il a demandé s'il était monté au ciel. J'ai dit oui. Il n'a rien dit. Il est remonté dans sa chambre.

22 octobre 1843

Je ne sors plus. Je préfère travailler de chez moi. On m'apporte le travail du bureau. Les autres iront au palais de justice. J'ai demandé qu'on me donne les contrats, les actes de vente, tout ce qui n'exige pas que je me donne en spectacle. Jeanne est venue. Elle est restée un moment. Elle ne se forçait pas pour faire la conversation. C'était mieux ainsi. Ma femme n'a pas voulu la voir. Elle n'a pas quitté sa chambre depuis cinq jours.

25 octobre 1843

Temps froid et pluvieux. Des flocons sont tombés. Monsieur La Fontaine m'a envoyé un mot délicat. Ma femme rase les murs. On dirait qu'elle se sent coupable. Je lui ai dit qu'elle n'y était pour rien. La maison est glaciale. Il faudrait que je me secoue. Papa me dirait de relever le menton.

28 octobre 1843

Le médecin est revenu examiner ma femme. Il dit qu'elle l'a échappé belle. Elle s'en remettra, mais il n'y aura plus d'autres enfants. Le mois aura été atroce. Que la neige recouvre tout.

29 octobre 1843

Maman m'a fait parvenir un mot. Elle veut tout vendre et se rapprocher de nous. Mais ce ne sera pas évident de trouver un acheteur à bon prix. Les paysans crèvent de faim. Au pire, je mettrai tout en location. Je vais lui trouver quelque chose de bien près d'ici.

Chapitre 19

L'inconnu

Le barman termina d'essuyer un verre et plaça le chiffon sur son épaule. Il fit le tour du comptoir, traversa la salle et s'approcha du poêle d'un pas lent. Il posa un genou au sol, ouvrit la porte en fonte, remua les tisons, la referma. Comme il fermerait bientôt, il n'ajouta pas de bois. Quand il se redressa, il regarda Baptiste, seul à sa table. Baptiste lui fit signe en levant son verre. La bouteille devant lui était vide. L'homme arriva avec une autre bouteille, remplit le verre, remit le bouchon et repartit avec elle.

Baptiste tendit la main pour saisir le verre, puis se ravisa. Il voulut se lever, chancela, retomba sur sa chaise. Il regarda le barman pour voir s'il avait été aperçu. L'homme lui tournait le dos, les mains plongées dans une bassine. Au fond de la salle, trois hommes jouaient aux cartes en silence. L'un d'eux abattait les siennes avec violence, de très haut. Il n'y avait personne d'autre. Baptiste agrippa les accotoirs de sa chaise et se redressa avec difficulté. Quand il fut relativement sûr que ses jambes ne flancheraient pas, il marcha jusqu'à l'une des fenêtres à côté de la porte d'entrée.

La neige fraîche resterait au sol. Les chevaux ne l'avaient pas encore salie. Avec la lune, elle faisait pâlir la nuit. Les voitures à patins apparaîtraient dès le lendemain matin. Il ne vit personne. Il songea à rentrer. Les joueurs de cartes étaient venus et repartiraient ensemble. Un vent méchant sifflait et faisait virevolter la pancarte au-dessus de la porte.

Il aurait dû rentrer, mais il ne voulait pas affronter le froid. Le besoin de boire trancha. Il retourna à sa chaise en se traînant les pieds. Il vida son verre d'un trait. Il le leva en direction de l'homme au comptoir. Il attendit. Rien. Il cogna deux fois sur la table avec le verre. L'homme secoua la tête. Baptiste força sa voix.

— *One more.*
L'homme l'ignora.
— *Last one. For the road*, dit Baptiste.
— *You've had enough, sir.*
— *Come on.*
— *I said no. Had enough. Time to leave. I'm closing anyway.*

Baptiste eut un regain d'énergie. Il se leva, empoigna la bouteille vide, fit trois pas. Ses jambes fléchirent. Il tomba, renversant une chaise. Il resta assis au sol, hébété. Il porta la bouteille à la hauteur de ses yeux. Dans la bouteille, il aperçut un visage énorme, déformé, qui s'approchait de lui. Une main ferme s'empara du col de sa veste, du côté de la nuque. Il fut traîné sur les fesses et sur le dos, les jambes inertes, la tête rentrée dans le cou. Sa vitesse l'étonnait. Il ne comprenait pas. Il chercha la bouteille. Tout bougeait, tout était flou, une envie de vomir lui vint. Il n'avait plus la force de lutter ou même de penser.

Le froid le réveilla. Il était étendu sur la neige. Il ouvrit les yeux, se secoua, grelotta. Tout devint noir. On lui avait lancé son manteau et il était tombé sur sa tête. Il l'enleva. De lourds flocons tombaient. Il s'assit. Il vit son bonnet de fourrure à ses côtés. Il sentait le vomi. Son menton, son cou étaient gluants. Il était maintenant à quatre pattes. Son ventre gargouilla, sa bouche s'ouvrit malgré lui et il souilla la neige. Il eut honte. Il se traîna jusqu'au mur le plus proche et se recroquevilla. Il recouvrit ses jambes et sa poitrine avec son manteau. Rentrer chez lui. C'était l'unique pensée qui lui vint. « Rentre chez toi. » Il se mit à genoux, enfila son manteau, se releva en titubant, s'affala de nouveau sur le dos.

Au-dessus de lui, la lune était ronde, énorme, basse, striée de reflets bleus. Il se concentra, ramassa ses forces, parvint à se relever. Il avait fait une vingtaine de pas quand il réalisa qu'il se dirigeait vers la maison des Doyle. Mais il n'habitait plus là. Il logeait maintenant sur Fulton Street, près de l'East River. Après une semaine chez eux, il s'était senti mal à l'aise de les encombrer. Le froid l'aida à revenir à lui. Il souffla dans ses mains, les enfonça dans ses poches et se dirigea vers chez lui.

C'était folie que de marcher seul dans les rues à cette heure de la nuit, surtout d'un pas chancelant. Mais plus rien n'avait d'importance. Une attaque soudaine, un coup de couteau définitif, serait une délivrance. Il n'était plus un humain, mais un fantôme, un spectre, une ombre sans substance. Hormis une immense tristesse, il ne ressentait rien d'autre. Il entendit des pas. Il se retourna. Personne. Dans les passages entre deux maisons, plongés dans les ténèbres, dans les allées sans issue, il imaginait des fauves guettant une proie. Il se retenait pour ne pas les appeler.

Il parvint chez lui. Il n'en ressentit aucun soulagement. Il fouilla longuement dans ses poches pour trouver la clé et tâtonna pour l'insérer dans la serrure. Il louait une petite chambre à l'étage. Monter les marches acheva de l'épuiser. Il n'avait plus de cabinet médical. «Je ne ferai que des visites à domicile», avait-il dit aux Doyle, mais il n'avait pas vu un patient depuis des mois. La part de raison qui lui restait savait que la reconstruction de son être exigeait qu'il se replonge dans son métier. Mais il n'en avait pas la force. Il se laissa tomber tout habillé sur son lit défait.

Il était allé au cimetière deux fois et n'y était plus retourné. C'était futile et macabre. Il trouvait risible cette idée de parler aux morts. Il allait au commissariat occasionnellement pour savoir s'il y avait du nouveau. L'enquête n'avait pas progressé d'un pas depuis quatre mois. Fitzpatrick ne dissimulait plus son agacement quand il le voyait arriver. Il répétait sèchement, avec de moins en moins de mots, que tout ce qui devait être fait l'avait été, qu'il serait prévenu de tout nouveau développement, et qu'il fallait espérer qu'un détail, qu'une bribe d'information nouvelle surgisse.

Ses espoirs avaient rapidement fondu. La police de New York n'avait rien à voir avec celle de Londres, dont Antoine lui avait parlé à Montréal. À New York, chaque quartier avait son constable nommé par l'élu local ayant remporté la dernière élection. Ces élus nommaient des alliés politiques. Ces constables désignaient ensuite, pour les assister, des marshals et des patrouilleurs. Au total, il n'y avait guère plus d'une centaine d'agents de la paix pour toute la ville. Quand ils n'étaient pas sous l'effet de l'alcool, ils s'occupaient surtout de stopper les bagarres entre catholiques et protestants, entre Blancs et Noirs, ou les disputes autour du prix d'un sac de farine. Tous ces supposés garants de l'ordre et de la bonne morale touchaient un boni si une propriété volée était récupérée, et Baptiste était persuadé qu'ils volaient eux-mêmes. Beaucoup arrondissaient leurs revenus en agissant à titre de collecteurs de dettes. Ils évitaient les zones et les heures les plus dangereuses. Brutaux et corrompus, ils étaient craints et méprisés. Les politiciens avaient voulu leur donner une allure officielle en proposant de les habiller d'un pardessus brun et d'un casque de cuir. La majorité refusait de les porter. On se moquait des autres. Des volontaires étaient assermentés pour interroger d'éventuels témoins, ce qui laissait deviner la qualité de leur travail. Les crimes sans aveux restaient, pour la plupart, impunis.

Pendant quelques jours, comme un désespéré, Baptiste avait interrogé des voisins. Il avait eu envie de les prendre par les épaules et de les secouer, comme si cela ferait tomber une information. « Avez-vous vu quelque chose, quelqu'un ? Vous ne pouvez pas ne rien avoir vu ou entendu. » Ils secouaient la tête. La pitié dans leurs yeux devint insupportable. Il abandonna, se laissa glisser, se mit à boire tous les soirs jusqu'à l'engourdissement complet. Le temps passait plus vite et la douleur était partiellement refoulée jusqu'au lendemain. Chaque journée ressemblait à la précédente. Vide de contenu, lourde de désespoir, totalement inutile.

Dans son lit, il contempla le plafond, s'arrêtant sur les traces de moisissure qui l'ornaient. Il chercha à y voir des formes. La nausée revint. Il se tourna sur le côté et vomit encore. Au bord de la glissade vers le sommeil, sa dernière pensée fut qu'il ne se ressaisirait pas sans un but précis. Mais pourquoi au juste se ressaisir ? Il ne trouvait pas de réponse satisfaisante. Exister, n'être que le témoin de l'écoulement du temps qui lui restait à vivre, ce n'était pas vivre. Mais il ne voyait aucune raison de désirer autre chose.

Il se réveilla avec un mal de tête monumental. Il sentait mauvais. Il gardait les mêmes vêtements pendant des jours. Aucune de ses journées n'était organisée autour d'un plan. Il pouvait rester dans son lit, réveillé, pendant longtemps, cherchant une raison de se mettre en mouvement. Quand il se décidait, il choisissait toujours parmi les mêmes possibilités, de plus en plus réduites avec le temps. Il traînait dans les rues. Il écumait les tavernes. Il allait lire à la bibliothèque publique. Il ne savait plus s'il était un mardi ou un jeudi jusqu'à ce qu'il l'apprenne dans le journal, indifférent par ailleurs à tout ce qu'il pouvait y lire. Il n'avait pas de problèmes d'argent et n'en aurait pas à court terme. Il regardait d'un œil nouveau ces mendiants qui tendaient la main, ces affamés qui fouillaient dans les ordures, mais sans ressentir quoi que ce soit. Il notait seulement qu'il s'était rapproché de leur condition, juché sur le barreau social juste au-dessus, l'avant-dernier. Lui-même se nourrissait d'un morceau de pain ou d'un bol de soupe. L'appétit l'avait quitté. Il avait fait des trous supplémentaires dans sa ceinture. Hormis son loyer, l'alcool était sa principale dépense.

Il se répétait continuellement, mille fois par jour, que s'il avait été là cette nuit fatidique, il aurait tout empêché ou serait mort avec sa femme et son fils. Le hasard, ou la malédiction, lui avait fait le plus cruel des cadeaux : rester seul en vie. Mais il était plutôt un mort avec l'apparence d'un vivant, aux côtés d'êtres de chair et de sang qui lui semblaient irréels. Il aurait aimé éprouver une tendresse, une sympathie, une préoccupation, un sentiment quelconque pour eux plutôt que cette parfaite indifférence. Tout pouvait fort bien être englouti à tout jamais. Quant à lui, il trouvait maintenant absurde, dérisoire, l'idée, à laquelle il avait longtemps cru, que la souffrance ennoblit l'homme. Comment avait-il pu croire à une telle bêtise ?

Il s'aspergea le visage d'eau et enfila des vêtements froissés mais propres. Une autre journée vide à écouler. Il irait à la New York Society Library. Il ne pouvait tout de même pas retourner au commissariat, où il était allé trois jours auparavant, pour se faire éconduire de nouveau. La bibliothèque ne l'enthousiasmait plus, mais il y serait bien jusqu'à la fin de l'après-midi, quand il jugeait acceptable de commencer à boire. C'était l'une des dernières règles auxquelles il s'astreignait. Il buvait jusqu'à en tomber, soir après soir, mais jamais il ne commençait avant que le soleil entreprenne sa descente. Cette règle allait aussi sauter, bientôt, il le sentait.

Il quitta son logis. Le froid matinal de ce début de décembre était tranchant, métallique. Le ciel était d'un blanc laiteux. Pas un rayon de soleil. Dans les rues, les gens faisaient ce qu'ils faisaient jour après jour, année après année, tandis que d'autres allaient avec cet élan concentré, absorbé, de ceux qui ont un but en tête. Il les voyait comme si un voile diaphane l'avait séparé d'eux. Mais que pouvaient-ils avoir de si important à faire ? Quiconque ne connaissait pas sa situation ne pouvait comprendre ce qui était réellement important.

Il marchait sur Broadway quand il croisa une femme pressée et tête baissée. Cette physionomie lui était familière.

Quelque chose dans la rondeur des épaules, dans la démarche chaloupée, dans ses hanches larges. Où l'avait-il déjà vue ? Il s'arrêta et se retourna. La femme aussi s'était tournée vers lui. Il ne bougea pas, cherchant à la situer. Il fouillait en vain dans ses souvenirs. Ce fut elle qui vint vers lui. Il en eut presque peur, tellement le contact humain lui était devenu inhabituel. Elle portait un petit chapeau en mousseline. Sans sourire mais avenante, le regard franc, elle demanda à Baptiste en français :

— Vous ne me replacez pas, docteur ?

La langue fut le déclic.

— Oui, attendez, vous veniez pour les vêtements, oui. Euh...

— Augustine.

— Oui, Augustine, c'est ça. Je vous demande pardon.

Elle sourit.

— Oh, je ne venais pas souvent et vous étiez si occupé.

— Et on ne s'est pas revus, je crois.

Elle eut une hésitation.

— C'est vrai, je n'habite pas près de chez vous, et vous...

Baptiste devina qu'elle allait dire : « Et vous n'aviez plus besoin de moi. » Elle n'aurait pas osé ajouter : « Maintenant que vous êtes seul. » Elle sembla gênée.

— Oui, j'ai déménagé, dit Baptiste. J'ai loué rue Fulton. Plus petit, moins cher. Et vous ?

Elle trouva la question étrange.

— Euh, non, je n'ai pas déménagé, toujours avec mes sœurs, rue Orange, près de chez Pete Williams. On travaille ensemble.

Il y eut un instant de silence gêné.

— Vous allez bien ? demanda Baptiste.

Elle cessa de sourire, devint sérieuse.

— Docteur, si vous permettez, c'est à vous que je devrais le demander.

Il ne dit rien. Le mot « docteur » sonnait étrange, lointain.

— Trouvez-moi effrontée si vous voulez, docteur, mais vous avez mauvaise mine.

Il fut embarrassé et baissa la tête. Il bredouilla :

— Les derniers mois ont été difficiles, vous savez.

— Je comprends. Qui ne comprendrait pas ? Mais vous êtes encore jeune. C'est affreux, ce qui vous est arrivé. Je ne peux pas imaginer pire, mais…

Elle hésita, cherchant ses mots.

— Écoutez, reprit-elle, ce n'est pas moi qui vais vous faire un sermon. Mais la vie est pleine d'épreuves, on reçoit des coups, des coups terribles parfois. Mais cette vie, elle continue. Et vous êtes un bon médecin, et vous êtes utile, vous êtes nécessaire. Des gens comptaient sur vous. Ils n'existent plus, maintenant ?

Il ne sut pas quoi répondre, étonné par sa franchise. Elle continua :

— C'est facile à dire, je sais. Mais vous devez vous reprendre. Faut pas se laisser aller. Des gens ont besoin de vous. Ma mère est allée chez son médecin. Je lui ai dit que c'était un bon à rien, que c'est vous qu'elle… Je suis sérieuse. Je vois plein de gens qui ont des sous, qui cherchent un bon médecin, pas un charlatan. Tenez, même le jour où…

Elle s'arrêta subitement, rougit. Il attendit. Elle devint encore plus rouge. Elle baissa les yeux. Il demanda :

— Quel jour ?

— Bien, le jour… vous savez.

— Le jour où ma femme et mon fils…

— Oui.

— Et quoi ce jour-là ?

— Rien, rien d'important, je ne voulais pas vous rappeler ce souvenir.

Elle préféra la franchise à l'esquive.

— Plus tôt dans la journée, reprit-elle, je sortais de chez vous avec vos vêtements à laver. On vous demandait.

— Qui ?

— Un homme.

— Où ?

— Juste devant chez vous, devant votre porte. Il m'a demandé si c'était là que vous habitiez, parce qu'il cherchait un bon docteur et qu'on lui avait donné votre adresse.

— Et vous lui avez dit quoi ?

— Ben, la vérité. Que oui, que c'était votre cabinet. Sur votre plaque à l'entrée, il y avait votre titre, mais pas votre nom. J'ai même ajouté que c'était bien vrai que vous étiez bon, et que vos patients vous aimaient.

— Vous le connaissiez ?

— Non.

— Jamais vu avant ?

Elle fit non de la tête.

— Et vous l'avez dit à la police ?

Elle se raidit.

— Et pourquoi je l'aurais dit ? Quelqu'un cherche un médecin, il a entendu parler de vous et il me demande si vous habitez là. Et puis la police ne m'a rien demandé.

— On ne vous a pas questionnée ?

Elle eut une moue contrariée.

— Non. Écoutez, docteur, ce que je dis, moi, c'est que vous êtes quelqu'un de bien. Faut pas se laisser aller. Bon, je suis attendue chez un client. Ça m'a fait plaisir de vous voir.

Soudainement, elle était pressée. Il jugea bon de ne pas la retenir, de ne rien ajouter. Il eut un sourire faible, fit un signe de la tête en guise de salut. Elle repartit dans la direction opposée avec cette drôle de démarche, agile pour sa corpulence, qui l'avait frappée juste auparavant. Il la regarda s'éloigner, immobile au milieu des passants.

Il examina sa tenue négligée, observa celles des gens autour de lui. Il se remit à marcher, mais s'arrêta brusquement au bout de quelques secondes. Un homme derrière lui s'écrasa contre son dos. « *Hey, watch your step, man!* », lâcha l'autre. Il ne répondit pas. Il repensait à sa rencontre d'il y a un instant avec cette… Comment déjà ? Oui, Augustine. Et qu'avait-elle dit ? Qu'un homme le cherchait, qu'il avait voulu savoir s'il habitait bien là. Et qu'avait-elle répondu ? Que oui.

Il n'y avait là rien d'anormal. Du temps où il pratiquait, des tas de gens venaient le voir parce qu'ils avaient été envoyés par d'autres. Mais elle ne l'avait pas dit à la police. Elle n'avait même pas été interrogée, sans doute parce qu'elle n'habitait pas dans le secteur. Lui-même n'avait jamais mentionné l'existence de cette femme au constable Fitzpatrick. On lui avait demandé s'il se connaissait des ennemis. On ne lui avait pas demandé d'énumérer toutes les personnes avec lesquelles il était en contact. Et « contact » était un bien grand mot. Il avait vu cette jeune femme deux ou trois fois, furtivement. C'était Julie qui s'occupait de la recevoir quand elle venait ramasser les vêtements à laver. Il avait oublié son existence et jusqu'à son prénom. L'avait-il même déjà su ? Il ignorait son nom de famille. Il se souvenait seulement qu'elle venait de Trois-Rivières, parlait français, et que Julie était satisfaite de son travail.

Il irait rapporter cette information à Fitzpatrick. Ce serait un prétexte pour voir s'il y avait du nouveau, bien qu'il sût la réponse. Le commissariat était à côté de la mairie. Il y parvint rapidement. Fitzpatrick en sortait et ajustait son chapeau sur le pas de la porte. Il prit un air contrarié quand il le vit. Baptiste comprit qu'il n'arrivait pas à un bon moment et que le temps lui était compté.

— *Constable, may I…*

— *Doctor, you've got an awfully busy man in front of you !*

— *It'll be just a minute, I promise.*

— *Look…*

— *I've learned something. It might be important*, se dépêcha de dire Baptiste.

Ce ne l'était sûrement pas, mais il s'achetait quelques secondes.

— *What ?* demanda Fitzpatrick, agacé.

Baptiste résuma sa rencontre avec son ancienne blanchisseuse et son récit d'un homme qui le cherchait. Il prit soin de préciser que c'était survenu quelques heures avant le double assassinat. Elle avait aussi dit ne pas avoir été interrogée par la police. Fitzpatrick tiqua sur ce point.

— *My dear doctor, we talked to all the neighbors. Is she one of them?*

— *No, she...*

— *Well then, do you think we have the manpower to interrogate the entire city? We talked to those most susceptible of having seen something. And you never mentioned her to us. No one did. How could we know?*

Baptiste lui donna raison intérieurement. Fitzpatrick sortit son calepin et un crayon mâchouillé. Il demanda le nom de cette femme, dont Baptiste ne connaissait que le prénom. Il demanda où elle habitait et Baptiste, après un moment, se souvint qu'elle avait parlé de la rue Orange.

— *Yes, but where on Orange Street?*

— *She didn't say.*

Il se rappela soudainement qu'elle avait dit que c'était près d'un Pete Williams.

— *Pete Williams?* répéta Fitzpatrick. *You mean the dance hall? Almack's? In the Points?*

— *I don't know.*

Fitzpatrick termina de griffonner.

— *Anything else?*

— *No sir. I...*

— *We'll check it out. And I'll get back to you if it leads anywhere. You still live where you told me?*

Baptiste fit oui de la tête pendant que Fitzpatrick s'éloignait déjà.

Il resta planté là et se demanda quoi faire maintenant. N'ayant pas de meilleure idée, il reprit le chemin de la bibliothèque. Il eut faim. Il ne mangeait plus à des heures régulières. Parfois, il oubliait carrément de se nourrir. Il entra dans la première taverne sur son chemin et demanda à manger. On voulut voir son argent avant de le servir. La soupe chaude et la viande bouillie le réconfortèrent. Une fois dehors, il retourna tout dans sa tête pendant qu'il marchait.

«J'aurais dû la questionner davantage. Pourquoi ne l'ai-je pas fait?»

À l'entrée de la bibliothèque, il montra son abonnement au préposé. Il aimait le silence de l'endroit. Les fauteuils rembourrés, où il lui arrivait de s'endormir, étaient tous occupés.

«J'aurais vraiment dû insister, la questionner plus. Elle est honnête, cette… Augustine, oui.»

Il choisit quelques journaux et s'installa à l'une des longues tables au centre de la grande pièce. Près de lui, un jeune homme derrière un petit bureau, responsable des prêts et des retours, regardait un chariot chargé de livres à ranger. Il repoussait le moment de s'y mettre. Tout autour d'eux, les quatre murs, hauts de deux étages, étaient tapissés de livres. Une passerelle, à laquelle on accédait par des échelles coulissantes, longeait l'étage supérieur. Il y avait peu de gens. Tous étaient plongés dans leurs lectures, sauf un homme de l'âge de Baptiste, à l'autre extrémité de la table, d'allure étrange, qui écrivait rageusement.

«Je devrais la retrouver. Elle m'en dira plus si elle le peut. Nos rapports ont toujours été brefs, mais courtois.»

Il lut minutieusement les journaux, sans rien sauter, pour passer le plus de temps. Il se leva, les replaça. Une idée lui vint. Il se dirigea vers le comptoir du prêt. Le jeune homme le regarda s'approcher d'un air las. Du travail arrivait.

— *Do you have books on medicine?*

— *Yes we do.*

Il pointa vers le deuxième étage sur sa gauche. Baptiste le remercia et se tourna dans la direction indiquée.

— *You can't go up, sir. Can't use the ladders. For safety reasons. You ask and I go. Which title?*

— *The book is called* A Treatise on the Operations of Surgery. *The author's name is Samuel Sharp.*

— *Very well. First, you search for the title in our catalog. If we have it, you write down its location and I'll get it for you.*

Baptiste ne dit rien. Il trouva rapidement la localisation de l'ouvrage et la nota. Il n'avait pas ouvert un livre de médecine depuis des mois. Les siens étaient entreposés chez les Doyle, y compris son propre exemplaire du livre de Sharp. Il n'avait pas la force de retourner les chercher. Il revint vers le bibliothécaire et lui tendit le papier. Le jeune homme eut un regard de condamné aux galères. Il repoussa sa chaise, se leva péniblement, et c'est là que Baptiste vit que le jeune homme avait une jambe raide et grimaçait au moindre mouvement.

— *I understand the regulations, sir*, dit Baptiste. *But tell me where it is. I'll go myself.*

— *Well...* hésita l'autre.

— *No one will see. No one will care.*

— *You don't know my boss. Anyone tells him and I'm gone.*

Le jeune homme fit deux pas.

— *Look*, dit Baptiste, *I've changed my mind. Forget it. It's not important.*

— *Why? Pity for a crippled? I wasn't born like this, you know.*

Baptiste fut embarrassé.

— *I'm sorry. Didn't mean to... Honestly, it's not that important. I assure you.*

L'autre eut un sourire triste. Il se rassit.

— *What happened?* demanda Baptiste.

— *What's it to you? You're a doctor?*

Il parlait sans agressivité.

— *Actually, yes.*

— *Yeah, the book, should have known. What happened? Guess what. Fell from one of those damn ladders.*

— *When was that?*

— *About five, six months.*

— *Then it's not healing properly.*

L'autre ne dit rien.

— *A fracture heals if it's well repaired*, dit Baptiste.

— *Well this one ain't healing.*

— *Then it should be broken again and correctly repaired.*

— *Yeah, well…*

Il regarda Baptiste comme s'il voulait percer une énigme.

— *Can I ask you something ?* dit-il, baissant la voix et s'approchant de lui.

— *Sure.*

— *You're a doctor, you said ?*

— *Yes.*

— *Then why are you here so often ?*

— *A long and complicated story.*

— *And not a pleasant one, I guess.*

— *Correct.*

— *I see.*

Chacun était embarrassé.

— *You wanted a book*, dit le jeune homme, *and you can't have it because of my damned leg. Makes me feel bad.*

— *You shouldn't.*

— *I do, I do.*

Le jeune homme regarda d'abord sa jambe, puis un point invisible devant lui. Il fit signe à Baptiste de s'approcher. Baptiste se pencha. L'autre chuchota :

— *Want to read something special ? Just thought of something.*

Il n'attendit pas la réponse et continua :

— *See the fellow writing like a madman at your table ?*

Baptiste se tourna vers lui furtivement. L'homme martyrisait le papier, écrivait comme un possédé. Il fit oui de la tête.

— *He's a writer. His name is Poe. Ever heard of him ?*

— *No.*

— *Comes here often. Strange fellow. He wrote something you might like.*

Il se tourna vers une petite table derrière lui, où des revues étaient en attente de rangement. Il fouilla dans une pile, trouva ce qu'il cherchait, revint vers Baptiste.

— *He wrote a funny little piece. Based on a true story. Quite original in my opinion. The treatment, I mean. It's a three-part piece.*

Il tendit trois numéros de la même revue à Baptiste. La revue s'appelait *The Ladies' Companion*. Le jeune homme vit l'hésitation de Baptiste.

— *Forget the title. It's for men too. I assure you.*
— *Thank you.*
— *Never read something like it. Think you might like it.*

Baptiste trouvait le jeune homme sympathique. Il prit les exemplaires. Il n'avait rien de mieux à faire. Il se chercha une autre place. Il ne voulait pas que l'auteur, apercevant les revues, le devine en train de lire son œuvre. Il pourrait venir lui demander son avis. Il s'assit derrière ce Poe qui écrivait sans discontinuer.

« Elle aurait dû aller à la police. Oui, elle aurait dû. Mais ce qu'elle a dit pour se justifier est raisonnable. On ne l'a pas interrogée. Et il n'y avait rien d'anormal à ce qu'un malade ou un proche se renseigne sur moi. Mon nom n'est pas sur la plaque. »

Il ouvrit le plus ancien des numéros de la revue, qui était de novembre de l'année précédente, chercha le nom de l'auteur, Poe, dans la table des matières et alla à la page indiquée. L'histoire s'intitulait *The Mystery of Marie Rogêt*. Baptiste trouva étrange l'accent circonflexe. Il y avait fort à parier que ce monsieur Poe connaissait mal la langue française.

C'était une version romancée d'une histoire vraie. L'auteur rappelait l'assassinat non résolu d'une certaine Mary Rogers, survenu deux ans auparavant à New York. Il reconstituait l'affaire en la transposant à Paris. L'auteur parlait à travers le personnage fictif menant l'enquête, un aristocrate indolent et sans argent nommé Dupin.

Baptiste se souvenait fort bien de cette affaire. Julie et lui venaient d'arriver à New York. Pendant des semaines, on n'avait parlé que de cela dans toute la ville. Le corps de Mary Rogers avait été repêché dans la rivière Hudson. Elle travaillait dans un commerce de cigares. Sa grande beauté, disait-on, attirait les clients. Au lit, Julie et lui lisaient à voix haute, à tour de rôle, les articles de journaux sur l'affaire. Ils avaient beaucoup appris sur New York de cette façon. Comme tout le monde, ils voulaient connaître la cause du meurtre et l'identité du meurtrier.

Les larmes interrompirent sa lecture. Il baissa la tête et mit ses poings sur ses tempes pour cacher son visage. Des mois plus tard, le fiancé de cette Mary Rogers avait été retrouvé mort. On avait trouvé sur lui une lettre dans laquelle il disait son désespoir et une fiole contenant des restes de poison. Julie était certaine – « Mon intuition », disait-elle – que tout tournait autour d'un avortement raté et d'un scandale qu'on voulait étouffer. L'affaire était sordide, mais en parler ensemble, sous les couvertures, avait été un pur bonheur. Julie était imaginative et logique en même temps. Il s'essuya le visage.

« Qui me cherchait ce jour-là ? Qui était cet homme ? Et pourquoi moi, médecin sans renommée particulière ? Pourrait-elle le décrire ? Je m'accroche à une illusion sans doute, mais qu'est-ce que j'ai de mieux à faire ? »

Dans l'histoire sous ses yeux, la police ne trouvait rien et le préfet allait voir ce Dupin, qui se vantait de ses pouvoirs de déduction sans même quitter son fauteuil. On lui remettait des journaux et un rapport de police. Les traces sur le sol indiquaient que le corps avait été traîné. Dupin en déduisait qu'un groupe d'hommes avait probablement soulevé le corps pour gagner du temps. C'était donc, très vraisemblablement, un homme seul qui avait agi. Le corps était remonté rapidement à la surface des eaux, car il avait été jeté après la mort. La noyade n'était donc pas la cause du décès. Les nœuds pour ligoter le corps étaient des nœuds de marin. La dernière fois que la victime avait été vue, c'était en compagnie d'un homme au teint sombre, typique des gens qui passent de longues périodes en mer. Le meurtrier était donc sans doute le jeune officier de marine évoqué dans quelques articles. « Trouvez-le, concluait Dupin, et vous aurez le meurtrier. »

Baptiste lut lentement, suivant minutieusement le raisonnement, ne sautant pas une ligne, pas un mot, relisant, décortiquant, revenant en arrière quand ses pensées virevoltaient, autant par intérêt que pour passer le temps.

« De toute façon, puis-je faire confiance à une police qui n'a pas trouvé un indice jusqu'ici, qui n'a pas une seule piste, qui ne prend pas l'affaire au sérieux ? »

Il trouva habile l'exercice qu'il venait de lire, mais il resta froid. C'était cérébral, dépourvu d'émotion. Quand il leva la tête, Poe avait disparu. Six heures sonnèrent à l'horloge murale. Il eut faim. C'était la deuxième fois aujourd'hui qu'il avait faim. Il s'en étonna. Sa décision était prise. Dès ce soir, il tenterait de retrouver la blanchisseuse. Le bibliothécaire poussait son chariot et replaçait les livres de l'étage inférieur.

« J'en aurai le cœur net. Où a-t-elle dit qu'elle habitait déjà? Orange Street, oui, c'est ça, près de… comment déjà ? Elle a mentionné un nom… Fitzpatrick a mentionné le nom aussi… Une salle de danse. Ça ne doit pas être difficile à trouver. Armack's ou Almack's, quelque chose comme ça. »

Il se dirigea vers le pupitre du jeune homme et y laissa les revues. Il prit une feuille de papier, écrivit un mot de remerciement, le plaça sur les revues et sortit. À l'heure qu'il était, Augustine était sans doute encore au travail. Il en profiterait pour souper. L'idée d'une reprise en main de sa personne, qui ne le quittait pas mais qu'il repoussait, lui revint. Cela commençait par bien se nourrir. Il chassa l'idée du redressement complet, mais conserva celle de manger. Il consacrerait une ou deux heures à souper et la blanchisseuse serait sans doute rentrée chez elle.

Pendant qu'il mastiquait, sa pensée emprunta un sentier qu'il connaissait dans les moindres détails. Des voleurs ? Pourquoi chez eux ? Julie et lui étaient des inconnus et n'exhibaient pas une aisance financière remarquable. C'était possible, certes, mais peu probable. Il y avait de bien meilleures cibles. Et les voleurs attendent généralement qu'un logement soit vide. En outre, la plupart ne sont pas des assassins, surtout pas des assassins prêts à tuer un enfant. Il ne restait qu'une possibilité sérieuse, celle de l'assassinat prémédité par l'homme auquel il avait pris sa femme. Il était impensable d'imaginer un Thomas consentant à l'idée qu'une femme puisse être libre de le quitter, un Thomas dont il avait peut-être tué un complice, et dont la mère... la mère. Il revit dans sa tête la vieille femme se cramponnant comme une furie à la diligence lancée à toute vitesse et puis... la chute.

Il en éprouvait, oui, un sentiment de culpabilité, mais très inférieur à son désespoir, minuscule aussi en comparaison de cette rage pure, brûlante, incandescente, logée au plus profond de son être. Oui, voilà, pourquoi ne pas nommer les choses ? La rage au plus creux de son désespoir. Mais son hypothèse, assurément la plus vraisemblable, était-elle pour autant la bonne ? Et de toute façon, ce Fitzpatrick, indolent et débordé, ne montrait aucun empressement à creuser une piste qui conduisait au-delà des frontières américaines.

Il termina son repas. Il n'avait bu que de l'eau. Il sortit. Augustine serait surprise de le voir, peut-être inquiète sur le coup, mais elle comprendrait. Le soir était arrivé. Les rues se vidaient. L'obscurité progressait vite. Son estomac plein le protégeait du froid, mais il pressa le pas. Il trouva Orange Street. Elle n'avait rien dit de plus précis. Il vit un vieillard sur le trottoir d'en face. Il traversa. Il n'eut pas le temps d'ouvrir la bouche que l'homme s'éloigna en faisant non de la tête. Il regarda autour de lui et ne vit personne. Il se décida. Il s'approcha d'une porte éclairée par une lanterne juste au-dessus. Il frappa et recula pour faire le moins peur possible. Il entendit des pas.

— *What is it ?* dit une voix d'homme.
— *I'm looking for someone.*
— *Someone ain't here.*

Il n'insista pas. Il marcha encore. Il frappa à une autre porte. On l'observa à travers le judas et ce fut tout. Il n'eut pas davantage de succès à une troisième porte. Il eut à peine le temps de dire qu'il cherchait une blanchisseuse du nom d'Augustine. Une autre voix d'homme se moqua de lui.

— *You're a spurned lover?*
— *No, I...*
— *I don't care. Get lost.*

Il se mit à la place de ces gens. Pourquoi ouvrirait-on à un inconnu le soir et dans un tel quartier ? Le jour, quand tous les commerces seraient ouverts, il se renseignerait, il poserait des questions. Il reviendrait le lendemain. Il entendit un éclat de rire. Devant lui, à quelques centaines de pieds, il distingua trois hommes devant une entrée vivement éclairée. La prudence aurait dicté de ne pas s'approcher. Mais il s'approcha.

Quand il fut plus près, il entendit de la musique. Cela le rassura. Les hommes, trois Noirs, arrêtèrent de parler quand ils le virent. L'un d'eux tapa sa pipe contre le mur pour la vider. Le plus petit, presque un nain, l'examina attentivement. Le plus grand jeta son cure-dents et passa un doigt dans sa ceinture. Baptiste ne se sentait pas menacé. Il comprenait où il était.

— *Is this Almack's?*
— *Sure hope so,* répondit le plus petit.

Le grand ricana. Le petit sourit et tendit la main vers les marches qui menaient à l'entrée sous le niveau de la rue.

— *Come right in, sir, and watch the steps.*

Baptiste hésita. Il n'avait pas la moindre envie de se trouver dans une salle de danse. Mais si cette Augustine y était, par hasard ? Qu'avait-il à perdre ? Il entra. Il fut accueilli par une Noire corpulente, une beauté un peu fanée, aux seins gigantesques, avec un foulard multicolore autour des cheveux. Elle le prit par le coude et ils empruntèrent un corridor étroit. Baptiste regardait le balancement de ses fesses énormes avec indifférence. Ils franchirent un épais rideau de velours noir. Un brouillard de tabac enveloppait une salle au plafond bas, faiblement éclairée. L'odeur âcre lui déplut. La femme le confia à un maître d'hôtel, tout jeune, qui portait un uniforme rouge vif aux boutons dorés. S'il n'avait pas eu la peau foncée, on aurait dit un officier britannique. Il voulut conduire Baptiste vers une table inoccupée. Mais Baptiste s'immobilisa au bord de la piste de danse.

Quatre couples dansaient. Sur une petite estrade, un violoniste avec un double menton et de l'or plein les dents torturait son instrument avec virtuosité. À côté de lui, un homme en sueur ondulait comme un serpent et frappait son tambourin. La moitié seulement des tables étaient occupées.

— *I'm looking for someone*, dit Baptiste.

— *Pardon me, sir?* dit l'autre, levant la voix pour couvrir la musique.

— *I'm looking for someone*, répéta Baptiste, pendant que ses yeux faisaient le tour de la salle.

Le jeune homme se renfrogna. Peu ou pas de pourboire avec un oiseau comme Baptiste. Augustine n'était pas là. L'endroit s'animerait sans doute plus tard dans la soirée. Les gens présents riaient et parlaient fort. Il trouva cette joie irritante, douloureuse. Il écarta l'idée de prendre un verre. Il pensa à demander au maître d'hôtel s'il connaissait une Augustine ou à la décrire, mais il se ravisa. Il s'excusa et se dirigea vers la sortie. Dans le couloir entre la salle et la porte donnant sur la rue, il fut heurté par un jeune homme qui entrait en trombe. Son compagnon était affublé d'un chapeau d'une hauteur extravagante. Ils ne se retournèrent pas, ne s'excusèrent pas.

Le petit homme à l'extérieur fut surpris de le revoir.

— *Something wrong, sir?*

— *No, not at all. I was looking for someone.*

L'autre ne dit rien. Il ne fallait jamais se mêler de la vie d'un inconnu qui cherche quelqu'un, sûrement une femme, le soir, dans une salle de danse. Un de ses compagnons plaisantait avec le cocher qui venait de déposer les nouveaux arrivés. Baptiste fit quelques pas en direction de chez lui.

— *Sir !*

Il se retourna. Le petit homme alla vers lui.

— *Sir, excuse me for not minding my business. The streets aren't safe even at this early hour. I suggest you take the carriage.*

C'était le bon sens même. Et il était fatigué et dépité d'avoir échoué. Il devait se décider avant que le cocher ne reparte. Il faisait froid et il arriverait plus vite chez lui. Il glissa une pièce de monnaie dans la main du petit homme, demanda au cocher s'il pouvait être conduit jusqu'à Fulton Street et sauta à bord du fiacre. Il était maintenant décidé à revenir le lendemain, quand tout serait ouvert. Il connaissait la rue où elle habitait. Il ne serait pas difficile de la retrouver. Il se redit que c'était probablement futile, mais qu'il n'avait rien de plus important à faire. En fait, il n'avait surtout pas l'énergie pour faire ce qui aurait été vraiment important, comme se redonner une discipline et se remettre au travail.

Arrivé devant chez lui, il paya le cocher et sortit une clé de sa poche. Pendant qu'il ouvrait la porte, un peu de biais sur le trottoir d'en face, dissimulé entre deux maisons, un homme l'observait.

Pour la première fois depuis longtemps, Baptiste se réveilla avec un but précis en tête. Il n'était pas pressé pour autant. Il ne connaissait rien au métier de cette Augustine, mais il supposa que le commencement de la journée d'une blanchisseuse devait être le moment le plus occupé, celui où il tomberait le plus mal. Il voulait seulement savoir si elle se souvenait de l'apparence de cet homme qui le cherchait, si elle pouvait le décrire, si elle le reconnaîtrait. Il se contenterait d'un détail. Il ne fallait pas la brusquer. Le mieux serait de simuler une rencontre au hasard.

Il mit du bois dans le poêle et fit chauffer de l'eau. Les Doyle lui avaient offert en cadeau un moulin à café, une petite boîte carrée en bois avec une manivelle qui broyait les graines quand on la faisait tourner. Quand l'eau fut chaude, il se prépara un café. Puis il se rasa de près, se lava soigneusement, enfila des sous-vêtements propres et replaça la couverture sur son lit. Il dépoussiéra sa trousse médicale et la vida. Il termina de s'habiller, empoigna la trousse et sortit.

Il avait neigé pendant la nuit. Le ciel était gris comme un oignon cuit. Les nuages se déplaçaient vite. Le froid mordant atténuait la puanteur des ordures. Les porcs s'affairaient déjà sur les meilleures trouvailles. Baptiste acheta les journaux et les lut dans un café. Il attendit que les cris des livreurs, les voitures dans la rue, les passants emmitouflés, les clients du café soient nombreux, que la ville soit bien réveillée. Il reprit le chemin de la veille. Il enfonça son bonnet de fourrure jusqu'aux sourcils. Il avait maigri et supportait moins le froid. La neige épaisse collait à ses bottes et alourdissait son pas. Les traîneaux à patins étaient maintenant partout. Les chariots à roues glissaient et leurs cochers rageaient. Les chevaux peinaient sous le fouet.

Il arriva à Orange Street. Il supposait qu'Augustine avait loué un emplacement commercial proche de son logis. Il vit un livreur de glace, songea à le questionner, mais l'homme ployait sous sa charge. Des coups de marteau retentirent tout près. Il repéra leur provenance. Au-dessus d'une porte, il lut : *James Coffin, coffin maker*. Jadis, il aurait souri. Il entra. L'endroit était encombré de cercueils à différentes étapes d'avancement. Un vieillard squelettique, qui n'avait guère meilleure mine que sa clientèle, rabotait une planche. Il leva les yeux sur lui.

— *Sir, is there a wash house nearby?* demanda Baptiste, resté sur le pas de la porte.

Le vieux arrêta son mouvement.

— *Once you're out, turn right and keep walking. Hundred yards. This side of the street.*

— *Very kind, sir.*

Il reconnut Augustine de loin. Elle était dos à lui, grimpée sur un chariot de livraison à la place du conducteur. Un homme avec une carrure de lutteur chargeait une caisse de bois sur la plateforme à l'arrière. Elle se tourna à demi pour parler à l'homme. Pas de doute, c'était bien elle. Son souffle s'élevait dans l'air froid. Baptiste s'approcha par la gauche, du côté de la rue. L'homme à l'arrière recouvrait les caisses d'une toile. Baptiste supposa que c'étaient les vêtements lavés et pliés à retourner à leurs propriétaires.

— Augustine?

Elle tourna la tête. Elle sembla surprise. Il enleva son bonnet.

— Docteur? C'est vous?

Il fit oui de la tête. Elle vit sa trousse au bout de son bras. Il s'expliqua:

— Oui, j'avais une visite près d'ici.

— Vous avez recommencé à travailler. C'est bien.

L'homme s'affairait toujours à l'arrière. Il fallait engager la conversation, la mettre en confiance.

— Oh, une petite affaire, dit Baptiste, rien de compliqué. Mais vous aviez raison. Reprendre le travail, c'est ce que j'avais de mieux à faire. Vous m'avez fait réfléchir. Je vous en remercie.

— Le travail, ça évite de sombrer dans le noir. Ça occupe. C'est au moins ça.

L'homme grimpait à présent aux côtés d'Augustine. Il semblait du même âge qu'elle. Baptiste lui trouva un air engageant.

— C'est le mari de ma sœur, l'informa Augustine. Il travaille avec nous.

Juché sur le siège du conducteur, mais de l'autre côté, il était trop loin de Baptiste pour qu'ils se serrent la main. Il porta deux doigts à sa tempe en guise de salut.

— Bonjour, monsieur. Heureux de vous rencontrer, dit Baptiste.

— Il ne connaît pas un mot de français, dit Augustine. Il est allemand.

L'homme avait saisi les guides.

— Vous avez une autre visite dans le coin ? demanda la blanchisseuse.

— Non, non.

— Vous repartez dans quelle direction ? Si vous allez vers l'est, on peut vous emmener. Notre premier arrêt n'est pas tout de suite.

— Euh, j'habite rue Fulton.

L'homme lui fit signe de grimper.

— Honnêtement, c'est pas de refus, reconnut Baptiste. Avec ce froid...

Elle prit sa trousse pendant qu'il se hissait. Augustine et l'homme se tassèrent pour lui faire une place. Baptiste demanda :

— Il s'appelle comment, le mari de votre sœur ?

— Hans. C'est vrai, je n'ai pas fait les présentations. *Hans, this is Doctor Hébert.*

Baptiste serra la main tendue.

— *Glad to meet you, Hans.*

L'autre sourit. Ils partirent.

— Merci, c'est très apprécié, dit Baptiste.

— C'est rien, c'est rien. On fera nos livraisons prévues. Vous descendez quand ça vous convient.

Il ne savait pas de combien de temps il disposait. Mais il ne voulait pas la brusquer. Il se savait peu doué pour faire semblant. Il ne trouva pas mieux que :

— Et vous, le travail ?

Ce fut comme ouvrir une écluse.

— Oh, moi, je ne soigne pas les gens. Je les lave, c'est tout. Mais c'est pas facile. Ça prend des jours. Le samedi, on trie et on recoud. Le dimanche, on fait tremper. Le lundi, on commence pour vrai. On fait bouillir, on lave, on rince, on sèche, on amidonne, on repasse, on plie. Ça prend la semaine. On retourne le propre, on ramasse le sale.

Et il faut trouver le temps de fabriquer notre savon. C'est moins cher. Et si on n'arrive pas à effacer une tache d'encre ou de jus de fruits, c'est de notre faute. Une fois, une taie blanche est sortie rose. Vous auriez dû voir la scène. On les a perdus pour toujours. Et le séchage demande de l'espace, et l'espace est de plus en plus coûteux. Et les chevaux, vous les voyez, ils sont vieux. Ça coûte cher, des bons chevaux.

Il ignorait tout de cela et la trouva intéressante. Les rues étaient moins achalandées que pendant les saisons chaudes. Le froid étouffait les sons. On entendait les clochettes accrochées aux chevaux pour avertir les passants. Baptiste se fit la réflexion qu'il ignorait totalement comment on fabriquait du savon. Elle ajouta :

— Et ça se complique.

Il la découvrait bavarde, cette femme à laquelle il n'avait pas adressé trois phrases avant leur dernière rencontre.

— Qu'est-ce qui se complique ?

— Les petits indépendants comme nous, on veut nous écarter. Des gros entrepreneurs louent des emplacements énormes. Ils sèchent à la vapeur avec des machines nouvelles. Ils peuvent prendre de plus grosses quantités et laver plus vite. Ils cassent les prix. C'est pas seulement dans le nettoyage. Ailleurs aussi. Les petits abandonnent. Ils se mettent à travailler pour les gros.

— Je comprends.

Elle ajouta sur un ton enjoué :

— Vous êtes drôle, docteur. Vous êtes dans votre monde. Vous ne voyez pas autour de vous. Je le dis pas méchamment.

Baptiste demanda :

— Vous regrettez, des fois ?

Elle ne comprit pas.

— Regretter quoi ?

— D'avoir quitté le pays.

— Ah, ça, non. Pas du tout ! Il y a plus de possibilités ici. J'étouffais là-bas. Mes frères, mes sœurs, mes tantes, mes cousines, le curé, tous ces gens qui se mêlent de tout.

Misère ! Il n'y a rien là-bas que je ne peux pas faire ici et il y a plein de choses ici que je ne pourrais pas faire là-bas.

— Comme quoi ?

— Comme faire autre chose que servir un mari et être grosse à chaque printemps.

— Vous n'êtes pas mariée ?

— Non. Pas tout de suite. Quand le temps viendra. Mais j'ai quelqu'un.

— Un homme de chez nous ?

Il regretta sa question. Il perdait du temps. Il devait la questionner avant de descendre.

— Surtout pas. Si je voulais un gars de chez nous, je serais resté chez nous. Et les meilleurs des nôtres partent.

Il ne commenta pas. Elle demanda :

— Vous avez d'autres patients aujourd'hui ?

— Non, c'était le seul. Je m'y remets tranquillement.

— En tout cas, celui de ce matin n'a pas dû être compliqué, dit-elle, regardant droit devant.

Il resta interloqué.

— Pourquoi dites-vous ça ?

Pour la première fois depuis qu'ils étaient l'un à côté de l'autre, elle le regarda.

— Votre trousse est vide. Je l'ai prise quand vous êtes monté. Trop légère.

Il ne sut quoi inventer et abdiqua.

— Vous avez raison. Je vous demande pardon. J'aurais dû être franc.

— C'est pas bien de mentir.

Il n'y avait ni colère ni peur dans sa voix. Elle demanda :

— On ne se rencontre pas par hasard, hein ?

— Non.

— Je ne suis pas fâchée. Je pense que je comprends. On va voir. Posez-la, votre question. Même si je la devine.

— Le jour où ma femme a été tuée... Cet homme qui me cherchait...

— Oui, quoi ? Crachez le morceau. Pourquoi je l'ai pas dit à la police ?

— Ben...

La voix d'Augustine se crispa.

— Mon fiancé a eu des ennuis avec la police. S'il pense que j'ai parlé à la police, ça ira mal pour moi. Et franchement, docteur, la police, moins on a affaire à elle, mieux c'est. Ne soyez pas naïf.

— Je comprends, rassurez-vous. Non, ce n'est pas tellement ça. À quoi il ressemblait ? Vous vous en souvenez ?

Elle ne répondit pas tout de suite. Baptiste se demanda si ce Hans, les yeux rivés sur la route devant lui, comprenait quelque chose à leur conversation.

— Je ne l'ai vu que quelques secondes, dit-elle. Je ne faisais pas attention. Il a posé une question banale et j'ai répondu, c'est tout.

— Jeune, vieux, grand, petit, maigre, costaud, sa couleur de cheveux ?

— Mon Dieu, je dirais, euh, de votre âge à peu près. Ni grand ni petit. Rien de...

— Blond, brun, barbu ? Quelque chose ? Un détail ? N'importe quoi...

— Comme je vous dis, ça fait des mois et...

— Il parlait comme un Américain né ici ou avec un accent d'ailleurs ?

— Ah, ça, sans accent, je dirais...

Il cherchait une suite. Les vêtements peut-être...

— Attendez... dit-elle.

Il se retint de la regarder. Ne rien faire pour la brusquer.

— Il avait... Comment dire ? Oui, il avait sur la face...

Elle fit un geste circulaire avec la main devant son visage. Il demanda :

— Une cicatrice, une brûlure, une mauvaise peau ?

— Ben, comme une grosse tache sur un côté du visage. Les deux côtés n'avaient pas la même couleur.

— Une grosse tache ?
— Oh, oui, grosse, tout le côté.
— Quel côté ?
— Euh, ça, le gauche, je dirais. Euh, non, ça, le côté, je suis pas sûre. Je voudrais pas me tromper.
— Ce qu'on appelle une tache de vin ? De naissance ?
— Oui, c'est ça. De naissance.
— Rouge foncée, violette ?
— Oui, je dirais. Maintenant que j'y repense, c'était assez frappant. J'aurais dû...

Il enregistrait ce qu'il venait d'entendre.

— Et quoi d'autre à part la tache ?
— Rien d'autre.
— Et ses vêtements ? Quelque chose de particulier ?
— Rien qui m'a frappée, non. Et vous pensez que...
— Je ne sais pas. Probablement pas. Mais je m'accroche à n'importe quoi.
— Et vous irez le dire à la police ?

Il avait déjà menti sur son patient de ce matin. Il esquiva.

— Vous venez de me dire de ne pas faire confiance à la police.
— Oui, mais vous, vous êtes du genre à faire ce que les gens bien sont supposés faire. Si vous me dites que vous n'irez pas, je ne vous croirai pas.
— Vous n'avez rien à vous reprocher, dit Baptiste. Vous n'avez rien fait de mal.
— Avec la police d'ici, pas besoin d'avoir fait quelque chose de mal.

Le chariot ralentit, puis s'arrêta. Hans sauta au sol. Baptiste n'avait pas prêté attention à leur trajet. Ils étaient sur Division Street, devant un petit hôtel.

— On a une livraison ici, dit Augustine. Je dois descendre.

Hans, déjà à l'arrière du chariot, gueula quelque chose en allemand. Baptiste s'empressa de dire :

— Je vous jure que je ne vous mettrai pas en difficulté, et je m'excuse de ne pas avoir été franc.

Augustine regarda Hans qui levait un coin de la toile recouvrant les vêtements. Elle tourna les yeux vers Baptiste.

— Je ne peux pas vous empêcher de faire ce que vous voulez, docteur. Je ne veux pas de problèmes, c'est tout.

— Je comprends. N'ayez pas peur.

— Peur ? Je pense que j'ai peur de ce qu'il y a dans votre tête.

Baptiste ne répondit pas.

— *Schnell, schnell** *!* s'impatienta Hans, jetant à la femme un regard agacé.

Elle descendait maintenant du chariot par le côté opposé à celui où était Baptiste. Il sauta en bas lui aussi. Elle s'affairait dans ses caisses de vêtements, l'ignorant. Il n'insista pas. Il la salua. Elle eut un bref mouvement de la tête, mais ne le regarda pas.

Une boule de neige s'écrasa sur la poitrine de Baptiste. Deux gamins riaient de l'autre côté de la rue. Un éclair blanc lui frôla la tempe. Les enfants se mirent à courir. L'un d'eux trébucha, plana comme un oiseau, chuta lourdement sur le ventre, poursuivit sa glissade, son visage dans la neige. L'autre s'esclaffa et reprit sa course, abandonnant son complice. Baptiste s'éloigna.

Edward Doyle achevait de calculer les achats de la femme pendant qu'elle les rangeait dans un sac de toile. Une autre cliente attendait d'être servie. Dehors, Baptiste frappa ses bottes l'une contre l'autre pour en faire tomber la neige, entra et se dépêcha de fermer la porte derrière lui. La joie sur le visage de l'épicier quand il le vit réconforta Baptiste. Doyle écarta le rideau qui dissimulait l'arrière-boutique et dit quelque chose. Sa femme surgit, sourit à

---

* Vite, vite !

Baptiste et remplaça son mari auprès des clientes. Doyle contourna le comptoir. Les bras tendus, il marcha à grands pas vers Baptiste. Il le serra dans ses bras et le souleva de terre. Baptiste se dépêcha d'expliquer que le moment était mal choisi pour déranger. Il voulait emprunter la clé de leur domicile pour récupérer quelques-uns des livres de médecine laissés chez eux. Pendant qu'il parlait, Doyle l'agrippait par les épaules. Il fouilla dans sa poche et tendit la clé à Baptiste. Il lui fit jurer qu'il viendrait souper le soir même. Inutile, dit-il, de ramener la clé avant le soir, car sa femme en avait une avec elle.

— *And don't you dare change your mind or you'll have to deal with my wife.*

Au dernier moment, Helen lui fourra dans les mains un pain rond et un gros morceau de fromage, et planta un baiser mouillé sur chacune de ses joues. Les clientes en furent fort étonnées.

Les livres étaient restés là où il les avait laissés, dans la chambre qu'il avait occupée, libre depuis le départ du dernier des enfants Doyle. Baptiste ne prit que le gros ouvrage de Sharp et son cahier avec les récits de tous les cas qu'il avait traités pendant son dernier mois de pratique.

Le travail avait toujours été le socle de sa vie, de toute vie valant la peine d'être vécue de son point de vue. De retour dans sa chambre, il entreprit de lire, en commençant par le plus récent, les résumés de tous ses cas. Il s'efforçait de revoir dans sa tête chaque patient. Il lut longtemps, grignotant de petites boules de mie de pain.

Il se leva pour se dégourdir les jambes. Debout près de la fenêtre, il regarda sa table de travail et une idée lui vint. Il déchira une des pages vierges de son cahier. Il voulait mettre de l'ordre dans sa tête. « Sois méthodique, se dit-il. Qu'est-ce qui est sûr ? Qu'est-ce qui est probable ?

Qu'est-ce qui est plausible ? » Il n'était pas policier, mais le raisonnement est affaire de méthode et non de domaine.

Il commença par ce qui était sûr. Le vol n'était pas le mobile de celui qui avait tué sa femme et son fils. Celui ou ceux ? Impossible de répondre. Julie et lui n'étaient pas riches et rien n'avait été dérobé. Des voleurs auraient préféré une maison plus cossue et surtout vide. La haine, la vengeance étaient les seuls mobiles. Une seule personne pouvait souhaiter leur mort, mais il n'avait aucune preuve de son implication. De toute façon, jamais Thomas n'aurait agi lui-même, pas rendu à un niveau aussi élevé dans ce qu'il fallait bien appeler une carrière. Il ne courrait plus ce risque, et il avait sans doute trop d'affaires en cours à Montréal pour s'absenter longtemps. Il avait aussi amplement les moyens de s'offrir des gens compétents.

On n'avait trouvé aucun indice significatif. Les traces de pas dans le sang n'étaient pas porteuses du moindre renseignement. Elles ne permettaient même pas de savoir si l'assassin avait agi seul ou non. L'homme ou les hommes étaient entrés par l'arrière sans forcer la serrure. Il n'y avait que trois clés ouvrant cette porte, la sienne, celle de Julie et celle du propriétaire auquel ils louaient. L'homme n'était soupçonné de rien et disait avoir retrouvé sa clé à l'endroit habituel. Tous les gens interrogés disaient n'avoir rien vu ou entendu d'anormal. Baptiste avait obtenu la permission de lire les dépositions. Il n'y avait rien trouvé qui permette le moindre progrès. Ses propres démarches auprès des voisins n'avaient rien donné.

Fitzpatrick semblait peu intéressé. Il abordait son travail, c'était du moins l'avis de Baptiste, avec un mélange d'indifférence et de résignation. Il aurait sans doute répondu qu'il avait peu d'effectifs et qu'un nombre effarant de crimes lui étaient rapportés, ce qui était deux fois vrai. Et Julie et lui étaient des étrangers. Les maîtres politiques de Fitzpatrick devaient exiger qu'il priorise les effractions qui troublaient le plus la paix publique. Les meurtres tombaient dans la catégorie des crimes à la fois rares et généralement non résolus, à moins d'être commis dans un élan de rage. S'il examinait les choses du point de vue de Fitzpatrick, on avait affaire à des professionnels, le commanditaire probable n'était pas sur le sol américain, et c'était un homme puissant avec, très probablement, des alliés dans l'administration de son pays.

Tout cela n'était guère encourageant. Le seul fil qui pendait, du moins le seul qu'il pouvait voir, était cet homme décrit par Augustine. Fitzpatrick ne se donnerait sans doute même pas la peine de l'interroger. Lui-même ne connaissait personne ayant une tache de vin sur le visage.

Il contempla la page. Aucune idée neuve n'était miraculeusement apparue. Il n'avait accouché de rien qu'il ne s'était pas déjà dit mille fois. Que faire maintenant ? Quelles options s'offraient à lui ? Il les avait retournées dans sa tête si souvent que, cette fois, il ne se donna pas la peine de les écrire. Harceler davantage la police ? Elle se fermerait encore plus. Alerter les patrons politiques de Fitzpatrick ? Il ne les connaissait pas et ils n'avaient aucun intérêt à venir en aide à un étranger. Refaire le tour des gens déjà visités par la police ? Rien de nouveau n'en sortirait. Si quelqu'un avait vu quelque chose et voulait parler, il l'aurait déjà fait ou le ferait seulement s'il le désirait.

Les assassinats avaient eu droit à un petit article de journal sans lendemain. Et s'il parlait à un journaliste pour qu'il redonne de l'élan à l'affaire ? L'événement avait eu lieu quatre mois auparavant. C'était une éternité pour la presse quotidienne qui avait classé l'affaire avant même de s'y être intéressée. Par nécessité, Julie et lui avaient mené une vie discrète. Il n'était pas logique de déplorer maintenant que personne ne parle du drame.

Hormis la police, qui d'autre pouvait l'aider ? Personne parmi ses anciens patients. Les Doyle pouvaient apporter du réconfort moral et avaient déjà fait beaucoup. Et c'était tout. Il ne restait, au fond, que cette description d'un homme qui disait le chercher. Mais il n'allait quand même pas arpenter les rues de New York à la recherche d'un homme avec une tache de vin sur le visage. Et pour lui demander quoi ? « Cherchiez-vous un médecin pour vous soigner ou êtes-vous l'assassin de ma femme et de mon fils ? »

Professionnellement, il n'existait plus. Il avait encore de l'argent. Il dépensait peu. Mais ses réserves finiraient par s'épuiser. Certains jours, comme aujourd'hui, il voulait réagir, mais cela ne durait pas. Le reste du temps, il se serait noyé dans un puits noir.

Le souper chez les Doyle fut une grande affaire. Du potage, du rôti de porc, des fruits confits. L'arôme venu de la cuisine parfumait toute la maison. Baptiste n'avait pas autant mangé depuis des mois. Il craignit un moment de se trouver mal. Il était certes triste, mais en même temps, il ne s'était pas senti aussi bien depuis longtemps. Ce n'était pas l'alcool, mais la chaleur humaine, la compagnie, aiguisées peut-être par l'alcool. Les Doyle savaient tout de sa vraie identité. Fitzpatrick leur avait révélé, pendant qu'il les interrogeait, que Hébert n'était pas son vrai nom. Ils ne le jugeaient pas ou, s'ils le jugeaient, n'en laissaient rien paraître.

Pendant le repas, Baptiste raconta longuement, sur un ton factuel, leur fuite de Montréal et tous les préparatifs. Il ne cacha rien. Il décrivit ses longues journées vides, sa chute dans l'alcool, la fois, toute récente, où il avait été expulsé d'une taverne, Fitzpatrick qui ne faisait rien, l'odeur de sa femme qui ne le quittait pas. Depuis le premier jour où il avait vu Julie, leur dit-il, il s'était réveillé chaque matin en pensant à elle. Il avait traversé chaque journée en pensant à elle. Il s'était endormi chaque soir en pensant à elle. Et tout cet amour était devenu concret, avait donné un enfant et une vie plus heureuse qu'il ne l'aurait cru possible. Elle l'avait fait se sentir meilleur, habité par une énergie qui aurait duré dix vies. Et puis plus rien.

Ils l'écoutèrent sans rien dire, Helen Doyle gardant sa main dans la sienne. Les Doyle semblaient au début de la quarantaine, peut-être un peu plus. Leurs deux enfants venaient de quitter la maison. Peut-être y avait-il quelque chose de filial dans leurs rapports avec lui. Il appréciait le fait qu'ils lui épargnent la morale convenue : que le temps guérit tout, qu'il devait se remettre au travail, qu'il refonderait une famille, et autres fadaises.

Ils s'interdirent de lui dire ce qu'il devait faire, sauf pour convenir qu'il y avait peu à espérer de la police. Ils burent beaucoup, ils burent trop, sans la moindre mauvaise conscience. Vers minuit, Helen Doyle le serra dans ses bras, comme elle l'avait fait cette nuit tragique, et monta se coucher. Elle décréta que la vaisselle attendrait.

Quand son mari et lui furent seuls, ils écoutèrent les mouvements dans la chambre au-dessus d'eux. Puis plus rien. Ils restèrent longtemps sans parler. On n'entendait plus que le tic-tac de l'horloge. Baptiste regardait les restes sur la table. Les yeux rougis de Doyle étaient rivés sur les motifs du tapis.

— *You get tired sometimes ?* demanda Baptiste.

Doyle prit le temps de réfléchir.

— *Tired of what ? Tired of work ? Yeah, but I work anyway. This is America. You don't work, you die like a dog. I was tired of starving in Ireland too.*

— *No, I meant…*

— *What ?*

— *Nothing.*

— *Tired of what ? You're thinking crazy stupid ideas ?*

— *I'm not stupid and I'm not crazy.*

— *I know you aren't, so don't act like one.*

Doyle bâilla. Chacun vit la fatigue de l'autre. Doyle offrit à Baptiste une des chambres vides. Le cerveau embrumé de Baptiste considéra l'offre, mais il ne voulait pas dormir si près de son ancienne demeure. Doyle n'insista pas, mais fut intraitable sur le fait qu'il reconduirait Baptiste dans son traîneau. Quand ils furent habillés, Doyle lui enfonça sous le bras la bouteille de whisky qu'ils avaient presque vidée.

— *Discipline will wait another day*, murmura-t-il. *Let's go.*

La nuit était froide et le ciel sans étoiles. Les patins glissaient sans effort sur une neige glacée. Engourdi par l'alcool, sous une peau d'ours qu'il avait remontée jusqu'à son nez, Baptiste fut sur le point de s'endormir quand il s'aperçut qu'ils étaient presque arrivés. Il demanda à Doyle de le laisser à un coin de rue de chez lui. Quelques pas au froid lui feraient du bien. Ils s'embrassèrent et, lorsque le traîneau repartit dans la direction opposée, Doyle se retourna. Ils se saluèrent de la main. Son traîneau tourna à un coin de rue et disparut.

Arrivé chez lui, Baptiste enfonça la clé dans la serrure. Bruit de pas dans la neige, derrière lui. Il eut peur. Il se retourna. Une longue lame argentée. Il voulut esquiver. La lame transperça son manteau à la hauteur des côtes, du côté gauche. La douleur lui arracha un cri, mais l'entaille n'était pas profonde. Au bout de la lame, il y avait un bras et, au bout du bras, une ombre noire. L'ombre replia le bras pour attaquer de nouveau, mais glissa sur une plaque de glace et perdit l'équilibre. Elle voulut se redresser. Baptiste empoigna la bouteille de whisky par le goulot et l'abattit de toutes ses forces sur la tête capuchonnée qui s'avançait. L'homme grogna, tomba. Baptiste voulut le frapper une deuxième fois, mais glissa lui aussi. La bouteille heurta l'épaule de l'homme. Il fallait bien mourir de quelque chose et ce soir faisait autant l'affaire qu'un autre. Alors Baptiste rabattit la bouteille encore et encore, frappant comme un fou, de toutes ses forces, de façon désordonnée, alternant coups de bouteille avec sa main droite et coups de poing avec sa gauche, ne réussissant pas à placer un coup décisif, ne pensant même pas à viser. L'homme était à quatre pattes, il cherchait son couteau dans la neige. Baptiste arma son bras pour frapper de nouveau, mais l'homme se redressa et partit en courant. Baptiste retomba à genoux, vidé, haletant, sans force pour crier. Il regarda de chaque côté de la rue. Elle était déserte.

Tout cela n'avait pas duré dix secondes. Il resta assis par terre, dans la neige, époumoné, le cœur palpitant, sur le point d'exploser, sa main droite agrippant toujours la bouteille. Il se passa alors quelque chose qui le stupéfia. Malgré l'ivresse, il retrouva sa lucidité de chirurgien. Il vit les choses avec une totale clarté, comme si le danger avait tout d'un coup dissipé les brumes de l'alcool et les atermoiements de la mélancolie. Ce nouvel état d'esprit arriva si subitement, de manière si inattendue, qu'il se dit qu'il devait le mettre tout de suite à profit. On n'attaque pas un inconnu devant la porte de son domicile, à moins d'être un aliéné ou un parfait imbécile. On fait ces choses dans des ruelles sombres. Et si c'est pour le voler, on lui demande d'abord de vider ses poches. Il n'avait pas été choisi au hasard. C'est lui qui était visé. Et cet homme n'avait pas voulu le voler, mais le tuer. Et cet assaillant connaissait son domicile. Et hormis les Doyle, qui, à part sa logeuse, savait où il habitait ? Fitzpatrick. « Si jamais je dois communiquer avec vous », avait-il dit.

Il ne pouvait plus rester là. Il était en danger de mort. Il devait fuir, se mettre à l'abri au plus vite, trouver autre chose. Cet homme ou un autre récidiverait. C'était une évidence. Il monta à grandes enjambées, essayant de ne pas réveiller la logeuse à l'étage inférieur. À l'entrée de sa chambre, ses yeux firent le tour de l'endroit. Qu'y avait-il d'essentiel ? Dans un sac de toile, il jeta quelques chemises et des sous-vêtements. Il ouvrit la valise sous le lit et en retira ses deux pistolets, qu'il n'avait jamais utilisés, son permis de pratique médicale et quelques papiers personnels. Dans l'armoire, il prit une botte et y plongea la main pour en retirer l'argent dissimulé. Le reste de ses avoirs était dans un compte bancaire. Avant de quitter la pièce, il se retourna une dernière fois. Il descendit l'escalier prudemment et laissa ses deux clés sur le paillasson devant la chambre de sa logeuse. La rixe dehors ne l'avait pas réveillée, car elle était presque sourde. Il ouvrit doucement la porte et sortit dans la nuit.

Il n'était pas question de mettre les Doyle en danger en retournant chez eux. Il ne connaissait personne d'autre chez qui il pourrait frapper à cette heure. Il s'éloigna en direction des quais bordant l'East River. Il dormirait dehors, au froid, rejoignant pour une nuit ces milliers d'abonnés à l'infortune. Il marchait aussi vite qu'il le pouvait, jetant des coups d'œil derrière lui et autour de lui, repensant à l'assaillant et à Fitzpatrick. Il n'avait pas fait cent pas qu'il s'arrêta, frappé de stupeur, le souffle court tout à coup. Mais oui, cet homme qui venait de l'attaquer… Comment ne l'avait-il pas remarqué sur le coup ? Il était absolument certain qu'un côté de son visage était plus sombre que l'autre. C'était pour cela que l'homme portait un capuchon, pas seulement pour le froid, mais pour se dissimuler. Son imagination inventait-elle ce qu'il désirait ? Pas du tout. Il se remit en marche. Il songea que le couteau devait être encore au sol, enfoui dans la neige. À présent, il courait presque.

Chapitre 20

Le seigneur

Le notaire se leva avec peine. Son gros ventre compliquait ses mouvements. Il alla se placer derrière l'épaule de son client assis et se pencha.

— Vous signez ici et ici, monsieur Champagne, et pareillement sur la feuille suivante. Ensuite, vous mettez vos initiales sur chacune des feuilles.

Michel Champagne trempa sa plume et signa avec dédain. Une grosse veine violette, palpitante, était apparue sur une de ses tempes. Il jeta la plume sur la table. Une goutte d'encre s'écoula du bout. Il resta les mâchoires serrées. Le notaire ramassa les feuilles une à une, souffla dessus, puis regagna sa place. Assis en face de Champagne, Thomas observait la scène. Le notaire retrouvait son entrain, soulagé par l'étape franchie. Il plaqua un tampon sur les signatures, souffla de nouveau sur l'encre fraîche, secoua les feuilles du bout des doigts, les reposa devant lui.

— Voilà l'affaire, messieurs, dit-il. Tout est en ordre. Je termine des détails et je vous ferai parvenir les versions finales dans les meilleurs délais.

Ses yeux allèrent d'un homme à l'autre, cherchant leur approbation, pendant qu'il glissait les feuilles dans un vieux porte-documents en cuir. Champagne restait statufié. Thomas se leva et serra la main du notaire.

— Nous vous remercions de votre diligence, cher maître. J'imagine que vous voudrez reprendre la route ?

Le notaire, qui ne demandait qu'à déguerpir, se dirigeait déjà vers la sortie.

— Oui, avant qu'il y ait trop de neige et que les chemins soient impraticables.

— Permettez, maître, que je vous raccompagne, dit Thomas marchant à sa suite.

Champagne, resté derrière, commença à se lever. Thomas, devant la porte, se tourna vers lui.

— Donnez-moi un instant, monsieur Champagne. Je reconduis Me Desbiens et je reviens. J'ai un mot à vous dire.

Dans le vestibule, le notaire revêtait son manteau.

— C'est un beau cadeau de Noël que vous vous offrez, monsieur Sauvageau.

Puis, baissant la voix, sur le ton de la confidence :

— Et à un prix très intéressant, si je peux me permettre.

Thomas esquissa un sourire. Le notaire eut une hésitation. Thomas l'encouragea à parler du regard. Le notaire se toussa dans une main.

— Si je peux me permettre, je…

C'était manifestement sa formule favorite. Mais il n'osait poursuivre.

— Parlez sans crainte, mon cher.

— J'ai un problème avec un client, un mauvais payeur, des comptes en souffrance depuis longtemps, pas une grosse somme, pourtant…

Il fit un geste qui signifiait son impuissance. Thomas mit sa main sur l'épaule du notaire.

— Mon cher, ce sera un plaisir de vous aider. Considérez que la chose est faite. J'enverrai deux hommes à votre étude. Vous leur expliquerez. Ils iront le raisonner.

— Je vous en serais fort reconnaissant.

— Je n'en doute pas, maître.

Ils sortirent. Le notaire marcha vers son cabriolet. Il se tourna vers Thomas, resté sur le pas de la porte, et le salua de la main. Thomas lui retourna son salut. L'hiver avait hésité cette année, mais la neige qui débutait resterait. Il regarda la voiture s'éloigner et savoura le moment.

Ce manoir où il se trouvait, cette demeure seigneuriale où il était venu si souvent pendant son enfance, pour laquelle son père et sa mère s'étaient échinés comme des bêtes, cette maison et toutes les terres autour, il venait d'en prendre possession. Tout était à lui maintenant. Le domaine avait changé de mains à deux reprises depuis son enfance. Il serait maintenant dans les siennes. Lui seul y avait cru – avec sa mère, bien sûr. Il lui avait dit un jour qu'ils auraient leur revanche. Pour toute réponse, elle avait passé sa main dans ses cheveux. Il fermait les yeux et retrouvait cette sensation sur son crâne. Tout était à lui désormais, à eux, même si elle n'était plus là. Tout à eux, tout à lui. Il se le répétait. Tout à lui.

Il rentra dans la maison. Il monta à l'étage et ouvrit la porte de l'une des chambres. Maheu était assis en tailleur au sol. Il nettoyait un pistolet. Sur le lit, disposées par ordre de taille sur une couverture, une dizaine d'armes à feu de tous les calibres, surtout des fusils, attendaient d'être frottées et huilées. À côté de lui, sur le plancher, deux fusils de chasse reluisaient comme s'ils étaient neufs. Après son renvoi de chez Jeanne Raymond, Maheu avait été pris à l'essai, puis intégré dans la bande. Il leva les yeux vers son chef.

— T'auras terminé quand ? demanda Thomas.
— Avant le souper.
— T'as des idées pour les endroits ?
— Oui, patron.
— Moi aussi, on verra ça plus tard.
— Comme vous voudrez, patron.

Thomas referma la porte et le laissa travailler. Il voulait des armes en parfait état de marche dans différents endroits de la maison, mais faciles d'accès. Il ne s'agissait pas de transformer la demeure en forteresse, mais on n'était jamais trop prévoyant. Il redescendit. Juste à côté de la grande salle à manger, il y avait une petite pièce qui servait de salon de thé. Cheval était assis en face d'un damier, devant une partie inachevée, lisant un journal.

— Je termine avec Champagne, dit Thomas, et j'arrive.

— Prends ton temps, répondit Cheval, le seul de la bande autorisé à le tutoyer en privé.

Quand Thomas retourna dans le cabinet de travail, Champagne n'y était plus. Il entendit un tiroir s'ouvrir. Cela venait de la salle à manger. Thomas s'y dirigea et trouva Champagne, debout devant un vaisselier, tenant dans ses mains des fourchettes en argent. Il s'immobilisa quand il aperçut Thomas.

— Non, je vous en prie, continuez, dit Thomas.

Champagne remit les fourchettes où elles étaient et referma le tiroir. D'un signe de tête, Thomas l'invita à le suivre dans le salon. De grands rectangles décolorés sur les murs indiquaient les emplacements de tableaux que Champagne avait décrochés pour les emporter. Thomas y avait consenti. C'étaient des portraits de famille sans le moindre intérêt pour lui, qu'il aurait jetés dans les flammes. Il se laissa choir dans un fauteuil en velours moelleux, souple, délicieusement confortable, à lui maintenant. Il prenait ses aises. Il savourait les charmes de son nouveau domaine. Champagne restait debout, raide, les mains agrippées au dossier de l'autre fauteuil.

— Vous ne vous assoyez pas ? demanda Thomas.

— Je ne souhaite pas rester ici une minute de plus que nécessaire, dit Champagne.

— Fort bien. Écoutez... Je voulais seulement vous dire... Je comprends que ce n'est pas facile pour vous, même si c'est une transaction tout à fait convenable. On s'attache aux belles choses, n'est-ce pas ? Vous n'avez pas vécu ici toute votre vie, mais tout de même... Alors s'il y a des choses qui ont pour vous une valeur sentimentale, comme les tableaux, vous pouvez bien sûr les emporter. Faites un dernier tour et...

Champagne prenait la remarque comme une provocation de plus et peinait à se contenir. Il n'y parvint plus. D'une voix rauque, il dit :

— Vous vous trompez.

Thomas, les jambes croisées, l'interrogea des yeux.

— Vous vous pensez fort, reprit Champagne, mais vous allez perdre des deux côtés. Les Anglais vous utilisent, ils vous méprisent. Jamais ils ne vous accepteront. Vous ne serez que leur homme de main, un de plus, et le moins fréquentable de tous.

Thomas considéra la remarque, imperturbable, faisant tournoyer le rosaire de sa mère autour de ses doigts.

— J'ai passé ma vie, continua Champagne, à faire comprendre aux Anglais que tout ce que nous voulons, c'est leur montrer qu'ils n'ont rien à craindre de nous, que nous voulons seulement faire nos affaires en paix à leurs côtés. Mais un homme comme vous suffit à détruire les efforts de toutes les bonnes personnes. Vous nous faites honte. Vous êtes le ver qui nous ronge de l'intérieur.

— Monsieur Champagne, monsieur Champagne, dit Thomas, une pointe de regret dans la voix. Des mots, tout cela… des mots. On verra bien.

Il sourit, mais voulut rester magnanime, au-dessus de la rancœur de l'autre.

— Je ne vous demande pas de vous mettre à ma place, dit Thomas. C'est impossible. Vous ne pouvez pas comprendre.

Il parla doucement.

— J'aurais dû m'abrutir du matin au soir sur une terre de roches ? Pour des gens comme vous ? Je n'ai aucun regret, aucun. À quoi bon avoir des regrets ? Regretter quoi ? Nous faisons partie de la même comédie, vous et moi. J'aurais seulement aimé…

Champagne, immobile, lui plantait des poignards avec ses yeux.

— J'aurais pu, reprit Thomas, profiter de vos problèmes d'argent pour payer moins cher. J'aurais pu. Pourtant…

D'un mouvement de la main, il balaya toute la pièce.

— Parce que cette maison, vous le savez, signifie beaucoup pour moi. Enfant, j'y venais souvent. Vous auriez eu du mal à la vendre à bon prix. Et moi j'arrive, je vous offre une somme intéressante, qui règle tous vos problèmes, et je ne pose aucune condition. J'aurais pu mettre moins sur la table et l'avoir quand même. Et nous aurions tous les deux passé un moment très désagréable, vous plus que moi. Mais non, pas du tout. Je ne vous ai rien fait de mal. Au contraire, je paie bien et je paie d'un coup. Et tout ce que vous trouvez à faire, c'est de m'insulter.

Il regarda Champagne comme on regarde un enfant pris en défaut. Puis il eut un sourire de bon prince en s'étirant les jambes.

— Mais je passe par-dessus. Je fais comme si vous n'aviez rien dit.

À ce moment, Cheval apparut à l'entrée de la pièce.

— Tout va bien, patron?

— Tout va pour le mieux, mon ami, dit Thomas, pour le mieux. Monsieur Champagne fera un dernier tour de la maison pour ramasser des souvenirs et...

— Ce ne sera pas nécessaire, coupa Champagne.

— Très bien, alors Cheval vous reconduira.

— Je connais le chemin.

Et il tourna les talons. Thomas resta assis et fit un sourire entendu à Cheval. Il s'alluma un cigare en entendant Champagne qui s'habillait dans le vestibule. Il vida ses joues et regarda la fumée s'élever vers le plafond. La porte de l'entrée se referma violemment. L'idée d'avoir cette terre l'habitait depuis longtemps. Mais il caressait l'idée sans plus. De toute façon, il était hors de question de venir s'y installer pour de bon. Il avait déjà une maison de campagne à Senneville, à l'ouest de Montréal, où il allait peu depuis que sa femme l'avait quitté. Sa vie, ses affaires étaient en ville. Il y viendrait de temps en temps. Il ne prévoyait pas non plus mettre en valeur ces terres. Il n'y avait pas d'argent à faire dans les campagnes. Mais il n'avait pas hésité, sitôt connus les problèmes d'argent de Champagne. Il avait acheté la demeure, tout son contenu, tous les bâtiments attenants et toute la terre, après une seule visite non annoncée.

Il avait quelques idées, certes, sur l'usage qu'il en ferait, mais c'était surtout un trophée qu'il se décernait. On entendait souvent dire que l'attente était plus délicieuse que le fruit quand on y goûte. Pas dans ce cas. Il revoyait le regard successivement ahuri, furibond, inquiet, effrayé et finalement soumis de Champagne, un autre imbécile qui avait investi aux États-Unis sans aller vérifier lui-même.

Thomas n'était pas entré dans le manoir depuis la veillée funéraire de Charles de Bellefeuille, quand sa folle de mère lui avait sauté dessus, quinze ans auparavant. À l'extérieur, toutes les traces de la bataille du 14 décembre 1837 avaient disparu. À l'intérieur, tout avait été transformé. La demeure était plus petite que dans ses souvenirs. Mais son achat lui donnait maintenant un titre. Seigneur des Mille-Îles ! Lui ! Seigneur des Mille-Îles ! Il se le répétait, faisant rouler les mots dans sa bouche.

Il comprenait l'importance des titres même s'il méprisait souvent leurs porteurs. Ceux qui se moquaient des titres jalousaient ceux qui en avaient. Certes, ils n'avaient plus l'éclat de jadis. Beaucoup voyaient dans ces vieux titres issus du Régime français de l'or défraîchi. On finirait par abolir le régime seigneurial, on en parlait depuis des années, mais pas tout de suite.

Sur le fond des choses, Champagne n'avait pas entièrement tort. Il l'admettait. Pour beaucoup, il ne serait jamais un vrai seigneur. Mais il l'était bel et bien, lui, le petit paysan né sur cette terre, lui dont le père, brave seulement pour frapper son fils, était intimidé par cette maison qu'il voyait comme un temple mystérieux, où sa famille n'entrait par la grande porte qu'une fois par année, au jour de l'An, et où, le reste du temps, il se glissait par la cuisine, prenant soin de ne pas salir le plancher avec ses sabots boueux. On dirait bien ce qu'on voudrait, mais combien de destins comme le sien y avait-il eu dans le pays ?

— Il est parti, annonça Cheval, interrompant sa rêverie. Tu veux finir la partie ?

— Non, pas tout de suite, monte voir Maheu, vérifie ce qu'il fait. Je vais aller marcher avant la noirceur. On finira après.

— Très bien.

Thomas chaussa ses bottes, mit son manteau, une pelisse par-dessus, et sortit. La neige tombait tout doucement. L'église, incendiée et bombardée cinq ans auparavant, venait d'être reconstruite, plus jolie qu'à l'origine. Juste devant, la place centrale était déserte. Elle ne s'animait que lors de la grande messe du dimanche. Hormis deux gamins qui jouaient sur le chemin principal, il ne vit personne. Les nuages ressemblaient à des agneaux avant la tonte. Toutes les cheminées fonctionnaient, luttant contre ce ciel bas qui écrasait les chaumières. On commençait tranquillement à préparer les repas du soir. Dans le village, son arrivée n'était pas passée inaperçue, avait dit Maheu. Mais combien savaient qu'il était le gamin de jadis ? On devait se demander qui était cet étranger, ce que lui et ses hommes venaient faire. Tôt ou tard, la rumeur arriverait de Montréal. Ils sauraient. Il en riait déjà.

De la porte de sa nouvelle demeure, il ne voyait pas le moulin à eau que son père et sa mère exploitaient jadis. Il s'y dirigea. Il s'en souvenait parfaitement. Il était au milieu du chemin montant vers le nord, sur le côté gauche, juste derrière la petite maison où ils vivaient. Plus il s'en approchait, plus le gargouillis de la rivière devenait un bouillonnement, et plus sa curiosité se muait en pressentiment. Quand il arriva, la maisonnette n'était nulle part. Le terrain était couvert de jeunes épinettes. S'était-il trompé d'endroit ? Non. Elle avait disparu. Mais le moulin à farine était toujours là.

Il entendit le bruit d'une scie au travail. Il s'approcha. Identique à ses souvenirs, le moulin était une sorte de hangar soutenu par des piliers de bois, dont deux reposaient dans l'eau de la rivière. Un père et son fils, selon toute apparence, chacun à une extrémité d'un godendard de huit pieds, achevaient de fendre un chêne, les jambes très écartées, allant de l'avant vers l'arrière en alternance, comme deux rameurs. Ils arrêtèrent un instant et se redressèrent pour s'étirer le dos. Le plus jeune s'essuya le front du revers de la main. Ils ne virent pas arriver Thomas, mais il marcha sur une branche sèche et le vieux se retourna.

— Pardon de déranger.

On le regarda avec la méfiance qu'ont tant de paysans pour les étrangers.

— Il va bien, votre moulin ?

— Il ira mieux tantôt, dit le vieux.

La grande roue qui actionnait la meule était immobile et avait été surélevée.

— Vous le réparez ?

— On dirait bien.

Le fils du paysan se dirigea vers le moulin.

— C'est vous qui vous en occupez pour monsieur Champagne ?

— C'est ce qu'on dit.

— Les affaires sont bonnes ?

— Faudrait qu'on m'amène du grain pour ça.

— Je peux vous poser une question ?

— Si je sais compter, ça fait déjà cinq.

« Touché », se dit Thomas. Le paysan dissimulait sa finesse derrière un air renfrogné.

— Vous êtes pas d'ici, vous, reprit le vieux, pour demander si les affaires vont bien.

— Non, non, de Montréal.

Thomas hésita, puis plongea, n'ayant rien à perdre.

— C'est vrai, j'aurais dû me présenter. Je m'appelle Sauvageau.

Le vieux n'eut aucune réaction.

— Et votre question ?

— Ça fait longtemps que vous vous occupez du moulin ? demanda Thomas.
— Pourquoi vous voulez savoir ça ?
— Il n'y avait pas une maison ici avant, petite, avec un porche ?
Il pointait son emplacement de jadis.
— Vous avez pas dit que vous étiez de Montréal ?
— J'étais passé ici une fois. Je m'étais arrêté.
— Oui, il y avait une maison, si on pouvait appeler ça une maison.
Thomas fit celui qui ne comprenait pas. Le vieux précisa :
— Une bicoque. Le toit coulait, les fenêtres pourries, des souris partout.
— Vous l'avez...
— Oui, avant que le feu prenne dedans.
— Et les gens qui habitaient là ?
— Ils étaient partis quand monsieur Champagne est venu me voir.
— Et vous ne savez rien d'eux ?
— Et pourquoi la question ? Vous avez dit que vous vous étiez arrêté une fois.
— J'étais tombé de cheval, inventa Thomas. Je m'étais fait mal. Ils m'ont aidé. Je voulais les remercier, s'ils se souvenaient.
Le vieux resta indifférent.
— Je sais rien, seulement ce que les gens disaient.
— Ils disaient quoi ?
La question acheva d'aiguiser la nature méfiante du paysan.
— Oh, ce que les gens racontent...
Thomas sut que le vieux perdrait patience s'il insistait. Il songea à dire qu'il avait devant lui le nouveau propriétaire, mais il se retint. Il sourit, s'excusa de l'avoir importuné, souhaita bonne chance et s'éloigna, laissant le paysan interloqué par cet olibrius surgi de nulle part.
Il retourna vers la place centrale et se demanda, le temps d'un instant, ce qu'il aurait dit à son père et à son frère

si, par miracle, ils s'étaient retrouvés devant lui. Rien, il n'aurait absolument rien à leur dire. Serait-il fier de leur montrer sa réussite ? Même pas. Ils faisaient partie d'un volet de sa vie qu'il refoulait complètement, sauf pour tout ce qui concernait sa mère. Ils étaient comme une cicatrice qui ne partirait pas, mais qui ne faisait plus mal. Il réalisa qu'il avait presque oublié les traits précis de son père et de son frère, et tant mieux, alors que ceux de sa mère, son odeur, le grain de sa peau, son timbre de voix, son regard seraient avec lui à jamais.

Il contourna l'église, voisine de sa demeure, descendit vers le rivage et emprunta le sentier qui longeait la rivière et menait vers la partie boisée de son domaine. Pendant qu'il marchait sans hâte, sa main caressait les feuilles des quenouilles. Ses bottes s'enfonçaient dans cette terre boueuse, mélangée à de la neige, dont il avait toujours aimé l'odeur. Les oies, les canards, les grives étaient partis vers la chaleur, mais il vit des geais, une gélinotte et même un grand-duc qui achevait d'éventrer une musaraigne. Les forêts grouillaient de vie. C'était une contrée giboyeuse et la chasse y serait magnifique.

Il marcha encore. Il écouta le clapotis des vaguelettes venant mourir contre une grosse pierre. Il s'arrêta. Quinze ans auparavant, à cet endroit précis, trois gamins étaient tombés dans l'eau et deux en étaient ressortis. Le souvenir le laissa aussi froid que si l'affaire était arrivée à des inconnus à l'autre bout du monde. Elle avait pourtant changé le cours de sa vie, et pour le mieux. Il était parti en ville, bien décidé à ne revenir qu'en conquérant s'il daignait revenir. C'était comme si cette eau brune avait dissimulé, dans ses profondeurs, une énergie qui, en surgissant, avait englouti un faible, mais lui avait révélé sa force, sa capacité à faire le bien ou le mal selon son désir.

Il continua à se promener au bord de l'eau. Il aurait 30 ans l'an prochain. Il était riche et craint, alors qu'il aurait voulu être riche et admiré. Il dirigeait toujours ses affaires du second étage de la taverne qui avait jadis appartenu à Kruger. Depuis le carnage au chantier Beauharnois, sa compagnie n'avait plus obtenu, directement ou par personne interposée, de contrats publics. Elle construisait donc de petits logements bon marché pour les familles ouvrières. Des dizaines de commerces lui versaient de l'argent pour pouvoir tenir boutique dans une tranquillité relative. Tous ces gens avaient peur et devaient nourrir leurs familles. Thomas prenait soin de ne pas exiger des montants exorbitants pour qu'ils préfèrent payer plutôt que de parler aux autorités. En revanche, ceux qui cherchaient de l'argent mais qui étaient rejetés par les banques se voyaient offrir des prêts à des taux exorbitants.

Il avait la main haute sur les paris les plus lucratifs. Il possédait deux bordels. Des débardeurs détournaient pour lui une partie des cargaisons qui arrivaient dans le port. Il faisait un peu de recel si les pièces en valaient la peine. Il tolérait un nombre restreint de voyous avec une autonomie partielle, qui l'informaient de tout en échange du droit de continuer. Rien n'était plus précieux que l'information. Tout savoir au bon moment, c'était le vrai pouvoir. Il avait construit son empire en sachant plus de choses que les autres et avant eux, y compris les autorités. Une partie importante de l'argent récolté était investie dans des commerces légaux.

Tout cela était cependant si varié, si diversifié, qu'il devait y consacrer un temps énorme. Il voulait consolider ses affaires. Il aspirait à pouvoir se concentrer sur un petit nombre d'opérations plus importantes dans des domaines d'avenir, comme le transport maritime ou les chemins de fer. Il avait de l'argent dans des comptes bancaires, mais aussi de l'argent dissimulé dans sa maison de Montréal et dans celle de Senneville. Il en cacherait aussi dans celle qu'il venait d'acheter à Champagne, mais il ne savait pas encore où. Dans son métier, il fallait toujours pouvoir compter sur des réserves d'argent rapidement disponibles et connues de lui seul.

Il avait gardé un premier cercle restreint de complices, mais même avec eux, il restait sur ses gardes. Il devait s'assurer qu'ils n'avaient pas de meilleures occasions d'enrichissement ailleurs. Cheval était celui en qui il avait le plus confiance, au point d'en faire son premier lieutenant, mais sa confiance n'était pas et ne serait jamais absolue. Mêlé à une broutille, Maheu avait récemment été interrogé par la police sur ses autres activités. Il disait être resté aussi muet qu'un tombeau. Avant, pendant et après les événements de 1837 et 1838, la police servait surtout à surveiller les agitateurs politiques. Depuis, elle s'occupait des troubles à l'ordre public causés par les vagabonds, les ivrognes et les prostituées manquant de discrétion. Mais cette police venait d'être réorganisée – avec capitaines, lieutenants, enquêteurs, constables et postes de quartier – et elle venait de passer sous le contrôle du maire de Montréal, Bourret, qu'on disait plus préoccupé de moralité que ceux avant lui. Il devrait surveiller cela.

Tout à ses pensées, il parvint à un endroit où les premiers sapins étaient si proches de la rivière qu'il n'y avait guère d'espace pour plus d'une personne entre l'eau et les branches les plus basses. Il se souvint qu'à sa droite, s'il s'était enfoncé dans la sapinière, il serait parvenu à un promontoire rocheux au pied duquel il y avait une cavité dissimulée par la végétation et menant à une grotte. Le soleil venait de disparaître et il songea à rentrer, mais il vit des traces de pas.

Il continua à marcher. Des arbres avaient été coupés pour élargir le sentier en bordure de l'eau. Une centaine de pieds plus loin, il parvint à une petite clairière et s'étonna d'y trouver une habitation minuscule, avec une toiture à deux versants très inclinés, une lucarne unique en haut et une seule fenêtre de chaque côté de la porte. Sa façade donnait directement sur la rivière. Elle était modeste, mais bien construite et bien entretenue.

Il ignorait qui pouvait bien vivre là. Elle n'existait pas quand il était enfant, il en était certain. Il longea le côté gauche de la maison en direction de l'arrière. Il vit alors qu'un autre chemin, assez large pour une charrette, parallèle au sentier du bord de l'eau, avait été ouvert dans la forêt. Mais il se faisait tard et il n'y avait aucune urgence à découvrir qui habitait là. Il ne voulut pas courir le risque de tomber sur un ermite qui, dans la pénombre, l'aurait pris pour un ours et accueilli avec un coup de fusil.

Quand il fut de retour dans sa nouvelle demeure, l'odeur provenant de la cuisine réveilla son appétit. Maheu était un cuisinier étonnant. Il retrouva Cheval dans le boudoir, à côté de la petite table sur laquelle était le damier, lisant toujours, une pile de journaux à ses pieds. Un éclairage discret donnait à la petite pièce une atmosphère de tranquillité.

— Maheu dit que ce sera bientôt prêt, dit Cheval.

Thomas fit oui de la tête, s'assit en face de lui, avança une pièce blanche. Après une demi-douzaine de coups, les yeux rivés sur le damier, il demanda à Cheval :

— Tu le trouves comment, Maheu ?

Cheval ne leva pas la tête.

— Qu'est-ce que tu veux dire ?

— Je le sens nerveux, dit Thomas.

Cette fois, Cheval le regarda droit dans les yeux.

— Je le connais depuis longtemps. On a presque grandi ensemble.

— Je sais. Mais je me demande s'il n'a pas des idées derrière la tête. Je le sens... différent.

— Maheu est loyal.

— Et moi, tu me trouves différent ?

— Non.

Ils jouèrent sans un mot jusqu'à ce que Maheu vienne leur dire que le repas était servi. Ils mangèrent en silence, tous les trois à une extrémité d'une table qui aurait pu accueillir vingt convives. Quand ils terminèrent, Thomas voulut être seul. Pendant que les deux autres desservaient, il refit le tour de la maison, pièce par pièce. Des stores vénitiens devraient être réparés. Les chandeliers devraient être frottés pour retrouver leur lustre. Les tentures étaient élimées. Le piano était désaccordé et poussiéreux. Il faudrait aussi des pièges à souris. Mais il demeurait très satisfait de son achat.

Il examina la bibliothèque même s'il n'était pas porté sur la lecture. Le contenu d'une bibliothèque dit tout d'une personne. Il y trouva les philosophes usuels – Voltaire, Rousseau, Montesquieu, pour lesquels il n'avait aucun intérêt –, mais il nota que ces livres n'avaient guère été ouverts. Il vit des guides de voyage, un manuel pour apprendre l'espagnol, des brochures de cuisine, des ouvrages religieux, et toute une série de documents techniques, remplis de croquis, sur le fonctionnement des puits, des moulins et des écluses. Il choisit un guide de Paris et un livre d'art militaire dont le titre piqua sa curiosité : *On the Art of Operating Under Enemy Fire*.

Il monta dans la chambre des maîtres, y fit de la lumière et alluma le foyer. Il se laissa choir tout habillé sur le lit et feuilleta distraitement le guide de Paris. Il n'avait jamais voyagé pour le plaisir et trouva oiseuses toutes les considérations sur les musées et les monuments. Peut-être qu'un jour ces plaisirs raffinés l'intéresseraient, mais pas dans l'immédiat. Il avait longtemps eu faim, et quand on a connu la faim, on n'oublie jamais cette sensation et on se concentre sur ce qui compte vraiment. Une de ses forces, justement, était que beaucoup parmi ceux qu'il dominait n'avaient jamais eu faim. La brochure militaire l'intéressa davantage, même si elle traitait du mouvement de grandes quantités de troupes et n'avait pas d'applications pratiques pour lui.

Il se leva pour attiser le feu. Aurait-il dû faire certaines choses différemment ? Non, tout ce qu'il possédait venait justement de ce qu'il avait tout fait à sa manière. Il ne voyait donc pas quels regrets il aurait pu avoir. Après le dernier soupir de Kruger, il avait dit aux autres : « On fera comme je dis maintenant. » Et pour être sûr qu'ils comprennent, il avait ajouté : « On parlera, mais quand il faudra décider, je déciderai, et celui qui ne comprendra pas deviendra mon ennemi. » Mais il ne tuait plus lui-même. Ce n'était plus nécessaire. Il ordonnait en une phrase. L'excitation de jeunesse quand il ôtait la vie s'était évanouie. Il se voyait comme un homme d'affaires qui écarte un obstacle de son chemin, tout simplement.

La seule exception récente avait été le père Clément. Il avait personnellement dirigé l'opération. Clément devait dire où sa fille et Baptiste étaient partis. Il avait gardé le silence jusqu'à ce que son cœur flanche. Ils s'étaient pourtant appliqués. Le vieux avait découvert le courage à la toute fin de sa vie. Juste avant qu'il meure, Thomas lui avait dit que sa lignée ne vieillirait pas. Retrouver le frère de Julie, parti en coup de vent, avait été compliqué, mais c'était nécessaire. On ne pouvait pas exclure qu'il se prenne pour un héros. Il avait fallu le scier en deux pour le faire entrer dans un tonneau.

Il repensa à tous ces hypocrites qui détournaient le regard quand il se montrait, qui lui serraient la main du bout des doigts, mais qui trouvaient normal, mieux, qui étaient fiers que leur armée tue de pauvres diables par milliers, partout à travers le monde, pour la plus grande gloire de l'Empire britannique. Le premier ministre, lord Melbourne, avait déclaré la guerre à la Chine parce qu'elle ne voulait plus d'opium sur son territoire. Chez elle ! Et ces gentlemen applaudissaient quand les bombes pleuvaient sur les Chinois ! Ils plantaient leur drapeau sur des terres volées partout dans le monde. Ils considéraient comme des ennemis tous ceux qui nuisaient à leurs intérêts. Et on levait le nez sur lui parce qu'il faisait pareil à plus petite échelle ? Aveuglés par leur prétention, leur suffisance, leur cupidité ! Hypocrisie que tout cela.

Une douce chaleur enveloppait sa chambre. Il repensa à sa promenade de l'après-midi, aux endroits où il pourrait dissimuler des pièces d'or. Et pendant qu'il remuait les braises du foyer avec le tisonnier, une idée lui vint.

Chapitre 21

Le devoir

Baptiste décrocha le petit miroir fendu et le plaça debout sur la table, appuyé contre son sac de voyage. Il approcha une chaise, s'assit et s'examina. Son crâne était chauve comme un boulet de canon. Une barbe de deux mois lui couvrait le bas du visage. Il mit ses verres ronds, neutres, les enleva, les remit. Il examina ce visage comme s'il était celui d'un étranger. Il avait le visage émacié, le teint crayeux et des cernes sous les yeux. Il jugea la transformation satisfaisante.

Il se leva et repoussa la chaise. Il enleva sa chemise, recula de deux pas, voulut se regarder dans le miroir. Il revint vers la table, prit le miroir, l'amena vers lui, l'éloigna, le rapprocha de nouveau, cherchant l'image la plus complète de son torse. Sa cage thoracique était décharnée. Sa main droite faisait presque le tour de son biceps gauche. Il posa le miroir et remit sa chemise. Il avait dû perdre une quarantaine de livres en trois mois. Il s'était habitué à la faim permanente. Il était de retour à New York depuis sept jours, ayant attendu que son apparence change suffisamment.

Il replaça le miroir sur son clou au mur et songea à vérifier une autre fois le contenu de son sac de toile. Il se ravisa. Il l'aurait souhaité plus léger, mais c'était impossible. Il avait une tâche à accomplir et devait emporter tout le nécessaire. Une fois sorti, il ne comptait plus revenir dans cette chambre misérable. Il prit le petit coffret en noyer à ses pieds, le posa sur la table et l'ouvrit.

À New Haven, dans le Connecticut, il avait troqué les deux pistolets d'Édouard Clément et 10 dollars contre un revolver Colt Paterson numéro 5 avec une crosse en ivoire. Il voulait un revolver parce qu'il tirait six coups sans devoir être rechargé. C'était une arme toute neuve, lourde, qui devait peser presque trois livres, précise jusqu'à une soixantaine de verges, lui avait-on garanti, munie d'un canon de neuf pouces. C'était une arme luisante, élancée, dangereuse comme un serpent à sonnettes. Il s'étonnait de sa fascination, du plaisir qu'il avait pris à l'apprivoiser, à la charger, la nettoyer, la tester dans les forêts en bordure de New Haven.

Il actionna le chien pour permettre la rotation du barillet et enlever le canon. Dans cinq des six chambres du barillet, il introduisit, par l'avant, un peu de poudre, une bourre et une balle de plomb. Il mit ensuite de la graisse dans le creux entre les balles et le canon afin qu'une décharge n'allume pas accidentellement toutes les autres. Puis il posa les amorces qui enflammeraient la poudre et s'assura qu'elles tenaient en place. Il travaillait avec des gestes précis, méticuleux. Par prudence, il laissa vide la chambre faisant face au canon. Il posa l'arme devant lui.

Le temps avait clarifié ses idées. Son esprit analytique était revenu. Après s'être enfui, il s'était astreint, soir après soir, à coucher sur papier ses pensées et à tenter de les ordonner. Puis il brûlait la feuille. Tout s'était affiné dans sa tête jusqu'à devenir limpide. Il avait été attaqué sur le pas de sa porte. Le vol n'était pas le motif. L'homme avait tenté de le tuer. Il n'avait pas été choisi au hasard. L'homme avait la même particularité physique que celui, aux dires de la blanchisseuse, qui s'était renseigné sur lui devant son ancien logis. Il savait où était son nouveau domicile. Hormis les Doyle, insoupçonnables, seul Fitzpatrick connaissait cette dernière adresse. Il n'y avait aucun doute possible, aucun hasard, aucune autre explication.

Il était futile d'essayer de retrouver l'homme au visage taché, un pur exécutant. Fitzpatrick n'avait aucune raison personnelle de lui en vouloir. Il agissait pour quelqu'un d'autre et il ne pouvait y avoir qu'un commanditaire possible. Mais Fitzpatrick n'était pas qu'un simple exécutant. Il avait une responsabilité particulière parce qu'il était chargé de l'enquête et parce qu'il trahissait son serment de faire respecter la loi et de protéger les innocents. Il n'avait pas tenu l'arme la nuit fatidique, mais son crime était porteur d'une faute morale supplémentaire. Dans l'esprit de Baptiste, cette idée avait pris beaucoup d'importance au fil de sa réflexion.

De retour à New York, après qu'il eut jugé sa transformation physique satisfaisante, il avait suivi Fitzpatrick pendant des jours. Il l'avait vu rire en compagnie d'autres policiers, de politiciens, de gens en apparence respectables. Doyle avait dit plus d'une fois que seul un naïf leur ferait confiance. Augustine avait dit la même chose. Baptiste en avait conclu qu'il serait suicidaire de dénoncer Fitzpatrick à des gens au-dessus de lui. Il n'aurait rien pu prouver et il se serait exposé.

Il sortit une montre de sa poche. Neuf heures du soir. Il se leva, rangea le revolver dans le sac de toile et serra le nœud coulissant. Il tâta les poches de sa veste et passa mentalement en revue tout ce dont il aurait besoin. Quand il eut enfilé son manteau de fourrure, son bonnet et ses bottes, il passa sa tête sous la courroie du sac et le fit basculer sur son dos. Il était lourd, très encombrant, allant d'une épaule jusqu'à la hanche opposée. Debout près de la porte, il inspecta la chambre une dernière fois. Il avait laissé la clé sur la table. Il sortit.

Jusque-là, mars avait été cruel. Les rues étaient sombres et désertes. Des rafales de vent soulevaient la neige. Pendant qu'il marchait, il repassait dans sa tête chaque geste qu'il devait accomplir. Il vit approcher un traîneau chargé de fêtards éméchés qui chantaient et riaient. Quand ils furent à sa hauteur, il baissa la tête. Une bouteille de champagne heurta son pied. On lui cria quelque chose, mais il ne comprit pas. Des rires accompagnèrent le cri. Le sac rendait la marche pénible. Trois fois, il s'arrêta pour changer la courroie d'épaule. Sa jambe l'élançait.

Il arriva près de la maison de Fitzpatrick, rue Harrison, tout près de la rivière Hudson. De l'autre côté de la rue, de biais, à l'intersection des rues Harrison et Hudson, il pouvait surveiller la maison sans danger et à l'abri des bourrasques de neige. L'obscurité jouait en sa faveur. Fitzpatrick habitait une belle *row house* en pierre brune, de deux étages. Il y avait six marches à grimper pour accéder à l'entrée principale. Des rideaux aux deux fenêtres du bas et aux deux du haut empêchaient de voir l'intérieur. Il n'y avait pas de lumière. Fitzpatrick avait un jour déclaré devant Baptiste qu'il n'était pas marié. S'il y avait une servante ou une autre personne dans la maison, il y aurait eu de la lumière. Chaque soir où Baptiste l'avait surveillé, Fitzpatrick, dès son arrivée, allumait des lampes, mais n'ouvrait pas les rideaux. Six fois il l'avait suivi et six fois il était arrivé chez lui autour de dix heures.

Appuyé contre un mur, la tête enfoncée dans les épaules, son sac à ses pieds, Baptiste ne quittait pas la rue des yeux. Il remuait sans arrêt doigts et orteils. Il était plus calme qu'il ne l'aurait cru, avec une pointe de fébrilité, comme avant une opération. Il ne pensait pas à la fin visée, seulement à la première étape : franchir la porte et prendre le contrôle. Le reste suivrait. Il avait songé à attirer Fitzpatrick quelque part, mais il perdrait l'effet de surprise, et puis l'homme était expérimenté et rusé. Chez lui, tard le soir, à une heure où on n'attend personne, il serait déstabilisé. Il demanderait qui frappait à la porte si tard. Le faire ouvrir, tout était là. Baptiste pliait les genoux, levait les talons, comme s'il marchait sur place, pour lutter contre le froid. Il consulta sa montre : il serait 10 heures dans cinq minutes.

Quand il leva la tête, Fitzpatrick, sur le trottoir opposé, approchait. Il marchait d'un pas décidé, la tête haute, indifférent au froid. Baptiste jaugea de nouveau sa carrure. Ils étaient à peu près de la même taille, mais Fitzpatrick était plus massif et encore vigoureux. Baptiste regarda autour de lui. Il ne vit personne. Fitzpatrick fouillait dans sa poche. Il ouvrit la porte et entra. De la lumière apparut à l'une des fenêtres du rez-de-chaussée. Le rideau ne bougea pas. Baptiste imagina Fitzpatrick vidant ses poches, accrochant son manteau, allumant la cheminée, se versant un verre. Une deuxième lampe s'alluma à l'étage du haut. Il devait se déshabiller, enfiler une robe de chambre, ranger ses vêtements. Baptiste jugea bon d'attendre que Fitzpatrick prenne ses aises. Mais le froid était intense. Et s'il faisait le tour d'un pâté de maisons ? Le poids du sac l'en dissuada. « Je vais compter lentement jusqu'à cent », se dit-il.

Quand il eut terminé, il ouvrit son sac, en retira un bâton de bois d'une douzaine de pouces et le glissa dans sa ceinture. Il prit le revolver et le posa sur la neige. Il referma le sac en serrant la cordelette qui passait dans les œillets. Il souleva son sac et le fit reposer sur une seule épaule, sans glisser la tête sous la courroie. Il reprit son revolver. Il respira profondément et regarda de tous les côtés. Il marcha vers la porte, le revolver dans sa main droite, son bras collé contre son corps. Le bâton à sa ceinture faisait pression sur l'os de sa hanche.

Il grimpa les marches. Il n'y avait pas de judas à la porte. Cela jouait en sa faveur. Il n'y avait ni bruit ni lumière dans les maisons de part et d'autre. Il déposa son sac et baissa son bonnet sur ses yeux. Il arma le chien du revolver et frappa trois coups rapprochés, pour simuler l'urgence, avec son poing gauche. Il ne voulait pas risquer une détonation en frappant la porte avec la crosse de l'arme. Il craignait que les voisins soient alertés avant Fitzpatrick, mais c'était un risque à courir. Il frappa de nouveau, deux autres coups, replaça le sac sur son épaule gauche et attendit. Il entendit un grognement interrogatif.

— *Henderson, sir*, dit Baptiste.

C'était le nom d'un des adjoints de Fitzpatrick. Il pria pour que son imitation soit passable. Le vent et la porte close aideraient.

— *What?*
— *Bad news, sir.*
Il imagina la moue de Fitzpatrick. Le mécanisme de la serrure s'actionna. Il ne fallait pas que la porte soit seulement entrouverte et reliée par une chaîne à son cadre. Il baissa les yeux. Quand la porte s'ouvrit, il releva la tête et pointa l'arme sur Fitzpatrick. La tête du policier, en robe de chambre, alla de l'arme à ce visage qui n'était pas celui de Henderson.

«Profite du moment», s'était répété Baptiste des dizaines de fois. Il tendit le bras, enfonça le canon de l'arme dans le ventre de Fitzpatrick et poussa, le forçant à reculer. Fitzpatrick leva les mains, marmonna un «*whoa there*» et recula de trois pas pendant que Baptiste franchissait le seuil et pénétrait dans la maison. Sans quitter Fitzpatrick des yeux, d'un même mouvement, Baptiste fit glisser son sac au sol et, avec le bras dégagé, chercha la porte derrière lui et la rabattit. L'expression de Fitzpatrick disait qu'il avait déjà vu ce visage mais n'arrivait pas à le situer.

— *What is this?* dit-il.
— *Shut up and back up.*

Fitzpatrick recula de deux autres pas. Baptiste gardait le canon du revolver pointé. Fitzpatrick était en robe de chambre et ne semblait pas avoir d'arme sur lui.

— *One word and I'll shoot you like a dog*, avertit Baptiste.

Un changement subtil apparut sur le visage de Fitzpatrick. Il avait reconnu la voix.

— *Keep your hands up*, lança Baptiste, *and turn around real, real slow. One fancy move and I'll blow you to pieces.*

Lentement, mettant autant de mépris que possible dans son expression, Fitzpatrick se retourna. Quand il fut dos à lui, Baptiste changea son revolver de main. Il glissa sa main droite libérée dans sa ceinture, en retira le bâton, s'avança vers Fitzpatrick, se pencha et lui asséna un coup violent à l'arrière du genou droit. Fitzpatrick chuta vers l'avant et Baptiste abattit le bâton sur sa tête. Il ne frappa pas de toutes ses forces. Le front de Fitzpatrick toucha le sol, puis il releva la tête. Baptiste visa la nuque exposée et frappa de nouveau, plus fort. Fitzpatrick s'effondra sur le ventre. Il fallait faire vite. Chaque geste s'inscrirait dans une séquence.

Il attendit pour voir si Fitzpatrick remuait, s'il avait besoin de le frapper de nouveau. Il posa son arme et son bâton sur le plancher, puis il vérifia que la porte derrière lui était bien fermée. Il enleva son bonnet de fourrure et son manteau. Il remit le revolver dans sa ceinture et garda le bâton dans sa main, se répétant de travailler calmement. Il s'approcha ensuite de la tête de Fitzpatrick, se pencha, posa le bâton à côté de lui, agrippa une de ses épaules et dut utiliser toutes ses forces pour le tourner d'abord sur un côté, puis complètement sur le dos. Un râle sortit de la bouche du policier. Un genou au sol, Baptiste plongea une main dans la poche intérieure de sa veste et sortit un flacon. Il versa quelques gouttes d'éther sur un carré de tissu et le pressa sur le visage de Fitzpatrick. De son autre main, il ajusta la position de l'arme à sa taille. Il attendit.

Il mit le bâton entre ses dents pour libérer ses mains, fit une boule avec le mouchoir, ouvrit la bouche de Fitzpatrick et y fourra le mouchoir. Puis, son bâton à la main, il se redressa. Il s'éloigna de quelques pas, mais sans quitter le corps étendu des yeux. Il voulait être sûr qu'il ne feignait pas le sommeil. Le corps ne bougea pas. Il se remit au travail. Il fit le tour du rez-de-chaussée pour comprendre la disposition des lieux. Il avait songé à fouiller l'étage supérieur à la recherche de quelque indice, mais il s'était ravisé. Il ne voulait pas passer plus de temps que le strict nécessaire dans cette maison.

Le bâton entre ses dents, au cas où l'autre ferait le malin, il agrippa aux épaules la robe de chambre de Fitzpatrick. Sitôt qu'il tira pour traîner le corps, la couture à l'épaule gauche se déchira et la tête de Fitzpatrick heurta le sol. Baptiste le saisit par les poignets, lui releva les bras au-dessus de la tête et recommença à le tirer. Fitzpatrick était lourd et Baptiste peina. Quand il parvint au salon, il plaça le corps au milieu de la pièce. Il repoussa une petite table à café contre un mur. La suite était l'une des parties de l'opération qui lui avait coûté le plus de temps de réflexion.

Il enfonça le bout de son bâton dans une des côtes de Fitzpatrick. Toujours pas de réaction. Il se dépêcha d'aller chercher le sac qu'il avait laissé à l'entrée. Il en sortit un trousseau de clés et une paire d'anneaux en fer reliés par une courte chaîne, utilisés pour immobiliser les esclaves et les prisonniers aux chevilles. La chaîne entre les deux anneaux était si courte, quatre maillons à peine, qu'un homme n'aurait pu avancer qu'en faisant des pas ou des sautillements minuscules. Il ouvrit les deux anneaux avec une clé, en passa un autour de chaque cheville de Fitzpatrick et referma la serrure.

Dans son sac, il prit une paire d'anneaux plus étroits, reliés par une chaîne encore plus courte, et les referma autour des poignets de Fitzpatrick. Il sortit ensuite de son sac la pièce la plus lourde, fabriquée pour lui par un forgeron de New Haven. C'était une longue chaîne d'une quinzaine de pieds, plus épaisse que celles aux chevilles et aux poignets, mais se terminant aussi par un anneau à chaque extrémité. Il fit faire à cette chaîne un tour autour de celle entre les poignets de Fitzpatrick, la fit descendre le long de son corps, lui fit faire un autre tour autour de la chaîne entre ses chevilles. Il regarda autour de lui et trouva ce qu'il espérait. Il accrocha ensuite l'anneau d'une des extrémités de cette longue chaîne autour de la patte d'un buffet sur lequel trônaient une carafe, deux bouteilles et des verres. Du côté de la tête de Fitzpatrick, il accrocha l'autre anneau de la longue chaîne à l'un des pieds d'un lourd fauteuil. Il avait aussi apporté des cadenas qu'il aurait pu glisser dans les maillons de la chaîne, au cas où il n'y aurait pas d'endroits auxquels accrocher les anneaux. Ils ne seraient pas nécessaires. Il sortit finalement de son sac un collier en fer, formé de deux mâchoires, et relié à une chaîne. Il passa le collier autour du cou de Fitzpatrick et referma les deux mâchoires. Cette chaîne au cou était juste assez longue pour rejoindre celle entre les deux poignets. Il attacha les deux chaînes ensemble avec un petit cadenas.

Quand tout fut en place, il enleva les bouteilles et les verres pour pouvoir déplacer le buffet. Il le poussa jusqu'à ce qu'il soit aux pieds de Fitzpatrick. Il plaça ensuite le fauteuil derrière le haut du crâne de l'homme enchaîné. Puis il éloigna le plus qu'il pouvait le buffet et le fauteuil, dans le prolongement du corps, pour tendre au maximum la longue chaîne. Fitzpatrick était maintenant immobilisé sur toute sa longueur, le corps parfaitement aligné, retenu par ses bras relevés au-dessus de la tête, par le cou et par les chevilles. S'il avait pu se recroqueviller et se redresser, il aurait eu la force pour se dégager des deux meubles en les renversant, mais étiré comme il était, incapable de provoquer un effet de levier, le buffet et le fauteuil l'immobiliseraient le temps requis. Fitzpatrick ne pourrait pas non plus enlever le mouchoir dans sa bouche tant que ses mains seraient immobilisées et qu'il ne pourrait tourner sa tête.

Debout, très calme, trousseau de clés à la main, Baptiste examina son travail à la recherche d'une faiblesse. Il n'en vit pas. Il était trempé de sueur. Il alla à l'une des fenêtres et déplaça le rideau d'un doigt. Personne dehors. Il écouta. Aucun bruit venant des voisins. Il était maître de la situation. « Je vais réussir, se dit-il. Tout est prévu. Il suffit d'exécuter. »

Il retourna vers son sac et en sortit un paquet enroulé dans une pièce de tissu. Il l'ouvrit et disposa ses instruments de chirurgie l'un à côté de l'autre. Il s'était débarrassé de plusieurs d'entre eux, mais il avait gardé une petite scie, une paire de lourds ciseaux, une pince et trois bistouris de tailles différentes. Il avait aussi un marteau. C'était rudimentaire, mais il n'avait aucune intention d'être subtil.

Les lames n'avaient jamais été aussi aiguisées. Il tâta Fitzpatrick du bout du pied. Toujours rien. Il prit la paire de ciseaux et, méthodiquement, il découpa la robe de chambre en sections qu'il arrachait au fur et à mesure et jetait à l'autre bout de la pièce. Sous sa robe de chambre, Fitzpatrick portait une chemise de nuit en coton blanc. Il la découpa aussi.

Fitzpatrick était nu à présent. Sa peau était grasse, blanche, émaillée de taches bleutées, de cicatrices, peu poilue. Il n'était plus si jeune, mais il devait être redoutable dans un corps à corps. Son sexe plus foncé, tout plissé et recroquevillé, faisait penser à un rongeur endormi. Il fallait maintenant attendre qu'il se réveille. Baptiste consulta sa montre. Dix heures trente. C'était parfait. Il avait toute la nuit si nécessaire, mais l'effet de l'éther s'estomperait assez vite. De nouveau la question lui vint : devait-il fouiller le reste de la maison ? Mais il ne voulait pas laisser un homme rusé sans surveillance. Il s'assit sur le divan. Il n'avait commis aucune erreur. Il en était certain. Les battements de son cœur étaient réguliers. En face de lui, de l'autre côté du corps étendu, la cheminée répandait une belle chaleur. Et s'il se servait un verre ? Non, il se récompenserait en temps et lieu.

Il regarda le corps allongé près de lui, puis la décoration minimaliste, typique des hommes qui vivent seul. L'escalier pour monter à l'étage longeait le mur qui faisait face au divan où il était assis. Au pied de l'escalier se trouvait un petit guéridon sur lequel était déposé un gros livre. Fitzpatrick devait le lire quand il avait frappé à la porte. Ce n'était pourtant pas le genre d'homme que Baptiste imaginait prenant du plaisir à la lecture.

Il alla chercher le livre et retourna s'asseoir sur le divan. Il regarda le corps et eut un doute. En tirant les bras vers le bas, un homme vigoureux comme Fitzpatrick pourrait ramener le fauteuil vers lui. Il n'aurait pas le temps de se libérer avant que Baptiste intervienne, mais il fallait lui ôter toute possibilité de bouger. Baptiste chercha des yeux un objet lourd qu'il pourrait déposer sur le fauteuil. Non, le plus simple serait qu'il s'assoie lui-même dessus, ce qu'il fit. Il posa ensuite la semelle de sa botte sur le haut de la tête de Fitzpatrick. Dès que l'homme bougerait, il le sentirait. Baptiste pensa à ces gravures représentant un chasseur posant triomphalement au-dessus d'un lion abattu.

Il regarda le dos du livre qu'il avait pris. C'était une bible. Il jeta un coup d'œil à ses pieds. Toujours pas de mouvement. Il ouvrit une page au hasard. Il vit des lettres qui formaient des mots, des mots qui devenaient des phrases, des paragraphes, mais l'absurde de la situation s'imposa à lui. Il n'allait pas se mettre à lire. Il n'en serait pas capable. Il jeta le livre sur le divan.

Il s'agenouilla avec précaution près de Fitzpatrick et se pencha. Sa respiration provoquait une sorte de ronflement, à cause du mouchoir dans sa bouche, mais tout semblait normal. Lorsqu'il se redressa, il vit le tressaillement d'une paupière. Il attendit. Rien d'autre. Il reprit sa place dans le fauteuil et remit son pied sur la tête de Fitzpatrick. Il sentit du mouvement. Il releva son pied et vit Fitzpatrick qui dodelinait de la tête en grimaçant.

Baptiste se leva et s'agenouilla de nouveau à ses côtés, le revolver à la main. Fitzpatrick ouvrit des yeux vitreux et cligna des paupières à répétition. Il cherchait à identifier la forme penchée sur lui. Il grimaça, tenta de redresser la tête, mais le collier le retint et sa tête retomba sur le plancher. Lorsqu'il essaya de ramener ses bras près de son corps, il constata qu'ils étaient immobilisés. La frustration, la colère eurent pour effet d'accélérer son réveil. Il tenta de parler, mais seul un grognement étouffé sortit. Il bougeait frénétiquement les muscles des joues pour éjecter le mouchoir de sa bouche, en vain. Cela décupla sa rage. En se cambrant, il vit que ses jambes aussi étaient prisonnières et qu'il était nu. Il regardait Baptiste d'un air furibond. Ses yeux criaient son envie de le tuer. Baptiste s'assit sur lui à califourchon et colla le canon de son revolver sur son front. Fitzpatrick cessa de bouger. Son regard était clair à présent.

Baptiste resta sur lui de longues secondes à le regarder. Puis il se leva, regarda les points d'attache du corps et déposa le revolver sur la petite table, à côté du divan. Fitzpatrick, les yeux rivés sur Baptiste, eut une poussée de rage et recommença à se contorsionner. Baptiste retourna près de lui et, debout, fit non de la tête. Fitzpatrick refusa d'obtempérer et se tortilla comme un poisson qu'on aurait embroché vivant. Le gras sur son ventre faisait des ondulations pitoyables. Il continuait d'essayer de bouger en soufflant.

— *You don't leave me much choice*, dit Baptiste comme à regret.

Il se pencha et s'empara du marteau. Il le montra à Fitzpatrick, le soupesa, regarda l'homme, puis de nouveau l'outil. Baptiste eut un air de dépit. Il posa une main sur la cuisse gauche de Fitzpatrick et abattit le marteau sur son genou. L'éclatement des os fit un bruit de noix fendue. Fitzpatrick se tendit comme si la foudre l'avait frappé. Des jets de salive et de sueur fusèrent. Il retomba lourdement. Il gémissait maintenant, les yeux fermés, le visage tout rouge, la respiration saccadée. Sa poitrine se gonflait et se dégonflait à toute vitesse. Baptiste replaça le marteau avec les autres instruments et marcha jusqu'au bout de la pièce. Il écarta le rideau pour voir dehors.

Il revint vers Fitzpatrick qui le regardait, trempé de sueur, comme on regarde un fou. Penché sur lui, Baptiste mit son index sur ses propres lèvres et dit:

— *My advice would be not to move and speak only when told.*

Il prit sa pince et se remit à califourchon sur Fitzpatrick.

— *I'm going to free your mouth and ask a question. And you're going to answer. Understood?*

Il introduisit la pince dans la bouche de Fitzpatrick et saisit le mouchoir. Il l'avait retiré presque en totalité quand l'autre trouva la force d'éructer:

— *Go to hell!*

Baptiste renfonça le mouchoir dans sa bouche et pressa violemment les narines de Fitzpatrick avec l'autre main. Il lui laboura la bouche avec la pince, lui arrachant des cris étouffés, jusqu'à ce que le tissu pénètre au complet.

— *Bad idea*, dit-il.

Il reprit le marteau et fracassa l'autre genou de Fitzpatrick. Il se releva, regarda la loque humaine à ses pieds et laissa tomber le marteau. Il chercha la cuisine. Il y trouva de l'eau fraîche et une demi-miche de pain. Dans le garde-manger, il vit du fromage. Il s'en coupa un morceau, le déposa sur une épaisse tranche de pain et dévora le tout. Quand il revint, Fitzpatrick était immobile, les genoux énormes et complètement noircis. Il regarda Baptiste. Ses yeux disaient sa montée au calvaire. Baptiste, la pince dans sa main gauche, un bistouri dans sa main droite, enfourcha Fitzpatrick comme un cheval et examina de près ses deux instruments. Il vit la terreur dans les yeux de Fitzpatrick. Il lui parla comme on explique à un patient.

— *I'm not going to carve you up. I'm not a butcher. I'm a surgeon. I'm going to operate on you. Nice and slow. Trust me. I know what I'm doing.*

Il tenait ses instruments du bout des doigts, à la hauteur de sa poitrine, juste au-dessus du torse de l'homme sous lui. Il s'exprima sur le ton de la conversation.

— *In a way, I'm not the one who decides. You're the one. It can be quick and painless or… well, you get the idea.*

Le regard de Fitzpatrick était vitreux.

— *Now, I ask the questions and you say yes or no with your head. Understood?*

Fitzpatrick fit oui de la tête.

— *Good. Now, let's see. A man tried to kill me right in front of my house. You know, the one with the funny face. And only you knew my address. Right?*

Fitzpatrick ne broncha pas. C'était comme s'il regardait Baptiste sans le voir, comme si ses yeux voulaient capter quelque chose au-delà de lui. Baptiste déposa la pince sur le plancher, saisit Fitzpatrick par le cuir chevelu et, avec son bistouri, fit une longue incision à partir de l'oreille gauche, au travers de la joue et aboutissant à la jonction des lèvres. Le sang ruissela. Le corps de Fitzpatrick était secoué par des spasmes. Baptiste essuya sa main sur sa veste. Il passa la lame du bistouri à plat sur l'épaule de Fitzpatrick pour en enlever le sang.

— *I repeat*, dit Baptiste. *Only you knew my address. Right ?*

Fitzpatrick ne bougea pas. Sa sueur se mêlait à son sang. Baptiste avança la main pour lui saisir de nouveau les cheveux. Fitzpatrick fit un oui énergique de la tête.

— *Good.*

Baptiste se pinça les lèvres comme s'il réfléchissait.

— *So you sent him ?*

Fitzpatrick ne répondit pas et ferma les yeux. Baptiste lui empoigna les cheveux, tourna légèrement sa tête et fit une autre incision, identique à la première, sur la joue opposée. Il y avait du sang partout sur le visage de Fitzpatrick, sur son cou, sur sa poitrine, sur les avant-bras de Baptiste.

— *You sent him ?*

Le haut du corps de Fitzpatrick était une macédoine de sang, de salive, de morve, de larmes, de sueur. Il fixait le plafond.

— *You sent him ?*

Il ne broncha pas. Alors Baptiste recula et s'assit sur les cuisses de Fitzpatrick. Il se pencha vers l'avant et, très lentement, fit une longue incision ininterrompue, en forme de demi-lune, partant d'un côté du ventre, passant entre le nombril et le pubis, d'abord du haut vers le bas, puis remontant vers l'autre côté du ventre. Il s'assura que l'entaille soit assez peu profonde pour ne pas endommager d'organes vitaux. Puis il tailla la peau à la verticale, à partir du bas du cou, tout au long du thorax, au-delà du nombril, jusqu'à venir rejoindre l'autre incision, ce qui donnait aux deux coupures la forme combinée d'une ancre de bateau. Les tortillements du supplicié ne pouvaient rien contre la sûreté de la lame. Ses cris étouffés semblaient venir de très loin.

— *You sent him ?*

Fitzpatrick fit oui de la tête.

— *And before that you sent him to where my wife and son lived?*

Il ne répondit pas. Alors Baptiste, toujours grimpé sur lui, recula jusqu'aux genoux brisés de Fitzpatrick et se laissa choir. Fitzpatrick essaya de redresser la tête. Baptiste laissa son bistouri suspendu au-dessus de son sexe sans le quitter des yeux.

— *Did you sent him to where my wife and son lived?*

Il avait chuchoté sa question. Fitzpatrick baissa et releva la tête.

— *I see.*

Il fixa longuement le sexe de Fitzpatrick. Puis il leva les yeux vers lui.

— *And I suppose you both did it for money. I see no other reason.*

Fitzpatrick regardait un point fixe au-delà de Baptiste. Il n'était plus entièrement là. Il ne fallait pas que son cœur flanche.

— *Was it for money?*

Il pressa les testicules de Fitzpatrick qui lâcha un râle étouffé.

— *For money?*

L'autre avait les yeux au plafond. Il concentrait ses énergies.

— *For money?*

Il empoigna le scrotum de Fitzpatrick et le piqua avec la pointe de son bistouri. Une décharge électrique traversa Fitzpatrick. Sa clameur se termina en gargouillis. Il fit oui de la tête. Baptiste le regarda, pensif.

— *I see. And let me guess. You were paid by a man of my age, with a French accent, a foreigner, blond, thin face, speaks softly, whom you'd never seen before.*

Fitzpatrick confirma de la tête.

— *And then he left and went back to where he came from. Correct?*

Un autre hochement de la tête.

— *Good, good. I'm curious*, reprit Baptiste. *How much did he pay you?*

Il remonta vers la tête de Fitzpatrick et, avant de lui enlever le mouchoir, dit :

— *Just answer. Don't yell if you want to preserve your manhood.*

Il lui enleva le mouchoir gluant avec le pouce et l'index.

— *How much ?*

Les traits de Fitzpatrick se durcirent. Il voulut cracher au visage de Baptiste, mais le jet de salive manqua de force, macula sa propre joue et se mêla au sang. Baptiste lui pinça le nez et lui remonta le menton avec la paume de sa main pour lui fermer la bouche. Il maintint la pression de toutes ses forces jusqu'à ce que Fitzpatrick commence à manquer d'air. Quand il fut sur le point de suffoquer, il garda son nez pincé, le laissa ouvrir la bouche pour prendre de l'air et y enfonça le mouchoir.

— *Now that I think about it, I don't really want to know how much you thought my wife and child were worth.*

Baptiste se releva et s'étira les jambes. Il alla dans la cuisine et en revint avec un linge pour essuyer la vaisselle. Il s'épongea le visage, se frotta la nuque et les mains. Une odeur fétide d'urine et de selles se répandit. Il ne tirerait plus rien de la masse sanguinolente à ses pieds. S'il avait trouvé dans la maison l'argent donné à Fitzpatrick par Thomas, il l'aurait brûlé ou jeté dans la rivière. Il était venu pour se faire confirmer une déduction élémentaire et il avait obtenu cette confirmation. Il se pencha au-dessus de Fitzpatrick, regarda ses coupures au visage, au ventre, ses genoux détruits pour toujours. Il respirait faiblement.

Baptiste retourna s'asseoir sur le divan. Il regarda l'horloge murale. Il serait minuit dans cinq minutes. Le vent sifflait. Tout était calme. Lui-même était parfaitement serein. Il compta les douze coups de minuit.

Une idée lui vint. Il tendit la main et chercha un passage dans la bible. Quand il le trouva, il marqua la page avec le signet en soie rattaché à l'ouvrage. Il le replaça sur le divan. Il prit une des chaises droites autour de la petite table de salle à manger et la plaça à côté de Fitzpatrick. Il vérifia les attaches aux chevilles, aux poignets et au cou. Il retourna chercher un bistouri, la serviette avec laquelle il s'était essuyé les mains, la bible et s'assit sur la chaise. Il enfonça le bout de son pied dans le côté du ventre de Fitzpatrick pour le tirer de sa torpeur.

— *Still with me ?*

Baptiste déposa le bistouri et la serviette au sol. Il ouvrit la bible.

— *Now, bear with me for a moment.*

Fitzpatrick était au bord de l'évanouissement. Baptiste le regarda, lui parla sur le ton de la conversation.

— *You sold my wife's life and my son's life for money. You didn't kill them yourself, but you hired the man, gave the order, organized it all. And you did that while pretending to be a man of law and order, not an ordinary murderer. If they want justice, people like me normally turn to people like you. But if you and your friends do that and protect each other, what should a man like me do ? What are my options ? Tell me, Mister Law and Order, what are my options ?*

Fitzpatrick avait de plus en plus de mal à respirer. Baptiste jugea qu'il n'avait plus assez de force pour hurler s'il lui retirait son mouchoir. Il alla chercher un verre d'eau, se pencha sur lui, enleva le mouchoir et lui versa l'eau sur le visage. Fitzpatrick aspira l'air comme s'il remontait du fond de l'océan. Son nez était partiellement obstrué. Il entrouvrit l'œil du côté où se trouvait Baptiste qui s'était rassis. Baptiste soliloqua :

— *We've been told to turn the other cheek when slapped in the face, haven't we ? But that's when we have a reasonable hope that other humans will administer human justice. At least that's the way I've always understood it.*

Fitzpatrick avait refermé l'œil. Baptiste, debout à ses côtés, lui donna un coup de pied dans les flancs.

— *You're not paying attention. You're not listening. I see it as a lack of respect. Open your eyes, you stinking piece of shit.*

Fitzpatrick ouvrit les yeux.

— *Welcome back. As I was saying, what should a man do when he cannot expect justice from above, nor from his fellow men?*

Baptiste considéra la masse humaine au plancher.

— *I see that you're a Bible reading man. I must say I'm surprised. Anyway, I remember that the Holy Book has some advice for people facing my dilemma. It's in the Book of Exodus. I'm sure you're familiar with it.*

Baptiste s'approcha et posa son genou droit au sol près de Fitzpatrick. Il appuya le coude du bras qui tenait le livre sur sa cuisse gauche. Il ouvrit le livre. Lentement, il récita :

— *And if any mischief follow, then thou shalt give life for life, Eye for eye, tooth for tooth, hand for hand, foot for foot, Burning for burning, wound for wound, stripe for stripe.*

Il referma le livre, se releva, le posa sur la chaise. Il alla chercher le bistouri plus long et chevaucha Fitzpatrick à la hauteur de sa poitrine. Les cuisses de Baptiste étaient de part et d'autre de sa tête. Avec la paume de sa main, il releva le menton du gros homme pour exposer sa gorge. Il lui trancha la gorge sur toute sa longueur, du côté gauche vers le droit, appuyant avec force, prenant bien soin de sectionner les deux artères carotides. Un flot de sang chaud et glougloutant inonda ses mains, ses cuisses et le torse de Fitzpatrick. Le mourant ouvrit des yeux énormes pendant que tout son corps était traversé de secousses. Le blanc des yeux passa au gris. Puis ses yeux se fermèrent, tout son corps se relâcha, et sa tête retomba sur un côté. Le sang continua à fuir en rigoles le long des lattes du plancher de bois. La vie s'était envolée en quelques secondes, ne laissant qu'un amas de chair sanglant et dérisoire.

Baptiste se releva. Il resta longtemps à contempler ce qu'il venait de faire, debout à côté du cadavre. Il regardait la scène froidement, analytiquement, comme si on l'avait appelé et qu'il venait de la découvrir. Puis il déposa le bistouri sur le ventre du cadavre et marcha jusqu'à la fenêtre. Il prit soin de ne pas glisser dans la mare de sang. Ses pas laissaient des empreintes. Une femme âgée marchait péniblement sur le trottoir d'en face, penchée vers l'avant, enveloppée dans des haillons. Une feuille de journal virevoltait au vent. De petites buttes de neige s'amoncelaient au bas des portes exposées aux bourrasques.

Il revint sur ses pas, surveillant où il mettait les pieds, et se versa un whisky. Il le dégusta debout, par petites gorgées, une main sur le dossier de la chaise où il s'était assis auparavant, contemplant ce qui restait d'un homme. Il ne ressentait rien. Il n'était certes pas le genre d'homme qu'un tel acte aurait rempli de fierté. Mais il n'éprouvait ni excitation, ni culpabilité, ni remords, ni doute, ni joie, ni soulagement. Rien. Peut-être cela viendrait-il plus tard. Il avait fait ce qui lui était apparu juste et nécessaire. Il termina son whisky et s'en refusa un second. Il devait rester concentré jusqu'au bout. Dans sa tête, il fit la liste des choses à faire et de leur ordre. Il était une heure du matin. Rien ne pressait. Il se remit au travail.

Baptiste alla chercher son sac de marin et l'apporta dans la cuisine. Il fouilla dans la maison à la recherche de linges, de serviettes et d'un drap propre. Il les apporta aussi dans la cuisine. Il étendit le drap sur le plancher autant que le permettait l'espace. Il se déshabilla, mit tous ses vêtements ensanglantés au centre du drap et noua les quatre coins. Il alla chercher les instruments de chirurgie et le marteau, enleva le plus de sang possible et les enveloppa dans une serviette.

Complètement nu, il se lava du mieux qu'il pouvait et enfila les vêtements propres rangés dans le fond de son sac. Il laisserait les chaînes qui avaient retenu Fitzpatrick où elles étaient. Il regarda les pieds de Fitzpatrick et les estima de la même taille que les siens. Il prit les bottes du mort dans le vestibule de l'entrée, de même que la chaise, et les apporta dans la cuisine. Il retourna dans le salon et examina tout. Inutile de nettoyer l'endroit.

Ses yeux examinèrent chaque endroit où il était allé. Aurait-il oublié quelque chose à l'étage du haut quand il était allé chercher les linges ? Non. Oubliait-il quelque chose dans le salon ? Il aperçut son revolver sur le guéridon à côté du divan. Il n'était pas taché de sang. Il le glissa dans sa ceinture. Il retourna dans la cuisine et mit le pain et le fromage dans son sac de marin. Puis il se lava les pieds, enfila une paire de bas, les bottes de Fitzpatrick et son manteau.

Il s'apprêtait à ouvrir la porte qui donnait sur la petite cour arrière quand il s'arrêta. Il hésita. Il rouvrit les deux paquets qu'il avait faits avec ses vêtements et ses outils, sortit le marteau de l'un et le rangea dans celui des vêtements. Puis il les referma de nouveau. Avant de sortir, il s'assura que rien ne bougeait à l'arrière de la maison. Il n'était pas obligé de partir tout de suite, il aurait pu se reposer, mais il était plus prudent de quitter les lieux, et il ne tenait pas à jouir de la compagnie de ce qui restait de Fitzpatrick.

Quand il fut certain que tout était calme dehors, il prit la chaise, sortit et vint l'appuyer contre la palissade en bois qui séparait la cour où il était de celle du voisin de derrière. Il attendit, à l'écoute d'un bruit de l'autre côté. Il avait repéré les lieux les jours précédents. Aucun des voisins n'avait de chien. Il retourna dans la cuisine, glissa son sac, très léger maintenant, sur son dos, la courroie en travers de la poitrine, et prit le drap contenant ses vêtements souillés et la serviette avec les instruments. Il ressortit et se dirigea vers la chaise. Toujours aucun bruit de l'autre côté. Il monta sur la chaise et lança ses deux paquets par-dessus la palissade, dans la neige fraîche. Il se hissa sur la palissade et se laissa retomber de l'autre côté. L'entrejambe de son pantalon se déchira. Il resta accroupi un moment. Il vérifia que l'arme se trouvait bien à sa taille. Il ajusta le sac sur son dos, dissimula le baluchon contenant les instruments sous son manteau, en le pressant avec son bras contre son corps, et empoigna le drap noué contenant ses vêtements de l'autre main. Il emprunta un passage qui longeait le mur de brique de la maison derrière celle de Fitzpatrick. Quand il parvint au bout, là où le passage débouchait sur le trottoir, il s'arrêta pour examiner la situation. Personne en vue. Il avait cessé de neiger.

Maintenant qu'il était dehors, une fébrilité nouvelle le gagnait. Ce n'était pas de la joie. C'était une excitation retenue, contrôlée. Il avait décidé qu'il devait accomplir une tâche juste, difficile, risquée, imprégnée de sens, une mission. Il l'avait réussie.

Il marchait à présent en direction des quais au bord de l'eau toute proche. Il ne ressentait pas le froid. Il marchait d'un pas assuré. Les quais étaient une suite de hangars bordés de tonneaux, de filets, de chaloupes, de rames, de cordes. Des navires de toutes les tailles étaient amarrés. Les reflets de la lune scintillaient sur l'eau. Il colla son dos à un des hangars. Nombre d'armateurs employaient des gardiens de nuit. Il redoubla de prudence. Il craignait les chiens. Ses baluchons étaient à ses pieds.

Il avait chaud, il sentait la sueur sur son crâne. Juste avant de ramasser ses paquets, il passa une main sur sa tête. Mais où était son bonnet de fourrure ? Il se figea. Il revit le bonnet au sol, tout juste devant la porte d'entrée, là où il l'avait laissé à son arrivée. Comment avait-il pu...? Mais il était trop tard. Il eut un moment de panique. Mais ce n'était qu'un chapeau de poil sans nom brodé à l'intérieur, comme il y en avait tant. « Calme-toi. Concentre-toi. Sois fort, sois lucide. » Il regarda tout autour de lui et attendit.

Quand il fut raisonnablement certain qu'il n'y avait pas de danger, il marcha à grandes enjambées vers le bord de l'eau, juste devant deux petits chalutiers. Il regarda de chaque côté, s'agenouilla et déposa dans l'eau ses deux paquets. Celui avec les instruments coula tout de suite. L'autre flotta un instant et, dès que les vêtements se gorgèrent d'eau, leur poids et celui du marteau l'entraînèrent vers le fond. Il regarda de nouveau autour de lui. Maintenant, il se chercherait un abri pour la nuit. Puis, aux premières lumières de l'aube, il s'achèterait un passage sur un navire qui remonterait l'Hudson vers le nord.

TROISIÈME PARTIE

Printemps 1844 – été 1844

Chapitre 22
À l'ombre des clochers

Arrivé la veille à Saint-Eustache, Antoine avait passé la nuit dans la seule auberge du village. Le lendemain matin, la courte marche en direction de sa maison d'enfance, qu'il entamait, acheva de le mettre d'excellente humeur. La rumeur avait fait son œuvre. Y avait-il quelqu'un dans les environs qui ne savait pas qu'il serait candidat à l'élection de l'automne? « Comporte-toi, se disait-il, comme si tu étais déjà leur député. »

Il musardait sur le chemin principal, retournant les saluts d'un sourire et d'un coup de chapeau, s'arrêtant pour placer un bon mot, demander des nouvelles, écouter une doléance. Il prenait chaque regard entendu comme un futur vote en sa faveur, chaque regard fuyant comme celui d'un adversaire. Sur cette base, il avait toutes les raisons d'être confiant.

Il parvint devant la maison familiale, chaque fois plus petite que dans son dernier souvenir, et l'examina, une main au front pour protéger ses yeux du soleil. Ses deux parents étaient morts, et ni lui ni sa sœur ne reviendraient y habiter. Ils avaient reçu une offre d'achat raisonnable considérant la mauvaise situation économique. Un marchand de grains de Saint-Benoît voulait y installer son fils aîné. On finaliserait la transaction chez le notaire plus tard dans la matinée.

Les volets rabattus sur les fenêtres donnaient à la maison cet air triste qu'ont les demeures inoccupées. Les planches du revêtement extérieur étaient endommagées. La toiture en bardeaux, par contre, semblait en bon état. Les trois lucarnes de l'étage supérieur correspondaient aux chambres de ses parents, de Jeanne et de la sienne. La galerie, couverte par le toit qui avançait, contournait tout le bâtiment. Il revoyait la joie de sa mère quand son père avait rallongé la maison pour y déplacer la cuisine et dégager plus d'espace. Jusqu'à son départ pour le collège, à 12 ans, il y avait été aussi heureux qu'un enfant pouvait l'être. Il n'avait jamais eu faim ou froid, n'avait jamais été frappé, ne se souvenait pas d'avoir subi une colère parentale plus raide qu'un lourd regard. Jeanne, il en était sûr, dirait la même chose.

Il voulut voir l'arrière de la maison et s'y dirigea. Longeant un des côtés, il se réjouit de ne voir aucune trace d'humidité dans la partie visible des fondations. La terre labourable était en jachère depuis des années et descendait doucement jusqu'à la lisière du bois. Ses pieds s'enfonçaient dans la mousse humide. Les dernières neiges fondaient. Le ciel était dégagé, le soleil splendide, et un vent chaud réconfortait l'âme. Des vapeurs montaient des profondeurs de la terre. Des pousses vertes, luttant pour se gorger de soleil, apparaissaient au travers de la vieille herbe brune et des feuilles mortes. Les merles chantaient. De grosses mouches noires bourdonnaient autour des vaches du voisin, amaigries par l'hiver, qui les éloignaient à coups de queue nonchalants. La forêt toute proche revenait à la vie. L'hiver prenait congé.

Antoine revint devant la maison, imagina des rires d'enfants, les siens jadis, ceux de sa sœur, huma l'arôme des biscuits de sa mère, revit les touffes de poil aux oreilles de son père. Puis il consulta sa montre et se dirigea vers le parvis de l'église, où le notaire lui avait donné rendez-vous. Des ouvriers réparaient le toit du manoir dont Thomas Sauvageau s'était porté acquéreur, juste à côté.

Dans un coin du parvis, un vieillard peignait une aquarelle, dos à l'église, assis devant son chevalet, très concentré, sa langue pressant l'intérieur d'une joue et la gonflant. C'était un homme d'aspect placide, coiffé d'un chapeau de paille troué, avec une longue barbe grise séparée en deux pointes. Antoine s'approcha par l'arrière. L'homme peignait le chemin coupant le village en deux et montant vers le nord. Il le regarda travailler en silence. Plus loin, des villageois allaient et venaient sans leur prêter attention. L'artiste se tourna à demi vers Antoine, sa palette à la main, cherchant à le situer.

— Vous êtes le petit Raymond ?
— Oui, mais plus si petit.
— Notre futur député ?
— Ah, ça, ce n'est pas moi qui vais décider.
— Vous dites ça, vous dites ça...

Il n'était plus nécessaire, avait déjà jugé Antoine, de trop finasser sur ses projets.

— C'est sûr que ce serait un honneur et que...
— Je me souviens de vos parents, coupa l'autre, des braves gens... De vous aussi quand vous étiez comme ça.

La hauteur de la main lui aurait donné une taille de trois pieds. L'homme épongea le papier avec un chiffon. Il reprit :

— Vous aviez quel âge quand vous êtes parti ?
— Douze ans. Parti au collège, à Montréal.

Antoine se faisait une fierté de connaître à grands traits toutes les familles du village, mais il n'arrivait pas à situer le vieil homme.

— Je peux vous poser une question ?
— Bien sûr.
— Je connais des tas de gens ici, tous ou presque, mais pas vous.

Il s'approcha et tendit la main. Le vieillard déposa sa palette et lui serra la main, mais ne dit pas son nom.

— Oh, c'est sûr, je n'habitais pas le village.
— Vous venez d'ailleurs ?
— Non, non, d'ici, dit l'autre, j'avais une cabane dans le bois, près de l'eau, par là-bas.

Il fit un geste en direction de l'ouest.

— Vous vouliez être seul.
— Ouais, on peut dire ça comme ça.

SI TU VOIS MON PAYS

— Et puis un jour, dit Antoine en souriant, vous vous êtes ennuyé ?

— Pas du tout, pas du tout. Vous voyez le manoir ? Vous savez qui l'a acheté ?

— Oui, monsieur Sauvageau, de Montréal.

— Vous le connaissez ?

— Un peu, dit Antoine.

— Moi, pas du tout jusque-là. Un jour, il arrive chez moi, en pleine forêt, où personne ne vient jamais. Je ne sais pas qui c'est. Il me demande combien je lui vendrais ma cabane. Il dit qu'elle ferait un beau petit pavillon de chasse. Je lui dis qu'elle n'est pas à vendre. Il rit et dit : "Très bien, mais si elle était à vendre, combien ?" Alors je dis une folie. Pour qu'il parte. Je dis 40 livres. Il rit et me dit : "Je vous en donne 50." Le soir même, j'étais parti.

— Vous ne pouviez pas refuser.

— Eh, sûr que non !

— Bien, très heureux pour vous alors.

— Oh, il a payé aussi, à ce qu'on dit, les travaux de maçonnerie à l'église, il a fait réparer le pont et on dit qu'il veut paver un bout du chemin.

— Et depuis ce temps, vous peignez, dit Antoine, amusé.

— Oh, je peignais déjà, mais maintenant, je ne fais que ça. Et si je compte bien mes sous, je pourrai continuer à ne faire que ça.

Le vieillard eut un sourire édenté pendant qu'au même moment, une ombre surgissait sur le papier. Antoine se retourna.

— Comme ça, tu veux être mon député ? demanda Thomas, enjoué.

Il surgissait toujours, inattendu, avec son calme et ses manières distinguées. Antoine se dirigea vers lui pour que le vieux n'entende pas leur conversation. Tous les deux marchèrent vers l'autre extrémité du parvis.

— J'ai presque envie, dit Thomas, de t'appeler déjà monsieur le député.

Il tendit la main. Antoine ne la serra pas. Thomas n'en fit pas de cas. Il demanda :

— Ta femme va bien ?

Antoine ne répondit pas, mais demanda :

— Tu vas y faire obstacle ?

Thomas eut un rire franc.

— À ton élection ? Et pourquoi je m'y opposerais ? Tu me vois faire des discours ? Ça ne changera rien à ma vie que tu sois élu et je sais que tu feras ça très bien.

Antoine se força pour rester impassible. Il durcit sa voix.

— Pourquoi t'es venu ici ?

— Pourquoi j'ai acheté le manoir, tu veux dire ? fit Thomas. Il s'examina les ongles.

— Mes affaires sont très prenantes. Il me faut des vacances. Mais je n'aime pas les longs voyages, l'éloignement. Je viendrai ici l'été. J'aime chasser. Ici, il y a de belles forêts, il y a de l'espace. Pas trop de gens, surtout samedi et dimanche matin, quand ils sont au marché ou à la messe. Moins de chances qu'on me prenne pour du gibier.

Antoine garda un air sévère.

— Tu aurais eu tout ça ailleurs. Pourquoi ici ?

— Et toi, pourquoi tu veux être élu ici ?

— C'est chez moi.

Thomas eut un sourire.

— Et moi, je viens d'où ? D'ici aussi. T'en fais pas, je ne te nuirai pas. Je pourrais même t'aider.

— Ce ne sera pas nécessaire.

Ils restèrent silencieux un moment, côte à côte, regardant tous les deux le village qui s'animait.

— T'as déjà voulu une autre sorte de vie ? demanda Antoine.

Thomas réfléchit un instant.

— Quelle autre sorte ? Des enfants qui braillent et une femme qui me sermonne ?

— En partie, oui.

— Et obéir à des imbéciles ?

— Ça aussi, ça fait partie... quelquefois.
— Non, je suis pas fait pour ça.
Antoine resta silencieux.
— Tu fais ce que tu penses, compléta Thomas, et je fais ce que je pense.
Un moment s'écoula. Thomas pointa du doigt devant lui.
— Tu vois l'homme en gris, avec la canne, qui vient par ici ?
— Oui.
— C'est ton notaire, Desbiens. Le mien aussi. Il travaille bien.
Antoine ne dit rien. Il tira un des poignets de sa chemise et partit à la rencontre de l'homme.
— Tu ne me salues pas ? dit Thomas dans son dos.
Antoine leva une main sans se retourner et sans s'arrêter.

Chapitre 23

L'énigme

— Bon, ça suffit pour moi. Je ne vois plus clair, laissa tomber Pothier en bâillant.

Il enleva ses lunettes et fit reculer sa chaise. Il se leva et s'étira le dos, ses deux mains massant ses reins.

— Je lui avais dit, reprit-il, de ne rien signer avant de me montrer. Imbécile ! Il n'y a pas grand-chose à faire maintenant.

— Hum, ça va le mettre de bonne humeur quand tu lui diras, dit Antoine, assis directement en face.

— Et imagine quand sa femme le saura, ajouta Pothier.

Il regarda Antoine et prit un ton suppliant.

— Tu me remplaces ?

— Pour lui annoncer ? Surtout pas, dit Antoine.

Pothier lui tira la langue. Antoine aimait bien Pothier, bon avocat, éternel collégien. Ils s'étaient souvent querellés, mais jamais pour longtemps.

— De toute façon, je tombe de fatigue, déclara Pothier, et je ne ferai pas de miracles à onze heures du soir.

Il regarda l'armoire normande dans laquelle il rangeait ses dossiers. Ses yeux revinrent vers Antoine.

— Un verre, ça te dit ? On l'a mérité.

Antoine voulait rester seul dans le cabinet.

— Non, merci, je veux terminer et rentrer vite. Tu devrais faire pareil.

— Rabat-joie, triste sire, éteignoir...

Antoine esquissa un air contrit.

— Éteignoir, reprit Pothier, mais sage conseiller. Ouais, je rentre.

Antoine chercha à hâter son départ.

— Tu verras plus clair demain. J'en ai pour une petite demi-heure et je fermerai tout.

— D'accord.

Pothier bâilla de nouveau, fit une pile avec ses papiers et la rangea dans un tiroir de son bureau. Antoine fit mine de se plonger dans le dossier sous ses yeux. Il ne leva la tête qu'après avoir entendu la porte se fermer. Une fois seul, il déplia la lettre reçue le matin même. Elle était d'un marchand new-yorkais intéressé par le bois canadien. Il ne le connaissait pas, ne l'avait jamais rencontré. Il n'avait pas eu d'autres nouvelles de lui depuis la première lettre reçue au printemps de l'année dernière. À l'époque, il avait pourtant répondu immédiatement. Il la relut.

New York City,

April 4th 1844,

Dear Mr. Raymond,

I did receive your letter from last April and I am deeply ashamed of replying so late. Business here has had its ups and downs, but things seem to be on the sunny side again. You answered all my questions with great clarity. I will never thank you enough, considering you must be a very busy man.

The information you provided strongly reinforced my interest. My final decision will be dependent on a personal visit to Montreal, a city I do not know but whose hospitality is exquisite I have been told. I will keep you informed as to my plans but was considering June or July for a visit. I look forward to meeting you in person.

Until then and as a show of my gratitude it would fill me with great joy if you accepted the modest gift accompanying these

words. I have been told the subject is of interest to you and I hope you will find it as interesting as I did.
Yours, very sincerely and respectfully,

John Xavier Chandler

Sur le coup, Antoine s'était étonné de recevoir des nouvelles après un si long silence. Il n'y croyait plus. L'intérêt de son correspondant l'avait réjoui. Le cadeau accompagnant la lettre l'avait cependant plongé dans la perplexité. C'était un exemplaire du livre de l'historien romain Suétone, *The Twelve Caesars*, une série de biographies sur Jules César et les onze premiers empereurs romains. L'ouvrage avait été écrit en l'an 121 après Jésus-Christ, au moment où Suétone était le secrétaire particulier de l'empereur Hadrien. C'était une édition bon marché, assez récente, au cartonnage recouvert de percaline.

Le cadeau était original, voire étrange, mais le détail qui intriguait Antoine était dans la lettre. Chandler disait avoir été informé que le sujet l'intéresserait. D'abord, il n'avait aucun intérêt pour la Rome antique ou pour les ouvrages d'histoire en général, mais surtout, personne ne le connaissait aux États-Unis. Qui pouvait avoir parlé de lui à ce Chandler ? Il relut la lettre, polie, factuelle, banale, hormis cette phrase étrange. Il avait rangé l'ouvrage dans un tiroir. Il le récupéra et l'examina de nouveau. Il n'y avait aucune dédicace. Les pages n'avaient pas été tournées. Le livre sortait des presses. Il le porta à ses narines. Il avait cette odeur typique des livres neufs. Il inspecta le dos du livre, les trois tranches, les deux couvertures, la page de garde à la recherche d'une anomalie. Rien, pas la moindre éraflure.

Il l'ouvrit à la page où se trouvait le signet, une fine cordelette de tissu cousue à l'ouvrage. C'était dans la partie consacrée à Jules César, la seule de ces douze figures historiques dont Antoine aurait pu dire quelque chose. Il lut un paragraphe, puis un autre, tourna une page, puis une autre, et déposa l'ouvrage devant lui. Il relut la lettre et resta aussi perplexe qu'à la première lecture. Il fouilla dans son tiroir et retrouva, tout au fond, la première lettre reçue l'année dernière.

Il plaça les deux lettres côte à côte et les examina avec une loupe. Elles étaient de la même main, indiscutablement. C'était la calligraphie confiante, sans hésitation, d'une personne instruite et habituée à écrire. Il examina la première lettre ligne par ligne, mot par mot. Il fit de même avec la seconde. Aucune différence. Il examina l'enveloppe qui la contenait et n'y trouva rien de particulier. Il reprit le livre et le secoua pour voir s'il en tomberait quelque chose. Il se trouva ridicule et réalisa sa fatigue. Il enleva ses lunettes, ferma les yeux, bâilla bruyamment.

Le cerveau est un organe mystérieux, une maison pleine de passages dissimulés, menant à des pièces cachées, elles-mêmes remplies d'objets hétéroclites et de petits meubles avec des compartiments secrets. Et de tout ce bric-à-brac dans sa tête, sans qu'il l'ait commandée, une lueur jaillit.

Il remit ses lunettes, prit sa loupe et se repencha sur la feuille reçue le matin. Il examina chaque lettre de la première phrase. Il remarqua que la première lettre «f» dans la phrase, qui apparaissait dans le mot «*from*», était légèrement différente de la deuxième, qui revenait huit mots plus loin dans «*of*». Dans la seconde apparition, la lettre était plus fine, plus élancée, et sa fin pendait dans le vide, au lieu de remonter dans une boucle se rattachant au milieu de la lettre. Il regarda de nouveau. C'était indéniable.

Il examina toutes les autres lettres «f» dans le texte. Il en compta quinze. Toutes étaient pareilles sauf la deuxième. Il examina la missive de l'année précédente. Toutes les lettres «f» étaient identiques. Il revint à la correspondance du matin. Il se concentrerait sur celle-là, parce qu'elle contenait cette anomalie dans une lettre, de même que cette référence bizarre à quelqu'un qui prétendait connaître ses goûts. Y avait-il d'autres lettres écrites d'au moins deux manières différentes ? Et là, soudainement, la petite lueur devint un éclair violent. Et s'il y avait un message caché ? Et s'il y en avait un, il ne pouvait provenir que d'une personne. L'excitation s'empara de lui.

« Sois méthodique, se dit-il, et tu sauras vite si tu pourchasses une chimère. » Les voyelles étant moins nombreuses que les consonnes, il commença par les voyelles les plus utilisées dans la langue anglaise, le « e » et le « a », aussi les plus courantes en français. Il nota que plusieurs « e » et plusieurs « a » étaient écrits de deux manières différentes. Il repéra au moins deux endroits où le « e » semblait différent de sa forme dans le reste de la feuille, différent aussi de sa forme dans la correspondance de l'année dernière. La lettre « a » différait également, à plusieurs endroits, de ce qui semblait être sa forme usuelle. Dans les deux cas, les lettres n'apparaissaient que sous deux variantes.

Il recopia l'intégralité du texte et encercla les anomalies. Mais en se concentrant sur le « e » et le « a », parce que c'étaient les voyelles les plus courantes, il n'avait pas suivi les autres anomalies possibles dans leur ordre d'apparition. Il revint au début et, lettre par lettre, il compara chacune à sa calligraphie dans le reste du texte et dans l'envoi de l'année dernière. Deux heures plus tard, il crut avoir repéré des variations dans des lettres qui, une fois encerclées dans leur ordre d'apparition, donnaient la séquence suivante : *fqheabehopqaoponajpnarajcanx.*

Il regarda longuement cette suite. S'enfonçait-il dans un cul-de-sac issu de son imagination ? Peut-être, mais il savait Baptiste assez astucieux pour concevoir ce genre de ruse. La solitude et le fait de ne pas avoir de nouvelles de ceux qu'il aimait devaient lui peser. Antoine se rappelait la douleur dans les yeux de Baptiste quand ils avaient tous convenu, après une discussion pénible, qu'il n'y aurait ni courrier ni même dévoilement de l'endroit où Julie et lui iraient se réfugier. Ils s'étaient longuement affrontés sur la question de savoir si Thomas irait jusqu'à intercepter du courrier destiné à lui ou à Jeanne, et Baptiste avait dû se ranger à l'évidence qu'il en serait parfaitement capable.

Antoine se frotta les yeux, se leva brusquement, marcha, très excité, d'un bout à l'autre de la pièce, revint à son bureau et, penché sur celui-ci, lut de nouveau la séquence : *fqheabehopqaoponajpnarajcanx*. C'était imprononçable et sans signification. Mais si c'était un message codé, tout code possédait une clé. Quelle était cette clé ? Où était-elle dissimulée ? S'il ne s'intoxiquait pas tout seul, si Baptiste était bien à l'origine de la ruse, la clé devait être assez simple pour qu'une personne relativement intelligente finisse par la trouver, tout en étant assez subtile pour résister à une lecture rapide par quelqu'un qui aurait intercepté la correspondance. Les yeux d'Antoine se posèrent sur le livre. Et si la clé, si clé il y avait, était dans le livre ? Cela expliquerait ce cadeau étrange et cette référence fantaisiste à des goûts qui seraient supposément les siens. Et si la remarque n'était qu'une façon de l'amener à s'intéresser au livre ?

Sa fatigue s'était envolée. Il s'empara de nouveau de l'ouvrage. Si le code reposait sur des lettres dans la correspondance, la clé, elle, devait être dans le texte du livre. Il l'ouvrit à la page marquée par le signet. Il lut. Il y était question de la campagne de Jules César pour mater les Gaulois. Il n'y décela rien d'anormal. Il tourna une page, puis une autre, puis une autre, lisant en diagonale, cherchant en vain une marque, une rature, une inscription ajoutée à la main. Il tourna encore une page et vit que le coin supérieur droit, celui que l'on saisit habituellement pour passer à la page suivante, était replié. Il referma le livre et le plaça à la hauteur de ses yeux, parallèle au sol. Il l'approcha de la lampe et examina la tranche opposée au dos du livre.

Il lui sembla qu'une seule page était repliée au coin supérieur droit. Il feuilleta le livre en faisant défiler les pages avec son pouce droit et n'en vit pas d'autre dans cet état. Il retourna à cette page. C'était la quatrième après celle marquée par le signet. Retenant sa respiration tant il était excité, il entreprit de lire lentement la page. À mi-chemin, il tomba sur un passage dans lequel Suétone, parlant des habitudes secrètes de César, écrivait :

If he had anything confidential to say, he wrote it in cipher, that is, by so changing the order of the letters of the alphabet, that not a word could be made out. If anyone wishes to decipher these, and get at their meaning, he must substitute the fourth letter of the alphabet, namely D, for A, and so with the others.

Il frappa l'air de son poing et se retint pour ne pas pousser un cri. Dans sa correspondance, disait Suétone, César cachait des messages que le destinataire décodait en décalant certaines lettres du texte de base de trois rangs vers la gauche dans leur ordre d'apparition dans l'alphabet. Évidemment, il fallait que ce destinataire sache d'avance que la clé du déchiffrement était le trois et qu'il fallait procéder de la droite vers la gauche.

Il alla chercher dans l'armoire la bouteille de whisky et un verre. Il le remplit et prit une gorgée. Il devait rester concentré. Il retroussa ses manches juste en dessous des coudes. Il reprit sa liste de lettres à la calligraphie modifiée et commença à les décaler de trois vers la gauche. Les lettres « f », « q », « h » et « e » devinrent « c », « n », « e » et « b ». La cinquième lettre à déplacer était un « a ». Il fit l'hypothèse que le « a » et les premières lettres correspondraient, puisqu'on allait de la droite vers la gauche, aux dernières lettres de l'alphabet. Le « a » serait donc remplacé par un « x », le « b » par un « y » et le « c » par un « z ». Sa liste originale, une fois appliqué le décalage de trois lettres vers la gauche, devint *cnebxybelmnxlmlkxgmkxoxgzxku*.

Les mains jointes devant la bouche comme s'il priait, il interrogea cette suite. Mais elle ne signifiait rien ou, si elle signifiait quelque chose, il ne voyait pas. Il réfléchit. Baptiste était trop prudent pour reprendre la même clé de trois que celle mentionnée dans le livre. Et s'il essayait trois, mais en allant vers la droite ? Dans ce cas, les dernières lettres de l'alphabet correspondraient sans doute aux premières. Il se mit au travail et obtint *itkhdehkrstdrsrqdmsqdudmfdqa*.

Cela n'avait pas plus de sens. Au fond, le système était simple, peut-être trop simple, reposant entièrement sur la connaissance par le destinataire de la clé de base et du sens à suivre. En essayant systématiquement toutes les combinaisons, il finirait par trouver. Il eut un moment de découragement, puis se dit que l'alphabet anglais ou français ne comportait que 26 lettres. Baptiste, en supposant que tel était bien le système employé, n'allait quand même pas le forcer à tester la quasi-totalité des clés possibles. Bon, si ce n'était pas le trois, alors peut-être le deux ? Il décala de deux lettres vers la gauche et, au bout de dix lettres, il avait obtenu *dofcyzcfmn*. Il tenta de prononcer cela à voix haute et se jugea ridicule. En décalant cette fois de deux lettres vers la droite, les dix premières lettres devenaient *hsjgcdgjqr*.

Il chercha quelle erreur il commettait. Tout reposait sur la liste de lettres modifiées à partir de laquelle il travaillait. Il compara de nouveau les calligraphies et fut raisonnablement certain de ne pas être trop éloigné de la vérité. S'il y avait une ou deux ou trois erreurs parmi les lettres, il pourrait malgré tout reconstituer une phrase. Baptiste, si c'était bien lui – et qui d'autre cela pourrait-il être ? –, avait dû se dire qu'il envoyait son énigme à un amateur, certes intelligent, mais amateur tout de même. Antoine vida son verre. Il tenta un décalage de quatre lettres vers la gauche et obtint *bmdawxadkl*. C'était encore fastidieux, mais il devenait plus habile. Il ne pouvait plus croire qu'un inconnu lui aurait envoyé un livre relatant une astuce de l'époque romaine et accompagné d'une correspondance sibylline sans une intention cachée.

Il remplit de nouveau son verre, mais ne le porta pas à ses lèvres. Il tenta cette fois de décaler de quatre lettres vers la droite. Les trois premières lettres, *fqh*, devinrent *jul*. Il s'arrêta, fixa son cahier. Le sang battait dans ses tempes. Il se frotta les mains d'excitation. Il se pencha sur son cahier et redoubla de minutie. « Ne te trompe pas, se dit-il. Termine toutes les lettres avant de tout lire. Va jusqu'au bout. » Mais pendant qu'il notait chaque nouvelle lettre, il voyait une phrase se dessiner dans sa tête.

Quand il eut terminé, il ferma les yeux, leva la tête au plafond, la baissa, prit une grosse bouffée d'air, ouvrit les yeux et regarda la succession de lettres : *juliefilstuéstsrentrevengerb*. Il relut le plus lentement qu'il pouvait, espérant avoir mal lu. Non, il avait bien lu. C'était bien ce qu'il avait sous les yeux : *juliefilstuéstsrentrevengerb*.

Il lutta pour garder son calme. Il s'efforça de raisonner. La dernière lettre, le « b », serait, logiquement, la signature de l'expéditeur et ne pouvait désigner qu'une personne. Les lettres *ts* au milieu devaient faire référence à Thomas Sauvageau. Il intercala ensuite les espaces requis entre les mots : *julie fils tués ts rentre venger b*. Voilà. Tout était là, sous ses yeux. Toute la vérité. Baptiste et Julie avaient eu un fils. La mère et l'enfant avaient été tués par Sauvageau. Et Baptiste rentrait au pays pour se venger.

Antoine resta pétrifié, stupéfait, ahuri, anéanti, écrasé par sa découverte. Des larmes lui vinrent. Il les refoula. Il vida son verre. Et pourquoi devrait-il se retenir de pleurer ? Il n'avait pas pleuré à la mort de ses parents. Il pleura comme il n'avait pas pleuré depuis une maladie d'enfance.

Il était épuisé, vidé, il n'aurait pas la force de marcher jusque chez lui. Il se leva et se dirigea vers la patère à côté de la porte. Il prit des vêtements laissés par ses collègues. Puis il marcha vers la grande table de conférence autour de laquelle se réunissaient tous les avocats du cabinet. Il se fit un oreiller avec les vêtements, enleva ses chaussures et s'étendit tout habillé sur la table. Il ferma les yeux, essaya de dormir. Il vit une femme couverte de sang. Ce n'était pas Julie. Ce n'était personne qu'il connaissait. La femme parlait, il voyait ses lèvres bouger, mais il n'entendait rien. Il ouvrit les yeux. Il se demanda où vont les morts, mais il savait très bien qu'ils n'allaient nulle part. Il essaya de voir clair en lui : « Ai-je peur ? Oui, j'ai peur. » Il eut froid. Il prit son manteau, l'étendit sur lui, se roula en boule, ferma les yeux.

La lumière du jour le réveilla. Il se redressa en panique, craignant d'être vu par un collègue qui arriverait tôt. Il descendit de la table et regarda l'heure. Il était six heures. Personne n'arriverait au bureau avant une bonne heure. Il alla à la fenêtre. Il avait plu pendant la nuit. Il replaça les vêtements sur la patère. Il avait mal au dos. Il puait l'alcool et la sueur. Il se dépêcha de mettre tous ses papiers de la veille dans sa serviette en cuir. Il enfila son manteau, ouvrit la porte, examina la rue déserte, ferma avec sa clé et rentra chez lui.

Toute sa maisonnée dormait sauf la servante. Il devait avoir l'air d'un mort-vivant. La servante ne posa pas de questions. Il vit que de l'eau bouillait déjà. Il ordonna qu'elle la verse dans son bain. Quand il fut propre, il alla dormir dans la chambre des visiteurs. Il tira les rideaux et, cette fois, il tomba comme une masse.

Il se réveilla quand la matinée était déjà fort avancée. Il déjeuna, se rasa et s'habilla sans hâte. Il se trouva chanceux que sa femme reste dans leur chambre. Il n'était pas d'humeur à subir un interrogatoire. Il vérifia le contenu de sa serviette et, sans dire un mot, sortit de chez lui. La servante le regarda avec gêne.

Jeanne dirigeait les opérations quotidiennes de la compagnie de navigation à partir d'une grande pièce nue nichée au-dessus d'un entrepôt, rue des Commissaires, derrière les quais bordant le Saint-Laurent. Les autres actionnaires ne se souciaient que de la valeur de leur placement. Tant que le rendement était satisfaisant, et il l'était, ils ne s'opposaient pas à ce qu'une femme s'occupe des mille et un détails de l'affaire.

Aux deux navires circulant sur le Richelieu s'était ajouté un troisième, acheté usagé, qui faisait la navette entre

Montréal et Québec. Elle avait convaincu ses associés de changer le nom de la compagnie. La Compagnie de navigation du Richelieu était devenue la Compagnie de navigation du Canada. « Il faut que notre nom reflète notre ambition », avait-elle dit. « Nos bureaux devront être à Montréal et non à Sorel », avait-elle ajouté, même si le volume d'affaires sur le Richelieu était supérieur. Ils s'étaient fait tirer l'oreille, mais avaient accepté.

La compagnie possédait aussi l'entrepôt au-dessus duquel elle travaillait. On y louait de l'espace pour les marchands qui faisaient de l'importation et de l'exportation. Tous les quinze jours, elle traversait le fleuve pour examiner les opérations sur le Richelieu en direction des États-Unis. Son refus d'épouser Couturier n'avait pas nui à ses rapports avec lui, du moins sur le plan commercial. Elle était aussi seule propriétaire de la scierie qui avait jadis appartenu à Endicott.

En grimpant les marches menant au bureau de Jeanne, Antoine eut la surprise de voir en sortir Arthur McBain, très contrarié. Ils ne se saluèrent pas en se croisant. Antoine acceptait toujours aussi mal que les noms de McBain et de Sauvageau n'aient même pas été mentionnés dans le rapport sur la tragédie survenue au canal de Beauharnois l'année précédente. Jeanne écrivait quand elle entendit la porte s'ouvrir.

Il n'y avait pas le moindre élément de décoration dans ce vaste espace froid. Devant le bureau de Jeanne, deux chaises droites, qu'on devinait inconfortables, garantissaient que les conversations ne s'éterniseraient pas. Derrière elle, une large baie vitrée lui permettait de surveiller l'entrepôt. À l'autre extrémité de la pièce, une fenêtre donnait sur les quais. Sur le mur à sa gauche, des étagères ployaient sous les dossiers. À sa droite, un grand coffre-fort occupait tout le coin.

— Je viens de croiser McBain, lança Antoine. Qu'est-ce qu'il voulait ?

— Sauvageau m'a envoyé son vieux caniche.
— Et que voulait son maître ?
— Tu sais qu'on va acheter le terrain d'à côté, raser ce qu'il y a dessus et construire un autre entrepôt ?
— Laisse-moi deviner. Il te proposait de le construire pour vous.

Elle fit oui de la tête.
— Et t'as répondu quoi ?
— J'ai dit à McBain que je n'avais rien de personnel contre lui, le pauvre homme, mais que je ne suis pas idiote. Faire affaire avec lui, c'est faire affaire avec Sauvageau et c'est hors de question.

Ses cheveux attachés en chignon, sans la moindre mèche ou boucle pour faire la coquette, sa robe gris charbon avec des manches jusqu'aux poignets et une discrète encolure de dentelle blanche, donnaient à Jeanne l'allure d'une maîtresse d'école. Antoine se demandait si elle n'avait pas plusieurs exemplaires de la même robe.

— Il n'a pas dû apprécier, dit-il.
— Mais il n'a pas été surpris.
— Sauvageau va le prendre mal.
— C'est son problème. Il a du front tout le tour de la tête... Il m'a empoisonné des chevaux, il a essayé de monter les cochers contre moi, et après il me propose une association. Paraît qu'il lorgnait le terrain pour lui.
— Il ne laissera pas ça là. Il est déjà à cran. Il veut devenir respectable, mais les Anglais ne sont pas fous.
— Je sais, je sais, dit-elle d'un ton las. Les débardeurs vont me faire des misères ou quelque chose du genre.
— Ou pire.
— Ou pire.
— Tu vas te protéger ?
— Oui, je vais demander à Villeneuve de renforcer la surveillance.
— Tu lui fais confiance ?
— Complètement.

Villeneuve, qui conduisait la voiture dans laquelle Baptiste et Julie s'étaient enfuis, était devenu le bras droit de Jeanne. Il avait d'abord continué à travailler pour Endicott, puis elle l'avait invité à la rejoindre dans sa compagnie.

— Et tu vas le remplir, ton nouvel entrepôt ?

— Aucun doute, affirma-t-elle. Tu sais qui songe à l'utiliser ?

— Dis.

— Molson.

— Non ! Thomas Molson ?

— Lui-même.

— Il t'a parlé ?

— Il m'a envoyé un mot. Il n'a rien promis, mais il s'est dit intéressé. Et s'il met son nom par écrit...

— Et tu prendrais son argent ?

Elle se raidit.

— Et pourquoi pas ? Tu ne sauterais pas sur l'occasion ? Imagine quand Sauvageau apprendra. Son rêve...

Le vieux Molson, le premier arrivé d'Angleterre, était mort une dizaine d'années auparavant. Thomas, un de ses trois fils, dirigeait la distillerie fondée par le père.

— T'en as parlé à tes associés ? demanda Antoine.

— Oui, et ils pensent comme moi. Ils sont dans les affaires. Ils ne font pas de politique.

— Et Couturier ?

— Quoi, Couturier ?

— Il est d'accord ?

— Bien sûr.

Antoine devint sardonique.

— Quand il est question des Anglais, il y a deux types de Canadiens, ceux qui ne font jamais de politique et ceux qui ramènent tout à la politique.

La remarque agaça Jeanne.

— T'es venu pourquoi ?

Il regarda longuement cette sœur adorée qui n'avait d'autre centre d'intérêt que le travail, et qu'on ne voyait dans des soirées mondaines que si cela servait sa cause. La dernière fois, lors d'un bal, avec Antoine auprès d'elle, elle avait tenu, devant un essaim d'épouses outrées, des propos acidulés sur le mariage. Interrogée sur son célibat, elle avait répondu qu'elle avait autant besoin d'un mari qu'une perdrix avait besoin d'un fusil. Puis elle avait rejoint leurs époux pour parler affaires. Antoine avait bien ri.

Il devint grave et s'approcha d'elle.

— Donne-moi trois minutes sans m'interrompre. Tu te souviens de l'homme de New York, dont je t'ai parlé, qui voulait des renseignements sur le bois d'ici?

Jeanne l'interrogea du visage.

— Regarde bien, dit-il.

Il s'empara d'une chaise et alla s'asseoir à côté de sa sœur. De son porte-documents, il sortit les deux lettres envoyées par le dénommé Chandler, une loupe, son cahier de notes et le livre de Suétone. Jeanne le laissa faire sans rien dire. Elle savait qu'il n'était pas venu pour lui faire perdre son temps. Il plaça côte à côte les deux missives et lui expliqua les différences dans la calligraphie de certaines lettres. Impossible, elle prit la loupe et les examina. Il ajouta :

— Si tu alignes ces lettres modifiées dans l'ordre où elles apparaissent, ça donne ceci.

Il ouvrit le cahier à la page où il avait recopié les lettres en question : *fqheabehopqaoponajpnarajcanx*. Il avait toute son attention.

— Son message, reprit Antoine, tu as vu, fait référence à un cadeau que voici.

Il prit le livre et l'ouvrit à la page marquée par le signet. Il demanda à sa sœur de lire le passage du livre expliquant le système de codage utilisé par César. Elle lut, releva la tête, regarda devant elle. Il dit tout doucement :

— J'y ai passé une partie de la nuit. J'ai tenté plusieurs combinaisons et j'ai fini par trouver. En utilisant un système où tu décales chaque lettre de quatre rangs vers la droite, tu obtiens ceci…

Il tourna la page du cahier et le fit glisser vers elle. Il se leva, marcha jusqu'à la baie vitrée, regarda la rue sous lui, et se tourna vers sa sœur.

Jeanne était immobile, les yeux rivés sur le cahier. Pendant de longues minutes, le front plissé, dans un état de concentration maximale, sans un mot, allant du cahier à la correspondance et vice versa, gribouillant sur une feuille, elle vérifia chaque étape du raisonnement d'Antoine.

Elle déposa sa plume, appuya ses coudes sur la table et son menton sur ses mains jointes. Puis elle baissa de nouveau la tête et garda ses yeux sur le message. Antoine s'était rapproché.

— C'est de la folie, dit-il, comme pour lui-même.

Jeanne ne bougeait pas. Un long moment s'écoula. Les yeux d'Antoine regardaient le plancher. Il répéta à voix basse :

— De la folie.

Quand il releva la tête, sa sœur l'observait. Il fut troublé par son visage figé comme un masque funéraire.

Chapitre 24
Le bûcher

Le *Maisonneuve*, baptisé le *Charlevoix* à l'origine, quitterait Montréal pour Québec à 8 heures du matin. C'était un vapeur vieux de sept ans, à fond plat, de 100 pieds de long sur 38 de large, avec une jauge de 300 tonneaux. Le moteur était un Boulton & Watt d'Angleterre, alimenté au charbon, dont les chaudières généraient 40 chevaux-vapeur de puissance. Les deux roues à aube de chaque côté étaient un peu en avant de l'unique cheminée, située à mi-chemin des deux mâts.

Il aurait été impossible de trouver élégante cette grosse limace flottante. Mais Jeanne avait convaincu ses associés qu'à 2 000 livres, ils feraient une bonne affaire si elle donnait quelques années de service. L'essentiel était d'établir une présence commerciale crédible sur la voie navigable la plus importante.

Les marchandises étaient sur le pont depuis la veille au soir, retenues par des cordes, occupant la moitié avant du bateau. Les passagers moins fortunés s'y installeraient aussi. On transporterait de la potasse, des étoffes, des alcools, mais bien peu d'orge, d'avoine et de seigle, parce que l'agriculture allait plus mal que jamais. Devant les chaudières et la cheminée se trouvait, sur une plateforme surélevée, la barre de gouvernail. Sous elle, une minuscule cabine sans fenêtre permettait au capitaine de se reposer et d'y ranger ses affaires. À l'arrière du navire, il y avait de l'espace pour quelques voyageurs plus fortunés, abrités sous un auvent et disposant de chaises, et une petite cuisine.

L'incendie éclata au milieu de la nuit. On raconta plus tard que la colonne de feu s'était élevée vers le ciel à toute vitesse, comme si elle avait été crachée par quelque dragon couché, et qu'il y avait eu des explosions répétées. La réserve de charbon et le bois alimentèrent le brasier. Le vent facilita sa progression.

Le soleil se levait quand Jeanne, après un sommeil agité, arriva. Le bateau flambait de la proue à la poupe. La chaleur était si intense qu'elle dut se protéger le visage d'une main. Il était difficile de s'approcher à moins d'une centaine de pieds du brasier. Les gens présents, serpent humain étiré le long du trottoir face au quai, regardaient fascinés, bouches ouvertes, visages dorés, gorges nouées.

Aux pieds des pompiers immobiles gisaient, inutilisés, des seaux d'eau, des pelles, des sacs de sable, des pioches, tout l'attirail habituel dans ces circonstances. Sur le côté, oubliée de tous, comme pour en souligner la superbe futilité, comme un élève envoyé dans un coin en guise de punition, se trouvait une de ces nouvelles pompes manuelles, sur roues, avec un boyau qu'on n'avait même pas pris la peine de dérouler. Il n'y avait plus rien à faire. La distance entre le *Maisonneuve* et les autres navires paraissait suffisante pour que le feu, malgré le vent, ne s'y propage pas. Les curieux capables de détourner le regard du bateau avaient reconnu Jeanne et chuchotaient.

Elle approcha par-derrière l'homme qui semblait en position d'autorité, même s'il ne faisait strictement rien, un colosse plus grand d'une tête que tous les autres. Villeneuve était à ses côtés. Les deux hommes ne parlaient pas, hypnotisés par l'embarcation qui flambait comme une torche. Jeanne agrippa la manche de Villeneuve, le tira vers elle, l'apostropha :

— Pourquoi vous n'êtes pas venu me chercher ?

— Parce qu'il était plus important de voir ce qui pouvait être fait.

— Et qu'est-ce que vous avez fait ?

Il ne se démonta pas.

— Le feu était trop avancé... à cause du vent aussi.

Jeanne contenait mal sa rage.

— Et la pompe ? Elle est là pour décorer ?

— Elle ne servait à...

— Donc personne n'a rien fait ! Et vous...

— Et le fils de Berthier, madame, vous ne me demandez pas pour lui ?

Jeanne changea d'expression.

— Vous voulez dire...

Villeneuve baissa la voix.

— Je veux dire que vous m'aviez demandé de tout faire garder. Jour et nuit. Le fils de Berthier était à bord.

— Où ? balbutia Jeanne.

Villeneuve ne parvint pas à dissimuler qu'il jugeait la question stupide.

— Où ? Aucune idée, peut-être dans la cabine du capitaine. C'est la seule couchette.

— Est-ce qu'on...

— Non, madame, on ne l'a pas trouvé, ni mort ni vivant.

Elle regarda le bateau à l'agonie, puis revint vers Villeneuve.

— Vous pensez que...

— C'est le plus probable, madame.

Il ne termina pas sa phrase et détourna le regard.

— Le père est au courant ? demanda Jeanne, ses yeux allant de Villeneuve aux flammes, puis de nouveau au jeune homme.

— Je ne sais pas, madame.

— Allez le prévenir. Allez voir aussi si tout va bien à la scierie.

— Oui, madame, dit-il en s'éloignant.

— Monsieur Villeneuve ! lança Jeanne.

Il s'arrêta.

— Je vous présente mes excuses, lui dit-elle.

— C'est déjà oublié, madame, répondit Villeneuve avant de repartir en zigzaguant parmi les badauds.

Le feu ferait rage pendant des heures. Il grondait comme un roulement de tambours géants, comme un troupeau de milliers de buffles courant à toute allure. Ce son lourd et profond était entremêlé de crépitements, d'explosions, du craquement des pièces de bois qui tombaient dans l'eau et disparaissaient. Le *Maisonneuve* n'était plus qu'une masse incandescente. L'un des mâts brûlait sur toute sa hauteur et, comme la traverse perpendiculaire pour y accrocher la voile flambait aussi, c'était une croix embrasée qui s'offrait au ciel. Le feu était déjà parvenu à mi-hauteur de l'autre mât et grimpait rapidement. Une épaisse fumée, plus dense au-dessus des réserves de charbon, noircissait le ciel.

Le chef des pompiers s'était approché du feu. Haussant la voix pour couvrir le bruit, agitant les bras, l'homme ordonnait aux siens de former un périmètre qui empêcherait les imprudents de s'approcher de l'incendie. Jeanne le rejoignit. L'homme regardait d'un œil inquiet l'un des mâts, craignant sans doute qu'il ne retombe sur le quai. Il la reconnut.

— Vous aussi, ma petite dame, va falloir vous éloigner. Pas prudent de rester.

Elle le jugea imbu de lui-même et lent d'esprit.

— Pourquoi vous n'avez pas utilisé la pompe ?

— La pression n'est pas assez forte pour faire une différence. Jamais vu un feu avancer aussi vite. C'est l'œuvre du diable ! Faut vous éloigner, madame.

Des soldats venaient d'arriver pour garder les curieux à distance. Les pompiers bénévoles attendaient leurs instructions. Un jeune officier se frappa le pied sur un seau d'eau et lâcha un juron. Jeanne recula jusqu'à la première rangée des spectateurs et s'immobilisa, engourdie, incapable de réfléchir. Un terrible craquement se fit entendre. La coque céda et le pont se fendit. L'eau s'y engouffra. Jeanne se secoua, sortit de sa torpeur. Elle n'accomplissait rien. Elle s'éloigna, rageuse, tête baissée.

De retour à l'entrepôt, elle vit trois hommes assis sur des caisses de bois, juste à côté de l'entrée principale. Aucun arrivage n'était prévu ce jour-là. Elle ordonna à l'un d'eux de rester, il suffirait pour ce qu'il y avait à faire, et renvoya les deux autres jusqu'au lendemain. Une fois dans sa pièce de travail, la lassitude, le découragement et la frustration s'ajoutèrent à sa rage. Ces sentiments étaient étranges pour elle. Elle chercha à leur fermer la porte, craignant d'y trouver de quoi fabriquer des justifications pour renoncer. « Fais le point, se dit-elle. Fais la liste des choses à faire. » Mais la frustration et la colère revinrent immédiatement.

Tout allait aussi bien que possible jusque-là. Ses partenaires lui faisaient confiance. Ses choix étaient les bons, elle en était convaincue. Quand elle avait soutenu devant ses associés, pour la première fois, qu'il fallait se détourner progressivement de l'agriculture, qu'il fallait transporter des marchandises dont les prix étaient plus stables, qu'il fallait viser de nouveaux marchés, leurs visages avaient d'abord exprimé leurs réserves. Mais leur scepticisme ne l'avait pas découragée. Elle avait martelé ce qui lui semblait des évidences. « Les sols, avait-elle plaidé, sont épuisés par nos techniques agricoles archaïques. Les paysans quittent leurs terres. Il n'y aura pas de relèvement du prix des céréales à court terme. Il faut penser autrement. Il y a des choses à apprendre des Américains et des Anglais. Qu'on me montre en quoi je me trompe. »

Petit à petit, elle avait entaillé le roc. Un pas à la fois, elle les avait emmenés dans une nouvelle direction. Et maintenant, cette catastrophe ! Ce n'était pas comme s'ils disposaient d'une vaste flotte de navires. Le *Maisonneuve* était certes assuré, mais la compensation ne couvrirait ni le temps perdu, ni l'espace laissé aux concurrents, ni la perte de confiance des clients ou des associés, ni le fait que les bateaux usagés à prix raisonnable n'étaient pas légion. Tout était à recommencer sur le Saint-Laurent.

Assise derrière sa table, Jeanne se frotta les yeux de fatigue, prit une feuille, dressa une liste préliminaire des priorités. Il faudrait prévenir l'assureur, aviser ses associés, les rassurer, parler à la banque, parler aux employés avant qu'ils ne cherchent du travail ailleurs, amadouer les clients dont les biens venaient de partir en fumée, trouver des revenus de substitution, soutenir financièrement la famille du fils Berthier, payer ses funérailles si le pire s'avérait, collaborer à l'enquête et...

Sitôt qu'elle eut écrit ces derniers mots, elle réalisa que sa conviction s'était durcie pendant son trajet du port jusqu'à son bureau, balayant ses derniers doutes. Les chaudières des bateaux n'explosaient pas quand elles étaient au repos. Le *Maisonneuve* venait d'ailleurs d'être inspecté par l'assureur en vue de la période la plus achalandée de la saison.

Les coudes sur la table, le visage enfoui dans les mains, elle laissa échapper un sanglot et resta longtemps inerte. La fatigue, tant de fatigue, ce matin la fatigue était plus forte que tout. Elle se sentait lourde et vidée à la fois. Elle se leva, marcha jusqu'à une étagère, y trouva le contrat d'assurance et feuilleta les pages jusqu'aux deux qui lui importaient. Elle les relut debout. Elle n'y vit rien qui permettrait à la compagnie d'assurance de ne pas honorer son engagement et rangea le dossier. Elle prit la liste des commerçants qui avaient des marchandises à bord du *Maisonneuve* et retourna à sa table de travail. À toute vitesse, elle rédigea des billets pour chacun, promettant qu'ils seraient intégralement dédommagés pour leurs pertes. Elle songea à insérer une phrase sur son espoir qu'ils lui maintiendraient leur confiance, mais elle se ravisa. Ce serait exposer son propre doute et il était inévitable qu'ils se tourneraient, à court terme, vers un autre transporteur. Elle rédigea un mot à l'intention de William

Couturier, le priant de faire de son mieux pour rassurer les associés. Elle plia chaque feuille au milieu et écrivit le nom du destinataire sur le dessus.

Quand elle eut terminé, elle mit la dernière feuille avec les autres et repoussa la petite pile. Cet effort, combiné à sa tension et à sa mauvaise nuit, sapa ses dernières énergies. Elle remit sa plume dans l'encrier, jeta un coup d'œil à la porte pour s'assurer qu'elle était fermée, replia son avant-bras sur la table et y posa son front.

Elle sentit une main sur son bras. La tête embrumée, cherchant pendant un instant où elle était, elle cligna des yeux, puis elle eut honte qu'on la voie ainsi.

— Madame ?

Elle reconnut la voix de Villeneuve.

— Je me suis endormie, marmonna Jeanne.

— Pardon, madame, c'est important... Je ne voulais pas vous faire peur.

Elle se redressa, se frotta les yeux.

— On a retrouvé le jeune Berthier ? demanda Jeanne.

— Non, madame.

— Le père est au courant ?

— Il n'était pas chez lui. J'ai parlé à la mère. Il était déjà parti quand elle s'est réveillée. Elle ne sait pas où il est.

— Vous l'avez dit à la mère ?

— Oui. Elle...

Jeanne attendit.

— Elle a réagi... Ben, comme une mère.

Tous les deux se regardèrent. Villeneuve préféra changer de sujet.

— Tout va bien à la scierie, madame. Notre homme est là. Il surveille. J'ai vu monsieur Endicott aussi.

Jeanne ramena devant elle la pile de billets qu'elle avait écrits avant de s'endormir et la liste des adresses. Elle mit ses mains dessus.

— Bien, dit-elle. Voici ce que vous allez faire, maintenant. Vous irez porter...

— Mais… commença Villeneuve.
Elle eut un air exaspéré. Il reprit :
— Madame…
— Quoi ?
— C'est que…
Des yeux, elle le poussa à parler.
— On a retrouvé… la porte de la cabine du pilote. Plutôt, un morceau de porte, avec la poignée… Il y avait une chaîne, un bout de chaîne en fait, enroulé autour.
Elle comprit. Mais Villeneuve crut bon d'ajouter :
— La chaîne était du côté extérieur.
Elle refusa que Villeneuve la voie faiblir après l'avoir vue endormie, après qu'elle se fut excusée auprès de lui. Elle se leva d'un bond. Elle marcha vers la fenêtre encrassée par la fumée et l'ouvrit. L'odeur âcre l'agressa. Elle la referma et se tourna vers lui.
— Allez porter ces lettres en commençant par les marchands. Trouvez ensuite une embarcation et allez à Sorel. Trouvez Couturier et remettez-lui le billet. Il doit parler aux associés dès que possible. Il va poser des questions. Dites-lui tout. Mais qu'il fasse vite. Vous aussi, faites vite.
Jeanne se dirigea vers la porte.
— Où allez-vous, madame ? Je vous suis !
— Non ! Faites ce que je dis. Hamilton est seul en bas. Qu'il surveille tout. Menacez de le congédier s'il fume dans l'entrepôt. Ensuite, partez vite.
— Madame, vous ne voulez pas que je…
— J'ai dit non ! Vite, vite ! Il faut montrer que nous réagissons au mieux.
Il fit un signe de tête. Elle baissa le ton.
— J'apprécie votre travail, monsieur Villeneuve.
— Merci, madame.
Elle trouvait Villeneuve intelligent et dégourdi. Il exécutait les ordres correctement et prenait parfois des initiatives réfléchies. Elle aimait son regard franc et regrettait que, la vingtaine bien entamée, il ne sache ni lire ni écrire. Elle

l'entendit dévaler les escaliers. Elle attendit, se dirigea vers la porte, la ferma à clé, rappela à Hamilton qu'elle le chargeait de tout surveiller et retourna au port.

L'incendie avait baissé d'intensité, faute de matière combustible. Le *Maisonneuve* s'était brisé en deux fragments principaux. L'eau n'avait qu'une trentaine de pieds de profondeur au bord du quai. Les parties émergées achevaient de brûler. La majeure partie de la coque et beaucoup de petits morceaux qui s'étaient détachés avaient déjà sombré. La foule avait grossi, elle s'était rapprochée de l'épave, et sa composition avait changé. C'était maintenant au tour des désœuvrés, des vieillards, des gamins des rues, des mères avec un moment de répit, des débardeurs affectés aux bateaux voisins, des livreurs passant par là. Ceux au premier rang se protégeaient le visage de la chaleur. La fumée au-dessus de la carcasse était passée du noir au gris et, si ce n'était l'odeur, elle aurait fait penser à une épaisse brume matinale.

Jeanne s'approcha le plus qu'elle pouvait, serpentant entre les gens, demandant la permission pour avancer. Au début, personne ne prêta attention à elle. Puis elle nota qu'on lui dégageait le chemin dès qu'on la reconnaissait. Trois chaloupes manœuvraient avec prudence autour de ce qui brûlait encore, veillant à ne pas trop s'approcher. Debout, armés de longues tiges de bois munies de crochets, des hommes recueillaient les débris flottants. Le périmètre maintenu par les soldats sur le quai avait été considérablement réduit et servait à y étendre, sur les pavés, tout ce que les hommes des chaloupes rapportaient. Des deux mâts, on ne voyait plus que la moitié de l'un, de guingois. C'était l'élément hors de l'eau le plus éloigné du bord. Les travaux des chaloupiers, malgré les flammes, étaient facilités par le fait que la marée ne se rendait pas jusqu'à Montréal, mais ils devaient se hâter. Les morceaux d'épave empêchaient l'accostage à cet endroit. Toute cette section du port était paralysée et on voyait déjà des navires qui avaient jeté l'ancre plus au large.

Sur le quai, tout au bord de l'eau, disposés en rangées bien ordonnées, on voyait des restes de planches noircies, rabougries, de toutes les dimensions, des bouts de cordes, des débris de fer et de cuivre, tordus par la chaleur, dont Jeanne n'aurait su dire la fonction originelle. Elle vit un fanal, un gobelet en étain, deux assiettes, des lambeaux d'étoffe, des tonneaux éventrés. Un des hommes sur la chaloupe la plus proche du bord tendit ses bras vers un autre sur le quai et lui donna, comme s'il s'était agi d'une relique religieuse, une longue-vue noircie. Un officier britannique, genou au sol, examinait, sans y toucher, une pièce un peu à l'écart des autres. Jeanne distingua d'abord la poignée en cuivre. Elle était au milieu d'un rectangle de bois de la taille d'un dossier de chaise. C'était tout ce qu'on avait retrouvé de la porte de la cabine. Un morceau de chaîne en fer forgé était enroulé autour de la poignée. Elle ne vit pas de cadenas accroché à un maillon. Près de Jeanne, une voix aiguë de femme dit qu'on sentait l'odeur de la fumée à dix pâtés de maisons. Un enfant accroupi dessinait du doigt dans la suie qui imprégnait les pavés.

Le soleil était maintenant haut dans le ciel. De la sueur coulait des tempes du soldat au garde-à-vous le plus près de Jeanne. Une ombre apparut à côté d'elle.

— Il y aura une enquête, dit Antoine, les dents serrées, regardant le travail des chaloupiers.

— J'y compte bien, déclara-t-elle, sans se tourner vers lui.

Après un instant, elle ajouta :

— Une vraie enquête, j'espère.

— Je bombarderai le secrétaire Daly, j'en parlerai à monsieur La Fontaine, à Viger, à tous ceux qu'il faut, crois-moi.

— Et le gouverneur ?

— Le gouverneur aussi. Et il faudra mettre des journaux dans le coup. Qu'ils parlent de la chaîne.

— T'es au courant ? demanda Jeanne, le regardant pour la première fois.

— Évidemment que je suis au courant.

Tous deux suivaient les mouvements d'un petit vapeur qui se plaçait derrière le morceau d'épave le plus éloigné d'eux. Il tirerait, à l'aide de cordes, les restes du *Maisonneuve* pour les emporter plus au large, dans une partie plus profonde du fleuve, où on les laisserait sombrer. Antoine toucha le coude de Jeanne et pointa son menton vers la gauche.

— Regarde qui est là, près du chariot.

Les mains jointes derrière le dos, Cheval observait la scène. Un peu plus et il aurait siffloté. Jeanne tourna les talons sans un mot et Antoine lui emboîta le pas, craignant qu'elle n'aille l'affronter. Mais elle voulait seulement quitter les lieux. Pendant qu'elle s'éloignait, elle reconnut un des directeurs de la compagnie d'assurance, un homme sévère avec des poches sous les yeux. Il surveillait le travail des chaloupiers. La relecture du contrat avait rassuré Jeanne, mais elle n'avait aucune envie de lui parler à ce moment. Elle tenta de se dissimuler derrière son frère pendant qu'ils traversaient la foule.

Ils n'avaient pas fait dix pas qu'ils entendirent une voix lâcher un puissant « *Stand back!* ». Ils se retournèrent. Une agitation parcourait la petite foule sur leur gauche, mais tous les deux étaient trop petits pour voir par-dessus les gens. Ils se regardèrent et comprirent la signification probable du tumulte. Ils cherchèrent d'abord à s'approcher en jouant du coude. Puis Antoine fendit la masse en lançant d'un ton autoritaire des « Laissez passer, c'est important, laissez passer ! ». Jeanne se glissait dans le sillon qu'il creusait.

Quelque chose survenait près du bollard auquel était amarré le bateau voisin de l'épave. Des gens se hissaient sur la pointe des pieds pour mieux voir. Un jeune homme se retourna pour faire signe aux autres de ne pas s'approcher. Une vieille femme semblait clouée sur place. Des soldats bousculaient les curieux pour se frayer un chemin. La masse humaine agglutinée pour voir était trop compacte. Antoine préféra en sortir et la contourner par l'arrière pour parvenir au bord du quai, Jeanne toujours derrière lui. Quand ils furent au bord de l'eau, ils se penchèrent en même temps et se tournèrent vers la cause du tumulte autant que leurs cous le permettaient.

Une des chaloupes reposait, parallèle, contre le muret de pierre du quai. Une couverture dissimulait une forme au fond de l'embarcation. Un homme accroupi près de la proue vomissait dans l'eau. Dos au fleuve, les soldats tentaient de faire reculer les curieux. Deux des chaloupiers, instables comme s'ils étaient ivres, avaient saisi, à la hauteur des épaules et des cuisses, les restes d'un corps, des restes qui n'avaient plus la taille normale d'un homme adulte, et cherchaient à le remettre aux hommes sur le quai qui tendaient leurs bras. Une extrémité de la couverture glissa et un pied nu, déformé, noir comme la nuit, provoqua des cris d'effroi. La hauteur du quai et les mouvements de la chaloupe rendaient périlleux le débarquement du cadavre. Les hommes sur l'eau tanguèrent et toute une jambe apparut, décharnée, affreuse, complètement carbonisée. Antoine se tourna vers sa sœur :

— Ça va ?

Jeanne, toute blême, ne répondit pas.

— On s'en va d'ici, commanda-t-il en lui prenant le bras.

Ils parvinrent à s'extraire de la mêlée. Antoine sentit le besoin de s'arrêter. Il était trempé de sueur. Il s'épongea le front. Jeanne, les jambes chancelantes, aurait voulu remplir ses poumons d'air frais, mais la fumée lui piquait les yeux, les narines, la gorge. Son frère lui tendit un mouchoir propre. Villeneuve apparut devant eux, avec le souffle haletant de celui qui vient de courir. Il se pencha, les mains sur ses genoux, respira profondément, puis se redressa.

— Tous les marchands ont leurs billets, madame.

— Ils réagissaient comment ? demanda Jeanne, cherchant à se remettre de ce qu'elle venait de voir.

— Je partais trop vite pour voir, madame. J'en avais beaucoup à faire.

Elle jugea la réponse raisonnable. Elle avait fait un pas de côté et vu que son assureur était accaparé – tant mieux – par un homme qui lui parlait avec de grands gestes des bras.

— J'ai trouvé une traversée, reprit le jeune homme. Je pars dans quelques minutes. Monsieur Couturier sera avisé dès aujourd'hui.

Villeneuve allait repartir quand il vit l'agitation derrière Jeanne et Antoine. Son visage exprima un doute angoissé. Il voulut parler, mais l'émotion l'en empêcha. Il balbutia :

— C'est…

— Oui, coupa Antoine, on a trouvé le fils de Berthier. Ils viennent de le sortir de l'eau.

Antoine sentit que Villeneuve était tenté de se rapprocher.

— Croyez-moi, vous n'avez pas besoin de voir ça.

Villeneuve regarda Jeanne, qui approuva son frère. Elle renchérit :

— Il a raison. Je vous en prie, monsieur Villeneuve, faites ce que vous avez à faire. Il faut rassurer nos associés.

— Oui, madame, dit-il à contrecœur.

Ils le regardèrent s'éloigner d'un pas vigoureux.

— Il est bien, ce jeune, nota Antoine, qui n'avait pas dix ans de plus, mais paraissait beaucoup plus âgé.

Elle ne répondit pas. Il y eut alors, près d'eux, une bousculade et des chahuts. « Quoi encore ? », se demanda Jeanne, exténuée, à bout de nerfs. « Des soldats ont eu la main lourde », pensa Antoine. Mais il n'en vit aucun dans la cohue. On entendit des grognements étouffés, et l'attroupement recula comme si un trou béant s'était subitement ouvert devant les pieds de chacun.

Au milieu de la clairière, ils virent Cheval au sol, sur le dos, et le père Berthier à genoux sur lui, ses deux mains autour de son cou, serrant de toutes ses forces. Les veines de ses mains auraient pu éclater. Les bottes de Cheval grattaient frénétiquement les pavés. Il agrippait les poignets de Berthier et tentait, en vain, de lui faire lâcher prise. Un soldat arriva par l'arrière et, avec la crosse de son fusil, asséna un violent coup à Berthier dans le bas du dos. Le vieux plongea vers l'avant. Cheval se dégagea et se laissa choir sur le côté, crachant, toussant, tout rouge, les yeux globuleux, appelant plus d'air que ses poumons pouvaient en prendre. Quand Antoine se tourna vers sa sœur, elle n'était plus là.

Chapitre 25

Ce qu'on ne dit pas

Le gamin grimpa les marches quatre à quatre, entra sans frapper et se dirigea vers Jeanne, assise derrière son bureau. Il lui tendit la lettre. Sur l'enveloppe, elle lut : *To Mrs. Raymond from J. X. Chandler*. Elle fit signe au garçon de rester là. Elle décacheta l'enveloppe et lut :

Si je peux aller chez toi ce soir à minuit, mets une lampe allumée à la fenêtre du haut.

Il n'y avait pas de signature, pas d'initiales, rien hormis ces mots et le nom sur l'enveloppe.

— Tu as la lettre depuis longtemps ? demanda Jeanne.
— Non, madame.
— Depuis quand ?
— Le monsieur m'a dit de monter tout de suite, de la donner seulement à vous.
— Oui, mais quand ?
— Euh, là…

Jeanne se précipita à la fenêtre, mais ne vit pas Baptiste ou un homme qui aurait pu lui ressembler.

Elle revint vers l'enfant, resté devant le bureau, une main dans une poche. Elle devina qu'il tenait la pièce de monnaie reçue pour son travail.

— Il a dit autre chose ?
— Non.
— Sûr ?

Le gamin réfléchit.

— Il a dit que je devais seulement vous donner la lettre à vous. Si vous étiez pas là, je devais revenir tout de suite et lui redonner.

— C'est tout ?

Il fit oui de la tête.

— Il t'a approché comment ?

— Il a demandé si je vous connaissais.

Jeanne fouilla dans un tiroir et tendit une autre pièce de monnaie. Les yeux du garçon brillèrent plus que le métal. Il bondit sur l'argent.

— Il était comment le monsieur ?

Il enfouit la monnaie dans sa poche, mais ne dit rien.

— Jeune, vieux, grand, petit, gros ?

— Ben, pour l'âge, comme vous. Le reste, euh, ordinaire... sauf pour...

Le garçon se frotta le dessus de la tête. Jeanne fronça les sourcils.

— Quoi, il avait... un chapeau ?

Il eut un sourire.

— Non, madame, c'est qu'il n'avait pas de cheveux, comme un œuf.

Jeanne fut désarçonnée. Baptiste... chauve ? Une maladie ? Elle ne l'avait jamais connu malade, n'avait ni même imaginé cette possibilité. Un changement délibéré d'apparence ? Elle serait vite fixée. Elle revit ses cheveux très noirs, très fournis. Elle remercia l'enfant, lui indiqua la porte. La journée s'écoulerait lentement, comme pour la narguer. Heureusement, elle avait beaucoup à faire.

C'était une fin de soirée de juillet, chaude et humide, qui annonçait des orages. Dans cinq minutes, il serait minuit. Pendant le jour, Baptiste était revenu examiner le pâté de maisons où se trouvait la demeure de Jeanne, rue Craig, celui d'en face et les environs. Il n'y avait pas d'endroits où il pouvait se dissimuler. Il décida d'arriver au dernier moment et d'attendre au coin de la rue, tapi contre un mur. Il restait étonné d'être devenu un habitué de la dissimulation et de la surveillance. Les battements de son cœur s'accélérèrent quand il vit la lumière jaillir à la fenêtre du haut. Le halo du réverbère le rendrait visible quand il s'approcherait de la maison, mais la rue semblait déserte.

Jeanne habitait une coquette maison en brique rouge, très étroite, étouffée par les deux demeures plus imposantes avec lesquelles elle partageait des murs mitoyens. Ces logis, pensa Baptiste, avaient tous une configuration similaire, comme le sien à New York, du temps où il était heureux. La fenêtre de l'étage supérieur, là où le signal convenu avait été placé, devait être celle de la chambre à coucher principale. Au rez-de-chaussée, il devait y avoir un petit vestibule donnant sur un salon d'un côté et une salle à manger de l'autre, avec une cuisine dans le fond. Peut-être y avait-il aussi, en haut, une ou deux chambres plus petites. Il apprécia les rideaux opaques aux fenêtres du bas.

À la peur, qu'il avait appris à dominer, se mêlait une nervosité complexe, faite de joie contenue et d'appréhension. Comment Jeanne l'accueillerait-elle ? Comment avait-elle changé ? Il regarda de tous les côtés, son baluchon sur une épaule, traversa la rue, tourna sur sa droite, emprunta le trottoir. Il s'efforça de marcher normalement. Quand il parvint devant chez Jeanne, il s'immobilisa, comme quelqu'un qui réalise subitement avoir oublié quelque chose, se tâta les poches, fit comme s'il réfléchissait, regarda de nouveau autour de lui. Puis il marcha à grandes enjambées vers la porte, priant pour qu'elle soit déverrouillée et que personne ne le voie. La poignée ne fit pas de bruit en tournant et il entra.

Quand il referma la porte, il poussa un soupir et se retourna. Elle était à dix pieds de lui, dans la pénombre, une lampe à la main, très sérieuse. Il déposa son sac à ses pieds. Il avança lentement, silencieux, comme dans une chapelle, sans la quitter des yeux, incapable de parler, gêné et troublé. Il ne songea pas à la toucher. Elle ne fit aucun geste dans sa direction. Elle réprima une amorce de sourire et, d'un mouvement de la main, lui indiqua de passer dans le petit salon.

Il entra dans la pièce, elle à sa suite. Il hésita, puis, d'instinct, il s'assit dans l'unique fauteuil, sans s'y enfoncer, restant sur le bord, étranglé par l'émotion. Ils ne s'étaient pas vus depuis un peu plus de trois ans. La dernière fois remontait à la veille de sa fuite, quand ils avaient passé en revue le déroulement de l'opération. L'endroit était tel qu'il se l'était représenté. Comme la pièce était déjà discrètement éclairée, elle éteignit sa lampe, la déposa sur la petite table devant elle et s'assit sur le canapé près de lui. Au loin, le tonnerre gronda.

Baptiste enleva ses lunettes et les déposa à côté de la lampe. Ils se regardèrent sans rien dire. Il savait que son apparence troublerait quiconque l'avait connu auparavant. Mais il aurait été réconforté s'il avait su ce qu'elle ressentait. Elle voyait qu'il avait souffert, qu'il était fatigué, tendu, mais elle retrouvait son regard franc, honnête, confiant, la ligne bien définie du menton et de la mâchoire, sa noblesse sans affectation, son raffinement sans prétention, cette élégance naturelle et réservée, malgré ses vêtements pauvres. Son nez avait été cassé.

— Tu es arrivé depuis longtemps ? demanda Jeanne tout bas.

La chaleur de sa voix, son timbre, identiques à ses souvenirs, réchauffèrent le cœur de Baptiste. Son monde retrouvait du sens, une quiétude après la fureur et le désarroi. Cette voix était un repère, une certitude, une force dont il n'avait pas mesuré jusque-là l'importance pour lui. Il fallait en avoir été privé et la retrouver pour le réaliser.

— Une semaine. J'ai loué une petite chambre, rue Saint-Hubert, au-dessus d'une imprimerie.

Elle laissa voir qu'elle connaissait l'endroit.

— Et tu savais où j'habitais ?

— Je t'ai suivie, répondit Baptiste.

Elle ne broncha pas. Il se sentit obligé d'ajouter :

— T'en fais pas, j'ai été prudent, encore plus ce soir.

Elle le regardait attentivement.

— Tu me reconnais ? demanda Baptiste, avec un sourire triste, conscient du choc que son apparence provoquerait chez ses proches.

— Oui.

Les yeux de Jeanne se posèrent sur les lunettes qu'il avait enlevées.

— C'est seulement pour l'apparence, murmura-t-il.

— Et les cheveux ?

— Même chose. Ça repoussera. Et je devais maigrir aussi, tu comprends.

Il esquissa un sourire en apportant cette précision.

— Comme déguisement, dit Jeanne, c'est assez réussi, je dois dire.

— Merci. Ça aide que je n'aie pas un trou entre les dents ni une cicatrice ou un gros nez.

Jeanne, elle, n'avait guère changé. Il retrouvait l'ovale régulier de son visage, peut-être plus arrondi, porteur d'un soupçon de lassitude, ses yeux bruns si perçants, sa sérénité, cette impression d'énergie maîtrisée, cette détermination toute en douceur, cet air sage qu'il lui connaissait depuis qu'elle était une petite fille. Il fut certain qu'elle avait soigné son apparence pour l'occasion. Elle portait une robe de dentelle bleu marine, très sobre, avec des manches longues, à peine bouffantes aux épaules et serrées aux avant-bras.

Ils hésitaient tous les deux, ayant trop de choses en tête qu'ils ne savaient comment aborder.

— C'est très bien chez toi, commenta Baptiste.

— Oh, j'ai arrangé un peu, mais ce n'est pas chez moi. Je loue à un ami d'Antoine, à son père plutôt. Ça ne valait pas la peine d'acheter.

— En tout cas, quand j'ai vu l'entrepôt... Quelle ruche ! T'as fait du chemin depuis Au Bon Goût des Dames.
— Tu te souviens du nom ? dit-elle.
— Comment j'aurais pu oublier ? Je ne suis pas étonné que ça aille bien pour toi. J'ai toujours su.

Elle ne se souvenait pas de la dernière fois qu'un compliment l'avait troublée. La flatterie intéressée, elle y était habituée. Ça, c'était autre chose. Un silence les enveloppait. Chacun sentait que l'autre pourrait évoquer des souvenirs, mais tous les deux se retenaient. Le tonnerre gronda de nouveau, plus proche. Baptiste baissa la tête.

— Le plus dur, c'était de ne pas avoir de vos nouvelles.
Elle hocha la tête, puis ajouta :
— Pour nous aussi.
— Les choses ont dû bien changer ici, dit Baptiste.

C'était à la fois une supposition et une question. Mais Jeanne sentait qu'elle ne devait pas trop parler. Baptiste portait en lui trop de fatigue et de douleur. Il devait avoir du mal à se concentrer et n'avait sans doute pas envie des futilités de la conversation usuelle. La remarque de Baptiste appelait cependant une réponse. Il voulait un état de la situation. Elle s'apprêtait à parler, mais changea d'avis et dit :

— Tu dois avoir faim.
— J'ai tout le temps faim.
Comme elle se levait, il précisa :
— Je ne dois pas, je...
— Tu feras une exception ce soir.

Elle se leva, contourna la petite table, puis, avant de se diriger vers la cuisine, elle s'arrêta derrière lui et posa sa main sur son épaule. Lui, sans rien dire, sans se retourner, regardant devant lui, posa sa main sur la sienne. Ils restèrent ainsi un instant jusqu'à ce qu'elle retire sa main.

— Je reviens, dit-elle.

Il l'écouta s'affairer dans la cuisine. Il la revit enfant. Il se souvint des grands repas dominicaux, quand leurs deux familles se retrouvaient, les adultes à un bout de la table, les enfants à l'autre, pressés de manger pour laisser les vieux à leurs ennuyantes conversations de vieux. Il pleuvait à présent.

— Viens.

La voix de Jeanne le tira de sa mélancolie. Il se tourna à demi. Elle était à l'entrée du salon. Il devina qu'ils se déplaceraient vers la petite salle à manger. Elle y avait placé un seul couvert, avec un morceau de poulet froid, du pain, un petit pichet de vin rouge et deux coupes. « Mange lentement, se dit-il, ou tu vas te rendre malade. »

— Je n'avais pas grand-chose, expliqua-t-elle.

Il joua de prudence avec sa première bouchée. Son estomac avait dû tellement rapetisser qu'il serait rapidement plein. La première gorgée de vin le sonna, lui montant d'un coup à la tête. Il eut chaud et se répéta de faire attention. Elle voulut reprendre où ils avaient laissé.

— Oui, dit-elle, les choses ont bien changé.

Mais Baptiste plaçait une question au-dessus de toutes les autres.

— Il est arrivé quoi à la mère de Thomas ?

— C'est vrai, tu ne pouvais pas savoir.

Elle n'hésita pas.

— Morte. Quelques jours plus tard... Tu l'as vue tomber. L'homme avec eux aussi.

Baptiste ne broncha pas. Morte. Il avait toujours su que c'était l'issue la plus probable et celle qui expliquait, plus encore que de lui avoir volé sa femme, le châtiment que Sauvageau lui avait infligé.

Jeanne laissa Baptiste digérer la nouvelle. Quand il releva la tête et lui fit signe de continuer, elle raconta, en phrases brèves, que ses deux parents étaient morts, qu'Antoine prospérait et serait candidat aux élections de l'automne, que l'agriculture était au plus mal, que les gens avaient faim, que le peuple s'était soumis pour l'essentiel, que les affaires étaient contrôlées par un petit nombre de joueurs, et que les curés étaient les yeux et les oreilles du pouvoir. Ses propres affaires allaient bien dans les circonstances, mais rien n'était simple. Elle parla très brièvement. Elle ne voulait pas le lasser. S'il voulait plus de détails, il demanderait.

Pendant que la pluie gagnait en intensité, elle le regarda manger, avec ses gestes précis de toujours. Elle demanda :

— Des nouvelles d'Alexis ?

Il savait que la question viendrait.

— J'ai su qu'il était à Paris. J'avais eu peur qu'il soit mort. Je lui ai écrit. Je n'ai pas eu de réponse. Tu sais quelque chose, toi ?

— Non, rien d'autre.

Trois bouchées le remplirent. Elle lui resservit du vin. Sa tête devenait plus légère. Sur le mur derrière elle, il remarqua deux petits tableaux. Le premier représentait un voilier en mer au moment du lever ou du coucher du soleil. Le second montrait le même voilier, orienté différemment, de nuit, sur une mer illuminée par les reflets de la lune.

— Ils sont très jolis, ces tableaux, observa Baptiste. Tu les as achetés ?

— Non, c'est un cadeau du peintre.

— Tu fréquentes des artistes ?

Il n'y avait aucune ironie dans sa voix.

— Non, c'est un peintre de Québec que j'ai vu une fois, il y a longtemps.

Baptiste eut un air intrigué.

— C'était il y a des années, dit-elle. Je revenais de Québec en diligence. Il était à bord. On a eu un accident. Une roue, je crois. Rien de grave. On a bavardé. C'est tout. Je n'ai plus jamais entendu parler de lui. Un jour, j'ai reçu les deux tableaux avec une lettre disant qu'il avait appris que je m'occupais de bateaux.

— Un soupirant ?

— Non.

— Ben...

— Arrête.

— En tout cas, tu l'as impressionné. Et il a beaucoup de talent.

Il voulut changer de sujet, mais ne trouva pas mieux que de demander :

— Tu ne t'es pas mariée ?

— Non. Tu l'aurais su.

— Pourtant...

Il s'arrêta. De quoi se mêlait-il ? Elle voulut vider la question.

— Ce n'est pas comme si des hommes n'avaient pas essayé.

— Mais ?

— Je ne suis pas trop laide, alors les hommes s'approchent. Mais ils ne veulent pas ce que je veux.

— Qu'est-ce que tu veux ?

Elle prit le temps de réfléchir, concentrée comme si ses yeux cherchaient une voile dans l'océan.

— Quand je vois une chose intéressante, je vois dans ma tête ce que ça pourrait devenir. Je veux la faire grandir, construire quelque chose de durable, qui sera à moi, dont je serai fière. Et ça, ça demande des efforts, de la discipline, des sacrifices. Quand un homme pose les yeux sur une femme, ce n'est pas ça qui l'attire d'abord. En tout cas, ça n'attire pas la majorité des hommes.

— Je comprends.

— T'es sûr ?

— Oui, absolument.

Il attendit des questions sur son mariage à lui. Il aurait répondu. Elles ne vinrent pas. Après un moment de silence, il leva les yeux de son assiette, la regarda et demanda :

— Tu sais pourquoi je suis venu ?

— Oui. Tu l'as dit à mon frère et tu savais qu'il me le dirait. Je te connais et tu nous connais.

Il confirma d'un signe de tête.

— Je ne veux pas te mêler à ça, déclara-t-il.

Est-ce qu'elle montra un instant d'impatience, à peine perceptible, dans ses yeux, dans son expression ? Il n'en fut pas sûr. Elle dit très calmement :

— J'y suis déjà mêlée. Tu m'as informée et tu es venu me voir. Et j'ai aidé à organiser ton départ.
— Il le sait ?
— Thomas ? Mon rôle ? Je ne sais pas. Il doit s'en douter. Et de toute façon, tu n'y arriveras pas tout seul.
— Je ne veux pas...
Elle prit le poignet de Baptiste et le serra. Son regard était dur, mais sa voix resta calme.
— Je peux avoir mes raisons moi aussi.
Il ne voulut pas discuter. On ne donnait pas d'ordres à cette femme. Il resta silencieux un long moment, fixant son assiette. Il demanda :
— Et Antoine, il en pense quoi ?
— Il pense que tu es fou.
— Et toi, tu penses que je suis fou ?
— Non.
Ils se regardèrent longuement. Elle demanda :
— Tu as encore faim ? Tu veux autre chose ?
— Non, merci. Je vais rentrer.
— C'est hors de question. Il pleut des cordes.
Il bougea une main, voulut parler.
— Non, trancha-t-elle. Tu prends mon lit en haut, j'ai tout préparé. Je dormirai sur le canapé.
Il était inutile de discuter. La nourriture et le vin avaient sapé son énergie, sa tête tournait, et la pluie était très forte. Jeanne alla dans le salon et en revint avec une lampe allumée.
— Allez, monte, dit-elle, lui tendant la lampe.
Il voulut déposer un baiser sur son front, mais n'osa pas et se dirigea vers l'escalier. Dans la petite chambre, la lampe devant la fenêtre s'était éteinte. Il tira les rideaux et déposa la lampe qu'il avait apportée sur la table de chevet. La température avait chuté, la chambre était fraîche, mais il se déshabilla complètement. Il vit une chaise, s'en approcha pour y déposer ses vêtements, mais changea d'avis et ouvrit la porte d'une armoire. Il s'était trompé. Il découvrit plutôt un siège avec un couvercle rabattu et, au-dessus, un réservoir

d'eau duquel pendait une chaîne. Il avait entendu parler de cette invention, mais en voyait une pour la première fois. Il se demanda où pouvait bien aller tout ce qui était évacué.

Il se coucha. Il ne se souvenait pas de la dernière fois qu'il s'était allongé dans un lit aussi confortable. Les draps étaient frais, neufs, sentaient bon. Sa tête reposait sur un oreiller moelleux. Allongé sur le dos, il ferma les yeux, repensa aux dernières minutes, se sentit apaisé, rassuré, écouta la pluie, puis décida de s'abandonner au sommeil.

Dans la noirceur totale, il perçut un bruissement. Il retint sa respiration un moment, mais il se découvrit calme.

— J'ai froid, susurra Jeanne.

— Viens.

Elle se glissa sous les draps et s'allongea sur le dos à côté de lui. Il chercha sa main, frôla sa peau, ses hanches, trouva sa main. Elle frissonna.

— Approche-toi, dit Baptiste, levant son bras.

Elle se blottit dans le creux de son épaule, à moitié tournée vers lui. Elle était nue. Cette audace ne l'étonna pas. Elle posa sa main sur sa poitrine. Il caressa ses cheveux et les embrassa. Le parfum de ses cheveux, sa peau veloutée sur la sienne le bouleversèrent. Il saisit sa main et leurs doigts s'entrelacèrent. Elle sentait bon. Au bout d'un moment, elle se redressa, grimpa sur lui, poitrine contre poitrine, leurs visages presque collés. Il distinguait le contour de sa tête au-dessus de lui. Il sentait ses seins ronds et lourds. Ils s'embrassèrent doucement, délicatement, avec d'infinies précautions, puis avec de plus en plus d'appétit. Alors il serra comme un affamé ce corps compact, robuste, souple, confiant, superbe, et sut que la nuit serait très longue et trop courte.

C'était si bon, il avait été privé de cette joie depuis si longtemps qu'il en eut presque mal, mais ses forces revenaient, elles revenaient à toute vitesse, elles revenaient comme un raz-de-marée, parce que c'était elle qui les avait déterrées et réveillées. Leurs respirations, leurs mouvements s'accélérèrent en même temps, ils enfonçaient leurs doigts, leurs ongles l'un dans l'autre, violemment, doucement. Il ferma les yeux et redevint fort, vivant, confiant, capable de tout surmonter, de triompher de quiconque, peu importe, pourvu qu'elle soit là, alors qu'elle avait toujours été là. Elle se laissa retomber sur lui, cherchant son souffle et lui le sien, et ils restèrent longtemps immobiles, épuisés. Dehors, les éclairs qui précédaient le tonnerre provoquaient de petits jaillissements de lumière dans la chambre.

Jeanne roula ensuite sur le côté, tâtonna dans le noir et une lueur jaillit. Lorsqu'elle eut diminué l'intensité de la flamme, le haut du lit baigna dans une lumière tamisée. Elle tripota son oreiller, le redressa et s'installa confortablement, le dos appuyé sur la tête du lit, sans se recouvrir du drap, un bras relevé au-dessus de la tête, une jambe repliée. Il se mit à genoux à ses côtés pour la regarder de la tête aux pieds. Tout avait été si soudain, si naturel, si inattendu, que des émotions confuses se bousculaient dans sa tête. Puis il réalisa qu'il n'y avait, au fond, rien de très étonnant à ce qui venait de se passer. Jeanne dut sentir son état d'esprit, car elle laissa tomber :

— Voilà. On ne fera pas de grandes phrases, hein ?

Il s'approcha, avança une main et caressa du bout du doigt son menton et son cou. Les jambes repliées sous lui, assis en tailleur, il contempla les bras de Jeanne, ses aisselles, ses seins fermes, sa peau souple, saine, son ventre à peine arrondi, son triangle noir, ses hanches généreuses, faites pour laisser passer la vie, ses cuisses musclées, un corps de femme pour le travail aux champs, mais qui se terminait par des chevilles fines et des pieds délicats. Il promena ses mains et elle le laissa faire. La plénitude de ce corps splendide tranchait tellement avec sa carcasse décharnée qu'il en fut gêné.

— Je ne serai pas toujours comme ça, dit-il. Je vais me remplumer.

Elle ne répondit pas. Il songea à demander s'il y avait eu d'autres hommes avant lui, mais ne le fit pas. Il la revit enfant, quand elle le regardait à la dérobade, essayant de ne pas être aperçue, rougissant quand il s'en rendait compte, reconnaissante qu'il fasse semblant de rien, pendant qu'Antoine riait. Il s'allongea sur le côté, s'appuyant sur son bras, sa tête soutenue par sa main, près des pieds de Jeanne. Elle venait sans doute de revisiter les mêmes moments dans sa mémoire, car elle dit :

— Nous ne sommes plus des enfants.

Il acquiesça en silence.

— Quand je te regardais, quand j'avais 14, 15 ans... Tu me voyais ? demanda Jeanne.

— Tu n'étais pas très discrète.

— Hum, dit-elle en faisant la moue. Et si j'avais été plus discrète, mon imbécile de frère aurait de toute façon parlé.

— Exact. Mais ce n'est pas un imbécile, la corrigea Baptiste en souriant.

— Vrai. Tout le contraire même.

Il devint grave, hésita. Elle ne le brusqua pas, elle attendit.

— Tu sais ce qui est arrivé là-bas, dit Baptiste. Après, j'ai fait une chose horrible.

Elle le regarda longuement, sans bouger, et déclara :

— Si tu veux parler, j'écouterai. Mais je n'exige pas de savoir. Tout ce qui m'importe c'est la suite, c'est comment il faudra s'y prendre.

Il fut tenté de s'expliquer, de se justifier, se sentant coupable, mais il savait qu'il était trop tard. Elle décida de clore le sujet.

— Pourquoi t'es venu me voir ? demanda-t-elle.

— Tu me le reproches ?

— Pas du tout. Au contraire, j'aurais été peinée que tu ne viennes pas ici en premier. Mais si tu viens, ne commence pas à...

Elle s'arrêta, très sérieuse, puis reprit.

— Je sais à quoi tu penses, que tu m'entraînes malgré moi, alors écoute-moi bien.

Et là, avec une économie de mots frappante, elle raconta comment était survenue la mort du fils Berthier, et toutes les autres morts et activités criminelles prêtées à Thomas Sauvageau. Il écouta en silence, puis il resta un long moment pensif, les yeux baissés, abasourdi, ne sachant quoi dire.

Elle ajouta :

— Ah oui, j'ai failli oublier. Il a acheté le manoir des Bellefeuille, au village.

Baptiste leva la tête, un peu secoué. Des images de son enfance défilèrent dans sa tête. Il laissa tomber, pensif :

— Sa revanche, son trophée.

Tout en caressant l'ourlet d'une taie d'oreiller, elle poursuivit :

— Il joue au grand seigneur. Il s'est découvert une passion pour la chasse.

— Comment tu sais ça ?

— Il l'a dit à Antoine.

Puis elle demanda :

— Tu te doutais qu'il deviendrait comme ça ?

La question n'était pas simple. Il dut y réfléchir. Il se rappela que Thomas lui avait offert de l'argent pour qu'il parte.

— Non. Enfin, pas à ce niveau. Je le savais très intelligent. Mais avec un père brutal et borné, avec sa mère folle, maniaque, disons que ses chances... euh...

Les traits de Jeanne se durcirent.

— Je ne vois pas ça comme ça, dit-elle. Il y a des enfants qui viennent au monde difformes. Il leur manque un bras, des doigts, une jambe, ou ils ont une jambe plus courte que l'autre. Alors pourquoi on ne viendrait pas au monde avec une âme déformée ? Pourquoi pas un monstre de naissance ? Et alors, il n'y a rien d'autre à faire que de se protéger. Et si la justice ne nous protège pas...

Il ne répondit pas. Il pensait la même chose. Il avait parcouru le même chemin mental un nombre incalculable de fois. Il en connaissait toutes les sinuosités. Et si les lois humaines ne nous protègent pas des pires parmi nous ?

Ils se regardèrent. Comme lui, elle n'aimait pas baisser les yeux la première. Leur duel silencieux dura longtemps.

« De quel droit, se dit-il, est-ce que je la prends par la main pour l'entraîner avec moi ? » Mais il comprit qu'il était inutile d'essayer de la dissuader. Elle ne changerait pas d'avis. Lui, il n'était certainement pas revenu pour renoncer. Leurs destins étaient désormais liés. Elle devait avoir ses vulnérabilités, se dit Baptiste, comme tout être humain, mais il ne voyait que sa force tranquille et sa détermination. Elle semblait à mille lieues de toute sentimentalité, mais était-ce le cas ? Pas de grandes phrases, avait-elle dit, ni sur ce qui venait de se passer, ni sur le reste. Elle le voulait ainsi et il acceptait. Il réalisa alors qu'il la connaissait très bien et très peu, et que leur proximité, le fait d'avoir grandi côte à côte, lui avait fait négliger l'immense partie secrète de cette femme.

Il eut de nouveau envie d'elle. Il était plus confiant et elle aussi. Il explora son corps avec une curiosité appliquée, avec une infinie délicatesse, avec voracité aussi. Il n'y eut pas un recoin qu'il ne goûta pas, pas un repli qu'il n'aima pas. Elle prit autant qu'elle donna. Quand elle s'endormit, il l'écouta respirer, très régulièrement. Il repensa à ce qu'il était venu faire, réalisa que la force de Jeanne le renforçait, surtout parce qu'elle rendait simples les questions compliquées, mais que cette force émanant d'elle lui commandait aussi de ne pas flancher. Elle dormait à présent sur le côté. Il se tourna vers elle et l'enveloppa, posant sa main sur son ventre chaud.

Au réveil, il était seul. Là où elle avait dormi, il y avait un billet. Il se frotta les yeux. La somnolence et la pénombre rendaient la lecture difficile. Il était écrit :

Ne sors pas de la maison. Attends mon retour. N'ouvre pas les rideaux. Ne fais pas de feu. Ne fais aucun bruit. Attention aux voisins ! Personne ne doit savoir qu'il y a quelqu'un dans la maison. Fais ce que je dis et fais-moi confiance.

Il se redressa. Il ne s'attendait pas à un billet doux. Ce n'était pas sa personnalité. Mais il fut troublé. Il comprit à quel point sa venue avait mis Jeanne plus en danger qu'il ne l'avait cru. Rester terré dans cette maison, silencieux comme un fantôme, n'était pas ce qu'il avait envisagé. Mais ses directives étaient si précises qu'elle y avait, de toute évidence, longuement réfléchi. Et elle n'était pas femme à laisser la panique dicter sa conduite.

Il resta longtemps adossé à la tête du lit, écoutant les bruits de la ville, relisant le billet, repensant à la nuit passée, essayant de voir clair en lui.

Chapitre 26

La préparation

Baptiste se lava, porta à son nez un pantalon et une chemise froissés, tirés du fond de son sac, puis les enfila. Son pantalon retombait sur ses hanches même si la boucle de sa ceinture était retenue par le dernier trou. Il resta pieds nus pour ne pas faire de bruit. La pénombre et la fraîcheur de la maison lui faisaient l'effet d'une grotte.

Il décida de faire le tour du logis, ce qui ne serait pas une longue affaire. Il commença par la chambre où il était. Il ouvrit un tiroir et n'y trouva que les vêtements attendus. Il ne toucha à rien. Dans un autre tiroir, il vit une petite boîte en bois. Elle contenait une vieille montre qui avait dû appartenir au père de Jeanne, des boucles d'oreilles et deux anneaux identiques. Il présuma que c'étaient ceux du mariage de ses parents. Un sentiment de honte lui vint. Il voulait mieux connaître cette femme énigmatique et familière, mais son mystère n'appartenait qu'à elle. Il stoppa sa fouille. Il urina dans la cuvette découverte la veille, tira la chaîne avec précaution, craignit un débordement et fut fort impressionné. Cette invention allait durer.

Avec d'infinies précautions, il descendit au rez-de-chaussée. Les marches de l'escalier ne craquaient pas. Parvenu en bas, il réalisa sa faute. Il n'aurait pas dû tirer la chasse d'eau. Il tendit l'oreille. Aucun bruit ne lui parvenait des logements voisins. Dans la cuisine, il ramassa un morceau de pain. Il poursuivit son exploration de la maison.

Ses yeux s'habituaient à la faible lumière. Il se sentait comme un voleur. Hormis les deux petits tableaux dans la salle à manger et un autre, plus grand, dans le salon, qu'il n'avait pas remarqué la veille, représentant une chaîne de montagnes aux cimes enneigées, il ne vit aucun élément décoratif ou artistique. Pas de bouquets de fleurs, pas de bibelots de porcelaine, pas de broderies, pas de portraits de famille, pas d'objets religieux, pas d'instruments de musique.

Il n'y avait rien non plus qui pouvait être relié à ce qu'il savait ou croyait savoir de Jeanne. Il ne vit ni journaux, ni revues, ni documents liés à son travail. Sur le buffet de la salle à manger, il trouva un relevé bancaire et ferma les yeux pour ne pas voir le montant. Il vit une facture de blanchisserie et, juste à côté, un livre, *Mansfield Park*, de Jane Austen, qu'il ne connaissait pas. Il l'ouvrit et un papier en tomba. L'ouvrage était un emprunt avec une date de retour. Il le replaça dans la position où il l'avait trouvé.

Le logement, témoignant de l'aisance financière de Jeanne, était strictement utilitaire, fonctionnel, sans pour autant être froid, comme une chambre dans un très bon hôtel. L'endroit laissait entière cette part d'énigme dont Jeanne était porteuse, et pourtant, il était aussi à son image, elle qui n'avait pas le moindre intérêt pour les futilités et ne montrait guère ses émotions. Sage, prudent, respectable étaient les mots qui lui venaient à l'esprit pour caractériser ce qu'il voyait, et cependant, qu'y avait-il de moins sage et prudent que le projet qu'ils envisageaient ?

Il se demanda comment meubler sa journée jusqu'au retour de Jeanne. Il aurait voulu, à tout le moins, laisser pénétrer la lumière. Il devait bien y avoir quelque part de quoi écrire. Il ouvrit un tiroir du buffet et tomba sur des ustensiles. Dans un autre, il trouva ce qu'il cherchait. Elle devait utiliser la table de la salle à manger quand elle devait écrire. Il s'y installa. Il prit une feuille, trempa une plume dans l'encrier et écrivit trois mots : *Où, quand, comment*.

Tout son plan devait reposer sur des réponses à ces trois questions. Comment tuer Thomas ? Où le tuer ? Quand le tuer ? Il regarda ces trois mots terribles, plissant les yeux tant la lumière était faible. Il était encore possible de reculer. S'il plongeait, elle plongerait avec lui. Mais il balaya cette hésitation. Il avait déjà tué un homme, en le faisant souffrir, un autre lors de sa fuite, et la mère de Thomas était morte aussi, en partie à cause de lui. Il était capable d'enlever la vie autant que de la sauver. Il analysait cela froidement, comme s'il était question d'une autre personne, mais c'était bien lui. Et s'il était capable de tuer, il n'y avait aucune raison de reculer au point où il en était, alors que ne restait devant lui que l'ultime responsable de son malheur. Jeanne avait ses raisons de se joindre à lui. Elle aurait pu tenter de le dissuader, ne l'avait pas fait et ne faisait jamais rien sur un coup de tête. Il devait respecter sa décision.

Il griffonna, ratura, souligna quelques mots, mais le manque de lumière le fatigua rapidement. Il était tout aussi inutile d'essayer de lire. Il remonta dans la chambre, se coucha sur le lit et ordonna dans sa tête les idées qu'il avait eues. Périodiquement, il se levait et faisait des exercices de gymnastique. Sa situation était celle d'un détenu dans une prison confortable, mais avec la punition supplémentaire de la privation de lumière. La journée fut interminable.

Il sursauta quand il entendit, en fin d'après-midi, la clé tourner dans la serrure de l'entrée. Il décida de ne pas bouger. Il entendit Jeanne monter l'escalier. Quand elle pénétra dans la chambre, elle ne sourit pas, ne montra pas la moindre émotion. Elle était sérieuse, concentrée. Elle déposa des vêtements d'homme sur le lit, puis se dirigea à la hâte vers la fenêtre, tout en lui faisant signe de rester couché. Elle écarta les rideaux, ouvrit la fenêtre. La lumière et l'air frais furent une agression bénie. Il ferma les yeux. Elle se tourna vers lui pendant qu'il s'adossait à un oreiller relevé contre la tête du lit. Elle regarda d'un œil approbateur ses pieds nus et parla avant lui.

S'il restait au lit, couché ou assis, s'il y grimpait ou le quittait par le côté opposé à la fenêtre, dit-elle, il ne serait pas vu de l'extérieur. Elle avait vérifié de la rue. Elle avait apporté un souper déjà prêt qu'il suffirait de réchauffer. Mais il devait rester dans la chambre jusqu'à ce qu'elle lui dise de descendre. Dans peu de temps, on viendrait livrer de la nourriture et de l'eau pour les prochains jours. Il ne fallait surtout pas qu'il fasse du bruit quand le livreur serait dans la maison. Elle redescendit. Il était familier de sa froideur apparente – elle avait toujours été ainsi –, tout en restant déconcerté, surtout après la nuit dernière. Elle s'affaira en bas. On frappa à la porte. Il ne capta rien des mots échangés. La porte se referma. Elle vint le chercher au bout de quelques minutes et, sans un mot, lui indiqua de la suivre.

Les rideaux du rez-de-chaussée resteraient fermés, mais la salle à manger et le salon étaient maintenant éclairés. La lumière lui sembla trop vive au début. Ils soupèrent sans hâte, en silence, du potage et de la tourtière, chacun réfléchissant à la discussion qui allait suivre. Elle avait servi de très petites portions, mais il eut du mal à tout terminer. Elle écarta couverts et ustensiles pendant qu'il disposait devant lui sa feuille annotée. Il regarda les trois premiers mots – *où*, *quand*, *comment* – et trouva la situation totalement irréelle.

Ce fut elle qui parla en premier, allant à l'essentiel.

— Je sais que ça sera pénible, mais rester ici est ta meilleure option pour te cacher, dit-elle. C'est trop risqué de sortir. Tu as des réserves de nourriture pour les prochains jours. C'est aussi ce qui bouscule le moins mes habitudes.

Par précaution, elle irait de la maison à son bureau et vice versa, conservant un horaire normal.

— Ce sera plus prudent, reprit-elle, que de raser les murs pendant la nuit pour aller à un lieu de rencontre.

Il fit oui de la tête.

Elle répéta ensuite ce qu'elle avait dit dans la chambre, mais avec une nuance, comme pour relativiser son confinement. Il ne serait pas vu s'il ne s'approchait pas à moins de six pieds de la fenêtre du haut. Il ne serait donc pas nécessaire de tirer les rideaux. Il ne pourrait aller à la fenêtre pour regarder la rue, mais il aurait de la lumière naturelle et verrait un coin de ciel. Une erreur d'inattention, une seule, pourrait cependant être fatale. Les rideaux de l'étage du bas resteraient tirés et il ne faudrait allumer aucune lampe, sous aucun prétexte, ni bien sûr utiliser la cheminée, avant son retour. Si elle était retardée, il prendrait son mal en patience.

Elle avait dit tout cela posément, sans le quitter des yeux, sans montrer de nervosité, avec une assurance tranquille dont il se demanda jusqu'à quel point elle était simulée.

En clair, il était condamné à la chambre pendant le jour.

— Ce n'est pas seulement qu'on pourrait te reconnaître si tu sors, expliqua-t-elle. C'est aussi qu'on pourrait, pour toutes sortes de raisons, disons que tu tombes sur un soldat, te demander de t'identifier. Des gens pourraient aussi se méfier d'un inconnu. Il vaut donc mieux ne pas être vu.

Il admit intérieurement qu'elle avait raison.

— Je t'ai apporté des livres pour passer le temps, dit-elle, pointant en direction du vestibule de l'entrée.

Puis elle ajouta :

— Maintenant, écoute-moi bien.

Après une pause, elle dit, sur un ton qui indiquait qu'elle avait longuement réfléchi :

— Il vaut mieux qu'Antoine ne soit pas au courant de ton arrivée, même s'il sait que tu voulais revenir. C'est préférable de ne pas le compromettre. Tout le monde le connaît, il parle à tout le monde, il n'est pas toujours discret, il pourrait échapper un mot. C'est sûr qu'il sera furieux quand il apprendra qu'on lui a caché ton retour, mais c'est mieux ainsi.

Elle guetta sa réaction.

La pensée de ne pouvoir serrer dans ses bras son meilleur ami était douloureuse, mais elle avait raison, convint Baptiste. Il signifia son accord d'un hochement de tête. Il devina qu'elle avait dit tout ce qu'elle voulait dire pour le moment.

À son tour, il exposa, sans être interrompu une seule fois, le résultat de sa réflexion sur le où, le quand et le comment.

Thomas était intouchable en pleine ville, toujours sur ses gardes, jamais seul, entouré de ses hommes, informé de tout. Et qui dit ville dit témoins potentiellement nombreux. Le meilleur endroit serait quelque part à Saint-Eustache, près de sa nouvelle demeure, quand il serait moins entouré, plus susceptible d'être pris par surprise.

Quand? Le plus vite possible, pour autant qu'un maximum de planification ait été effectué dans le temps disponible.

— De toute façon, avança Baptiste, je ne peux rester enfermé ici indéfiniment.

Comment? Les meilleurs plans sont les plus simples. Il faudrait connaître ses habitudes, espérer qu'il ne les modifie pas, choisir un endroit précis, l'attendre, ne pas lui donner le temps de réagir, appuyer sur la détente sans sommation, et avoir prévu une route, des vivres et de l'argent pour s'enfuir après.

Quand il eut terminé, elle prit la feuille et la regarda longtemps, réfléchissant à ce qu'elle venait d'entendre. Si elle avait des objections ou des doutes, elle ne les laissa pas paraître. Il fut soulagé qu'ils n'entament pas une longue discussion. Cela viendrait.

— Je vois, dit-elle. Il y aura beaucoup de détails à régler, mais je vois. On reprendra tout ça.

Elle apporta la feuille dans la cuisine avec les restes du souper. Il comprit qu'elle la brûlerait dans le poêle. Elle refusa son aide pour nettoyer. Il se dirigea vers les livres qu'elle avait apportés. Ils passèrent le reste de la soirée comme tant de couples mariés passent leurs soirées, sans redire un mot sur le sujet.

La nuit venue, il rêva qu'il était sur l'échafaud et qu'on lui passait une corde autour du cou. Un prêtre lui demanda de se repentir. Il refusa. Dans la foule, il chercha Jeanne, mais il n'y avait que des visages inconnus, figés, au regard absent. Personne ne parlait à son voisin, personne ne faisait un signe de croix. Tous étaient immobiles. Juste avant de se balancer dans le vide, il regarda le ciel et, quand il baissa la tête, il tomba, au milieu de cette assemblée de fantômes, sur la mère de Thomas, ses yeux vissés sur lui.

Les trois journées suivantes furent parmi les plus étranges de l'étrange vie de Baptiste. La nuit, ils se collaient, s'aimaient, restaient longtemps immobiles, écoutant leurs respirations, silencieux, retournant tout dans leurs têtes. Le jour, elle allait travailler, et lui, assis sur le lit, profitant de la lumière naturelle, prenant garde de ne pas s'approcher de la fenêtre, alternait entre la planification d'un assassinat et la lecture. Il avait parfois le sentiment d'observer un étranger qui se serait emparé de son corps et de son esprit. Mais il se répétait aussitôt qu'il assumait ce qu'il préparait. S'il était habité par le doute sur ses chances de réussite, il ne l'était pas sur sa détermination. Il entrecoupait son travail et sa lecture d'exercices physiques. Le soir, ils soupaient en parlant d'autre chose, puis discutaient de tous les aspects de l'affaire, comme un couple discutant d'un investissement risqué ou d'une maison à faire construire, habités cependant par la gravité de ce qu'ils projetaient.

C'était toujours lui qui amorçait la discussion, et elle qui questionnait, commentait, suggérait, corrigeait, sans doute, supposait Baptiste, parce qu'elle devait penser que si c'était lui qui s'exposait le plus, il était normal que ce soit lui qui présente ses vues en premier. Mais autant la situation était bizarre, autant il était indéniable que son esprit scientifique à lui et son esprit pratique à elle se complétaient admirablement. Elle avait le souci du détail, donnait la priorité aux faits vérifiés, raisonnait en essayant de penser comme les autres pensent, envisageait sans craindre de les formuler toutes les possibilités, y compris les moins plaisantes. Ses objections étaient précises, ses questions pointues, ses arguments factuels et tranchants.

Jamais elle ne mit en cause le où, le quand et le comment. Ses réflexions portaient sur la façon d'arriver à Saint-Eustache sans qu'il soit vu, sur l'endroit où il attendrait Thomas, sur le type d'armes, sur la façon de fuir rapidement, sur les vivres dont il aurait besoin, sur des vêtements de rechange, sur le lieu où il se cacherait après, sur la route qu'il emprunterait, sur la façon de communiquer par la suite. Une fois arrivé à Saint-Eustache, comme il n'aurait avec lui qu'une quantité limitée de nourriture et ne pourrait s'approvisionner sur place, il devrait se donner, dit-elle, une fenêtre de trois ou quatre jours pour agir. Si ce n'était pas possible, il faudrait tout annuler et penser à autre chose.

Ils convinrent qu'ils manquaient d'informations sur les habitudes précises de Thomas. Après, il se réfugierait aux États-Unis. Mais Saint-Eustache était au bord du fleuve et un enchevêtrement complexe de cours d'eau et d'îles séparait le village de la campagne menant à la frontière américaine.

— Pour te sauver vite, dit-elle, tu auras besoin d'aide, tu n'y arriveras pas seul, tu ne sais pas manœuvrer une embarcation.

Il dut admettre qu'elle avait raison.

— Je connais quelqu'un, l'informa-t-elle.

— Qui ?

— Berthier.

Elle s'empressa d'ajouter :

— Il t'a aidé à partir, tu te souviens ? Thomas lui a tué un fils.

Elle anticipa sa question.

— Oui, je lui fais confiance.

Elle se chargerait de lui parler et des autres préparatifs. Il consentit. Il n'avait guère le choix.

— De toute façon, releva-t-elle, tu ne sors pas d'ici tant que tout n'est pas arrangé.

Après cette déclaration, elle le regarda longuement sans dire un mot.

— Tu te demandes si je suis capable ? la questionna Baptiste.

— Non.
— Je l'ai déjà fait.

Elle ne dit rien. Il songea à raconter la mise à mort de Fitzpatrick, mais se ravisa. Quand vint la nuit, pendant qu'ils étaient dans les bras l'un de l'autre, elle demanda :

— C'est comment tuer quelqu'un ?

Il réfléchit.

— J'imagine que ça dépend qui tue et qui est tué.
— Et toi ?
— J'ai trouvé ça… atroce.

Elle se redressa dans le noir.

— Ça veut dire que tu restes humain.
— Je ne sais plus.
— Je te dis que oui, moi.
— Je l'ai quand même fait et je vais le refaire.

Elle reposa sa tête sur sa poitrine et ne dit rien. Mais elle resserra son étreinte.

Le soir du troisième jour, au souper, elle raconta qu'Antoine était venu la voir à son travail. Il attendit la suite.

— Il est venu pour me faire signer des papiers légaux. Après, il m'a dit que Thomas était encore à Saint-Eustache. Il va à la chasse tous les matins, très tôt, avec un homme et ses chiens. Il s'installe dans un petit pavillon de chasse, sur ses propres terres, et part de là.

Cette précision dans les informations étonna Baptiste. Il demanda :

— Est-ce qu'Antoine a parlé de moi ?
— Non.
— Il se doute de quelque chose, tu crois ?
— Je ne sais pas. Mais tu lui as dit que tu rentrais, alors…

Il demanda :

— Quoi d'autre ?
— Rien. C'est tout ce qu'il a dit. Enfin, il a noyé ça dans un flot de paroles, tu le connais.

Elle résuma ensuite l'état des préparatifs. Tout était très avancé. Ils étaient autour de la table de la salle à manger,

devant leurs papiers, quand onze coups d'horloge retentirent. Au point où ils en étaient, il n'y avait plus grand-chose à discuter. Il s'agissait de mettre l'affaire en branle. Il la regarda avec gravité.
— Tu es courageuse.
— Je suis… terrifiée, avoua-t-elle, soutenant son regard.
— Moi aussi.
Ils restèrent silencieux un long moment. Il demanda :
— Tu te sens capable ?
— Oui. Et toi ?
Il fit oui de la tête.
— Viens, il est tard, allons dormir, dit-elle.
Ils venaient de se lever de table quand le heurtoir s'abattit deux fois sur la porte d'entrée. Le bruit résonna dans toute la maison. Ils se regardèrent. Elle lui fit signe de se cacher dans la cuisine. Elle ramassa à la hâte les papiers devant eux et les jeta dans un tiroir du buffet. Baptiste avait atteint la cuisine. On frappa de nouveau.
Elle entrouvrit à peine la porte. L'homme devant elle dissimulait sa tête baissée sous un capuchon. Il releva la tête et se découvrit.
— Alexis ? balbutia Jeanne.

Chapitre 27

La rencontre

— J'aurais dû prévenir, je sais, admit Alexis, penaud.
Jeanne resta muette.
— T'es toute pâle. Je sais, ça fait quatre ans...
— Je suis surprise. Je ne m'attendais pas...
— Je te demande pardon, dit Alexis en souriant. Je peux entrer ?
Il eut un élan vers l'avant. Elle n'eut d'autre choix que d'ouvrir complètement la porte. Il entra. Dans le vestibule, il l'examina.
— T'es pas encore changée pour la nuit, je vois, nota-t-il.
Elle eut un sourire forcé.
— Je m'apprêtais à le faire.
— Je peux t'embrasser ?
Et sans attendre, Alexis s'avança, l'étreignit et la souleva de terre. Il la garda longtemps dans ses bras, la serrant de toutes ses forces. Il la déposa au sol.
— Tu m'offres du thé ? Ou n'importe quoi...
Elle lutta pour se donner une contenance.
— Oui. Pardonne-moi. C'est juste... la surprise.
— Je comprends, je comprends.
Elle se dirigea vers la cuisine. Il la suivit. Elle s'arrêta brusquement.
— Attends-moi ici. La cuisine est en désordre. Assieds-toi.

Elle le poussa vers le salon avec une main dans le dos. Elle attendit qu'il soit assis, alla dans la cuisine, revint au bout d'une minute.

— L'eau chauffe.

Elle dominait sa panique. Il était assis dans le fauteuil. Il avait enlevé son manteau, l'avait déposé au sol. Elle prit place sur le canapé. Elle lui trouva plutôt bonne mine.

— Ça fait quoi ? demanda-t-elle. Quatre ans ? Pardonne-moi. Tu comprends ma surprise. Et à cette heure…

— C'est moi qui dois m'excuser. Arriver comme ça… Je t'expliquerai.

— Tu es rentré depuis longtemps ?

— Non. En début de soirée. Ces diligences… J'ai mal partout.

Elle cherchait quoi dire, quoi faire. Le canapé n'avait jamais été aussi inconfortable.

— Je viens d'aller chez Baptiste, dit Alexis. Je voulais lui faire une surprise.

Jeanne ne dit rien, attendit.

— Je vais là où il habitait. Je frappe. Personne. Je l'appelle. Une voisine ouvre sa fenêtre. Je demande. Elle me dit qu'il n'habite plus là, qu'il est parti, elle ne sait pas où. Je lui ai fait peur, je crois. Elle m'a regardé avec un air épouvanté.

— Euh, oui, elle a dû avoir peur. Tard le soir.

— Il habite où, Baptiste ?

— Attends, le thé, je reviens.

— Pas de sucre, pas de lait pour moi.

Elle alla dans la cuisine. Elle revint avec un plateau contenant deux tasses et la théière.

— T'as du mal avec tes yeux ? demanda Alexis.

— Quoi ?

— Tes yeux.

Elle ne comprit pas.

— Les lunettes, dit-il.

Il pointait du doigt les lunettes de Baptiste, restées sur le guéridon au pied de l'escalier.

— Ah, oui, pour lire. Le soir…
Il hocha la tête.
— Il habite où, Baptiste ?
Jeanne releva la tête. Baptiste venait d'apparaître et, par-derrière, posa ses mains sur les épaules de son frère. Alexis sursauta et voulut se retourner. Baptiste lui posa une main sur la bouche.
— Chut, fit-il.
Il se dépêcha de se placer devant Alexis et, l'index sur ses propres lèvres, les yeux autoritaires, lui ordonna le silence. Le visage d'Alexis avait blanchi. Il essaya de se lever mais faillit tomber. Il heurta la petite table et les tasses tremblèrent. Il se leva et ils s'embrassèrent. Les deux pleuraient. Jeanne avait plongé son visage dans ses mains. Les épaules d'Alexis tressaillaient. Il bredouilla :
— J'arrive de chez toi.
— Je vais t'expliquer. Mais pas de bruit, je t'en supplie.
Ils restèrent longtemps debout, dans les bras l'un de l'autre, pleurant toujours. Alexis se détacha légèrement.
— T'as l'air d'un squelette. T'es malade ?
— Non, non, c'est une longue histoire, dit Baptiste.
Alexis l'embrassa de nouveau. Baptiste regarda Jeanne d'un air impuissant. Elle n'eut aucune réaction. Elle semblait ailleurs.
— T'as reçu mes lettres ? demanda Baptiste.
— Une seule, une fois. J'ai beaucoup bougé.
— Moi aussi, dit Baptiste. Si tu savais… T'as l'air bien, toi…
Alexis ne répondit pas. Baptiste regarda Jeanne, qui retrouvait ses marques. Dans le visage de la jeune femme, dans ses yeux, il vit de l'émotion, mais aussi de l'angoisse. Il crut détecter une colère contenue. Il la regarda avec un air qui voulait dire : « Comment pouvions-nous savoir ? » Il secoua son frère qui essuyait ses larmes.
— Alexis, faut que je te parle. C'est important. On se racontera nos vies après. Tu dois savoir des choses.

Jeanne se leva d'un bond et se dirigea vers l'escalier sans un mot, sans un regard pour eux. Elle monta.

— Fâchée ? demanda Alexis à son frère.

— Assieds-toi et écoute-moi sans m'interrompre. D'accord ?

— D'accord. Mais pourquoi tu baisses la voix ?

Baptiste remit son doigt devant ses lèvres, fit signe à son frère de s'asseoir, l'enfonça presque dans le fauteuil. Baptiste s'assit à la place de Jeanne.

— Parce que personne, dit Baptiste, ne doit savoir que je suis ici. T'as vu quelqu'un en venant ici ?

— Non. Il n'y a personne dans les rues à cette heure.

— On t'a vu frapper à la porte ?

— Comment tu veux que je… je ne crois pas.

— J'espère que tu dis vrai.

Alexis fronça les sourcils.

— Tu m'inquiètes.

Il avait dit cela à voix basse.

— Je t'en supplie, écoute-moi sans m'interrompre, lui intima Baptiste.

Il raconta tout, absolument tout, omettant uniquement les détails de l'exécution de Fitzpatrick. Tout y passa : Julie, leur fuite, leur fils, leurs vies sous un faux nom, leur bonheur, leur assassinat, l'enquête bâclée, Thomas, sa bande, le rôle de Fitzpatrick, son changement d'apparence, tout. L'expression d'Alexis s'assombrissait au fil du récit. Quand Baptiste eut terminé, un long silence les écrasa tous les deux. Les larmes coulaient sur les joues d'Alexis. Il baissa les yeux, puis les releva.

— C'est si fou que je sais que c'est la vérité, dit-il.

— C'est la vérité.

— C'est toi qui devrais écrire des histoires.

— Ce n'est pas une histoire.

— Alors tu es revenu pour…

Baptiste fit oui de la tête.

Alexis ne chercha pas à finir sa phrase.

— Je vais le faire, dit Baptiste. Je ne me cacherai pas toute ma vie.

— Je ne te reconnais plus.

— Moi non plus, mais c'est ce qu'il faut.

Un moment s'écoula.

— Et Jeanne ? demanda Alexis.

— Elle sait tout et elle est avec moi. Et n'essaie pas de nous faire changer d'avis.

— Je n'ai rien dit de tel. Et je comprends pourquoi elle est fâchée. Elle pense que je vais tout faire rater.

— Honnêtement, oui.

Alexis baissa les yeux.

— Je peux comprendre, dit-il.

Il releva la tête. Ils se regardèrent longuement, en silence. L'horloge sonna deux coups.

— Et maintenant ? demanda Alexis.

— Maintenant, tu restes ici cette nuit. Tu dors sur le canapé. Tu ne fais pas un bruit. Tu n'ouvres pas les rideaux. Tu deviens un fantôme. Demain, on verra comment tu sors d'ici sans être vu. On prie pour que personne ne t'ait vu entrer. Thomas n'est pas en ville, mais ses hommes oui. À ses yeux, tu n'es coupable de rien, mais il ne faut pas attirer l'attention sur la maison. Si tu dois parler, tu ne sais rien, tu ne m'as jamais vu, tu es sans nouvelles de moi depuis quatre ans. Tu racontes ta vie si on te questionne, mais rien d'autre. Même Antoine ne sait pas que je suis ici.

— Non !

— Oui.

— Tu sais, dit Alexis, ma vie non plus n'a pas été ordinaire. On était à New York en même temps.

— Quoi ? Toi et moi ?

— Toi et moi.

— Tu n'étais pas à Paris ?

— Aussi.

Mais l'heure, jugea Baptiste, n'était plus aux longs récits.

— Reste ici. Ne bouge pas, s'il te plaît, dit-il en se levant.

Il revint avec un oreiller, une couverture, un pot de chambre, et les tendit à son frère.

— Ça suffira pour une nuit.

— Je n'en reviens toujours pas, dit Alexis.

— Reviens-en parce que c'est la réalité.

Alexis peinait à bouger. Baptiste lui demanda :

— Tu ne me juges pas ?

Alexis eut un air triste.

— Je suis qui pour te juger ?

— N'oublie pas, silence absolu. Tu me raconteras demain pour toi.

Ils s'embrassèrent de nouveau. Alexis se déshabilla pendant que Baptiste éteignait toutes les lampes.

Quand il se coucha auprès de Jeanne, elle était sur le dos. Elle ne dormait pas.

— On n'avait pas le choix, chuchota Baptiste. On ne pouvait pas savoir qu'il arriverait. Tu n'allais quand même pas lui refuser d'entrer. Tu aurais dit quoi ? Et je n'allais pas rester dans la cuisine.

Elle ne répondit pas. Il saisit sa main. Elle la retira et se tourna vers le mur. Il ne dit rien, il ne la toucha pas. Il eut du mal à trouver le sommeil. Quand il se réveilla, elle était partie.

Chapitre 28

L'attente

Les contours de la grange apparurent dans la nuit suffocante. Deux chevaux étaient déjà attachés dehors. Quand il fut tout proche, Baptiste descendit du sien et le tint par la bride. Alexis termina de boire et rangea sa gourde. Leurs chemises moites étaient une seconde peau. Baptiste tendit sa bride à son frère. Il s'approcha et vit un rayon de lumière entre deux planches. Ils attachèrent leurs bêtes à côté des deux autres, détachèrent leurs sacoches et entrèrent. La grange était inutilisée, délabrée, attendait qu'on mette fin à sa misère.

— Ici, fit une voix.

Un homme se redressa. Une lampe était accrochée à un clou sur le poteau près de lui. L'autre homme resta assis sur la terre battue. Baptiste et Alexis s'avancèrent.

— Berthier? demanda Baptiste.

L'homme fit oui de la tête. Il avait peu changé depuis la dernière fois que Baptiste l'avait vu, le jour de sa fuite, quatre ans auparavant. La cinquantaine bien entamée, les cheveux blancs fournis, petit, tout en angles et en lignes droites, la peau burinée par le soleil, sec et noueux comme du vieux bois dur. Il leur fit signe de s'asseoir par terre. Il décrocha la lampe et la posa entre eux.

— Mon fils, dit Berthier en désignant l'autre homme, un jeune qui n'avait guère plus de 20 ans, grand, le teint mat, avec des traits de Huron.

Le jeune fit un signe de tête.

— Les canots sont prêts, continua Berthier. Vous avez de la nourriture et de l'eau pour trois jours, des couvertures aussi, et deux lampes avec de l'huile. Utilisez-les le moins possible.

— Bien sûr, dit Baptiste.

— Bon, les armes maintenant. Vous avez quoi ?

Baptiste ouvrit sa sacoche. Il sortit son Colt Paterson. Berthier le prit, le soupesa, l'examina.

— Une belle pièce. Six coups. Le premier que je vois. C'est avec ça qu'il faudra travailler.

Il le redonna à Baptiste.

— Vous avez autre chose ?

— Non, dit Baptiste.

Berthier se retourna et déposa au milieu d'eux un paquet enveloppé dans une étoffe rude. Il écarta les pans de tissu et révéla deux pistolets et une petite boîte métallique.

— Le mieux que j'ai pu trouver, dit-il. Deux pistolets de cavalerie à un coup. Pas aussi bien que le vôtre, mais mieux que des fusils lourds et encombrants.

Baptiste attendit.

— Je vous montre, dit Berthier.

Dans la boîte, il prit un tube de papier contenant de la poudre noire.

— Vous déchirez le bout du papier avec les dents, dit-il, mimant l'action, et vous versez la poudre dans le canon. Le papier sert de bourre. Vous prenez ensuite la balle et vous la rentrez. Vous la poussez au fond avec la baguette. Vous amorcez le chien et vous tirez.

Il avait accompagné toute l'explication de gestes précis.

— Je les ai vérifiés, souligna-t-il. L'important, c'est que tout reste au sec. Vous avez compris ?

Baptiste le regarda sans rien dire.

— Vous avez compris ? répéta Berthier.

— Très bien, dit Alexis.

— Oui, ajouta Baptiste.

— Vous comprenez ce que ça veut dire ? reprit Berthier, s'adressant à Baptiste.

Mais il répondit lui-même :

— Ça veut dire que vous y allez avec votre six-coups d'abord. Autant de fois que nécessaire. Ensuite, avec ceux-là. Compris ?

— Oui, dit Baptiste.

— Et qui prendra quoi ? demanda Berthier.

Baptiste et Alexis se regardèrent.

— Je prendrai le six-coups, dit Baptiste, je le connais bien.

— Je prendrai les deux autres, compléta Alexis.

— Sûr ? demanda Berthier.

— Sûr, répondit Baptiste.

Berthier se tourna vers son fils.

— Raconte maintenant.

Le jeune homme jaugea ces messieurs éduqués qu'il ne connaissait pas et dit :

— Sauvageau est allé chasser tous les matins cette semaine.

Il avait une voix grave, lente, la voix d'un homme plus âgé.

— Il part de chez lui autour de huit heures. Il est toujours avec Cheval et ses deux chiens. Ils ont leurs deux chevaux et une troisième bête qui porte leurs fusils et la nourriture. Ils vont vers l'ouest jusqu'à une petite cabane qui leur sert de base de départ. Elle est presque au bord de l'eau. Le devant donne sur la rivière. Vous pourrez dormir là en les attendant. On cassera un carreau dans la porte de côté. Évidemment, pas de fumée, pas de lumière. Mais ce n'est pas là qu'il faut les attaquer. Vous seriez coincés. Regardez...

Avec son doigt, il dessina sur la terre battue.

— Il y a un petit sentier qui longe la rivière, mais ils arrivent à la cabane par un chemin plus large, juste en haut. Quand vous arrivez par ce chemin, il y a, devant la cabane, une vieille remise pour des outils, à une trentaine de pieds en avant du mur de gauche, juste au bord du chemin. De l'autre côté du chemin, en face de la remise, ils ont cordé les bûches pour la cheminée. Un de vous deux se cache derrière la remise et l'autre derrière ce tas de bois. Ils seront contents d'être arrivés. Ils n'auront pas le temps de réagir. Il n'y a pas de meilleur endroit pour leur tomber dessus.

Le vieux Berthier intervint :

— Ça veut dire qu'il ne peut pas y avoir d'échange de coups de feu, vous comprenez ? Contre eux, vous n'avez aucune chance. Il faut les prendre par surprise. Vous attendez au dernier moment, vous sortez, vous avancez vite mais sans précipitation, vous vous collez sur eux. Le plus près possible. Au-delà de quelques pieds, le tir est imprécis. Ces armes ne sont pas faites pour la distance. Vous visez la poitrine, pas la tête, c'est plus grand comme cible. Chacun son homme. Le six-coups sur Sauvageau. Et vous – il fixa Alexis –, c'est Cheval. Attention aux tirs croisés. Vous pourriez vous tirer dessus vous-mêmes. Et si vous ratez votre coup ou si votre poudre est humide…

Il les laissa imaginer.

— Les chiens vous sentiront de loin et s'approcheront, reprit le fils. Restez calmes. Ils ne sont pas dangereux. Ils peuvent aboyer pour des tas de raisons.

— Compris ? insista Berthier.

Ses yeux allèrent de l'un à l'autre.

— Oui, fit Baptiste.

— Très bien. Ça fera du bruit, beaucoup. Vous repartez tout de suite, reprit Berthier. Pas de temps à perdre. Retenez bien l'endroit où vous aurez laissé le canot en arrivant. Ne laissez rien derrière vous qui permette de vous retracer. Prenez quand même le temps de vous assurer de ça. D'accord ?

— D'accord, dit Baptiste.

Berthier regarda son frère.

— Bien compris, renchérit Alexis.

— Maintenant… Vous avez l'argent ? demanda Berthier.

Baptiste tapota le ceinturon en cuir qu'il portait en bandoulière sur sa poitrine.

— Mon fils et moi, reprit Berthier, on vous attendra de l'autre côté de la rivière. Il y aura un drap blanc entre deux arbres pour vous indiquer où on sera. C'est à une centaine de pieds d'ici vers l'ouest. On sera là pendant trois jours. On repart à midi le quatrième jour. De toute façon, vous n'avez pas de vivres pour plus que ça. Si ça marche pas, si Sauvageau a changé ses habitudes, il faudra tout repenser. Compris ?

— Oui, répondirent Alexis et Baptiste en même temps.

Le fils de Berthier se dirigeait déjà vers la porte.

— Autre chose ? demanda le père.

Baptiste fit non de la tête. Alexis l'imita.

— Très bien, on y va, dit Berthier.

Baptiste lui saisit un bras.

— Merci.

— Vous remercierez qui vous savez.

— Il s'appelle comment, votre fils ? demanda Baptiste.

— Samuel. Vous pouvez lui faire confiance.

— Je sais.

Les quatre hommes étaient à la pointe nord-ouest de l'île Jésus. En face d'eux, de l'autre côté de la rivière des Mille-Îles, un peu à l'est, se trouvait le village de Saint-Eustache. La rivière ne devait pas avoir plus de 500 verges de largeur à cet endroit. Les deux canots étaient amarrés derrière la grange. Les Berthier les détachèrent, ils pataugèrent tous dans l'eau et embarquèrent.

La pleine lune était énorme, très basse, prête à leur tomber dessus. Ses reflets argentés sur l'eau leur donnaient suffisamment de lumière. Les deux canots, l'un derrière l'autre, étaient reliés par une corde. Dans celui de tête, Baptiste était pagayeur et Samuel Berthier barreur. Le second canot était chargé de tout ce qu'ils emportaient. Alexis était à l'avant, le père Berthier à la barre.

Ils avançaient un peu en diagonale pour contrebalancer le courant. Ils longèrent, sur leur droite, deux petites îles inhabitées proches de la rive qu'ils venaient de quitter. Les canots fuselés fendaient l'eau avec aisance. Baptiste ne se souvenait pas de la dernière fois qu'il avait pagayé. Il se retourna une fois et nota que Samuel lançait son corps le plus loin possible vers l'avant. Chacun pagayait d'un côté différent. Tous les deux ou trois coups de pagaie, ils changeaient de côté.

— Chut, fit Samuel.

Baptiste comprit qu'ils arrivaient. Il cessa de pagayer et laissa l'embarcation avancer seule. Une lueur se fit. Il se tourna à demi. Samuel venait d'enlever le tissu qui recouvrait sa lampe afin de voir la distance qui les séparaient de la rive. Il la recouvrit aussitôt, puis se glissa dans l'eau jusqu'à la taille. Il s'approcha de Baptiste, lui tira légèrement le bras, lui fit signe de ne pas parler. Baptiste se glissa à son tour dans l'eau en veillant à ne pas faire chavirer le canot. Le père Berthier et Alexis firent pareil. Le vieux détacha la corde qui reliait les embarcations. Ils les hissèrent sur le rivage. Ils déposèrent sur la berge le contenu du second canot. Un nuage passa devant la lune et tout devint plus obscur. Baptiste voyait à peine sa main à la hauteur de son visage. Alexis et Berthier les rejoignirent. Samuel chuchota dans l'oreille de Baptiste de ne pas bouger et de l'attendre. Il disparut dans la forêt. Les trois autres s'accroupirent dans la végétation.

Quand il revint, il souffla :

— J'ai cassé le carreau de la porte de service du côté droit. J'ai déverrouillé. Attention à la vitre au sol.

Berthier et son fils, avec des haches, coupèrent des branches de sapin pour dissimuler le canot dans lequel Baptiste et Alexis repartiraient. Pendant qu'ils travaillaient, Alexis s'était rapproché de son frère. Ils ne dirent pas un mot. La lune réapparut. Les Berthier revinrent vers eux. Leurs silhouettes devant un arrière-plan bleuté les faisaient paraître plus grands que nature.

— On est à une centaine de pieds à l'ouest de la cabane, dit le fils. Prenez la lampe. Vous verrez le sentier. Suivez-le et vous arriverez. Comptez vos pas pour retrouver le canot.

Le père agrippa leurs vêtements et tira les deux frères vers lui.

— N'oubliez pas, midi du quatrième jour au plus tard. La poudre toujours sèche et un drap blanc suspendu à un arbre. Et vous tirez d'aussi proche que possible.

Tout ce qu'ils emportaient était dans des sacs à dos. Baptiste et Alexis les hissèrent sur leurs épaules. Samuel tendit la lampe à Baptiste.

— Éteignez-la dès que possible. Bonne chance.

Ils se serrèrent la main. Déjà à bord de son canot, le vieux Berthier leva le bras en guise de salut. Baptiste et Alexis attendirent un moment qu'ils s'éloignent, puis se mirent en marche. Ils trouvèrent la cabane sans difficulté, près de l'eau, au milieu d'une petite clairière. Baptiste mit un genou au sol et alluma la lampe. La porte de côté s'ouvrit sans bruit. L'endroit se réduisait à une pièce unique, assez petite, avec une vieille table au centre, trois chaises, un poêle à bois, deux étagères, des crochets aux murs, rien d'autre. Sa simplicité, pensa Baptiste, devait rappeler à Thomas son enfance. Il n'y avait même pas de lit puisque Thomas n'y dormait pas et s'en servait pour laisser ce qu'il n'apportait pas à la chasse.

Accroupis, ils ramassèrent les éclats de verre avec soin et les tassèrent dans un coin. Ils enlevèrent leurs bottes et leurs pantalons gorgés d'eau, et enfilèrent des sous-vêtements et des bas secs. Ils remirent leurs bottes détrempées par crainte de marcher sur du verre. Ils déplacèrent la table pour dégager un espace où ils étendirent leurs couvertures. Ils chargèrent leurs armes, prenant soin de les tenir à distance de tout ce qui était mouillé.

Pendant qu'ils travaillaient dans la faible lueur, Baptiste répéta à voix basse les directives données par Berthier. Alexis ne montra aucun signe d'impatience. Quand ils eurent terminé, Baptiste demanda s'il pouvait éteindre la lampe. Le plancher était dur. Ils gardèrent leurs armes près d'eux et enlevèrent leurs bottes. La noirceur fut d'abord impénétrable, mais au bout d'un moment, leurs yeux s'y habituèrent.

— Tu vas pouvoir dormir ? demanda Alexis.
— Je vais essayer.
— T'as confiance pour demain ?
— Oui.
— Je voulais dire, t'as confiance en moi ?
— Oui.
— On va réussir.
— Si on fait ce qui est prévu, oui, dit Baptiste.
— Si t'as envie de répéter, vas-y.

Baptiste décida de ne pas répondre.

Un bruissement réveilla Baptiste. Il se redressa d'un coup, revolver à la main, tendu comme un chat. Alexis toussa. Baptiste le regarda. Il dormait profondément. Baptiste attendit. Plus rien à part des piaillements d'oiseaux. Il retrouva son calme. Alexis était couché sur le côté, un bras replié au-dessus de sa tête. Lui, il avait à peine fermé l'œil. La lumière de l'aube entrait par les fentes, entre les volets. Il se leva, roula sa couverture et la rangea dans son sac à dos. Alexis ouvrit l'œil, se leva et fit pareil. Il demanda :

— On mange ?
— Pas faim. Toi ?
— Non plus.

Baptiste rangea leurs deux sacs contre un mur. Il examina son revolver. Il regarda son frère, très calme. Il insérait un de ses deux pistolets dans sa ceinture. Baptiste s'approcha de la porte de côté, écarta d'un doigt le rideau qui recouvrait le carreau cassé. Il entrouvrit la porte, regarda dehors et attendit. Il ouvrit la porte toute grande et fit signe à son frère. Ils sortirent. Chacun examina l'autre, leurs yeux s'évitèrent, puis Alexis marcha rapidement, à grandes enjambées, les épaules basses, et prit position derrière la remise. Baptiste ferma la porte derrière lui et se dirigea vers la pile de bois.

Pendant qu'il marchait, il se répétait les consignes données la veille à son frère et qu'il aurait voulu redire une dernière fois ce matin. « Si les chiens se dirigent vers toi, tu restes calme, ils ne mordent pas. Tu ne bouges pas tant que je n'ai pas bougé en premier. Tu t'occupes de Cheval seulement. Tu attends qu'il soit le plus près possible avant de te montrer. Tu vises le corps. Tu t'assures de toucher. Tu tires tes deux coups. Ne te soucie pas des chevaux qui auront peur et partiront au galop. Fais attention de ne pas te prendre un coup de sabot. Quand Cheval sera au sol, avant toute chose, tu prends son arme s'il en a une sur lui. »

Il regretta de ne pas avoir répété tout cela. Il regarda la position du soleil. Si Thomas restait fidèle à ses habitudes, il n'arriverait pas tout de suite. Il s'assit par terre. La journée serait très chaude.

Du temps s'écoula. Le soleil s'éleva dans le ciel. La chaleur s'installa. L'angle du tas de bois l'empêchait de voir Alexis. Il chassait de la main une grosse mouche noire, qui revenait sans cesse, bourdonnante, dégoûtante. Le chant des grillons était obsédant, lancinant. Il n'y avait pas un souffle de vent. La chaleur était cruelle, moqueuse. Il était nerveux, mais sa détermination, sa décision mûrement réfléchie domptaient sa tension. Il essayait de former des pensées, mais son esprit ne fabriquait que des images de la tâche à accomplir.

Il s'essuyait sans cesse le front. Il regretta de ne pas avoir de chapeau. Son mouchoir fut rapidement gorgé de sueur. Un vol de canards passa. Tout près de lui, un animal fourrageait dans un buisson. Il regardait la position du soleil toutes les cinq minutes. Le temps s'était arrêté, pour le narguer, pour le contrarier. Un mal de tête s'installa. Le sol se mit à bouger sous ses pieds. Il eut un début de vertige. « Ressaisis-toi, bon Dieu. »

Il se concentra, observa les fourmis qui grouillaient à ses pieds, les envia parce qu'elles étaient actives, examina l'effet des gouttes de sueur s'écrasant sur la terre. Il craignit de s'évanouir, ferma les yeux, somnola, chancela. «Je dois boire plus, se dit-il, je dois manger, même si je n'ai pas faim.» Le temps, en ralentissant délibérément, complotait contre lui. Il avait préféré sa cellule humide de prisonnier. Mille fois, il fit défiler dans sa tête la séquence d'images de ce qui devait arriver. L'air était lourd. Des nuages voilèrent le soleil, mais la chaleur ne fléchit pas. Chaque respiration demandait un effort. L'attente fut interminable.

Vers midi, Baptiste sut que Thomas ne viendrait pas. Et s'il ne venait plus du tout? Et s'il avait choisi de retourner à Montréal? Il regarda par-dessus la pile de bois, jeta un coup d'œil au chemin désert, sortit de sa cachette. Les jambes molles, il s'approcha de la remise et appela son frère à voix basse. Alexis se montra, un pistolet à la main, l'autre à la ceinture.

— Il ne viendra pas, hein? dit Alexis.
— Non, plus à cette heure.
— Tu penses qu'il viendra demain?
— Comment tu veux que je sache?

Baptiste leva les yeux pour examiner le ciel.

— Il risque encore moins de venir s'il pleut demain.

Alexis fit la moue.

— Ouais. On mange?

Ils se dirigèrent vers la maison. Baptiste marchait la tête basse. Il s'arrêta.

— Qu'est-ce qu'il y a? demanda Alexis.
— Ce n'est pas prudent.
— Qu'est-ce qui n'est pas prudent?
— De rester ici, de les attendre ici.
— Pourquoi?
— Quelqu'un, pas eux nécessairement, pourrait venir et nous voir.
— Qui pourrait venir?

— Je ne sais pas, moi, un braconnier ou quelqu'un qui vient livrer quelque chose.
— Qui va braconner sur ses terres ? Faudrait être fou. Et qu'est-ce que tu veux que quelqu'un vienne livrer ici ?
— Je te dis, ça ne me plaît pas. On s'expose trop. On pourrait nous voir de loin. On ne saura même pas qu'on a été repérés.

Alexis considéra la chose. Baptiste reprit :
— On reviendra dormir dans la cabane quand la nuit sera tombée. Tant qu'il fera clair, cachons-nous dans le bois ou dans un champ.
— Tu...
— S'il te plaît.
— D'accord, d'accord.

Ils retournèrent dans la bicoque chercher leurs sacs à dos et ressortirent. Baptiste se retourna et regarda la maisonnette à la recherche de signes qui trahiraient une présence. Ils s'enfoncèrent dans une forêt de pins. Après les arbres, ils traversèrent des herbes jaunes, très hautes, et parvinrent à un verger de pommiers.
— Ici ça ira, décida Baptiste.

Il laissa tomber son sac à dos et déposa son arme. Alexis alla chercher des pommes, qu'ils mangèrent avec du pemmican* et des biscuits. Ils s'allongèrent sur le dos, leurs têtes reposant sur leurs sacs. Ils restèrent longtemps sans parler.
— Pourquoi t'es revenu ? Le mal du pays ? demanda Baptiste.
— Non, vraiment pas. Je te l'ai dit. J'ai eu des difficultés.

Baptiste n'insista pas. Un vent léger et chaud faisait onduler l'herbe autour d'eux.
— Il va pleuvoir cette nuit, dit Baptiste.

Alexis ne répondit pas. Après un long moment, il dit :
— Je m'excuse.
— De quoi ?

---

* Pemmican : viande séchée.

— De la façon dont je t'ai répondu. Je n'ai pas grand-chose à te cacher. Et t'as le droit de savoir.

Il raconta presque tout. Son arrivée à Paris, son premier emploi chez Havas, ses premiers articles publiés, ses débuts au théâtre, ses succès, sa fierté, sa faillite avec Lacazette, ses créanciers, son départ pour New York, son travail là-bas.

— Je sais que j'ai de la facilité, dit Alexis. J'ai pensé que si j'ajoutais le travail au talent, le succès viendrait. Il est venu, jusqu'à un certain point, et j'ai découvert que je n'étais pas plus heureux. Pas en paix avec moi-même, cherchant quelque chose que je n'arrivais pas à définir, courant sans but.

Il ajouta, songeur :

— C'est fou, on a vécu tous les deux à New York en même temps, pendant assez longtemps, et on ne s'est jamais croisés.

— C'est une grande ville.

— Pour ça...

Le ventre plein, la tension retombée, ils s'endormirent. Baptiste se réveilla de nouveau le premier. Le soleil accélérait sa descente. Le ciel s'assombrissait. L'après-midi tirait à sa fin. L'air était chargé d'eau et les cimes des arbres s'agitaient.

— Tu veux rentrer ? demanda Alexis.

— Oui, pour la poudre surtout.

Ils ramassèrent leurs sacs et retournèrent au logis.

— Si on calfeutrait les fentes avec du tissu, on pourrait allumer une lampe sans danger, suggéra Alexis.

Baptiste prit le temps de réfléchir. Il ne devait pas tout décider seul, tout imposer. À l'heure qu'il était, avec la pluie qui approchait, les chances qu'un étranger surgisse étaient inexistantes, et la soirée serait interminable dans la pénombre. Il fit oui de la tête. Il prit une de ses chemises et la déchira en bandelettes. Ils bourrèrent de tissu les interstices dans les planches et autour des fenêtres. Il y en avait très peu. La maisonnette avait été bien construite, bien entretenue, peut-être remise en condition par son nouveau propriétaire. Alexis boucha le trou de la serrure de la porte principale. Baptiste le laissa faire.

— Ça devrait aller comme ça, jugea Baptiste en terminant d'inspecter leur travail.

Alexis attendit son signal avant d'allumer la lampe. Ils s'assirent à la table pour manger, l'un en face de l'autre.

— Tu t'imagines ceux qui mangent ça tout le temps ? dit Alexis, mâchouillant son pemmican avec dédain.

— Bien d'accord.

Quand ils eurent terminé, Alexis fouilla dans son sac.

— Regarde à quoi j'ai pensé.

Il sortit une grande feuille pliée en quatre. Il la déplia, la lissa, puis la mit sur la table entre eux. Il avait dessiné un échiquier. Il sortit de son sac un calepin, chercha une page précise, le retourna et le secoua. Il en tomba de petits carrés de papier sur lesquels il avait dessiné des pièces de jeu noires et blanches. Il les disposa sur les cases.

— Ça passera le temps, dit Alexis.

— Et ça nous calmera les nerfs.

— Je n'osais pas le dire.

La lumière était tout juste suffisante. Ils jouèrent plusieurs parties. Alexis les gagna toutes. Après le mat de la quatrième partie, il laissa tomber :

— T'es plus coriace qu'avant, je dois admettre.

— Tu dis ça pour me faire plaisir.

— Je le dis parce que c'est vrai.

La dernière fois qu'ils avaient joué ensemble, c'était dans la maison de leur enfance, au village tout proche, la veille du jour où ils s'étaient perdus pour quatre ans.

— Tu te souviens ? demanda Alexis.

Le vent se levait. La cabane gémit. La pluie approchait. Baptiste regarda le plafond.

— De quoi ?

— De la dernière fois. Et du lendemain.

— Qu'est-ce que tu penses ? répondit Baptiste. Évidemment que je me souviens.

Il craignait la tournure que pourrait prendre la conversation. Il ne voyait pas en quoi raviver ces souvenirs pourrait les aider dans la tâche à accomplir. Pendant qu'Alexis replaçait chaque papier sur la case correspondante, il dit :

— Je suis revenu parce que je me sentais seul.

Baptiste attendit, puis demanda :

— Tu n'as jamais pensé à te marier ? À fonder une famille ?

Alexis hésita.

— Oui, j'y ai pensé. Mais je n'ai pas trouvé la bonne personne. Ou j'ai eu peur de perdre ma liberté. Ou d'imposer mes bizarreries à une autre personne.

— C'est sûr que…

Baptiste s'arrêta. La pluie tambourinait sur le toit. Il fut certain qu'elle gagnerait en intensité, durerait longtemps, possiblement toute la nuit. Il laissa tomber :

— On dormira mieux.

Alexis examina le plafond. Sans baisser les yeux, il demanda :

— Toi, tu y as pensé longtemps ?

— À quoi ?

— Ben, quand t'as vu Julie la première fois…

— Non. Je voyais la situation, évidemment. Mais j'ai su tout de suite que je la voulais pour moi.

— T'avais peur ?

— Oui, dès que je l'ai vue.

— Parce que tu savais que tu ne reculerais pas ?

— Oui, quelque chose comme ça.

Alexis déplaça un cavalier. Il demanda :

— Et Jeanne ?

Baptiste prit son temps.

— Jeanne, c'est pas pareil. C'est comme rentrer à la maison après un long voyage.

Ils écoutèrent la pluie, le vent, la nature libérée, souveraine. La petite maison craquait. Ils auraient pu être seuls au monde. Baptiste pensa au canot caché et espéra qu'il était solidement fixé. Il leva les yeux. Le plafond tenait le coup.

Il regarda l'échiquier. Sa situation était déjà compromise après douze coups. Il demanda :
— Tu vas écrire de nouveau ?
— Oui. C'est tout ce que je sais faire.
— Tu vas écrire quoi ?
— Je ne sais pas trop, mais on écrit toujours la même chose.
Baptiste protégea un pion. Alexis voulut préciser :
— Que tu écrives un roman, un poème, du théâtre, peu importe, c'est toujours le combat entre le bien et le mal, soit entre personnes, soit à l'intérieur de la même personne. Tu changes le décor, l'époque, ce que tu veux, mais ça revient toujours à ça. Il n'y a pas d'autre histoire. C'est comme dans nos vies. Au bout du compte, avant de crever, tu te demandes si tu as été bon ou mauvais, si tu as fait plus de bien ou plus de mal...
Il s'arrêta et demanda :
— C'était quoi ça ?
— Quoi ?
— Ce bruit... Écoute.
Baptiste tendit l'oreille.
— T'as entendu ? demanda Alexis.
— Un loup, sans doute.
— Plusieurs. Ils sont tout proches.
Baptiste ne dit rien.
— Ça porte malheur, laissa tomber Alexis.
Baptiste ne répondit pas. Dix coups plus tard, il concéda la victoire et retourna le papier sur lequel son roi était dessiné. Il entreprit de vider son revolver et de le nettoyer. Alexis fit pareil. L'aisance d'Alexis dans le maniement des armes intriguait Baptiste, mais il ne dit rien. Le travail leur prit une bonne heure.

Quand les armes furent rechargées et rangées, ils éteignirent la lumière et s'étendirent. Ils écoutèrent la pluie devenue orage, violent comme la canonnade d'une armée conquérante. Chacun savait que l'autre ne dormait pas.

Baptiste entendit un grondement sourd et prolongé. Il se mordit une lèvre et referma les yeux. La pluie, encore. Une pluie obstinée, impudente. Il se leva, se dirigea vers la porte de côté et regarda dehors. Le jour venait de se lever, mais le ciel était complètement gris. Aucune éclaircie à l'horizon. Il allait pleuvoir toute la matinée, peut-être toute la journée. Il serra les poings, se frappa les cuisses, se retint de jurer. Thomas ne viendrait pas. Une autre journée perdue. Il compta jusqu'à dix, ralentissant vers la fin, espérant que la pluie cesserait miraculeusement à la fin du décompte. Sa bêtise accrut sa rage.

— On fait quoi ? demanda Alexis.

Baptiste se tourna vers son frère, assis, qui venait de se réveiller.

— On fait quoi ? répéta Alexis.

— Laisse-moi réfléchir, s'impatienta Baptiste.

Alexis se recoucha. Baptiste marcha vers lui. « Calme-toi, se dit-il, ne lui montre pas ton dépit, réfléchis, reste en contrôle. »

— Il ne viendra pas, c'est sûr, admit Baptiste.

Il laissa tomber ce que tous deux avaient en tête :

— Il nous reste la journée de demain. S'il ne vient pas, on part comme prévu et je trouverai autre chose. Je ne le lâcherai pas.

Ils mangèrent en silence, à la table, l'oreille tendue, leurs armes à côté d'eux, sans appétit. Quand ils eurent terminé, Baptiste resta longtemps appuyé contre la porte, à contempler le ciel, cherchant une éclaircie. Il n'y en aurait pas. Rester emmuré dans la colère et le dépit n'y changerait rien. Il se raisonna. Si Thomas était encore dans son manoir et s'il avait été privé de son passe-temps favori pendant deux jours, il était raisonnable d'espérer qu'il vienne le lendemain, si la pluie cessait.

Quand il se retourna, Alexis écrivait sur son calepin avec un petit crayon.

— Qu'est-ce que tu fais ? demanda Baptiste.
— On dirait quelqu'un qui écrit, non ?
— Quoi ?
— Une petite histoire.
— Et c'est quoi ton histoire ?
— Je ne veux pas en parler.
— Pourquoi ?
— Parce que je n'ai pas fini.
— Et quand tu auras fini ?
— Je ne sais pas.

Jamais il n'avait vu Alexis si calme, si serein. Il s'adonnait à la littérature pendant qu'ils attendaient pour tuer deux hommes. Mais ce n'était pas plus étrange, se dit-il, qu'attendre en jouant aux échecs, et c'était toute leur situation à laquelle il avait peine à croire.

— Je vais chercher de l'eau à la rivière, annonça Baptiste.
— Avec ce temps ?
— J'ai besoin de sortir.

Dehors, il vérifia d'abord que le canot était toujours là, bien attaché, facile à détacher, suffisamment dissimulé. Il s'agenouilla au bord de la rivière et remplit leurs gourdes. La pluie frappait sa nuque exposée et coulait le long de son dos. Il leva la tête juste au moment où un brochet sautait hors de l'eau. Il eut froid et grelotta. Tous les animaux de la forêt s'étaient abrités. Tout ce qui était vert avait plus d'éclat. Il se redressa et retourna à la cabane. « Les traces de pas, se dit-il, les traces, sois prudent. » Quand il fut tout proche, il prit soin de marcher sur l'herbe. À l'intérieur, il se déshabilla, mit des vêtements secs et tordit ceux mouillés au-dessus d'une bassine. Alexis leva la tête.

— Je ne t'ai pas tout raconté, dit-il.

Baptiste stoppa son travail et le regarda.

— T'es pas obligé.
— Tu veux savoir ou pas ?
— Oui.

Baptiste s'approcha et s'assit devant lui.

— À New York, je me suis relancé dans le théâtre, enfin, j'ai essayé. J'ai écrit une pièce directement en anglais et j'ai convaincu un directeur. Un enterrement de première classe ! T'as pas idée. Un four ! Un naufrage ! Je pensais que les Américains auraient sûrement envie d'autre chose que du Shakespeare, qu'ils voulaient du nouveau, des histoires américaines, qui se passent chez eux, qui parlent d'eux. Alors je me suis lancé. T'aurais dû voir. Le soir de la première, ça riait là où ce n'était pas supposé être drôle, ça parlait assez fort pour enterrer les comédiens, qui étaient d'ailleurs très mauvais. Le deuxième soir, un gros paquet de billets avait été acheté par les plus acharnés. Ils les ont distribués à leur meute. On ne s'est pas rendus jusqu'à la fin. Ils ont lancé des œufs, des légumes, des souliers, ils ont arraché des sièges, des rideaux. La police est arrivée, elle a été débordée. L'émeute, l'enfer ! Les comédiens se sauvaient, terrorisés. J'étais dans une corbeille. J'ai réussi à filer. J'ai appris ensuite que le directeur ne remboursait pas ses dettes.

— Donc, ce n'était pas ta faute.

— Peu importe, les gens associent ton nom au désastre, ça te suit. Il aurait fallu recommencer non pas de zéro, mais d'en dessous de zéro. Le milieu se serait dit que je porte malheur. Pas le courage, pas la force, alors je suis parti.

Alexis, pensif, passa son doigt sur une entaille dans la table.

— Tu sais, dit-il, quand je regarde les humains, je vois pas grand-chose qui mérite d'être aimé. Et plus ça va, pire c'est.

Entre une banalité et le silence, Baptiste préféra le silence.

— Tu savais, reprit Alexis, que j'avais eu ma période religieuse ?

— Toi ?

— Oui, moi. Je sais, ça fait bizarre.

— Alors ?

— Oh, ça n'a pas duré longtemps. Je l'ai appelé, j'ai attendu, il n'est jamais venu.

Alexis toussa. Il continua :

— Je sais, toi, tu ne te poses pas ces questions. Tu penses que la science… Mais l'affaire, tu vois, c'est que la science engendre le doute, elle remet les certitudes en question, alors que l'homme a besoin de certitudes, de vérité, en tout cas de sa vérité.

Baptiste médita la chose.

— Je ne l'avais pas vu sous cet angle, admit-il. C'est sûr que la science aide à comprendre le monde, mais elle ne te dit pas comment mener ta vie.

— Oui, et si quelqu'un ne réfléchit pas à ces questions, c'est un idiot. S'il y réfléchit, il est forcément angoissé, il aura des doutes, des questions sans réponses évidentes.

Baptiste étudia son frère en commençant par ses yeux. Il n'y vit rien d'inquiétant, si ce n'était qu'il se surprenait de nouveau de sa tranquillité. Alexis semblait apaisé, assagi.

— Tu sais, dit Baptiste, quand on aura fait ce qu'on a à faire, beaucoup se douteront que c'est nous. Il faudra repartir.

— Personne ne sait qu'on est ici.

— Oui, mais si on reste dans le pays, on sera soupçonnés. Plus que n'importe qui. Il a tué ma femme et mon fils, il a essayé de me tuer. Ça finira par se savoir. On saura pourquoi je suis revenu. Tout pointera vers moi, donc forcément aussi vers toi. Et quand on aura quitté le pays, il n'est pas évident qu'on puisse revenir un jour.

— Je le sais, répondit Alexis, le regard lointain.

— Tu iras où ? demanda Baptiste.

Alexis examinait de nouveau la table. Puis il recula sa chaise et s'étira.

— Je retournerai probablement aux États-Unis, mais pas sur la côte Est, pas dans une grande ville. Des tas de gens partent vers l'Ouest. Tout est à faire là-bas. Toi, tu iras où ?

— D'abord comme toi, aux États-Unis. Après, je verrai.

— Jeanne te rejoindra ?
— C'est ce qui est prévu, mais on verra quand et où.
— Elle veut quoi ?
— Elle ne l'a pas dit clairement.
— Elle est comme ça, hein ?
— Oui, elle est comme ça.
— En tout cas, dit Alexis, je te promets qu'on se parlera plus souvent. Il y a le télégraphe maintenant.
— Le quoi ?
— Le télégraphe.

L'air interloqué de Baptiste amusa Alexis.

— Imagine que tu es dans une ville et moi dans une autre ville, poursuivit-il. Dans chacune, il y a une machine pour envoyer et recevoir des messages. Tu écris ton message en donnant des petits coups – il y a un code – sur un bouton. Ton message court le long d'un fil électrique qui relie les deux villes et parvient à son destinataire.
— Non !
— Oui.
— C'est plus simple que Suétone.
— L'historien romain ? Qu'est-ce qu'il vient faire là-dedans, lui ?
— Je te raconterai.

Baptiste bâilla.

— Fatigué ? demanda Alexis.
— Oui, j'ai pas bien dormi.
— Va te coucher. T'as rien de mieux à faire de ta journée et il n'arrêtera pas de pleuvoir. Il n'y a aucun danger. On se relaiera.

Baptiste quitta la table et s'allongea sur le sol.

— T'as fait des beaux rêves ? lui demanda Alexis, gentiment ironique, quand il se réveilla.

Baptiste ne répondit pas. Le sommeil l'avait revigoré. Il frotta énergiquement la jambe qui lui faisait mal par temps humide.

— Si Thomas avait mis le nez dehors, railla Alexis, il aurait entendu tes ronflements depuis le pas de sa porte.

Il pleuvait toujours. Baptiste eut faim.

— Il est quelle heure ?

— Autour de cinq ou six heures j'imagine, répondit Alexis.

Baptiste demanda :

— T'as mangé ?

— Oui, je t'ai pas attendu. Si on peut appeler ça manger.

Alexis avait changé d'emplacement. Il lisait assis au sol, adossé contre le mur à côté de l'entrée principale. Baptiste fouilla dans son sac et dévora la première chose qu'il trouva.

— De la grande cuisine, hein ? lança Alexis.

— Inoubliable.

— Écoute, dit Alexis, en levant un doigt. On dirait que la pluie se calme.

Baptiste tendit l'oreille. Son frère avait raison.

— Tu lis quoi ? lui demanda-t-il.

— *Robinson Crusoé*. Ça doit faire dix fois. C'est drôle, le pauvre gars se meurt de solitude, il veut voir quelqu'un, il veut un contact humain, n'importe qui, tandis que toi et moi, on doit faire comme si on n'existait plus, comme si on avait été oubliés de tous, comme lui. On doit être ce que lui ne veut plus être. Nous, par nécessité, lui, par hasard.

Baptiste mangea trop vite. Il eut le hoquet. Il se leva et marcha vers la porte.

— J'ai besoin d'un peu d'air.

— J'ai mis le nez dehors quand tu dormais, dit Alexis. Ça fait du bien. Fais attention aux traces de pas.

Baptiste ouvrit prudemment la porte de côté. La pluie avait cessé. Le vent commençait à dégager le ciel. Il redescendit au bord de la rivière. Ses pieds s'enfonçaient dans l'herbe gorgée d'eau. Là où le sol était terreux, la boue était très brune, presque noire. Il emprunta le sentier qui longeait la rivière, dans la direction du village, puis remonta vers la forêt. De grosses gouttes tombaient paresseusement des branches, faisaient reluire les feuilles. C'était une contrée fertile, riche, odorante, à laquelle l'orage avait donné une nouvelle poussée de vigueur.

Il réalisa qu'il aimait ce pays, qu'il l'aimait profondément, charnellement, qu'il lui avait manqué, qu'il était chez lui. Il franchit une futaie de pins, traversa le chemin principal par lequel arriveraient Thomas et Cheval, marcha vers l'intérieur des terres et parvint à un étang qu'il ne connaissait pas. Pendant un instant, il revit le doux visage de sa mère et le sourire ironique, jamais méchant, de son père. Il s'imagina ce qu'ils penseraient de lui maintenant. Ils l'avaient voulu marié, avec des enfants, socialement utile, avec une bonne clientèle, de l'argent, un nom et un rang estimés. Néanmoins, cette flânerie dans la nature l'apaisait. Il vit un barrage de castors, fit le tour du plan d'eau, examina l'ouvrage. Puis il revint sur ses pas, retrouva le chemin et continua à s'éloigner de la maisonnette. Ses parents, sans nécessairement approuver, ne l'auraient pas condamné sans nuance.

Il parvint à une section où le chemin amorçait une montée abrupte quand il aperçut, marchant droit vers lui, le haut d'une tête d'homme, puis une tête au complet, puis des épaules qui se balançaient. Il plongea dans les buissons sur sa droite. Il rampa le plus vite qu'il pouvait, s'éraflant les coudes et les genoux, suivant la pente qui descendait vers la rivière. « Tu fais du bruit, idiot. » Il s'arrêta, ferma les yeux, mit ses mains sur sa tête. Il aurait voulu s'enfoncer dans la terre. « Imbécile, tu es couché sur le ventre, tu n'es pas abrité, s'il regarde de ton côté, tu seras visible comme une tortue en plein milieu du chemin. » Sur sa gauche, il vit la paroi rocheuse qui expliquait la montée du chemin. S'il bougeait, il risquait d'être entendu. S'il ne bougeait pas, il serait vu. Il rampa jusqu'au pied de l'escarpement, s'y adossa, accroupi.

Sa respiration était saccadée, ses mains tâtaient la pierre derrière lui. Une de ses mains perdit le contact. Le bas de la paroi rocheuse s'avançait et laissait un espace entre elle et le sol. Il entendit les pas de l'inconnu, le bruit des broussailles qu'il écartait de ses mains. Il se mit en boule et se glissa dans la cavité. L'homme avança lentement jusqu'au bord de l'eau. Il était devant lui, de dos, tout proche, tourné vers la rivière. Baptiste ne voyait pas le haut de son corps, mais ce n'était pas Thomas. Il était grand, décharné, vêtu de haillons. Ce n'était pas non plus un de ses hommes. Dans le dos, il avait un carquois portant des flèches. Dans la main gauche, il tenait un arc et une flèche en position de tir. Il était logique qu'un braconnier chasse à l'arc pour éviter le bruit, et qu'il sorte après la pluie. Mais il fallait être téméraire ou inconscient pour braconner sur les terres de Sauvageau.

L'homme mit un genou par terre, plongea une main dans l'eau et but. Il recommença. Il resta immobile, contemplant la rivière. Il se retourna et se pencha pour examiner le sol. Il cherchait des traces de gibier. Baptiste se fit le plus petit qu'il pouvait. Il voyait maintenant l'homme de face. Il l'estima plus jeune que lui, mais la vie l'avait usé prématurément. Il avait de longs cheveux sales, une longue barbe sale, la lèvre supérieure fendue sous le nez, un visage si décharné qu'on aurait dit un crâne. Une perdrix pendait à sa ceinture. Baptiste eut le sentiment que l'homme n'était pas dangereux. C'était la situation qui l'était. L'homme s'éloigna de l'eau et passa si près que Baptiste aurait pu toucher ses bottes rapiécées.

Il s'en voulait de son imprudence. Il s'était aventuré trop loin. Il attendit sans bouger. Il retrouvait son calme quand une idée lui vint.

Il attendit d'être sûr que le braconnier s'était éloigné, puis il sortit de son trou. Il bougea ses bras et ses jambes pour se dégourdir. Il se retourna vers la paroi rocheuse. Il posa ses deux mains sur elle et la caressa. Il marcha très lentement le long de l'escarpement. Après quelques pas, il dut se coller à la pierre pour éviter les buissons chargés d'épines qui la bordaient. Il se mit à genoux et plongea ses mains dans l'herbe à la recherche de la jonction entre le bas de la pierre et la terre. Il avança ainsi, à genoux, en tâtonnant, pendant une vingtaine de pieds. Le bas de ses pantalons était boueux et détrempé. Il continua d'avancer en tâtonnant. Il commençait à douter quand la main qui explorait la paroi rocheuse s'enfonça dans le vide. Il s'arrêta. La cavité semblait plus profonde que celle où il s'était dissimulé. Il s'agenouilla face à l'orifice. Le buisson derrière lui érafla son dos. Il baissa la tête à la hauteur du sol. Il enfonça un bras le plus loin possible, craignant la morsure d'une bête tapie. Son bras ne rencontra aucune résistance. La cavité se prolongeait.

C'était bien ici. Ses souvenirs devinrent d'une clarté absolue. Il s'engouffra dans le trou, se contorsionnant comme un serpent. Il leva la main et toucha la pierre juste au-dessus de lui. Il devait rester collé au sol pour avancer. Dans sa mémoire, ce passage naturel avait la longueur d'un corps normal. Ses yeux ne distinguaient rien. Il rampa en gardant un avant-bras devant lui pour se protéger. Au bout d'un instant, il lui sembla que l'air était plus frais et sa respiration plus facile. Il releva la main et ne sentit rien au-dessus de lui. Il était arrivé dans la grotte. La noirceur était absolue. Il regretta de ne pas avoir de lampe.

Il se redressa très lentement, une main au-dessus de lui. Ce n'était pas le moment de se fracasser le crâne. Il put se mettre à genoux. Tel un aveugle, il tâta le sol devant lui et sur les côtés. Dans son souvenir, la grotte était plutôt circulaire avec des parois irrégulières. Il réfléchit. Il se rappelait une pierre plate et rectangulaire, tout au fond. Entre cette pierre et le mur, il y avait un espace qu'on aurait dit creusé par l'homme. Il lui avait valu une des pires frayeurs de sa vie. Il avança à genoux, les deux mains devant, comme un suppliant, jusqu'à la paroi sur sa droite. Il ne voyait absolument rien. Il savait qu'il aurait trouvé l'endroit plus petit que dans sa mémoire s'il y avait eu de la lumière. Il longea la paroi sans la lâcher des mains. Il parvint à la grande pierre plate, presque une table, en fit le tour avec ses mains pour l'évaluer.

Il comprit qu'il était là pour surmonter une vieille frayeur. Il respira et avança une main dans la cavité. Le bout de ses doigts toucha une surface dure et poussiéreuse. Il la caressa sur toute sa longueur, comme s'il flattait un animal. Il n'y avait plus d'ossements. C'était évident. Oui, il voulait, des années plus tard, vaincre une peur d'enfance. Et puis, se dit-il, quel médecin recule devant des restes humains réduits à l'état de squelette ? Il en avait examiné plusieurs. Les ossements s'étaient-ils désagrégés avec le temps ? Quelqu'un était-il venu ? Peu importe, il n'y avait rien. Il engrangea avec satisfaction cette petite victoire. Mais il fallait rentrer.

Il continua à longer la paroi afin de revenir à son point de départ. Il se souvenait d'avoir jadis été debout, sans devoir baisser la tête, mais il avait 12 ans. Il préféra avancer à genoux. L'exercice était fatigant. Il parvint à une saillie et se rappela s'être assis là jadis. Il décida de se reposer un moment. Il tâta la surface dure, se tourna à demi et voulut s'asseoir, mais une de ses mains glissa sur la pierre humide. Il perdit l'équilibre. Le bas de son dos, du côté droit, heurta une pierre pointue. Une douleur fulgurante, un marquage au fer, lui fit pousser un cri. Il resta immobile, crispé. Au bout d'un moment, il se tourna sur le côté et frotta la meurtrissure de toutes ses forces. Il resta prostré en attendant que la douleur s'atténue. Il tâta la blessure. Il sentit du sang sur le bout des doigts, mais ce n'était qu'une vilaine coupure.

Quand la douleur s'estompa, il se retourna, repéra la surface sur laquelle il avait voulu s'asseoir et se hissa. Il attendit que sa respiration redevienne normale tout en continuant à masser l'endroit endolori. Il tâta le sol à ses pieds à la recherche de la pointe coupable. Il la trouva. Elle était si acérée qu'il songea à l'extrémité d'une flèche. Il continua à la palper. Non, c'était plus volumineux qu'une pointe de flèche et trop symétrique pour être une pierre. Il enleva quelques poignées de terre pour la dégager.

Ce n'était pas une pierre, mais l'extrémité d'un objet de fabrication humaine. Il prit un caillou à ses pieds et frappa la pointe. Le choc émit un son métallique. Il frappa de nouveau. Pas de doute. Il enleva encore un peu de terre. C'était le coin d'une boîte ou d'un coffre, mais dont il ne pouvait dire la dimension. Il chercha à dégager la chose, mais elle ne bougea pas. Il faudrait du travail, des outils, du temps. Mais il n'était pas venu pour cela. Il ne voulait pas que son frère s'inquiète et parte à sa recherche. En rampant vers la sortie, il déchira son pantalon. Couché sur le ventre dans le passage menant vers l'extérieur, il s'assura qu'il ne voyait et n'entendait personne dehors avant de sortir.

Sa jambe et le bas du dos lui faisaient mal. Il était couvert de boue. La déchirure sur un côté de son pantalon allait du haut de la cuisse jusqu'au genou. Le soleil se couchait. Il voulut se hâter. Il redescendit vers la rivière. La longer était plus prudent. Il ne dirait rien à Alexis. Il pressa le pas. Un fourré s'agita devant lui. Il entendit des grognements. Il se jeta au sol et ferma les yeux. Il attendit. Il chercha à identifier ces bruits étouffés. Ils n'étaient pas humains. Ce n'étaient pas non plus des gémissements de douleur. Il releva la tête, regarda de tous les côtés, puis se redressa. Il se leva et avança à pas mesurés, prenant soin de ne pas trébucher, penché vers l'avant, écartant la végétation avec ses mains à la taille.

Trois loups adultes dévoraient une carcasse de cerf. Un louveteau tournait autour, impatient, réclamant sa place au banquet. Le plus gros mâle se tourna vers Baptiste. Il avait un pelage gris et noir, les oreilles dressées, des yeux jaunes sans expression. Tout son museau était rouge. Il découvrit ses canines et grogna. Baptiste recula sans le quitter des yeux, très lentement, et rejoignit la rivière.

Il voulut se laver pour éviter trop de questions. Il se déshabilla, entra dans l'eau, se frictionna, frotta sa chemise.

Quand il parvint au logis, le soleil était couché. Une ligne orange traversait l'horizon, écrasée par un halo rose teinté de beige. L'air ahuri d'Alexis aurait fait sourire Baptiste si leur situation avait été autre.

— Qu'est-ce qui t'est arrivé ? demanda-t-il.

Il était couché sur sa couverture et lisait, appuyé sur un coude, la lampe près de lui.

— Je grimpais une pente et j'ai glissé, expliqua Baptiste. J'ai essayé de m'accrocher à des branches pour me retenir.

Alexis se redressa.

— C'est vrai ?

— C'est vrai.

— Manifestement, ça n'a pas marché.

— Non, ça n'a pas marché.

Baptiste se sécha et enfila des vêtements secs. Il étendit sa couverture auprès de celle de son frère. Alexis, qui ne le quittait pas des yeux, plaça la lampe entre leurs deux couvertures. D'une voix très douce, il dit :

— T'en fais pas, je ne te demanderai pas ce qui s'est passé. On continue comme prévu ?

— Comme prévu.

— T'as mangé ? demanda Alexis.

— Pas faim. J'aurais bien bu quelque chose par contre.

— On a de l'eau.

— Ce n'est pas ce que j'avais en tête.

— De l'eau, c'est tout ce qu'on a.

Baptiste ne dit rien. Alexis le regardait, en duel avec sa promesse de ne rien lui demander.

— T'es allé où ?

— J'ai longé la rivière. T'en fais pas, je me suis tenu loin du chemin. Mais c'est mouillé, alors je suis tombé. Tu veux faire une partie avant de dormir ?

— Je vois surtout que tu ne veux pas parler, dit Alexis.

Il étira le bras pour prendre le calepin contenant le matériel pour jouer.

— Il n'y a rien à dire, je t'assure, répondit Baptiste.

Ce fut une de leurs plus longues parties. Alexis resta assis en tailleur. Baptiste dissimulait son mal de dos et changeait régulièrement de position. À un moment, il leva la tête vers son frère qui le regardait. Ils restèrent longtemps, les yeux dans les yeux, chacun cherchant à sonder le mystère de l'autre, à pénétrer au plus profond de son cœur et de sa tête, s'aimant mais se surveillant en même temps.

Baptiste joua avec une confiance, avec une sûreté dans l'intention et l'action qu'il ne se connaissait pas. Plusieurs fois, ce qu'il avait anticipé quatre ou cinq coups d'avance se matérialisa. Alexis gardait ses lèvres pincées. À la fin, il restait à Baptiste son roi et deux pions et à son frère le roi et trois pions, mais son pion supplémentaire ne pouvait changer la donne.

Alexis poussa un long soupir. Il leva des yeux étonnés vers son frère.

— Fallait que ça arrive un jour. Une nulle. Ta première. T'as jamais joué comme ça. Je te félicite.

— Tu m'as pas laissé de chances ?

— Jamais. Je joue toujours pour tuer. Pardonne le choix de mots dans les circonstances.

— Déçu ?

— Pourquoi ? Ça reste un jeu et plus t'es dur à battre, plus c'est amusant.

— On devrait se coucher. Faudra être reposés demain.

Quand la lumière fut éteinte, ils restèrent longtemps à écouter le chant des grillons. Baptiste était tourné sur le côté pour ne pas mettre du poids sur sa blessure. Il passa en revue tous leurs préparatifs. Il était calme et déterminé. Il avait les moyens de corriger une injustice, et si un homme tolère une injustice qu'il peut corriger, il est lâche. Il donnerait la mort à quelqu'un qui la méritait depuis longtemps parce que la société avait failli à sa responsabilité.

Alexis chuchota :

— Il va venir ?

— Oui.

— On va réussir ?
— Tu m'as déjà demandé. Oui.
Après un moment, Alexis dit :
— Je te demande pardon.
— Pourquoi ?
— Pour tous les soucis que je t'ai donnés.
— N'y pense plus.
— J'aurais voulu que tu sois fier de moi.
— Je le suis.
— De quoi ?
Baptiste soupira.
— C'est vraiment nécessaire ?
— Non, sérieusement, fier de quoi ?
— T'as connu des succès, réussi des choses.
— Oui, mais ça ne m'a pas rendu heureux. J'aurais voulu te ressembler, je pense.
— En quoi ?
— Ben, être, je ne sais pas, plus calme, plus serein, plus stable.
— Tu trouves ma vie stable ?
— Tu comprends ce que je veux dire.
— Non.
— Ben, je veux dire, t'as connu des périodes de grand bonheur, non ?
— Oui, c'est vrai.
— Pas moi, même quand ça allait bien. Il manquait toujours quelque chose et je ne savais pas quoi.
Baptiste ne trouva rien à répondre.
— C'est quoi pour toi, le bonheur ? demanda Alexis.
Baptiste prit le temps de réfléchir.
— Écoute, je suis médecin, pas philosophe. Je n'ai jamais analysé la chose. Je dirais…
Il hésita.
— Je suis sûr d'une chose. Le bonheur n'est pas dans l'argent, pas dans les objets, pas dans le luxe, pas dans le divertissement, bien que ça puisse rendre la vie plus

agréable. Il y a des riches malheureux et des pauvres heureux. Je dirais – il chercha ses mots – que c'est accepter de bon cœur ce qu'on est, par exemple accepter de vieillir et de mourir un jour. C'est accepter aussi ce qu'on ne peut pas changer autour de nous. C'est accepter les mauvais moments sans s'effondrer et savourer les bons moments quand ils passent. Il ne faut pas non plus, il me semble, espérer que le bonheur viendra un jour ou penser qu'il viendra des autres. Si tu passes ton temps à l'attendre, tu rates ta vie, et ce n'est pas la responsabilité des autres de nous rendre heureux. Ils s'occupent d'abord d'eux.

Il terminait de parler quand il réalisa qu'il n'avait pas réfléchi à ce qu'était le bonheur depuis les minutes qui avaient suivi la naissance de son fils. Il pleura en silence.

— C'est la sagesse que tu définis, pas le bonheur, releva Alexis.

Baptiste s'efforça de contrôler sa voix.

— C'est la même chose, dit-il. Tous les sages sont heureux. Ils sont sages parce qu'ils désirent peu et acceptent beaucoup.

— Ça fait longtemps que tu penses comme ça ?

— Je ne sais pas trop. J'ai connu le désir effréné, qui fait mal tellement il est fort. C'est comme une fièvre. Et quand tu le perds, c'est terrible. Alors je me dis que si tu désires moins, tu te fais moins mal, non ?

— Oui, sans doute.

— Allez, faut dormir, conclut Baptiste.

Il espéra que le sommeil viendrait vite. Sitôt qu'il ferma les yeux, il revit ce loup au museau ensanglanté.

Chapitre 29

L'interrogatoire

Maheu était assis sur une chaise droite, les mains attachées dans le dos. Tout bougeait, tout était flou. Les couleurs n'avaient plus de netteté. Les murs moisis et nus se rapprochaient et s'éloignaient, le plafond bas voulait l'écraser, des voix chargées d'écho venaient de loin. La montagne humaine se pencha sur lui, offrit son sourire édenté, lui donna son haleine fétide en prime. Le monstre était chauve, sans sourcils, avec une cicatrice au travers de la joue.

— Ça t'excite, hein, mon gros cochon ? dit une voix à l'intention du monstre.

Le monstre regarda en direction de la voix et eut un sourire d'enfant. Maheu détecta que la voix était dans son dos, toute proche.

— Vas-y, t'as droit à une petite gâterie, dit la voix.

Le géant saisit le nez cassé de Maheu entre son pouce et son index et le tordit à répétition. Maheu hurla. Son nez faisait des bruits d'écureuil mordillant des coquilles de noix.

— Tu lui en laisses un bout quand même ? demanda la voix.

Le monstre ne répondit pas. Il souriait stupidement. Maheu fut secoué d'un long spasme et son menton retomba sur sa poitrine. Le gorille le saisit par les cheveux, lui releva la tête, la relâcha. Il se mit à examiner son poing énorme, comme s'il le découvrait, jouissant d'anticipation, quand la voix de son maître demanda :

— Combien de coups depuis le début?

Le monstre fut déstabilisé, son cerveau débordé. Il regarda son maître comme un chien.

— Onze, douze... quinze? dit la voix. T'es pas fort en calcul, hein, mon grand?

La brute, le poing à la hauteur de son énorme tête, attendait un ordre.

— On ne voit rien ici, observa la voix, avec une pointe de regret.

Une ombre contourna Maheu et arriva devant lui. Elle souleva son menton. Maheu respirait encore. Une veine dans une tempe palpitait. Un côté de sa mâchoire avait deux fois la taille de l'autre. Un œil était complètement fermé. Un doigt serait entré dans la fente sanguinolente au-dessus de l'autre. Ses lèvres étaient énormes, tordues, lacérées. Une dent était restée accrochée dans sa barbe, comme un insecte dans une toile d'araignée.

— Il est arrivé quoi à ton nez? Un cheval a marché dessus? dit l'homme penché sur lui. Pas sûr que ta femme te reconnaîtrait.

Le regard stupide du monstre, qui s'était écarté, fixait les bandelettes de cuir qui protégeaient ses jointures.

— Tu m'entends, Maheu? demanda le chef du géant.

Il se tourna vers le gorille.

— Il ne m'entend pas.

L'homme penché sur Maheu lui tâta la cage thoracique pour trouver une côte brisée, enfonça son pouce, le maintint. Maheu laissa échapper un gémissement, puis un râle. Sa tête se redressa et retomba. Le monstre apporta une chaise. Son chef la prit et s'assit devant Maheu.

— J'ai tout mon temps. Pas pressé du tout. Je suis payé et j'aime ça. Trois jours déjà? Ça peut durer trois autres, six autres, le temps qu'il faudra.

L'homme avança sa tête, changea de ton.

— Regarde, on va chez toi pour que tu nous dises qui a mis une chaîne et un cadenas sur la porte du bateau, et on trouve la montre de Clément. Un enfant aurait trouvé une meilleure cachette. Pas ta meilleure, hein ? Tout ce que je veux, c'est que tu m'expliques.

Maheu gargouilla. Ses lèvres bougèrent.

— Quoi ? demanda l'homme.

La tête de Maheu était retombée. Une mouche explorait le marécage de sang, de sueur et de salive près de son menton.

— Sois gentil, Maheu, ouvre un œil.

Maheu leva la tête, entrouvrit le seul œil possible.

— Je vais te montrer quelque chose, dit l'homme.

Il s'essuya la main sur son pantalon et dit au gorille :

— Montre-lui la suite.

Le géant s'illumina comme l'enfant qui reconnaît le cadeau espéré. Il revint avec une pince rouillée. L'homme prit la pince. Il l'examina.

— Tes dernières dents, dit-il, ou les ongles. T'as une préférence ?

Le grincement d'une serrure, des gonds qui gémissent, une éclaircie. La porte à l'autre extrémité s'ouvrit. L'homme se retourna. Sa physionomie changea. Près de la porte, un petit bout d'homme l'appela du doigt et ressortit. Il redonna la pince au mastodonte et se hâta. Il rejoignit l'autre dans le corridor humide.

Le nouveau venu était un nain, ou à peine plus qu'un nain, le teint pâle, 100 livres tout au plus, avec un visage creux et un menton pointu, rasé de près. Il lui manquait le bras gauche. La manche de sa veste noire, de coupe exquise, amidonnée et brossée à la perfection, était repliée et retenue par une épingle à l'épaule.

— Alors ?

— Rien de plus, monsieur. Il dit qu'il a gagné la montre aux cartes et ne veut pas dire contre qui.

— Hum.

— Il finira par cracher, monsieur.

— Sûr ?

— Faites-moi confiance.
— Il faut qu'il parle. Lui-même n'a aucune importance. Mais il peut nous livrer les autres.
— Je vais plus loin ?
Le petit homme se caressa le menton.
— Oui, mais lâchez sa tête. Je ne veux pas un idiot de village pour toujours. Il faut qu'il comprenne quand on lui parle.
— Oui, monsieur. On va prendre la pince.
— Je veux qu'il parle ou qu'il reste en état de parler. Compris ?
— Oui, monsieur.
Le nain vissa ses yeux dans ceux de l'autre.
— J'y compte bien.

L'autre ne répondit pas. Il baissa les yeux. Ils retournèrent dans la pièce sombre et sans fenêtres. Le nain resta près de la porte, prenant soin de ne toucher à rien. Le géant attendait près d'une table chargée d'instruments. Son chef lui fit un signe. Le mastodonte sourit joyeusement. Il s'approcha de Maheu et lui détacha les poignets. Ses deux bras retombèrent le long de son corps. Il retourna chercher la pince rouillée et vérifia son fonctionnement en revenant. Il mit un genou au sol à côté de Maheu. Son maître avait posé la main gauche de Maheu sur la chaise libre devant lui et agrippé son poignet. Il fallut tordre sa main pour lui donner l'angle approprié. Maheu ouvrit son œil. Un filet de salive reliait sa lèvre inférieure et le creux à la base du cou. Deux mouches bourdonnaient au-dessus de lui.

Quand l'ongle du pouce fut dans les mâchoires de la pince, le géant excité attendit l'ordre. Son sourire dévoilait ses dents noires et les trous dans sa bouche. Les yeux de son maître donnèrent l'ordre. Le mastodonte tira la pince vers lui avec un mouvement simultané de torsion du poignet. Maheu poussa un hurlement prolongé, venu des entrailles, pendant qu'il se tortillait. Il retomba mollement. Un gémissement épuisé, des pleurs se firent entendre. Le monstre approcha la pince de ses yeux pour examiner son trophée. Son chef se tourna vers l'homme près de la porte. Le nain avait déjà quitté les lieux. Il grimpait la trentaine de marches quand, parvenu tout en haut de l'escalier, un autre hurlement lui fit se demander s'il ne faudrait pas se mettre à la recherche d'un endroit aux murs plus épais.

Le lendemain matin, lorsque s'ouvrit la porte, Maheu, étendu au sol, ne bougea pas. Le monstre le retourna et lui tapota les joues. Maheu croisa les bras, protégeant ses mains sanguinolentes sous ses aisselles. On l'assit sur la chaise.

— T'as de la belle visite, dit le chef du mastodonte.

Il s'écarta et le nain au bras unique apparut devant Maheu. L'ogre entreprit d'attacher ses mains dans son dos.

— Non, dit le nain. Approchez-moi une chaise.

Le colosse regarda son chef. Il alla chercher une chaise. Le nain s'assit devant Maheu.

— T'as soif ?

Maheu, hébété, se cherchait des repères.

— Apportez-lui de l'eau, dit le petit homme.

Maheu saisit à deux mains la gamelle et la vida d'un trait, renversant du liquide sur sa chemise. Les bouts de ses doigts noircissaient déjà.

— On lui a donné à manger ? demanda le petit manchot sans se retourner.

Il n'y eut pas de réponse. Il demanda à Maheu :

— T'as faim ?

— O-O-Oui.

— On va te donner à manger. Avant, tu vas m'écouter, d'accord ?

Le nabot avait parlé d'une voix posée.

— M-M-Manger, marmonna Maheu.

Le petit homme réfléchit. Il se tourna vers le monstre.

— Apporte-lui de la soupe.

Le monstre ne comprenait plus rien à rien. Il regarda son chef.

— Qu'est-ce que t'as pas compris ? aboya celui-ci.

Le mastodonte se dirigea vers la porte.

— Tu m'entends, Maheu ? demanda le nain.

Sa voix était douce. Maheu fit oui de la tête. Il retrouvait ses esprits. Il se palpait le visage avec ses deux mains. Il baissa la tête et voulut passer ses doigts dans ses cheveux, mais la douleur l'arrêta. Il regarda l'extrémité de ses mains, les referma, croisa les bras sur sa poitrine pour protéger ses doigts.

— Il y a des gens qui aiment la violence, reprit le nabot. Pas moi. Tu me crois ?

Pas de réaction.

— Tu me crois ? reprit l'autre. C'est pourtant vrai. Écoute... Monsieur, ici, dit que tout homme finit par casser. C'est juste plus ou moins long. Tu sais que c'est vrai puisque tu as déjà été à notre place. Donc...

Il fit une pause. Il se pinça les lèvres, cherchant les mots exacts.

— Donc...

Le colosse revint avec une écuelle de soupe. Il en renversa sur son tablier pendant qu'il s'approchait. Maheu leva la tête et lui arracha l'assiette des mains. Son ventre faisait du bruit. Sa pomme d'Adam montait et descendait pendant qu'il avalait le liquide froid. Il vida l'assiette en trois coups, s'essuya avec un avant-bras, rota. Il tendit l'assiette au monstre, qui s'assombrit d'être traité en valet.

Le petit homme se racla la gorge. Le chef du gorille se déplaça pour mieux voir. Il fulminait de voir ses méthodes désavouées, mais il comprenait qu'il allait assister à un jeu subtil qui l'intriguait.

— Je veux que tu m'écoutes attentivement, Maheu, reprit le nain. Tu es capable ?

— O-O-Oui.

— Très bien.

Le petit homme croisa les jambes et ajusta le pli de son pantalon avant de reprendre.

— Certaines choses ont changé. Pendant des années, Sauvageau a payé des tas de gens pour regarder de l'autre côté et se taire. Maintenant, pour des tas de raisons compliquées, qui te dépassent, Londres veut autre chose, le gouverneur aussi, les députés aussi, le maire aussi. Enfin, Londres décide et les autres suivent, tu comprends ? Le vent change de direction. C'est comme ça en politique. Le vent change sans qu'on sache trop pourquoi et tout le monde s'ajuste par intérêt. Tu me suis ?

— Oui.

— Excellent. C'est sûr que beaucoup de gens sont nerveux. Tous ceux qui ont reçu de l'argent de Sauvageau. Mais ce n'est pas ton problème, ni le mien. Donc…

— Vous êtes qui, vous ? lâcha Maheu.

— Aucune importance. Je n'ai pas de nom, pas de titre. On peut même dire que je n'existe pas.

— Alors vous servez à quoi ?

— À solutionner des problèmes. Il y a toujours eu, il y aura toujours des gens comme moi. Ils n'apparaissent nulle part, mais ils règlent des problèmes. Pour que la roue continue à tourner, tu comprends ? C'est ça qui compte au fond, que la roue tourne, que tout tourne.

Le nain eut un sourire triste et reprit :

— Évidemment, ce n'est pas toujours facile, comme tu peux voir.

Sa main tapota l'épaule à laquelle son autre bras aurait dû s'attacher. Il continua.

— Comment dire ? Pour protéger l'essentiel, il faut parfois se débarrasser de ce qui n'est pas essentiel. Parce que si on perd l'essentiel, qu'est-ce qui reste ? Des fois, il faut changer un peu pour ne pas devoir tout changer. Mais bon, assez de paroles en l'air. Soyons concret. Je vais te dire comment je vois les choses et je vais te faire une proposition.

Il avait l'attention de Maheu.

— On a trouvé chez toi la montre de Clément. On n'y allait pas pour ça, mais bon... À partir de là, quelles sont tes options ? Je peux te laisser ici aux bons soins de ces messieurs. Ensuite, peut-être qu'il y aura un procès, je ne sais pas. La corde ? Probablement pas, je te le concède. Alors c'est la prison ou la déportation, ou tu es innocenté. Dans tous ces cas, Sauvageau se dira que tu as parlé ou que tu vas parler tôt ou tard. Il fera quoi, tu penses ? Même en prison, tu ne serais pas en sécurité. Et si on te laissait sortir maintenant, quand il verra dans quel état tu es, qu'est-ce qu'il fera, tu penses ? Est-ce qu'il te croira quand tu lui diras que t'as rien dit ? Il ne courra pas de risques. Tu me suis ?

Maheu suivait parfaitement. Le monstre était près de la table le long du mur. Son maître était debout à côté de l'homme au corps d'enfant, qui continua :

— Maintenant, si tu nous dis tout sur la bande, sur toutes les affaires qu'on veut solutionner, si tu vides entièrement ton sac, je te laisse partir avant qu'on aille visiter Sauvageau. Je te donne juste assez de temps pour partir là où il ne pourra jamais te retrouver.

Le petit homme perçut le raidissement de l'homme debout à ses côtés.

— Je ne vous crois pas, balbutia Maheu.

— As-tu le choix de me croire ou pas ? As-tu une meilleure option ? Honnêtement, je ne la vois pas. Je t'offre un cadeau du ciel. La vie sauve et un nouveau départ.

Maheu regarda le plancher.

— Et puis, reprit le gnome, pose-toi une question : est-ce qu'eux feraient pour toi ce que tu fais pour eux ?

Le petit homme laissa passer un moment.

— Regarde, on va commencer lentement. Tu dis que t'as gagné la montre aux cartes, c'est ça ?

— Oui.

— Celui qui l'avait avant toi, il a dit comment il l'avait obtenue ?

— Non.

— Et toi, tu le sais ?
— Non.
Le nain se gratta la joue. Il réfléchissait. Il demanda :
— T'as une femme ?
— Oui, il a une femme, lâcha l'homme debout.
— Et t'as des enfants ?
— Un tas ! ajouta l'autre en riant. Ceux qu'il reconnaît et tous les autres.
L'avorton n'eut pas de réaction. Il reprit :
— Commençons petit à petit, si tu préfères. Donne-moi quelque chose. Une bouchée pour commencer.
Maheu se redressa sur sa chaise. Il murmura :
— Mercier.
— Répète, s'il te plaît.
— Mercier.
— Augustin Mercier ?
Maheu fit oui de la tête.
— Quoi, Mercier ? demanda le manchot.
— Il travaille pour nous.
— Je sais. Quoi d'autre ?
Maheu ramassa toute son énergie.
— Les gens qui imitent les signatures sur les chèques, qui vont à la banque, qui encaissent l'argent. Il y en a eu plusieurs. C'est Mercier qui est derrière.
Le nain resta impassible. Maheu continua :
— Mercier donne les chèques à un homme qui les donne à un autre qui envoie un messager à la banque pour collecter. Il donne un pourcentage à chacun et garde le reste. Bastien vole des livrets de chèques pour lui.
Le petit homme prit un air ennuyé.
— Je m'en doutais, dit-il. Mais Mercier est à la retraite. Il a arrêté tout ça. Et tu me donnes leurs noms parce que ce sont les moins dangereux.
Tous deux se jaugeaient.
— Écoute, Maheu, personne ne sait que t'es ici, tu n'es pas officiellement détenu, aucune trace écrite d'une

arrestation, pas de témoins, rien. C'est comme si tu n'existais plus. Il n'y aura pas d'avocat qui viendra défendre tes droits. Ta femme ne saurait même pas où te chercher. Cet endroit – il fit un geste circulaire avec son doigt – n'existe pas.

— Il y a quelqu'un dans l'entourage du gouverneur. Il lui dit tout, susurra Maheu.

— Quelqu'un qui informe Sauvageau ?

— Oui.

— Qui ?

— J'sais pas. Je le jure.

Le nain eut un sourire triste. Il lissa son pantalon.

— Imagine, dit-il, que je suis un pêcheur. Oui, je sais, un pêcheur manchot, enfin… Donc, je suis un pêcheur. Je remonte mon filet et je regarde ce qu'il y a dedans. Les petits poissons, je les remets à l'eau. Ils ne valent pas la peine. Tes petits poissons, je ne les veux pas, tu comprends ?

Maheu essuya la morve sur son nez avec sa manche.

— Qu'est-ce que tu sais sur le meurtre de Clément? demanda le petit homme.

— Rien.

— Sur l'incendie du bateau ?

— Rien.

— Tu te souviens des frères Richardson qui travaillaient sur les quais ?

— Oui.

— Ils ont disparu du jour au lendemain. Tu sais quelque chose ?

— Non.

Le nain le regarda sans rien laisser transparaître.

— Il cache son argent un peu partout, dit Maheu.

— Sauvageau ?

— Oui. Tout n'est pas à la banque et chez lui. Il a des cachettes. Par précaution, qu'il dit.

— Tu les connais ?

— Non.

Le petit homme, tel un joueur d'échecs, soupesait ses possibilités. Puis il poussa un long soupir ennuyé.

— Maheu, tu refuses de voir l'essentiel. Supposons que tu sortes d'ici aujourd'hui. Ça n'arrivera pas, mais supposons. Il t'arrivera quoi, tu penses ?

Maheu ne broncha pas. Le manchot enleva une poussière sur son pantalon.

— Ce qui t'arrivera... arrivera aussi à ta femme, à tes enfants. Souviens-toi du fils de Clément, celui qu'on a retrouvé en deux moitiés. Sauvageau ne prendra aucun risque. Il ne voudra pas qu'un de tes enfants, en vieillissant, ait des envies de se venger ou quelque chose du genre. Tu peux comprendre ça, non ?

Il répondit lui-même :

— Évidemment que tu comprends.

Le petit homme réfléchit pendant quelques secondes.

— Maheu, je vais te faire une autre faveur. Ton enfant le plus jeune, il a quel âge ?

— Huit ans.

— Les autres ?

— Plus vieux. Une autre mère.

— Très bien. Alors regarde. Si je juge que tu m'as tout dit, je permettrai que tu partes, libre comme l'air, avec ta femme et, disons, ton fils le plus jeune, et on paiera les billets. Tu te rends compte de ce que je t'offre ? J'efface tout. Tu refais ta vie ailleurs. Évidemment, tu ne remets jamais les pieds ici. Mais bon, c'est ça ou...

— Pourquoi je vous ferais confiance ?

Le petit homme hocha la tête. L'homme à ses côtés devina que le nain allait abattre une carte majeure.

— C'est une excellente question. On ne se connaît pas. Pourquoi tu me ferais confiance ? Après tout, t'as survécu en ne faisant jamais confiance à des gens comme moi. Très bien. Maintenant, t'as toujours fait confiance à Sauvageau, n'est-ce pas ?

Maheu ne répondit pas. Le nain reposa la question en haussant la voix d'un ton.

— T'as toujours fait confiance à Sauvageau, n'est-ce pas ? Par intérêt ou pour n'importe quelle autre raison, tu lui as toujours fait confiance. Oui ou non ?

— Oui.

— Très bien. Maintenant, cet homme auquel t'as toujours fait confiance, je vais te dire quelque chose à son sujet.

Maheu tenta de sourire, mais ses lèvres le firent grimacer.

— Non, non, se dépêcha de dire l'autre, je ne te parlerai pas de ses crimes. Pas de morale.

Il caressa l'étoffe de son pantalon.

— Sauvageau et sa bande sont là depuis des années, n'est-ce pas ? Bien avant que tu te joignes à eux. De temps en temps, l'un ou l'autre est interrogé, mais aucun n'a jamais moisi longtemps en prison. Mieux encore, sa bande n'a plus de concurrence. Il n'y a plus de petits voyous indépendants dans les rues ou, en tout cas, ils ne durent pas longtemps. Il n'y a plus d'agitateurs politiques. Il n'y a plus de désordre. Je te mets au défi de trouver une ville de la taille de Montréal qui soit aussi tranquille. Pourquoi, tu penses ?

Maheu n'eut pas de réaction.

— Tu ne sais pas ? Tu ne te doutes pas ? T'es pas idiot pourtant, loin de là. Écoute, depuis des années, il y a un marché entre Sauvageau et nous. Il nous informe, ce qui nous permet de garder les rues propres, si tu vois ce que je veux dire, de garder le couvercle sur la marmite, la paix sur les chantiers, sur les quais, pas mal partout, et nous, en échange, on le laisse tranquille tant qu'il n'exagère pas. Ton chef, c'est un informateur de police. Tout allait bien tant que les morts restaient entre vous. Mais dès qu'il y a eu des innocents… Bon, je sais que le père Clément n'était pas propre, propre, mais il était respecté par les gens bien, son fils aussi. Le fils n'avait rien fait, lui. Et le jeune gars du bateau, non plus… Une ligne a été franchie. Plus d'une, en fait.

— Je vous crois pas, murmura Maheu, ébranlé.

— D'accord, t'es pas obligé, mais penses-y froidement. On le laisse aller depuis longtemps sans rien faire. Pourquoi, d'après toi ? Et c'est à lui que tu fais confiance ? Et c'est lui qui parle tout le temps de loyauté ? Un informateur ? Et qui va te tuer dès que tu sortiras d'ici ?

Le manchot regarda longuement Maheu, qui lui retournait un air de défi, puis il se leva.

— Réfléchis à ma proposition, dit-il. Si tu vides ton sac, et si je suis sûr qu'il est vide, nous on ira visiter Sauvageau, mais pas avant que t'aies eu le temps de partir… loin, loin, loin… avec ta femme et ton plus jeune. Sinon, je te laisse aux bons soins de ces deux messieurs, que t'as appris à connaître, qui trouvent que je suis trop bon avec toi. Et après, si tu sors, t'auras affaire à Sauvageau. Moi, je t'offre un nouveau départ. Je te donne une journée pour y penser.

Il regarda à tour de rôle le monstre et son chef.

— Mettez-le dans une cellule, avec un lit et une couverture, et donnez-lui à boire et à manger.

— Bien, monsieur, répondit celui qui commandait jusque-là.

Le petit homme posa sa main sur l'épaule de Maheu, puis se dirigea vers la sortie. Il se retourna au bout de quelques pas.

— Pense à ta femme, pense à ton plus jeune. Est-ce qu'ils méritent ce qui les attend ?

Maheu et les deux autres le regardèrent partir sans bouger.

Chapitre 30

L'embuscade

— Quoi ? Qu'est-ce qu'il y a ? demanda Alexis.
— Rien, dit Baptiste.
Ils marchaient vers la remise.
— Dis-le, crache le morceau.
— Rien, rien.
— Alors pourquoi tu me conduis à ma place comme un enfant ? Je la connais, ça fait trois jours.
Baptiste réalisa que c'était la première fois qu'il accompagnait son frère jusqu'à l'endroit où il devait se dissimuler.
— Est-ce que tu me fais confiance ? demanda Alexis.
— Oui.
— J'ai l'air calme ?
— Oui.
— Je sais ce que j'ai à faire ?
— Oui.
— Alors va à ta place.
Baptiste obéit.
Plus tôt, quand il faisait encore nuit noire, incapable de dormir, il avait ouvert la porte de côté. Debout dans l'entrebâillement, il s'était retourné vers l'intérieur. Alexis dormait profondément. C'était ainsi depuis leur arrivée. Il était revenu à sa place, avait tenté de se rendormir, n'y était pas parvenu. Sitôt qu'une clarté blafarde était apparue, il s'était relevé et avait fait quelques pas dehors, respirant à pleins poumons l'air piquant. Pas un souffle de vent. Les

dernières gouttes suspendues aux branches faisaient de gros plocs en allant mourir dans les flaques. Les oiseaux saluaient la journée qui s'annonçait chaude, sèche, magnifique.

« C'est peut-être, se dit Baptiste, la dernière aurore de ma vie. » Son cœur battait plus violemment que les matinées précédentes. Il contempla la forêt, admiratif. Il aimait ce pays, son pays, oh comme il l'aimait, de toutes ses forces, jamais jusqu'à ces derniers jours il ne l'avait à ce point réalisé. Mais il allait de nouveau le quitter – par la mort ou par l'exil – parce qu'il y avait plus important que cet amour.

Il retourna dans la cabane, tapota l'épaule de son frère et, sans un mot, comme ils l'avaient fait les deux premières journées, ils se préparèrent, vérifiant soigneusement leurs armes. Mais cette fois, ils avaient rangé leurs sacs à dos dans la chaloupe, pour partir plus vite, Baptiste s'étant convaincu qu'après les orages, Thomas, en manque de plaisir, viendrait finalement. Alexis ne s'était pas opposé, n'avait rien dit. Aucun des deux n'avait songé à manger.

Chacun était maintenant à l'endroit convenu. Tout autour, la nature, ragaillardie par la pluie, avait retrouvé sa vigueur. Debout derrière les bûches ordonnées en rangées superposées, hors de la vue d'Alexis, Baptiste porta une main à son cœur. Les battements étaient plus lents qu'à son réveil. Il contracta les muscles de ses jambes. Il leva sa main droite, paume vers le sol, et fut satisfait de voir qu'elle ne tremblait pas. Il était prêt, alerte, malgré le manque de sommeil. Il ajusta, en travers de sa poitrine, la ceinture qui contenait les pièces d'or. Il toucha la crosse du revolver à sa taille. Il repensa à son frère qui, depuis son réveil, n'avait ouvert la bouche que pour le renvoyer derrière son tas de bois. Il était réconforté par son calme.

Il regarda le ciel, puis le chemin par lequel Thomas Sauvageau arriverait, car il viendrait aujourd'hui, il en était sûr. Tout près, tapi entre deux buissons, un renard roux, pas plus gros qu'un petit chien, l'observait à son insu. Il venait de sentir un lapin, mais la créature humaine piquait sa curiosité. Sa faim attendrait. Un chien aboya. Le renard jugea bon de déguerpir.

Baptiste sortit son revolver très lentement et l'arma. Un autre aboiement, différent du premier. Il essuya la paume de sa main droite contre sa cuisse. Le chemin descendait vers la maison. Il vit une paire d'oreilles pointues, puis une autre, et les deux chiens apparurent en trottinant, frétillants, heureux, l'un blanc avec des taches marron, l'autre tout noir, leurs museaux tantôt collés au sol, tantôt relevés. Puis ils s'élancèrent à toute vitesse, arrivèrent en un instant, se mirent à renifler Baptiste. Excités, ils aboyaient de toutes leurs forces, achevant de réveiller la forêt. Baptiste les flatta, les tapota. L'un des chiens s'écrasa à ses pieds, bougeant sa queue de satisfaction. L'autre remonta le chemin.

Un chapeau gris apparut, puis une tête sous ce chapeau, celle de Cheval, puis le haut de son corps, qui dodelinait tranquillement, en même temps que la tête de sa monture. Il tenait par la bride un second cheval chargé de fusils et de paquets. Thomas Sauvageau était juste derrière, tête nue, vêtu d'une élégante veste de cuir couleur crème, et montant un alezan magnifique. Il n'avait guère changé, jugea Baptista, hormis ses cheveux plus clairsemés, avec toujours cet air de ne pas avoir un tracas au monde.

Ils descendirent la pente conduisant à la maison en reculant sur leurs selles. Quand le chemin devint plat, ils furent à 30 pieds de l'endroit où Baptiste était dissimulé, sur la pointe des pieds, prêt à surgir. Le cheval de Thomas remua la tête et lâcha un hennissement. Quand Baptiste se découvrit, Sauvageau et Cheval regardaient tous les deux en direction de la remise. Alexis marchait déjà vers eux d'un pas décidé, un pistolet dans chaque main. Quand il fut à trois pas, sa tête près de l'encolure de l'animal, le bras tendu, il tira sur Cheval et l'atteignit en plein visage. Un nuage les enveloppa. Cheval fut projeté vers l'arrière, éjecté de sa monture qui se cabra. Sauvageau et Alexis se tirèrent dessus en même temps. Le coup de feu d'Alexis arracha la moitié de la main de Sauvageau. Son arme vola dans les airs. Alexis porta la main à sa gorge. La bête de Cheval était partie au galop, entraînant celle qui transportait leur matériel. Thomas essayait de maîtriser d'une main sa monture dressée sur ses pattes de derrière, celles de devant boxant le vide.

Baptiste s'approcha. Il prit son temps et fit feu. Il toucha Thomas à l'épaule. Thomas lâcha un cri rauque. Il luttait toujours pour ne pas être désarçonné. Sa bête était folle de peur, impossible à contrôler. Thomas bascula par-dessus son cheval et tomba, tête première, mais son pied droit resta coincé dans l'étrier. La bête décampa, voulut remonter le chemin, traînant Thomas dos au sol, retenu par un pied. Son corps soubresauta jusqu'à ce que sa tête et sa nuque heurtent une roche. L'impact libéra Sauvageau, laissant son corps inerte et son cou dans un angle impossible, pendant que l'animal s'éloignait au galop par le chemin, soulevant des tourbillons de poussière. Le corps était à une centaine de pieds de Baptiste, qui courut vers lui.

Quand il fut tout près, Baptiste mit un genou au sol. Les yeux de Thomas se tournèrent vers lui. Ses lèvres bougèrent, mais pas un son ne sortit. Baptiste resta immobile. Les lèvres de Thomas remuèrent de nouveau. Baptiste se pencha au-dessus de lui. Il sentit un souffle sur son oreille. Il se redressa. Le visage de Thomas se tordit. Il exhala des sons inarticulés, sembla vouloir dire quelque chose. Il eut une grimace de douleur, l'esquisse d'un sourire, puis une autre grimace. Les artères violettes de chaque côté de sa gorge palpitaient. Un des coins de sa bouche montait et descendait. Baptiste se releva, raidit son bras, pointa son revolver et lui logea une balle au milieu du front. Les yeux vitreux de Thomas restèrent ouverts.

Baptiste repartit au pas de course vers son frère. Il sut immédiatement qu'il était mort. Il resta debout. Alexis achevait de se vider de son sang par la gorge. Sa poitrine était une mare écarlate. La peau de son visage était blême, ses lèvres cendrées. Ses yeux étaient fermés. Ses traits étaient détendus, paisibles. Baptiste serra les poings, les porta à ses tempes, maudit le ciel, gonfla ses poumons pour hurler.

— *Hey, you!* cria une voix forte.

Baptiste leva les yeux.

— *You, stop right there!* hurla un soldat.

Un autre apparut. Ils étaient au milieu du chemin, là où les chiens étaient apparus, assez proches pour que Baptiste voie que l'un des soldats était vieux et l'autre très jeune. C'était le vieux qui avait crié. Il pointa un doigt vers Baptiste.

— *You...*

Une flèche se planta dans la cuisse du vieux soldat. Il tomba en hurlant. Baptiste tira un coup de feu par-dessus la tête du deuxième soldat qui plongea dans un fourré en bordure du chemin. Les baïonnettes des autres soldats apparurent au-dessus de la crête du chemin. Baptiste courut de toutes ses forces vers la maison. La ceinture chargée d'or le ralentissait. Il coupa en diagonale et dévala la pente menant à la rivière. Son pied cogna quelque chose, il perdit l'équilibre, plana dans les airs et, après avoir heurté le sol violemment, il tournoya sur lui-même à répétition, dévalant la pente qui menait au bord de la rivière. Il se releva à moitié assommé, le souffle court. Quand il mit du poids sur sa jambe droite, la douleur à sa cheville fut atroce. Mais la peur fut plus forte. Il parvint au canot, enleva les branches qui le recouvraient, le poussa dans l'eau. Il grimpa dans le canot, saisit une pagaie et pagaya de toutes ses forces. Il n'avait plus de revolver.

Dans son dos, on lançait des ordres. Il se retourna. Les soldats sur la rive chargeaient leurs fusils. Il se pencha et enfonça violemment sa pagaie dans l'eau, puis une autre fois, puis encore une autre, comme s'il voulait creuser les flots. Une balle le frôla. La tête baissée, il pagaya comme un possédé. Une autre balle fracassa la pagaie entre ses mains. Il regarda dans le fond du canot. Il n'y en avait pas d'autre.

Un tir toucha le canot et fit virevolter un morceau d'écorce. Le canot n'avançait plus. Il se tourna vers les soldats. Ils devaient être cinq ou six. L'un d'eux le mettait en joue, un genou au sol. Les autres chargeaient leurs fusils.

Il se jeta à l'eau, le canot se renversa. Il se dissimula derrière, ses bras agrippés à la coque tournée vers le ciel. Il attendit la prochaine détonation, ferma les yeux. Le projectile toucha le canot avec un bruit sourd, juste à côté de ses mains exposées. Il peinait à flotter. Il rouvrit les yeux, regarda autour de lui. Il vit les deux petites îles qu'il avait longées de nuit à son arrivée. La plus proche était à une centaine de verges d'où il était. La ceinture pleine de pièces le tirait vers le fond. Il l'enleva et la laissa couler. Derrière le canot, il se pencha vers l'arrière et retira ses bottes. Un autre projectile s'écrasa contre le canot. L'odeur de la poudre et la fumée parvenaient jusqu'à lui. Il voulut nager en direction de l'île la plus proche. Sa chemise le gênait. Il la passa par-dessus sa tête et l'enleva. Il n'avait pas nagé depuis des années. Le courant le déporterait vers l'île et jouerait en sa faveur. Il se lança.

Il lutta pour dominer sa peur. « Contrôle ta respiration, lance tes bras ensemble vers l'avant, le plus loin possible, écarte-les de chaque côté du corps, ramène-les, utilise tes jambes, même celle qui te fait mal, comme celles d'une grenouille. Pousse, pousse, pousse. »

Deux tirs touchèrent l'eau derrière lui. S'il parvenait à l'île, il serait hors de portée des fusils. Il aurait un répit jusqu'à ce que les soldats trouvent une embarcation. La peur lui donnait des forces. Il se répétait de tirer le maximum de ses mouvements. La voix qui commandait les soldats s'était tue. Un dernier tir, puis plus rien.

On le laissait aller. On l'observait. Il se noierait ou, s'il parvenait jusqu'à l'île, on irait le cueillir plus tard. Il nagea, nagea, nagea. Il avala de l'eau, voulut recracher, s'étouffa, s'arrêta, mais le courant empêchait tout repos. Quand il fut près de l'île, une de ses jambes s'enroula dans des algues. Il eut un moment de panique. Il plongea sous la surface pour la libérer. L'eau avalée le gonflait et entravait sa respiration. Finalement, ses pieds touchèrent le fond de la rivière. Il put se mettre à quatre pattes et se traîna jusqu'au bord. Il saisit une branche avec une main, puis avec les deux. Quand il tira, elle fut arrachée de la terre et lui entailla la main. Il retomba dans l'eau, sur le dos, se releva, tituba, de l'eau jusqu'aux genoux. Il parvint à se hisser sur la terre ferme et se laissa choir sur le dos, épuisé, le cœur sur le point de jaillir de sa poitrine, aveuglé par le soleil, endolori de partout, plus mort que vif.

Puis une vérité massive, immense, s'imposa à lui: il avait réussi, il avait tué Thomas, il était vivant. Mais cette satisfaction disparut aussi vite qu'elle avait surgi. Alexis était mort, et il eut honte de ne pas y avoir pensé depuis qu'il luttait pour ne pas être pris.

Sur la rive opposée, tout près des soldats, le petit renard était revenu. Sa curiosité avait été trop forte. La raison du tumulte lui était incompréhensible, mais il comprenait maintenant pourquoi on l'avait averti de se méfier des humains.

Couché sur le dos, Baptiste ne ressentait aucune joie d'avoir tué Thomas. Il ne comprenait pas non plus sa sérénité quand il songeait à la mort d'Alexis. Il était triste, certes, mais pas étonné de ce qui était survenu. Le calme d'Alexis lui apparaissait maintenant, dans son aveuglante clarté, comme celui de quelqu'un venu faire ce qu'il avait décidé. N'en avait-il pas toujours fait à sa tête? Au fond, l'idée que son frère attendrait que lui, Baptiste, s'expose en premier et, surtout, qu'il acquiesce à un plan qui n'était pas le sien, allait à l'encontre de tout ce qu'il était. Il réalisa qu'il ne s'était jamais représenté son frère sous les traits d'un vieillard réconcilié avec la vie. Et s'il n'avait jamais imaginé cela, était-ce parce qu'il savait la chose impossible, qu'il savait que sa vie serait brève ?

Il se secoua. On le traquait. Il mettrait de l'ordre dans ses sentiments plus tard. Il tendit l'oreille. Pas de bruits d'origine humaine près de lui. Que des chants d'oiseaux et le clapotis de l'eau. Il se redressa. Assis, la main en visière pour protéger ses yeux du soleil, il observa la berge qu'il avait quittée. Deux soldats étaient restés là où la patrouille avait fait feu sur lui. Les autres étaient sans doute à la recherche d'une embarcation. Ils chercheraient aussi à prévenir la troupe sur la rive opposée, là où l'attendaient Berthier et son fils. C'était ce qu'il aurait fait à leur place. L'officier responsable avait dû examiner à la longue-vue le nageur et cette île minuscule. Il n'avait aucune raison de se dépêcher d'aller cueillir un homme seul, encerclé par l'eau, dépourvu de tout.

Baptiste se leva. Il s'estima à trois ou quatre cents verges des fusils anglais, sans doute hors d'atteinte. Il examina sa cheville. Elle commençait à enfler. Il la tâta. Il y avait peut-être fracture, mais il ne pouvait en être sûr. Il mit du poids sur sa cheville. Elle le faisait souffrir, mais la vraie douleur viendrait plus tard. Il avait intérêt à bouger pour éviter l'engourdissement. Il vit une branche robuste au sol. Il s'en ferait une canne. Quelle différence si on le voyait en train de boiter ? Ce n'était pas comme s'il avait les moyens d'opposer une défense.

Toute son enfance il avait vu ce petit morceau de terre inhabitée au milieu de la rivière, mais il n'y avait jamais mis les pieds. À sa connaissance, il n'avait même pas de nom. Il devait essayer de repérer Berthier sur l'autre rive, donc aller jusqu'à l'autre extrémité de l'îlot. Les premiers pas lui arrachèrent des grimaces de douleur. Les cailloux et les épines écorchaient la plante de ses pieds nus. Sa cheville enflait vite. Par endroits, le terrain était marécageux. Cette eau soulageait ses pieds. Bien chaussé, traverser cette île minuscule d'un bout à l'autre par le centre aurait été l'affaire de cinq ou six minutes. L'affaire lui sembla durer une éternité.

L'endroit était relativement plat, assez densément boisé pour qu'il puisse ne pas être vu s'il restait au milieu. Il pourrait s'abriter du soleil et dormir sous un arbre. Quand il parvint au point le plus éloigné de celui où il était arrivé, il chercha le drap blanc suspendu à un arbre sur l'autre rive, mais la seconde île, plus mince et plus longue que celle où il était, s'interposait entre lui et le lieu du rendez-vous.

Il retourna vers le boisé avec peine. Ses pieds cherchaient les pierres plates. Il s'agenouilla près d'un trou et but de l'eau de pluie. Il s'adossa à un arbre pour réfléchir. Il en était à son troisième jour. Les Berthier l'attendraient jusqu'à demain midi. Devait-il changer de plan ? Il ne trouva aucune raison sérieuse. Il n'avait ni armes, ni argent, ni nourriture, ni cartes, ni moyen de transport. Les Berthier étaient toute l'aide dont il disposait. Mais il lui fallait quitter cette île avant qu'on vienne l'arrêter. Cela ne pouvait se faire qu'à la nage. Un nageur serait immédiatement repéré en plein jour. Nager de nuit serait une folie. Il se perdrait. Il attendrait l'aurore et rejoindrait d'abord l'autre île, puis la rive de la grande île Jésus, où il serait attendu par ceux qu'il voulait et par ceux qu'il ne voulait pas. Il n'avait pas de meilleure solution.

La peau sous ses pieds était fendue à plusieurs endroits. Il saignait. Il enleva ses pantalons et en arracha un morceau. Il le déchira en deux sur la longueur et enroula chacune des bandes autour de ses pieds. Idéalement, il devait trouver un endroit d'où il pourrait voir venir les soldats sans être lui-même vu. Il marcha sur les talons, les orteils tendus, jusqu'à l'extrémité ouest de l'île, espérant pouvoir embrasser des yeux les deux rives. Il n'y trouva pas le point d'observation souhaité. Les arbres étaient cependant si proches de la rivière que leurs branches les plus basses étaient comme des parasols recouvrant l'eau brune. Il pourrait se dissimuler sous eux. Si les soldats arrivaient, peu importe d'où, sa seule option serait de se glisser dans l'eau.

D'après le soleil, il jugea qu'il devait être autour de midi. Il avait faim. Autour de lui, il ne vit rien qu'il aurait pu manger. Il aurait dû chercher, mais il n'en avait pas la force. Il se dit qu'il ne resterait pas vingt-quatre heures sur cette île. Il tiendrait le coup. Il s'allongea au pied d'un arbre pour ne pas être vu. Il chassa un moustique de sa main. Des épines avaient pénétré les plantes de ses pieds. Il repensa à son frère. Aurait-il pu empêcher qu'il vienne avec lui ? Il ne voyait pas comment. Il n'avait pas vraiment essayé. Du moment où Alexis avait compris qu'il était rentré pour tuer Thomas, il valait mieux le garder auprès de lui. Avait-il voulu, en s'exposant le premier, se racheter, montrer qu'il était capable de courage ? Voulait-il mourir ? Quand il avait dit vouloir retourner aux États-Unis, le pensait-il vraiment ? Et lui-même, se doutait-il que son frère agirait de la sorte ? Non, mais sitôt qu'il répondit à sa question, il sut que sa négation serait pour toujours entachée d'un doute. Il était triste, mais sa tristesse prenait une forme imprévue. C'était une tristesse résignée, mais dénuée de culpabilité.

Le moustique avait dû prévenir ses compagnons. Rien d'aussi succulent n'était apparu sur cette île depuis longtemps. Il tenta de les chasser, puis il abandonna. Il devait économiser les forces dont il aurait besoin. Il verrait s'il pouvait supporter les démangeaisons en se concentrant sur autre chose. Il repensa à sa situation. Et si, pour quelque raison, les Berthier n'étaient plus là ? Et si, par exemple, les soldats qui surveillaient la rive où ils étaient leur avaient ordonné de partir ?

Dans ce cas, à supposer qu'il atteigne la rive sans être capturé, il n'aurait d'autre choix que de chercher à atteindre la frontière américaine par ses propres moyens. Ce n'était pas impossible. Beaucoup de gens l'avaient fait après les débâcles des automnes de 1837 et 1838. Le territoire était immense et les patrouilles anglaises peu nombreuses. Il n'avait pas un sou, mais il y aurait des paysans pour lui offrir un repas et une grange pour la nuit. Ou pour le dénoncer. Et quel acharnement les autorités mettraient-elles à poursuivre un homme impliqué dans la mort d'une crapule ? Avait-il été reconnu ? Il était probable que non, mais quand on aurait identifié le corps de son frère, on se douterait de l'identité de celui qui l'accompagnait. Il songea à Jeanne et à Antoine. Ils seraient assurément interrogés.

Il passa la majeure partie de l'après-midi immobile. Le soleil avait entrepris sa descente. Il était couvert de piqûres. De temps en temps, il se frictionnait vigoureusement avec de la salive. Sa cheville était énorme. La faim revint, plus aiguë, plus violente. Y aurait-il quelque chose à manger sur ce caillou recouvert de végétation ? Il n'avait pas vraiment cherché. « Cherche. Qu'est-ce que tu as à perdre ? » Ce n'était pas comme si son royaume était immense à parcourir. Il avait vu des jardins de bourgeois plus grands. Il regarda le ciel. « Cherche pendant qu'il y a encore de la lumière. »

Il se leva, appuyé sur sa branche. Il se dirigea, sans raison précise, vers le centre de l'île, les yeux rivés au sol. Il arriva devant une surface pleine de cailloux pointus. Il la contourna pour atteindre l'herbe mouillée. Quand il y parvint, il fit quelques pas, puis, soudainement, sa jambe droite s'enfonça jusqu'au-dessus du genou. La douleur à sa cheville fut fulgurante. Il poussa un cri qui se mua en une longue plainte. Ses yeux se remplirent de larmes. Il s'extirpa du trou et se traîna plus loin. Il enleva le lambeau de tissu et se massa doucement la cheville. Il aurait pu se briser de nouveau la jambe ou même la hanche. Ce serait un miracle si sa cheville n'était pas cassée.

Le découragement le submergea. Il fut tenté de se laisser aller. Mais il se révolta aussitôt. « Tu as une cheville en mauvais état, tu as faim, tu te fais dévorer par des moustiques. Mais les choses auraient pu beaucoup plus mal tourner. Alors tant pis, tu ne mangeras pas. De toute façon, tu n'aurais trouvé ni un fruit rabougri, ni un œuf tombé d'un nid. Ta douleur, tu la supporteras, et on n'a jamais entendu parler d'un homme mort de piqûres de moustiques. Thomas

Sauvageau, lui, est mort pour vrai, et c'est ce que tu voulais depuis longtemps. Et les Anglais ne t'ont pas encore mis la main au collet. Et demain, tu nageras comme prévu. Un nageur peut se passer d'une cheville en bon état. Et il n'y a aucune raison que les Berthier ne tiennent pas leur promesse. Alors économise les forces qui te restent, chasse toute pensée défaitiste et prépare-toi pour la nuit. »

Il retrouva son calme et réfléchit. Il lui faudrait se protéger du froid nocturne. Il ne savait pas allumer un feu. Il rampa jusqu'à l'arbre le plus proche. À genoux, il tâta le sol et identifia un endroit sec et peu exposé au vent. Avec une pierre pointue, avec la branche qui lui servait de canne, avec ses mains, il creusa un trou de la longueur de son torse. Il n'était pas très profond, mais il s'échina suffisamment pour être trempé de sueur. Il ne devait pas se coucher directement sur la terre. Il recouvrit le fond du trou de branches et de morceaux d'écorce. Il espérait que la fatigue l'aiderait à dormir. Il s'allongea sur le dos pour se reposer un moment. Il examina les couleurs du crépuscule. Le jaune, l'orange, le rouge, le rose s'effaçaient rapidement devant le gris et le bleu nuit. Il devait se hâter. Il rassembla quelques autres branches d'épinette. Il se glissa dans le trou et se roula en boule sur le côté. D'une main, il se couvrit de branches. Puis il cacha sa tête dans ses bras pour protéger ses yeux des insectes.

Il grelotta longtemps avant qu'un sommeil agité ne vienne. Pendant la nuit, à deux reprises, il fut réveillé par ses frissons et ses claquements de dents. La première fois, il se retint de pleurer, puis se laissa aller. La seconde fois, il se redressa et écouta les bruits. Des petites bêtes grouillaient autour de lui. L'obscurité était totale. Il s'imagina aveugle toute sa vie. Il toucha sa cheville, devenue presque aussi grosse que son mollet. Il aurait voulu marcher pour générer de la chaleur. Il fit des moulinets avec ses bras, les frotta, puis joignit ses jambes et ramena les genoux vers son ventre à répétition. Il n'arrêta que lorsque ses abdominaux crièrent grâce. Il se roula de nouveau dans son trou et se recouvrit. Il se souvint d'avoir lu qu'un homme n'est perdu que s'il renonce à combattre. Il pensa à Julie, il pensa à son frère, à son fils qui avait porté le nom de son frère, il pensa à Jeanne, et il sut qu'il ne renoncerait jamais.

Les premières lueurs de l'aube l'encouragèrent. Il venait de passer une nuit infernale, mais elle était maintenant derrière lui. Il était décidé à vivre en homme libre et heureux. Il se mit à genoux, se secoua, se frictionna les bras, ouvrit et referma ses poings. Il fallait se dépêcher. Il empoigna sa branche, s'appuya sur elle et marcha jusqu'au bord de l'eau. Il avait réfléchi. Il était séparé de la pointe sud de l'autre île par une centaine de verges. Une fois qu'il y serait parvenu, il ne la traverserait pas à pied. Il avait moins de chances d'être aperçu s'il contournait cette pointe sud en restant dans l'eau.

De cette deuxième île à la terre ferme de la grande île Jésus, il y avait une quarantaine de verges par la voie la plus courte, mais une centaine s'il visait l'endroit, plus au sud-ouest, où devraient être les Berthier, qu'il ne pouvait voir d'où il était. Il jugea trop risqué de faire la traversée la plus courte et d'essayer de les rejoindre par voie terrestre, surtout dans l'état où étaient sa cheville et ses pieds. La rive devait être surveillée. Il avait donc deux traversées à faire, environ 200 verges au total, plus une centaine de verges de contournement en longeant une berge. Rien de trop difficile pour quelqu'un qui n'aurait pas été affaibli et affamé.

Dans la pénombre du petit matin, transi de froid, il regarda autour de lui, abandonna sa canne, puis se glissa dans l'eau glacée. Le choc le paralysa d'abord, mais il fouetta sa volonté ensuite. Il commença à nager. L'eau était calme, le courant léger. Après quelques brasses, il se mit à faire les mouvements les plus amples qu'il pouvait pour se donner un maximum de propulsion. Il parcourut la distance le séparant de l'autre île sans difficulté jusqu'à ce que les racines submergées des nénuphars en bordure de la berge entravent ses jambes. Mais il n'était plus qu'à quelques verges. Quand il se redressa, l'eau était peu profonde, lui arrivant un peu au-dessus des genoux. Le jour se levait rapidement. Quand il se tourna vers l'île où il venait de passer la nuit, un soldat regardait dans sa direction. Son habit rouge était une tache éclatante dans les couleurs douces du matin. Le soleil, encore timide, faisait scintiller la baïonnette au-dessus de lui. Baptiste s'enfonça complètement dans l'eau. Il nagea quelques verges sous l'eau en longeant la berge. Ses mains touchaient le fond. Quand il ne fut plus capable de retenir sa respiration, il sortit la tête de l'eau. Le soldat n'avait pas bougé. Il avait été rejoint par un autre. Après un instant, ils lui tournèrent le dos, puis marchèrent vers le centre de l'île, sans doute pour rejoindre les autres.

Le dos arrondi, ne sortant que sa tête, Baptiste avança en position accroupie, luttant contre la résistance de l'eau, marchant comme un canard vers la pointe de l'île. Il n'avait jamais eu aussi froid. Sa jambe, sa cheville le martyrisaient. Juste avant de contourner cette extrémité, il plongea de nouveau sous l'eau. Il ouvrit les yeux pour se repérer, mais l'eau boueuse empêchait de voir à plus d'un pied devant lui. Il nagea une dizaine de pieds en ligne droite, puis bifurqua sur sa gauche. Il avança d'une autre dizaine de pieds. Sa main gauche frôla une pierre. Il la chercha et la retoucha. La présence de cette pierre le rassura. Il sortit la tête de l'eau pour se situer, puis renagea sous l'eau. Quand il émergea de nouveau, la pointe de la petite île avait été contournée. Il ne pouvait plus être vu de l'île qu'il venait de quitter, mais la troupe se douterait de la direction qu'il avait empruntée. Ne laissant que sa tête hors de l'eau, il empoigna la branche basse d'un arbre qui s'avançait sur l'eau.

Il était maintenant en face de l'île Jésus, où devaient être les Berthier. « Calme, tu restes calme, jusqu'ici ça va. » Des vaguelettes faisaient des clapotis en venant s'écraser contre les pierres. Il ne pensait plus au froid. Sur la berge en face de lui, à une quarantaine de verges à peine, un soldat marchait distraitement en longeant l'eau. Deux autres bavardaient assis par terre. Baptiste regarda sur leur droite. Une cinquantaine de verges plus loin, étendu entre deux arbres, comme pour sécher, il vit le drap blanc tant espéré. Son cœur s'accéléra, l'espoir l'inonda, tonifia sa volonté, lui fit oublier sa fatigue. Il ne vit pas les Berthier, mais si le drap était là, ils seraient là aussi. « Du calme, du calme. »

Il lui fallait maintenant nager en diagonale, sous l'eau autant que possible, et passer sous le nez des soldats. Il calcula qu'il pourrait franchir cette distance en ne sortant la tête que deux ou trois fois. La rivière réfléchissait les rayons du soleil. Il respira lentement, profondément, préparant son ultime effort. Il allait s'élancer quand il vit que le soldat debout, revenu à la hauteur de ses compagnons, levait une main pour saluer. Baptiste aperçut le vieux Berthier, devant son drap, bien au milieu, retournant le salut. S'était-il placé ainsi pour être le plus visible possible, pour le guider ?

Il eut tout de suite la réponse. Son fils venait de lancer son canot dans l'eau et d'y embarquer d'un même mouvement. Baptiste attendit pour mieux comprendre. Samuel Berthier donna deux coups de pagaie, puis plaça son embarcation parallèle à la rive, juste en face de son père. Il cessa de pagayer et sortit une canne à pêche. Baptiste remplit ses poumons d'autant d'air qu'ils pouvaient en contenir, s'enfonça sous la surface de l'eau et nagea vers le canot. La proximité du but lui redonna des forces. Il espéra qu'il ne dévierait pas trop de son but. Quand il fut incapable de retenir sa respiration plus longtemps, il sortit la tête de l'eau. D'une main, il s'essuya les yeux. Il chercha le canot, ne le trouva pas, mais, pendant qu'il le cherchait, bougeant les jambes et les bras pour rester à flot, il vit le père Berthier qui s'était approché des soldats et bavardait avec eux. Baptiste tourna la tête. Le canot du fils était tout juste à sa droite, à une petite vingtaine de verges. Il s'enfonça de nouveau dans l'eau et nagea dans sa direction.

Quand il émergea, le canot de Samuel était entre lui et les soldats, le cachant d'eux, tout proche, si proche qu'il crut un moment qu'il pourrait le toucher. L'extrémité d'une corde avait été passée par-dessus le côté droit et pendait dans l'eau. Baptiste tendit une main vers elle, n'arriva pas à la saisir, avala de l'eau. À bout de souffle, il ramassa les forces qui lui restaient, se donna un élan avec les jambes, avec tout son bassin, et lança un bras vers l'avant, par-dessus son épaule. Il parvint à attraper la corde d'une main, puis des deux, ne laissant que sa tête hors de l'eau. Samuel Berthier déposa sa canne à pêche et prit sa pagaie, tel un pêcheur qui cherche un meilleur endroit. Il pagaya en direction ouest, très lentement, en homme sans hâte ni soucis, s'éloignant des soldats et de son père, et Baptiste, au bout de ses forces, se laissa tirer.

Chapitre 31

Le sud

Baptiste examinait sa cheville en grimaçant. Samuel terminait de vider le canot qui reposait sur la berge. L'après-midi achevait et le soleil se retirait sur la pointe des pieds, laissant une chaleur lourde et poisseuse, sans la moindre brise apaisante.

— C'est cassé ? demanda Samuel.

— Je ne sais pas, dit Baptiste. Trop enflé encore. Je ne sens pas les os.

Il avait mal aux épaules. Il n'avait jamais pagayé aussi longtemps. Il regarda les ampoules à ses mains. Il demanda :

— On va repartir ?

Samuel fit non de la tête et dit :

— On a mis une bonne distance entre eux et nous.

Une fois Baptiste à bord du canot, ils avaient pagayé toute la journée, restant près des berges, là où le courant, contre lequel ils avançaient, était moins puissant. Ils avaient longé l'île Jésus et l'île Bizard, puis la pointe ouest de l'île de Montréal, avant de traverser le lac des Deux-Montagnes et d'arriver à la bordure est de la seigneurie de Vaudreuil.

Le lendemain, selon ce que Samuel avait expliqué à Baptiste, ils iraient vers le sud et passeraient entre Vaudreuil et la seigneurie de l'île Perrot, où les rapides étaient moins dangereux que ceux de Sainte-Anne-de-Bellevue, au nord. Ils traverseraient ensuite le Saint-Laurent dans le sens du courant et arriveraient à Beauharnois. De là, Baptiste serait à trois jours de marche, en coupant à travers les champs, de la frontière américaine, s'il pouvait marcher. Sinon, il faudrait trouver autre chose.

— On va dormir ici ? demanda Baptiste, espérant un oui.

Samuel lui tendit sa couverture. Baptiste la prit, exténué, sans quitter l'eau des yeux. Il lui sembla que le courant, comme pour le narguer, était moins violent maintenant. Samuel s'éloigna et revint bientôt. Avec son couteau, il terminait d'élaguer une longue branche qui se terminait par une fourche.

— Ça vous fera une béquille, dit-il, plaçant la fourche sous son aisselle pour lui montrer.

Il la déposa à côté de Baptiste qui le remercia d'un mot.

— Je vais chercher du bois pour le feu, dit Samuel. Pas de danger ici.

Baptiste, revêtu d'une chemise que le jeune homme lui avait donnée, tenta de se redresser.

— Reposez-vous, conseilla Samuel.

Quand il fut seul, Baptiste réfléchit à sa situation. Dans le meilleur des cas, s'il n'y avait pas de fracture, il ne serait pas capable de marcher sans cette béquille avant quelques jours. Il ne savait rien de la région où il se trouvait et n'y connaissait personne. Il avait perdu tout son argent. Il écartait l'idée de se cacher en attendant de pouvoir marcher. Il devrait de toute façon quitter cette cachette pour trouver à manger. Plongé dans ses pensées, il n'avait pas prêté attention à Samuel, revenu, qui s'affairait.

Samuel colla une pierre à briquet sur un amoncellement de copeaux de bois et y frotta à répétition la lame de son couteau. Les étincelles surgirent, puis gagnèrent en vigueur jusqu'à ce que l'une enflamme un copeau. Il y ajouta des brindilles et, à quatre pattes, souffla pour que la flamme prenne de la force. Il l'alimenta ensuite avec d'autres brindilles, d'autres copeaux et des branches plus grosses. Baptiste l'observait.

Pendant qu'ils mangeaient, Samuel parla le premier.

— Si vous ne pouvez pas marcher, il faudra continuer sur l'eau. Il y a une autre rivière. Je vous expliquerai.

Baptiste, qui n'avait rien mangé de chaud depuis des jours, pour qui ces pommes de terre avec du lard tenaient du festin, répondit la bouche pleine.

— D'accord, mais je continuerai seul. Vous en avez assez fait.

Samuel eut un geste qui voulait dire : on verra. Baptiste se raisonna pour manger lentement. Le gras fondant du lard le remplissait d'un bien-être nouveau, du ventre jusqu'à la tête, atténuait sa douleur, réchauffait son corps, avait un effet tonique sur son moral. Avant que Samuel plaide pour continuer le périple avec lui, il lui demanda de conter son histoire. Qu'il fût un enfant adopté crevait les yeux, et Baptiste fut certain qu'il ne s'offusquerait pas.

Samuel répondit le plus simplement du monde. Il traînait dans les rues de Montréal. Le fils naturel de Berthier l'avait amené à la maison et il n'était jamais reparti. Il ne jugea pas nécessaire d'ajouter autre chose. Comme le jeune homme n'était pas bavard, Baptiste ne voulut pas le relancer. Cette nuit-là, sous les étoiles, épuisé, sa tension nerveuse relâchée, Baptiste dormit comme il n'avait pas dormi depuis longtemps.

Le lendemain matin, après un gruau vite englouti, ils repartirent tôt, direction plein sud, restant près de la rive. La virtuosité canotière du jeune homme, toujours en position de barreur, impressionnait Baptiste. À chaque pause, il lui prodiguait ses conseils, préparant Baptiste pour quand il serait seul. Il lui enseigna à travailler avec tout le corps, pas seulement avec les bras, à ne pas se crisper, à changer de direction en pagayant d'un seul côté. « Méfiez-vous des rochers et des troncs d'arbres, disait-il, et si le vent se lève, l'eau s'agitera, alors vous arrêtez et vous attendez une accalmie. S'il y a de petits rapides, vous empruntez la ligne du courant et vous pagayez sans arrêt. Si les rapides sont trop violents, ne prenez pas de risques et transportez le canot par la terre jusqu'à des eaux plus calmes. » Il avait dit ces derniers mots sans pouvoir s'empêcher de regarder sa cheville.

Ils longèrent la côte de Vaudreuil, faite de chênes et de pins matures, et virent des fermes modestes, un moulin, un petit cimetière et des murets de pierre. Des canards nagèrent près d'eux et des hérons les survolèrent. Puis, quand le lac des Deux-Montagnes et le Saint-Laurent se rejoignirent, Baptiste fut heureux de ne pas se retrouver seul sur ce plan d'eau immense et puissant comme une mer. Ils pagayèrent pendant des heures, heureusement dans le sens du courant, les reflets du soleil sur l'eau leur faisant plisser les yeux, et ils ne virent au loin qu'une seule petite voile triangulaire.

Quand ils accostèrent à Beauharnois, vers la fin de l'après-midi, ils restèrent à bonne distance du campement des ouvriers qui travaillaient au creusement du canal. Déjà, des feux s'allumaient. Baptiste mit du poids sur sa cheville. Il nota un léger progrès. Samuel expliqua à Baptiste ce qu'il avait en tête.

À une heure de marche d'où ils étaient, on rejoignait la rivière Chateauguay, qui serpentait jusqu'aux États-Unis, en direction sud-ouest, mais le premier segment était orienté plein sud, presque une ligne droite. Ce serait une navigation contre le courant, pénible mais pas particulièrement compliquée. Après le village de Sainte-Martine, la rivière se diviserait en deux. Baptiste emprunterait la branche de gauche et se retrouverait sur la rivière des Anglais, très étroite. Il la suivrait jusqu'au village de Saint-Chrysostome. Il serait alors à une demi-journée de marche de la frontière en ligne droite. D'ici là, la cheville de Baptiste empêchait qu'ils transportent le canot sur leurs épaules jusqu'au point de départ.

— Je vais aller au chantier du canal, dit Samuel. Je vais trouver un cheval et un chariot pour transporter le canot et vous jusqu'au début de votre voyage.

Il devança la question de Baptiste. Après leur séparation, lui-même marcherait jusqu'à Caughnawaga, où les Mohawks l'aideraient à rentrer chez lui. Baptiste ne trouva rien à redire. Samuel se leva et partit en direction du chantier.

Baptiste attendit longtemps son retour, enveloppé dans une couverture, se répétant le plan de Samuel, essayant d'en faire une suite d'images mentales. Il veillait à garder le feu en vie et s'abritait du vent du mieux qu'il pouvait. Plus le temps passait, plus l'inquiétude le gagnait. Il serait parti à la recherche de Samuel s'il n'avait pas été physiquement diminué et possiblement recherché par les autorités. Il faisait noir depuis longtemps quand Samuel revint, juché sur une charrette bringuebalante tirée par une vieille mule.

— C'est tout ce que j'ai trouvé. Je la ramènerai avant qu'on s'en aperçoive.

Il se dépêcha de hisser le canot et de ramasser ses effets personnels pendant que Baptiste attendait pour éteindre le feu. Durant le trajet, qu'ils firent assis côte à côte, Samuel lui répéta les dangers sur la rivière, insistant sur l'importance de ne jamais quitter l'eau des yeux et de ne pas pagayer dès que la lumière du jour baisserait trop.

— Commencez tôt et arrêtez tôt, dit-il. Et la cheville, elle va comment ?

— Pas terrible, mais mieux qu'hier.

Puis Samuel répéta ce qu'il avait déjà dit à Baptiste :

— S'il y a une section difficile, sortez le canot de l'eau et transportez-le jusqu'à un endroit plus tranquille.

Il ne parla pas de l'éventualité que Baptiste n'en soit pas capable. Il avait aussi, jugea Baptiste, décidé de respecter son souhait de continuer seul et n'y fit aucune allusion.

Quand ils parvinrent au bord de la rivière Châteauguay, l'obscurité empêcha Baptiste de voir si elle était large ou non, puissante ou tranquille. Ils choisirent un endroit qui ne pouvait se voir du chemin. Ils arrêtèrent et descendirent. Samuel lui donna son coutcau enroulé dans un morceau d'étoffe. Ils partagèrent la nourriture restante et Samuel lui donna la plus grande part. Baptiste le serra longtemps dans ses bras, sans un mot, si longtemps qu'il devina l'embarras de Samuel. Il recula d'un pas, baissa les yeux. Chacun cherchait quoi dire, mais comme rien ne venait, Samuel se retourna, grimpa sur la charrette, tira sur les rênes et repartit.

Les grincements du véhicule se perdirent dans la nuit et Baptiste se retrouva de nouveau seul. Pendant quelques heures, Samuel avait été l'unique fil le reliant à ce qui restait de bon et de noble dans le monde des hommes. Son cœur se serra. Oh, comme il aurait voulu le garder auprès de lui! Mais la solitude lui était familière, telle une vieille compagne retrouvée, dont il connaissait les contours et les replis, et c'était à lui seul de mener à terme ce qu'il avait entrepris.

Il s'appuya sur sa béquille et fit quelques pas. Il tenta ensuite de marcher sans elle, tenant la béquille au bout de son bras écarté. Il avait encore mal, n'aurait pu faire dix pas, mais en retira l'impression que sa cheville n'était probablement pas cassée. Il retourna le canot, se coucha à côté, le souleva, et se glissa sous lui, son paquet dans une main, pour s'abriter du froid. Sa dernière pensée avant le sommeil fut qu'il aurait donné beaucoup pour savoir si un mandat d'arrêt à son nom était en vigueur.

Il partit dès l'aube, se répétant les instructions reçues. La rivière ne l'intimida pas, mais il prit soin de rester près du bord, prenant garde aux pierres dissimulées par les flots. Le temps était doux, sans vent, sans brume, l'eau était calme, et le courant, qu'il remontait, n'opposait qu'une faible résistance. Après le périple des derniers jours, il avait gagné en confiance. S'il rationnait sa nourriture, elle durerait deux jours, le temps requis pour parvenir à la frontière. Il avait convenu avec Jeanne qu'il chercherait à atteindre Plattsburgh, dans l'État de New York, au bord du lac Champlain.

Pendant qu'il pagayait, il retourna dans sa tête quoi répondre si on lui demandait qui il était et ce qu'il faisait. Il ne pouvait se faire passer pour un fermier. Il n'en avait ni l'allure ni le langage. Il se trahirait dès qu'il ouvrirait la bouche. S'il se disait médecin et reprenait son identité new-yorkaise, que faisait-il sur cette rivière, en rase campagne, sans un sou, sa jambe abîmée, avec son baluchon de pauvre et ses maigres rations ? Il ne parvint pas à inventer une histoire satisfaisante.

Il ne trouva rien de mieux que de prétendre, s'il y était forcé, qu'il était parti en direction des États-Unis pour s'y établir, mais qu'il avait été attaqué en chemin et dépouillé de tout. Il serait déjà loin si quelqu'un se mettait en tête d'alerter les autorités. En tout état de cause, l'histoire était si peu crédible qu'il valait mieux éviter le plus possible les rencontres. Il n'arrêta pas à Sainte-Martine, un hameau avec un seul clocher et quelques maisons de ferme. Comme il n'y avait pas de vent, la rivière se naviguait facilement et il voulait en profiter.

Quand il parvint à la fourche annoncée par Samuel, il emprunta l'embranchement de gauche. Il était maintenant sur la rivière des Anglais, si étroite qu'elle tenait du ruisseau, comme Samuel le lui avait dit. De chaque côté, la plaine jaune montait doucement jusqu'à la ligne d'horizon. Depuis le matin, il avait vu un seul homme labourant son champ derrière sa charrue. C'était une terre vaste et vide. Il ne l'avait jamais si pleinement réalisé. Cela le rassura. Les chances qu'il fasse une mauvaise rencontre étaient minces. La tranquillité du cours d'eau, le soleil amical, ses reflets dorés sur les flots, le ciel d'un bleu éclatant, le silence, la régularité de ses mouvements, ces éléments qu'il apprivoisait, le plongèrent dans une sorte de torpeur bucolique. Il était serein, aussi en paix que possible dans les circonstances. Thomas était mort depuis quatre jours. Il ne minimisait pas la gravité de ce qu'il avait fait, mais il n'éprouvait pas de culpabilité. Il ne restait rien de leur amitié d'enfance depuis longtemps, elle lui apparaissait maintenant irréelle, et le monde serait meilleur sans lui et les autres hommes qu'il avait tués. Il devait cependant lutter pour que le chagrin d'avoir perdu son frère n'entame pas sa détermination.

La nouvelle voie d'eau serpentait beaucoup et il devait s'assurer de garder le cap, mais ce n'était pas trop difficile. Il se répétait de rester concentré. Si son canot versait et qu'il perdait sa nourriture, il serait obligé de quémander dans une ferme. S'il en arrivait là, il préférait que ce soit du côté américain. Sa seule difficulté survint quand un arbre tombé en travers de la rivière l'obligea à hisser le canot sur la berge et à le traîner, sur une vingtaine de pieds. L'effort sapa ses réserves d'énergie, mais il était trop tôt pour arrêter et il se remit à pagayer.

Au bout d'une heure, il parvint à un nouvel embranchement. Il devait cette fois prendre la voie de droite jusqu'à Saint-Chrysostome. Son plan était d'y vendre ou d'y échanger son canot, sa seule possession de quelque valeur, contre de la nourriture et un peu d'argent, et de continuer à pied si sa cheville le permettait. Il serait à trois heures à pied de la frontière s'il marchait en ligne droite à travers les champs. Si sa cheville ne le supportait pas, il faudrait trouver autre chose.

L'eau était tranquille et il décida d'en profiter pour se reposer. Il était à bout de forces. Il se rapprocha de la berge, y lança son paquet et sa béquille, sortit du canot en boitant et le tira vers lui. Il fit des rotations de son cou et se massa les épaules. Il mâchouilla son morceau de pain avec application, luttant contre l'envie de le dévorer. Deux huards passèrent au-dessus de sa tête. Tout près, il aperçut des champignons au pied d'un arbre. Il ne savait pas s'il pouvait les manger ni quelles autres plantes étaient comestibles, il ne savait pas allumer un feu, il ne savait pas tendre un collet. Il pensa à des œufs, à du lait, à de la viande, à des légumes, à tout ce qui n'était pas du pain sec. Il dissimula le canot de son mieux et empoigna sa béquille. Il concentra l'énergie qui lui restait et se dirigea vers le village.

Saint-Chrysostome avait plus de lettres dans son nom que de maisons. La première habitation qu'il vit était si misérable qu'il passa outre. À la seconde, on tarda à lui ouvrir et plus il expliquait ce qu'il voulait, vendre ou troquer son canot, plus la femme se méfiait. Elle fit non de la tête à répétition avant de refermer la porte sans un mot. Il convint qu'un inconnu sur une seule bonne jambe, qui frappe à la porte et propose son canot, qu'on ne voyait nulle part, n'était pas chose habituelle.

Il se dirigea vers la seule maison de belle apparence du lieu, avec petite cour, grange et écurie, se disant qu'il aurait dû commencer par elle. Un petit homme sec l'écouta sans réagir et répondit qu'il avait une chaloupe très confortable et la préférait à un canot trop versant. Baptiste venait tout juste de lui tourner le dos quand une voix de femme le rappela. L'épouse était aux côtés du mari dans l'embrasure de la porte.

— Si c'est un peu de nourriture que vous voulez, dit-elle, je vous en donne et vous gardez votre canot. Bougez pas.

Pendant qu'elle s'affairait dans sa cuisine, il demanda dans quelle direction étaient les États-Unis et l'homme, ramené à de meilleurs sentiments par sa femme, pointa vers la plaine nue. Elle revint avec un pain rond, une dizaine de pommes de terre et un morceau de viande bouillie enveloppé dans du papier, le tout dans un sac de toile.

Quand ils eurent refermé la porte, Baptiste voulut retourner à son canot. Mais il s'arrêta. Il perdrait du temps à chercher un acheteur dans cette campagne peu peuplée, et il attirerait peut-être une attention indue. Mais c'était la seule chose en sa possession qui valait quelque chose. Il n'hésita pas longtemps. La priorité était de quitter le pays le plus vite possible. Il ne pourrait marcher vite, mais la rivière devenait très sinueuse et ne lui ferait guère économiser de temps. Le soleil se coucherait dans deux heures environ.

Il abandonnerait le canot et continuerait à pied, malgré l'épuisement. Il eut une pointe de regret, moins pour la valeur pécuniaire du canot que parce qu'il l'avait bien servi et qu'il s'y était attaché. Il posa son sac de nourriture sur une épaule et y accrocha sa couverture. Il empoigna sa béquille, convaincu de pouvoir bientôt s'en passer, et regarda dans la direction indiquée par l'homme.

Au moment où Baptiste commençait à marcher, à 40 milles de là, en plein cœur de Montréal, le policier entreprenait de poser à Jeanne, assise derrière son bureau, avec des mots différents, les mêmes questions auxquelles elle répondait depuis près d'une heure. Il ne fallait pas que l'exaspération lui fasse commettre une faute. « Discipline, se disait-elle, discipline et concentration. » Les paroles d'Antoine étaient gravées dans sa tête comme dans le marbre le plus dur.

« Tu restes calme, calme, calme. »
— Donc, Alexis Lefrançois, vous le connaissiez depuis l'enfance ?
— Oui.
— Et comment vous avez appris sa mort ?
— Une conversation au hasard dans la rue.
— Où ?
— Entre chez moi et ici. Je venais travailler.
— Où ?
— Je ne me souviens plus. Je ne voudrais pas dire une fausseté.
— Une conversation entre qui et qui ?
— Je ne sais pas. Deux inconnues. Dès mon arrivée ici, un employé m'a dit la même chose.

Comme depuis le début, l'homme parlait lentement, faisait de longues pauses entre les questions, faisait semblant de réfléchir à sa prochaine question alors qu'elles suivaient le même ordre que la première fois.

— Et cela s'est passé... hier, vous disiez ?
— Oui.
— Et vous avez ressenti quoi ?
— Je vous l'ai dit. Beaucoup de peine. On se connaissait depuis l'enfance.
— Je comprends, je comprends. Et quand l'aviez-vous vu pour la dernière fois ?
— Il y a quatre ou cinq ans.
— Pourriez-vous être plus précise ?
— Non.
— A-t-il communiqué avec vous pendant toutes ces années ?
— Non.

« Tu ne dis rien au-delà des faits connus de tous. »

À chaque réponse, il tournait les pages de son calepin pour relire ses notes. C'était un homme au début de la trentaine, pâle et blond, de corpulence moyenne, avec une barbichette, un nez en bec d'oiseau et un visage marqué par la petite vérole. Il s'était présenté sans longs préambules : Léon Leclerc, officier de police, simplement désireux, avait-il dit, de poser quelques questions. On aurait pu le prendre pour un commis de bureau.

— Vous ne saviez pas qu'il était de retour ?
— Non.
— Vous saviez où il était toutes ces années ?
— Non, puisqu'il ne m'a jamais donné de nouvelles.
— Et personne ne vous en a donné ?
— Non.
— Hum, je vois.

Il jouait distraitement avec un des boutons de sa redingote grise. Le bouton était sur le point de tomber.

— Et selon vous, reprit-il, pourquoi est-il parti ? Et pourquoi est-il revenu ?
— Je ne sais pas. Il a toujours été... différent.

Il mâchouillait son crayon.

— Vous voulez dire imprévisible ?

— Oui.
— Et si je vous demandais de faire une supposition ?
— Sur les raisons de son départ et de son retour ?
— Oui.
— Honnêtement, j'ai été très surprise. Je ne saurais vous dire.
— Vous ne voulez pas tenter une supposition ?
« Tu te montres prête à collaborer, mais tu parles le moins possible. »
— Franchement, non.
— Je ne peux vous y forcer. Et comment avez-vous appris la mort de Thomas Sauvageau ?
— L'homme à qui j'avais demandé de vérifier pour Alexis... Il est revenu en me disant que toute la ville ne parlait que de ça.
— Et Baptiste Lefrançois ?
— Quoi ?
— Vous avez dit que vous l'aviez vu pour la dernière fois à peu près en même temps que son frère, jamais depuis, et aucune nouvelle de lui pendant ces années. C'est bien cela ?
— Exact.
— Ça vous étonne ?
— De ne pas avoir eu de nouvelles ? Oui. Et ça m'attriste. Je nous croyais proches.
— Hum... Vous aviez embauché un certain Maheu, non ?
— Oui.
— Et vous l'avez congédié ?
— Oui.
— Pourquoi ?
— Je vous l'ai dit. Mauvaise attitude. Négligeant, toujours en retard, toujours en train de se plaindre, toujours en train de monter les autres contre moi.
— Je vois.

Le policier l'observait. Que pensait cet homme ? se demandait Jeanne. Quel acharnement mettrait-il à trouver les meurtriers d'un homme comme Sauvageau, dont la disparition serait un soulagement pour beaucoup ? De qui prenait-il ses ordres ? Quels ordres avait-il reçus ?

— Et vous n'avez jamais fait d'affaires avec Sauvageau ?

— Jamais.

— Mais il aurait bien voulu.

— Il aurait bien voulu.

« Ne réponds jamais au-delà de ce que la question exige. »

— Je vois, je vois.

Il décroisa les jambes et se redressa. Il feuilleta de nouveau les pages de son carnet, comme s'il voulait s'assurer de n'avoir rien oublié. Il leva les yeux et la regarda longuement.

« Tu le regardes dans les yeux, tu dégages de la confiance. »

Au bout d'un moment, Leclerc se leva et fit un geste pour qu'elle reste assise.

— Bien, madame. Je vous remercie pour votre collaboration. Il se peut que j'aie à vous reparler. Je suis sûr que vous comprenez.

Elle fit un oui cordial de la tête.

Par précaution, Baptiste jugea bon de s'éloigner de Saint-Chrysostome. Il marcha tant que la lumière du jour lui permettait de voir où il posait le pied. Il alternait entre la marche avec et sans sa béquille. Il s'arrêta en bordure du chemin et s'enfonça dans une forêt de chênes, où il serait à l'abri du vent et des regards. La viande bouillie, filandreuse et grise, qu'il mangea trop vite, lui fit l'effet d'une pierre dans le ventre. Il s'enveloppa dans sa couverture, se roula en boule et chercha le sommeil. Il repensa à son frère et se redit qu'il devait accepter ce qui était arrivé.

Malgré la fatigue, le sommeil ne vint pas. Son ventre s'agita. Il commença à avoir des crampes et à suer. Il chercha en vain une position moins douloureuse. Il fut secoué de frissons et se mit à claquer des dents. Les crampes devinrent de plus en plus violentes. Au milieu de la nuit, ce fut comme si ses entrailles se nouaient, comme si deux camps se livraient une partie de souque à la corde avec ses intestins. La douleur allait et venait par vagues qui lui arrachaient des gémissements étouffés. Il se plaça à quatre pattes et s'enfonça les doigts dans la gorge, mais ne parvint pas à vomir.

Les arbres noirs, devenus immensément hauts, s'agitaient au-dessus de lui, comme des sorciers décidés à le punir. Sa tête tournoyait. Il se serait ouvert les tripes avec son couteau si cela avait pu le soulager. Quand il comprit que la douleur venait et repartait, il attendit chaque soulagement comme un suppliant. Il tenta de se lever, mais ses jambes refusèrent d'obéir. Il renonça à lutter, travailla à apprivoiser la douleur. L'épuisement le plongea dans un demi-sommeil agité.

Aux premiers rayons du jour, il se leva avec difficulté, se redressant sur ses genoux, puis s'appuyant sur son bâton. Il était trempé de sueur, vidé de toutes ses forces, mais il devait avancer, avancer, ne pas rester prostré seul dans un bois où personne ne pourrait l'aider. Un ciel trop gris était rempli d'oiseaux trop noirs. Il avait prévu couper à travers les champs, mais c'était en restant sur le chemin qu'il pourrait trouver de l'aide, même s'il s'exposait davantage. Son espoir de parvenir à la frontière dans la journée s'était envolé.

Il revoyait cette viande sans doute avariée, de couleur douteuse, et se maudissait. Il marchait en titubant comme un ivrogne. Un vieillard aurait été plus rapide. Il avait chaud, incroyablement chaud. La sueur coulait dans ses yeux. La nausée ne l'avait pas quitté depuis qu'il s'était mis en mouvement. Il porta sa main à son front brûlant. Il but de l'eau, mais sa bouche redevint tout de suite sèche. Un gargouillis furieux agita son ventre. Il se pencha vers l'avant et vomit. Tous ses muscles, toutes ses articulations lui faisaient mal. Quand il se redressa, sa vision était brouillée. Au loin, il crut voir un moulin. Il essaya d'évaluer la distance. Tout bougeait, tout était flou et beige. Ses jambes dirent non et sa dernière pensée fut de protéger sa tête pendant qu'il s'effondrait au milieu du chemin.

Il se réveilla dans un lit. Il ouvrit un œil, mais sa paupière de plomb retomba. Une couette épaisse montait jusqu'à son menton. Ses jambes étaient incroyablement lourdes. Il remua les orteils. Ses genoux, ses coudes, ses épaules étaient pris dans un étau. Sa nuque était une enclume. Il se demanda où il était et l'effort lui fit mal à la tête. Il sentit un poids sur son front. On lui appliquait une compresse. Il ouvrit les yeux. On se penchait sur lui. Il entendit une voix lointaine, une voix de femme, mais ne comprit pas. Il supposa qu'on lui disait quelque chose comme : « Ne luttez pas, reposez-vous », ou peut-être s'imaginait-il cela parce que c'était la seule pensée qui lui venait. Il entendit une voix d'homme, une voix forte. Il ne comprit pas les mots, mais trouva que c'était une voix en colère, comme s'il y avait une dispute. Il supposa qu'il en était la cause. Mais il n'y pouvait rien et il s'endormit de nouveau.

Quand il se réveilla, c'était le soir. Il n'y avait pas de rideaux à la fenêtre. Il avait dormi longtemps. La douleur était partie. Ne restait qu'un épuisement généralisé. Ses jambes avaient la solidité de celles d'un nouveau-né. Il était dans une petite chambre toute blanche, aux murs nus hormis le crucifix au-dessus de sa tête. Son cou retrouvait du mouvement. Il ne suait plus. Il avait soif. Il était vide et lourd. Dans un coin de la pièce, au sol, près d'une chaise, il vit son sac de toile et sa béquille, mais pas ses vêtements. La chemise de nuit qu'il portait n'était pas à lui.

La porte grinça et s'entrouvrit. Deux yeux énormes, des yeux de fillette, tout juste au-dessus de la poignée, le fixaient. La porte s'ouvrit toute grande, la fillette s'écarta, et une femme, sa mère sans doute, entra. Elle déposa un plateau sur la chaise à côté de lui. Elle avait des cheveux noirs traversés d'une épaisse mèche grise. Baptiste se redressa et, sans un mot, elle redisposa les oreillers dans son dos. Quand il fut assis, elle plaça le plateau sur lui. C'était un bouillon de poulet avec des légumes et du pain, ce qu'il aurait prescrit à un patient dans son état. Elle se contenta de dire, en français, que sa fille l'avait trouvé évanoui sur le chemin. Il balbutia un remerciement. La fillette, dont seule la tête était visible, l'observait depuis le couloir. Quand la femme fut près de la porte, il eut juste le temps de dire de nouveau merci. Elle ne se retourna pas et referma la porte. Il mangea le plus lentement qu'il put, étudiant le goût de chaque légume, essayant avec mille précautions de se réconcilier avec son corps.

Quand il eut terminé, il déposa le plateau sur la chaise, écarta les couvertures et s'assit sur le côté du lit. Il voulait tester ses jambes. Il se leva. Il plia les genoux et pressa le plancher de tout son poids. Il ne se sentait pas très solide, mais le pire était passé. Ses jambes le soutenaient. Sa cheville allait mieux aussi. Il songea à descendre pour remercier de nouveau. Mais il s'imagina descendant les escaliers, puis faisant face au mari courroucé, et se ravisa.

La nuit arriva. Il entendit des pas légers devant sa porte et supposa que la fillette allait se coucher. Aucun autre bruit ne venait de la maison. Il alla à la fenêtre. Elle donnait sur l'arrière de la maison. Il vit un petit potager laissé à l'abandon, bordé d'une clôture en mauvais état, et la silhouette d'une grange. Il ne distingua rien au-delà. Un vent léger faisait à peine bouger la cime d'un pin tout proche. Il entendit des craquements. Il se dépêcha de retourner au lit. La porte s'ouvrit. Il se trouva ridicule de feindre le sommeil. La femme entra, un chandelier à la main. Elle portait une robe de nuit et avait détaché ses cheveux. Elle s'assit sur le lit et déposa le chandelier au sol. Elle tira lentement les couvertures et mit une main sur sa jambe. Il prit le poignet de la femme. Il vit la souffrance silencieuse dans ses yeux. Elle retira sa main et reprit le chandelier pendant qu'il relevait les couvertures. Elle repartit sans un mot.

Le sommeil tarda à venir. L'incident l'avait décontenancé. Il avait beaucoup dormi pendant le jour. Pour meubler le temps, il entreprit de se réciter, comme s'il donnait un cours devant un amphithéâtre bondé d'étudiants en médecine, tout ce qu'il savait sur les moyens d'amoindrir la douleur pendant une intervention chirurgicale. Cela lui ramena à l'esprit qu'il avait jadis exercé un métier noble.

Le lendemain matin, il trouva sa chemise lavée et pliée au pied du lit. Il s'habilla à la hâte, ramassa sac et béquille, et descendit. Sa cheville ne faisait plus très mal s'il posait le pied avec prudence et sans torsion latérale. Dans la cuisine, l'homme attablé, qui mangeait avec de grands bruits de bouche, leva les yeux vers lui. Il avait une face large et plate, avec un nez écrasé et de petits yeux rapprochés, et un corps lourdaud. La nature avait oublié de lui donner un cou. Toute sa physionomie évoquait celle d'un porc. Baptiste le devina violent. Il n'y avait aucun signe de la présence de la femme ou de la fille. L'homme s'essuya la bouche. Il toisa longuement Baptiste et demanda :

— Vous allez où ?

— Aux États-Unis.

Baptiste craignait d'autres questions. L'homme continua à l'examiner pendant qu'il enlevait, avec un ongle, un morceau de nourriture entre deux dents.

— Venez.

Baptiste jugea bon de se taire. Dehors, une charrette déjà attelée les attendait devant la porte. Des poules picoraient autour. L'homme grimpa sur la charrette et fit signe à Baptiste de s'asseoir à ses côtés. Ils n'échangèrent pas un mot pendant tout le trajet, se laissant bercer par le pas tranquille du cheval. Ils ne croisèrent aucune autre ferme. Le chemin de terre s'éleva doucement jusqu'au sommet d'une butte d'où l'on embrassait tout l'horizon. Quand ils parvinrent tout en haut de la butte, l'homme arrêta sa charrette.

— Au pied de la pente, là où vous voyez les premiers arbres, c'est les États. Je m'arrête ici.

Baptiste descendit, posant sa bonne jambe en premier. Il dit merci, merci encore, et s'inclina de façon exagérée.

Son geste ne fut pas retourné. Il avait honte de ne pas avoir un sou à offrir. Il se mit en marche. Sa cheville restait sensible, mais c'était supportable et il ne boitait presque plus. Il posait ses pieds comme s'il marchait sur un lac gelé. Quand il se retourna, l'homme n'avait pas bougé de son siège. Du haut de la butte, le soleil derrière lui, il regardait Baptiste s'éloigner, comme pour s'assurer qu'il partait pour vrai. Un peu plus loin, Baptiste croqua dans une pomme de terre crue.

Deux jours après sa première visite, l'inspecteur Leclerc était de nouveau devant Jeanne, reprenant son habitude des mêmes questions avec des mots différents, toujours aussi lent, aussi faussement pensif entre deux questions, tatillon, uniquement désireux, disait-il, de valider certains points.

« Ils vont jouer les imbéciles pour que tu baisses la garde. »

Elle était agacée par le personnage, par le temps qu'elle devait lui consacrer, et il n'était pas bon que ses employés et ses associés voient la police la visiter à répétition.

« Tu ne t'énerves pas, jamais. Tu ne les ridiculises pas. Je te connais. C'est là que tu pourrais trébucher. »

— Je vous l'ai dit, reprit-elle, avec le sourire avenant de qui comprend que l'autre a un travail difficile à faire. Le jour dont vous parlez, au mieux de mon souvenir, comme la veille, comme le lendemain, j'ai fait ce que je fais tous les jours. Je suis arrivée tôt, j'ai fait mon travail, je suis restée tard, je reste toujours tard, et je suis rentrée chez moi.

— Et...

Elle devança la question :

— Et je ne me souviens pas de quoi que ce soit hors de l'ordinaire. Mais je vous redis que ma mémoire n'est pas infaillible. Sentez-vous libre – elle sourit –, vous savez que vous l'êtes, mais je tiens à le dire, de questionner quiconque ici.

Il apprécia. Elle fit semblant de réfléchir.

« Ils n'ont pas le droit de fouiller dans tes livres sans mandat, mais tu peux les évoquer et même les utiliser. Ils n'y trouveront rien, n'est-ce pas ? »

Elle indiqua les classeurs le long d'un des murs.

— S'il y a quoi que ce soit que vous souhaitez vérifier, pour autant que ce soit en rapport avec vos soucis, sentez-vous libre. Considérant la concurrence, je compte sur votre discrétion.

— Bien sûr, chère madame, bien sûr.

Il mâchouillait de nouveau son crayon. « Il doit en avoir une boîte entière dans le ventre », pensa-t-elle. Il avait aussi posé des questions sur le déroulement de journées qui remontaient à des semaines, et elle s'était dite disposée à lui montrer le cahier avec son emploi du temps. Elle l'avait ouvert devant lui et poussé dans sa direction.

« Tu peux dire que tu ne te souviens pas. »

Leclerc avait joué au grand seigneur.

— Je vous crois sur parole, chère madame.

Il griffonnait maintenant sur son calepin, sans doute par pure comédie. Elle hésita un moment, puis s'avança, sachant que son frère n'aurait pas approuvé.

— Monsieur Leclerc...

Il releva la tête, aux aguets.

— Oui, madame ?

Il l'encouragea des yeux.

— Puis-je vous poser une question ? s'enquit-elle.

Un sourire courtois apparut sur le visage du policier.

— Mais je vous en prie, madame. Bien sûr.

— Je... je me demandais... comment dire, quand la police visite une personne, les gens bavardent, forcément.

Il fit celui qui comprenait.

— Je, reprit-elle, simulant l'hésitation, je... croyez bien que si je savais quelque chose qui pourrait vous aider, je n'hésiterais pas. J'ai toujours respecté nos lois et...

— Mais madame, se défendit-il, comédien lui aussi, loin de moi l'idée de...

Elle lui coupa la parole, parlant vite, comme quelqu'un qui veut se délivrer d'un fardeau.

— Je comprends que mes réponses ne vous avancent guère. Vous avez d'énormes responsabilités, un travail difficile, et je ne vous aide pas beaucoup...

Elle eut un sourire apitoyé qu'elle jugea très réussi. Il se fit gentilhomme.

— Je vous remercie, madame, de reconnaître la lourdeur de ma tâche. Cette reconnaissance est rare. Ne vous sentez pas mal. Un témoin sait ou il ne sait pas, il a vu ou il n'a pas vu. Mon rôle est de travailler avec ce que je trouve. Si vous ne savez pas, vous n'y pouvez rien, et c'est à moi de l'accepter.

Elle joua la soulagée.

— Je vous en suis très reconnaissante.

Il tenta un sourire gracieux. Il baissa la tête et regarda ses notes.

« Tu restes calme, calme, calme. »

Il referma finalement son calepin et le glissa, avec son crayon mouillé, dans une poche intérieure de sa veste. Il se leva, chapeau sous le bras.

— Je n'abuserai pas davantage, madame.

Elle sourit, quitta sa chaise, mais resta derrière sa table de travail, prenant soin de ne pas baisser les yeux. Il tourna les talons et sortit sans un mot. Elle alla à sa fenêtre et le regarda marcher dans la rue. Elle supposa qu'il retournerait au commissariat. Elle essuya ses mains moites sur sa robe, se demandant si elle avait déjà été plus reconnaissante envers son frère.

« Les gens vont bavarder à ton sujet. Bon, on a fait le tour de tout ? »

Elle retourna s'asseoir, mais se mit aussitôt à la recherche d'un prétexte pour aller dehors. L'air frais lui ferait du bien.

Rien n'était gagné, mais l'entrée sur le territoire américain et les progrès de sa cheville remontèrent le moral de Baptiste, lui redonnèrent de l'élan. Rien n'était gagné parce qu'il n'était pas encore arrivé au but fixé. Mais au moins, il ne risquait pas de tomber sur quelqu'un qui pourrait le dénoncer contre une récompense, s'il y en avait une, ou alerter les autorités s'il se méfiait. Certes, même chez lui, ces risques étaient faibles dans une contrée où l'on marchait des heures sans voir âme qui vive, mais se retrouver dans un pays où il avait déjà vécu, où des nomades sur des chemins de campagne n'étaient pas rares, le libérait d'un poids.

Quand il avait plongé sa main dans son sac pour vérifier son contenu, tout en marchant, il était tombé sur une chemise qui avait dû appartenir au lourdaud qui l'avait emmené jusqu'à la frontière. Marcher redonnait de la souplesse à sa cheville, oxygénait ses muscles. Les trois pommes de terre qui lui restaient et ne pas avoir un sou dans ses poches étaient ses soucis immédiats. Mais la journée était splendide, chaude mais pas suffocante, avec une légère brise. Un grand papillon orange et noir l'accompagna longtemps. Pour peu, il lui aurait donné un prénom.

Il ne voyait aucune raison de changer ses plans. De l'endroit où il avait traversé la frontière jusqu'à Plattsburgh, sa destination finale, il estimait qu'il devait y avoir, s'il coupait en diagonale en direction sud-est, environ 35 milles. Mais Plattsburgh était ceinturée de hautes montagnes. Il n'avait ni la force, ni l'équipement, ni les connaissances pour affronter les Adirondacks. Il était plus prudent de longer la frontière jusqu'à Rouses Point sur la rive ouest du lac Champlain, là où la rivière Richelieu prenait sa source et descendait vers le nord. À Rouses Point, il espérait trouver un bateau, ce qui supposait un peu d'argent, qui le mènerait à Plattsburgh, une vingtaine de milles au sud. D'ici là, le chemin sur lequel il se trouvait allait dans la direction souhaitée.

Un hennissement le fit se retourner. Un chariot à grandes roues, couvert d'une bâche blanche, tiré par deux paires de chevaux, se rapprochait. Baptiste continua à marcher, mais ralentit délibérément. Il entendait à présent le claquement du fouet, les grincements du bois, les sabots des bêtes heurtant le sol. Quand le chariot fut tout proche, il cessa de marcher et se retourna. Le cocher arrêta son équipage. Les chevaux renaclèrent et secouèrent la tête. Baptiste inclina la tête en guise de salut et dit :

— *I'm going east, sir. Would you be kind enough to take me with you?*

L'homme, du même âge que Baptiste, gratta sa barbe.

— *How far are you going?*

— *Lake Champlain.*

L'homme se racla la gorge et cracha. La brise agitait ses longs cheveux sales. Il réfléchissait.

— *I ain't going that far, but God would be displeased if I didn't help. Hop in. I'll get you closer.*

Baptiste le remercia et prit place à sa droite. Il voulut placer son sac entre ses jambes.

— *Put it behind*, dit l'homme sans le regarder.

Baptiste se retourna. Quand il écarta un des pans de la toile, il vit, assise à l'arrière, entourée de paquets, une grosse femme, vieillie prématurément, sa tête secouée par les soubresauts du chariot. Deux enfants dormaient à ses côtés. Leurs visages étaient très ronds, avec des yeux très écartés et la langue sortie, leurs têtes reposant sur des cous massifs et courts. Leurs corps semblaient anormalement trapus. Il avait déjà vu ces malformations dans des livres. Il ne demanda pas à l'homme jusqu'où il allait, comme si le fait de poser la question aurait pu lui valoir le mauvais sort d'un trajet trop court. L'homme sortit une gourde d'eau, but et la tendit à Baptiste, qui but aussi.

L'homme n'était pas bavard. Ils avançaient depuis une bonne heure quand il brisa le silence.

— *See that smoke over there?*

Baptiste regarda dans la direction indiquée.

— *That's how far we're going*, reprit l'homme. *Lots of people there. You might find folks heading further east.*

— Fine with me, sir, and I thank you very much again.

Quand ils parvinrent au point le plus élevé du chemin, ils virent sur leur droite une plaine verdoyante avec des voitures de toutes les sortes, rassemblées en cercles concentriques autour d'une tente grande comme un chapiteau de cirque. La fumée de plusieurs feux montait vers le ciel. Le chariot quitta le chemin et s'y dirigea. Quand ils s'immobilisèrent, l'homme accepta la main tendue de Baptiste et ils se séparèrent. Baptiste jugea excellentes ses chances, dans ce campement, de trouver un autre chariot continuant dans la même direction que lui.

Devant le chapiteau, de l'intérieur duquel émanait une voix qui haranguait la foule, une femme coiffée d'un bonnet blanc remuait le contenu d'une marmite fumante placée sur une planche soutenue par deux tonneaux. Elle lui fit signe d'approcher. Elle lui servit une soupe chaude accompagnée d'un « *Praise the Lord* ». La voix de l'orateur piqua sa curiosité. La femme lui sourit et l'encouragea à entrer.

L'endroit était bondé, empestant la sueur et l'urine. Les gens debout étaient sur les côtés. Tout l'espace central était occupé par la plus incroyable concentration jamais vue par Baptiste d'unijambistes, de culs-de-jatte, de manchots, de simples d'esprit et d'infirmes de toutes les sortes, couchés ou assis sur le sol. De cette foule d'infortunés émanaient tantôt des gémissements, des cris aigus ou rauques, des morceaux de phrase en appui au prédicateur qui s'époumonait devant eux, juché sur une petite tribune de bois, derrière son lutrin. L'homme brandissait son livre, exalté, les yeux ronds, incandescents, le visage ruisselant de sueur, faisant de grands gestes des bras, promettant le salut si le repentir était sincère et si son chemin était suivi. Sur les côtés, les proches des malheureux au centre n'étaient pas venus seulement pour le réconfort, mais dans l'espoir d'un miracle. Leurs visages captivés, hypnotisés, disaient la dureté de leurs vies, la souffrance et la fatigue accumulées. Baptiste aperçut, appuyé sur un des poteaux de soutien, l'homme qui l'avait conduit jusque-là.

Quand le soir arriva, tous ces gens se retrouvèrent dehors, autour de feux, à chanter, crier et danser, tous joyeux, certains en transe, d'autres torturant des violons de fortune. Baptiste parcourut le campement improvisé. Il y avait là une énergie, une émotion, une ferveur impressionnantes et troublantes, inimaginables dans le Canada français de ses souvenirs, tenu en main par un clergé calculateur. Il considéra le spectacle sous ses yeux avec respect et sans une once de moquerie. La foi de ces gens était primitive, sans complications, à l'image de cette contrée pure, sauvage, puissante, pas encore souillée. Il fallait sans doute, songea Baptiste, des gens simples et sans rien à perdre pour défricher un pays. Après viendraient les organisateurs, les profiteurs et les penseurs. Il s'éloigna un peu pour trouver un endroit où dormir, certain que le lendemain matin il y aurait des gens allant dans la même direction que lui.

— Avez-vous déjà eu des liens commerciaux avec monsieur Sauvageau ? demanda l'inspecteur Leclerc.

Le carrousel se remettait à tourner.

— Jamais. Aucun, répondit Jeanne.

— Achats ? Ventes ? Investissements communs ? Rien ?

— Non, et je reçois comme une insulte que vous insistiez.

Voilà, c'était sorti.

Leclerc releva la tête, surpris, déstabilisé.

« Ne sois pas ton propre pire ennemi. Tu peux être cassante. Ne leur donne pas un prétexte pour insister même s'ils n'ont rien. »

Leclerc hésita. Son teint se colora. Il chercha ses mots.

— Je conçois, madame, votre... inconfort. Mais j'ai un travail à faire et il m'impose d'être méticuleux.

— Méticuleux, oui, mais répétitif ? Vous m'avez déjà demandé tout cela.

Il ne répondit pas et répéta, comme s'il n'avait pas entendu, une autre question déjà posée. Jeanne fut certaine qu'il le faisait délibérément, pour réaffirmer son autorité.

— Vous a-t-il déjà menacée ?

— Non. Monsieur Sauvageau n'avait pas besoin de menacer, vous comprenez ?

— Oui.

— Non, je ne crois pas que vous compreniez. Lui avez-vous déjà parlé ?

« Ne réponds jamais au-delà de ce que la question exige. »

— Non, madame.

— Je le savais. Quand on l'a rencontré, on ne l'oublie pas.

« Ça suffit, se dit-elle, tu lui as fait comprendre. Pas d'erreurs. Retrouve ton calme. »

Elle repensa à son frère.

« Ne leur donne pas un prétexte pour insister. »

Elle sentait Leclerc moins sûr de lui, plus fébrile. Sa mâchoire s'activait frénétiquement sur un nouveau crayon, lui aussi promis à une courte vie. Dans son calepin, ce n'étaient plus des mots qu'il écrivait, mais des lignes droites et courtes qu'il traçait et sur lesquelles il passait et repassait, rageusement, au risque de déchirer le papier. Mais la source principale de sa nervosité depuis le début de l'entretien, leur quatrième, tenait moins, selon Jeanne, à ses réponses plus mordantes qu'à la présence, pour la première fois, d'un homme venu avec lui.

Il n'était pas à ses côtés, mais assis deux pas derrière, un peu en diagonale. En tendant la main, cet accompagnateur aurait aisément pu lui toucher l'épaule. C'était un homme minuscule, impeccablement vêtu de noir, à qui il manquait un bras, avec des yeux qu'il était impossible de fixer sans être troublé. Son regard n'avait pas lâché Jeanne. Si un renard s'était déguisé en homme, il lui aurait ressemblé.

Tendue, elle n'avait pas bien compris son nom lors des présentations – Anvers ou Danvers ou D'Alembert, quelque chose du genre – ni son rôle. Il se tenait derrière Leclerc, comme pour montrer que celui-ci restait formellement chargé de l'enquête, mais Jeanne avait tout de suite compris que l'inspecteur se sentait, tout autant qu'elle, sous examen. Elle interpréta cela comme une indication que l'enquête piétinait et que des gens en haut lieu s'impatientaient. Elle n'aurait pas été étonnée que l'homme s'avance pour chuchoter dans l'oreille de Leclerc une directive sous des allures de conseil.

— Vous me permettrez, reprit Leclerc, de…

Il s'interrompit. Des pas lourds et rapprochés martelèrent l'escalier menant au bureau de Jeanne. Leclerc et le petit homme se retournèrent vers la porte. Elle s'ouvrit en coup de vent. La face ronde et joviale d'Antoine apparut. Il se figea quand il vit les inconnus devant sa sœur. Il prit un air désolé. « Une entrée en scène très réussie », jugea Jeanne.

— Oh pardon ! Quel malotru je fais ! Petite sœur, je m'excuse, je ne savais pas…

Elle lui fit signe d'approcher.

— Je ne dérange pas, tu es sûre ? dit-il, marchant vers les hommes d'un pas conquérant, la main tendue et le sourire charmeur.

Il simula la contrition.

— Je devais parler à ma sœur. J'aurais dû frapper avant d'entrer.

La vitesse serait son arme. Leclerc n'avait pas eu le temps de se lever qu'Antoine était déjà sur lui, secouant vigoureusement la main que l'autre tendait à contrecœur. La fausse gêne fit place au bonimenteur sûr de lui.

— Comme on se retrouve, cher inspecteur ! Et c'est toujours un plaisir. La ville dort mieux grâce à vous. Et monsieur… ?

Antoine, les sourcils froncés, l'air avenant, s'était planté devant le petit homme, faisant semblant de chercher dans sa mémoire ce nain qu'il voyait pour la première fois. Le petit homme, très maître de lui, resta imperturbable, avança la main gauche et, desserrant à peine les dents, laissa tomber :

— Monsieur Danvers, conseiller spécial du gouverneur Metcalfe.

— Ah, notre cher gouverneur ! Qui se porte bien, je l'espère. Vous lui transmettrez tous mes vœux. C'est un immense plaisir pour moi de vous rencontrer, cher monsieur.

« N'en fais pas trop », pensa Jeanne.

Antoine se tourna vers elle :

— Je tombe mal ? Je reviens plus tard ?

Elle s'adressa plutôt à Leclerc :

— Euh, mon frère Antoine, il est avocat, vous devez… euh…

— Oui, fit un Leclerc contrarié, maître Raymond est fort connu.

Il voulait reprendre pied, mais Jeanne ne lui en laissa pas l'occasion. Elle regarda tour à tour son frère et Leclerc, fit mine d'hésiter, puis dit à son frère :

— Non, reste, je crois que ces messieurs avaient presque terminé.

Il y avait un brin d'interrogation dans son affirmation. Antoine, lui, apportait déjà une chaise près de sa sœur.

— Autre chose, monsieur Leclerc ? demanda Jeanne.

Goguenard, Antoine lança :

— Faites, faites, messieurs, comme si je n'étais pas là. Et si c'est pour obtenir des informations que vous revenez encore chez ma sœur, qui sait, je pourrais aider. Deux têtes valent mieux qu'une, comme on dit. Un détail pourrait me revenir. Si vous n'avez pas d'objection, bien sûr.

Il avait dit cela avec son sourire le plus engageant, avant de prendre ses aises, tout à côté de Jeanne, comme un homme qui a tout son temps. Leclerc, s'il cherchait une riposte, ne la trouva pas, car légalement, rien ne s'opposait à ce qu'une personne interrogée, qui n'est accusée de rien, soit accompagnée de qui elle veut. Leclerc et Danvers n'étaient pas assez sots pour ne pas relever la candeur teintée de provocation d'Antoine. C'était comme s'il leur disait : « Vous allez aussi jouer avec moi maintenant, et on verra quelles cartes vous avez. »

Antoine venait de toucher du bout de son pied celui de sa sœur, pour lui rappeler de rester prudente, quand Leclerc se mit à enchaîner les questions à Jeanne.

— Soupçonnez-vous Sauvageau d'avoir commandé l'incendie de votre bateau ?
— Forcément.
— Mais avez-vous entendu quoi que ce soit à ce sujet ?
— Non.
— De la part de vos employés ?
— Non.
— De vos associés ?
— Non.
— Vos associés ont-ils eu des démêlés avec Sauvageau ?
— Je ne sais pas. C'est à eux de répondre.
— Aviez-vous d'autres employés mécontents, hormis ce Maheu ?
— Pas à ma connaissance.
— Et quelqu'un, un employé, un associé, quiconque, vous a-t-il déjà dit avoir eu des nouvelles de Baptiste Lefrançois depuis son départ ?
— Non. Et vous les avez tous interrogés déjà.
— Hum, je vois.

La longueur des pauses de Leclerc entre chaque question ajoutait au malaise ambiant. Mais ces pauses servaient aussi à Antoine. Pendant les dernières minutes, par petites touches, comme un peintre devant sa toile, comme quelqu'un qui en vient progressivement à se faire une idée, il avait d'abord marqué son étonnement devant les questions par un jeu subtil des yeux et des sourcils. Il était assez fin pour faire croire à sa sincérité, mais assez clair pour accroître l'inconfort d'un Leclerc qui sentait son supérieur observant la scène dans son dos. Le jeu facial d'Antoine s'accompagnait de tortillements sur sa chaise, comme ceux d'un spectateur au théâtre qui n'est pas assez captivé pour rester immobile.

Puis il profita du silence entre deux questions pour pousser un long soupir.

Leclerc commit alors une grave erreur. Tournant les pages de son calepin, incapable de trouver un nouveau sujet ou un angle inédit pour aborder un vieux sujet, il questionna Jeanne sur un marchand qui louait de l'espace dans son entrepôt.

— J'ai déjà répondu, laissa-t-elle tomber.

Leclerc baissa les yeux, regarda son crayon, dont il ne restait qu'un chicot, puis se passa la langue sur les lèvres à répétition. Derrière lui, le petit homme, immobile, fixait son dos. Il faisait penser à un de ces pantins inertes tant que le ventriloque ne leur a pas donné vie.

Quand Leclerc releva la tête, il tomba sur le sourire fin d'Antoine et sur son doigt levé, comme pour demander une permission dont il n'avait pas besoin.

— Me permettriez-vous, cher inspecteur, une courte remarque ?

Il n'attendit pas la réponse.

— J'échappe difficilement à l'impression, dit-il, que l'enquête n'avance pas comme vous le souhaiteriez. Je peux le comprendre, considérant la complexité de l'affaire. Je redis qu'elle ne saurait être entre de meilleures mains que les vôtres. Tout de même…

Il fit semblant d'hésiter, d'être à la recherche des mots justes.

— Tout de même, reprit Antoine, ma sœur a-t-elle collaboré comme il se doit ?

— Euh, oui.

— A-t-elle tenté de répondre de son mieux ?

— Je n'ai aucune raison d'en douter.

— Vous a-t-elle offert de vous montrer son emploi du temps et ses livres de comptes ?

— Oui.

— A-t-elle dit quoi que ce soit que vous ayez pu établir comme contraire à la vérité ?

— Je ne me sens pas obligé de répondre à cette question, laissa tomber un Leclerc qui glissait.

— Et vous l'avez interrogée à plusieurs reprises, de même que tous ses proches collaborateurs, si je ne me trompe pas, non ?

— Euh...

— La réponse est oui. Et vous reposez les mêmes questions, qui sont aussi, du moins pour certaines, les mêmes que vous m'avez posées.

— Je...

— Juste un instant, cher inspecteur, si vous le voulez bien, dit Antoine.

Il marqua une pause.

— Loin de moi l'idée de vous dire comment faire votre métier, mais la réputation de ma sœur, pour ne rien dire de sa situation commerciale, qu'elle a mis des années à bâtir et qui sont enviables, sont entachées par vos visites répétées et pas du tout discrètes. Je me dois de le dire. Les gens, vous savez comment ils sont, bavardent. Si vous aviez quelque chose de précis, nous comprendrions, mais...

— Certes, certes...

Antoine eut un sourire d'approbation.

— À la bonne heure ! Je savais que je pouvais compter sur vous. Permettez-moi dès lors d'être franc.

Il devint sérieux.

— Ma sœur est-elle soupçonnée de quoi que ce soit ?

Leclerc hésita, puis lâcha :

— Bien sûr que non.

— Fort bien, alors avez-vous des suspects ?

— Je ne peux vous dévoiler cela, mais vous comprendrez que les dépositions des premiers soldats arrivés sur les lieux font état d'un second homme. Ils sont catégoriques. Ce deuxième homme a même fait feu sur eux. De toute façon, la disposition des corps rend très improbable qu'Alexis Lefrançois ait agi seul.

— Donc ?

— Donc, il n'est que normal de chercher à voir qui pouvait accompagner monsieur Lefrançois, et il est raisonnable de penser que ce devait être un proche, comme son frère.
— Et quel rapport avec ma sœur ou avec moi ?
— Vous l'avez connu.
— Et nous avons tous les deux dit ne pas l'avoir vu depuis des années et ne pas avoir eu de ses nouvelles.
Leclerc resta coi. Antoine insista :
— Est-ce bien ce que nous avons dit ?
— Oui.
— Et avez-vous des indications que nous ne disons pas la vérité ?
Leclerc déglutit avec peine. Antoine répéta sa question, durcissant le ton.
— Avez-vous des indications que nous ne disons pas la vérité ?
— Non, mais je cherche...
Antoine devint sévère, presque accusateur.
— En reposant sans cesse les mêmes questions et en recevant toujours les mêmes réponses, vous ne cherchez pas, vous revisitez les mêmes sentiers stériles. Je n'ai pas besoin de vous expliquer la procédure. Si vous avez des preuves, vous les soumettez au procureur, et il lui revient de décider ou non de porter des accusations.
— Il est vrai que...
Leclerc se figea. Le petit homme derrière lui venait de poser sa main sur l'épaule de l'inspecteur. Il lui chuchota des mots à l'oreille. Les deux hommes se levèrent.
— Un instant, dit Leclerc à Antoine et Jeanne.
Les deux hommes se dirigèrent vers le fond de la pièce.
Deux ou trois minutes s'écoulèrent. Leclerc et Danvers, leurs dos tournés, parlaient tout bas, sans un mouvement qui aurait pu révéler quoi que ce soit. Antoine et Jeanne n'échangèrent ni un mot, ni un regard. Mais tous deux pensèrent la même chose. Cet étrange petit homme ne serait pas intervenu si les choses s'étaient passées comme il

le voulait. Au bout d'un moment, il revint vers Antoine et Jeanne, totalement impassible, pendant que Leclerc, la mine renfrognée, évitant leurs regards, restait près de la porte. Le nabot dépassait d'à peine une tête le bureau de Jeanne. Il toussa dans sa main et dit :

— Chère madame, l'enquête piétine. Pourquoi le nier ? L'inspecteur Leclerc garde toute notre confiance, mais nous sommes d'avis que vous avez collaboré au mieux. Ce sera suffisant en l'absence de nouveaux développements. Nous aimerions cependant que vous restiez à notre disposition si le besoin s'en faisait sentir.

Il tendit une main de poupée à Jeanne et à Antoine, qui la serrèrent, salua d'un bref mouvement de tête, et se dirigea vers la sortie. Leclerc avait déjà quitté la pièce. De la fenêtre, Jeanne et Antoine regardèrent les deux hommes s'éloigner dans la rue, esquivant les passants nombreux à l'heure du dîner, leur différence de taille évoquant celle d'un père et de son enfant.

— Tu penses qu'ils vont revenir ? demanda Jeanne, une main sur un des carreaux.

— Difficile à dire. Probablement pas s'il n'y a rien de nouveau, dit Antoine. Leclerc en fait une affaire personnelle, il veut faire une belle carrière, mais en haut de lui… Ce n'est pas l'enquête la plus populaire en ville. Qui brûlerait de punir celui qui nous a débarrassés de Thomas Sauvageau ? Il y en a qui lui érigeraient une statue.

Elle ne réagit pas, regardant toujours dehors. Après une pause, il demanda :

— Ça nuit à tes affaires ?

— Pour l'argent, non, du moins pas encore, mais il y a les chuchotements, les commérages, les regards.

— Ah, ça…

— Et toi, les élections de l'automne ?

— Si ça peut me nuire ? Au contraire, ça pourrait même m'aider.

Jeanne tourna son visage vers lui.

— Comment t'as su qu'ils seraient ici ?
Antoine sourit.
— Pur hasard. Je les ai vus dans la rue. J'étais curieux. Je les ai suivis.
— Et le petit bonhomme, tu le connais ?
— Non, aucune idée, mais c'est lui qui mène, t'as bien vu. Tous les régimes ont de ces hommes qui n'apparaissent sur aucune liste, comme s'ils n'existaient pas – en fait, qui n'existent pas officiellement –, discrets et froids comme des reptiles. Ils se chargent des affaires délicates. Bon, je te laisse. Pothier doit se demander si je n'ai pas été enlevé.

Jeanne l'accompagna jusqu'à la porte. Avant de s'en aller, Antoine scruta le visage de sa sœur.
— Tu sais où il est ?
— De quoi tu parles ?
— S'il te plaît.
— Non, je ne sais pas, je ne sais rien.

Il resta impassible. Il était dix marches plus bas quand il entendit sa sœur dans son dos, tout en haut de l'escalier.
— Antoine.
Il se retourna.
— Merci, dit-elle. Je ne te le dis pas assez.
Il sourit.
— T'es ma petite sœur. Ils servent à quoi, les grands frères ?
Puis il reprit sa descente.

Baptiste fut réveillé par les ordres lancés aux chevaux et les bruits des chaudrons. Autour de lui, des gens s'activaient, démantelaient leurs installations. Des chariots se secouaient et partaient, d'autres arriveraient plus tard. Le campement se renouvelait. Le prédicateur avait installé son chapiteau pour plusieurs jours. Tout le pays était sillonné par ces prêcheurs qui cherchaient un lieu pour y établir leur congrégation.

La chance sourit à Baptiste. La première famille qu'il approcha parmi celles qui partaient lui fit une place. Ils retournaient chez eux, une ferme à l'entrée de Rouses Point, le village d'où Baptiste espérait prendre un bateau jusqu'à Plattsburgh. Les Wolff étaient de solides Allemands originaires du Wurtemberg. Ils arrivèrent à Rouses Point en fin d'après-midi.

Leur fils aîné était resté à la ferme au cas où l'une de leurs vaches mettrait bas. L'affaire survint dès la nuit. Baptiste accompagna le fils et le père dans l'étable. Il était curieux. Il fut surpris de voir comment le rythme des contractions, l'écoulement des eaux, la rupture de la poche amniotique, l'expulsion du fœtus étaient semblables à ceux de l'accouchement humain. Il resta immobile, se contentant d'admirer les gestes sûrs du père et du fils. Quand la tête gluante du veau, puis ses pattes de devant, puis tout le reste de son corps sortirent, il en fut fort impressionné. Les deux hommes notèrent sa concentration et durent se dire que ce citadin aux manières raffinées voyait la chose pour la première fois de sa vie.

Le lendemain matin, quand Baptiste comprit que les hommes voulaient planter des poteaux pour achever de ceinturer leur propriété, et considérant qu'il n'avait pas un sou, il se proposa pour les aider en échange du prix du billet. Le père accepta et il passa la journée à travailler avec eux.

Il monta à bord du *Vermont* le jour suivant, très tôt, longtemps avant que l'ancre soit levée. Une brume épaisse était suspendue au-dessus de l'eau. Il se mit à pleuvoir. Il se protégea de la pluie, qui tomba toute la matinée, sous un auvent, sa couverture de laine autour des épaules, dans la section réservée aux passagers moins fortunés. Il était seul. Ce fut un trajet sans histoire. Les montagnes bordant le lac étaient majestueuses, mais il ne pensait qu'à sa destination.

Quand la pluie cessa, le soleil se fraya un chemin entre les nuages et les passagers quittèrent leurs cabines. Sur le pont, parapluie fermé à la main, les uns regardaient le ciel et d'autres leurs pieds, craignant de glisser. Plusieurs s'agrippèrent au bastingage pour regarder Plattsburgh qui se profilait. Des figures humaines, d'abord minuscules, s'agitaient sur le quai. Les cheminées crachaient leur fumée de tous les jours. Le navire cessa d'avancer, attendant la permission d'accoster. Baptiste entendit des voix françaises près de lui. Plus loin, une fillette, les yeux bandés, riant aux éclats, essayait de reconnaître en les touchant ses frères, ses sœurs et son père accroupi.

Une voix forte lança un ordre, suivi d'un coup de sifflet, puis la sirène retentit, faisant sursauter l'homme près de Baptiste, et le navire recommença à avancer. Le soleil se fit éclatant. Baptiste se tourna vers lui. Fraternel, généreux, le soleil lui réchauffa le front, le visage, le corps, l'esprit, et fortifia son goût pour la vie. La chaleur dorée le fit sourire. Il trouva merveilleux le spectacle autour de lui. Une dame observait ce jeune homme pauvre. Il capta son regard et la salua, sans cesser de sourire. Il était arrivé.

Le portage pour éviter les rapides

Épilogue

Il n'y eut pas de mandat d'arrêt émis contre Baptiste. La mort du fils aîné de Berthier resta impunie. Jeanne ne fut plus interrogée. Mais les commérages continuèrent, surtout de la part de ces femmes qui reprochaient depuis longtemps à Jeanne de ne pas choisir entre la soumission et la décoration. Ses rivaux en affaires alimentèrent les médisances. Certains associés confessèrent leur embarras, puis dirent qu'il faudrait voir «pour la suite des choses».

Après les morts de Sauvageau et de Cheval, la bande se disloqua rapidement. Ferguson, l'informateur auprès du gouverneur, continua à contracter des dettes de jeu et fut poignardé dans une ruelle. Toussaint Beauséjour quitta le pays et on n'entendit plus jamais parler de lui. Maheu disparut du jour au lendemain avec femme et enfant. Bastien, le cambrioleur, se disputa avec un complice sur le partage du butin après un vol et reçut une balle fatale dans le ventre. Les frères Broussard voulurent monter leur propre bande, mais furent arrêtés, jugés et envoyés dans une colonie pénitentiaire en Australie. Augustin Mercier prit sa retraite des affaires et déménagea à Québec. Il vécut paisiblement et à l'aise financièrement. Les associés de second rang se firent discrets pour un temps. Chez des gens qui avaient toutes les apparences de la respectabilité, il s'en trouva pour chuchoter que leurs affaires allaient mieux du temps de Sauvageau, et qu'à sa manière, il imposait l'ordre dans les rues.

Trois mois après la mort de Thomas, Jeanne vendit tous ses intérêts commerciaux à bon prix et rejoignit Baptiste aux États-Unis. Quand il demanda ce qu'elle voulait faire, elle répondit : « Voyager. » Cela l'étonna. Elle se contenta de dire qu'elle n'avait jamais vraiment voyagé. Il supposa qu'elle voulait aussi réfléchir à la suite de sa vie et voir s'il était le compagnon espéré.

Antoine, suivant les directives de Baptiste, était allé personnellement déterrer ce qu'il avait touché du bout des doigts dans la grotte. C'était un coffret contenant 2 000 livres sterling que Thomas avait caché. Le reste de sa fortune ne fut jamais retrouvé et alimenta les rumeurs les plus fantaisistes. Baptiste et Jeanne rirent aux larmes – elle riait si rarement – en lisant le récit d'Antoine, l'imaginant rampant seul pour parvenir, tout noirci de terre et tout essoufflé, à l'endroit indiqué.

Ils voyagèrent pendant deux ans, très modestement, s'attardant là où cela leur plaisait, puis repartant. Ils arrivèrent à Plymouth, dans le sud de l'Angleterre, visitèrent Londres, puis allèrent en Espagne, surtout à Madrid, en Andalousie et en Catalogne. Ils auraient voulu connaître l'Algérie, mais la conquête française en rendait le territoire dangereux. À Barcelone, ils prirent un bateau vers la Tunisie plus à l'est, une province de l'empire ottoman. De là, ils traversèrent en Sicile, puis remontèrent la péninsule italienne. Ils visitèrent Pompéi, Rome et Florence sans hâte.

Jeanne n'était pas très expressive et posait peu de questions, qu'elle ait devant elle une corrida, du sable à perte de vue, des ruines romaines ou une toile du Titien, et Baptiste faisait attention de ne pas la lasser avec de longs monologues explicatifs. Mais ses yeux révélaient tout de suite ce qui captait son intérêt. Elle lisait d'avance toutes les brochures qu'elle trouvait sur ce qu'elle s'apprêtait à voir. Elle s'intéressait tout autant aux systèmes économiques et politiques. Elle se découvrait en découvrant le monde, et Baptiste trouvait magnifique de contempler cet éveil et d'en faire partie. Ils restèrent deux mois à Venise. Puis ils visitèrent Vienne, traversèrent la Suisse, et remontèrent en direction de Paris, où ils déposèrent leurs valises.

Ils louèrent un appartement confortable rue du Faubourg-Poissonnière. Baptiste boiterait légèrement pour toujours et utilisait une canne. Il reprit sa pratique professionnelle. Les premiers mois furent difficiles. Il était un parfait inconnu. Mais il avait déjà vécu cette obligation de tout recommencer. Son vieux maître Leroux-Laville était mort et il n'avait pas entretenu de relations avec ses camarades d'études. La concurrence professionnelle était féroce entre médecins, mais aussi entre les médecins et toute une faune de spiritualistes, homéopathes, rebouteux et guérisseurs sans formation. Nombre de pharmaciens se prétendaient aussi soignants.

Au début de 1847, il eut la surprise de recevoir une invitation pour une réception en l'honneur du nouvel ambassadeur des États-Unis en France. Il ne sut jamais pourquoi on lui faisait cet honneur. Il crut même à une erreur. Il s'y rendit dans l'espoir de faire des rencontres utiles. Il capta par hasard une conversation entre un médecin et un journaliste, s'y joignit et, quelques jours plus tard, parvint à mettre la main sur la revue dont il avait été question.

On y relatait qu'en septembre de l'année précédente, un dentiste américain, un certain Morton, avait utilisé de l'éther pour enlever une dent sans que le patient ressente la moindre douleur. Le mois suivant, un chirurgien du nom de Bigelow avait, devant un public médusé, dans le grand amphithéâtre du Massachusetts General Hospital de Boston, enlevé la tumeur au cou, sans souffrance non plus, d'un autre individu. La revue rapportait que d'autres praticiens revendiquaient aussi la paternité de la percée, disant la pratiquer discrètement depuis des années. Il n'en parla pas à Jeanne, mais en fut fort affecté et s'en voulut de ne pas avoir persévéré.

Ils formaient un drôle de couple, qui aurait suscité des commentaires s'ils n'avaient été si discrets. Ils vivaient en union libre, sortaient peu et se traitaient en égaux. Ils ne se marièrent pas, car Jeanne ne voulait pas perdre son autonomie juridique. Ils n'eurent pas d'enfants et n'abordèrent plus la question. Baptiste se permettait du vin ou un spiritueux uniquement le samedi. Jeanne luttait pour ne pas trop arrondir. Il lui confia leurs principales décisions d'argent. Leur but commun était de générer suffisamment de revenus pour ne pas utiliser leur capital pour des dépenses courantes, seulement pour des investissements profitables.

Jeanne eut du mal initialement à se faire une situation à Paris. Elle voulait travailler, mais ne pas recevoir d'ordres. Il était difficile de démarrer une entreprise dans un pays où elle ne connaissait personne et sans savoir si elle y resterait longtemps. Elle se mit donc à la recherche d'affaires qui semblaient prometteuses et qui cherchaient du capital. Elle lut tous les journaux qu'elle pouvait trouver et se construisit une sorte de philosophie commerciale personnelle. Toutes sortes d'inventions surgissaient à droite et à gauche, et leurs promoteurs faisaient miroiter des résultats extravagants. Elle fut intriguée par une machine qui prétendait faire des additions et des soustractions, et par un outil qui éjectait à répétition une sorte de petit crochet métallique permettant de retenir ensemble plusieurs feuilles.

Elle décida d'investir, pour commencer, de petits montants dans des affaires nombreuses pour réduire les risques. Elle cherchait des projets dont les bases étaient solides, parce qu'ils offraient un bien pour lequel il pourrait y avoir une demande durable ou parce que les dirigeants semblaient sérieux. L'idéal était de dénicher une affaire prometteuse mais peu remarquée, sous-évaluée par rapport à son potentiel. L'autre difficulté était de déterminer, au gré des hauts et des bas, quand persister et quand se retirer.

Elle connut des succès et des échecs. Il était évident pour elle que l'avenir résidait dans l'industrie lourde. Les mauvaises récoltes et les inondations provoquèrent cependant une pénurie alimentaire dans toute la France. On crevait de faim dans les campagnes et même en ville. Les gens avaient moins d'argent pour acheter. Les entrepôts se remplirent de biens manufacturés invendus.

Elle vit une occasion dans le fait que le chemin de fer était moins développé en France qu'en Grande-Bretagne. Mais les compagnies françaises n'avaient pas de revenus suffisants pour couvrir leurs dépenses d'exploitation, et les banques, déjà fragilisées, ne prêtaient guère. Elle perdit de l'argent. Elle se fit aussi rouler par un banquier qui cultivait la discrétion pour qu'on y voie du sérieux. Il faisait monter les titres, lançait une rumeur sur ses difficultés et rachetait les titres quand leur valeur avait baissé. Elle ne flaira jamais l'escroc.

Elle eut plus de succès avec une compagnie de construction navale à Nantes qui misait sur le commerce maritime avec les colonies d'Afrique et des Antilles. Une petite filature de coton dégagea des revenus modestes mais réguliers. Elle mit aussi de l'argent dans une petite gazette financière qu'elle trouvait bien faite. La spéculation effrénée créait une soif d'information. Les mines de charbon du Nord-Pas-de-Calais furent sa meilleure affaire, sa principale source de revenus. Comme la Bourse de Paris était interdite aux femmes, Baptiste lui servait de prête-nom. Au bout d'un an et demi d'efforts acharnés, elle engrangea des revenus réguliers, rien pour rouler carrosse, mais suffisants pour un train de vie aisé.

Ils entretenaient une correspondance assidue avec Antoine. Il avait été élu député sous la bannière réformiste à l'automne de 1844, mais son camp était minoritaire à l'Assemblée législative. Il se plaignait de ses maux de dos et de devenir progressivement sourd. Son mariage lui inspirait des remarques d'une telle acidité que Jeanne et Baptiste alternaient entre le fou rire et la commisération. Il ne vivait que pour la politique, le droit et les affaires. S'il restait combatif, ses lettres peignaient aussi la douloureuse situation économique et sociale.

L'abrogation par Londres de la politique protectionniste avait donné un coup terrible à une agriculture qui allait mal depuis des années. Les faillites se multipliaient et la valeur de tout baissait. L'échec des rébellions, les pendaisons, les exils, la misère, tout cela avait fabriqué une culture de vaincus. Quand Jeanne avait évoqué la possibilité d'une visite, Antoine lui avait dit de rester en France, que le typhus faisait rage à Québec et à Montréal, apporté par des Irlandais fuyant la famine, et que les gens mouraient par milliers.

Antoine fut réélu en janvier 1848 et son bloc réformiste, cette fois, fut majoritaire. La Fontaine, son mentor, devint premier ministre du Canada-Est, et Antoine conserva sa place dans son premier cercle. Son chef lui demanda de l'aider à piloter l'indemnisation des victimes de l'armée pendant les rébellions dix années auparavant. Jusque-là, seuls ceux qui soutenaient le régime et avaient essuyé des pertes causées par les insurgés avaient été dédommagés. Les partisans de la Couronne s'opposèrent à cette idée. Au parlement, ce serait, disait-il, la guerre civile.

Jeanne et Baptiste passèrent l'année 1848 à se demander s'ils devaient ou non rester en France. La situation économique était catastrophique. Les classes populaires étaient affamées. Les ouvriers désespérés saccageaient les machines tueuses d'emploi. Les banques qui avaient survécu ne prêtaient pas. Le vieux roi Louis-Philippe devenait de plus en plus autoritaire. Les rassemblements politiques étaient interdits. Les partis se perdaient dans les intrigues parlementaires. Le désordre, le mécontentement étaient généralisés. Tout devenait prétexte à des émeutes. Fin février 1848, quand l'armée tira sur des manifestants, l'insurrection se leva. Ouvriers, étudiants, petits-bourgeois érigèrent des barricades. Jeanne et Baptiste restèrent terrés. Une balle perdue fracassa une fenêtre à l'étage. Le roi fut chassé par la foule attaquant son palais. Un gouvernement provisoire proclama la IIe République.

ÉPILOGUE

L'agitation française fut l'étincelle qui embrasa toute l'Europe. À Vienne, Prague, Berlin, Budapest, Milan, dans toute la péninsule italienne, les peuples, appuyés par les artistes, les intellectuels, les modernisateurs, se soulevèrent. Le roi de Prusse et l'empereur d'Autriche abdiquèrent. Le pape dut fuir Rome. On réclamait le suffrage universel et des réformes libérales. De nouveaux drapeaux virent le jour, de vieilles langues ressurgirent pour raconter les histoires de ces peuples gouvernés par des monarques étrangers et qui avaient soif d'autonomie. Mais dès l'été, après beaucoup de sang versé, toute l'agitation était retombée et l'ordre conservateur régnait à nouveau. Le réveil des peuples n'avait duré qu'un printemps.

À l'automne, ils reçurent une lettre d'Antoine, plus brève qu'à son habitude. Sa femme souffrait d'une phtisie et était condamnée. Une affaire de semaines ou de mois. Toute sa lettre baignait dans une mélancolie inhabituelle. Il se disait seul au milieu d'une foule et toute son agitation ne servait qu'à masquer son vide intérieur. Il était épuisé, sans appétit, et son sommeil était mauvais. Il se disait incapable de se concentrer et estimait que rien ne valait la peine. Plus la moindre trace de sa combativité habituelle.

Cette lettre les alarma et les décida à rentrer au pays. Ils verraient sur place si ce serait pour de bon ou pas. Mais l'hiver approchait. Ils décidèrent de prendre un des premiers bateaux du printemps, sitôt la navigation sur le Saint-Laurent rendue possible par la fonte des glaces.

Parti du Havre, le *Gaillard*, un trois-mâts à voile et à vapeur, entra dans le port de Montréal le 25 avril 1849, au milieu de l'après-midi, par temps froid et sous un ciel gris. Debout sur le pont, Jeanne et Baptiste contemplaient la ville qui se rapprochait. Quand Baptiste vit l'excitation dans les yeux de Jeanne, à la vue de l'animation sur les quais, il sut que, dans son esprit à elle, ils rentraient pour de bon au pays. Il ne souhaitait pas autre chose s'il s'avérait possible d'y mener une vie relativement normale. Ils étaient partis depuis près de cinq ans.

Ils avaient prévu de louer une chambre d'hôtel, puis d'aller voir Antoine et sa femme. Mais sitôt débarqués, un jeune homme d'une vingtaine d'années, d'aspect vigoureux, très agité, avec des cheveux ébouriffés, vint à leur rencontre. Il se présenta comme le valet d'Antoine. Il s'était empressé dès que le navire avait été aperçu. Il avait pour instructions de les conduire chez son maître, où ils seraient hébergés. Il pointa l'élégant fiacre qui les attendait et le chariot qui transporterait leurs malles. Il nota l'hésitation sur le visage de Baptiste et l'informa que l'épouse de monsieur le député était morte depuis plusieurs jours. Il n'y avait donc aucune crainte à avoir de déranger. Il ajouta que de la compagnie ferait du bien à monsieur, retenu au parlement pour une affaire de la plus haute importance.

Baptiste et Jeanne échangèrent un regard. Comme pour achever de les mettre à l'aise, pendant qu'ils attendaient le débarquement de leurs malles, le jeune homme expliqua que le décès de madame s'était bien passé, dans les circonstances. On avait tout fait dans les règles. Monsieur le député y tenait. On avait arrêté l'horloge de la maison dès le constat du décès. On avait sonné les cloches. On avait suspendu du crêpe noir à la porte et exposé la défunte, dans ses plus beaux vêtements, pendant trois jours, dans la salle de réception. Tout Montréal y avait défilé, y compris le premier ministre La Fontaine. Notre-Dame avait été bondée pendant l'office religieux, et la famille de la défunte, après la mise en terre, était venue dire au veuf qu'elle avait apprécié ses égards.

Les malles de Jeanne et de Baptiste furent parmi les premières sur le quai et, pendant qu'on les chargeait à bord du chariot, Jeanne demanda au jeune homme son prénom. Il rougit et s'excusa de ne pas l'avoir dit avant.

ÉPILOGUE

Il se prénommait Jean. Baptiste le trouvait sympathique, le visage ouvert, l'œil vif, un air débrouillard, lui faisant penser à une version volubile de Samuel Berthier, qu'il s'était d'ailleurs juré de retrouver.

Baptiste nota que ce Jean regardait de tous les côtés, l'air inquiet. Ils prirent place dans le fiacre qui s'élança en direction de chez Antoine, suivi du chariot. Ils allaient inutilement vite, pensa Baptiste. Il se retourna pour regarder par la lucarne à l'arrière du compartiment. Le chariot avec leurs bagages n'avait pu suivre le rythme.

Antoine habitait toujours près de la place d'Armes. Dès qu'ils arrivèrent, Jean plongea sa main dans sa poche, en sortit une clé et ouvrit. Il expliqua qu'ils s'installeraient dans la grande chambre d'invités au rez-de-chaussée, qu'ils devaient faire comme chez eux, car ils étaient chez eux, et que leurs malles arriveraient sous peu. Lui-même irait au parlement pour voir où en étaient les travaux. Baptiste restait sur cette impression de nervosité. Il demanda à Jean :

— Il se passe quelque chose ?

Jean passa sa main dans ses cheveux désordonnées. Il fit oui de la tête et enchaîna :

— Ben, c'est la loi d'indemnisation, vous savez. Ils en discutent à la Chambre depuis janvier. Les Anglais ne veulent rien savoir de payer des rebelles papistes, comme ils disent. Les députés se sont d'abord insultés, puis se sont battus à coups de poing. Ils ont leurs partisans dans les tribunes pendant les débats, et après ça continue dans les rues.

Baptiste ne voulut pas le retenir plus longtemps. Jean s'éclipsa. Il reviendrait, dit-il, pour préparer le souper. Leurs malles arrivèrent et ils les firent apporter dans la chambre qu'ils occupaient. Ils défirent leurs bagages, puis Jeanne, encore remuée par le mal de mer, dit qu'elle dormirait un peu. Baptiste s'installa dans le salon. Il attaqua une pile de journaux et lut longtemps. Il était sur le point de s'assoupir quand le bruit de la porte le réveilla. Debout devant lui,

Jean lui tendit un billet plié en deux. De la main d'Antoine, le billet disait :

Ne sortez pas de la maison avant mon retour. Il se passe des choses graves. Je vous expliquerai.

A.

Baptiste montra le billet à Jeanne qui venait de le rejoindre. Le jeune homme crut nécessaire d'expliquer. Les députés avaient envoyé un des leurs chercher le gouverneur pour l'amener au parlement afin qu'il appose la sanction royale sur une loi de taxation des marchandises. Lord Elgin en avait profité pour approuver d'autres textes déjà votés, dont la loi d'indemnisation. Quand les députés opposés s'en rendirent compte, une mêlée éclata. Leurs partisans à l'extérieur accoururent. Lui-même, disait Jean tout exalté, n'avait rien vu, mais on racontait que le gouverneur s'était fait lancer des œufs, puis des pavés, et que des fous furieux avaient pourchassé son carrosse dans les rues.

— S'il vous plaît, ajouta Jean d'un ton suppliant, faites ce que monsieur le député demande. Ne sortez pas. Je ne veux pas être blâmé.

Quand Baptiste l'eut rassuré, Jean fila dans la cuisine préparer le souper. Baptiste et Jeanne mangèrent en silence, fatigués par le voyage en mer. Baptiste dut insister pour que Jean mange à table avec eux. Ils terminaient quand on frappa violemment à la porte. Jean ne put dissimuler son inquiétude. Des coups sourds, répétés, insistants. Il se dépêcha d'aller ouvrir. Il réapparut rapidement, une feuille à la main. L'air grave, il la tendit à Baptiste. C'était une édition spéciale de *The Gazette*. Il lut :

— Anglo-Saxons! you must live for the future. Your blood and race will now be supreme, if true to yourselves. You will be English "at the expense of not being British". To whom and what, is your allegiance now? Answer each man for himself. The puppet in the pageant must be recalled, or driven away by the universal

contempt of the people. In the language of William the Fourth, "Canada is lost, and given away." A Mass Meeting will be held on the Place d'Armes this evening at 8 o'clock. Anglo-Saxons to the struggle, now is your time!

C'était l'annonce, pour le soir même, d'une assemblée publique pour protester. Mais c'était aussi, carrément, un appel à l'émeute.

— Des enragés, je vous dis, lança Jean. Vous comprenez pourquoi il ne faut pas sortir? Ça fait des jours que monsieur le député a envoyé son fils à la campagne chez des amis.

Baptiste n'ajouta rien. Jean ramassa les couverts et alla dans la cuisine. Baptiste mit sa main sur l'avant-bras de Jeanne à ses côtés.

— Tu ne regrettes pas?
— Quoi? D'être revenue?

Ses yeux étaient fixés sur la nappe blanche.

— Je ne sais pas. On verra. Ce n'était pas plus tranquille à Paris.

Ils entendirent des cris et allèrent à la fenêtre. Le soir tombait. Des hommes marchaient d'un pas décidé, portant des torches enflammées. Ils devaient se diriger vers le rassemblement. Plusieurs tenaient des manches de hache. Un homme cracha par terre. Un autre groupe suivait le premier. Il pressait le pas aussi. Baptiste se tourna vers l'horloge du salon. Elle indiquait huit heures et demie. Cela expliquait leur hâte. Un grand roux cria quelque chose en se tournant vers le groupe, comme pour chercher son assentiment. Baptista capta seulement des jurons et le mot «*papists*».

Pendant l'heure qui suivit, ils entendirent monter la clameur de la foule assemblée à quelques centaines de verges, qu'ils ne pouvaient cependant voir d'où ils étaient. On devinait que ces excités étaient prêts à tout casser. Pendant une émeute, un homme gagne en confiance autant qu'il perd en jugement. Imaginant Antoine au parlement,

Baptiste devint de plus en plus tendu. Il avait besoin de parler, mais ne voulait pas se montrer nerveux devant Jeanne pour ne pas l'inquiéter davantage. Jeanne retourna dans leur chambre. Baptiste chercha Jean, mais ne le trouva nulle part. Il tourna en rond dans la maison.

Finalement, il n'y tint plus et se versa un cognac. La chaleur lui fit du bien. Il en avala un deuxième. Jean était sans doute parti aux nouvelles. Baptiste raisonna. Cette foule d'exaltés ne se disperserait pas tranquillement après des discours visant à l'enflammer. Elle se rendrait là où étaient ceux qu'elle tenait pour responsables de sa furie. Elle se dirigerait vers le parlement. Il repensa à Antoine et décida d'agir. Il se leva.

— Où vas-tu ?

Près de la porte, il se retourna. Jeanne avait un air grave.

— Je vais essayer de le trouver, dit-il.

Elle vit le flacon de cognac et son bouchon couché à côté. Il se sentit obligé d'ajouter :

— Il en a assez fait pour nous.

Elle n'eut pas le temps de répondre qu'il était déjà dehors, se hâtant de son mieux, malgré sa jambe, vers la place d'Armes. Il la trouva déserte. Ses craintes se confirmaient. Elles devinrent une certitude quand l'odeur de la fumée lui parvint. Il se dirigea vers le marché Sainte-Anne, sur la place d'Youville, où l'on avait installé la Chambre d'assemblée. Plus il s'approchait, plus la fumée était épaisse et plus le grondement du feu était impressionnant.

Quand il y parvint, une foule ceinturait le parlement qui flambait*. Il y avait là des centaines d'hommes, peut-être un millier, peut-être même plus. Ils y avaient mis le feu. Ils hurlaient, ils riaient, ils brandissaient leurs poings, les uns enragés, les autres amusés. Les flammes cherchaient à s'échapper par les fenêtres. On aurait dit des vipères géantes

---

* Après l'incendie du 25 avril 1849 par des émeutiers, le siège du Parlement du Canada–Uni, issu de la fusion du Haut-Canada (Ontario) et du Bas-Canada (Québec), fut successivement déplacé à Toronto, Québec, puis Ottawa.

agitant frénétiquement leurs langues fourchues. Le toit flambait sur toute sa longueur. Près de Baptiste, un jeune homme avait grimpé tout en haut d'un réverbère pour mieux apprécier la scène. Le feu se propageait à grande vitesse et risquait d'atteindre les édifices adjacents, mais la meute ne s'en souciait pas.

Baptiste se fraya un chemin en levant les coudes. Des vauriens brisaient les derniers carreaux des fenêtres avec de longs bâtons. D'autres arrachaient des pavés de la chaussée et les jetaient sur les fenêtres. Nulle trace des pompiers ou de l'armée. Pour beaucoup, c'était un carnaval, une réjouissance, d'autres avaient le visage tordu par la haine et les yeux ronds d'excitation. Des effluves d'alcool se mêlaient à l'odeur du bois calciné. Les plus audacieux s'approchaient et collaient leurs torches sur tout ce qui pouvait s'enflammer. Même si on avait voulu tenter quelque chose, il était trop tard.

Baptiste pensa à Antoine, songea à faire le tour de l'édifice. Il cherchait un moyen de s'en approcher. Mais le feu était trop violent, trop avancé, totalement maître de la situation. Des bouteilles servaient de projectiles. Il reçut un coup sur la nuque. Il se retourna. Une canaille ivre avait perdu l'équilibre, était tombée sur lui et achevait de s'écrouler à ses pieds. Une autre près de lui, avinée, riait aux éclats. En s'écartant, Baptiste mit les pieds dans une flaque de vomissure. Quoi faire ? Rien sauf espérer que personne n'était prisonnier du brasier. Il regarda autour de lui. Il ne reconnaissait aucun visage. Aucune trace de Jean, le valet, ni de quiconque qui aurait donné l'impression de s'être extirpé des flammes. C'était mieux ainsi, pensa-t-il. Cette foule enragée aurait fait un très mauvais parti à tout député du mauvais camp tombé entre ses mains.

Baptiste, seul au milieu de la foule, prostré, impuissant, cherchait à organiser sa pensée quand il se trouva subitement incapable de respirer. Deux bras énormes, deux troncs d'arbres, lui enserraient la taille par-derrière. Il fut soulevé de terre. Il agita ses jambes ridiculement. L'étreinte était herculéenne, monstrueuse. Il n'avait aucune réserve d'air dans ses poumons. Il fut retourné malgré lui et se trouva dos à la foule. La force surhumaine qui l'emprisonnait marcha droit devant et le sortit de l'attroupement.

Au bout de quelques secondes, on lui planta les pieds au sol. Il parvint à respirer. Un autre homme surgit et passa son bras sous le bras droit de Baptiste. Le mastodonte derrière lui passa le sien sous son bras gauche. À deux, ils entraînèrent Baptiste. Il était futile de résister. Il perdit l'équilibre et ses pieds raclèrent le sol. Ses jambes luttèrent pour qu'il puisse se redresser. Il devait faire deux enjambées pour chacune des deux hommes. Il ne comprenait pas. Il n'avait pas d'argent sur lui. On allait l'emmener à l'écart, lui fracasser le crâne, le rouer de coups.

Les deux malabars continuèrent à le traîner, puis entrèrent dans une ruelle obscure. Les bruits de la foule et du brasier étaient assourdis. Le géant, que Baptiste voyait maintenant de face, totalement chauve, l'avait collé contre un mur. Sa main immense enserrait le cou de Baptiste, qui peinait à respirer. Ce mastodonte le surplombait d'au moins deux têtes. L'autre homme qui l'avait sorti de la foule s'approcha. Baptiste contracta sa mâchoire et ses muscles du ventre dans l'attente du premier coup, mais l'homme posa sa main sur le poignet du monstre qui relâcha son étreinte.

Tous les deux s'écartèrent et apparut alors un homme minuscule, de la taille d'un enfant, élégant pourtant, vêtu de noir, le col relevé, avec un haut-de-forme, les traits de son visage difficiles à distinguer. La seule lueur venait de l'incendie. Le petit homme examina Baptiste, qui reprenait son souffle. Il fit un pas en avant, et c'est alors que Baptiste nota qu'il lui manquait un bras. Il crut lire, sur son visage, une bienveillance curieuse dans les circonstances. Sa peur baissa d'un cran.

— Mes excuses, docteur, dit le petit homme d'une voix tout juste assez forte pour être entendue.

D'un geste de la main, il ordonna aux deux sbires de s'éloigner. Il remit à Baptiste sa canne. Il enleva son haut-de-forme et le plaça sous son bras.

— De nouveau, mes excuses pour la méthode. Il fallait vous sortir de là au plus vite. Ce n'était pas prudent de votre part. Et rassurez-vous, tous les députés ont pu sortir. Ils sont sains et saufs. L'événement est regrettable, condamnable, mais il n'y aura pas mort d'homme.

Baptiste se massait la pomme d'Adam.

— Qui êtes-vous ? demanda-t-il.

— Mon nom importe peu. Un proche du gouverneur, disons. Il l'a échappé belle, le gouverneur, aujourd'hui. Mais bon... Plus de peur que de mal.

Baptiste retrouvait son calme.

— Qu'est-ce que vous me voulez ?

— Faire votre connaissance, docteur, faire votre connaissance, tout simplement. Voir de près l'homme qui nous a débarrassés de Sauvageau.

Baptiste fut cloué sur place. Cela sembla amuser le petit homme.

— Je... commença Baptiste, qui ne put aller plus loin.

Le nabot prit un air rassurant.

— Du calme, docteur, du calme, dit-il, joignant le geste d'apaisement à la parole. Affaire classée quant à nous. Vous n'avez rien à craindre. Personne ne s'ennuie de Sauvageau. Vous imaginez qu'on vous accuse ? Le procès ? Non, bien sûr. C'est seulement que je voulais voir le personnage de plus près, parce que c'est tout de même très fort ce que vous avez réussi, malgré l'infortune de votre frère, paix à son âme. Et puis aussi, franchement, je ne voudrais pas que vous vous imaginiez qu'il n'y a que des imbéciles autour de vous.

Baptiste resta muet.

— Oui, évidemment, reprit le nain. La disposition des corps, les témoignages des soldats, le braconnier avec son arc, ou plutôt sa femme. Quand on dit des choses à sa femme, on ne sait jamais à qui elle va les raconter ensuite.

Et puis ce policier corrompu à New York, un autre qu'on ne pleurera pas, un médecin mystérieux disparu subitement, sa femme, son fils, des crimes affreux, les dates approximatives, enfin, tout ça mis ensemble… Il m'a fallu du temps, je le confesse. Mais bon, au bout du compte, vous aviez le mobile, l'opportunité et, très franchement, les capacités.

— Qu'est-ce que vous voulez ? demanda Baptiste.

— Mais rien, docteur, rien, je vous l'ai dit. Ou plutôt, pour être exact, je veux que vous sachiez que je sais. Je suis le seul à savoir. Ces deux-là – il tourna la tête en direction des deux malabars plus loin – ne savent rien, ne comprennent rien. Que moi. Et je comprends que, parfois, le mieux à faire est de ne rien faire. Voilà, c'est tout. Maintenant, rentrez chez monsieur le député, votre ami, qui est peut-être déjà de retour, et occupez-vous de lui et de votre admirable dame.

Il remit son chapeau, l'ajusta, s'inclina en guise de salut, ce que sa taille aurait rendu ridicule si Baptiste avait eu le cœur à rire, puis il se retourna et s'éloigna. L'homme qui s'était joint au géant pour traîner Baptiste jusque-là s'approcha, esquissa un sourire moqueur, lui tapota la joue et suivit son maître. Le géant, resté en retrait, passa sa main sur son crâne, cherchant à comprendre. Baptiste avait à peine eu le temps de réaliser ce qui venait de se passer que les trois hommes étaient partis.

L'incendie du Parlement à Montréal

ÉPILOGUE

Antoine, de retour chez lui, affalé dans un fauteuil, avec une compresse d'eau froide sur la tête, ventre débordant, yeux fermés, jambes écartées, faisait penser à quelque monstre marin échoué sur une plage. Il ouvrit les yeux, retint sa compresse d'une main et vida son cognac. Laborieusement, avec une grimace, il se pencha pour déposer le petit ballon au sol, puis contempla le feu dans la cheminée. Dans cinq minutes, il serait deux heures du matin.

Baptiste, dans l'autre fauteuil à sa droite, le jugeait plus lourd d'au moins trente livres que la dernière fois qu'il l'avait vu, plus rougeaud aussi, le souffle plus court. Il ne lui restait qu'une couronne de cheveux autour du crâne. Jeanne, une couverture autour des épaules, voulant être le plus près du feu, avait pris place sur la banquette qui prolongeait la cheminée.

— Incroyable ! disait Antoine. Absolument incroyable… T'aurais dû voir ça.

— J'ai vu, je suis sorti pour essayer de te trouver, dit Baptiste.

— Je sais et je t'avais demandé de ne pas le faire.

— Tu l'aurais fait pour lui, intervint Jeanne.

Antoine continua :

— L'intérieur, t'aurais dû voir le cirque de l'intérieur. On se doutait qu'il y aurait de l'action quand le gouverneur a dû s'enfuir pour sauver sa peau. Ensuite, quand on est venu nous dire qui était monté à la tribune pour exciter ces fous, là on était sûrs. Mais si on avait arrêté les travaux parlementaires, on leur aurait donné raison, tu comprends ?

— Bien sûr, convint Baptiste.

— Il paraît, reprit Antoine, que c'est le chef des pompiers, Perry, tu te rends compte, qui a dit : "Suivez-moi jusqu'au parlement si vous êtes de vrais hommes." Ou une niaiserie du genre. Dès qu'ils ont cassé les vitres, on s'est retirés. On est sortis par l'arrière. Je ne sais plus qui m'a dit qu'ils avaient pris une échelle de pompier pour enfoncer la porte. Ils ont cassé la gueule des députés qui ont essayé de résister et, après, ils ont tout saccagé. Ils ont volé la masse d'armes. Jamais vu un feu se répandre si vite… Et l'armée qui n'a pas levé le petit doigt…

Dans sa voix, le dépit avait remplacé l'indignation. Baptiste resta silencieux, regardant Jeanne qui, agenouillée, tisonnait le feu, ramenant les éclats de bois vers les flammes. L'horloge sonna deux coups. Le petit salon était chaud, apaisant, cocon protecteur loin du tumulte, comme s'il appartenait à un autre monde. Antoine tâta le sol à la recherche de son verre. Il le renversa. Il avait déjà beaucoup bu. Baptiste se leva, ramassa le verre, le remplit et le plaça sur la petite table qui les séparait. Il remplit le sien.

— Mais au moins, reprit Antoine, vous êtes là. C'est le retour à Ithaque, mon vieux, sauf que tu ramènes aussi Pénélope. Ça fait du bien de vous revoir, tu n'imagines pas. Vous avez hésité ?

Baptiste sut que Jeanne allait répondre.

— Quand on a appris pour ta femme, dit-elle, ça nous a décidés.

— Elle est mieux là où elle est, croyez-moi, laissa tomber Antoine.

Baptiste préféra changer de sujet.

— Dès que nous sommes montés à bord, dit-il, on a su sans se le dire qu'on rentrait pour de bon. Enfin, probablement. Et puis on avait beaucoup voyagé. Il fallait se fixer et nous ne sommes pas des Français. Tu le réalises mieux quand tu y es.

Antoine regarda Jeanne d'un air interrogatif. Elle comprit qu'il avait besoin d'une meilleure explication.

— Là-bas, dit-elle, j'investissais dans les affaires des autres. Je ne connaissais pas le milieu. Ici, je connais plus, je vois plus clair, y compris les limites. Je veux ma propre affaire.

— Toi, tu voudrais diriger une armée !

— Justement pas, rétorqua Jeanne, un général est loin de l'action, entouré d'un tas d'officiers inutiles. Je veux voir à tout moi-même. Et les voyages m'ont fait voir d'autres façons de faire, d'autres possibilités. Tu devrais voyager, toi aussi.

— Peux pas, je suis trop pris, soupira Antoine d'un ton résigné, le menton sur la poitrine, les lèvres boudeuses.

— Tu es pris parce que tu te laisses prendre. T'as vraiment besoin de ce tourbillon ?

Antoine fut interloqué. Mais la question méritait d'être considérée. Il prit son temps, puis il dit, d'abord sur un ton d'évidence, mais qui s'anima vite :

— Oui, et c'est quelque chose que tu as toujours eu du mal à comprendre. La joute politique m'excite, c'est vrai, mais j'aime passionnément nos gens, avec leurs qualités et leurs défauts, je les aime même quand ils m'exaspèrent. Je l'aime, ce peuple, parce que c'est le seul que j'ai. Je les aime, nos paysans obstinés, nos ouvriers besogneux et même nos avocats bavards et désargentés. Je crois en eux, que veux-tu. Et que vaut une vie si tu ne crois à rien ?

Il se tourna avec difficulté vers Baptiste, comme s'il cherchait son approbation. Celui-ci lui demanda :

— Et tu veux faire quoi ?

Antoine écarta les mains, dépité et résolu tout à la fois, comme si la réponse allait de soi.

— Et qu'est-ce que tu veux que je fasse ? On fera du mieux qu'on peut avec ce qu'on a. On va montrer au peuple le ravin dans lequel il se trouve. Et puis on laissera comme un héritage, mais sans testament. La suite ne nous appartient pas. Après, je ne sais pas.

Il se tut, regardant les flammes voltiger, puis il ajouta, comme pour lui-même :

— En tout cas, c'est bon de vous voir de retour. J'espère que vous serez heureux.

Après un moment, Baptiste rompit le silence.

— Et toi, t'es heureux ? Enfin, c'est maladroit comme question, pas en ce moment, mais je veux dire, tu pourrais l'être ?

— Je ne sais pas. Je ne sais même pas trop ce que c'est. Tu sais, toi ?

— Non, pas vraiment, enfin, j'imagine... J'imagine que c'est vivre sans trop de peurs qui me retiennent, vivre en pensant par moi-même, sans trop de regrets ni trop d'espoirs, savourant la meilleure part du moment présent, savoir que je suis là où je dois être, faisant ce que je dois faire et ce que j'aime faire.

— Monsieur devient philosophe, observa Antoine avec un ricanement attendri.

— Oh, non, non, se défendit Baptiste. C'est juste que l'errance et le malheur – et j'en ai eu ma part – aiguisent la réflexion. Les voyages ont aidé, j'imagine, et le recul face au travail aussi probablement.

— Moi, tu vois, dit Antoine, c'est de me noyer dans le travail qui m'empêche de broyer du noir. Si j'avais du temps pour plonger à l'intérieur de moi, pas sûr que j'aimerais ce que je trouverais.

Il vida son verre d'un trait.

— Tu bois toujours autant ? demanda Baptiste.

— Franchement, oui.

— C'est trop.

— C'est toi qui me fais la morale ?

— Je fais plus attention maintenant.

Antoine regarda sa sœur à la dérobée. Baptiste fit pareil.

— Mais ce soir, ajouta Baptiste, je fais une exception, j'en ai besoin.

— Ouais, dure journée, t'espérais un retour plus tranquille, hein ?

— On peut dire ça comme ça.

La rencontre survenue plus tôt près du parlement troublait encore Baptiste. Il avait décidé de ne pas en parler à Jeanne.

Après un moment de silence, Antoine tenta de se lever, mais il était trop lourd, trop ivre. Il retomba dans son fauteuil. Son échec le fit rire. Il faisait penser à une énorme tortue sur le dos, à une grosse bête enfoncée dans une épaisse neige molle. Jeanne le regarda comme on regarde un enfant.

— Tu veux aller où ? demanda Baptiste.

— Pisser. J'ai besoin de pisser.

Baptiste l'aida à se redresser. Le pas traînant, Antoine sortit du salon. Baptiste le regarda s'éloigner en craignant qu'il ne tombe. Il se tourna vers Jeanne qui avait un air de réprobation amusée.

— Il devrait faire plus attention à sa santé, dit Baptiste.

— Il est comme il est.

Baptiste n'ajouta rien. Il regarda Jeanne et demanda :

— Des regrets ?

— Aucun, ça ne sert à rien, les regrets. Et tu me l'as déjà demandé.

— Oui, mais tu avais répondu que tu verrais avec le temps.

Il la trouvait très belle, il aurait voulu le lui dire, mais elle s'était montrée agacée la dernière fois qu'il l'avait complimentée. Elle chercha une position plus confortable, mais il y avait peu d'options près de la cheminée. Son visage avait pâli. Il demanda :

— Tu te sens bien ?

— Fatiguée, et puis j'ai la nausée. Les voyages en mer, ce n'est pas pour moi.

Quand Antoine revint, il tenait dans ses mains un petit livre et se laissa tomber lourdement dans le fauteuil. Il mouilla le bout de son doigt et feuilleta les pages à la recherche d'un endroit précis. Quand il l'eut trouvé, il se racla la gorge et, d'une voix douce et lente, plus douce et lente qu'à son habitude, il dit :

— C'était celui-là, je crois…

Puis il lut :

— *Toujours ce souvenir m'attendrit et me touche,*
Quand lui-même, appliquant la flûte sur ma bouche,
Riant et m'asseyant sur lui, près de son cœur,
M'appelait son rival et déjà son vainqueur.

Tête penchée sur le livre, Antoine murmura :
— Il l'aimait bien, lui, non ?
Il leva la tête vers Baptiste et fut embarrassé.
— Oh, je n'aurais pas dû. Idiot que je suis. Pardonne-moi.
— Non, non, ce n'est rien, je t'assure.
Baptiste tendit la main pour avoir le livre. À son tour, il le feuilleta et, au bout d'un moment, lut :

— *Là, je dors, chante, lis, pleure, étudie et pense ;*
Là, dans un calme pur, je médite en silence
Ce qu'un jour je veux être, et, seul à m'applaudir,
Je sème la moisson que je veux recueillir.

Il ferma le livre, le déposa sur ses genoux, ses yeux se perdirent, et il dit :
— Il l'aimait beaucoup aussi, celui-là.
Ils restèrent longtemps silencieux, se remémorant leurs souvenirs. Le monticule de tisons dans l'âtre s'écrasa et les ramena dans le présent.
— Je vais faire du thé, annonça Jeanne en se levant. Qui en veut ?
Ils ne répondirent pas, déjà repartis dans le passé. Elle attisa le feu avec le tisonnier avant de quitter le salon. Ils écoutèrent les sons venant de la cuisine.
Restés seuls, redevenus maîtres de leurs émotions, ils parlèrent de leur jeunesse, des bons moments, des mauvais, de ce temps quand ils pensaient que la vie durerait longtemps, que le malheur n'était qu'un mot, et qu'ils levaient les yeux au ciel chaque fois qu'un vieux leur adressait une mise en garde.
Leurs voix étaient devenues pâteuses. L'alcool les avait plongés dans une torpeur cotonneuse. La chaleur du feu accentuait leur langueur et rendait pénible tout mouvement. Ils cessèrent de parler. Leurs respirations devinrent amples et régulières. Jeanne revint, ramassa les verres et les apporta dans la cuisine.
Quand elle fut de retour, Antoine ronflait. Debout derrière le fauteuil de Baptiste, sa tasse dans une main, elle

posa son autre main sur la tête de cet homme qu'elle avait si longtemps attendu. Ses doigts se perdirent dans ses cheveux. Baptiste dormait lui aussi, penché sur sa droite. Elle prit place sur le canapé tout proche et observa longtemps les deux dormeurs, songeant, comme tant d'autres fois, à leurs caractères si contrastés et si complémentaires, chacun devenu homme, chacun resté tel qu'elle l'avait toujours connu.

Elle regarda les derniers tisons qui éclairaient faiblement le petit salon, puis décida de laisser mourir le feu. Elle alla chercher des couvertures et recouvrit les deux hommes du menton jusqu'aux pieds. Juste avant de quitter la pièce, elle jeta un dernier coup d'œil pour s'assurer que tout était en ordre, puis elle se dirigea vers son lit.

FIN

Sources des illustrations

Chapitre 1
Marie Lafarge, née Capelle. https://fr.wikipedia.org/Marie_Lafarge. Domaine public.

Chapitre 5
Le char funèbre de Napoléon se dirige vers les Invalides. https://fr.wikipedia.org/wiki/Retour_des_cendres. Domaine public.

Chapitre 9
Une draisienne, ancêtre de la bicyclette. https://historydaily.org/first-bicycle-introduced-new-york-city-1819-history-velocipede/5. Domaine public.

Le quartier des Five Points, à New York. Tableau de George Catlin, 1827. https://en.wikipedia.org/wiki/Five_Points_Manhattan. Domaine public.

Combat de chiens. https://upload.wikimedia.org/wikipedia/commons/7/7b/A_Dog_Fight_at_Kit_Burn's.jpg. Domaine public.

Chapitre 10
Un saloon à New York. New York Public Library. Domaine public.

Chapitre 12
Navigation sur canal. https://www.eriecanal.org/locks.html. Domaine public.

Chapitre 13
Horace Greeley. https://etc.usf.edu/clipart/7600/7610/greeley_7610.htm. Domaine public.

Chapitre 17
The Tombs, la prison centrale de New York. www.anthropologyinpractice.com/2010/04/five-points-then-and-now-land-marks.html. Domaine public.

Chapitre 31
Le portage pour éviter les rapides. Tableau de Cornelius Krieghoff (1815-1872) intitulé *Portage indien d'un canoë*, collection privée. Domaine public.

Épilogue
L'incendie du Parlement à Montréal. Tableau de Joseph Légaré, 1849. https://fr.wikipedia.org/wiki/Incendie_de_l%27_hôtel_du_Parlement_à_Montréal. Domaine public.

Table

Mot de l'auteur   7

PREMIÈRE PARTIE
Automne 1840 – printemps 1841

Chapitre 1	Le procès	15
Chapitre 2	La prisonnière	69
Chapitre 3	Un danger	79
Chapitre 4	Le visiteur	113
Chapitre 5	La chute	131
Chapitre 6	Le plan	145
Chapitre 7	Le cri	167
Chapitre 8	Et si nulle part le bonheur ne m'attendait ?	179

DEUXIÈME PARTIE
Printemps 1843 – hiver 1843-1844

Chapitre 9	Une vie	187
Chapitre 10	L'indiscrétion	219
Chapitre 11	Oui et non	231
Chapitre 12	La main cachée	247
Chapitre 13	À la recherche de quoi ?	271
Chapitre 14	Le journal d'Antoine I	285
Chapitre 15	Lundi rouge	291
Chapitre 16	Ce qui reste de la vie	309

Chapitre 17	La corde	325
Chapitre 18	Le journal d'Antoine II	341
Chapitre 19	L'inconnu	345
Chapitre 20	Le seigneur	383
Chapitre 21	Le devoir	399

TROISIÈME PARTIE
Printemps 1844 – été 1844

Chapitre 22	À l'ombre des clochers	423
Chapitre 23	L'énigme	429
Chapitre 24	Le bûcher	445
Chapitre 25	Ce qu'on ne dit pas	459
Chapitre 26	La préparation	475
Chapitre 27	La rencontre	485
Chapitre 28	L'attente	491
Chapitre 29	L'interrogatoire	521
Chapitre 30	L'embuscade	535
Chapitre 31	Le sud	551

Épilogue	587
Source des illustrations	611

Suivez-nous

Achevé d'imprimer en février 2024
sur les presses de Marquis Imprimeur
Montmagny, Québec